CZERWONE GARDŁO

Stopniowo nabierała odwagi. Podleciała bliżej i dzióbkiem wyciągnęła jeden cierń, który się wciskał w czoło ukrzyżowanego. Ale przy tym jedna kropla krwi ukrzyżowanego spadła na pierś ptaka. Rozlewała się szybko, barwiąc delikatny puch na piersi. Ukrzyżowany otworzył usta i wyszeptał do ptaka:
– Dla twego miłosierdzia osiągnęłaś to, do czego dążył cały twój ród od stworzenia świata.

Selma Lagerlöf, *Pliszka czerwonogardła*,
[w:] *Legendy Chrystusowe*, przeł. Maria Zarębina,
Instytut Wydawniczy Pax, Warszawa 2000.

JO NESBØ

CZERWONE GARDŁO

Przełożyła z norweskiego
Iwona Zimnicka

Wydawnictwo Dolnośląskie

Tytuł oryginału
Rødstrupe

Projekt okładki
Mariusz Banachowicz

Redakcja
Sylwia Mazurkiewicz-Petek

Korekta
Dorota Sideropulu

Redakcja techniczna
Jolanta Krawczyk

Copyright © Jo Nesbø 2000
Published by agreement with Salomonsson Agency.

Polish editions © Publicat S.A. MMVI, MMXIII

ISBN 978-83-245-8991-3

Wrocław

Wydawnictwo Dolnośląskie
50-010 Wrocław, ul. Podwale 62
oddział Publicat S.A. w Poznaniu
tel. 71 785 90 40, fax 71 785 90 66
e-mail: wydawnictwodolnoslaskie@publicat.pl
www.wydawnictwodolnoslaskie.pl

Część pierwsza

Z PROCHU POWSTAŁEŚ

1 ALNABRU, PUNKT POBIERANIA OPŁAT ZA PRZEJAZD, 1 LISTOPADA 1999

W polu widzenia Harry'ego to pojawiał się, to znikał szary ptaszek. Harry bębnił palcami w kierownicę. Czas się wlókł. Wczoraj ktoś w telewizji mówił o wlokącym się czasie. Właśnie teraz czas się wlókł. Jak w Wigilię przed przyjściem Świętego Mikołaja. Albo na krześle elektrycznym przed włączeniem prądu.

Zabębnił mocniej.

Właśnie parkowali na otwartym placu za kasami w punkcie pobierania opłat za przejazd. Ellen nastawiła głośniej radio. Spiker mówił uroczyście, z nabożeństwem w głosie:

– Samolot wylądował przed pięćdziesięcioma minutami i dokładnie o godzinie szóstej trzydzieści osiem prezydent postawił stopę na norweskiej ziemi. Powitał go wójt gminy Jevnaker. W Oslo jest piękny jesienny dzień, który stanowi wspaniałą, bardzo norweską oprawę dla tego spotkania na szczycie. Posłuchajmy jeszcze raz, co powiedział prezydent podczas rozmowy z prasą, pół godziny temu.

To była już trzecia powtórka. Harry'emu znów stanęła przed oczami gromada tłoczących się przy barierkach i przekrzykujących dziennikarzy, i mężczyźni w szarych garniturach po drugiej stronie zapory, którzy tylko trochę starali się nie wyglądać na agentów Secret Service. Unosili barki i zaraz znów je opuszczali, skanując tłum, po raz dwunasty sprawdzali, czy odbiornik tkwi na swoim miejscu w uchu, ponownie

skanowali tłum, poprawiali ciemne okulary, znów skanowali tłum, na parę sekund zatrzymywali wzrok na jednym z fotoreporterów z nieco zbyt długim obiektywem, skanowali dalej i trzynasty raz sprawdzali, czy słuchawka nie wypadła z ucha. Ktoś wypowiedział słowa powitania po angielsku, zapadła cisza, aż w końcu zatrzeszczało w mikrofonie i prezydent po raz czwarty z charakterystycznym ochrypłym amerykańskim akcentem powiedział:
— *First let me say I'm delighted to be here...*
— Czytałam, że zdaniem pewnego znanego amerykańskiego psychologa prezydent cierpi na MPD — powiedziała Ellen.
— MPD?
— *Multiple Personality Disorder,* czyli *naprzemienne rozszczepienie osobowości.* Jak doktor Jekyll i mister Hyde. Według tego psychologa normalna strona osobowości prezydenta nie miała pojęcia o istnieniu tej drugiej, demona seksu, uprawiającego miłość fizyczną z tamtymi kobietami. I dlatego trybunał nie mógł go skazać za krzywoprzysięstwo.
— O rany — westchnął Harry, zerkając w górę na helikopter, unoszący się wysoko nad ich głowami.
W radiu ktoś spytał po angielsku z norweskim akcentem:
— Panie prezydencie, to pierwsza wizyta w Norwegii urzędującego amerykańskiego prezydenta. Jakie uczucia panu towarzyszą?
Pauza.
— Bardzo mi miło, że znów mogłem tu przyjechać. Ważniejsza jednak moim zdaniem jest możliwość spotkania się tutaj przywódców państwa Izrael i narodu palestyńskiego. Kluczem do...
— Czy pamięta pan coś ze swojej poprzedniej wizyty w Norwegii, panie prezydencie?
— Oczywiście. Mam nadzieję, że podczas dzisiejszych rozmów zdołamy...
— Jakie znaczenie ma Oslo i Norwegia dla pokoju na świecie, panie prezydencie?
— Norwegia odegrała istotną rolę...
Głos bez akcentu norweskiego:
— Jakie konkretne rezultaty są, zdaniem pana prezydenta, realne?
Przekaz ucięto, rozległ się głos ze studia:

– A więc usłyszeliśmy to! Zdaniem prezydenta Norwegia odegrała decydującą rolę dla... hm... pokoju na Bliskim Wschodzie. Właśnie w tej chwili prezydent jest w drodze do...
Harry westchnął i wyłączył radio.
– Co się właściwie dzieje z tym krajem, Ellen?
Wzruszyła ramionami.
– Minęli punkt dwadzieścia siedem – zatrzeszczało w krótkofalówce na tablicy rozdzielczej. Harry zerknął na Ellen.
– Wszyscy na posterunkach gotowi? – spytał.
Kiwnęła głową.
– To już zaraz – stwierdził.
Przewróciła oczami. Harry powtórzył to po raz piąty od chwili, gdy kolumna samochodów wyruszyła z lotniska Gardermoen. Z miejsca, w którym parkowali, widać było pustą autostradę, ciągnącą się od punktu pobierania opłat w stronę Trosterud i Furuset. Niebieskie światełko na dachu obracało się leniwie. Harry opuścił szybę i wyciągnął rękę, by strącić pożółkły liść, który utknął pod wycieraczką.
– Zobacz, rudzik – Ellen pokazała palcem. – Tego ptaszka nieczęsto się widuje tak późną jesienią.
– Gdzie?
– Tam. Na dachu tej budki.
Harry nachylił się i spojrzał przez przednią szybę.
– Ach tak, więc to jest rudzik?
– Oczywiście. Czasami nazywają go pliszką czerwonogardłą. Ale ty pewnie nie potrafisz odróżnić rudzika od czerwonoskrzydłego droździka.
– Owszem. – Harry przesłonił ręką oczy. Czyżby wzrok mu się pogarszał?
– Rudzik to rzadki ptak – ciągnęła Ellen, zakręcając termos.
– Nie wątpię – odparł Harry.
– Dziewięćdziesiąt procent odlatuje na południe, ale nieliczne ryzykują i niby u nas zostają.
– Niby zostają?
W radiu znów zatrzeszczało:
– Punkt kontrolny sześćdziesiąt dwa do HQ. Niezidentyfikowany samochód parkuje przy drodze, dwieście metrów przed zjazdem na Lørenskog.

Z kwatery głównej odpowiedział głęboki głos w dialekcie bergeńskim:
— Moment, sześćdziesiąt dwa, sprawdzamy.
Cisza.
— Przeszukaliście toalety? — Harry skinieniem głowy wskazał na stację benzynową Esso.
— Tak. Stację oczyszczono z klientów i pracowników. Został tylko szef. Zamknęliśmy go w biurze.
— A kasy biletowe?
— Sprawdzone. Wyluzuj, Harry. Wszystkie punkty, które należało obejrzeć, są odhaczone. A więc, te, które zostają, stawiają na to, że zima będzie łagodna, rozumiesz? Może im się udać, ale jeśli się pomylą, to giną. Pewnie zadajesz sobie pytanie, dlaczego wobec tego wszystkie nie odlecą na południe. Czy te ptaki, które zostają, są po prostu leniwe?

Harry zerknął w lusterko na strażników stojących po obu stronach wiaduktu kolejowego. Ubrani na czarno, w hełmach, na szyi mieli zawieszone pistolety maszynowe MP5. Nawet z takiej odległości z ich ruchów odczytywał napięcie.

— Chodzi o to, że jeśli zima okaże się łagodna, to będą mogły wybrać najlepsze miejsce do lęgów, zanim przyfruną inne rudziki. — Mówiąc to, Ellen usiłowała wepchnąć termos do przepełnionego schowka. — Ryzyko skalkulowane, rozumiesz? Możesz dużo wygrać albo koszmarnie się wygłupić. Ryzykować czy nie ryzykować? Jeśli zaryzykujesz, być może pewnej nocy spadniesz zamarznięty z gałązki i odtajesz dopiero na wiosnę. Ale jeśli stchórzysz, to po powrocie możesz nie mieć okazji do podupczenia. To jeden z odwiecznych dylematów, przed którymi stoimy.

— Włożyłaś kamizelkę kuloodporną, prawda? — Harry odwrócił się i popatrzył na Ellen.

Nie odpowiedziała. Wpatrzona w autostradę powoli pokręciła tylko głową.
— Włożyłaś czy nie?
W odpowiedzi uderzyła się dłonią w pierś.
— Lekką?
Potwierdziła.

– Do cholery, Ellen! Wydałem rozkaz, żeby włożyć kamizelki ołowiane, a nie te dla Myszki Miki!
– Wiesz, czego używają ci z Secret Service?
– Niech zgadnę. Lekkich kamizelek?
– Właśnie.
– A ty wiesz, co mnie gówno obchodzi?
– Niech zgadnę. Secret Service?
– Właśnie.
Roześmiała się. Harry też się uśmiechnął. W radiu zatrzeszczało.
– HQ do posterunku sześćdziesiąt dwa. Secret Service potwierdza, że to ich samochód parkuje przy zjeździe na Lørenskog.
– Posterunek sześćdziesiąt dwa. Zrozumiałem.
– Sama widzisz. – Poirytowany Harry uderzył dłonią w kierownicę. – Kompletny brak komunikacji. Ci z Secret Service na nikogo się nie oglądają. Co ten samochód tam robi bez naszej wiedzy?
– Kontroluje, czy robimy to, co do nas należy – odparła Ellen.
– Zgodnie z i c h instrukcjami.
– Ty przynajmniej możesz choć trochę decydować, więc przestań narzekać – stwierdziła Ellen. – I skończ z tym bębnieniem w kierownicę.
Palce Harry'ego posłusznie przeskoczyły na kolana. Ellen uśmiechnęła się, a Harry odetchnął z przeciągłym sykiem.
– Tak, tak.
Palcami odszukał rękojeść służbowego sześciostrzałowego rewolweru Smith&Wesson, kaliber 38. Przy pasku miał dwa dodatkowe magazynki, każdy z sześcioma nabojami. Pogłaskał broń, świadom, że tak naprawdę nie był obecnie upoważniony do jej noszenia. Może rzeczywiście wzrok mu się pogarszał, bo tej zimy, po czterdziestogodzinnym kursie, oblał egzamin ze strzelania. Nie było w tym wprawdzie nic niezwykłego, ale Harry'emu przydarzyło się po raz pierwszy i bardzo mu się to nie spodobało. Wystarczyłoby co prawda przystąpić do ponownego egzaminu, niejeden potrzebował czterech albo nawet pięciu podejść, ale Harry z jakiegoś powodu stale to odkładał.
Kolejne trzaski:
– Minęli punkt dwadzieścia osiem.
– To przedostatni punkt w Okręgu Policyjnym Romerike – stwierdził Harry. – Następny będzie w Karihaugen, później są już nasi.

– Dlaczego nie można robić tak, jak dotychczas? Mówić wprost, gdzie znajduje się kolumna, zamiast używać tych idiotycznych numerów? – spytała Ellen z wyrzutem w głosie.
– Sama zgadnij.
– Secret Service – odpowiedzieli chórem i wybuchnęli śmiechem.
– Minęli punkt dwadzieścia dziewięć.
Harry zerknął na zegarek.
– Okej, wobec tego będziemy ich tu mieć za trzy minuty. Przechodzę na częstotliwość Okręgu Policyjnego Oslo. Sprawdź wszystko jeszcze raz.

Z radia dobiegały jakieś piski i wycie. Ellen zamknęła oczy, żeby skoncentrować się na zgłaszanych kolejno potwierdzeniach. W końcu odwiesiła mikrofon.
– Wszyscy na swoich miejscach, gotowi.
– Dziękuję. Włóż hełm.
– Co? Uspokój się, Harry!
– Słyszałaś, co powiedziałem!
– Sam włóż hełm!
– Mój jest za mały.
Kolejny głos:
– Minęli punkt jeden.
– Cholera, czasami... brak ci profesjonalizmu. – Ellen wcisnęła hełm na głowę, zapięła pasek pod brodą i wykrzywiła się do lusterka.
– Ja też cię kocham – odparł Harry, obserwując przez lornetkę ciągnącą się przed nimi drogę. – Widzę ich.

Na samej górze wzniesienia od strony Karihaugen błysnął metal. Na razie Harry widział jedynie samochód otwierający kolumnę, znał jednak kolejność: sześć motocykli ze specjalnie wyszkolonymi policjantami z norweskiego oddziału eskorty, dwa samochody eskortujące, jeden wóz Secret Service, a następnie dwa identyczne cadillaki fleetwood, specjalne samochody Secret Service przysłane samolotem z USA. Właśnie w jednym z nich siedział prezydent. W którym – to pozostawało tajemnicą. A może siedzi w obu? – pomyślał Harry. W jednym Jekyll, w drugim Hyde. Dalej jechały większe pojazdy, karetka, łączność i kolejne auta Secret Service.

– Wszystko wydaje się w porządku – stwierdził Harry. Jego lornetka przesuwała się wolno od prawej do lewej i z powrotem. Powietrze nad asfaltem drgało, chociaż był chłodny listopadowy poranek.

Ellen widziała już zarys pierwszego samochodu. Za pół minuty kolumna minie punkt pobierania opłat, a oni będą mieli za sobą połowę roboty. Za dwa dni, kiedy te same samochody pojadą tędy w przeciwną stronę, ona i Harry będą mogli wrócić do zwykłej pracy policyjnej. Zdecydowanie wolała styczność z trupami w Wydziale Zabójstw od wstawania o trzeciej w nocy tylko po to, żeby tkwić w volvo razem z podenerwowanym Harrym, którego wyraźnie przygniatał ciężar odpowiedzialności złożonej na jego barki.

W samochodzie słychać było jedynie równy oddech Harry'ego. Ellen sprawdziła, czy świecą się lampki kontrolne w obu radiach. Kolumna samochodów dotarła już prawie na sam dół wzgórza. Ellen postanowiła, że po pracy pójdzie się upić do knajpy Tørst. Bywał tam pewien facet, z którym wymieniała spojrzenia. Miał czarne kręcone włosy i piwne niebezpieczne oczy. Bardzo chudy. Wyglądał trochę jak przedstawiciel bohemy, może intelektualista. Może...

– Co do cho...

Harry już szarpnął do siebie mikrofon.

– W trzeciej budce od lewej stoi jakiś człowiek. Czy ktoś potrafi go zidentyfikować?

Radio odpowiedziało wypełnionym trzaskami milczeniem. Tylko wzrok Ellen pomknął wzdłuż szeregu kas. Jest! Za brązową szybą budki, znajdującej się w odległości zaledwie czterdziestu, może pięćdziesięciu metrów od nich, dostrzegła plecy mężczyzny. Pod słońce obrócona profilem sylwetka rysowała się bardzo wyraźnie, podobnie jak krótka lufa z celownikiem, sterczaca nad barkiem.

– Broń! – zawołała Ellen. – On ma pistolet maszynowy!

– Cholera! – Harry kopniakiem otworzył drzwiczki, obiema rękami uchwycił się krawędzi dachu i wyślizgnął się z samochodu. Ellen wpatrywała się w nadjeżdżającą kolumnę. Dzieliło ją od nich najwyżej kilkaset metrów. Harry wsunął głowę do auta.

– To żaden z naszych, ale może ktoś z Secret Service – powiedział.
– Wezwij HQ. – Już trzymał rewolwer w ręku.

– Harry...
– Natychmiast! Jeśli HQ potwierdzi, że to ktoś od nich, naciśnij klakson.

Ruszył biegiem w stronę kasy i pleców w garniturze. To wyglądało na lufę uzi. Zimne wilgotne powietrze zapiekło w płucach.

– Policja! – wrzasnął Harry. – *Police!*

Żadnej reakcji. Zadaniem grubego szkła w budkach było tłumienie hałasu z zewnątrz. Mężczyzna w środku obrócił teraz głowę w stronę nadjeżdżającej kolumny i Harry dostrzegł ciemne okulary marki Ray Ban. Secret Service. Albo ktoś, kto chciał wyglądać jak jeden z nich.

Jeszcze dwadzieścia metrów.

W jaki sposób ten człowiek zdołał przedostać się do zamkniętej na klucz budki, jeśli nie był agentem? Do diabła! Harry już słyszał motocykle. Nie zdąży tam dobiec.

Odbezpieczył broń i wycelował, modląc się, aby dźwięk klaksonu rozdarł ciszę w ten dziwny poranek na zamkniętej autostradzie, na której nigdy, o żadnej porze, nie pragnął się znaleźć. Instrukcje były jasne, ale nie zdołał powstrzymać myśli:

Lekka kamizelka. Brak komunikacji. Strzelaj, to nie twoja wina. Czy on ma rodzinę?

Tuż za budką pojawiła się kolumna, jechała szybko. Za dwie sekundy cadillaki znajdą się na wysokości kas. Kątem lewego oka dostrzegł jakiś ruch. To z dachu poderwał się nieduży ptaszek.

Ryzykować czy nie ryzykować... Jeden z odwiecznych dylematów.

Pomyślał o głębokim wycięciu kamizelki i odrobinę opuścił rewolwer. Ryk motocykli ogłuszał.

2 OSLO, WTOREK, 5 PAŹDZIERNIKA 1999

– Właśnie to jest wielka zdrada – oświadczył idealnie łysy mężczyzna, zaglądając do rękopisu. Głowę, brwi, potężnie umięśnione przedramiona, a nawet olbrzymie dłonie, zaciśnięte na krawędzi barierki dla świadków, miał świeżo wygolone i czyste. Nachylił się do mikrofonu. – Po tysiąc dziewięćset czterdziestym piątym rządy przejęli wrogowie narodowego socjalizmu, którzy stworzyli i wprowadzili w życie własną demokrację i zasady ekonomiczne. W wyniku ich poczynań świat ani razu nie oglądał zachodu słońca w dniu wolnym od działań wojennych. Nawet w Europie doświadczyliśmy wojen i ludobójstwa. W krajach trzeciego świata głodują i umierają miliony, Europie zaś zagraża niebezpieczeństwo masowej imigracji, a w jej konsekwencji chaos, bieda i walka o przetrwanie.

Urwał i rozejrzał się dokoła. Na sali panowała grobowa cisza, tylko ktoś z publiczności zajmującej ławki z tyłu ostrożnie zaklaskał.

Kiedy podjął rozemocjonowany, zaświeciła ostrzegawczo czerwona lampka pod mikrofonem, wskazująca, że magnetofon odbiera zniekształcone sygnały.

– Niewiele dzieli również nasz beztroski dobrobyt od dnia, w którym będziemy musieli liczyć wyłącznie na siebie i otaczającą nas wspólnotę. Wystarczy wojna, katastrofa ekonomiczna lub ekologiczna, a cały ten system praw i zasad, które tak prędko zmieniają nas w bierną klientelę opieki społecznej, nagle zniknie. Poprzednia wielka zdrada nastąpiła dziewiątego kwietnia tysiąc dziewięćset czterdziestego roku, kiedy nasi tak zwani przywódcy narodowi uciekli przed wrogiem, by ratować własną skórę. Zabrali przy tym ze sobą zapasy złota pozwalające na sfinansowanie luksusowego życia w Londynie. Teraz wróg znów się tu pojawił, a ci, którzy mieli bronić naszych interesów, po raz kolejny nas zdradzają. Pozwalają wrogom budować w naszym otoczeniu meczety, napadać na starców i mieszać krew z naszymi kobietami. My, Norwegowie, mamy więc obowiązek chronić naszą rasę i eliminować zdrajców spośród nas.

Przewrócił kolejną kartkę, ale chrząknięcie dobiegające zza podwyższenia z przodu kazało mu się zatrzymać i podnieść wzrok.

– Dziękuję. Uważam, że usłyszeliśmy już dość – oświadczył sędzia, zerkając znad okularów. – Czy oskarżyciel ma jeszcze jakieś pytania do oskarżonego?

Promienie słońca wpadały ukośnie do sali numer 17 Sądu Rejonowego w Oslo, tworząc wokół łysej głowy złudzenie aureoli. Oskarżony był ubrany w białą koszulę z wąskim krawatem, prawdopodobnie za radą obrońcy, Johana Krohna, który akurat w tej chwili siedział odchylony do tyłu i machał trzymanym w palcach długopisem.

Krohn nie był zachwycony tą sytuacją. Nie podobał mu się kierunek, w jakim zmierzały pytania oskarżyciela, ani szczere deklaracje programowe jego klienta, Sverrego Olsena, ani też fakt, że Olsen pozwolił sobie na podwinięcie rękawów koszuli. Teraz zarówno sędzia, jak i ławnicy mogli oglądać pajęczyny wytatuowane na obu łokciach i rząd hakenkreuzów na lewym przedramieniu. Na prawym widniał łańcuch staroskandynawskich pogańskich symboli oraz słowo „Walkiria" wypisane czarnym gotykiem. Była to nazwa jednego z ugrupowań tworzących środowisko neonazistowskie, koncentrujące się wokół Sæterkrysset w dzielnicy Nordstrand.

Najbardziej jednak irytował Johana Krohna pewien zgrzyt w całym procesie. Nie mógł tylko uświadomić sobie, co to może być.

Oskarżyciel, Herman Groth, niewysoki mężczyzna, małym palcem ozdobionym sygnetem z symbolem związku prawników przechylił mikrofon w swoją stronę.

– Jeszcze parę pytań zamykających, Wysoki Sądzie. – Jego głos brzmiał miękko i spokojnie. Lampka pod mikrofonem świeciła na zielono. – Kiedy oskarżony trzeciego stycznia o godzinie dziewiątej wszedł do baru Kebab u Dennisa na Dronningens gate, czy zrobił to z wyraźnym zamiarem wypełnienia części swojego obowiązku, jakim jest obrona naszej rasy, o którym mówił?

Johan Krohn rzucił się do mikrofonu:

– Mój klient już wyjaśniał, że wywiązała się kłótnia pomiędzy nim a właścicielem baru, Wietnamczykiem. – Czerwone światełko. – Został sprowokowany – dodał Krohn. – Nie ma absolutnie żadnych podstaw, by posądzać go o działanie z premedytacją.

Groth całkiem zamknął oczy.

– Jeśli prawdą jest to, co twierdzi obrońca, to czy należy rozumieć, że oskarżony Olsen miał przy sobie kij bejsbolowy zupełnie przypadkowo?

– Do samoobrony – przerwał mu Krohn i z rezygnacją rozłożył ręce. – Wysoki Sądzie, na te pytania mój klient już odpowiadał.

Sędzia, pocierając podbródek, obserwował adwokata. Wszyscy wiedzieli, że Johan Krohn junior jest wschodzącą gwiazdą palestry, a świadomość tego miał przede wszystkim sam Johan Krohn. Prawdopodobnie ten ostatni czynnik sprawił, że sędzia nie bez irytacji przyznał:

– Przychylam się do zdania obrońcy. Jeśli pytania oskarżenia nie dążą do wniesienia niczego nowego, proszę, abyśmy przeszli dalej.

Groth otworzył oczy tak szeroko, że zarówno nad, jak i pod tęczówką ukazały się wąskie fragmenty białka. Kiwnął głową, a potem zmęczonym ruchem podniósł do góry gazetę.

– To „Dagbladet" z dwudziestego piątego stycznia. W wywiadzie na stronie ósmej jedna z osób wyznających takie same poglądy jak oskarżony...

– Protestuję... – zaczął Krohn.

Groth westchnął.

– Wobec tego inaczej: mężczyzna, który daje wyraz swoim rasistowskim przekonaniom.

Sędzia kiwnął głową, jednocześnie rzucając Krohnowi ostrzegawcze spojrzenie.

Groth podjął:

– Ten mężczyzna w jednym z komentarzy po napaści w Kebabie u Dennisa mówi, że aby wyzwolić Norwegię, potrzeba nam więcej takich rasistów jak Sverre Olsen. W wywiadzie słowo „rasista" używane jest jako określenie zaszczytne. Czy oskarżony uważa się za rasistę?

– Owszem, jestem rasistą – oświadczył Olsen, zanim Krohn zdążył go powstrzymać. – W takim znaczeniu, w jakim ja rozumiem to słowo.

– A jakie to znaczenie? – uśmiechnął się Groth.

Krohn zacisnął pięści pod stołem i spojrzał na stół sędziowski, na ławników zajmujących miejsca u boków sędziego. To oni mieli zdecydować o przyszłości jego klienta w najbliższych latach oraz o pozycji, jaką on sam będzie mógł się cieszyć w Tostrupkjelleren, klubie dziennikarzy, przez kolejne miesiące. Dwoje zwyczajnych przedstawicieli narodu, zwyczajnego poczucia sprawiedliwości. Po prawej stronie sędziego siedział młody człowiek w skromnym tanim garniturze, który ledwie śmiał podnieść wzrok. Drugim ławnikiem, po lewej, była dość pulchna kobieta, sprawiająca wrażenie, jakby tylko udawała, że uczestniczy w tym, co się dzieje, a tak naprawdę przez cały czas starała się zadzierać głowę, aby zaczątki drugiego podbródka nie były widoczne z sali. Przeciętni Norwegowie. Co oni wiedzieli o takich jak Sverre Olsen? Co chcieli wiedzieć?

Ośmiu świadków widziało, jak Sverre Olsen wchodzi do baru z drewnianym kijem pod pachą i po krótkiej wymianie wyzwisk uderza właściciela, czterdziestoletniego Wietnamczyka Ho Daia, który w 1978 roku przedostał się do Norwegii statkiem, pałką w głowę tak mocno, że ten nigdy nie będzie mógł chodzić. Kiedy Olsen zaczął mówić, Johan Krohn junior w myślach już formułował apelację do sądu okręgowego.

– *Ras-sizm* – odczytał Olsen, odnalazłszy wreszcie w swoich papierach właściwą kartkę – to odwieczna walka przeciwko chorobom dziedzicznym, degeneracji i wyniszczeniu rasy, a także marzenie i nadzieja na zdrowsze społeczeństwo i poprawę jakości życia. Mieszanie ras stanowi formę bilateralnej zbrodni ludobójstwa. W świecie, w którym planuje się utworzenie banków genów w celu zachowania najmniejszego żuczka, powszechnie akceptowane jest mieszanie i niszczenie ras ludzkich, których rozwój trwał wiele tysięcy lat. W jednym z artykułów zamieszczonych w szanowanym czasopiśmie „American Psychologist" z roku 1972 pięćdziesięciu amerykańskich i europejskich uczonych ostrzegało przed przemilczaniem argumentów dotyczących teorii dziedziczenia.

Olsen urwał, omiótł salę numer 17 wzrokiem i uniósł prawy palec wskazujący. Odwrócił się w stronę oskarżyciela i Krohn miał teraz przed oczami widoczny na wygolonym fałdzie między tyłem jego głowy a karkiem blady tatuaż z krzyczącym napisem „Sieg Heil", groteskowo, dziwacznie kontrastującym z chłodną retoryką słów. W ciszy, która zapadła na sali, Krohn po hałasie dobiegającym z korytarza mógł stwierdzić, że w sali 18 ogłoszono przerwę na lunch. Płynęły sekundy. Obrońcy przypomniała się przeczytana gdzieś ciekawostka, że Adolf Hitler podczas masowych wieców potrafił robić w przemówieniu pauzy, przeciągające się nawet do trzech minut.

Olsen kontynuował, wystukując takt palcem, jak gdyby chciał każde słowo wbić słuchaczom do głowy.

– Ci z was, którzy próbują udawać, że walka ras nie istnieje, są albo ślepcami, albo zdrajcami.

Wypił trochę wody ze szklanki, którą postawił przed nim woźny sądowy.

Włączył się oskarżyciel:

– I w tej walce ras oskarżony i jego zwolennicy, których sporo mamy tu na sali, są jedynymi, którzy mają prawo atakować?

Z ławek dla publiczności rozległy się pogardliwe okrzyki łysych głów.

– My nie atakujemy, my się bronimy – odparł Olsen. – To prawo i obowiązek każdej rasy.

Ktoś z publiczności zawołał coś, co Olsen podchwycił i z uśmiechem przekazał dalej:

– Również mając do czynienia z osobnikiem obcym rasowo, możemy zetknąć się ze świadomym wartości rasy narodowym socjalistą.

Śmiechy, tu i ówdzie oklaski. Sędzia nakazał ciszę, a potem pytająco popatrzył na oskarżyciela.

– To już wszystko – oznajmił Groth.

– Czy obrona pragnie zadać jakieś pytania?

Krohn pokręcił głową.

– Wobec tego proszę o wprowadzenie pierwszego świadka oskarżenia.

Oskarżyciel skinął głową woźnemu, który uchylił drzwi z tyłu sali, wysunął przez nie głowę i coś powiedział. W korytarzu zaszurało krzesło, drzwi otworzyły się na oścież i do środka wszedł wysoki mężczyzna. Krohn zauważył, że ubrany jest w odrobinę przyciasną marynarkę, czarne dżinsy i równie czarne wielkie martensy. Ostrzyżona niemal do gołej skóry głowa i atletyczne szczupłe ciało sygnalizowały wiek około trzydziestki, ale worki pod przekrwionymi oczyma i blada cera z widocznymi naczyniami krwionośnymi, które tu i ówdzie rozlewały się w niewielkie czerwone delty, wskazywałyby raczej na lat pięćdziesiąt.

– Sierżant Harry Hole? – spytał sędzia, kiedy mężczyzna zajął miejsce dla świadków.

– Tak.

– Widzę, że nie podano adresu prywatnego.

– Zastrzeżony. – Hole kciukiem wskazał za siebie. – Próbowali już nachodzić mnie w domu.

Ponownie dały się słyszeć pogardliwe okrzyki wśród publiczności.

– Czy składał pan już wcześniej przyrzeczenie, Hole? Przysięgę?

– Tak.

Głowa Krohna zakołysała się jak u plastikowego pieska z rodzaju tych, jakie niektórzy właściciele samochodów lubią stawiać na półce z tyłu. Adwokat gorączkowo przerzucał dokumenty.

– Pracuje pan w Wydziale Zabójstw jako śledczy, sierżancie Hole – stwierdził Groth. – Dlaczego przydzielono panu tę sprawę?

– Z powodu błędnej oceny sytuacji – odparł Hole.
– To znaczy?
– Nie przypuszczaliśmy, że Ho Dai przeżyje. Ludziom z pogruchotaną czaszką i częścią jej zawartości na zewnątrz zwykle się to nie udaje.

Krohn spostrzegł, że twarze ławników mimowolnie się krzywią. Ale teraz to już nie miało znaczenia. Znalazł kartkę z ich nazwiskami. I właśnie na niej dostrzegł ten zgrzyt.

3 KARL JOHANS GATE, 5 PAŹDZIERNIKA 1999

„Umierasz".

Słowo nie przestawało dzwonić staremu człowiekowi w uszach, nawet gdy wyszedł na schody i stanął oślepiony ostrym jesiennym słońcem. Czekając, aż źrenice powoli się skurczą, przytrzymał się mocno poręczy, oddychał wolno i głęboko. Wsłuchał się w kakofonię odgłosów samochodów, tramwajów, pisków ulicznych sygnalizatorów. I głosów, podnieconych, radosnych, przebiegających obok niego na stukających obcasach. I w muzykę. Czy kiedykolwiek słyszał aż tyle muzyki? Ale nic nie zagłuszyło dźwięku tych słów: „Umierasz".

Ile razy stał na tych schodach przed gabinetem doktora Buera? Dwa razy w roku przez czterdzieści lat, czyli osiemdziesiąt. Osiemdziesiąt zwyczajnych dni, dokładnie takich jak dzisiejszy, a nigdy dotąd nie zauważył, jak tętnią życiem okoliczne ulice, ile na nich radości, żarłocznej chęci istnienia. Był październik, ale dzień wydawał się majowy. Taki jak tamten, kiedy nastał pokój. Przesada? Słyszał jej głos, widział jej postać wybiegającą ze słońca, zarys twarzy rozpływający się w glorii białego światła.

„Umierasz".

Biel nabrała kolorów i zmieniła się w Karl Johans gate. Zszedł po stopniach w dół, przystanął, spojrzał w prawo i w lewo, jak gdyby nie mógł się zdecydować, w którą stronę iść. Zamyślił się. Nagle drgnął, jakby ktoś go obudził, i ruszył w kierunku Zamku. Szedł niepewnie, ze spuszczonym wzrokiem, chude ciało kuliło się w trochę za dużym wełnianym płaszczu.

– Rak się rozprzestrzenił – oznajmił doktor Buer.

– Ach, tak – odparł. Popatrzył na Buera, w duchu zadając sobie pytanie, czy zdejmowania okularów w chwili, gdy trzeba przekazać jakąś poważną wiadomość, uczą na studiach medycznych, czy też po prostu postępują tak lekarze dalekowidze, aby nie widzieć wyrazu oczu pacjenta. Lekarz zaczął się upodabniać do swojego ojca, doktora Konrada Buera, czoło robiło mu się coraz wyższe, a worki pod oczami nadawały twarzy charakterystyczny zmartwiony wyraz.

– Krótko mówiąc? – spytał stary głosem, którego nie słyszał od ponad pięćdziesięciu lat. Głuchym szorstkim gardłowym głosem człowieka, którego struny głosowe drżą od śmiertelnego lęku.

– No cóż, to kwestia...

– Bardzo pana proszę, doktorze. Nie pierwszy raz spoglądam śmierci prosto w oczy.

Zaczął mówić głośniej, dobierał słowa, przy których głos mu nie drżał i brzmiał tak, jak chciał, by doktor Buer go słyszał. Jak on sam pragnął słyszeć.

Spojrzenie doktora uciekło po blacie stołu, przebiegło po zniszczonym parkiecie, uleciało za brudną szybę. Tam ukryło się na chwilę, nim powróciło i spotkało się ze spojrzeniem starego. Ręce doktora znalazły ściereczkę, która pracowicie przecierała okulary.

– Wiem, co to dla...

– Nic pan nie wie, doktorze. – Stary usłyszał własny suchy krótki śmiech. – Proszę się nie obrazić, doktorze Buer, lecz akurat to panu gwarantuję. Pan nie wie nic.

Zdążył zauważyć zakłopotanie Buera i w tym samym momencie zorientował się, że z kranu przy zlewie na drugim końcu gabinetu kapie woda, usłyszał nowy dźwięk, jak gdyby w niezrozumiały sposób na powrót odzyskał zmysły dwudziestolatka.

Buer z powrotem włożył okulary, podniósł jakąś kartkę, jakby właśnie na niej wypisane było słowo, które zamierzał wypowiedzieć, chrząknął i oznajmił:

– Umierasz.

Stary człowiek wolałby, aby doktor powiedział „pan".

Przystanął przy skupisku ludzi, słysząc brzdąkanie na gitarze i czyjś głos śpiewający piosenkę, która z pewnością była stara dla wszystkich oprócz niego. Słyszał ją już wcześniej, pewnie ćwierć wieku temu, ale wydawało mu się, że to było zaledwie wczoraj. Tak się działo ze wszystkim, im głębiej coś tkwiło w przeszłości, tym było mu bliższe i wyraźniejsze. Przypominał sobie rzeczy, których nie pamiętał od lat, być może nigdy. To, o czym wcześniej musiał czytać w swoich dziennikach z czasów wojny, teraz rozgrywało się jak film, gdy tylko zamknął oczy.

– Prawdopodobnie został ci przynajmniej jeszcze rok.

Jedna wiosna i jedno lato. Dostrzegał każdy żółknący liść na drzewach w Parku Studenckim, jak gdyby włożył nowe mocniejsze okulary. Te same drzewa rosły tu w roku 1945. A może nie? Nie były tak wyraźne tamtego dnia. Nic nie było takie wyraźne. Uśmiechnięte twarze, wściekłe twarze, wołania, które ledwie do niego docierały, trzaskanie drzwiczek samochodów. Może miał łzy w oczach, bo gdy wspominał flagi, z którymi ludzie biegali po ulicach, rozmywały się w czerwieni. I te krzyki: „Następca tronu wrócił!".

Ruszył w górę wzniesienia pod Zamkiem, gdzie zebrało się sporo ludzi, chcących obejrzeć zmianę warty. Echo rozkazów gwardzisty i ostrego stukotu kolb karabinów i obcasów odbiło się od bladożółtej fasady Zamku. Zaszumiały kamery wideo, wychwycił kilka niemieckich słów. Para obejmujących się młodych Japończyków z rozbawieniem obserwowała przedstawienie. Zamknął oczy, usiłując wyczuć zapach mundurów i smaru do czyszczenia broni. Bzdura. Nic tu nie miało zapachu jego wojny.

Znów otworzył oczy. Co oni wiedzieli, ci ubrani na czarno chłopcy, te żołnierzyki, paradne figurki monarchii demokratycznej, wykonujący symboliczne czynności, na których zrozumienie byli zbyt niewinni i zbyt młodzi, by coś przy tym poczuć. Znów pomyślał o tamtym dniu, o młodych Norwegach przebranych za żołnierzy, czy też za szwedzkich żołnierzy, jak ich nazywano, ponieważ w Szwecji się kształcili. W jego oczach byli żołnierzykami-zabawkami. Nie wiedzieli, jak nosić mundur, a już na pewno nie mieli pojęcia, jak się obchodzić z jeńcem wojennym. Byli wystraszeni i brutalni, w ustach trzymali niedopałki, czapki nosili nasadzone nonszalancko na bakier. Ściskali swoją świeżo zdobytą broń i usiłowali przezwyciężyć strach, wbijając aresztantom kolbę karabinu w plecy.

„Faszystowskie świnie" – powtarzali, bijąc, jak gdyby pragnęli uzyskać natychmiastowe rozgrzeszenie.

Odetchnął głęboko, by poczuć smak ciepłego jesiennego dnia. Ale w tej samej chwili pojawił się ból. Stary człowiek zrobił chwiejny krok w tył. Woda w płucach. Za dwanaście miesięcy, może wcześniej, wda się zapalenie i z ropy wydzieli się woda, która zbierze się w płucach. Podobno to najgorsze.

„Umierasz".

Chwycił go kaszel, tak gwałtowny, że ci, którzy stali najbliżej, odruchowo się odsunęli.

4 MINISTERSTWO SPRAW ZAGRANICZNYCH, VICTORIA TERRASSE, 5 PAŹDZIERNIKA 1999

Minister Bernt Brandhaug maszerował korytarzem. Upłynęło trzydzieści sekund od momentu, gdy opuścił swój gabinet, a do chwili, gdy znajdzie się w sali konferencyjnej, miało upłynąć jeszcze czterdzieści pięć. Wyprostował ramiona obciągnięte marynarką, poczuł, jak się napina materiał, jak prężą się mięśnie pleców. *Latissimus dorsi*, muskulatura biegacza na nartach. Miał sześćdziesiąt lat, ale wyglądał najwyżej na pięćdziesiąt. Nie przejmował się za bardzo wyglądem, miał jednak świadomość, że dobrze się prezentuje. Nie musiał się przy tym zbytnio starać, oprócz treningu, który i tak uwielbiał, wystarczało parę wizyt w solarium zimą i regularne wyskubywanie pojedynczych siwych włosków z coraz bardziej krzaczastych brwi.

– Cześć, Lise! – zawołał, mijając kserokopiarkę. Stojąca przy niej młoda urzędniczka MSZ drgnęła przestraszona. Zdążyła jedynie posłać mu blady uśmiech, nim zniknął za kolejnym rogiem. Lise była świeżo upieczoną prawniczką, córką jego kolegi ze studiów. Zaczęła tu pracować zaledwie trzy tygodnie wcześniej. Od samego początku czuła, że minister spraw zagranicznych, najwyższy urzędnik tego biura, wiedział, kim ona jest. Czy mógłby ją mieć? Prawdopodobnie tak. Ale to nie jest konieczne.

Usłyszał szum głosów, jeszcze zanim dotarł do otwartych drzwi. Spojrzał na zegarek. Siedemdziesiąt pięć sekund. Wszedł do sali konferencyjnej, obrzucił ją prędkim spojrzeniem i stwierdził, że na miejscu są przedstawiciele wszystkich wezwanych instancji.

– Aha, więc to pan jest Bjarne Møller – zawołał, uśmiechając się szeroko. Przez stół wyciągnął rękę do wysokiego chudego człowieka, który siedział obok Anne Størksen, komendantki okręgowej policji.

– Pan jest NWP, prawda, Møller? Słyszałem, że bierze pan udział w biegu narciarskim w Holmenkollen, w etapie „Przez góry i doliny".

To była jedna ze sztuczek Brandhauga, zdobycie odrobiny informacji o osobach, z którymi miał się spotkać po raz pierwszy. Zawsze szukał czegoś, czego nie dałoby się znaleźć w ich życiorysie. To odbierało im pewność siebie. Szczególnie zadowolony był z użycia określenia „NWP", wewnętrznego skrótu oznaczającego naczelnika wydziału policji. Usiadł, mrugnął do swego starego przyjaciela, Kurta Meirika, szefa POT[*] i przyjrzał się pozostałym zgromadzonym wokół stołu.

Wciąż nikt nie wiedział, kto obejmie prowadzenie zebrania, skoro było to spotkanie przynajmniej teoretycznie równorzędnych przedstawicieli Kancelarii Premiera, Komendy Okręgowej Policji w Oslo, Wojskowych Służb Wywiadowczych, Specjalnej Jednostki Antyterrorystycznej i jego własnego Ministerstwa Spraw Zagranicznych. Zwołała je Kancelaria Premiera, nie było jednak żadnych wątpliwości, że to Komenda Okręgowa Policji w Oslo w osobie pani komendant Anne Størksen oraz POT reprezentowany przez Kurta Meirika poniosą odpowiedzialność operacyjną, gdy przyjdzie na to pora. Sekretarz stanu z Kancelarii Premiera sprawiał wrażenie chętnego do objęcia przewodnictwa.

Brandhaug zamknął oczy i słuchał.

Rozmowy z rodzaju „Dziękuję za ostatnie spotkanie" urwały się, szum głosów powoli cichł, zaszurała noga jakiegoś krzesła. Jeszcze nie. Zaszeleściły kartki, zaklikały długopisy. Na ważnych spotkaniach, takich jak to, większości szefów towarzyszyli asystenci, aby było kogo obwiniać, gdyby coś poszło nie tak. Rozległo się czyjeś chrząknięcie, ale dobiegło

---

[*] POT – *Politiets overvåkingstjeneste, Policyjne Służby Bezpieczeństwa* (przyp. tłum.).

z niewłaściwego końca pomieszczenia, a poza tym zabrzmiało inaczej niż zapowiedź zabrania głosu. Ktoś inny już głośno nabierał powietrza.

– No to zaczynamy – oświadczył Bernt Brandhaug i otworzył oczy. Wszystkie głowy odwróciły się w jego stronę. Powtarzało się to za każdym razem. Czyjeś półotwarte usta, tym razem sekretarza stanu, krzywy uśmiech pani Størksen, świadczący o tym, że zrozumiała, co się dzieje, a poza tym puste twarze wpatrzone w niego, nieświadome, że bitwa już jest wygrana.

– Witam na pierwszym zebraniu koordynacyjnym. Naszym zadaniem jest przyjęcie i wyprawienie z Norwegii czterech spośród najważniejszych ludzi na świecie w jako tako nienaruszonym stanie.

Uprzejme śmiechy wokół stołu.

– W poniedziałek 1 listopada przyjeżdżają przewodniczący OWP, Jasir Arafat, premier Izraela Ehud Barak, premier Rosji Władimir Putin, a na koniec rodzynek: o szóstej piętnaście, dokładnie za dwadzieścia siedem dni na Gardermoen, dworcu lotniczym w Oslo, wyląduje samolot Air Force One z amerykańskim prezydentem na pokładzie.

Brandhaug przeniósł spojrzenie na kolejne twarze wokół stołu i zatrzymał się na tej nowej. Na Bjarnem Møllerze.

– Oczywiście, jeśli nie przeszkodzi w tym mgła – dodał, zebrał w nagrodę śmiechy i z zadowoleniem stwierdził, że Møller na moment zapomniał o swojej nerwowości i też śmiał się wraz z innymi. Brandhaug odpowiedział uśmiechem. Pokazał w nim mocne zęby, znów odrobinę bielsze po ostatnim zabiegu kosmetycznym u dentysty.

– Wciąż nie wiemy dokładnie, ile osób przyjedzie – podjął. – W Australii prezydentowi towarzyszyły dwa tysiące osób. W Kopenhadze tysiąc siedemset.

Wokół stołu rozległy się pomrukiwania.

– Ale doświadczenie mi podpowiada, że bardziej prawdopodobna jest liczba około siedmiuset.

Brandhaug powiedział to ze spokojem, przekonany, że jego „szacowanie" wkrótce się potwierdzi, gdyż godzinę wcześniej otrzymał faks z listą siedmiuset dwunastu nazwisk.

– Niektórzy z was zapewne zadają sobie pytanie, po cóż prezydentowi tylu ludzi podczas zaledwie dwudniowego spotkania na szczycie. Odpowiedź jest prosta. Mówimy o starej dobrej demonstracji siły. Siedemset osób, jeśli moje przewidywania nie są błędne, to dokładnie tyle, ile towarzyszyło cesarzowi Fryderykowi Trzeciemu w podróży do Rzymu w roku 1468, gdy postanowił wyjaśnić papieżowi, kto jest najpotężniejszym człowiekiem na świecie.

Wokół stołu ponownie rozległy się śmiechy. Brandhaug puścił oko do Anne Størksen. Znalazł tę informację w „Aftenposten". Teraz złożył dłonie.

– Nie muszę wam tłumaczyć, jak krótkim czasem dysponujemy. Oznacza to, że będziemy się codziennie spotykać na zebraniach koordynacyjnych o dziesiątej rano w tej sali. Dopóki nie przestaniemy być odpowiedzialni za tych czterech chłopców, trzeba wypuścić z rąk wszystko inne, co w nich trzymacie. Zakaz urlopów i odbierania nadgodzin. I zwolnień lekarskich. Jakieś pytania, zanim przejdziemy dalej?

– No cóż, uważamy... – zaczął sekretarz stanu.

– Włącznie z depresją – przerwał mu Brandhaug, a Bjarne Møller mimowolnie wybuchnął krótkim śmiechem.

– No cóż, my... – znów bąknął sekretarz stanu.

– Bardzo proszę, Meirik! – zawołał Brandhaug.

– Słucham?

Szef POT, Kurt Meirik, podniósł łysą głowę i spojrzał na Brandhauga.

– Chciałeś coś powiedzieć na temat oceny zagrożenia dokonanej przez POT – przypomniał Brandhaug.

– Aha, o to chodzi – powiedział Meirik. – Mamy ze sobą kopie.

Meirik pochodził z Tromsø i posługiwał się dziwaczną, niekonsekwentną mieszaniną dialektu z regionu Troms i literacką wersją języka. Skinął głową siedzącej obok niego kobiecie. Brandhaug na chwilę zatrzymał na niej wzrok. Bez cienia makijażu, krótkie brązowe włosy miała obcięte prosto i spięte nietwarzową spinką, a jej kostium z niebieskiej wełny był wręcz nieciekawy. Jednak pomimo przesadnie skupionej miny, jaką często widywał u pracujących zawodowo kobiet, obawiających się, że nie zostaną potraktowane dostatecznie poważnie, spodobało mu się to, co zobaczył. Miała piwne łagodne oczy, a mocno zarysowane kości policzkowe przydawały jej arystokratycznej, wręcz nienorweskiej urody. Widywał ją już wcześniej, ale teraz zmieniła uczesanie. Jak ona ma na imię? Jakoś biblijnie – Rakel? Może właśnie się rozwiodła? Mogła świadczyć o tym nowa fryzura. Pochyliła się nad męską aktówką stojącą między nią a Meirikiem, a wzrok Brandhauga automatycznie powędrował do wycięcia bluzki. Okazała się jednak zapięta zbyt wysoko, by pokazać mu coś interesującego. Czy miała dzieci w wieku szkolnym? Protestowałaby przeciwko przyjściu w ciągu dnia do położonego w centrum hotelu? Może podnieca ją władza?

– Przedstaw nam ustnie tylko krótkie streszczenie, Meirik – poprosił Brandhaug.

– Dobrze.

– Chciałem wcześniej powiedzieć dwa słowa – spróbował ponownie sekretarz stanu.

– Pozwolimy Meirikowi dokończyć, a potem będziesz mógł mówić, ile chcesz, dobrze, Bjørn?

Po raz pierwszy Brandhaug zwrócił się do niego po imieniu.

– POT ocenia, że zamachu lub podobnej sytuacji nie da się wykluczyć – powiedział Meirik.

Brandhaug uśmiechnął się. Kątem oka dostrzegł, że szefowa policji też rozchyla usta w uśmiechu. Bystra dziewczyna, z dyplomem prawa i nieskazitelnym przebiegiem służby w administracji. Może powinien któregoś wieczoru zaprosić ją z mężem do siebie na kolację, na pstrąga? Mieszkał z żoną w obszernej drewnianej willi położonej na granicy lasu, w Nordberg. Wystarczyło wyjść za garaż i już można było przypinać narty. Bernt Brandhaug kochał tę willę. Jego żona twierdziła, że jest za duża, że ciemne drewno budzi w niej lęk. Nie lubiła też lasu otaczającego dom. Tak, tak, trzeba ich zaprosić na kolację. Solidne drewno i pstrągi, które sam złowił. To będą odpowiednie sygnały.

– Pozwolę sobie wam przypomnieć – ciągnął Meirik – że czterech prezydentów Ameryki zginęło w wyniku zamachu. Abraham Lincoln w 1865, James Garfield w 1881, John F. Kennedy w 1963 i... – obrócił się w stronę swej asystentki o mocno zarysowanych kościach policzkowych, która podpowiedziała mu nazwisko ruchem warg. – A tak, William McKinley. W...

– 1901 – dokończył Brandhaug, uśmiechnął się ciepło i zerknął na zegarek.

– No właśnie. Ale przez te lata prób zamachów było o wiele więcej. Zarówno Harry'emu Trumanowi, Geraldowi Fordowi, jak i Ronaldowi Reaganowi groził atak podczas sprawowania urzędu.

Brandhaug chrząknął.
– Zapominasz, że również do obecnego prezydenta strzelano kilka lat temu. A przynajmniej ostrzelano jego dom.
– Zgadza się. Jednak tego typu incydentów nie bierzemy pod uwagę, byłoby ich zbyt dużo. Ośmielę się stwierdzić, że w ciągu ostatnich dwudziestu lat każdy urzędujący prezydent Ameryki był narażony na co najmniej dziesięć zamachów, które zostały ujawnione, a sprawcy ujęci, przy czym sprawa nie przedostawała się do mediów.
– Dlaczego?
Szefowi wydziału policji, Bjarnemu Møllerowi, zdawało się, że to pytanie pojawiło się tylko w jego myślach, i słysząc własny głos, zdziwił się tak samo jak pozostali. Przełknął ślinę, gdy zauważył, że wszystkie głowy odwracają się w jego stronę, i usiłował nie spuszczać wzroku z Meirika, lecz nie wytrzymał. Spojrzenie przeskoczyło na Brandhauga. Minister mrugnął uspokajająco.
– No tak, jak wiecie, ujawnione próby zamachów zwykle utrzymuje się w tajemnicy – powiedział Meirik i zdjął okulary. Przypominały okulary Horsta Tapperta, ten typ, który tak lubią katalogi sprzedaży wysyłkowej, ciemniejące, gdy się wychodzi na słońce.
– Ponieważ zamachy stały się co najmniej równie zaraźliwe jak samobójstwa. A poza tym my, ludzie z branży, nie chcemy ujawniać naszych metod pracy.
– Jakie plany bezpieczeństwa opracowano? – przerwał mu sekretarz stanu.
Towarzyszka Meirika podała mu kartkę. Włożył okulary i zaczął czytać:
– W czwartek przyjeżdża ośmiu ludzi z Secret Service. Zaczniemy wtedy oglądać hotele, trasy przejazdu, sprawdzać pod względem bezpieczeństwa wszystkich, którzy będą przebywać w pobliżu prezydenta, i szkolić norweskich policjantów włączonych do akcji. Zamierzamy wezwać posiłki z rejonu Romerike i Asker og Bærum.
– A oni będą wykorzystywani do…? – spytał sekretarz stanu.
– Głównie do pilnowania. Terenów wokół ambasady amerykańskiej, hotelu, w którym zamieszka delegacja, parkingu…
– Krótko mówiąc, wszystkich miejsc, w których nie będzie przebywał prezydent?

– Tym zajmiemy się my z POT i Secret Service.
– Myślałem, że nie lubicie stać na warcie, Kurt – powiedział Brandhaug z uśmiechem.

Słysząc to, Kurt Meirik uśmiechnął się z przymusem. W roku 1998 POT odmówił obstawienia zorganizowanej w Oslo konferencji poświęconej wprowadzeniu zakazu stosowania min przeciwpiechotnych. Powołali się na własną ocenę zagrożenia, która brzmiała: „Ryzyko zagrożenia bezpieczeństwa średnie do niskiego". Drugiego dnia konferencji Urząd do spraw Cudzoziemców zwrócił MSZ uwagę, że jeden z Norwegów, którego POT zaakceptował jako kierowcę delegacji chorwackiej, jest w rzeczywistości bośniackim muzułmaninem. Przybył do Norwegii w latach siedemdziesiątych, już od dawna miał obywatelstwo norweskie, ale w roku 1993 oboje jego rodziców i czworo rodzeństwa zaszlachtowali Chorwaci pod Mostarem w Bośni i Hercegowinie. Przeszukując mieszkanie mężczyzny, znaleziono dwa ręczne granaty i list samobójczy. Prasa oczywiście o niczym się nie dowiedziała, ale awantura, która potem nastąpiła, otarła się aż o kręgi rządowe. Dalsza kariera Kurta Meirika zawisła na włosku, dopóki nie zainterweniował Bernt Brandhaug. Sprawę zatuszowano, gdy komisarz odpowiedzialny za kontrolę bezpieczeństwa sam napisał wypowiedzenie. Brandhaug nie pamiętał już jego nazwiska, ale współpraca z Meirikiem od tamtej pory układała się bez zarzutu.

– Bjørn! – zawołał Brandhaug, składając ręce. – Nie możemy się już doczekać, co nam chciałeś powiedzieć. Proszę!

Spojrzenie ministra ledwie przemknęło po współpracownicy Meirika, lecz nie na tyle szybko, by nie zauważył, że kobieta na niego patrzy. Jednak jej oczy pozostawały bez wyrazu, nieobecne. Już miał przytrzymać ją wzrokiem, ciekaw, co by się w nich pojawiło, gdyby się zorientowała, że odpowiada jej spojrzeniem, ale porzucił tę myśl. Chyba rzeczywiście ma na imię Rakel.

5 PARK ZAMKOWY, 5 PAŹDZIERNIKA 1999

– Umarłeś?

Stary człowiek otworzył oczy i dostrzegł nad sobą zarys głowy, ale twarz znikała w aureoli białego światła. Czy to ona? Czy już przyszła po niego?

– Umarłeś? – powtórzył jasny głos.

Nie odpowiedział, bo nie mógł stwierdzić, czy oczy ma otwarte, czy też tylko śni. Czy może, tak jak pytał głos, umarł?

– Jak się nazywasz?

Głowa odsunęła się i teraz zamiast niej widział koronę drzew i błękitne niebo. Coś mu się przyśniło, chyba z wiersza. *Niemieckie bombowce nadleciały*. Nordahl Grieg. Coś o królu, który uciekł do Anglii. Źrenice znów zaczęły przyzwyczajać się do światła. Przypomniał sobie, że położył się na trawie w Parku Zamkowym, by chwilę odpocząć. Najwidoczniej zasnął. Obok niego przykucnął nieduży chłopczyk, spod czarnej grzywki zerkała para ciemnych oczu.

– Mam na imię Ali – przedstawił się.

Pakistański dzieciak? Chłopiec miał dziwnie zadarty nos.

– „Ali" znaczy „Bóg" – wyjaśnił malec. – A twoje imię co znaczy?

– Nazywam się Daniel – odparł stary i uśmiechnął się. – To imię z Biblii. A znaczy: „Bóg jest moim sędzią".

Chłopczyk przyglądał mu się z uwagą.

– To znaczy, że ty jesteś Daniel?

– Tak.

Chłopiec dalej nie spuszczał z niego wzroku, aż stary poczuł się nieswojo. Może dzieciak wziął go za bezdomnego, który ułożył się w ubraniu na ziemi, w słońcu, na wełnianym płaszczu służącym za koc?

– Gdzie twoja mama? – spytał, chcąc uniknąć dociekliwego spojrzenia chłopca.

– Tam! – Chłopiec obrócił się i pokazał palcem. W pobliżu siedziały na trawie dwie ciemnoskóre kobiety o wydatnych biustach, przy nich ze śmiechem baraszkowała czwórka dzieci.

– Wobec tego to ja jestem twoim sędzią – stwierdził malec.

– Co?

– Ali to Bóg, prawda? A Bóg jest sędzią Daniela. Ja mam na imię Ali, a ty masz...

Stary wyciągnął rękę, złapał Alego za nos. Chłopczyk aż pisnął z zachwytu. Stary zobaczył, że kobiety odwracają głowy. Jedna już się podnosiła, puścił więc chłopca.

– Twoja mama, Ali – powiedział, kiwając głową w stronę zbliżającej się kobiety.

– Mamo! – zawołał mały. – Jestem sędzią tego pana!

Kobieta krzyknęła coś do chłopca w urdu. Stary uśmiechnął się do niej, lecz ta unikała patrzenia mu w oczy. Sztywno spoglądała na syna, który w końcu posłuchał i podbiegł do niej. Kiedy się odwrócili, kobieta omiotła starego wzrokiem i popatrzyła dalej, jak gdyby był niewidzialny.

Miał ochotę powiedzieć jej, że nie jest żebrakiem, że brał udział w budowaniu tego społeczeństwa. Dawał z siebie, oddawał wszystko, aż nic więcej już mu nie zostało do darowania. Teraz mógł jedynie zwolnić miejsce innym, zrezygnować, poddać się. Ale nie miał siły na rozmowę, był zmęczony i chciał jak najszybciej znaleźć się w domu, odpocząć. Zobaczy, co będzie później. Najwyższy czas, żeby inni zaczęli płacić.

Nie słyszał, że chłopiec jeszcze coś za nim woła.

6 BUDYNEK POLICJI, GRØNLAND, 10 PAŹDZIERNIKA 1999

Ellen Gjelten podniosła głowę i popatrzyła na mężczyznę, który właśnie wpadł do pokoju.

– Dzień dobry, Harry.

– Cholera!

Harry kopnął stojący obok biurka kosz na śmieci tak mocno, że uderzył o ścianę obok krzesła Ellen i potoczył się po podłodze, rozsypując na linoleum swoją zawartość: zgniecione próby raportów (morderstwo na Ekeberg), pustą paczkę po papierosach (camele z nalepką *tax free*), zielone pudełko po jogurcie Go'morn, gazetę „Dagsavisen", stary bilet do kina („Filmteater", *Las Vegas Parano)*, niewykorzystany kupon

Lotto, skórkę od banana, magazyn muzyczny („MOJO" nr 69, luty 1999, na okładce zdjęcie grupy Queen), półlitrową plastikową butelkę po coli oraz żółtą karteczkę z numerem telefonu, pod który przez pewien czas Harry zamierzał zadzwonić, ale zrezygnował.

Ellen oderwała wzrok od komputera i popatrzyła na śmieci na podłodze.

– Wyrzucasz „MOJO", Harry? – spytała.

– Cholera! – powtórzył Harry, zerwał z siebie ciasną marynarkę i cisnął ją na drugi koniec pokoju o powierzchni dwudziestu metrów kwadratowych, który dzielił z sierżant Ellen Gjelten. Marynarka uderzyła w wieszak, ale nie zaczepiła się, tylko upadła na podłogę.

– Co się dzieje? – spytała Ellen, wyciągając rękę, żeby podtrzymać chwiejący się wieszak.

– Znalazłem to w mojej przegródce na pocztę. – Pomachał jakimś dokumentem.

– To wygląda na wyrok.

– No.

– Sprawa Kebabu u Dennisa?

– Właśnie.

– I co?

– Sverre Olsen dostał tyle, ile mógł. Trzy i pół roku.

– O rany! Powinieneś tryskać humorem.

– I tak było przez mniej więcej minutę. Dopóki nie przeczytałem tego. – Podniósł do góry faks.

– Co to jest?

– Kiedy Krohn otrzymał dziś rano kopię wyroku, odpowiedział, że zamierza zgłosić błędy proceduralne.

Ellen skrzywiła się, jakby zjadła coś paskudnego.

– Ojej.

– Chce unieważnić wyrok. Cholera, nie uwierzysz, ale Krohn, ta śliska ryba, złapał nas na przysiędze.

– Na czym was złapał?

Harry stanął przy oknie.

– Ławnicy składają przysięgę za pierwszym razem, kiedy zasiadają w składzie sędziowskim. To wystarczy, ale pod warunkiem, że nastąpi na sali sądowej przed rozpoczęciem rozprawy. Krohn zauważył, że jed-

na z ławniczek jest nowa, a sędzia nie dopilnował, by złożyła przysięgę na sali.
– To się nazywa przyrzeczenie.
– Wszystko jedno. Z wyroku wynika, że sędzia przyjął przyrzeczenie od tej kobiety w pokoju sędziów tuż przed rozpoczęciem rozprawy. Tłumaczył się brakiem czasu i nowymi zasadami.
Harry zmiął faks i długim łukiem posłał go na drugi koniec pokoju. Papierowa kula o pół metra minęła kosz na śmieci przy biurku Ellen.
– I co w rezultacie? – spytała, przerzucając ją kopnięciem do połowy pokoju należącej do Harry'ego.
– Cały wyrok zostanie unieważniony, a Sverre Olsen pozostanie wolnym człowiekiem jeszcze przez co najmniej półtora roku, dopóki sprawa znów nie trafi na wokandę. A w efekcie kara zostanie znacznie złagodzona ze względu na obciążenie, jakim był dla oskarżonego czas oczekiwania itepe, itede. Biorąc pod uwagę, że osiem miesięcy odsiedział w areszcie, cholernie dużo wskazuje na to, że Sverre Olsen już jest wolny.

Harry nie mówił do Ellen, która i tak znała wszystkie szczegóły sprawy. Perorował do własnego odbicia w szybie, głośno wypowiadał słowa, żeby się przekonać, czy wtedy będą miały większy sens. Przeciągnął obiema rękami po gładkiej spoconej głowie, na której do niedawna sterczały krótko obcięte jasne włosy. Usunięcie ich resztek miało bardzo konkretną przyczynę: w zeszłym tygodniu znów został rozpoznany. Pewien chłopak w czarnej trykotowej czapce, butach nike i spodniach tak wielkich, że krok zwisał mu w kolanach, podszedł do niego, zostawiając kumpli wijących się ze śmiechu, i spytał, czy „Harry to ten Bruce Willis z Australii". A przecież minęły trzy – trzy! – lata, odkąd zdobił pierwsze strony gazet i wygłupiał się, opowiadając w telewizyjnych talk--showach o seryjnym mordercy, zastrzelonym przez niego w Sydney. Po tym zdarzeniu natychmiast poszedł do fryzjera i ogolił się na łyso. Ellen proponowała wąsy.

– A najgorsze jest to, mogę się założyć, że ten piekielny adwokat pojął, o co chodzi, jeszcze przed wydaniem wyroku. Mógł to zgłosić, wtedy ławniczka natychmiast złożyłaby przyrzeczenie na sali. Ale on tylko siedział, zacierał ręce i czekał.

Ellen wzruszyła ramionami.

– Takie rzeczy się zdarzają. Jak na obrońcę to dobra robota. Trzeba złożyć jakąś ofiarę na ołtarzu sprawiedliwości. Weź się w garść, Harry.
Powiedziała to z mieszaniną sarkazmu i trzeźwej konstatacji.
Harry przyłożył czoło do chłodnego szkła. Kolejny z niespodziewanie ciepłych październikowych dni. Ciekaw był, gdzie Ellen, świeżo upieczona sierżant policji, z tą swoją delikatną, lalkowato śliczną buzią, małymi ustami i okrągłymi oczami, nauczyła się być tak mocna w gębie. Była dziewczyną z dobrego domu, według jej własnych słów rozpieszczoną jedynaczką, która na domiar wszystkiego chodziła do szkoły z internatem w Szwajcarii. Kto wie, może to też trudne dzieciństwo?
Harry odchylił głowę i wypuścił powietrze z ust. Potem rozpiął guzik przy koszuli.
– Jeszcze, jeszcze – szepnęła Ellen, leciutko klaszcząc w dłonie, jakby udawała owacje.
– W środowisku neonazistów faceta nazywają Batmanem.
– To jasne. Kij bejsbolowy to po angielsku *„bat"*.
– Nie chodzi mi o nazistę, tylko o tego adwokata.
– To bardziej interesujące. Czy to znaczy, że jest zabójczo przystojny, bogaty i szalony, ma brzuch jak tara i luksusowy samochód?
Harry roześmiał się.
– Powinnaś prowadzić własny talk-show, Ellen. Nie, dlatego że wygrywa za każdym razem, gdy podejmie się obrony. Poza tym jest żonaty.
– To jego jedyny minus?
– I jeszcze to, że za każdym razem z nami wygrywa. – Harry nalał sobie filiżankę kawy z domowej mieszanki, którą Ellen wniosła do tego pokoju, gdy sprowadziła się tu przed blisko dwoma laty. Wadą tej kawy było to, że podniebienie Harry'ego nie tolerowało już powszechnie parzonej lury.
– Będzie miał prawo do występowania w Sądzie Najwyższym? – spytała.
– Zanim dojdzie do czterdziestki.
– Stawiasz tysiąc koron?
– *Done*.
Roześmiali się i wznieśli toast papierowymi kubkami.
– Możesz mi dać to „MOJO"? – spytała Ellen.

– Na rozkładówce są zdjęcia Freddy'ego Mercury'ego w dziesięciu najokropniejszych pozach. Z nagim torsem, ujęty pod boki, suszy lśniąco białe zęby. Pełny pakiet. Bardzo cię proszę.
– A ja lubię Freddy'ego. To znaczy lubiłam.
– Nie powiedziałem wcale, że ja go nie lubię.

Popsute obrotowe niebieskie krzesło z regulowaną wysokością siedzenia, które już dawno utknęło na stałe na najniższym ząbku, jęknęło w proteście, kiedy zamyślony Harry odchylił się do tyłu. Zerwał ze stojącego przed nim aparatu telefonicznego żółtą karteczkę, zapisaną charakterem pisma Ellen.
– Co to jest?
– Chyba umiesz przeczytać. Møller cię szuka.

Idąc korytarzem, wyobrażał sobie zaciśnięte usta i dwie głębokie zmarszczki zatroskania, które pojawią się między oczami szefa na wieść o tym, że Sverre Olsen znów jest na wolności.

Przy kserokopiarce młoda rumiana dziewczyna podniosła nagle wzrok i uśmiechnęła się na widok Harry'ego. Nie zdążył jej odpowiedzieć uśmiechem. To pewnie jedna z nowych urzędniczek. Używała ciężkich słodkich perfum, które tylko wprawiły go w irytację. Zerknął na sekundnik zegarka.

A więc teraz zaczęły go denerwować perfumy. Co właściwie się z nim stało? Ellen twierdziła, że brak mu wrodzonej woli walki, dzięki której większość ludzi potrafi się podnieść. Po powrocie z Bangkoku tak długo był w depresji, że właściwie przestał już wierzyć, że kiedykolwiek zdoła wypłynąć na powierzchnię. Wszystko było zimne i ciemne, wszelkie wrażenia przytłumione, jak gdyby znajdował się głęboko pod wodą. I panował tam taki cudowny spokój. Gdy ktoś do niego mówił, słowa przypominały pęcherzyki powietrza wylatujące z ust, unoszące się do góry i znikające. Myślał: A więc tak jest, kiedy człowiek się topi. I czekał. Ale nic się nie zmieniało. Istniała wyłącznie próżnia. No i dobrze. Jakoś sobie radził.

Dzięki Ellen.

To ona go zastępowała przez pierwsze tygodnie po powrocie do kraju, gdy musiał rzucać ręcznik na ring i wracać do domu. Pilnowała też, żeby nie szedł do baru. Kazała mu chuchać, kiedy spóźniał się do pracy, i osądzała, czy jest zdolny stawić czoło obowiązkom, czy nie. Kilka razy odesłała go do domu, a poza tym trzymała gębę na kłódkę. Zajęło to trochę czasu, ale Harry nigdzie się nie spieszył, a Ellen z wielkim zadowoleniem kiwała głową w pierwszy piątek, w którym mogli odnotować, że stawiał się trzeźwy przez wszystkie kolejne dni tygodnia.

W końcu spytał ją wprost, dlaczego ona, mając za sobą ukończoną szkołę policyjną i studia prawnicze, a przed sobą całkiem ciekawą przyszłość, dobrowolnie uwiązała sobie ten kamień u szyi. Nie rozumiała, że on w żaden sposób nie pomoże jej w zrobieniu kariery? Czyżby miała problemy ze znalezieniem normalnych przyjaciół z dobrymi widokami na przyszłość?

Ellen popatrzyła wtedy na niego z powagą i odparła, że robi to wyłącznie z jednego powodu. Pragnie po cichu skorzystać z jego doświadczenia, ponieważ jest najlepszym śledczym, jakiego mają w Wydziale Zabójstw. Bzdury, oczywiście, ale miło go połaskotało już samo to, że przynajmniej chciało jej się mu przypodobać. Poza tym Ellen jako policjantka miała w sobie tyle entuzjazmu i ambicji, że musiał się tym zarazić. W ostatnim półroczu Harry zaczął nawet znów robić dobrą robotę, wręcz cholernie dobrą. Tak jak w tej sprawie ze Sverrem Olsenem.

Drzwi do Møllera były tuż przed nim. W przelocie kiwnął jeszcze głową umundurowanemu funkcjonariuszowi, który udał, że go nie widzi.

Harry pomyślał, że gdyby był uczestnikiem programu *Wyprawa Robinson*, wystarczyłby jeden dzień, a wszyscy zauważyliby jego złą karmę i odesłali go do domu po pierwszych nominacjach. Nominacje? Boże, zaczął już myśleć terminologią gównianych programów z TV3. Tak to jest, kiedy się spędza wszystkie wieczory przed telewizorem. Ale dopóki zamykał się w mieszkaniu na Sofies gate i gapił w ekran, to przynajmniej nie siedział w restauracji U Schrødera.

Zapukał dwa razy w drzwi tuż pod tabliczką z napisem „Bjarne Møller, NWP".

– Proszę.

Harry spojrzał na zegarek. Siedemdziesiąt pięć sekund.

7 GABINET MØLLERA, 10 PAŹDZIERNIKA 1999

Komisarz Bjarne Møller bardziej leżał, niż siedział na krześle, a spod stołu wystawała para długich łydek. Dłonie założył za głowę, wspaniały egzemplarz tego, co badacze rasy nazywali „długą czaszką", a telefon wcisnął między ucho a bark. Włosy miał obcięte krótko, na twardziela. Niedawno Harry porównywał jego fryzurę do fryzury Kevina Costnera w filmie *Bodyguard*. Ale Møller nie widział *Bodyguarda*, nie był w kinie od piętnastu lat. Ponieważ los obdarzył go nieco zbyt dużym poczuciem odpowiedzialności, jego doba miała za mało godzin, a rodzina, dwoje dzieci i żona, była w stanie zrozumieć go jedynie częściowo.

– Wobec tego ustalone – powiedział Møller, odłożył słuchawkę i popatrzył na Harry'ego znad biurka zawalonego dokumentami, przesypującymi się popielniczkami i używanymi papierowymi kubkami. Fotografia dwóch chłopców z buziami pomalowanymi w indiańskie wzory wyznaczała coś w rodzaju logicznego centrum wśród całego tego chaosu.

– Jesteś, Harry.

– Jestem, szefie.

– Byłem na zebraniu w Ministerstwie Spraw Zagranicznych w związku z listopadowym spotkaniem na szczycie, tu, u nas, w Oslo. Przyjeżdża amerykański prezydent... Zresztą chyba czytasz gazety. Kawy, Harry?

Møller wstał i dwa siedmiomilowe kroki zaniosły go do szafki na dokumenty. Tam, na szczycie góry papierów, balansował ekspres do kawy, wypluwający ciecz o gęstej lepkiej konsystencji.

– Dziękuję, szefie, ale...

Było już za późno i Harry musiał przyjąć parujący kubek.

– Szczególnie się cieszę na wizytę Secret Service. Jestem pewien, że nawiążemy serdeczne stosunki, gdy tylko lepiej się poznamy.

Møllerowi nie wychodziła ironia. Harry cenił swego szefa nie tylko za to.

Møller przyciągnął kolana do siebie, aż uderzyły o spód blatu biurka. Harry odchylił się, żeby wyjąć z kieszeni spodni pogniecioną paczkę cameli, i pytająco uniósł brew, patrząc na Møllera. Ten szybko skinął głową i pchnął w jego stronę pełną niedopałków popielniczkę.

– Będę odpowiedzialny za zabezpieczenie dróg dojazdowych do Gardermoen w obie strony. Oprócz prezydenta przyjeżdża jeszcze Barak...

– Barak?

– Ehud Barak. Premier Izraela.

– O rany, szykuje się kolejna obiecująca umowa z Oslo, czy jak?

Møller popatrzył ponuro na niebieskawą chmurę dymu wznoszącą się pod sufit.

– Nie wmawiaj mi, że o niczym nie wiesz, Harry, bo zacznę się jeszcze bardziej o ciebie martwić. W zeszłym tygodniu wiadomość była na pierwszych stronach wszystkich gazet.

Harry wzruszył ramionami.

– Mój roznosiciel gazet jest niesolidny. Przez niego mam wielkie dziury w wiedzy ogólnej. To poważne kalectwo w życiu towarzyskim.

Harry przełknął ostrożnie łyk kawy, ale zrezygnował i odstawił kubek.

– I w życiu miłosnym.

– Tak? – Møller popatrzył na Harry'ego z taką miną, jakby nie wiedział, czy ma się cieszyć, czy martwić tym, co zaraz usłyszy.

– Jasne. Komu wyda się seksowny facet dobrze ponad trzydziestkę, który zna historie życia wszystkich uczestników *Wyprawy Robinson*, a nie zna nazwiska choćby jednego ministra? Ani prezydenta Izraela?

– Premiera.

– Rozumiesz, o co mi chodzi?

Møller zdusił śmiech. Za łatwo się śmiał. I za bardzo lubił tego zranionego sierżanta z wielkimi uszami, sterczącymi jak dwa kolorowe skrzydła motyla z ogolonej na łyso czaszki. A przecież Harry narobił Møllerowi więcej kłopotów, niż mogło mu wyjść na zdrowie. Już jako świeżo upieczony naczelnik wydziału policji nauczył się, że pierwsze przykazanie urzędnika państwowego, który planuje zrobić karierę, brzmi: Nikogo nie kryć. Kiedy więc teraz chrząknął, by zadać pytanie, choć wcale nie miał na to ochoty, ściągnął najpierw brwi, aby pokazać Harry'emu, że jego troska ma charakter zawodowy, a nie przyjacielski.

– Słyszałem, że wciąż przesiadujesz U Schrødera, Harry?

– Mniej niż dotychczas. W telewizji jest mnóstwo ciekawych rzeczy.
– Ale przesiadujesz tam.
– Nie lubią, kiedy się stoi.
– Przestań. Znowu pijesz?
– Minimalnie.
– Jak minimalnie?
– Wyrzuciliby mnie, gdybym pił mniej.

Tym razem Møller nie zdołał powstrzymać się od śmiechu.

– Potrzebuję trzech oficerów łącznikowych do zabezpieczenia drogi – powiedział. – Każdy z nich będzie miał do dyspozycji dziesięciu ludzi z różnych rejonów policyjnych w Akershus plus paru kadetów z ostatniego rocznika szkoły policyjnej. Myślałem o Tomie Waalerze...

Waaler. Rasista i sukinsyn, szykował się na objęcie stanowiska komisarza, które wkrótce miało się zwolnić. Harry dość się nasłuchał o sposobie, w jaki Waaler wykonuje swoje zawodowe obowiązki, by wiedzieć, że stanowi on potwierdzenie dla wszelkich uprzedzeń ludzi do policji oprócz jednego: Waaler niestety nie był głupi. Wyniki prowadzonych przez niego śledztw okazały się na tyle interesujące, że nawet Harry musiał przyznać, że Waaler zasłużył na ten awans.

– I o Weberze...
– Tym starym zrzędzie?
–...i o tobie, Harry.
– *Say again.*
– Dobrze słyszałeś.

Harry skrzywił się.

– Masz coś przeciwko temu? – spytał Møller.
– Oczywiście, że mam.
– Dlaczego? To w pewnym sensie zaszczytne zadanie. Takie poklepanie po ramieniu.
– Doprawdy? – Harry zgasił papierosa, ze złością trąc nim mocno o popielniczkę. – A może to następny krok w procesie rehabilitacji?
– O czym ty mówisz? – Bjarne Møller wyglądał na urażonego.
– Wiem, że puściłeś mimo uszu kilka dobrych rad i wstąpiłeś na wojenną ścieżkę z paroma osobami, kiedy tak ciepło mnie przyjąłeś po powrocie z Bangkoku. I za to jestem ci dozgonnie wdzięczny. Ale o co chodzi teraz? Oficer łącznikowy? To brzmi jak próba udowodnienia

wątpiącym, że miałeś rację, a oni się pomylili. Że Hole jest w pełni sprawny, można go obarczyć odpowiedzialnością i tak dalej.

– I co dalej?

Bjarne Møller znów założył ręce za głowę.

– I co dalej? – przedrzeźnił go Harry. – Czy tak właśnie jest? Znów jestem tylko pionkiem?

Møller westchnął z rezygnacją.

– Wszyscy jesteśmy pionkami i we wszystkim kryje się jakiś plan. Ten nie jest gorszy od innych. Rób dobrą robotę, a będzie to z korzyścią i dla mnie, i dla ciebie. Czy to jest takie cholernie trudne?

Harry prychnął. Chciał coś powiedzieć, urwał, spróbował jeszcze raz, ale się wycofał. Wypstryknął kolejnego papierosa z paczki.

– Tylko to, że czuję się jak jakiś cholerny obstawiony koń na wyścigach. I to, że nie znoszę odpowiedzialności.

Wsunął papierosa między wargi i tak go zostawił, nie zapalając. Był winien Møllerowi tę przysługę, ale co by było, gdyby się wygłupił? Czy Møller się nad tym zastanowił? Oficer łącznikowy? Od dawna już nie pił, ale wciąż musiał być ostrożny, przeżywać każdy dzień z osobna. Do diabła, czy jednym z powodów, dla których postanowił zostać śledczym, nie było właśnie to, że nie chciał mieć nikogo pod sobą? I jak najmniej osób nad sobą? Ścisnął zębami filtr papierosa.

Usłyszeli odgłosy rozmowy dobiegające z korytarza przy automacie z kawą. Zabrzmiało to jak głos Waalera. Potem rozległ się perlisty kobiecy śmiech. Może to ta nowa urzędniczka? Wciąż miał w nozdrzach zapach jej perfum.

– Cholera! – mruknął Harry. – Cho-le-ra. – Przy każdej sylabie papieros podskakiwał mu w ustach.

Møller zamknął oczy, gdy Harry się namyślał. Teraz lekko je uchylił.

– Czy mam przez to rozumieć, że się zgadzasz?

Harry wstał i wyszedł bez słowa.

8 ALNABRU, PUNKT POBIERANIA OPŁAT, 1 LISTOPADA 1999

Szary ptaszek ponownie mignął Harry'emu przed oczyma. Harry przycisnął palec do spustu swojego smith&wessona kaliber 38, wpatrzony w nieruchome plecy za szybą, widoczne nad muszką. Ktoś wczoraj w telewizji mówił o wlokącym się czasie.
Klakson, Ellen. Naciśnij ten przeklęty klakson. To musi być któryś z agentów Secret Service.
Wlokący się czas, jak w Wigilię, zanim przyjdzie Święty Mikołaj.
Pierwszy motocykl znalazł się na wysokości budki biletowej, a rudzik wciąż był czarną plamą na skraju pola widzenia. Czas na krześle elektrycznym, zanim prąd...
Harry nacisnął spust do końca. Raz, dwa, trzy razy.
I teraz czas gwałtownie przyspieszył. Kolorowe szkło zbielało, nim posypało się na asfalt kryształowym deszczem. Ledwie zdążył zobaczyć rękę znikającą w budce, gdy rozległ się świst drogich amerykańskich samochodów, który zaraz ucichł.
Harry wpatrywał się w budkę. Kilka żółtych liści, poderwanych w górę przez przejeżdżającą kolumnę, wciąż unosiło się w powietrzu, spokojnie opadały na rabatę z brudną szarą trawą. Wpatrywał się w budkę. Znów zapadła cisza, przez moment zdołał myśleć jedynie o tym, że znajduje się w całkiem zwyczajnym norweskim punkcie pobierania opłat za przejazd w całkiem zwyczajny norweski jesienny dzień, a za plecami ma całkiem zwyczajną stację benzynową Esso. Chłodne poranne powietrze też pachniało całkiem zwyczajnie, gnijącymi liśćmi i samochodowymi spalinami. Przyszło mu do głowy, że może nic się nie zdarzyło.
Nadal wpatrywał się w budkę, kiedy dobiegający zza jego pleców uporczywy jęk klaksonu volvo przeciął dzień na dwoje.

Część druga

GENESIS

9 1942

Rakietnice rozświetlały szare nocne niebo, aż zaczęło przypominać brudne płótno namiotu, rozpięte nad ponurym nagim krajobrazem, otaczającym ich ze wszystkich stron. Być może Rosjanie rozpoczęli ofensywę, a może tylko ją pozorowali. Jak było naprawdę, dowiadywali się zawsze dopiero później. Gudbrand leżał na brzegu okopu z nogami podciągniętymi pod siebie, karabin trzymał obiema rękami, wsłuchując się w odległe głuche huki i obserwując błyski przecinające niebo. Wiedział, że nie powinien na nie patrzeć, bo oślepiają i trudno wtedy zauważyć rosyjskich strzelców wyborowych, czołgających się po śniegu przez pas ziemi niczyjej. Ale on i tak żadnego z nich nigdy nie dostrzegł, ani jednego. Strzelał jedynie według wskazówek innych. Tak jak teraz.
– Tam leży!
To krzyknął Daniel Gudeson, jedyny chłopak z miasta w oddziale. Pozostali pochodzili z miejscowości, których nazwy kończyły się na -dal, czyli dolina. Niektóre z takich dolin były szerokie, inne głębokie, cieniste i bezludne, jak rodzinne strony Gudbranda. Ale Daniel nie pochodził z doliny. Daniel Gudeson, chłopak o wysokim czystym czole, błyszczących niebieskich oczach i białym uśmiechu, wyglądał jak wycięty z plakatu werbunkowego. Pochodził z miejsca, skąd widok rozpościerał się szeroko.
– Bliżej na wschód, na lewo od krzaków! – zawołał teraz.
Od krzaków? Przecież w tej zrytej bombami okolicy nie zostały już żadne krzaki. A zresztą może i były, bo inni zaczęli strzelać. Bang, bang, bang! Co piąta kula biegła parabolą jak robaczek świętojański. Wylatywa-

ła w mrok, lecz wydawało się, że prędko się męczy, zwalnia i ląduje gdzieś miękko w niewidocznym miejscu. W każdym razie tak to wyglądało. Gudbrand pomyślał, że taka powolna kula nie może nikogo zabić.

– On się wymyka! – zawołał ktoś rozgoryczonym, pełnym nienawiści głosem.

To Sindre Fauke. Jego twarz zlewała się niemal całkiem ze strojem maskującym. Drobne, blisko siebie osadzone oczy wpatrywały się w mrok. Pochodził z odludnej zagrody, położonej w najdalszym krańcu Gudbrandsdalen, prawdopodobnie wciśniętej między zbocza, gdzie nigdy nie docierało słońce, i to dlatego był taki blady. Gudbrand nie wiedział, dlaczego Sindre zgłosił się na front, ale słyszał, że jego rodzice i obaj bracia należeli do Nasjonal Samling*, nosili opaski na ramionach i wydawali mieszkańców tej samej wioski, których podejrzewali o sprzyjanie ruchowi oporu. Daniel mówił, że pewnego dnia zdrajcy i wszyscy ci, którzy wykorzystują wojnę jedynie dla własnych korzyści, sami posmakują bata.

– Nie – odparł Daniel cicho, przyciskając policzek do kolby karabinu. – Żaden przeklęty bolszewik się nie wymknie!

– On już wie, że go zauważyliśmy – stwierdził Sindre. – Schowa się w tym zagłębieniu.

– O, nie! – Daniel wycelował.

Gudbrand wpatrywał się w szarobiałą ciemność. Biały śnieg, białe stroje maskujące, białe błyski światła. Niebo znów się rozjaśniło. Po zlodowaciałym śniegu przebiegły upiorne cienie. Gudbrand znów podniósł wzrok, na horyzoncie jarzyła się żółto-czerwona łuna, której towarzyszył odległy huk. Wydawało się to równie nierzeczywiste jak w kinie, tyle że panował trzydziestostopniowy mróz i nie było kogo objąć. Może tym razem to naprawdę ofensywa.

– Za wolny jesteś, Gudeson. Już go nie ma. – Sindre splunął na śnieg.

– O, nie! – odparł Daniel jeszcze ciszej, nie przestając celować. Z ust prawie nie wydobywała mu się para.

Nagle rozległ się głośny przenikliwy świst i czyjś ostrzegawczy krzyk. Gudbrand rzucił się na dno pokrytego lodem okopu, obiema rę-

---

* Nasjonal Samling (NS) – Jedność Narodowa, partia faszystowska, której założycielem i przywódcą był Vidkun Quisling (przyp. tłum.).

kami zasłaniając głowę. Świat zadrżał. Brunatne grudy zmrożonej ziemi posypały się z nieba, jedna z nich trafiła w hełm, który zsunął mu się na oczy. Zaczekał, dopóki nie nabrał pewności, że z góry nic już więcej nie spadnie, i z powrotem podsunął hełm. Zapadła cisza. Delikatny welon białych cząsteczek śniegu oblepiał mu twarz. Podobno nigdy nie słyszy się tego granatu, który cię trafi, ale Gudbrand miał do czynienia z dostateczną liczbą gwiżdżących granatów, by wiedzieć, że to nieprawda. Kolejny błysk rozjaśnił okop. Gudbrand zobaczył białe twarze towarzyszy i ich cienie, zgięte wpół, jakby skradające się ku niemu wzdłuż ścian okopu, coraz bliższe w gasnącym świetle. Ale gdzie się podział Daniel? Daniel!

– Daniel!

– Dostałem go – oznajmił Daniel. Wciąż leżał na brzegu okopu.

Gudbrand nie wierzył własnym uszom.

– Co ty mówisz?

Daniel ześliznął się do okopu, otrzepał ze śniegu i grudek ziemi. Uśmiechał się szeroko.

– Żaden piekielny Rusek nie strzeli dzisiaj do naszego wartownika. Tormod został pomszczony. – Wbił obcasy w brzeg okopu, żeby nie stracić równowagi na lodowisku na dnie.

– Diabła tam! – zaprotestował Sindre. – Za diabła nie trafiłeś, Gudeson! Widziałem, jak Rusek znika w tym dołku.

Jego małe oczka przeskakiwały z jednego na drugiego, jak gdyby chciał spytać, czy pozostali wierzą przechwałkom Daniela.

– Rzeczywiście – odparł Daniel. – Ale za dwie godziny zrobi się widno, a on wiedział, że do tego czasu musi się stamtąd wydostać.

– No właśnie. I spróbował trochę za wcześnie – czym prędzej wtrącił się Gudbrand. – Wylazł od drugiej strony. Prawda, Danielu?

– Wszystko jedno, za wcześnie czy nie – uśmiechnął się Daniel. – I tak bym go dostał.

– Zamknij tę swoją wielką gębę, Gudeson! – syknął Sindre.

Daniel wzruszył ramionami, sprawdził komorę i ponownie załadował broń. Potem odwrócił się, zarzucił karabin na ramię, kopniakiem odsunął czyjś but pod zlodowaciałą ścianę i znów wspiął się na brzeg okopu.

– Daj mi swoją saperkę, Gudbrand.

Stanął wyprostowany z łopatką w ręku. W białym zimowym mundurze jego sylwetka wyraźnie odcinała się od czarnego nieba i poświaty, która tworzyła mu nad głową aureolę.

On wygląda jak anioł, pomyślał Gudbrand.

– Co ty, do cholery, wyprawiasz, człowieku? – rozległo się wołanie dowódcy oddziału, Edvarda Moskena, pochodzącego z Mjøndalen. Mosken rzadko podnosił głos na weteranów, takich jak Daniel, Sindre i Gudbrand. Zwykle krzyczał na nowo przybyłych, gdy popełnili jakiś błąd. Taka bura niejednemu uratowała życie. Teraz patrzył na Daniela tym swoim jednym szeroko otwartym okiem, które nigdy się nie zamykało, nawet wtedy, gdy spał. Gudbrand sam to widział.

– Schowaj się, Gudeson! – zawołał dowódca.

Ale Daniel uśmiechnął się i w następnej chwili zniknął. Jeszcze tylko para wydobywająca mu się z ust na ułamek sekundy zawisła nad nimi. Potem błysk nad horyzontem zgasł i znów zrobiło się ciemno.

– Gudeson! – krzyknął dowódca, wspinając się na brzeg okopu. – Cholera!

– Widzisz go? – dopytywał się Gudbrand.

– Przepadł na amen.

– Na co temu wariatowi saperka? – spytał Sindre, patrząc na Gudbranda.

– Nie wiem – odparł Gudbrand. – Może chce sforsować zasieki.

– A po co miałby to robić?

– Nie wiem.

Gudbrand nie lubił tego świdrującego wzroku Sindrego, przypominał mu innego wieśniaka, który tu z nimi był. W końcu chłopak oszalał, pewnej nocy przed wyjściem na wartę nasikał sobie do butów, musieli mu amputować wszystkie palce. Ale teraz wrócił do Norwegii, więc może aż tak bardzo nie zwariował. W każdym razie patrzył tak samo przenikliwie.

– Może postanowił pospacerować po ziemi niczyjej – powiedział Gudbrand.

– Wiem, co jest po drugiej stronie. Pytam, czego on tam szuka.

– Może ten granat trafił go w łeb – wtrącił Hallgrim Dale. – Albo zwariował.

Hallgrim Dale był najmłodszy z oddziału, miał dopiero osiemnaście lat. Nikt właściwie nie wiedział, dlaczego się zgłosił. Gudbrand przypuszczał, że pewnie chciał przeżyć przygodę. Dale twierdził, że podziwia Hitlera, ale nic nie wiedział o polityce. Danielowi majaczyło w pamięci, że Dale uciekł od dziewczyny, której zrobił dziecko.

– Jeśli ten Rusek żyje, to zastrzeli Gudesona, zanim ten zdoła przejść pięćdziesiąt metrów – stwierdził Edvard Mosken.

– Daniel trafił – szepnął Gudbrand.

– No to do Gudesona strzeli jakiś inny. – Dowódca wsunął rękę pod kurtkę munduru i z kieszonki na piersi wyłowił cienkiego papierosa. – Dzisiaj aż się od nich roi.

Osłaniając zapałkę dłonią, przeciągnął nią po szorstkim pudełku. Siarka zapłonęła przy drugiej próbie. Edvard zapalił papierosa, pociągnął i bez słowa podał sąsiadowi. Po kolei zaciągali się lekko i przekazywali papierosa następnemu. Nikt się nie odzywał, wszyscy sprawiali wrażenie zatopionych w myślach. Ale Gudbrand wiedział, że nasłuchują tak samo jak on.

Minęło dziesięć minut bez żadnego odgłosu.

– Podobno mają bombardować Ładogę – rzucił Hallgrim Dale.

Wszyscy słyszeli plotki o Rosjanach, uciekających z Leningradu przez skute lodem jezioro. Co gorsza, lód oznaczał również, że generał Żukow może liczyć na wsparcie dla oblężonego miasta.

– Podobno ludzie mdleją z głodu na ulicach. – Dale kiwnął głową, wskazując na wschód.

Ale Gudbrand słyszał o tym już od czasu, gdy go tu przysłano, blisko rok temu. Tymczasem oni wciąż tam tkwili, wystawieni na strzały, gdy tylko któryś wystawił głowę poza brzeg okopu. Zeszłej zimy niemal każdego dnia przedostawali się do nich rosyjscy dezerterzy z rękami nad głową, którzy mieli już dość i decydowali się przejść na stronę wroga w zamian za odrobinę jedzenia i ciepła. Ostatnio jednak pojawiali się coraz rzadziej, a dwaj nieszczęśnicy z zapadniętymi oczami, którzy przybyli w zeszłym tygodniu, patrzyli na nich z niedowierzaniem, widząc, że są równie wychudzeni jak oni.

– Dwadzieścia minut. On już nie wróci – stwierdził Sindre. – Zdechł. Wypatroszony jak śledź.

– Zamknij się! – Gudbrand zrobił krok w stronę Sindrego, który natychmiast się wyprostował. Lecz chociaż Sindre był o głowę wyższy, wyraźnie nie miał ochoty się bić. Pewnie pamiętał Rosjanina, którego Gudbrand zabił kilka miesięcy temu. Kto by pomyślał, że miły, delikatny Gudbrand może mieć w sobie taką dzikość? Rosjanin zakradł się do ich okopu pomiędzy dwoma stanowiskami nasłuchu i zmasakrował wszystkich śpiących w dwóch najbliższych bunkrach, w jednym Holendrów, w drugim Australijczyków. Ich ocaliły wszy.

Wszy mieli wszędzie, ale głównie tam, gdzie było najcieplej, pod pachami, w pasie, w kroczu i wokół kostek u nóg. Gudbrandowi, leżącemu najbliżej drzwi, nie pozwalały zasnąć wszawe, jak je nazywali, rany na łydkach, niekiedy wielkości monety, na których brzegach pasły się wszy. Wyciągnął bagnet, podejmując próżną próbę zeskrobania insektów akurat w chwili, gdy Rosjanin stanął w drzwiach, szykując się do strzału. Gudbrand widział jedynie zarys jego postaci, lecz natychmiast zrozumiał, że to wróg, gdy dostrzegł zarys uniesionego karabinu Mosin-Nagant. Mając do dyspozycji jedynie tępy bagnet, Gudbrand poćwiartował Ruska tak, że nie została w nim ani kropla krwi, gdy później wynosili trupa na śnieg.

– Spokojnie, chłopcy! – powiedział Edvard, odciągając Gudbranda na bok. – Powinieneś iść się trochę przespać. Twoja warta skończyła się godzinę temu.

– Pójdę go poszukać – oświadczył Gudbrand.

– Ani się waż!

– Właśnie, że pójdę...

– To rozkaz. – Edvard szarpnął go za ramię. Gudbrand próbował się wyrwać, ale dowódca mocno trzymał.

– Może jest ranny! – zaprotestował Gudbrand cienkim, drżącym z rozpaczy głosem. – Może utknął gdzieś w zasiekach!

Edvard poklepał go po ramieniu.

– Niedługo zrobi się jasno – powiedział. – Wtedy się przekonamy, co się stało.

Zerknął na dwóch pozostałych, którzy w milczeniu obserwowali tę scenę. Teraz znów zaczęli przytupywać na śniegu i cicho ze sobą rozmawiać. Gudbrand spostrzegł, że Mosken podchodzi do Hallgrima Dale i coś mu szepcze do ucha. Dale wysłuchał i zerknął na Gudbranda. Ten dobrze wiedział, w czym rzecz. Dowódca kazał mieć na niego oko. Jakiś czas temu pojawiły się plotki, że on i Daniel są dla siebie kimś więcej niż tylko dobrymi przyjaciółmi. I że nie wolno im ufać. Mosken spytał wprost, czy wspólnie planują dezercję. Oczywiście zaprzeczyli, ale teraz dowódca zapewne uznał, że Daniel skorzystał z okazji do ucieczki! A Gudbrand pójdzie „szukać" przyjaciela i wspólnie przedrą się na drugą stronę. Gudbrand z trudem powstrzymywał się od śmiechu. Owszem, przyjemnie było pomarzyć o tym, co obiecywały rosyjskie głośniki, wypluwające słowa na jałowe pole bitwy, podlizując się po niemiecku, o jedzeniu, cieple i kobietach. Ale uwierzyć w to?

– Założymy się o to, że on nie wróci? – zaproponował Sindre. – Stawiam trzy racje żywnościowe. Co ty na to?

Gudbrand opuścił rękę wzdłuż boku. Sprawdził, czy bagnet wisi u pasa pod strojem maskującym.

– *Nicht schiessen, bitte!*

Gudbrand odwrócił się i tuż nad sobą zobaczył rosyjską czapkę od munduru, a pod nią rumianą twarz, uśmiechającą się do niego znad brzegu okopu. Mężczyzna zeskoczył i wylądował na lodzie zgrabnym telemarkiem.

– Daniel! – krzyknął Gudbrand.

– Hej! – przyjaciel uchylił czapki. – *Dobryj wieczer.*

Koledzy skamienieli, nie mogąc oderwać od niego oczu.

– Wiesz co, Edvard? – zawołał Daniel. – Powinieneś objechać tych naszych Holendrów. Ich stanowiska nasłuchu dzieli co najmniej pięćdziesiąt metrów.

Mosken stał w milczeniu, zdumiony tak samo jak pozostali.

– Pogrzebałeś tego Rosjanina, Danielu? – Gudbrandowi z podniecenia aż błyszczała twarz.

– Czy go pogrzebałem? Odmówiłem nawet „Ojcze nasz" i zaśpiewałem mu. Przygłuchliście? Jestem pewien, że słychać mnie było po drugiej stronie.

Podskoczył, wspiął się na krawędź okopu, usiadł na nim i podniósłszy ręce do góry, mocnym głębokim głosem zaczął śpiewać:

– *Bóg jest naszą mocną twierdzą...*

Dopiero teraz rozległy się okrzyki radości, a Gudbrand śmiał się tak, że do oczu napłynęły mu łzy.

– Danielu, ty diable! – wykrzyknął Dale.

– Nie nazywajcie mnie już Danielem. Mówcie do mnie... – Daniel ściągnął z głowy rosyjską czapkę i odczytał napis na podszewce: – ...Uriasz. Cholera, nawet umiał pisać! No nic, i tak był bolszewikiem.

Zeskoczył do okopu i rozejrzał się.
— Mam nadzieję, że żaden z was nie ma nic przeciwko porządnemu żydowskiemu imieniu.
Na moment zapadła cisza, a potem buchnął śmiech. Podchodzili kolejno, by poklepać Uriasza po plecach.

10 LENINGRAD, 31 GRUDNIA 1942

Na stanowisku cekaemu było zimno. Gudbrand włożył na siebie wszystko, co miał, a mimo to dzwonił zębami i stracił czucie w palcach u rąk i stóp. Najgorsze były nogi. Owinął stopy nowymi onucami, lecz niewiele to dało.

Wpatrywał się w ciemność. Tego wieczoru Ruscy rzadko się odzywali, pewnie świętowali nadejście Nowego Roku. Może jedli coś dobrego? Baraninę w kapuście. Albo wędzone żeberka baranie. Oczywiście wiedział, że Rosjanie nie mają mięsa, ale nie mógł się powstrzymać od myśli o jedzeniu. Oni też nie dostawali nic oprócz zwykłego chleba i zupy z soczewicy. Chleb miał wyraźnie zielonkawy odcień, ale do tego się przyzwyczaili. A kiedy już zapleśniał tak, że rozpadał się w palcach, gotowali z niego zupę.

— W Wigilię dostaliśmy przynajmniej po kiełbasce — westchnął.
— Pst! — uciszył go Daniel.
— Dzisiejszej nocy nikt tu nie przyjdzie, Danielu. Siedzą i zajadają medaliony z jelenia. Z gęstym jasnobrązowym sosem do dziczyzny i borówkami. A do tego ziemniaki, te najlepsze.
— Nie zaczynaj znów tej swojej gadki o jedzeniu. Bądź cicho i staraj się coś zobaczyć.
— Ja i tak nic nie widzę, Danielu. Dosłownie nic.

Skulili się, głowy trzymali nisko. Daniel był w rosyjskiej czapce. Stalowy hełm ze znaczkiem Waffen SS leżał obok. Gudbrand wiedział, dlaczego. Było coś w kształcie tego hełmu, co sprawiało, że lodowaty powiew wdzierał się nieustannie pod brzegiem z przodu i wywoływał nieprzerwany denerwujący szum we wnętrzu hełmu, szczególnie dokuczliwy, gdy się siedziało na stanowisku nasłuchu.

– A co jest z twoim wzrokiem? – spytał Daniel.
– Nic. Po prostu trochę źle widzę po ciemku.
– I to wszystko?
– No i jestem częściowo daltonistą.
– Częściowo?
– Nie odróżniam czerwonego i zielonego. Kolory trochę mi się ze sobą zlewają. Na przykład kiedy chodziliśmy do lasu zbierać borówki na sos do niedzielnej pieczeni, nie umiałem żadnej znaleźć.
– Mówiłem ci, żebyś przestał gadać o jedzeniu!

Umilkli. Z oddali dobiegał terkot karabinów maszynowych. Termometr wskazywał minus dwadzieścia pięć stopni. Ubiegłej zimy doświadczyli czterdziestopięciostopniowych mrozów przez kilka nocy z rzędu. Gudbrand pocieszał się, że wszy w takim zimnie są spokojniejsze, swędzenie poczuje dopiero wtedy, gdy zejdzie z warty i wsunie się pod koc. Te bestie lepiej jednak znosiły zimno niż on. Raz zrobił eksperyment, zostawił koszulkę na mrozie na trzy doby. Gdy zabierał ją do bunkra, była zamarznięta na kamień. Ale gdy lód roztopił się przy piecu, wróciło w nią życie. Robactwo zaczęło się na niej roić i Gudbrand, ogarnięty obrzydzeniem, wrzucił ją w ogień.

Daniel chrząknął.
– A jak jedliście tę pieczeń w niedzielę?

Gudbrand nie dał się długo prosić.
– Najpierw ojciec ją kroił z nabożeństwem, jak ksiądz, a my, dzieciaki, przyglądaliśmy mu się bez słowa. Potem matka kładła po dwa plastry na każdym talerzu i polewała je sosem tak gęstym, że musiała cały czas go mieszać, żeby całkiem nie stężał. A do tego cała góra świeżej, kruchej brukselki. Powinieneś włożyć hełm, Danielu. Pomyśl, a jak odłamek trafi cię w głowę?
– Tak, albo granat. Opowiadaj dalej.

Gudbrand zamknął oczy i uśmiechnął się.
– Na deser był kompot ze śliwek albo *brownies*. Tego nie jadło się wszędzie. Matka nauczyła się je robić w Brooklynie.

Daniel splunął w śnieg. Zimą warta zwykle trwała godzinę, ale Sindre Fauke i Hallgrim Dale leżeli złożeni gorączką, więc dowódca postanowił wydłużyć warty do dwóch godzin, dopóki wszyscy nie odzyskają sprawności.

Daniel położył rękę na ramieniu Gudbranda.
– Tęsknisz za domem, prawda? Za matką.
Gudbrand roześmiał się, splunął w śnieg w to samo miejsce co Daniel i spojrzał na zmrożone gwiazdy na niebie. Coś zaskrzypiało na śniegu i Daniel uniósł głowę.
– Lis – powiedział tylko.
To niewiarygodne, lecz nawet tutaj, gdzie każdy metr kwadratowy ziemi był zbombardowany, a miny leżały gęściej niż bruk na Karl Johans gate, wciąż można było spotkać zwierzęta. Wprawdzie niewiele, lecz widywali i zające, i lisy. Od czasu do czasu trafiały się też kuny. Oczywiście próbowali na nie polować, wszystko było mile widziane w kotle. Jednak po zastrzeleniu jednego z Niemców, który poszedł po ubitego zająca, dowództwo wbiło sobie do głowy, że Rosjanie wypuszczają zające w pobliże ich okopów, by ich zwabić na pas ziemi niczyjej. Tak jakby Rosjanie dobrowolnie zrezygnowali z zająca!
Gudbrand dotknął poranionych warg i spojrzał na zegarek. Do zmiany warty pozostała jeszcze godzina. Przypuszczał, że Sindre napchał sobie tytoniu w odbyt, by wywołać gorączkę. Można go było podejrzewać o coś takiego.
– Dlaczego wróciliście z Ameryki do kraju? – spytał Daniel.
– Krach na giełdzie. Ojciec stracił robotę w stoczni.
– Sam widzisz – pokiwał głową Daniel. – Taki jest kapitalizm. Biedacy harują, a bogaci się bogacą. Wszystko jedno, czy jest okres *prosperity* czy upadku.
– Tak już jest.
– Tak było do tej pory, ale teraz wszystko się odmieni. Kiedy wygramy wojnę, Hitler zrobi ludziom niespodziankę. Twój ojciec nie będzie już musiał się martwić o brak pracy. Ty też powinieneś wstąpić do Nasjonal Samling.
– Naprawdę w to wierzysz?
– A ty nie?
Gudbrand nie lubił sprzeciwiać się Danielowi, próbował więc tylko wzruszyć ramionami, ale przyjaciel powtórzył pytanie.
– Oczywiście, że wierzę – odparł Gudbrand. – Ale myślę głównie o Norwegii. O tym, żeby nie wpuścić bolszewików do kraju. Jeśli przyjdą, to na pewno wyjedziemy do Ameryki.

– Do kapitalistów? – głos Daniela zabrzmiał teraz ostrzej. – Do demokracji w rękach bogaczy? Pozostawionej przypadkowi i skorumpowanym przywódcom?

– Wolę to niż komunizm.

– Demokracja już odegrała swoją rolę, Gudbrand. Popatrz tylko na Europę. Anglia i Francja schodziły na psy na długo przed wybuchem wojny. Bezrobocie, a jednocześnie krociowe zyski. Tylko dwóch ludzi jest w stanie powstrzymać Europę przed upadkiem i pogrążeniem się w kompletnym chaosie. Hitler i Stalin. Taki mamy wybór. Bratni naród albo barbarzyńcy. W kraju prawie nikt chyba nie zrozumiał, jakie to szczęście, że Niemcy pojawili się pierwsi, uprzedzając rzeźników Stalina.

Gudbrand kiwnął głową. Nie chodziło tylko o to, co Daniel mówił, lecz również o sposób, w jaki mówił. O przekonanie wyczuwalne w głosie.

Nagle rozległ się huk i niebo przed nimi zbielało od błysków. Ziemia zatrzęsła się, po żółtych błyskawicach w powietrzu pojawiły się grudy brunatnej ziemi i śniegu podrywanego wybuchami granatów.

Gudbrand już leżał na dnie okopu, zasłaniając rękami głowę, ale wszystko skończyło się równie prędko, jak się zaczęło. Spojrzał w górę. Na brzegu okopu za karabinem maszynowym leżał Daniel i ryczał ze śmiechu.

– Co ty wyprawiasz? – krzyknął Gudbrand. – Włącz syrenę, trzeba zbudzić wszystkich!

Ale Daniel śmiał się jeszcze głośniej.

– Kochany przyjacielu! – zawołał z załzawionymi od śmiechu oczami. – Szczęśliwego Nowego Roku!

Wskazał na zegarek i Gudbrandowi rozjaśniło się w głowie. Daniel najwyraźniej czekał na noworoczny salut Rosjan, bo wsunął teraz rękę w specjalnie usypaną zaspę, zasłaniającą stanowisko cekaemu.

– Brandy! – zawołał, triumfalnie podnosząc do góry butelkę z odrobiną brunatnej cieczy. – Oszczędzałem ją przez dwa miesiące. Masz!

Gudbrand uklęknął i roześmiał się do Daniela.

– Ty pierwszy! – zawołał.

– Na pewno?

– Na pewno, przyjacielu. Przecież to ty oszczędzałeś. Ale nie wypij wszystkiego.

Daniel wyciągnął korek z butelki i podniósł ją do góry.
– Za Leningrad! Wiosną będziemy pić w Pałacu Zimowym – oświadczył i ściągnął z głowy rosyjską czapkę. – A latem będziemy już w domu, w naszej ukochanej Norwegii, i będą nas czcić jak bohaterów.
Przyłożył butelkę do ust i odchylił głowę. Alkohol zakląskał i zatańczył w szyjce. Błysnęło, gdy w szkle odbiło się światło opadających rakietnic.

W późniejszych latach Gudbrand często miał się zastanawiać, czy rosyjski strzelec dostrzegł właśnie błysk światła w szkle. W następnej chwili usłyszał głośny wystrzał i butelka w dłoni Daniela eksplodowała. Spadł deszcz odłamków szkła i kropel brandy. Gudbrand odruchowo zamknął oczy. Poczuł, że twarz ma mokrą, wilgoć spływała po policzkach. Odruchowo wysunął język i pochwycił parę kropel. Smak ledwie dawał się wyczuć. Alkohol zapiekł odrobinę, ale miał w sobie coś jeszcze, coś słodkiego, metalicznego. Krople były gęste. Pewnie przez mróz, pomyślał Gudbrand i otworzył oczy. Nie zobaczył Daniela na brzegu okopu. Doszedł do wniosku, że przyjaciel, zrozumiawszy, że ich dostrzeżono, schował się za cekaem, ale mimo wszystko czuł, że serce mu przyspiesza.

– Danielu!
Żadnej odpowiedzi.
– Danielu!
Gudbrand poderwał się i wspiął na brzeg. Daniel leżał na plecach, z taśmą nabojową pod głową, a rosyjska czapka zakrywała mu twarz. Śnieg był zalany brandy i krwią. Gudbrand odsunął czapkę, Daniel szeroko otwartymi oczami wpatrywał się w niebo. Na środku czoła miał dużą czarną głęboką dziurę. Gudbrand wciąż czuł w ustach ten słodki metaliczny smak, od którego teraz zrobiło mu się niedobrze.

– Daniel!
Spomiędzy suchych warg wydobył się jedynie szept. Daniel wyglądał jak chłopczyk, który zamierzał zrobić orła na śniegu, lecz nieoczekiwanie na nim zasnął. Gudbrand ze szlochem rzucił się do syreny, zakręcił korbą. Rakiety opadały, a jękliwa skarga syreny niosła się pod niebo.

To nie tak miało być. Niczego więcej Gudbrand nie był w stanie pomyśleć.

Wycie syreny alarmowej. Edvard wraz z pozostałymi wypadli z bunkra, stanęli za nim. Ktoś zawołał go po imieniu, ale on nie słyszał. Nie przestawał kręcić korbą. W końcu Edvard podszedł do niego i zatrzymał siłą. Gudbrand opuścił ręce, ale się nie odwracał. Dalej wpatrywał się w krawędź okopu i w niebo. Łzy na policzkach zamarzały, a głos syreny cichł.

– To nie tak miało być – szepnął.

11 LENINGRAD, 1 STYCZNIA 1943

Gdy wynosili Daniela, pod nosem, w kącikach oczu i ust już zdążyły mu się pojawić kryształki lodu. Często zostawiali nieżywych, dopóki nie zesztywnieli na mrozie, łatwiej ich wtedy było nieść. Ale Daniel nie mógł zostać tam, gdzie leżał, przeszkadzał obsłudze cekaemu. Dwóch mężczyzn przeciągnęło go więc na występ okopu kilka metrów dalej i ułożyło na dwóch pustych skrzynkach po amunicji, pozostawionych na rozpałkę. Hallgrim Dale obwiązał mu głowę workiem, żeby nie musieli oglądać śmiertelnej maski z paskudnym uśmiechem.

Edvard powiadomił dowództwo odcinka Północ zawiadujące masowymi grobami. Obiecali przysłać w ciągu nocy dwóch ludzi zajmujących się zbieraniem poległych. Dowódca kazał też Sindremu wstać z łóżka i dokończyć wartę z Gudbrandem. Pierwszą rzeczą, jaką musieli się zająć, było oczyszczenie pobrudzonego karabinu.

– Zbombardowali Kolonię, zostały tylko ruiny – powiedział Sindre.

Leżeli obok siebie na brzegu okopu, w wąskim zagłębieniu, skąd mieli widok na pas ziemi niczyjej. Gudbrand uświadomił sobie, że nie cierpi takiej bliskości Sindrego.

– A Stalingrad pójdzie do piekła.

Gudbrand nie czuł zimna, miał wrażenie, że głowa i całe ciało wypełniło się watą, nic już go nie obchodziło. Czuł jedynie lodowaty metal palący skórę i zdrętwiałe palce, które nie chciały go słuchać. Spróbował jeszcze raz. Chwyt i mechanizm spustowy cekaemu leżały już obok niego na kocu, trudniej jednak było zdjąć lufę. W Sennheim ćwiczyli rozbieranie i składanie karabinu maszynowego z zasłoniętymi oczami. Sennheim w pięknej, ciepłej niemieckiej Alzacji. Teraz, gdy się nie czuło, co robią palce, było zupełnie inaczej.

– Nie słyszałeś? – spytał Sindre. – Ruscy nas dopadną. Tak jak dopadli Gudesona.

Gudbrand przypomniał sobie kapitana Wehrmachtu, Niemca, który tak się śmiał z Sindrego, gdy dowiedział się, że chłopak pochodzi z zagrody w pobliżu miejscowości o nazwie Toten.

– *Totenreich? Wie im Totenreich?* – śmiał się kapitan.

Lufa wreszcie puściła.

– Cholera! – głos Gudbranda zadrżał. – To krew zamarzła i skleiła części.

Ściągnął rękawice, przyłożył końcówkę oliwiarki ze smarem do lufy i nacisnął. Żółtawa ciecz zgęstniała na mrozie. Gudbrand wiedział, że smar rozpuszcza krew. Sam go stosował, kiedy miał zapalenie ucha.

Sindre nagle pochylił się nad nim, paznokciem podrapał jeden z nabojów.

– Psiakrew! – zaklął. Podniósł oczy na Gudbranda i uśmiechnął się, odsłaniając brunatne przerwy między zębami. Jego blada nieogolona twarz znalazła się tak blisko, że Gudbrand poczuł zgniły oddech, jakiego zresztą nabawiali się wszyscy już po krótkim pobycie tutaj. Sindre podniósł palec do góry.

– Kto by pomyślał, że Daniel miał tyle mózgu, co?

Gudbrand odwrócił głowę.

Sindre bacznie się przyglądał koniuszkowi własnego palca.

– Ale mało go używał. Inaczej nie wróciłby z ziemi niczyjej tamtej nocy. Słyszałem, jak rozmawialiście o przejściu na drugą stronę. No tak, wy dwaj byliście... bardzo dobrymi przyjaciółmi.

Gudbrand z początku nie słuchał, słowa dochodziły jakby ze zbyt dużej odległości. W końcu dotarło do niego ich echo i poczuł nagle, że do ciała wraca ciepło.

– Niemcy nigdy nie pozwolą nam na odwrót – mówił Sindre. – Wszyscy tu zginiemy, co do jednego. Powinniście byli uciekać. Podobno bolszewicy dla takich jak ty i Daniel nie są tacy twardzi jak Hitler. Dla takich dobrych przyjaciół.

Gudbrand nie odpowiedział. Czuł ciepło nawet w koniuszkach palców.

– Planowaliśmy ucieczkę dzisiejszej nocy – oświadczył Sindre. – Hallgrim Dale i ja. Zanim będzie za późno. – Obrócił się na śniegu i spojrzał na Gudbranda. – Nie rób takiej przerażonej miny, Johansen – roześmiał się. – Jak myślisz, dlaczego inaczej mówilibyśmy, że jesteśmy chorzy?

Gudbrand podkulił palce w butach. Rzeczywiście czuł teraz, że je ma. Było mu ciepło i przyjemnie. Ale było coś jeszcze.

– Idziesz z nami, Johansen? – spytał Sindre.

Wszy! Było mu ciepło, ale nie czuł wszy. Nawet szum pod hełmem ustał.

– A więc to ty rozpuściłeś te plotki? – spytał.

– Co? Jakie plotki?

– Daniel i ja rozmawialiśmy o wyjeździe do Ameryki, a nie o przejściu na stronę Ruskich. I to nie teraz, tylko po wojnie.

Sindre wzruszył ramionami, spojrzał na zegarek i podniósł się na kolana.

– Zastrzelę cię, jeśli spróbujesz uciec.

– Czym? – spytał Sindre, skinieniem głowy wskazując na części rozłożonego cekaemu. Ich karabiny zostały w bunkrze, a obaj wiedzieli, że Gudbrand nie zdąży tam i z powrotem, zanim Sindre zniknie.

– Jak chcesz, to zostań tutaj i zdychaj, Johansen. Pozdrów Dalego i powiedz mu, żeby szedł za mną.

Gudbrand wsunął rękę pod mundur i wyciągnął bagnet. Matowe ostrze lekko błysnęło w świetle księżyca. Sindre pokręcił głową.

– Faceci tacy jak ty i Gudeson to marzyciele. Odłóż ten nożyk i idź raczej ze mną. Rosjanie dostają zapasy transportowane przez Ładogę, świeże mięso.

– Nie jestem zdrajcą – oświadczył Gudbrand.

Sindre wstał.

– Jeśli spróbujesz mnie zabić tym bagnetem, wartownicy Holendrów nas usłyszą i podniosą alarm. Zastanów się przez chwilę. Jak myślisz, któremu z nas uwierzą, że próbował powstrzymać tego drugiego przed ucieczką? Tobie? Przecież o tobie już krążyły plotki, że planujesz ucieczkę! Czy mnie, członkowi partii?

– Siadaj, Sindre Fauke.

Sindre roześmiał się.

– Ty nie jesteś mordercą, Gudbrand. Lecę. Daj mi pięćdziesiąt metrów, zanim podniesiesz alarm, a będziesz miał spokojne sumienie.

Patrzyli na siebie. Z nieba zaczęły sfruwać lekkie płatki śniegu. Sindre uśmiechnął się.

– Księżyc i padający śnieg naraz to rzadki widok, prawda?

12 LENINGRAD, 2 STYCZNIA 1943

Okop, w którym stali czterej mężczyźni, znajdował się dwa kilometry na północ od ich odcinka frontu, dokładnie w miejscu, w którym wały zawijały do tyłu, tworząc niemalże kokardę. Mężczyzna z dystynkcjami kapitana przytupywał przed Gudbrandem. Padał śnieg i kapitańską czapkę pokrywała już cienka biała warstwa. Obok stał Edvard Mosken i spoglądał na Gudbranda jednym okiem szeroko otwartym, a drugim półprzymkniętym.

– *So* – powiedział kapitan. – *Er ist hinüber zu den Russen geflochen?*
– *Ja* – powtórzył Gudbrand.
– *Warum?*
– *Das weiss ich nicht.*

Kapitan spojrzał w dal, cmoknął i tupnął nogami. Skinął głową Edvardowi, mruknął kilka słów swemu *Rottenführerowi*, niemieckiemu kapralowi, a potem obaj się pożegnali. Śnieg skrzypiał, gdy odchodzili.

– I tyle – powiedział Edvard. Nadal patrzył na Gudbranda.
– No tak – odparł Gudbrand.
– Niezbyt dokładnie sprawdzali.
– Nie.
– Kto by przypuszczał? – Otwarte oko wciąż wpatrywało się nieruchomo w Gudbranda.
– Ludzie dezerterują od początku wojny – stwierdził Gudbrand. – Chyba nie mogą badać wszystkich przypadków...
– Chodzi mi o to, że nikt nie podejrzewałby Sindrego o wymyślenie czegoś takiego.
– Rzeczywiście.
– W dodatku tak po prostu, bez żadnego pomysłu. Zwyczajnie wstać i uciec.
– Właśnie.

– Źle się złożyło z tym cekaemem. – W głosie Edvarda dźwięczał lodowaty sarkazm.
– Źle.
– I nie zdążyłeś nawet krzyknąć do Holendrów.
– Wołałem, ale było już za późno. Ciemno.
– Świecił księżyc – przypomniał Edvard.
Popatrzyli na siebie.
– Wiesz, co myślę? – spytał Edvard.
– Nie.
– Owszem, wiesz, widzę to po tobie. Dlaczego, Gudbrand?
– Ja go nie zabiłem. – Gudbrand utkwił spojrzenie w cyklopowym oku Edvarda. – Starałem się przemówić mu do rozumu. Nie chciał mnie słuchać. Po prostu pobiegł. Co miałem robić?

Przez chwilę obaj ciężko oddychali, nachyleni do siebie z powodu wiatru, który zdmuchiwał wilgoć z ich twarzy.

– Pamiętam, kiedy ostatnio tak wyglądałeś, Gudbrand. To było tamtej nocy, kiedy zabiłeś Rosjanina w bunkrze.

Gudbrand wzruszył ramionami. Edvard położył mu na ramieniu rękę w oblodzonej rękawicy.

– Posłuchaj mnie. Sindre nie był dobrym żołnierzem. Może nawet nie był dobrym człowiekiem. Ale jako ludzie mamy swoją moralność, musimy trzymać się pewnych zasad i starać się zachować godność wśród tego wszystkiego, rozumiesz?

– Mogę odejść?

Dowódca spojrzał na niego. Plotki o tym, że Hitler nie zwyciężał już na wszystkich frontach, zaczynały docierać i do nich. A mimo to strumień norweskich ochotników wciąż płynął. Daniela i Sindrego już zdążyli zastąpić dwaj młodzi chłopcy z Tynset. Ciągle nowe młode twarze. Niektóre zapadały w pamięć, inne zapominano zaraz po odejściu. Daniel był jednym z tych, których Edvard będzie pamiętał. Wiedział o tym. Tak samo jak miał pewność, że twarz Sindrego wkrótce zatrze się we wspomnieniach. Rozpłynie.

Edvard junior za kilka dni skończy dwa lata. Nie poszedł dalej za tą myślą.

– Możesz odejść – powiedział. – Tylko idź z pochyloną głową.
– Dobrze – odparł Gudbrand. – Będę się schylał.

– Pamiętasz, co mówił Daniel? – spytał Edvard z czymś w rodzaju uśmiechu. – Że od chodzenia w zgięciu wrócimy do Norwegii całkiem garbaci.

Z oddali dobiegła seria karabinu maszynowego.

13 LENINGRAD, 3 STYCZNIA 1943

Gudbrand obudził się, gwałtownie drgając. Kilkakrotnie mrugnął w ciemności, ale zdołał dostrzec zaledwie kontury desek w pryczy nad sobą. Pachniało kwaśnym drewnem i ziemią. Krzyczał? Koledzy twierdzili, że przestały już ich budzić jego krzyki. Leżąc, czuł, że puls powoli zwalnia. Podrapał się w bok, wszy najwyraźniej nigdy nie zasypiały.

Obudził go ten sam sen co zawsze. Wciąż czuł na piersi łapę, widział jarzące się w ciemności żółte ślepia, obnażone białe kły ze śladami krwi i cieknącą ślinę. Słyszał przerażony, z trudem chwytany oddech. Jego własny czy jakiegoś zwierzęcia? We śnie spał i nie spał zarazem, ale nie mógł się ruszyć. Kły już miały zacisnąć się na jego gardle, gdy nagle budził go trzask pistoletu maszynowego dobiegający od strony drzwi. Miał jeszcze czas, by zobaczyć, jak kule rozrywają na strzępy zwierzę, podrywane z koca i rzucone o ścianę bunkra. Potem zapadała cisza, a na podłodze leżała krwawa futrzana masa, kuna. Stojący w drzwiach mężczyzna wyłaniał się z mroku i stawał w smudze księżycowego światła, tak wąskiej, że oświetlała jedynie połowę jego twarzy. Jednak tej nocy coś we śnie się zmieniło. Z kolby unosił się dym, mężczyzna uśmiechał się jak zawsze, ale na jego czole zioł wielki czarny krater. A gdy się obrócił w stronę Gudbranda, przez dziurę w jego głowie widać było księżyc.

Gudbrand, poczuwszy powiew chłodu z otwartych drzwi, odwrócił się i zamarł na widok ciemnej postaci. Czyżby ciągle jeszcze śnił? Postać zrobiła kilka kroków w głąb pomieszczenia, lecz było zbyt ciemno, by dało się rozpoznać, kim jest.

Postać gwałtownie się zatrzymała.

– Nie śpisz? – głos był wysoki i wyraźny. To Edvard Mosken. Z sąsiednich prycz dobiegło niezadowolone mamrotanie. – Musisz wstać.

Gudbrand jęknął.

– Źle spojrzałeś na listę. Właśnie zszedłem z warty. Teraz kolej Dalego.
– On wrócił.
– Co ty mówisz?
– To właśnie Dale mnie obudził. Daniel wrócił.
– Co ty wygadujesz?

Gudbrand widział w ciemności jedynie biały oddech dowódcy. W końcu spuścił nogi z pryczy i wyjął spod koca buty. Zwykle trzymał je tam, kiedy spał, żeby wilgotne podeszwy nie zamarzły na kamień. Włożył płaszcz leżący na cienkim kocu i wyszedł za Edvardem na zewnątrz. Skądś dobiegał głośny szloch, poza tym panowała dziwna cisza.

– Holenderskie młodziaki – powiedział Edvard. – Przyjechali wczoraj i właśnie wrócili z pierwszej wyprawy na ziemię niczyją.

Dale stał na środku okopu w dziwacznej pozycji, owiniętą szalikiem głowę przechylił na bok, ręce odsunął od ciała. Z wychudzoną twarzą i półprzymkniętymi oczami zapadniętymi głęboko w oczodoły wyglądał jak żebrak.

– Dale! – huknął Edvard.

Dale się obudził.

– Zaprowadź nas!

Dale ruszył przodem. Gudbrand poczuł, że serce uderza mu szybciej. Mróz szczypał w policzki, lecz na razie jeszcze nie zdążył całkiem zmrozić przyjemnego sennego ciepła, które wyniósł z pryczy. Okop był tak wąski, że musieli iść gęsiego. Czuł na plecach spojrzenie dowódcy.

– Tutaj! – Dale pokazał palcem.

Wiatr gwizdał przenikliwie wokół krawędzi hełmu. Na skrzynkach z amunicją leżał trup z członkami sztywno rozłożonymi na boki. Śnieg, którego nawiało do okopu, pokrył cienką warstwą mundur i głowę owiniętą workiem.

– Jasna cholera! – mruknął Dale. Pokręcił głową i kilka razy tupnął nogami.

Edvard się nie odzywał. Gudbrand zrozumiał, że czeka, aż on coś powie.

– Dlaczego ci od wynoszenia trupów go nie zabrali? – spytał w końcu.

– Zabrali. Byli tu wczoraj po południu.

– To dlaczego go odnieśli?

Gudbrand wyczuł, że dowódca mu się przygląda.

– W sztabie nikt nic nie wie o żadnym rozkazie przyniesienia go tu z powrotem.

– Może to jakieś nieporozumienie – stwierdził Gudbrand.

– Może. – Edvard wyciągnął z kieszeni cienkiego, do połowy wypalonego papierosa, odwrócił się tyłem do wiatru i zapalił, osłaniając zapałkę dłonią. Zaciągnął się parę razy i podał dalej.

– Ci, którzy go zabrali, twierdzą, że umieszczono go w masowym grobie na odcinku Północ.

– Jeśli to prawda, powinien zostać pogrzebany.

Edvard pokręcił głową.

– Grzebią ich dopiero po spaleniu. A palą jedynie za dnia, żeby Rosjanie nie widzieli światła, w które mogliby celować. Nocą świeże masowe groby są otwarte i nikt ich nie pilnuje. Ktoś musiał dzisiejszej nocy zabrać stamtąd Daniela.

– Jasna cholera – powtórzył Dale, wziął papierosa i chciwie się zaciągnął.

– Naprawdę palą zwłoki? – spytał Gudbrand. – Dlaczego? Na takim mrozie?

– Ja wiem – odparł Dale. – To przez zmarzniętą ziemię. Na wiosnę podczas roztopów ziemia wypycha zwłoki na wierzch. – Niechętnie oddał papierosa. – Zeszłej zimy pochowaliśmy Vorpenesa tuż za naszą linią. Na wiosnę znów się na niego natknęliśmy, a raczej na to, co lisy z niego zostawiły.

– Pozostaje pytanie – drążył Edvard – w jaki sposób Daniel tu trafił.

Gudbrand wzruszył ramionami.

– Ty miałeś poprzednią wartę. – Edvard zmrużył jedno oko, a to drugie, cyklopowe, wbił w niego. Gudbrand nie spieszył się z papierosem. Dale chrząknął.

– Przechodziłem tędy cztery razy. – Gudbrand oddał papierosa. – Wtedy go tu nie było.

– Zdążyłbyś w ciągu warty dojść do odcinka Północ. A na śniegu są ślady sań.

– Może zostawili je ci od zbierania trupów – podsunął Gudbrand.

– Ślady płóz przecinają ostatnie ślady butów. A ty mówisz, że przechodziłeś tędy cztery razy.

– Do diabła, Edvardzie, przecież widzę, że to Daniel! – wybuchnął Gudbrand. – Oczywiście, że ktoś musiał go tu przetransportować, najprawdopodobniej na saniach. Lecz jeśli słuchasz, co mówię, to musisz chyba zrozumieć, że ktoś go przywiózł po tym, jak przeszedłem tędy ostatni raz!

Edvard nie odpowiedział, tylko z irytacją wyrwał Dalemu z zaciśniętych ust resztkę papierosa, z niechęcią patrząc na wilgotny ślad na bibułce. Dale zdjął z języka okruchy tytoniu, spoglądając na nich spode łba.

– Dlaczego, na Boga, miałbym wymyślić coś podobnego? – spytał Gudbrand. – I jak zdołałbym przyciągnąć trupa na saniach z odcinka Północ aż tutaj, niezatrzymywany przez wartowników?

– Mogłeś iść przez ziemię niczyją.

Gudbrand z niedowierzaniem pokręcił głową.

– Myślisz, że oszalałem, Edvardzie? Na co mi zwłoki Daniela?

Dowódca zaciągnął się dwa razy po raz ostatni, rzucił niedopałek w śnieg i przydeptał go butem. Zawsze tak robił. Nie wiedział dlaczego, ale nie znosił widoku żarzących się niedopałków. Śnieg aż jęknął, gdy wbił w niego obcas.

– Nie, nie sądzę, żebyś przyciągnął tu Daniela – oświadczył. – Bo nie wierzę, że to Daniel.

Teraz i Dale, i Gudbrand gwałtownie drgnęli.

– Oczywiście, że to Daniel – powiedział Gudbrand.

– Albo ktoś takiej samej budowy ciała – stwierdził Edvard. – I z takim samym znaczkiem oddziału na mundurze.

– Ale ten worek... – zaczął Dale.

– Potrafisz dostrzec różnicę między workami? – spytał Edvard drwiąco, ale spojrzenie wbił w Gudbranda.

– To jest Daniel. – Gudbrand przełknął ślinę. – Poznaję buty.

– Uważasz więc, że powinniśmy po prostu wezwać ludzi od wynoszenia trupów i kazać go znów stąd zabrać? – uniósł się Edvard. – Bez sprawdzania? Właśnie na to liczyłeś, prawda?

– Niech cię cholera, Edvardzie! Niech cię wszyscy diabli!

– Nie jestem pewien, czy tym razem przyszli po mnie, Gudbrandzie. Ściągnij mu ten worek z głowy, Dale!

Dale zdezorientowany patrzył na tych dwóch, którzy mierzyli się spojrzeniem jak dwa gotowe do walki byki.

– Słyszysz? – krzyknął Edvard. – Rozetnij ten worek!

– Wolałbym nie.
– To rozkaz. Już!
Dale wciąż się wahał, przenosił wzrok z jednego na drugiego, a potem na sztywną postać leżącą na skrzynkach z amunicją. W końcu wzruszył ramionami, rozpiął kurtkę kombinezonu maskującego i wsunął pod nią rękę.
– Chwileczkę! – powstrzymał go Edvard. – Spytaj, czy Gudbrand nie pożyczy ci swojego bagnetu.
Teraz Dale naprawdę nie wiedział już, co robić. Pytająco spojrzał na Gudbranda, który pokręcił głową.
– Co masz na myśli? – spytał Edvard, ciągle zwrócony w stronę Gudbranda. – Obowiązuje rozkaz noszenia przy sobie bagnetu przez cały czas, a ty go nie masz?
Gudbrand nadal się nie odzywał.
– Przecież z tym bagnetem jesteś jak maszyna śmierci. Chyba go nie zgubiłeś?
Gudbrand wciąż nie odpowiadał.
– No, proszę. Wobec tego musisz użyć własnego, Dale.
Gudbrand miał ochotę wyrwać to wielkie niezamykające się oko z czoła dowódcy, tego... tego... *Rottenführera* o szczurzym móżdżku. Czy on nic nie rozumie?
Usłyszeli za plecami trzask pękającego materiału, gdy Dale rozcinał worek. A potem jego jęk. Obaj natychmiast się obrócili. W czerwonym świetle wschodzącego nowego dnia spoglądała na nich biała twarz, paskudnie szczerząc zęby, z trzecim czarnym okiem w czole. Bez wątpienia był to Daniel.

14 MINISTERSTWO SPRAW ZAGRANICZNYCH, 4 LISTOPADA 1999

Bernt Brandhaug zerknął na zegarek i zmarszczył czoło. Osiemdziesiąt dwie sekundy, o siedem sekund dłużej, niż przewidywał plan. Przekroczył próg sali konferencyjnej. Powitał zebranych raźnym „dzień dobry", jakby spotkał ich podczas spaceru w lesie, i uśmiechnął się swoim słynnym śnieżnobiałym uśmiechem do czterech twarzy, które obróciły się w jego stronę.

Z jednej strony stołu siedział Kurt Meirik z POT razem z Rakel, kobietą noszącą brzydką spinkę do włosów, sztywny kostium i surowy wyraz twarzy. Uświadomił sobie, że ten kostium sprawiał wrażenie nieco zbyt drogiego na to, by nosiła go asystentka. Brandhaug wciąż ufał swojej intuicji, która podpowiadała mu, że kobieta jest rozwiedziona, ale może wcześniej miała bogatego męża. Albo bogatych rodziców? Fakt, że znów pojawiła się tutaj, na zebraniu, które, jak sygnalizował Brandhaug, miało się odbyć w pełnej dyskrecji, wskazywał, że zajmowała w POT ważniejsze stanowisko, niż początkowo przypuszczał. Postanowił dowiedzieć się o niej czegoś więcej.

Po drugiej stronie stołu siedziała Anne Størksen razem z tym wysokim chudym policjantem. Jak on się nazywa? Najpierw potrzebował ponad osiemdziesięciu sekund na dojście do sali konferencyjnej, a teraz nie potrafi sobie przypomnieć nazwiska. Czyżby się starzał?

Nie zdążył dokończyć tej myśli, bo przypłynęło wspomnienie poprzedniego wieczoru. Zaprosił Lise, tę młodą urzędniczkę ministerstwa, na, jak to określił, kolację w nadgodzinach. Później zaproponował jej drinka w hotelu Continental, gdzie w imieniu MSZ dysponował na stałe pokojem przeznaczonym na wyjątkowo dyskretne spotkania. Lise nie dała się długo prosić, była ambitną dziewczyną. Ale seans okazał się nieudany. Starość? Nie, to raczej wyjątkowy wypadek, może o jeden drink za dużo, ale nie starość. Brandhaug odepchnął tę myśl od siebie i usiadł.

– Dziękuję, że stawiliście się tak szybko – zaczął. – Poufnego charakteru tego spotkania oczywiście nie trzeba podkreślać, lecz mimo wszystko przypomnę o tym, gdyż nie wszyscy tu obecni mają długie doświadczenie w tego typu sprawach.

Przelotnie popatrzył na zebranych z wyjątkiem Rakel, sygnalizując w ten sposób, że właśnie ją miał na myśli. Potem zwrócił się do Anne Størksen:

– Jak się czuje wasz człowiek?

Komendantka policji popatrzyła na niego nieco zdezorientowana.

– Mam na myśli tego policjanta – pospiesznie wyjaśnił Brandhaug. – Hole, prawda? Tak się chyba nazywa.

Anne Størksen skinęła głową na Møllera, który musiał odchrząknąć aż dwukrotnie, nim mógł zacząć.

– Stosunkowo nieźle. Oczywiście jest wstrząśnięty, ale... no tak. – Wzruszył ramionami na znak, że właściwie nie ma już nic więcej do powiedzenia.

Brandhaug lekko uniósł świeżo wyregulowaną brew.

– Mam nadzieję, że nie jest na tyle wstrząśnięty, by mógł coś ujawnić.

– No cóż – westchnął Møller. Kątem oka dostrzegł, że pani komendant gwałtownie obraca się w jego stronę. – Przypuszczam, że nie. Zdaje sobie sprawę z nadzwyczaj delikatnego charakteru tej sprawy i oczywiście został poinstruowany o obowiązku dochowania tajemnicy w związku z tym, co zaszło.

– To samo dotyczy innych funkcjonariuszy, którzy byli przy tym obecni – pospiesznie zapewniła Anne Størksen.

– Wobec tego mam nadzieję, że wszystko jest pod kontrolą – stwierdził Brandhaug. – Pozwólcie teraz, że przedstawię wam aktualny stan sytuacji. Właśnie odbyłem długą rozmowę z ambasadorem amerykańskim i chyba mogę powiedzieć, że osiągnęliśmy zgodność co do głównych punktów tej tragedii.

Przesunął spojrzenie kolejno po wszystkich zebranych. Obserwowali go w napięciu. Czekali na to, co on, Bernt Brandhaug, im oznajmi. Nie potrzebował niczego więcej, by przygnębienie, które odczuwał zaledwie kilka chwil wcześniej, zniknęło jak zdmuchnięte.

– Ambasador przekazał mi, że stan agenta Secret Service, którego wasz człowiek – kiwnął głową w stronę Møllera i komendantki policji – postrzelił w punkcie pobierania opłat, jest stabilny, a jego życiu nie zagraża niebezpieczeństwo. Został ranny w kręgosłup, ma wewnętrzny krwotok, ale kamizelka kuloodporna go uratowała. Przykro mi, że nie mogliśmy podać tego wcześniej, lecz z wiadomych względów staraliśmy się ograniczyć komunikację w tej sprawie do minimum. Wymieniano jedynie niezbędne informacje między kilkoma zaangażowanymi osobami.

– Gdzie on jest? – To spytał Møller.

– Ta wiedza absolutnie nie jest ci potrzebna, Møller.

Spojrzał na szefa wydziału policji, który zrobił dziwną minę. Na moment zapadła nieprzyjemna cisza. Zawsze robiło się trochę głupio, gdy komuś trzeba było przypomnieć o tym, że nie dowie się niczego więcej ponad to, co potrzebne mu do wykonywania swojej pracy. Brandhaug uśmiechnął się i w przepraszającym geście rozłożył ręce, jak gdyby chciał powiedzieć: „Dobrze rozumiem, że pytasz, ale tak już jest". Møller kiwnął głową i wbił wzrok w blat stołu.

– Okej – dodał Brandhaug. – Mogę powiedzieć tyle, że po operacji został przetransportowany do szpitala wojskowego w Niemczech.

– Aha – Møller podrapał się w tył głowy. – Ja...

Minister cierpliwie czekał.

– Zakładam, że Hole może się o tym dowiedzieć. Mam na myśli to, że agent Secret Service przeżył. Byłoby mu... hm... łatwiej.

Brandhaug popatrzył na Møllera. Nie bardzo wiedział, co myśleć o szefie wydziału policji.

– W porządku – powiedział.

– A co pan uzgodnił z ambasadorem? – to odezwała się Rakel.

– Zaraz do tego przejdę – odparł spokojnie Brandhaug. Właściwie był to następny punkt, ale nie lubił, gdy przerywano mu w taki sposób. – Najpierw chciałbym podziękować Møllerowi i policji z Oslo za szybkie załatwienie sprawy w miejscu zdarzenia. Jeśli raporty mówią prawdę, upłynęło zaledwie dwanaście minut do chwili, gdy agent znalazł się pod opieką lekarską.

– To Hole i jego koleżanka, Ellen Gjelten, odwieźli go do szpitala w Aker – wyjaśniła Anne Størksen.

– Godna podziwu sprawność działania – stwierdził Brandhaug. – Opinię tę podziela ambasador amerykański.

Møller i komendantka policji wymienili spojrzenia.

– Poza tym ambasador rozmawiał z szefami Secret Service. Ze strony Amerykanów oczywiście nie ma mowy o podjęciu kroków prawnych.

– Oczywiście – zawtórował mu Møller.

– Ustaliliśmy również, że wina spoczywa głównie po stronie amerykańskiej. Agent, który siedział w budce, w ogóle nie powinien był się tam znaleźć. To znaczy, owszem, ale należało o tym powiadomić oficera łącznikowego obecnego na miejscu akcji. Funkcjonariusz policji norweskiej z posterunku, na którego obszarze znalazł się ten agent i który powinien, to znaczy, przepraszam, mógł przekazać informację oficerowi łącznikowemu, sprawdził tylko okazaną legitymację. Wydano rozkaz, że wszyscy agenci Secret Service mają wstęp na wszystkie chronione obszary, dlatego policjant nie uznał za stosowne poinformować o tym dalej. Po czasie możemy stwierdzić, że powinien był to zrobić.

Popatrzył na Anne Størksen, która w żaden sposób nie okazała, że zamierza protestować.

– Jest też dobra wiadomość: wygląda na to, że przynajmniej na razie nic nie wyciekło. Nie wezwałem was jednak, żeby dyskutować o tym, co robić, jeśli sprawdzi się najlepszy możliwy scenariusz, ponieważ wtedy powinniśmy po prostu siedzieć cicho jak mysz pod miotłą. O tym najlepszym z możliwych rozwiązań prawdopodobnie możemy jednak zapomnieć. Naiwnością byłoby sądzić, że historia tej strzelaniny prędzej czy później nie wydostanie się na zewnątrz.

Podczas przemowy unosił dłonie w górę i w dół, jak gdyby chciał pociąć zdania na strawne kęsy.

– Oprócz tych około dwudziestu ludzi z POT, MSZ i grupy koordynacyjnej, znających sprawę, świadkami wydarzeń było kilkunastu funkcjonariuszy policji. Nie powiem o nich złego słowa, z całą pewnością dochowają tajemnicy. Ale to zwykli policjanci, bez doświadczenia w sprawach tak poufnych jak ta. Do tego dochodzą jeszcze pracownicy Szpitala Centralnego, lotnictwa, spółki Fjellinjen AS, pobierającej opłaty za przejazd, i hotelu Plaza. Wszyscy mają mniejsze czy większe powody, by podejrzewać, co się stało. Nie mamy też żadnej gwarancji, że z któregoś z okolicznych budynków wokół punktu pobierania opłat ktoś nie obserwował kolumny przez lornetkę. Wystarczy jedno jedyne słowo kogokolwiek, kto miał z tym jakiś związek i...

Wydął policzki, naśladując eksplozję.

Wokół stołu zapadła cisza, przerwało ją w końcu chrząknięcie Møllera.

– A dlaczego to takie... hm... niebezpieczne, gdyby wyszło na jaw?

Brandhaug kiwnął głową, jak gdyby chciał pokazać, że nie jest to wcale najgłupsze z pytań, jakie słyszał, co natychmiast utwierdziło Møllera w przekonaniu, że jest inaczej. Taki zresztą był zamiar Brandhauga.

– Stany Zjednoczone Ameryki to coś więcej niż tylko nasz sojusznik – powiedział Brandhaug z niewidzialnym uśmiechem. Mówił tonem, jakim opowiada się cudzoziemcowi o tym, że Norwegia ma króla, a jej stolica nazywa się Oslo. – W roku 1920 Norwegia była najbiedniejszym krajem w Europie i prawdopodobnie ten stan by się utrzymał, gdyby nie pomoc USA. Zapomnijcie o retoryce polityków. Emigracja, plan Marshalla, Elvis i finansowanie naftowej baśni uczyniło z Norwegii prawdopodobnie najbardziej proamerykański kraj na świecie. My, zebrani tutaj, długo pracowaliśmy nad osiągnięciem tego szczebla kariery, na którym znajdujemy się dziś. Ale gdyby któryś z naszych polityków dowiedział się, że którakolwiek z osób znajdujących się w tym pokoju dopuściła do zagrożenia życia amerykańskiego prezydenta...

Brandhaug pozwolił, by reszta zdania zawisła w powietrzu. Jego wzrok znów powędrował wokół stołu.

– Na całe szczęście dla nas Amerykanie wolą raczej przyznać się do błędu jednego ze swych agentów z Secret Service niż do zasadniczych wad współpracy z jednym ze swych najbliższych sojuszników.

– To by oznaczało – odezwała się Rakel, nie odrywając oczu od swojego notatnika – że niepotrzebny jest nam żaden norweski kozioł ofiarny.

Teraz podniosła wzrok i popatrzyła wprost na Bernta Brandhauga.

– Przeciwnie, potrzebujemy norweskiego bohatera, prawda?

Brandhaug spojrzał na nią z zaskoczeniem pomieszanym z zainteresowaniem. Zaskoczyła go, że tak prędko zrozumiała, do czego zmierzał, a zainteresowała, ponieważ uświadomił sobie, że jest osobą, z którą bezwzględnie należy się liczyć.

– To prawda. W dniu, w którym informacja o tym, że norweski policjant strzelał do agenta Secret Service, wydostanie się na zewnątrz, musimy mieć gotową swoją wersję wypadków – stwierdził. – I musi ona potwierdzać, że z naszej strony nie wydarzyło się nic złego. Że nasz oficer łącznikowy obecny na miejscu działał zgodnie z instrukcjami, a wina leży tylko i wyłącznie po stronie Secret Service. To wersja, z którą zarówno my, jak i Amerykanie, będziemy mogli żyć. Wyzwanie polega na tym, by media tę wersję kupiły. I właśnie w związku z tym...

– Potrzebujemy bohatera – dokończyła komendantka policji. Pokiwała głową. Teraz już i ona zrozumiała, o co chodzi Brandhaugowi.

– *Sorry* – odezwał się Møller. – Czyżbym był jedyną osobą, która nie rozumie z tego ani krztyny? – Słowom tym towarzyszyła stosunkowo nieudana próba krótkiego śmiechu.

– Nasz funkcjonariusz wykazał się sprawnością działania w sytuacji stanowiącej potencjalne zagrożenie dla prezydenta – odparł Brandhaug. – Gdyby w budce biletowej siedział zamachowiec, co zgodnie z instrukcjami obowiązującymi w danej sytuacji musiał założyć, uratowałby prezydentowi życie. Fakt, że ta osoba nie była zamachowcem, nie zmienia charakteru jego czynu.

– To prawda – przyznała Anne Størksen. – W takiej sytuacji instrukcje są ważniejsze niż osobista ocena.

Meirik nie odezwał się, tylko pokiwał aprobująco głową.

– Dobrze – powiedział Brandhaug. – Ta krztyna, jak mówisz, Bjarne, to przekonanie prasy, naszych zwierzchników i wszystkich, którzy mieli do czynienia ze sprawą, o tym, żeby ani przez chwilę nie mieli wątpliwości, że nasz oficer łącznikowy postąpił słusznie. I już teraz musimy działać tak, jakby rzeczywiście dokonał bohaterskiego czynu.

Obserwował zdumienie Møllera.

– Jeśli nie pochwalimy funkcjonariusza, to poniekąd już przyznamy, że strzelając, błędnie ocenił sytuację. To by oznaczało, że zabezpieczenie podczas wizyty prezydenta szwankowało.

Wokół stołu rozległy się potakiwania.

– *Ergo* – podjął Brandhaug. Uwielbiał to słowo, było ubrane w zbroję, wręcz niezwyciężone, sięgało bowiem po autorytet logiki. „Zatem".

– *Ergo* damy mu medal?

To znów odezwała się Rakel.

Brandhaug poczuł lekkie ukłucie irytacji. Zdenerwował go sposób, w jaki wymówiła słowo „medal". Trochę tak, jakby pisali scenariusz komedii, w której chętnie widziane były wszystkie zabawne pomysły. Jakby cały jego pomysł był komedią.

– Nie – odparł wolno, z naciskiem. – Medale i odznaczenia to zbyt naiwne. Nie przydadzą nam wiarygodności, której szukamy. – Odchylił się na krześle z rękami założonymi za głowę. – Awansujmy go. Nadajmy mu stopień komisarza.

Na długo zapadła cisza.

– Komisarza? – Bjarne Møller wciąż z niedowierzaniem wpatrywał się w Brandhauga. – Za to, że strzelił do agenta Secret Service?

– Oczywiście może się to wydawać trochę absurdalne, ale zastanówcie się nad tym przez chwilę.

– To... – Møller zamrugał. Miał taką minę, jakby chciał powiedzieć mnóstwo różnych rzeczy, ale ugryzł się w język.

– Może nie musi przejmować wszystkich zadań, które zwykle należą do komisarzy – usłyszał Brandhaug słowa komendantki policji. Padły ostrożnie, jak gdyby nawlekała nitkę przez uszko igły.

– O tym też odrobinę myśleliśmy, Anne – powiedział z leciutkim naciskiem na jej imię. Użył go po raz pierwszy. Kobiecie lekko drgnęła brew, lecz poza tym nie dostrzegł żadnej oznaki świadczącej o tym, by miała coś przeciwko temu. – Problem polega na tym, że jeśli koledzy tego waszego rozmiłowanego w strzelaniu oficera łącznikowego uznają jego awans za dziwny i z czasem zrozumieją, że ten tytuł to tylko sztafaż, wrócimy do punktu wyjścia, a nawet cofniemy się jeszcze dalej. Jeśli zaczną podejrzewać jakieś nieczyste działania, natychmiast pojawią się plotki i będzie wyglądać na to, że świadomie staraliśmy się zatuszować to wygłupienie się nasze – wasze – tego policjanta. Innymi słowy, musimy dać mu stanowisko w miarę wiarygodne, w które nikt za bardzo nie będzie się wtrącał i sprawdzał, czym on tak naprawdę się zajmuje. Mówiąc inaczej, chodzi o awans połączony z przeniesieniem w bezpieczne miejsce.

– Bezpieczne miejsce. Bez wtrącania się... – Rakel uśmiechnęła się leciutko. – To brzmi tak, jakby zamierzał pan rzucić go w objęcia nam, panie Brandhaug.

– Co na to powiesz, Kurt? – spytał Brandhaug.

Kurt Meirik podrapał się za uchem, cicho śmiejąc się pod nosem.

– Owszem, przypuszczam, że zawsze znajdzie się jakaś podstawa, żeby awansować kogoś na komisarza.

Brandhaug pokiwał głową.

– Bardzo by nam to pomogło.

– Trzeba sobie pomagać, kiedy można.

– Świetnie. – Brandhaug uśmiechnął się szeroko, spojrzeniem na zegarek sygnalizując koniec spotkania. Zaszurały krzesła.

15 SANKTHANSHAUGEN, 4 LISTOPADA 1999

– *Tonight we're gonna party like it's nineteen-ninety-nine!*
Ellen zerknęła na Toma Waalera, który właśnie wepchnął kasetę do magnetofonu i nastawił tak głośno, że od dudnienia basów drżała cała deska rozdzielcza. Przenikliwy falset wokalisty kłuł Ellen w uszy.
– Niefajne? – Tom starał się przekrzyczeć muzykę.
Ellen nie chciała go urazić, dlatego tylko kiwnęła głową. Chociaż nie uważała, by Toma Waalera łatwo było urazić, to jednak zamierzała głaskać go z włosem tak długo, jak się dało. Miała nadzieję, że wytrwa do czasu, gdy ten podwójny zaprzęg „Tom Waaler–Ellen Gjelten" zostanie rozwiązany. Naczelnik wydziału, Bjarne Møller, twierdził przynajmniej, że ma to charakter przejściowy. Wszyscy wiedzieli, że Tom wiosną awansuje na komisarza.
– Czarnuch i pedał! – zawołał Tom. – Przesada!
Ellen nie odpowiedziała. Deszcz padał tak mocno, że pomimo wycieraczek pracujących na pełnych obrotach woda kładła się na przedniej szybie wozu patrolowego niczym miękki filtr, przez który budynki na Ullevålsveien wyglądały jak domy z bajki falujące raz w jedną, raz w drugą stronę. Møller wysłał ich z samego rana na poszukiwanie Harry'ego. Dzwonili już do drzwi jego mieszkania na Sofies gate i stwierdzili, że nie ma go w domu. Albo nie chce otworzyć. Albo nie jest w stanie otworzyć. Ellen obawiała się najgorszego. Przyglądała się ludziom, spieszącym w jedną i w drugą stronę po chodniku. Oni też przybierali dziwaczne kształty, jak w krzywym zwierciadle w wesołym miasteczku.
– Zjedź na lewo i zatrzymaj się – powiedziała. – Możesz zaczekać w samochodzie, sama tam pójdę.
– Chętnie – odparł Waaler. – Nie znoszę pijaków.
Popatrzyła na niego z boku, lecz wyraz twarzy Toma nie zdradzał, czy miał na myśli ogólnie przedpołudniową klientelę restauracji U Schrødera czy też Harry'ego w szczególności. Zatrzymał samochód na przystanku przed restauracją.
Ellen wysiadła i wtedy zobaczyła, że po drugiej stronie ulicy otwarli kolejną Palarnię Kawy. A może była tu już od dawna, tylko ona nie

zwróciła na nią uwagi? Na stołkach barowych wzdłuż dużych witryn siedzieli młodzi ludzie w golfach i czytali zagraniczne gazety lub po prostu wpatrywali się w deszcz, trzymając w dłoniach duże białe filiżanki z kawą. Prawdopodobnie zastanawiali się, czy wybrali właściwy kierunek studiów, właściwą sofę modnego projektanta, właściwego narzeczonego, właściwy klub książki czy właściwe miasto w Europie.

W drzwiach Schrødera o mało nie zderzyła się z mężczyzną w islandzkim swetrze. Alkohol spłukał niemal cały błękit z jego tęczówek, dłonie miał wielkie jak patelnie i czarne od brudu. Przechodząc obok niego, Ellen poczuła słodkawy zapach potu i trwającego od dawna przepicia. W środku panował spokojny nastrój przedpołudnia. Zajęte były tylko cztery stoliki. Ellen odwiedziła już kiedyś to miejsce, dawno temu, i o ile mogła stwierdzić, nic się nie zmieniło. Na ścianach wisiały duże zdjęcia starego Oslo, które wraz z brązowymi ścianami i szklanym sufitem przydawały temu lokalowi odrobiny klimatu angielskiego pubu. Szczerze mówiąc, naprawdę odrobiny, bo stoły z tworzywa i wyściełane ławy przywodziły raczej na myśl palarnię na promie kursującym u wybrzeży Møre. Na końcu lokalu stała oparta o bar kelnerka w fartuszku i paliła papierosa, z niewielkim zainteresowaniem przyglądając się Ellen. Harry ze zwieszoną głową siedział w kącie przy oknie. Przed nim stała pusta szklanka po dużym piwie.

– Cześć. – Ellen usiadła na krześle naprzeciwko niego.

Harry podniósł głowę i kiwnął, jak gdyby siedział tu i czekał właśnie na nią. Potem głowa znów mu opadła.

– Szukaliśmy cię. Byliśmy u ciebie w domu.

– Zastaliście mnie? – powiedział to obojętnie, bez uśmiechu.

– Nie wiem. A jesteś w domu, Harry? – kiwnęła głową w stronę szklanki.

Wzruszył ramionami.

– On przeżyje – powiedziała Ellen.

– Już słyszałem. Møller zostawił mi wiadomość na sekretarce. Mówił z zaskakująco wyraźną dykcją. Ale nie powiedział, jak ciężko został ranny. Ma poszarpane mnóstwo nerwów w plecach, prawda?

Przekrzywił głowę, ale Ellen nie odpowiadała.

– Może będzie tylko sparaliżowany. – Harry pstryknął palcami w pustą szklankę. – Na zdrowie.

– Jutro kończy ci się zwolnienie – powiedziała Ellen. – Spodziewamy się, że zobaczymy cię w pracy.

Harry lekko uniósł głowę.

– To ja jestem na zwolnieniu?

Ellen przesunęła po blacie cienką plastikową teczkę. W środku było widać różową kartkę.

– Rozmawiałam z Møllerem. I z doktorem Aune. Weź sobie kopię tego zwolnienia. Møller powiedział, że człowiek, który postrzelił kogoś na służbie, zwykle dostaje kilka dni wolnego, żeby trochę ochłonął. Po prostu przyjdź jutro.

Harry przeniósł wzrok na barwioną nieprzezroczystą szybę okna. Prawdopodobnie o jej założeniu zdecydowały względy dyskrecji, aby ludzi w środku nie było widać z zewnątrz, odwrotnie niż w Palarni Kawy, pomyślała Ellen.

– I jak? Przyjdziesz? – spytała.

– No cóż. – Patrzył na nią zamglonym spojrzeniem, które pamiętała z tamtych poranków po jego powrocie z Bangkoku. – Na twoim miejscu bym się o to nie zakładał.

– Ale i tak przyjdź. Czeka cię kilka zabawnych niespodzianek.

– Niespodzianek? – Harry roześmiał się miękko. – A co to może być? Wcześniejsza emerytura? Pożegnanie z honorami? A może prezydent odznaczy mnie Purpurowym Sercem?

Podniósł głowę na tyle, by Ellen mogła zobaczyć jego przekrwione oczy. Westchnęła i odwróciła się do okna. Za mleczną szybą przesuwały się bezkształtne cienie samochodów jak w psychodelicznym filmie.

– Dlaczego ty to sobie robisz, Harry? Ty wiesz, ja wiem, wszyscy wiedzą, że to nie twoja wina. Nawet ci z Secret Service przyznają, że to oni popełnili błąd, nie informując nas. I że my, to znaczy ty, działałeś prawidłowo.

Harry mówił cicho, nie patrząc na nią.

– Myślisz, że jego rodzina też tak uzna, kiedy przywiozą go do domu na wózku?

– O Boże, Harry! – Ellen podniosła głos i kątem oka dostrzegła, że kobieta przy barze przygląda im się z rosnącym zainteresowaniem. Prawdopodobnie wietrzyła już niezłą kłótnię. – Zawsze znajdą się tacy, którzy nie mają szczęścia, którym coś nie wyjdzie, Harry. Tak po prostu jest. To nie jest niczyja wina. Wiesz, że co roku ginie sześćdziesiąt procent całej populacji pokrzywnic? Sześćdziesiąt procent! Gdyby człowiek miał się zastanawiać nad sensem tego, to nie zorientowałby się, kiedy sam by się znalazł wśród tych sześćdziesięciu procent, Harry.

Nie odpowiedział. Siedział i kiwał głową nad kraciastym obrusem z czarnymi dziurami wypalonymi żarem z papierosa.

– Znienawidzę się za to, co teraz powiem, Harry. Ale twoje przyjście do pracy uznam za osobistą przysługę. Po prostu staw się jutro. Nie będę się do ciebie odzywać, nie będziesz musiał mnie oglądać, dobrze?

Harry wsunął czubek małego palca w jedną z czarnych dziur w obrusie. Potem przestawił szklankę tak, żeby zakryła pozostałe dziury. Ellen czekała.

– To Waaler siedzi w samochodzie? – spytał Harry.

Kiwnęła głową. Wiedziała, jak bardzo ci dwaj się nie lubią. Przyszedł jej do głowy pewien pomysł, zawahała się, ale zaryzykowała.

– Waaler założył się o dwieście koron, że się jutro nie zjawisz.

Harry znów się roześmiał tym swoim miękkim śmiechem. Potem podniósł głowę, oparł ją na rękach i spojrzał na Ellen.

– Naprawdę nie umiesz kłamać. Ale dziękuję, że przynajmniej próbujesz.

– Niech cię cholera, Harry! – nabrała powietrza, chciała powiedzieć coś jeszcze, ale zmieniła zdanie. Długo patrzyła na Harry'ego. Potem znów westchnęła.

– Niech ci będzie. Właściwie miał ci to powiedzieć Møller, ale skoro tak, to posłuchaj: chcą ci dać stanowisko komisarza w POT.

Pomruk, z jakim Harry się roześmiał, przypominał silnik cadillaca fleetwood.

– Okej, jak jeszcze trochę poćwiczysz, to w końcu nauczysz się łgać.

– Mówię prawdę!

– Niemożliwe. – Jego spojrzenie znów powędrowało za okno.

– Dlaczego? Jesteś jednym z naszych najlepszych śledczych, właśnie dałeś się poznać jako cholernie skuteczny policjant, studiowałeś prawo i...

– Powtarzam ci, to niemożliwe, nawet gdyby komuś rzeczywiście przyszedł do głowy taki wariacki pomysł.

– Ale dlaczego?

– Z bardzo prostego powodu. O ilu procentach tych ptaków mówiłaś? Sześćdziesięciu?

Przeciągnął obrus ze szklanką po stole.
- One się nazywają pokrzywnice – powiedziała Ellen.
- No właśnie. A od czego umierają?
- O co ci chodzi?
- No chyba nie kładą się po prostu, żeby umrzeć.
- Z głodu. Zabijane przez drapieżniki. Z zimna. Z wycieńczenia. Czasami rozbijają się o szyby. Z różnych przyczyn.
- Okej. Ale przypuszczam, że żadna z nich nie zostaje postrzelona w plecy przez funkcjonariusza policji norweskiej, który nie posiada zezwolenia na noszenie broni, ponieważ nie zdał egzaminu strzeleckiego. Ten funkcjonariusz, gdy tylko to wyjdzie na jaw, zostanie postawiony w stan oskarżenia i prawdopodobnie skazany na karę więzienia od roku do lat trzech. Niezbyt dobry pretendent do stanowiska komisarza, nie uważasz?

Podniósł szklankę i z hukiem odstawił ją na plastikowy blat obok obrusa.
- O jakim egzaminie strzeleckim mówisz? – spytała Ellen beztrosko.

Przyjrzał jej się uważniej. Wytrzymała jego spojrzenie ze spokojem.
- O co ci chodzi? – spytał.
- Nie mam pojęcia, o czym mówisz, Harry.
- Przecież cholernie dobrze wiesz, że...
- O ile wiem, to zdałeś tegoroczny egzamin. Takiego samego zdania jest Møller. Wybrał się nawet dziś rano na strzelnicę, żeby sprawdzić to u instruktora. Zajrzeli do komputera i przekonali się, że zdobyłeś więcej punktów, niż trzeba. Nie zrobią komisarzem w POT kogoś, kto strzela do agenta Secret Service bez pozwolenia w kieszeni.

Uśmiechnęła się szeroko, bo Harry wyglądał na coraz bardziej zdezorientowanego.
- Ale ja nie mam pozwolenia!
- Masz, masz, tylko gdzieś ci się zapodziało. Na pewno je znajdziesz, Harry. Na pewno.
- Posłuchaj, ja...

Urwał nagle i spojrzał na plastikową teczkę, leżącą przed nim na stole. Ellen wstała.
- Wobec tego widzimy się o dziewiątej, panie komisarzu.

Harry w odpowiedzi był w stanie jedynie kiwnąć głową.

16 HOTEL RADISSON SAS, HOLBERGS PLASS, 5 LISTOPADA 1999

Betty Andresen miała jasne kręcone włosy w stylu Dolly Parton, które wyglądały jak peruka. Ale nie były peruką, a poza tym wszelkie podobieństwo do Dolly Parton kończyło się na włosach. Betty Andresen była wysoka i szczupła, a gdy się uśmiechała tak jak teraz, tylko leciutko uchylała usta, odrobinę odsłaniając zęby. Uśmiech przeznaczyła dla starego człowieka po drugiej stronie lady w recepcji hotelu Radisson SAS na Holbergs plass. Nie była to zwyczajna recepcja w powszechnym rozumieniu tego określenia, tylko kilka niewielkich wielofunkcyjnych wysepek z monitorami komputera, dzięki czemu można było obsługiwać jednocześnie kilku gości.

– Dobre przedpołudnie – powiedziała Betty Andresen. W szkole hotelarskiej w Stavanger nauczyła się rozróżniać pory dnia, witając gości. W związku z tym jeszcze godzinę temu mówiła „dobry poranek", za godzinę miała zacząć mówić „dzień dobry", za sześć godzin „dobre popołudnie", a za kolejne dwie „dobry wieczór". Później miała jechać do dwupokojowego mieszkania na Torshov i żałować, że nie ma komu powiedzieć „dobranoc".

– Chciałbym obejrzeć pokój umieszczony na najwyższym piętrze.

Betty Andresen patrzyła na mokre od deszczu ramiona jego płaszcza. Na zewnątrz lało. Na rondzie kapelusza staruszka drżała kropla wody.

– Chce pan obejrzeć pokój?

Uśmiech nie znikał z twarzy Betty Andresen. Wyuczyła się i trzymała zasady, że wszystkich należy traktować jak gości do chwili, gdy nie zostanie udowodnione, że nimi nie są. Tym razem miała jednak pewność, że ma przed sobą przedstawiciela gatunku „staruszek z wizytą w stolicy", który bardzo chciałby za darmo zobaczyć widok rozciągający się z okna hotelu SAS. Tacy jak on stale tu przychodzili, zwłaszcza latem. I nie tylko po to, żeby podziwiać widok. Raz pewna pani poprosiła ją o pokazanie apartamentu „Palace" na dwudziestym drugim piętrze, by mogła go opisać przyjaciołom, gdy będzie im opowiadać, że w nim mieszkała. Zaproponowała nawet Betty pięćdziesiąt koron za wpis do księgi gości, którym mogłaby się posłużyć jako dowodem.

– Pokój pojedynczy czy dwuosobowy? – spytała Betty. – Dla palących czy niepalących?

Większość zaczynała się jąkać już w tym momencie.

– To nie takie ważne – odparł staruszek. – Najważniejszy jest widok. Chciałbym pokój, którego okna wychodzą na południowy zachód.

– Tak, wtedy ma się widok na całe miasto.

– No właśnie. Co pani ma najlepszego?

– Najlepszy jest oczywiście apartament „Palace". Ale proszę zaczekać, sprawdzę, czy nie mamy wolnego jakiegoś zwykłego pokoju.

Już zaczęła stukać w klawiaturę, czekając, aż stary złapie przynętę. Nie trwało to długo.

– Chciałbym obejrzeć apartament.

Oczywiście, pomyślała. Popatrzyła na staruszka.

Betty Andresen nie była nierozsądną kobietą. Skoro największym marzeniem starego człowieka jest zobaczenie widoku rozciągającego się z hotelu SAS, nie widziała powodów, by mu tego odmówić.

– No to chodźmy, zajrzymy. – Zafundowała mu najbardziej promienny ze swoich uśmiechów, które zwykle rezerwowała wyłącznie dla stałych gości.

– Przyjechał pan w odwiedziny do kogoś w Oslo? – spytała już w windzie uprzejmie, lecz bez większego zainteresowania.

– Nie – odparł staruszek. Miał siwe krzaczaste brwi, takie jak jej ojciec.

Betty wcisnęła guzik, drzwi się zasunęły i winda ruszyła. Betty nigdy nie mogła się przyzwyczaić do tego uczucia wsysania w niebo. Gdy drzwi znów się rozsunęły, jak zawsze troszkę się spodziewała, że znajdzie się w nowym, zupełnie innym świecie, mniej więcej tak jak dziewczynka z tej historii o trąbie powietrznej. Ale świat zawsze pozostawał ten sam, taki jak dawniej. Przeszli korytarzami, w których tapety dopasowano do koloru dywanów, a na ścianach powieszono drogie nudne dzieła sztuki. Betty wsunęła klucz do zamka apartamentu, powiedziała „proszę bardzo" i przytrzymała drzwi przed staruszkiem. Przemknął obok niej z wyrazem twarzy, który odczytała jako pełen oczekiwania.

– Apartament „Palace" ma sto pięć metrów kwadratowych – oznajmiła Betty. – Są tu dwie sypialnie, każda z łóżkiem *king size* i dwie łazienki, w obu jest wanna z hydromasażem i telefon.

Przeszła do salonu, gdzie stary zdążył już stanąć przy oknach.

– Meble zaprojektował duński designer Poul Henriksen – powiedziała, muskając dłonią cieniusieńkie szkło stolika. – Ma pan może ochotę obejrzeć łazienki?

Stary nie odpowiedział. Nie zdjął przemoczonego kapelusza i w ciszy, która teraz zapadła, Betty usłyszała odgłos kropli spadającej na parkiet z drewna wiśniowego. Stanęła obok staruszka. Widać stąd było wszystko, co warto zobaczyć: Ratusz, Teatr Narodowy, Zamek, budynek parlamentu i twierdzę Akershus. Tuż pod nimi rozpościerał się Park Zamkowy. Drzewa wyciągały ku ołowianoszaremu niebu czarne gałęzie, przypominające rozczapierzone palce czarownicy.

– Powinien pan tu raczej przyjść w ładny wiosenny dzień – stwierdziła Betty.

Stary odwrócił się i popatrzył na nią zdziwiony. Betty dopiero teraz zdała sobie sprawę z tego, co powiedziała. Równie dobrze mogła dodać wprost: skoro i tak przyszedł pan tu tylko po to, by obejrzeć widok z okna.

Uśmiechnęła się najładniej, jak umiała.

– Kiedy trawa jest zielona, a na drzewach w Parku Zamkowym pojawiają się liście. Wtedy rzeczywiście jest tu bardzo pięknie.

Patrzył na nią, lecz myślami zdawał się być zupełnie gdzie indziej.

– Ma pani rację – powiedział w końcu. – Na drzewach wyrastają liście. O tym nie pomyślałem. – Wskazał na okno. – Można je otworzyć?

– Tylko uchylić. – Betty z ulgą zmieniła temat. – Trzeba przekręcić ten uchwyt.

– Dlaczego można tylko uchylić?

– To na wypadek, gdyby komuś wpadł do głowy niemądry pomysł.

– Niemądry pomysł?

Zerknęła na niego. Czyżby staruszek był odrobinę sklerotyczny?

– Żeby wyskoczyć. To znaczy popełnić samobójstwo. Jest wielu nieszczęśliwych ludzi, którzy... – wykonała dłonią gest z zamiarem opisania, co robią nieszczęśliwi ludzie.

– A więc to niemądry pomysł? – Stary potarł brodę. Czyżby wśród zmarszczek dostrzegła cień uśmiechu? – Nawet gdy ktoś jest nieszczęśliwy?

– Owszem – odpowiedziała zdecydowanie Betty. – Przynajmniej w moim hotelu. I na mojej zmianie.

– Na mojej zmianie – zachichotał staruszek. – To było niezłe, Betty Andresen.
Na dźwięk swojego nazwiska drgnęła przestraszona. Oczywiście przeczytał je na tabliczce służbowej. Przynajmniej oczy miał w porządku, bo litery w nazwisku były tak małe, jak napis „RECEPTIONIST" duży. Betty udała, że dyskretnie spogląda na zegarek.
– Tak, tak – pokiwał głową staruszek. – Ma pani pewnie inne rzeczy do zrobienia niż pokazywanie widoków.
– Raczej tak – odparła.
– Biorę go – oświadczył staruszek.
– Słucham?
– Wezmę ten pokój. Nie na dzisiejszą noc, ale...
– Bierze pan pokój?
– Tak. Jest do wynajęcia, prawda?
– No tak, owszem, ale... jest bardzo drogi.
– Chętnie zapłacę z góry. – Z wewnętrznej kieszonki wyciągnął portfel, a z niego banknoty.
– Nie, nie, nie o to mi chodziło. Tylko że on po prostu kosztuje siedem tysięcy za noc. Nie wolałby pan raczej obejrzeć...
– Podoba mi się ten pokój – oświadczył stary. – Proszę na wszelki wypadek przeliczyć.
Betty wpatrywała się banknoty tysiąckoronowe, które jej podawał.
– Zapłatę możemy załatwić, gdy już przyjdzie pan przenocować – powiedziała. – A kiedy pan zamierza...
– Tak jak pani zalecała, Betty. Któregoś dnia na wiosnę.
– No tak, jasne. W jakiś szczególny dzień?
– Oczywiście.

17 BUDYNEK POLICJI, 5 LISTOPADA 1999

Bjarne Møller westchnął i wyjrzał przez okno. Myśli mu uciekały, jak to ostatnio często się zdarzało. Deszcz zrobił sobie przerwę, ale niebo nad Budynkiem Policji na Grønland wciąż wisiało niskie i ołowianoszare. Jakiś pies dreptał po brunatnym, pozbawionym życia trawniku.

W Bergen mieli wolne stanowisko naczelnika wydziału, termin składania podań mijał w przyszłym tygodniu. Od jednego z kolegów stamtąd słyszał, że zasadniczo pada tam tylko dwa razy jesienią. Od września do listopada i od listopada do nowego roku. Bergeńczycy stale przesadzali. Był tam, miasto mu się podobało. Leżało z dala od polityków w Oslo i było nieduże. Lubił to, co nieduże.

– Co? – Møller obrócił się i napotkał zrezygnowane spojrzenie Harry'ego.

– Zacząłeś mi tłumaczyć, dlaczego dobrze mi zrobi, kiedy się trochę ruszę.

– O?

– To twoje własne słowa, szefie.

– A tak, tak. Musimy się pilnować, żebyśmy nie utknęli w starych przyzwyczajeniach i rutynie. Trzeba posuwać się dalej, rozwijać. Móc się czasami oderwać.

– Cóż, oderwać... POT mieści się zaledwie trzy piętra wyżej, w tym samym budynku.

– Oderwać od wszystkiego innego. Szef POT, Meirik, uważa, że doskonale pasujesz na stanowisko, które ma akurat wolne.

– Czy na takie wakaty nie trzeba organizować konkursu?

– Nie myśl o tym, Harry.

– Dobrze. Ale czy wolno mi myśleć o tym, dlaczego, na miłość boską, chcecie mnie ściągnąć do POT? Czy ja wyglądam na materiał na szpiega?

– Nie, nie.

– Nie?

– To znaczy tak. To znaczy nie, tylko że...

– A dlaczego nie?

– Dlaczego nie?

Møller mocno podrapał się w głowę. Twarz poczerwieniała mu z gniewu.

– Cholera, Harry, proponujemy ci robotę komisarza, pięć stopni zaszeregowania wyżej, koniec nocnych służb i porcję szacunku od gówniarzy. To niezła propozycja, Harry.

– Ja lubię nocną służbę.

– Nikt nie lubi nocnej służby.

– Dlaczego nie dacie mi wolnego stanowiska komisarza tutaj?
– Harry, wyświadcz mi przysługę i powiedz, że się zgadzasz.
Harry obracał w dłoniach papierowy kubek.
– Szefie – powiedział – jak długo my dwaj się znamy?
Møller ostrzegawczo podniósł palec.
– Nawet tego nie próbuj. Nie uderzaj w ton „tyle-przeżyliśmy-razem-na-dobre-i-na-złe".
– Siedem lat. W ciągu tych siedmiu lat przesłuchiwałem ludzi, którzy prawdopodobnie są najgłupszymi stworzeniami, jakie w tym mieście poruszają się na dwóch nogach, a mimo to nie spotkałem nikogo, kto by kłamał gorzej niż ty. Być może jestem głupi, ale zostało mi jeszcze kilka komórek mózgowych, które starają się, jak mogą. A one mi mówią, że to nie za sprawą mojego życiorysu zasłużyłem na to stanowisko. Niemożliwe też, żebym niespodziewanie uzyskał najlepszy z całego wydziału wynik na tegorocznym teście strzeleckim. Mówią mi natomiast, że to ma związek z ustrzeleniem przeze mnie agenta Secret Service. Nie musisz odpowiadać, szefie.

Møller, który właśnie otworzył usta, zamknął je i demonstracyjnie skrzyżował ręce na piersiach.

Harry ciągnął:
– Rozumiem, że to nie ty reżyserujesz. I chociaż nie widzę całości obrazu, to jednak nie brak mi wyobraźni i co nieco potrafię odgadnąć. Jeżeli mam rację, to oznacza, że moje własne życzenia związane z wyborem dalszej drogi w policji mają znaczenie podrzędne. Odpowiedz mi więc tylko na jedno pytanie. Czy pozostał mi jakiś wybór?

Møller mrugał i mrugał. Znów myślał o Bergen. O bezśnieżnych zimach, o niedzielnych wycieczkach z żoną i chłopcami na szczyt Fløyen, o miejscu, gdzie da się dorastać, o dobrodusznych chłopięcych psotach i odrobinie trawki. Bez zorganizowanej przestępczości i czternastolatków przedawkowujących narkotyki. Komenda Okręgowa Policji w Bergen. No cóż.

– Nie – odparł.
– Dobrze – powiedział Harry. – Tak też myślałem. – Zmiął papierowy kubek i wycelował nim do kosza. – Mówiłeś o pięciu stopniach zaszeregowania wyżej?
– I o własnym pokoju.

– Spodziewam się, że zlokalizowanym w odpowiedniej odległości od innych. – Zrobił powolny, wystudiowany ruch ręką. – A płaca za nadgodziny?
– Nie na tym poziomie wynagrodzeń, Harry.
– No to będę się starał wychodzić o czwartej. – Papierowy kubek upadł na podłogę o pół metra od kosza.
– Na pewno wszystko się ułoży – powiedział Møller z leciutkim uśmiechem.

18 PARK ZAMKOWY, 10 LISTOPADA 1999

Był pogodny chłodny wieczór. Zaraz po wyjściu ze stacji kolejki podziemnej starego człowieka uderzyła mnogość ludzi wciąż krążących po ulicach. Wyobrażał sobie, że o tak późnej porze centrum miasta będzie w zasadzie bezludne, tymczasem po Karl Johans gate wśród neonowych świateł mknęły taksówki, a chodnikami maszerowali w górę i w dół przechodnie. Stanął przy przejściu dla pieszych, oczekując na zielone światło wraz z grupą ciemnoskórej młodzieży, porozumiewającej się w dziwacznym gdakliwym języku. Domyślał się, że to Pakistańczycy, a może Arabowie. Strumień myśli przerwało mu zmieniające się światło. Zdecydowanym krokiem przeszedł przez ulicę i ruszył dalej pod górę w stronę oświetlonej fasady Zamku. Nawet tutaj byli ludzie, w większości młodzi, idący gdzieś czy wracający Bóg wie skąd. W połowie zbocza zatrzymał się, żeby chwilę odsapnąć, przed pomnikiem Karla Johana, który siedział na koniu i rozmarzonym wzrokiem wpatrywał się w budynek parlamentu, Stortingu, władzy, którą usiłował przenieść do Zamku tuż za jego plecami.

Nie padało już od ponad tygodnia, suche liście zaszeleściły, gdy stary skręcił w prawo między drzewa w parku. Odchylił głowę do tyłu i zapatrzył się w nagie gałęzie, odcinające się od rozgwieżdżonego nieba. Przypomniał mu się fragment wiersza:

Dąb, brzoza, jesion, olcha, jarzębina
śmiertelna bladość, czarna peleryna

Pomyślał, że lepiej by się stało, gdyby dzisiejszej nocy nie świecił księżyc. Z drugiej strony łatwiej mu było znaleźć to, czego szukał: wielki dąb, do którego tulił głowę tamtego dnia, gdy otrzymał wiadomość, że jego życie zmierza do końca. Powiódł spojrzeniem wzdłuż pnia w koronę drzewa. Ile mogło mieć lat? Dwieście? Trzysta? Było prawdopodobnie już dorosłe, gdy Karl Johan pozwolił się obwołać królem Norwegii. Ale tak czy owak, każde życie ma swój koniec. Jego własne, drzewa, nawet królów. Stanął za dębem tak, by nie być widocznym ze ścieżki, i zdjął plecak. Potem przykucnął i wypakował zawartość. Trzy butelki z roztworem glyfosu, który ekspedient w supermarkecie budowlanym Jernia na Kirkeveien nazwał Roundup, i wielką strzykawkę z mocną stalową igłą, którą kupił w aptece Sfinx. Powiedział, że chce używać strzykawki podczas gotowania do ostrzykiwania mięsa tłuszczem, ale to tłumaczenie okazało się zupełnie niepotrzebne. Ekspedient patrzył na niego bez najmniejszego zainteresowania i z całą pewnością o nim zapomniał, jeszcze zanim zdążył wyjść.

Stary człowiek rozejrzał się ukradkiem, dopiero potem wbił igłę w korek jednej z butelek i wolno wyciągnął tłok, aby przezroczysty płyn wypełnił strzykawkę. Wymacał dłonią odpowiednie miejsce w pniu, rozstęp między dwoma kawałkami kory i tam wbił igłę. Nie poszło wcale tak łatwo, jak sądził. Musiał mocno naciskać, żeby igła weszła w drewno. Wbicie jej w zewnętrzną warstwę nie przyniosłoby żadnego skutku, zamierzał dostać się do kambium, do wewnętrznych życiodajnych organów drzewa. Jeszcze mocniej nacisnął strzykawkę. Igła zadrżała. Do diabła, nie wolno jej złamać, miał tylko tę jedną! Czubek leciutko się wsunął, ale po kilku centymetrach znieruchomiał. Pomimo wieczornego chłodu staruszkowi wystąpił pot na czoło. Spróbował jeszcze raz. Już miał nacisnąć jeszcze mocniej, gdy nagle usłyszał szelest liści bliżej ścieżki. Wypuścił strzykawkę z rąk. Odgłos się zbliżał. Stary przymknął powieki i wstrzymał oddech. Kroki minęły go tuż obok. Gdy znów otworzył oczy, dostrzegł dwie postacie znikające za krzakami przy punkcie widokowym, wychodzącym na Fredriks gate. Wypuścił powietrze z płuc i znów ujął strzykawkę. Tym razem pchnął z całej siły. Gdy był już właściwie pewny, że czubek igły zaraz się złamie, ta wsunęła się w drewno. Stary człowiek otarł pot. Reszta była już łatwa.

W ciągu dziesięciu minut zdołał wstrzyknąć w drzewo dwie butelki substancji i sporą część trzeciej, gdy nagle usłyszał zbliżające się głosy. Dwie osoby okrążyły krzewy na punkcie widokowym. Przypuszczał, że to te same, które widział wcześniej.

– Hej! – rozległ się męski głos.

Stary zareagował instynktownie, stanął przy drzewie w taki sposób, że długie poły płaszcza zakryły strzykawkę wciąż wbitą w pień. Już w następnym momencie oślepiło go światło. Zasłonił twarz dłońmi.

– Zabierz tę latarkę, Tom – odezwała się kobieta.

Snop światła odsunął się, zatańczył między drzewami w parku.

Podeszli teraz blisko niego. Kobieta mniej więcej trzydziestoletnia o ładnych, lecz przeciętnych rysach twarzy, podsunęła mu legitymację tak blisko twarzy, że nawet w skąpym świetle księżyca zobaczył jej zdjęcie. Wyraźnie sprzed paru lat, z poważną miną. I nazwisko. Ellen jakaś tam.

– Policja – powiedziała. – Przepraszamy, jeśli pana przestraszyliśmy.

– Co tu robisz w środku nocy, dziadku? – spytał mężczyzna. Oboje byli w cywilu. Pod czarną trykotową czapką stary zobaczył twarz przystojnego młodego człowieka, który wpatrywał się w niego zimnymi niebieskimi oczami.

– Wyszedłem się przejść. – Stary miał nadzieję, że nie zauważą drżenia w głosie.

– Czyżby? – powiedział ten policjant, Tom. – Za drzewem, w długim płaszczu? Wiesz, jak to nazywamy?

– Przestań, Tom! – upomniała go kobieta. – Jeszcze raz przepraszamy – zwróciła się do starego. – Kilka godzin temu w parku był napad, pobito chłopaka. Widział pan coś albo słyszał?

– Dopiero tu przyszedłem – odparł stary, skupiając się na kobiecie, aby uniknąć badawczego spojrzenia mężczyzny. – Niczego nie widziałem. Tylko Wielki Wóz i Wielką Niedźwiedzicę – wskazał na niebo. – Przykro mi to słyszeć. Ciężko go ranili?

– Dość. Przepraszamy, że panu przeszkodziliśmy. Życzymy miłego wieczoru.

Odeszli, a stary zamknął oczy i osunął się na pień drzewa. W następnej chwili czyjaś ręka podciągnęła go do góry za połę marynarki i poczuł gorący oddech na uchu.

– Jeśli kiedykolwiek przyłapię cię na gorącym uczynku, to ci go odetnę, słyszysz? – dobiegł go głos tego młodego policjanta. – Nienawidzę takich jak ty.

Puścił go i zniknął.

Stary osunął się na ziemię, wkrótce poczuł wilgoć przenikającą przez ubranie. W głowie wciąż rozbrzmiewał mu ten sam powtarzający się raz po raz wiersz:

> *Dąb, brzoza, jesion, olcha, jarzębina*
> *śmiertelna bladość, czarna peleryna*

19 PIZZERIA U HERBERTA, YOUNGSTORGET, 12 LISTOPADA 1999

Sverre Olsen wszedł do środka, kiwnął głową chłopakom w rogu, kupił piwo w barze i zaniósł je do stolika. Nie do tego w kącie, tylko do swego własnego. Był to jego stolik już od ponad roku, od czasu gdy stłukł tego żółtka w Kebabie u Dennisa. Przyszedł wcześniej i na razie nie siedział przy nim nikt inny, ale już niedługo mała pizzeria na rogu Torggata i Youngstorget się zapełni. Dzisiaj dzień wypłaty zasiłku. Zerknął na chłopaków w kącie. Było ich trzech ze ścisłej grupy, ale ostatnio z nimi nie rozmawiał. Należeli do nowej partii, Związku Narodowego, i pojawiły się między nimi, można powiedzieć, niezgodności ideologiczne. Znał ich z czasów młodzieżówki Partii Ojczyźnianej. Owszem, byli patriotami, lecz teraz dołączyli do szeregów odstępców. Roy Kvinset z nieskazitelnie wygoloną na łyso głową był jak zawsze ubrany w znoszone wąskie dżinsy, długie buty i t-shirt z logo Związku Narodowego w kolorach czerwieni, bieli i błękitu. Ale Halle wyglądał inaczej. Ufarbował włosy na czarno i nasmarował oliwą, żeby gładko przylegały mu do głowy. Oczywiście najbardziej prowokująco działały na ludzi wąsy – czarna, starannie przycięta szczotka, dokładna kopia wąsów Führera. Przestał też nosić szerokie bryczesy i buty do konnej jazdy, przerzucił się na zielone spodnie moro. Gregersen jedyny spośród nich wyglądał jak zwyczajny młody człowiek: krótka kurtka, hiszpańska bródka i ciemne okulary na głowie. Bez wątpienia był z nich trzech najbystrzejszy.

Sverre powędrował wzrokiem dalej w głąb lokalu. Jakaś dziewczyna z facetem jedli pizzę. Nie widział ich wcześniej, ale nie wyglądali na gliny w cywilu. Ani też na dziennikarzy. Może byli z Monitora? Ostatniej zimy ujawnił faceta stamtąd, typka z wystraszonymi oczami, który przyszedł tu o parę razy za dużo. Odgrywał zaangażowanego i z kilkoma nawiązał rozmowę. Sverre zwietrzył zdradę, wyciągnęli faceta na zewnątrz i zdarli z niego sweter. Miał na brzuchu przyczepiony magnetofon z mikrofonem. Przyznał się, skąd jest, zanim właściwie zdążyli go tknąć. Śmiertelnie się bał. Ci z Monitora to durnie. Wydawało im się, że te chłopięce podchody, dobrowolne obserwowanie środowisk faszystowskich to niezwykle ważna i niebezpieczna działalność, mieli się za tajnych agentów w stanie ciągłego zagrożenia. No, pod tym względem może nie różnili się aż tak bardzo od niektórych z jego szeregów, to musiał przyznać. Facet w każdym razie był przekonany, że go zabiją, i tak się wystraszył, że się posikał. Dosłownie. Sverre widział mokrą smugę wijącą się przez nogawkę spodni i spływającą po asfalcie. Właśnie to najlepiej zapamiętał z tego wieczoru. Na marnie oświetlonym tylnym podwórzu strumyk moczu błyszczał, poszukując najniższego punktu w okolicy.

Sverre Olsen uznał, że ta para to po prostu dwoje głodnych młodych ludzi, którzy przypadkiem tędy przechodzili i zobaczyli pizzerię. Prędkość, z jaką jedli, świadczyła o tym, że zorientowali się już w rodzaju tutejszej klienteli, i chcieli czym prędzej opuścić lokal. Przy oknie siedział stary człowiek w kapeluszu i płaszczu. Być może pijaczyna, chociaż ubranie wskazywało na coś innego. Ale pijacy często tak wyglądali w pierwszych dniach po tym, jak Armia Zbawienia ubrała ich w używane, ale niezniszczone płaszcze dobrej jakości i troszeczkę niemodne garnitury. Gdy tak patrzył na starego, ten nagle podniósł głowę i odpowiedział mu spojrzeniem. To nie był pijak, miał błyszczące niebieskie oczy. Sverre mechanicznie odwrócił wzrok. Cholera, ależ ten stary się gapi!

Sverre skupił się na swoim piwie. Najwyższa pora zarobić trochę pieniędzy. Niech tylko włosy trochę podrosną, żeby zasłonić tatuaż na karku. Włoży wtedy koszulę z długimi rękawami i rozpocznie rundę. Roboty było dosyć. Gównianej roboty. Przyjemne, dobrze płatne zlecenia zabrały już asfalty. Pedały, poganie i asfalty.

– Mogę się przysiąść?
Sverre podniósł głowę. To ten stary nad nim stał. Sverre nawet nie zauważył, jak podszedł.
– To mój stolik – odparł Sverre niechętnie.
– Chciałem tylko chwilę porozmawiać. – Stary położył na blacie między nimi gazetę i usiadł na krześle naprzeciwko. Sverre przyglądał mu się uważnie.
– Nie denerwuj się, jestem jednym z was – powiedział stary.
– Z jakich „was"?
– Z tych, którzy tu przychodzą. Narodowych socjalistów.
– Tak?
Sverre zwilżył wargi i podniósł szklankę do ust. Stary siedział nieruchomo i tylko mu się przyglądał. Spokojnie, jakby miał przed sobą całą wieczność. Bo też i tak chyba było. Wyglądał na siedemdziesiąt lat. Co najmniej. Czy mógł być jednym ze starych chłopców z Zorn 88, Norweskiego Ruchu Narodowych Socjalistów? Jednym z tych, którzy skromnie, po cichu ich wspierali? Sverre o nich słyszał, lecz nigdy ich nie widział.
– Potrzebuję przysługi. – Stary mówił cicho.
– Tak? – powtórzył Sverre, znacznie jednak złagodził wyraźnie pogardliwy ton. Nigdy nic nie wiadomo.
– Broń – powiedział krótko stary.
– Jaka broń?
– Potrzebuję czegoś. Pomożesz mi?
– Dlaczego miałbym pomagać?
– Zajrzyj do gazety. Na stronę dwudziestą ósmą.
Sverre sięgnął po gazetę. Przerzucając strony, nie spuszczał wzroku ze starego. Na stronie dwudziestej ósmej znalazł artykuł o neonazistach w Hiszpanii. Napisany przez tego zdrajcę Evena Juula, wielkie dzięki. Duże czarno-białe zdjęcie młodego mężczyzny, trzymającego portret *generalissimo* Franco, częściowo przesłaniał tysiąckoronowy banknot.
– Jeżeli możesz mi pomóc... – powiedział stary.
Sverre wzruszył ramionami.
– ...dostaniesz jeszcze dziewięć tysięcy.
– Tak?
Sverre wypił kolejny łyk, potem rozejrzał się po lokalu. Para młodych ludzi już wyszła, lecz Halle, Gregersen i Kvinset wciąż siedzieli

w kącie. Wkrótce zaczną schodzić się inni, a wtedy nie da się dłużej prowadzić w miarę dyskretnej rozmowy. Dziesięć tysięcy koron.
– Jaka broń?
– Karabin.
– Powinno się udać.
Stary pokręcił głową.
– Karabin Märklin.
– Märklin?
Stary kiwnął głową.
– Ta sama firma, co robi kolejki elektryczne? – spytał Sverre.
W pomarszczonej twarzy pod kapeluszem pojawiła się szczelina. Widać stary się uśmiechnął.
– Jeśli nie możesz mi pomóc, powiedz od razu. Ten tysiąc możesz zatrzymać, więcej nie będziemy o tym mówić. Wyjdę stąd i nigdy już się nie zobaczymy.

Sverre odczuł lekki przypływ adrenaliny. To nie była zwyczajna rozmowa o siekierach, strzelbach na śrut i paru laskach dynamitu. To się działo naprawdę. Ten facet był prawdziwy.

Otworzyły się drzwi. Sverre spojrzał ponad ramieniem starego. Nie był to żaden z chłopaków, tylko ten pijak w czerwonym islandzkim swetrze. Potrafił być dokuczliwy, kiedy chciał naciągnąć kogoś na piwo, lecz poza tym niegroźny.

– Zobaczę, co się da zrobić. – Sverre sięgnął po banknot. Nie zdążył zauważyć, co się dzieje, gdy dłoń starego spadła na jego rękę jak szpon i przygwoździła ją do stolika.

– Nie o to cię pytałem. – Głos brzmiał zimno i krucho, jak łamiący się lód.

Sverre próbował przyciągnąć rękę do siebie, ale nie zdołał. Nie dał rady wyrwać się z uścisku starca!

– Pytałem, czy możesz mi pomóc, i chcę usłyszeć jasną odpowiedź. Tak albo nie, zrozumiano?

Sverre poczuł, że budzi się w nim wściekłość, jego stary wróg i przyjaciel. Ale przynajmniej na razie nie zdołała ona przesłonić myśli o dziesięciu tysiącach koron. Istniał człowiek, który mógł mu pomóc. Bardzo wyjątkowy człowiek. To będzie kosztowało, ale miał wrażenie, że stary nie zamierza targować się o prowizję.

– Tak... mogę pomóc.
– Kiedy?
– Za trzy dni. Tutaj. O tej samej porze.
– Brednie! Nie zdobędziesz takiego karabinu w trzy dni. – Stary wreszcie go puścił. – Ale biegnij do tego, kto ci pomoże i poproś, żeby biegł do tego, kto jemu może pomóc. Spotkamy się tutaj za trzy dni, umówimy się na termin i miejsce dostawy.

Sverre wyciskał sto dwadzieścia kilo na siłowni. Jak ten chudy staruch zdołał...

– Powiedz, że zapłata za karabin gotówką w koronach norweskich przy dostawie. Resztę swoich pieniędzy dostaniesz za trzy dni.
– Tak? A co będzie, jak zabiorę tę forsę...
– Wtedy wrócę i cię zabiję.

Sverre roztarł nadgarstek. Nie domagał się dalszych wyjaśnień.

Lodowaty wiatr omiatał budkę telefoniczną przy łaźni na Torggata, gdy Sverre Olsen drżącymi palcami wykręcał numer. Cholera, ale zimno! Miał dziury na czubkach obu butów. Na drugim końcu ktoś podniósł słuchawkę.

– Halo?

Sverre Olsen przełknął ślinę. Dlaczego, słysząc ten głos, zawsze czuł się tak nieswojo?

– To ja, Olsen.
– Mów.
– Ktoś szuka giwery marki Märklin.

Cisza.

– Tak jak kolejki elektryczne – dodał Sverre.
– Wiem, co to jest märklin, Olsen. – Głos na drugim końcu brzmiał spokojnie i neutralnie, ale Sverre i tak wychwycił pogardę. Nic nie powiedział, bo chociaż nienawidził swego rozmówcy, to strach przed nim był jeszcze silniejszy. Nawet nie wstydził się tego przyznać. Facet uchodził za naprawdę groźnego. W środowisku słyszeli o nim jedynie nieliczni i nawet Sverre nie znał jego prawdziwego nazwiska. Ale ten człowiek dzięki swoim powiązaniom nieraz już zdołał wyciągnąć Sverrego i jego kumpli z kłopotów. Oczywiście w służbie dla Sprawy, a nie z powodu wyjątkowej sympatii. Sverre z pewnością by się z nim nie kontak-

tował, gdyby wiedział o kimkolwiek innym, kto mógłby mu załatwić to, czego szukał.
– Komu ta broń jest potrzebna i do czego chce jej użyć?
– Jakiś staruszek. Nigdy wcześniej go nie widziałem. Mówi, że jest jednym z nas. Nie pytałem, kogo chce załatwić. Może nikogo. Może chce ją mieć po to, żeby....
– Zamknij się, Olsen. Wyglądał na to, że ma pieniądze?
– Był dobrze ubrany. Dał mi tysiąc koron za samą odpowiedź, czy mogę mu pomóc.
– Dał ci tysiąc za to, żebyś trzymał gębę na kłódkę, a nie za odpowiedź.
– Aha.
– Interesujące.
– Mam się z nim spotkać za trzy dni. Chce się wtedy dowiedzieć, czy nam się uda.
– Nam?
– To znaczy...
– Chciałeś powiedzieć: czy mnie się uda.
– Oczywiście. Ale...
– Ile ci zapłaci za całą robotę?
Sverre zwlekał z odpowiedzią.
– Dychę.
– Tyle samo dostaniesz ode mnie. Dychę. Jeżeli dobijemy targu. Pojmujesz?
– Pojmuję.
– Za co dostajesz tę dychę?
– Za trzymanie języka za zębami.
Kiedy Sverre Olsen odkładał słuchawkę, palce u nóg miał kompletnie pozbawione czucia. Potrzebne mu były nowe buty. Stał, przyglądając się pustej, bezwolnej torebce po chipsach, którą wiatr porwał i poniósł między samochody w stronę Storgata.

20 PIZZERIA U HERBERTA, 15 LISTOPADA 1999

Stary człowiek pozwolił, by szklane drzwi pizzerii U Herberta same się zamknęły. Stanął na chodniku i czekał. Minęła go Pakistanka z głową owiniętą szalem, pchająca przed sobą dziecięcy wózek. Ulicą sunęły samochody, w bocznych szybach migotało odbicie jego własnej postaci i wielkich szyb pizzerii za plecami. Z lewej strony drzwi wejściowych szybę częściowo zakrywał krzyż białej taśmy. Wyglądało na to, że ktoś próbował ją zbić kopniakiem. Wzór białych pęknięć na szkle przypominał pajęczynę. Przez szybę widział, że Sverre Olsen wciąż siedzi przy stoliku, przy którym omawiali szczegóły transakcji. Port kontenerowy w Bjørvika za trzy tygodnie. Pirs 4. Godzina druga w nocy. Hasło: *Voice of an Angel*. To, zdaje się, tytuł jakiejś popularnej piosenki. Nigdy jej nie słyszał, ale hasło nawet pasowało. Gorzej było z ceną. Siedemset pięćdziesiąt tysięcy. Nie zamierzał jednak na ten temat dyskutować. Pytanie tylko, czy dotrzymają umowy i nie obrabują go w porcie. Zaapelował o lojalność, opowiadając młodemu neonaziście, że walczył na froncie, ale nie miał pewności, czy tamten mu uwierzył. Nie wiedział też, czy to ma w ogóle jakieś znaczenie. Zmyślił nawet historię o tym, gdzie służył, na wypadek, gdyby ten młody zaczął się dopytywać. Ale on o nic nie pytał.

Przejechało jeszcze kilka samochodów. Sverre Olsen dalej siedział przy stoliku, lecz kto inny w środku się podniósł i chwiejnym krokiem ruszył w stronę drzwi. Stary go pamiętał. Ostatnio też tu był. Dzisiaj przyglądał mu się przez cały czas. Drzwi się otworzyły. Czekał. Samochody przestały jechać, ale usłyszał, że mężczyzna zatrzymał się tuż za nim. Wreszcie padły słowa:

– A więc to ty?

Głos miał to wyjątkowe lekko chropawe brzmienie, jakie potrafi nadać jedynie wiele lat ostrego picia, palenia i niedostatku snu.

– Czy ja pana znam? – spytał stary, nie odwracając się.

– Tak, raczej tak.

Stary obrócił głowę, przyjrzał mu się przez krótką chwilę i zaraz znów się odwrócił.

– Nic w panu nie wydaje mi się znajome.
– No co ty? Nie poznajesz kumpla z wojny?
– Z jakiej wojny?
– Obaj walczyliśmy o tę samą sprawę.
– Skoro tak mówisz... czego chcesz?
– Co? – spytał pijak z ręką za uchem.
– Pytam, czego chcesz – powtórzył stary głośniej.
– Czego chcę? To zwykła rzecz pogadać chwilę ze starym znajomym, no nie? Szczególnie ze znajomym, którego się nie widziało tyle czasu. A zwłaszcza z kimś, o kim wszyscy myśleli, że nie żyje.
Stary się odwrócił.
– Wyglądam na nieżywego?
Mężczyzna w czerwonym islandzkim swetrze patrzył na niego oczami tak niebieskimi, że przypominały turkusowe kulki, marmurki. Jego wieku kompletnie nie dało się ocenić. Mógł mieć lat czterdzieści albo osiemdziesiąt. Ale stary wiedział, ile lat ma ten pijaczyna. Gdyby się skupił, być może przypomniałby sobie nawet dokładną datę jego urodzenia. Na froncie zawsze pamiętali o swoich urodzinach.
Pijak zbliżył się jeszcze o krok.
– Nie, nie wyglądasz na nieżywego. Na chorego, owszem, ale nie na nieżywego. – Wyciągnął do niego olbrzymią brudną dłoń. Stary poczuł słodkawy odór, mieszaninę potu, moczu i przetrawionego alkoholu.
– Co jest? Nie podasz ręki staremu kumplowi? – Głos zagrzechotał jak śmiertelne rzężenie.
Stary lekko uścisnął wyciągniętą dłoń, nie zdejmując rękawiczki.
– No, już – powiedział. – Już sobie podaliśmy ręce. Jeśli nie masz do mnie nic więcej, to muszę iść.
– Może i mam. – Pijak chwiał się na nogach, usiłując skupić wzrok na starym. – Ciekaw jestem, czego ktoś taki jak ty szuka w tej norze. Chyba nie ma nic dziwnego w tym pytaniu, co? Kiedy cię tu zobaczyłem poprzednim razem, pomyślałem: „Pewnie się pomylił". Ale potem gadałeś z tym okropnym gościem, który podobno bije ludzi kijem bejsbolowym. A dzisiaj też tu siedziałeś...
– I co z tego?
– Pomyślałem sobie, że muszę zapytać któregoś z tych dziennikarzy, co czasem tu przychodzą, no wiesz... czy nie wiedzą, co facet, który

wygląda tak porządnie jak ty, tutaj robi. Oni wiedzą wszystko, no wiesz. A jak czegoś nie wiedzą, to się dowiadują. Na przykład tego, jak to możliwe, że facet, którego wszyscy mieli za zmarłego w czasie wojny, nagle okazuje się całkiem żywy. Oni umieją zdobywać informacje prędko jak cholera. O tak! – Na próżno starał się pstryknąć palcami. – No a potem to trafia do gazet.

Stary westchnął.

– Mogę coś dla ciebie zrobić?

– A na to wygląda? – Pijak rozłożył ręce i w uśmiechu odsłonił rzadkie zęby.

– Rozumiem – powiedział stary i rozejrzał się dokoła. – Przejdźmy się trochę. Nie lubię publiczności.

– Co?

– Nie lubię publiczności.

– No tak, po co to komu?

Stary lekko położył rękę na ramieniu pijaka.

– Wejdźmy tutaj.

– *Show me the way*, towarzyszu – zanucił pijak ochryple i roześmiał się.

Weszli w bramę obok pizzerii U Herberta, w której ustawione rzędem, przepełnione śmieciami szare plastikowe pojemniki zasłaniały widok z ulicy.

– Pewnie już komuś wspomniałeś, że mnie widziałeś?

– Zwariowałeś? W pierwszej chwili pomyślałem, że coś mi się przywidziało, że zobaczyłem upiora w biały dzień. I to u Herberta! – zaśmiał się ochryple, ale śmiech prędko przeszedł w chrapliwy mokry kaszel. Oparł się o ścianę i pochylił do przodu, czekając, aż atak minie. Potem się wyprostował i wytarł ślinę z ust. – O nie, dzięki, jeszcze by mnie zamknęli.

– Jaka będzie odpowiednia cena za twoje milczenie?

– Odpowiednia? Widziałem, jak ten łobuz wyciągnął tysiączka z gazety, którą ze sobą przyniosłeś.

– Tak?

– Kilka sztuk takich wystarczyłoby na jakiś czas, to jasne.

– Ile?

– No, a ile masz?

Stary westchnął, rozejrzał się jeszcze raz, żeby się upewnić, czy nie mają świadków, a potem rozpiął płaszcz i wsunął rękę pod połę.

Sverre Olsen długim krokiem przeciął Youngstorget, wywijając zieloną plastikową torbą. Dwadzieścia minut temu siedział u Herberta kompletnie bez grosza i w dziurawych butach. A teraz miał lśniące nowością oryginalne Combat Boots, amerykańskie wojskowe buty na dwanaście dziurek, kupione w Top Secret na Henrik Ibsens gate. Oprócz tego miał jeszcze kopertę, w której wciąż tkwiło osiem szeleszczących nowych banknotów tysiąckoronowych. A kolejnych dziesięciu mógł się spodziewać. Dziwne, jak prędko potrafi zmieniać się sytuacja. Przecież jeszcze tej jesieni groziły mu trzy lata odsiadki, ale na szczęście adwokat wpadł na to, że ta tłusta ławniczka złożyła przysięgę w niewłaściwym miejscu.

Sverre miał taki dobry humor, że zastanawiał się, czy nie zaprosić Hallego, Gregersena i Kvinseta do swojego stolika. Mógłby im postawić piwo, choćby po to, żeby zobaczyć, jak zareagują. Tak, do diabła!

Przeciął Pløens gate przed jakąś babą z Pakistanu, pchającą dziecięcy wózek i uśmiechnął się do niej z czystej złośliwości. Już kierował się do drzwi Herberta, gdy uświadomił sobie, że nie ma sensu taszczyć ze sobą torby z dziurawymi butami. Wszedł w bramę, uniósł pokrywę jednego z olbrzymich kontenerów i położył torbę na górze śmieci. Wychodząc stamtąd, zauważył, że nieco dalej, w głębi, między kontenerami wystają czyjeś nogi. Rozejrzał się. Na ulicy nikogo nie było. Na tylnym podwórzu też nie. Co to może być? Jakiś pijak czy ćpun? Podszedł bliżej. Pojemniki miały koła i tam, gdzie wystawały nogi, były przysunięte jeden do drugiego. Sverre poczuł, że puls mu przyspiesza. Ćpuny potrafiły być agresywne, gdy się im przeszkadzało. Sverre stanął w pewnej odległości i z całej siły kopnął w jeden z kontenerów, który przetoczył się na bok.

– Jasna cholera!

Dziwne, że Sverre Olsen, który sam prawie zabił człowieka, nigdy dotychczas nie widział trupa. Dziwne też, że kolana odmówiły mu posłuszeństwa. Mężczyzna, który siedział oparty o ścianę, z oczami patrzącymi każde w swoją stronę, był tak martwy, jak to tylko możliwe. Przyczyna śmierci nie budziła wątpliwości. Uśmiechnięta jama na szyi pokazywała, w którym miejscu poderżnięto mu gardło. Wprawdzie teraz krew już tylko kapała, ale początkowo najwyraźniej musiała mocno trysnąć, bo cały czerwony islandzki sweter był nią na wskroś przesiąknięty. Smród śmieci i moczu stał się nie do zniesienia i Sverre ledwie zdążył poczuć smak żółci, a już wyrzucił z siebie dwa piwa i pizzę. Potem oparty o pojemnik ze śmieciami stał i pluł na asfalt. Czubki butów miał żółte od wymiocin, ale nie zwrócił na to uwagi. Wpatrywał się jedynie w czerwony strumyk, który lekko lśnił w marnym świetle, poszukując najniższego punktu w otoczeniu.

21 LENINGRAD, 17 STYCZNIA 1944

Rosyjski myśliwiec Jak 1 huczał nad głową Edvarda Moskena, gdy ten biegł zgięty wpół przez okop.

Z reguły myśliwce nie były w stanie wyrządzić wielkich szkód, wyglądało bowiem na to, że Rosjanom skończyły się bomby. Ostatnio słyszał, że wyposażają pilotów w ręczne granaty, którymi próbują trafić w ich stanowiska w locie.

Edvard wybrał się do odcinka Północ, by odebrać pocztę dla chłopaków i poznać ostatnie wiadomości. Przez całą jesień dochodziły przygnębiające meldunki o porażkach i odwrocie na całym froncie wschodnim. Już w listopadzie Rosjanie odbili Kijów, a w październiku mało brakowało, by niemiecką armię Południe otoczyli na północ od Morza Czarnego. Sytuacji nie poprawiał fakt, że Hitler osłabił front wschodni, przegrupowując siły na front zachodni. Ale najbardziej niepokojącą wiadomość Edvard usłyszał dzisiaj. Dwa dni temu generał lejtnant Gusiew rozpoczął gwałtowną ofensywę z Oranienbaum położonego na południowym brzegu Zatoki Fińskiej. Edvard pamiętał o Oranienbaum, był to zaledwie mały przyczółek, który po prostu ominęli w marszu na Leningrad. Pozwolili Rosjanom go zachować, ponieważ nie miał znaczenia strategicznego. Teraz Ruscy potajemnie zgromadzili całą armię wokół fortu Kronsztad i raporty donosiły, że katiusze bez przerwy bombardują stanowiska niemieckie, a ze świerkowego lasu, który kiedyś tam rósł, została jedynie kupa chrustu. Co prawda rzeczywiście już od wielu nocy z oddali dochodziła ich muzyka organów Stalina, nie sądził jednak, by mogło być aż tak źle.

Skorzystał z okazji i wyprawił się do lazaretu odwiedzić jednego ze swoich chłopców, który stracił nogę na minie w pasie ziemi niczyjej. Ale sanitariuszka, drobniutka Estonka, z cierpiącymi oczami w oczodołach tak sinoniebieskich, że wyglądała jak w masce, pokręciła tylko głową i wypowiedziała jedno niemieckie słowo, w którego wymawianiu miała prawdopodobnie największą wprawę: *Tot*.

Edvard musiał mieć bardzo smutną minę, bo wyraźnie próbowała go rozweselić, wskazując na łóżko, gdzie najwidoczniej leżał inny Norweg.

– *Leben* – oznajmiła z uśmiechem. Ale wyraz cierpienia w jej oczach nie znikał.

Edvard nie rozpoznał mężczyzny śpiącego w łóżku, lecz gdy dostrzegł lśniącą białą skórzaną pelerynę wiszącą na oparciu krzesła, zrozumiał, kto to jest: sam Lindvig, dowódca kompanii z regimentu Norge. Legenda. A teraz leżał tutaj! Akurat tej wiadomości postanowił zaoszczędzić chłopakom.

Kolejny myśliwiec zawarczał nad głową. Skąd się nagle wzięły te wszystkie samoloty? Jesienią wydawało się, że Ruskim nic już nie zostało.

Skręcił za węgieł i zobaczył, że Dale stoi zgięty wpół, obrócony do niego tyłem.

– Dale!

Nie odwrócił się. Odkąd w listopadzie stracił przytomność, trafiony granatem, nie słyszał już tak dobrze. Niewiele też się odzywał, a spojrzenie miał szklane, skierowane w głąb siebie, jakie często się widuje u ludzi, którzy doznali szoku wywołanego wybuchem. Początkowo Dale uskarżał się na bóle głowy, ale lekarz polowy, który go badał, stwierdził, że niewiele mogą dla niego zrobić. Trzeba czekać, może samo przejdzie. Już i tak brakowało ludzi, nie mogą dodatkowo wysyłać do lazaretu zdrowych.

Edvard położył Dalemu rękę na ramieniu, a ten odwrócił się tak gwałtownie, że Edvard stracił równowagę na lodzie, wilgotnym w słońcu i bardzo śliskim. Przynajmniej mamy łagodną zimę, pomyślał, leżąc na plecach, i roześmiał się, ale ten śmiech się urwał, gdy ujrzał skierowaną w siebie lufę karabinu Dalego.

– *Passwort!* – zawołał Dale. Ponad muszką Edvard widział szeroko otwarte oko.

– Ho, ho, to przecież ja, Dale!

– *Passwort!*

– Zabierz tę strzelbę! Do cholery, to przecież ja, Edvard!

– *Passwort!*

– *Gluthaufen.* – Edvard poczuł ogarniającą go panikę, gdy ujrzał, że palec Dalego zagina się na spuście. Nie słyszał? – *Gluthaufen!* – krzyknął z całej mocy płuc. – *Gluthaufen*, do diabła!

– *Fehl! Ich Schiesse!*

Boże, ten człowiek oszalał! Ale w tej samej chwili Edvard zdał sobie sprawę, że dziś rano zmienili hasło. To się stało tuż po jego wyjściu do odcinka Północ!

Palec Dalego naciskał na spust, który najwyraźniej nie dawał się wcisnąć. Nad okiem żołnierza zarysowała się dziwna zmarszczka. W końcu poluzował zabezpieczenie i spróbował jeszcze raz. Czy to się ma tak skończyć? Po tym wszystkim, co przeżył, miałby zginąć od kuli rodaka, cierpiącego na wstrząs pourazowy? Edvard patrzył wprost w otwór lufy i czekał na iskrę. Zdąży ją zobaczyć? Panie Boże, Jezu! Oderwał wzrok od lufy, popatrzył w górę na niebo, na którym widniał czarny krzyż. Rosyjski myśliwiec. Leciał zbyt wysoko, aby dało się go usłyszeć. Edvard zamknął oczy.

– *Engelstimme!* – zawołał ktoś tuż obok.

Edvard uniósł powieki i zobaczył, że Dale dwa razy mrugnął ponad celownikiem.

To Gudbrand krzyknął. Nachylił się nad głową Dalego i jeszcze raz zawołał mu prosto do ucha:

– *Engelstimme!*

Dale opuścił karabin. Potem uśmiechnął się do Edvarda i kiwnął głową.

– *Engelstimme* – powtórzył.

Edvard zamknął oczy i głęboko odetchnął.

– Są listy? – spytał Gudbrand.

Edvard podniósł się i podał mu plik kopert. Dale nadal się uśmiechał, ale na twarzy wciąż miał ten sam pusty wyraz. Edvard mocno chwycił lufę jego karabinu i przysunął się bliżej.

– Co ci się stało, Dale?
Chciał to powiedzieć normalnym głosem, ale wyszedł mu tylko chrapliwy szept.
– On nie słyszy – przypomniał Gudbrand, przerzucając listy.
– Nie wiedziałem, że tak z nim źle. – Edvard machnął ręką przed twarzą Dalego.
– Nie powinien tu być. Jest list od jego rodziny. Pokaż mu go. Zobaczysz, o co mi chodzi.
Edvard podał Dalemu list, który nie wywołał żadnej reakcji poza przelotnym uśmiechem. Dale znów wpatrywał się nie wiadomo w co, może w wieczność.
– Masz rację – powiedział Edvard. – Jest skończony.
Gudbrand podał mu list.
– Co słychać w domu? – spytał.
– Sam wiesz. – Edvard długo patrzył na kopertę.
Ale Gudbrand nie wiedział, bo od zeszłej zimy niewiele ze sobą rozmawiali. Dziwne, ale nawet w takich warunkach dwaj ludzie zdołali się świetnie nawzajem unikać, jeśli tylko dostatecznie tego pragnęli. Nie chodziło o brak sympatii dla Edvarda. Przeciwnie, Gudbrand miał dużo szacunku dla mjøndalczyka, uważał go za mądrego człowieka i dzielnego żołnierza, będącego dobrym wsparciem dla młodych i nowych w oddziale. Jesienią Edvard otrzymał stopień Scharführera, odpowiednik sierżanta w armii norweskiej, lecz zakres jego odpowiedzialności się nie zmienił. Edvard żartem stwierdził, że awansował, ponieważ wszyscy inni sierżanci już polegli i zostało im za dużo czapek.
Gudbrand wielokrotnie myślał o tym, że w innych okolicznościach mogliby się ze sobą zaprzyjaźnić. Ale to, co wydarzyło się zeszłej zimy, zniknięcie Sindrego i pojawienie się w tajemniczy sposób zwłok Daniela, nie przestawało ich dzielić.
Ciszę przerwał głuchy odgłos dalekiego wybuchu. Po nim nastąpiły trzaski rozmawiających ze sobą karabinów maszynowych.
– Robi się coraz ostrzej. – Gudbrand powiedział to bardziej pytająco niż twierdząco.
– Tak – potwierdził Edvard. – To ta przeklęta odwilż. Nasze posiłki toną w błocie.
– Będziemy musieli się wycofać?

Edvard wzruszył ramionami.

– Może kilkadziesiąt kilometrów. Ale jeszcze tu wrócimy.

Gudbrand przysłonił dłonią oczy i spojrzał na wschód. Nie miał ochoty tu wracać. Chciał jechać do domu, przekonać się, czy ma tam szansę na jakieś normalne życie.

– Widziałeś norweski drogowskaz na krzyżówce poniżej lazaretu, ten z krzyżem słonecznym? – spytał. – I strzałkę wskazującą na wschód, a pod nią napis „Leningrad 5 kilometrów"?

Edvard kiwnął głową.

– A pamiętasz, co jest na strzałce, która wskazuje zachód?

– Oslo – odparł Edvard. – 2611 kilometrów.

– Daleko.

– Owszem, daleko.

Dale pozwolił Edvardowi odebrać sobie karabin i usiadł na ziemi z rękami zagrzebanymi w śniegu. Głowę zwiesił między wąskimi ramionami, jak złamany mlecz. Rozległ się odgłos kolejnego wybuchu, tym razem już bliżej.

– Bardzo ci dziękuję za...

– Nie ma za co – pospiesznie zapewnił go Gudbrand.

– Widziałem w lazarecie Olafa Lindviga – powiedział Edvard. Sam nie wiedział, dlaczego to zrobił. Może dlatego, że Gudbrand, oprócz Dalego, jako jedyny z oddziału był tutaj równie długo jak on.

– Czy Lindvig...?

– Chyba tylko lekko ranny. Widziałem jego białą pelerynę.

– Słyszałem, że to dzielny człowiek.

– Mamy wielu dzielnych żołnierzy.

Długo stali w milczeniu naprzeciwko siebie.

Edvard chrząknął i wsunął rękę do kieszeni.

– Przyniosłem z Północy parę ruskich papierosów. Jeśli masz ogień...

Gudbrand kiwnął głową, rozpiął kurtkę maskującą, znalazł pudełko z zapałkami, wyjął jedną i potarł nią o draskę. Gdy podniósł głowę, początkowo zobaczył jedynie szeroko otwarte cyklopowe oko Edvarda. Wpatrywało się w coś ponad jego ramieniem. Potem usłyszał świst.

– Padnij! – wrzasnął Edvard.

W następnej sekundzie leżeli na lodzie, a niebo nad ich głowami się rozdarło. Gudbrand ledwie zdążył zobaczyć ogon rosyjskiego myśliwca,

lecącego wzdłuż ich okopu tak nisko, że podrywał śnieg z ziemi. Samolot zniknął i znów zapadła cisza.
— To dopiero — szepnął Gudbrand.
— Święty Boże — jęknął Edvard, obrócił się na bok, śmiejąc się do Gudbranda. — Widziałem pilota, ściągnął hełm z okularami i wychylał się z kokpitu. Ruscy zwariowali! — Śmiał się, aż dostał czkawki. To dopiero dzień!
Gudbrand patrzył na złamaną zapałkę, którą wciąż trzymał w dłoni. Potem i on się roześmiał.
— Cha, cha — powiedział Dale, patrząc na kolegów ze swego miejsca na brzegu okopu. — Cha, cha.
Gudbrand spojrzał na Edvarda i obaj wybuchnęli niepohamowanym śmiechem. Zaśmiewali się do łez i w pierwszej chwili nie usłyszeli zbliżającego się dziwnego odgłosu.
Klik, klik...
Brzmiało to tak, jakby ktoś uderzał o lód motyką.
Klik...
Metal uderzył o metal. Gudbrand i Edvard obrócili się w stronę Dalego, który wolno osunął się na śnieg.
— Na miłość boską... — zaczął Gudbrand.
— Granat! — krzyknął Edvard.
Gudbrand zareagował instynktownie i skulił się, lecz leżąc tak, dostrzegł kijek, wirujący na lodzie w odległości metra od niego. Do jednego końca przymocowana była metalowa grudka. Poczuł, jak ciało mu cierpnie, gdy uświadomił sobie, co się zaraz stanie.
— Uciekaj! — krzyknął za jego plecami Edvard.
To była prawda. Rosyjscy piloci rzeczywiście zrzucali z samolotów ręczne granaty. Gudbrand, leżąc na plecach, usiłował się odsunąć, ale ręce i nogi ślizgały się po mokrym lodzie.
— Gudbrand!
Ten dziwny dźwięk to był granat ręczny, który podskakiwał po lodzie na dnie okopu. Musiał trafić prosto w hełm Dalego.
— Gudbrand!
Granat dalej wirował, podskakiwał i tańczył na śniegu, a Gudbrand nie był w stanie oderwać od niego oczu. Cztery sekundy od odbezpieczenia do detonacji. Czy nie tego ich uczyli w Sennheim? Ale może Ro-

sjanie mają inne granaty? Może u nich mija sześć sekund? Albo osiem? Granat dalej wirował, jak jeden z tych wielkich czerwonych bąków, które ojciec robił mu w Brooklynie. Gudbrand kręcił nim, a Sonny i jego młodszy brat przyglądali się i liczyli, ile wytrzyma. *Twenty-one, twenty-two*... Matka z okna na drugim piętrze wołała, że obiad już gotowy i Gudbrand musi przyjść na górę, bo ojciec w każdej chwili może wrócić do domu.

„Za chwilę – odkrzykiwał. – Bąk się kręci!" Ale ona tego nie słyszała, zamykała okno. Edvard przestał krzyczeć. Nagle zapanowała kompletna cisza.

22 POCZEKALNIA DOKTORA BUERA, 22 GRUDNIA 1999

Stary popatrzył na zegarek. Tkwił w poczekalni już od kwadransa. Za czasów Konrada Buera nigdy nie czekał. Konrad zawsze przyjmował tylu pacjentów, aby mógł się trzymać planu.

W drugim końcu pomieszczenia siedział jakiś ciemnoskóry mężczyzna, Afrykanin. Przerzucał kartki tygodnika. Stary stwierdził, że nawet z tej odległości jest w stanie odczytać każdą literę na okładce. Coś o rodzinie królewskiej. Czyżby Afrykanin czytał teraz o norweskiej rodzinie królewskiej? Cóż to za absurd!

Tamten dalej przerzucał strony. Nosił wąsy opadające w dół, takie same jak kurier, z którym stary spotkał się w nocy. Spotkanie było krótkie. Kurier przyjechał do portu kontenerowego samochodem volvo, z pewnością wynajętym. Zatrzymał się, z szumem opuścił szybę i podał hasło. *Voice of an Angel*. Miał dokładnie takie same wąsy. I smutne oczy. Od razu zapowiedział, że nie ma broni w samochodzie ze względów bezpieczeństwa i muszą po nią pojechać. Stary wahał się, ale pomyślał, że gdyby chcieli go obrabować, zrobiliby to już tutaj, w porcie. Wsiadł więc do samochodu i pojechali, wybierając ze wszystkich miejsc na świecie hotel Radisson SAS, na Holbergs plass. Gdy przechodzili przez recepcję, stary zauważył Betty Andresen, ale nie spojrzała w ich stronę.

Kurier przeliczył pieniądze w walizce, mrucząc pod nosem po niemiecku. Stary zadał mu więc pytanie. Ten odparł, że jego rodzice pochodzą z pewnej miejscowości w Alzacji. Staremu przyszło do głowy, żeby powiedzieć, że był tam kiedyś, w Sennheim. Dziwny pomysł.

Tyle się naczytał o karabinie Märklin w Internecie, w bibliotece uniwersyteckiej, że teraz, kiedy go zobaczył na własne oczy, odczuł pewne rozczarowanie. Wyglądał jak zwykła strzelba łowiecka, tylko nieco większa. Kurier pokazał mu, jak ją składać i rozkładać. Zwracał się do niego „panie Uriaszu". Potem stary schował rozłożony karabin do dużej torby na ramię i zjechał windą na dół do recepcji. Przez moment miał ochotę podejść do Betty Andresen i poprosić, żeby zamówiła mu taksówkę. Kolejny dziwny pomysł.

– Halo!

Stary podniósł głowę.

– Chyba musimy sprawdzić ci też słuch.

Doktor Buer stał w drzwiach i próbował przywołać na twarzy jowialny uśmiech. Zaprowadził go do gabinetu. Worki pod oczami lekarza zrobiły się jeszcze cięższe.

– Trzy razy wywoływałem twoje nazwisko.

Ja go i tak nie pamiętam, pomyślał stary. Zapomniałem wszystkie swoje nazwiska.

Pomocna dłoń doktora dała staremu do zrozumienia, że lekarz ma mu do przekazania złe wiadomości.

– Dostałem wyniki paru badań, które robiliśmy – powiedział Buer szybko, jeszcze zanim usiadł na krześle. Jak gdyby chciał mieć to jak najprędzej za sobą. – Niestety są przerzuty.

– Oczywiście, że są – powiedział stary. – Czy to nie leży w naturze komórek rakowych?

– Cha, cha, no tak. – Buer starł z blatu niewidzialny paproch.

– Rak jest taki jak my. Robi tylko to, co musi.

– No tak. – Doktor Buer skulony na krześle za wszelką cenę starał się udawać rozluźnienie.

– Pan też robi tylko to, co pan musi, doktorze.

– Racja, racja – Buer uśmiechnął się i zdjął okulary. – Wciąż rozważamy chemioterapię. To cię osłabi, ale... przedłuży... hm...

– Życie?

– Tak.
– A ile mi zostało bez kuracji?
Jabłko Adama na szyi Buera podskoczyło w górę i opadło w dół.
– Nieco mniej niż pierwotnie przypuszczaliśmy.
– To znaczy?
– To znaczy, że rak przeniósł się z wątroby przez naczynia krwionośne do...
– Proszę przestać o tym mówić i podać mi czas.
Doktor Buer patrzył na niego pustym wzrokiem.
– Pan nienawidzi tej pracy, prawda doktorze? – spytał stary.
– Słucham?
– Nic, nic. Proszę mi podać datę.
– To niemożliwe...

Doktor Buer poderwał się ze swej niedbałej pozycji, gdy zaciśnięta pięść starego uderzyła w stół tak mocno, że słuchawka telefoniczna zeskoczyła z widełek. Otworzył usta, żeby coś powiedzieć, lecz powstrzymał się na widok drgającego palca starego. Potem wstał, zdjął okulary i zmęczonym gestem przeciągnął ręką po twarzy.

– Lato. Czerwiec. Może wcześniej. Maksymalnie sierpień.
– Dobrze – powiedział stary. – Akurat wystarczy. A bóle?
– Mogą się pojawić w każdej chwili. Dostanie pan leki.
– Czy będę mógł funkcjonować?
– Trudno powiedzieć. To zależy od natężenia bólu.
– Muszę dostać takie leki, dzięki którym będę funkcjonował. To ważne. Rozumie pan?
– Wszystkie środki przeciwbólowe...
– Potrafię wytrzymać ból. Muszę tylko mieć coś, co mi pomoże zachować przytomność, żebym mógł myśleć i działać racjonalnie.

Wesołych świąt. Tak brzmiały ostatnie słowa doktora Buera. Stary stanął na schodach. Początkowo nie mógł zrozumieć, dlaczego w mieście jest aż tylu ludzi, ale teraz, gdy przypomniano mu o nadchodzących świętach, dostrzegał panikę w oczach osób, przemierzających ulice w poszukiwaniu ostatnich prezentów gwiazdkowych. Na Egertorget ludzie skupili się wokół orkiestry. Mężczyzna w mundurze Armii Zbawienia krążył wśród tłumu z puszką. Jakiś ćpun przytupywał w śniegu, wzrok mu migotał jak świeczka, która zaraz zgaśnie. Dwie nastolatki, przyjaciółki, minęły go, trzymając się pod ręce, zarumienione, mało nie pękły od tajemnic o chłopakach i od nadziei na to, co jeszcze przyniesie im życie. Światła. Świeci się w każdym przeklętym oknie. Podniósł twarz do nieba nad Oslo, do ciepłej, żółtej kopuły, w której odbijały się światła miasta. Boże, jak on za nią tęsknił. Następne święta, pomyślał. Następne święta uczcimy już razem, kochana.

Część trzecia

URIASZ

23 SZPITAL RUDOLFA II, WIEDEŃ, 7 CZERWCA 1944

Helena Lang szła prędkim krokiem, pchając przed sobą stolik na kółkach w kierunku sali numer 4. Okna były otwarte, oddychała głęboko, napełniając płuca i głowę świeżym zapachem skoszonej trawy. Dziś nie czuła woni śmierci i zniszczenia. Minął rok, odkąd Wiedeń zbombardowano po raz pierwszy. W ostatnich tygodniach bomby zrzucano każdej nocy, gdy tylko pozwalała pogoda. Wprawdzie Szpital Rudolfa II, położony w znacznej odległości od centrum, wznosił się wysoko ponad wojną w zielonym Lesie Wiedeńskim, to jednak swąd dymu pożarów w mieście zdusił zapachy lata.

Helena skręciła w boczny korytarz i posłała uśmiech doktorowi Brockhardowi, który miał taką minę, jakby chciał się zatrzymać i chwilę porozmawiać, więc jeszcze przyspieszyła kroku. Brockhard ze swoim sztywnym spojrzeniem zza okularów zawsze przyprawiał ją o nerwowość. Gdy zostawali tylko we dwoje, czuła się nieswojo. Czasami odnosiła wrażenie, że te spotkania z Brockhardem na korytarzach nie są wcale przypadkowe. Matce pewnie dech zaparłoby w piersiach, gdyby zobaczyła, w jaki sposób Helena unika młodego obiecującego lekarza, zwłaszcza że Brockhard pochodził z bardzo solidnej wiedeńskiej rodziny. Ale Helena nie lubiła ani Brockharda, ani jego rodziny, ani też prób matki zmierzających do wykorzystania jej w roli biletu powrotnego do dobrego towarzystwa.

Matka całą winę za to, co się stało, przypisywała wojnie. To przez nią ojciec Heleny, Henrik Lang, tak nagle utracił swych żydowskich kredytodawców i nie mógł spłacić długu innym wierzycielom, jak planował. Kryzys finansowy zmusił go do improwizacji: nakłonił bankierów do przepisania zarekwirowanych przez państwo obligacji na swoje nazwisko. W rezultacie odsiadywał w więzieniu wyrok, skazany za konspirowanie z wrogimi państwu żydowskimi siłami.

W przeciwieństwie do matki Helena bardziej tęskniła za ojcem niż za pozycją zajmowaną kiedyś przez rodzinę. Nie brakowało jej zwłaszcza wielkich przyjęć, bezmyślnych, powierzchownych rozmów i nieustających prób wydania jej za mąż za któregoś z bogatych rozpieszczonych młodzieńców.

Spojrzała na zegarek i przyspieszyła. Nieduży ptaszek najwyraźniej wleciał przez któreś z otwartych okien, bo siedział teraz i beztrosko śpiewał na kloszu lampy zwisającej z wysokiego sufitu. W niektóre dni Helenie wydawało się wprost niepojęte, że na zewnątrz trwa wojna. Może dlatego, że las, gęste rzędy świerków, odgradzał od wszystkiego, czego nie chcieli tu oglądać. Ale zaraz po wejściu do którejkolwiek z sal każdy prędko się przekonywał, że to tylko iluzja pokoju. Ranni żołnierze z okaleczonymi ciałami i poszarpanymi duszami sprowadzali wojnę również tutaj. Helena z początku wysłuchiwała ich historii w mocnym przekonaniu, że swoją siłą i wiarą pomoże im wyrwać się z tego zatracenia. Wszyscy jednak zdawali się opowiadać tę samą koszmarną baśń o tym, co człowiek może i musi znieść tu, na ziemi. Mówili o upokorzeniach, z jakimi wiąże się taka wola przeżycia. O tym, że tylko martwi wychodzą z tego bez szwanku. Helena przestała więc słuchać. Udawała tylko, że nastawia uszu, zmieniając bandaże, mierząc gorączkę, rozdzielając leki i karmiąc. A kiedy spali, starała się na nich nie patrzeć, bo ich twarze nie przestawały mówić nawet przez sen. Potrafiła wyczytać cierpienie w bladych chłopięcych buziach, okrucieństwo w zahartowanych zamkniętych twarzach i pragnienie śmierci w wykręconych bólem rysach u kogoś, kto właśnie się dowiedział, że trzeba mu obciąć nogę.

Mimo to szła dzisiaj lekkim prostym krokiem. Może dlatego, że było lato, albo że jeden z lekarzy powiedział jej właśnie, że pięknie wygląda. A może to z powodu tego pacjenta z sali numer 4, Norwega, który już niedługo miał się uśmiechnąć i powiedzieć *Guten Morgen* swoją dziwną, zabawną niemczyzną. Potem zje śniadanie, śląc za nią długie spojrzenia, podczas gdy ona będzie przechodzić od łóżka do łóżka i serwować każdemu z osobna kilka słów na pociechę. Po każdym piątym czy siódmym łóżku Helena odpowie mu spojrzeniem. A jeśli on się do niej uśmiechnie, ona także pośle mu uśmiech i pójdzie dalej, jak gdyby nic się nie stało. Nic. A jednak aż tyle. Przecież to właśnie myśl o wszystkich tych krótkich chwilach pozwalała jej przetrwać kolejne dni, śmiać się, gdy paskudnie poparzony kapitan Hadler z łóżka przy drzwiach żartował, pytając, czy nie przysłali już z frontu jego genitaliów.

Otworzyła wahadłowe drzwi do sali numer 4. W blasku słońca wpadającym do środka wszystko co białe, ściany, sufit i prześcieradła, zdawało się lśnić. Tak musi wyglądać raj, pomyślała.

– *Guten Morgen*, Helena.

Uśmiechnęła się do niego. Siedział na krześle przy łóżku i czytał książkę.

– Dobrze spałeś, Uriaszu? – spytała lekko.
– Jak niedźwiedź – odparł.
– Niedźwiedź?
– Tak. Niedźwiedź w... Jak się po niemiecku nazywa to miejsce, gdzie niedźwiedzie śpią zimą?
– Gawra.
– No właśnie, w gawrze.

Roześmiali się oboje. Helena wiedziała, że inni pacjenci ich obserwują, że nie wolno jej poświęcić więcej czasu jemu niż pozostałym.

– A jak głowa? Z każdym dniem coraz lepiej, prawda?
– Rzeczywiście, jest coraz lepiej. Pewnego dnia będę równie piękny jak kiedyś, zobaczysz.

Pamiętała, jak go przywieźli. Przeżycie z taką dziurą w czole wydawało się całkowicie sprzeczne z naturą.

Zawadziła dzbankiem o filiżankę z herbatą, o mało jej przy tym nie strącając.

– Ho, ho! – zawołał. – Długo wczoraj tańczyłaś?

Podniosła wzrok. Uriasz puścił do niej oko.

– Tak – odparła i zawstydziła się, że kłamie w tak błahej sprawie.
– Jaki taniec jest teraz modny w Wiedniu?
– Nie, nie. Wcale nie tańczyłam. Po prostu późno się położyłam.
– Pewnie walc, wiedeński walc.
– Pewnie tak. – Helena skoncentrowała się na termometrze.

– Może coś takiego? – Wstał, a potem zaczął śpiewać. Inni chorzy obserwowali go ze swoich łóżek. Śpiewał w nieznanym języku, ale miał ciepły piękny głos. Zdrowsi pacjenci klaskali ze śmiechem, gdy zaczął wirować po podłodze drobnymi kroczkami walca, aż luźny pasek szlafroka obracał się na boki.

– Wracaj do łóżka, Uriaszu, bo inaczej wyślę cię prosto na front wschodni! – zawołała surowo.

Wrócił posłusznie i usiadł. Nie nazywał się Uriasz, lecz upierał się, by wszyscy tak się do niego zwracali.

– Umiesz tańczyć reinlendera? – spytał.

– A co to takiego?

– To taki taniec, który pożyczyliśmy sobie z doliny Renu. Pokazać ci?

– Siedź spokojnie, dopóki nie wyzdrowiejesz.

– Wtedy zabiorę cię do Wiednia i nauczę tańczyć reinlendera.

W ostatnich dniach Uriasz sporo czasu spędzał w letnim słońcu na tarasie i było to po nim widać. Białe zęby błyskały w opalonej wesołej twarzy.

– Wyglądasz już na całkiem zdrowego i można by cię odesłać na front – odparowała, lecz nie zdołała powstrzymać rumieńca, który wystąpił jej na policzki. Wstała, chcąc kontynuować obchód, ale poczuła jego rękę na swojej.

– Zgódź się – szepnął.

Odsunęła go, śmiejąc się jasnym śmiechem, i przeszła do następnego łóżka. Serce w jej piersi śpiewało jak mały ptaszek.

– I co? – spytał doktor Brockhard, podnosząc głowę znad papierów, gdy weszła do jego gabinetu. Jak zwykle nie wiedziała, czy to jego „i co" jest pytaniem samo w sobie, wstępem do dłuższego pytania, czy też częstym powiedzonkiem. Nie odpowiedziała więc nic i stanęła przy drzwiach.

– Pan o mnie pytał, doktorze?

– Dlaczego upierasz się, żeby wciąż mówić do mnie „pan", Heleno? – Brockhard westchnął z uśmiechem. – Mój Boże, przecież znaliśmy się jako dzieci.

– Czego pan sobie życzy?

– Postanowiłem, że Norweg z sali numer cztery nadaje się już do wypisu.

– Ach, tak?

Nawet się nie skrzywiła, dlaczego zresztą miałoby tak być? Przecież wszyscy przebywali tutaj po to, by wyzdrowieć. Potem stąd wyjeżdżali. Alternatywą była śmierć. Takie już jest życie w szpitalu.

– Pięć dni temu dałem znać Wehrmachtowi. Otrzymaliśmy już dla niego nowy rozkaz.

– Bardzo prędko. – Jej głos brzmiał spokojnie i pewnie.

– Owszem, wojsko rozpaczliwie potrzebuje ludzi. Prowadzimy wojnę, chyba wiesz.

– Wiem – odparła. Ale nie powiedziała tego, co pomyślała: Prowadzimy wojnę, a tutaj, setki kilometrów od frontu siedzisz ty, dwudziestodwulatek, i wykonujesz pracę, którą mógłby się zająć siedemdziesięcioletni staruszek. A wszystko dzięki Brockhardowi seniorowi.

– Pomyślałem, że ciebie poproszę o przekazanie mu tej wiadomości. Wygląda na to, że się ze sobą zaprzyjaźniliście. – Helena poczuła, że Brockhard bacznie się jej przygląda.

– Co właściwie tak ci się w nim spodobało, Heleno? Co go odróżnia od czterystu innych żołnierzy, przebywających w naszym szpitalu?

Chciała zaprotestować, ale ją uprzedził.

– Przepraszam, Heleno, oczywiście nic mi do tego. To tylko moja dociekliwa natura. Ja... – Podniósł długopis i, trzymając go w wyprostowanych palcach, wyjrzał przez okno. – ...po prostu jestem ciekaw, co widzisz w tym cudzoziemcu, poszukiwaczu szczęścia, który dopuścił się zdrady wobec własnego narodu, żeby wkraść się w łaski zwycięzcy? Rozumiesz, o czym mówię? A przy okazji, jak się miewa twoja matka?

Helena przełknęła ślinę, nim odpowiedziała.

– O matkę nie musi się pan martwić, doktorze. Jeśli da mi pan ten rozkaz, to go przekażę.

Brockhard odwrócił się w jej stronę. Wziął do ręki list leżący przed nim na biurku.

– Wysyłają go do Trzeciej Dywizji Pancernej na Węgrzech. Wiesz, co to oznacza?

Helena zmarszczyła czoło.

– Trzecia Dywizja Pancerna? Jest ochotnikiem Waffen SS. Dlaczego ma zostać wcielony do regularnej armii, do Wehrmachtu?

Brockhard wzruszył ramionami.

– W dzisiejszych czasach musimy dawać z siebie tyle, ile możemy. I starać się sprostać zadaniom, które nam wyznaczą. Nie zgodzisz się ze mną, Heleno?

– O czym pan mówi, doktorze?

– On jest żołnierzem piechoty, prawda? To znaczy, że ma biegać za wozami bojowymi, a nie nimi kierować. Pewien przyjaciel, który był na Ukrainie, opowiadał mi, że codziennie strzelają do Rosjan, aż lufy ckaemów stają w ogniu, że trupy leżą w stosach, a nowi rosyjscy ochotnicy i tak napływają strumieniem, który zdaje się niewyczerpany.

Helena z trudem nad sobą panowała. Miała ochotę wyrwać list z rąk Brockharda i podrzeć go na kawałeczki.

– Może młoda kobieta, taka jak ty, powinna myśleć bardziej realistycznie i nie przywiązywać się zbyt mocno do mężczyzny, którego najprawdopodobniej nigdy więcej nie zobaczy? Bardzo ładnie ci w tej apaszce, Heleno. Czy to jakaś pamiątka rodzinna?

– Zaskakuje mnie i cieszy pańska troska, doktorze, lecz zapewniam pana, że jest całkowicie zbędna. Nie żywię żadnych szczególnych uczuć dla tego pacjenta. Zbliża się pora obiadu, więc jeśli pan wybaczy, doktorze...

– Heleno, Heleno... – Brockhard z uśmiechem pokręcił głową. – Naprawdę uważasz, że jestem ślepy? Wydaje ci się, że z lekkim sercem mogę patrzeć na przykrość, jakiej ci to przysparza? Bliska przyjaźń naszych rodzin sprawia, że czuję, iż coś nas łączy, Heleno. Inaczej nie rozmawiałbym z tobą tak poufale. Wybacz mi, lecz z pewnością zauważyłaś, że żywię do ciebie bardzo ciepłe uczucia i...

– Proszę przestać!

– Słucham?

Helena zamknęła drzwi za sobą i teraz podniosła głos.

– Pracuję tu dobrowolnie, panie Brockhard. Nie jestem jedną z pańskich pielęgniarek, którymi może się pan bawić, jak panu przyjdzie ochota. Proszę mi dać ten list i powiedzieć, czego pan oczekuje, inaczej natychmiast stąd wyjdę.

– Ależ, moja droga Heleno! – Na twarzy Brockharda pojawił się wyraz zatroskania. – Nie rozumiesz, że wszystko zależy od ciebie?

– Ode mnie?
– Zaświadczenie o stanie zdrowia to rzecz bardzo subiektywna. Zwłaszcza w wypadku takich obrażeń głowy.
– Tak, to wiem.
– Mógłbym dać mu zwolnienie na kolejne trzy miesiące, a kto wie, czy za trzy miesiące wciąż będzie istniał jakiś front wschodni.
Helena patrzyła na niego zdezorientowana.
– Często czytujesz Biblię, Heleno. Znasz historię o królu Dawidzie, który pożąda Batszeby, chociaż jest ona żoną jednego z jego żołnierzy, prawda? Rozkazuje więc swoim dowódcom, by wysłali męża na wojnę, na pierwszą linię, aby na pewno zginął. Teraz król Dawid może się do niej swobodnie zalecać.
– A jaki to ma związek?
– Żadnego, Heleno. Nie przyszłoby mi do głowy wysłać wybranka twojego serca na front, gdyby nie był dostatecznie zdrowy. Ani żadnego innego żołnierza. Ale ponieważ znasz stan zdrowia tego pacjenta co najmniej równie dobrze jak ja, pomyślałem, że chętnie wysłucham twojej rady, nim podejmę ostateczną decyzję. Bo jeśli twoim zdaniem nie jest dostatecznie zdrowy, to być może powinienem przesłać do Wehrmachtu kolejne zwolnienie.
Do Heleny powoli docierało znaczenie jego słów.
– Jak sądzisz, Heleno?
Nie mogła tego pojąć. Brockhard chciał posłużyć się Uriaszem w roli zakładnika, żeby ją zdobyć. Ile czasu poświęcił, by to wymyślić? Czy już od tygodni czeka na stosowny moment? I czego właściwie chciał od niej? Żeby została jego żoną czy kochanką?
– I co? – spytał Brockhard.
Myśli wirowały jej w głowie, próbowały znaleźć wyjście z tego labiryntu. Ale on pozamykał przed nią wszystkie drogi. Oczywiście. Jeśli Brockhard trzymałby Uriasza w szpitalu na jej prośbę, musiałaby ulegać lekarzowi we wszystkim. Rozkaz zostałby cofnięty. Dopiero po wyjeździe Uriasza Brockhard przestałby mieć nad nią władzę. Władzę? Na miłość boską, przecież ona tego Norwega prawie wcale nie zna! I nie ma pojęcia, co on do niej czuje.
– Ja... – zaczęła.
– Tak?

111

Z zainteresowaniem wychylił się w przód. Helena chciała mówić dalej, powiedzieć coś, co musiała z siebie wyrzucić, by się uwolnić, lecz coś ją powstrzymało. W ciągu sekundy zrozumiała, o co chodzi. O kłamstwa. Kłamstwem było, że chce być wolna, i to, że nie wie, co Uriasz do niej czuje. Kłamstwem było to, że ludzie zawsze muszą ulegać i upokarzać się, żeby przeżyć. Wszystko to kłamstwo. Przygryzła dolną wargę, czując, że zaczyna jej drżeć.

24 OSLO, BISLETT, SYLWESTER 1999

Była dwunasta, kiedy Harry Hole wysiadł z tramwaju przy hotelu Radisson SAS na Holbergs gate i zobaczył, że niskie przedpołudniowe słońce przez moment odbija się w szybach budynku mieszkalnego, należącego do Szpitala Centralnego, zaraz jednak znów skryło się za chmurami. Właśnie był po raz ostatni w swoim pokoju. Tłumaczył sobie, że przyszedł tylko posprzątać, sprawdzić, czy wszystko zabrał. Ale niewielka ilość jego rzeczy osobistych zmieściła się w plastikowej torbie ze sklepu Kiwi, którą przyniósł z domu dzień wcześniej.

Na korytarzach było pusto. Ci, którzy nie mieli służby, szykowali się już w swoich domach do ostatniej zabawy w tym tysiącleciu. Na oparciu krzesła wisiała serpentyna, przypominająca wczorajszą imprezę pożegnalną, zorganizowaną oczywiście przez Ellen. Suche słowa pożegnania wygłoszone przez Bjarnego Møllera nie bardzo pasowały do jej niebieskich baloników i tortu ze świeczkami, ale krótka mowa i tak była sympatyczna. Prawdopodobnie naczelnik wydziału wiedział, że Harry nigdy by mu nie wybaczył zbytniej pompatyczności czy sentymentalizmu. Harry musiał przyznać, że poczuł się wręcz dumny, gdy Møller pogratulował mu stopnia komisarza i życzył powodzenia w POT. Nawet sarkastyczny uśmiech Toma Waalera, stojącego z tyłu przy samych drzwiach i lekko kręcącego głową, nie zdołał popsuć tej chwili.

Dziś przyszedł do pracy chyba tylko po to, by ostatni raz posiedzieć na skrzypiącym popsutym krześle w pokoju, w którym spędził blisko siedem lat. Próbował się otrząsnąć. Czy cały ten sentymentalizm to kolejna oznaka, że zaczyna się starzeć?

Ruszył w górę Holbergs gate, potem skręcił w lewo w Sofies gate. Większość kamienic na tej ciasnej ulicy zbudowano dla robotników na przełomie wieków i nie dbano o nie zbyt gorliwie. Ale gdy wzrosły ceny mieszkań i zaczęła się tu wprowadzać młodzież z klasy średniej, której nie stać było na zamieszkanie na Majorstua, dzielnica przeszła operację plastyczną. Teraz pozostała tylko jedna kamienica, w której w ostatnich latach nie przeprowadzono renowacji fasady. Numer osiem. Dom Harry'ego. Nie robiło mu to żadnej różnicy.

Otworzył kluczem bramę i zajrzał do skrzynki pocztowej umieszczonej na dole na klatce. Reklama pizzy i pismo z kasy miejskiej, w którym bez trudu rozpoznał ponaglenie w sprawie mandatu za złe parkowanie z zeszłego miesiąca. Idąc po schodach, przeklinał. Za śmiesznie niską cenę od wuja, którego prawie nie znał, kupił piętnastoletniego forda ecsorta. Owszem, trochę zardzewiałego, z podniszczonym sprzęgłem, za to z fajnym szyberdachem. Na razie niestety więcej było mandatów za parkowanie i rachunków z warsztatu niż wiatru we włosach. W dodatku ten szmelc nie chciał zapalać i Harry starał się parkować na górce, żeby samochód mógł się stoczyć, bo dopiero wtedy silnik zaskakiwał.

Otworzył drzwi do własnego mieszkania, składającego się ze spartańsko umeblowanych dwóch pokoi. Było porządne, czyste, bez dywanów na wyszorowanych do białości podłogach z desek. Dekoracje na ścianach ograniczały się do zdjęcia matki i siostry Harry'ego oraz do plakatu z *Ojca chrzestnego*, który ukradł z kina Symra, kiedy miał szesnaście lat. Nie było tu żadnych roślin doniczkowych, świeczek ani słodkich bibelotów. Kiedyś powiesił tablicę korkową z zamiarem przypinania do niej widokówek, zdjęć i celnych powiedzonek, na które się natknie. Podobne tablice widywał w domach u znajomych. Gdy sobie jednak uświadomił, że nigdy nie dostaje widokówek i w zasadzie nigdy nie robi też zdjęć, wyciął cytat z Jensa Bjørneboe:

Ta akceleracja produkcji koni mechanicznych jest z kolei jedynie wyrazem akceleracji naszej wiedzy o tak zwanych prawach natury. Ta wiedza = lęk.

Rzut oka wystarczył, by stwierdzić, że na automatycznej sekretarce nie ma żadnej wiadomości (kolejna zbędna inwestycja). Harry rozpiął koszulę, wrzucił ją do kosza na brudną bieliznę i wyjął czystą ze starannie ułożonego stosu w szafie.

Zostawił sekretarkę włączoną (może zadzwoni ktoś z badania opinii publicznej?) i wyszedł z domu.

Bez sentymentalizmu kupił w sklepie U Alego ostatnie w tym tysiącleciu gazety i ruszył w górę Dovregata. Na Waldemar Thranes gate ludzie spieszyli do domów z ostatnimi zakupami na ten wielki wieczór milenijny.

Harry trząsł się z zimna w płaszczu, dopóki nie przekroczył progu restauracji U Schrødera, gdzie uderzyło go wilgotne ciepło ludzkich ciał. W środku było pełno, zobaczył jednak, że jego ulubiony stolik zaraz się zwolni, i czym prędzej tam skierował kroki. Staruszek, który właśnie wstał, nasadził na głowę kapelusz, przelotnie zerknął na Harry'ego spod białych krzaczastych brwi i w milczeniu kiwnął mu głową przed wyjściem. Stolik stał przy oknie i w ciągu dnia był w mrocznym pomieszczeniu jednym z niewielu, przy których dało się czytać gazetę. Harry ledwie zdążył usiąść, gdy zjawiła się Maja.

– Cześć, Harry. – Przetarła obrus szarą ścierką. – Danie dnia?

– Jeśli kucharz jest dzisiaj trzeźwy.

– Jest. Coś do picia?

– Owszem. – Podniósł głowę do góry. – Co dziś polecasz?

– A więc tak. – Ujęła się pod boki i oświadczyła głośno i wyraźnie: – Wbrew temu, co mówią ludzie, to miasto ma faktycznie najczystszą w kraju wodę pitną, a najmniej trujące rury można znaleźć w kamienicach zbudowanych na przełomie wieków, takich jak ta.

– Kto ci tego naopowiadał, Maju?

– Chyba ty, Harry. – Roześmiała się chrapliwie, serdecznie. – Zresztą do twarzy ci z dzbankiem wody – dodała cicho, zanotowała zamówienie i odeszła.

Inne gazety pisały niemal wyłącznie na temat końca milenium, Harry zabrał się więc do „Dagsavisen". Na stronie szóstej rzuciło mu się w oczy duże zdjęcie prostego drogowskazu, ozdobionego krzyżem słonecznym. „Oslo 2611 kilometrów", głosił napis na jednej ze strzałek. „Leningrad 5 kilometrów" na drugiej.

Zamieszczony poniżej artykuł był podpisany nazwiskiem Evena Juula, profesora historii. Wprowadzenie było krótkie: Rozwój faszyzmu w świetle rosnącego bezrobocia w Europie Zachodniej.

Harry już wcześniej widywał to nazwisko w gazetach. Juul był kimś w rodzaju eksperta od historii okupacji w Norwegii i od Nasjonal Samling. Harry przejrzał gazetę do końca, ale nie znalazł nic interesującego, wrócił więc do artykułu Juula. Był to komentarz do mocnej pozycji neonazizmu w Szwecji. Juul opisywał ruch, który w całej Europie w latach dziewięćdziesiątych, będących okresem wzrostu ekonomicznego, znalazł się w odwrocie. A teraz wracał ze wzmożoną siłą. Autor twierdził również, że cechą charakterystyczną tej nowej fali są jej mocniejsze podstawy ideologiczne. W latach osiemdziesiątych neonazizm wiązał się głównie z modą i przynależnością grupową, z dążeniem do pewnej uniformizacji wyrażającej się strojem, goleniem głów i używaniem archaicznych haseł, takich jak „Sieg Heil", natomiast nowa fala była znacznie lepiej zorganizowana. Posiadała ekonomiczny aparat wsparcia, nie bazowała już tylko na zasobnych przywódcach i sponsorach. Ponadto, jak pisał Juul, ten nowy ruch nie był już tylko reakcją na pewne elementy sytuacji społecznej, takie jak bezrobocie i imigracja, lecz pragnął wręcz stworzyć alternatywę dla socjaldemokracji. Głównym hasłem było zbrojenie: moralne, militarne i rasowe. Fakt odwracania się ludzi od Kościoła podkreślano jako przykład upadku moralnego, podobnie jak AIDS i zwiększone stosowanie narkotyków. Wróg także zyskał częściowo nowe oblicze, byli nim zwolennicy przystąpienia do Unii Europejskiej, którzy za nic mieli granice narodowe i rasowe, NATO wyciągające rękę do Rosji i słowiańskich podludzi, a także nowa azjatycka arystokracja finansowa, która zastąpiła Żydów w roli bankierów świata.

Maja przyniosła obiad.

– Kluski ziemniaczane? – spytał Harry, wpatrując się w szare kulki ułożone na pierzynce z kapusty pekińskiej i polane sosem Thousand Islands.

– À la Schrøder – odparła Maja. – Resztki z wczoraj. Szczęśliwego Nowego Roku.

Harry przytrzymał gazetę tak, aby mógł jednocześnie jeść i czytać, ale zdążył przełknąć zaledwie pierwszy kęs celulozowej w smaku kluski, gdy dobiegł go czyjś głos:

– To naprawdę okropne.

Harry zerknął zza gazety. Przy sąsiednim stoliku siedział Mohikanin i patrzył prosto na niego. Może tkwił tam przez cały czas, w każdym razie Harry nie zauważył, jak wchodził. Nazywano go Mohikaninem, gdyż przypuszczalnie był ostatnim ze swego rodzaju. Podczas wojny pływał na statku, dwukrotnie został storpedowany, a wszyscy jego koledzy już dawno nie żyli. Tyle opowiedziała Harry'emu Maja.

Długa wystrzępiona broda moczyła się w szklance z piwem. Siedział w płaszczu jak zawsze, bez względu na to, czy było lato, czy zima. Z kredową bielą skóry obciągającej czaszkę ostro kontrastowała sieć naczyń krwionośnych, przypominających błyskawice. Przekrwione, zamglone oczy spoglądały na Harry'ego znad fałd zmarszczek.

– Okropne! – powtórzył.

Harry nasłuchał się w życiu dość pijackiego bełkotu, żeby przestać zwracać szczególną uwagę na to, co mają do powiedzenia stali bywalcy Schrødera. Ale tym razem chodziło o coś innego. Przychodził tu od wielu lat, a były to bodaj pierwsze zrozumiałe słowa, jakie usłyszał z ust Mohikanina. Nawet po tamtej nocy, zimą ubiegłego roku, gdy Harry znalazł go śpiącego pod ścianą domu przy Dovregata i najprawdopodobniej uratował starego od śmierci przez zamarznięcie, Mohikanin nie poświęcił mu więcej niż skinienie głową, gdy się spotkali. Teraz też wyglądało na to, że Mohikanin powiedział już swoje, mocno bowiem zacisnął wargi i skupił się na swojej szklance. Harry rozejrzał się dokoła, zanim wychylił się do stolika Mohikanina.

– Konrad Åsnes, pamiętasz mnie?

Stary burknął coś i patrzył przed siebie, nie odpowiadając.

– To ja w zeszłym roku znalazłem cię w zaspie. Było minus osiemnaście stopni.

Mohikanin przewrócił oczami.

– Tam nie było żadnej latarni, ledwie cię zobaczyłem. Mogłeś wyzionąć ducha, Åsnes.

Mohikanin przymknął jedno czerwone oko i ze złością popatrzył na Harry'ego, zanim podniósł szklankę z piwem.

– No to bardzo ci dziękuję.

Napił się ostrożnie. Potem odstawił szklankę powoli na stolik, starannie celując, jak gdyby bardzo ważne było, aby znalazła się w konkretnym wyznaczonym miejscu.

– Tych bandytów powinno się zastrzelić – oświadczył.

– Tak? Kogo?

Mohikanin krzywym palcem wskazał na gazetę Harry'ego. Harry ją złożył. Pierwszą stronę zdobiło duże zdjęcie ogolonego na łyso szwedzkiego neonazisty.

– Pod ścianę z nimi. – Mohikanin walnął dłonią w stół, aż parę twarzy się odwróciło. Harry machnął ręką, pokazując mu, żeby się uciszył.

– To tylko młodzież, Åsnes. Postaraj się teraz dobrze bawić. Jest wieczór sylwestrowy.

– Młodzież? A kim my byliśmy, jak myślisz? To nie powstrzymało Niemców. Kjell miał dziewiętnaście lat. Oscar dwadzieścia dwa. Mówię ci, zastrzelcie ich, zanim to się rozniesie. To jak zaraza. Trzeba się jej pozbyć w zarodku. – Drżący palec skierował w Harry'ego. – Jeden z nich siedział dokładnie w tym miejscu, gdzie ty teraz siedzisz. Oni, cholera, nie wymierają. Jesteś policjantem, musisz ich wyłapać.

– Skąd wiesz, że jestem policjantem? – spytał Harry zaskoczony.

– Przecież czytam gazety, nie? Zastrzeliłeś jakiegoś typa gdzieś tam na południu. Dobra robota. Ale mógłbyś ustrzelić paru i tutaj.

– Bardzo jesteś dziś rozmowny, Åsnes.

Mohikanin zacisnął usta, posłał Harry'emu ostatnie kwaśne spojrzenie, potem odwrócił się do ściany i zaczął się bacznie przyglądać zdjęciu przedstawiającemu Youngstorget. Harry zrozumiał, że rozmowa dobiegła końca. Dał znać Mai, że może przynieść kawę, i zerknął na zegarek. Nowe tysiąclecie było tuż za rogiem. O czwartej restauracja U Schrødera nie przyjmowała już nikogo z ulicy z powodu „imprezy zamkniętej", jak informował plakat wywieszony na drzwiach. Harry popatrzył na znajome twarze. O ile się orientował, wszyscy goście już przyszli.

25 SZPITAL RUDOLFA II, WIEDEŃ, 8 CZERWCA 1944

Salę numer 4 wypełniały odgłosy snu. Dzisiejszej nocy było tu ciszej niż zwykle, nikt nie jęczał z bólu, ani nie budził się z krzykiem z koszmaru. Helena nie słyszała też alarmu bombowego w Wiedniu. Jeśli tej nocy nie będzie bombardowania, wszystko pójdzie prościej. Zakradła się do sali, stanęła w nogach łóżka i popatrzyła na niego. Siedział w snopie światła rzucanego przez nocną lampkę, tak pochłonięty książką, którą czytał, że na nic nie zwracał uwagi. Ona stała w mroku, z całą swoją mroczną wiedzą.

Zauważył ją dopiero wówczas, gdy miał przerzucić kartkę. Uśmiechnął się i natychmiast odłożył książkę.

– Dobry wieczór, Heleno. Nie sądziłem, że masz dziś nocny dyżur.

Położyła palec na wargach i podeszła bliżej.

– Skąd wiesz, kto kiedy ma dyżur? – spytała szeptem.

Uśmiechnął się.

– Nie wiem nic o innych. Wiem tylko, kiedy ty będziesz.

– Naprawdę?

– Środa, piątek, niedziela. Potem poniedziałek i czwartek. Potem znów środa, piątek, niedziela. Nie obawiaj się, to komplement. Poza tym mało tu innych rzeczy, którymi można zająć myśli. Wiem też, kiedy Hadler ma mieć lewatywę.

Roześmiała się cicho.

– Ale nie wiesz, że uznano cię już za zdrowego, prawda?

Popatrzył na nią zdumiony.

– Masz rozkaz wyjazdu na Węgry – szepnęła. – Do Trzeciej Dywizji Pancernej.

– Do Dywizji Pancernej? Ale to przecież Wehrmacht! Nie mogą mnie wcielić do armii, jestem Norwegiem.

– Wiem.

– Co ja będę robić na Węgrzech, ja...

– Cicho, obudzisz innych, Uriaszu. Czytałam ten rozkaz. Obawiam się, że niewiele da się z tym zrobić.

– To musi być jakaś pomyłka. To... – Potrącił książkę, która zsunęła się z koca i z hukiem upadła na podłogę. Helena nachyliła się, żeby ją podnieść. Na okładce pod tytułem *The Adventures of Huckleberry Finn* widniał rysunek przedstawiający obdartego chłopca na drewnianej tratwie. Uriasz był wyraźnie wytrącony z równowagi.

– To nie moja wojna – oświadczył przez zaciśnięte wargi.

– To też wiem – szepnęła, wkładając książkę do jego torby pod krzesłem.

– Co robisz? – spytał szeptem.

– Wysłuchaj mnie, Uriaszu. Czasu jest mało.
– Czasu?
– Dyżurna siostra za pół godziny przyjdzie na obchód. Do tego czasu musisz się zdecydować.
Przesunął abażur nocnej lampki, żeby lepiej ją widzieć w ciemności.
– Co się dzieje, Heleno?
Przełknęła ślinę.
– I dlaczego nie masz dziś fartucha?
Właśnie tego obawiała się najbardziej. Nie bała się okłamać matkę, że wybiera się na parę dni do siostry do Salzburga, ani nakłaniać syna leśniczego, żeby zawiózł ją do szpitala i zaczekał przed bramą. Nie bała się nawet pożegnania ze swoimi rzeczami, z kościołem i ze spokojnym życiem w Lesie Wiedeńskim. Bała się natomiast wyznania mu wszystkiego, tego, że go kocha i że gotowa jest poświęcić dla niego życie i przyszłość. Bo przecież mogła się pomylić. Nie w kwestii jego uczuć, bo ich była pewna, lecz co do jego charakteru. Czy starczy mu odwagi i siły działania, żeby zrobić to, co zamierzała mu zaproponować? Rozumiał przynajmniej tyle, że wojna prowadzona z Armią Czerwoną na południu to nie jego wojna.

– Właściwie powinniśmy mieć więcej czasu, żeby się lepiej poznać – powiedziała, nakrywając dłonią jego rękę. Złapał ją i mocno przytrzymał. – Ale tego luksusu nie mamy. – Odwzajemniła uścisk. – Za godzinę odjeżdża pociąg do Paryża. Kupiłam dwa bilety. Mieszka tam mój nauczyciel.
– Nauczyciel?
– To długa, zawiła historia, ale on nas przyjmie.
– Co to znaczy „przyjmie"?
– Możemy się u niego zatrzymać. Mieszka sam. I o ile wiem, nie ma żadnych znajomych. Masz paszport?
– Co? Tak...
Był tak zaskoczony, jak gdyby zastanawiał się, czy nie zasnął nad książką o obdartym chłopcu i wszystko to tylko mu się przyśniło.
– Tak, paszport mam.
– To dobrze. Podróż potrwa dwie doby. Mamy miejscówki, zabrałam też ze sobą sporo jedzenia.
Nabrał głęboko powietrza.

– Dlaczego Paryż?
– To duże miasto, w którym można zniknąć. Posłuchaj, mam w samochodzie trochę ubrań mojego ojca. Możesz przebrać się w cywilne rzeczy. Numer butów...
– Nie. – Podniósł rękę, a strumień słów wypływający z jej ust natychmiast zamarł.
Wstrzymała oddech, wpatrując się w jego zamyśloną twarz.
– Nie – powtórzył szeptem. – To jest głupie.
– Ale... – nagle poczuła się tak, jakby w brzuchu miała bryłę lodu.
– Lepiej jechać w mundurze. Młody mężczyzna w cywilu wzbudzi podejrzenia.
Ucieszyła się tak bardzo, że nie była w stanie już nic więcej powiedzieć, tylko mocniej uścisnęła jego rękę. Serce śpiewało jej głośno, aż musiała je uciszać.
– Jeszcze jedno – powiedział, cicho spuszczając nogi z łóżka.
– Tak?
– Kochasz mnie?
– Tak.
– To dobrze.
Już zdążył włożyć kurtkę.

26 POT, BUDYNEK POLICJI, 21 LUTEGO 2000

Harry rozejrzał się dokoła. Po uporządkowanych przejrzystych półkach, na których stały segregatory, starannie poustawiane w porządku chronologicznym. Po ścianach, na których wisiały dyplomy i odznaczenia, świadczące o regularnej wspinaczce po stopniach kariery. Czarno-białe zdjęcie młodszego Kurta Meirika w mundurze wojskowym z dystynkcjami majora, pozdrawiającego króla Olafa, wisiało tuż za biurkiem, rzucało się w oczy każdemu, kto tu wchodził. Właśnie w to zdjęcie wpatrywał się Harry, gdy otworzyły się drzwi za jego plecami.
– Przepraszam, że musiałeś czekać, Hole. Proszę siedzieć.
To był Meirik. Harry nawet miną nie dał znaku, że zamierza wstać.

– A więc – Meirik usiadł za biurkiem. – Jak ci minęły pierwsze tygodnie u nas?
Siedział wyprostowany. Odsłonił teraz rząd pożółkłych dużych zębów w taki sposób, iż można było nabrać podejrzeń, że w życiu nieczęsto ćwiczył uśmiechy.
– Dość nudno – powiedział Harry.
– Ho, ho. – Meirik nie krył zaskoczenia. – Aż tak źle chyba nie było?
– Parzycie lepszą kawę niż u nas.
– To znaczy w Wydziale Zabójstw?
– Przepraszam – powiedział Harry. – Trzeba czasu, żeby się przyzwyczaić, że „u nas" znaczy teraz „w POT".
– Tak, tak, trzeba trochę cierpliwości. W różnych kwestiach, prawda, Hole?
Harry kiwnął głową. Nie ma sensu walczyć z wiatrakami. Zwłaszcza w pierwszych miesiącach. Tak jak się spodziewał, przydzielono mu pokój na końcu długiego korytarza, przez co innych, którzy tam pracowali, widywał jedynie w razie najwyższej konieczności. Zlecona mu praca polegała na czytaniu raportów z regionalnych biur POT i na ocenianiu, czy są wśród nich sprawy, które należy przesłać dalej. Instrukcje Meirika brzmiały jasno. Jeśli coś nie było całkowitą bzdurą, należało przekazać to wyżej. Innymi słowy Harry pracował jako filtr do śmieci. W tym tygodniu wpłynęły trzy raporty. Starał się je czytać powoli, lecz istniały granice spowalniania tempa. Jeden z raportów nadszedł z Trondheim i dotyczył nowego sprzętu podsłuchowego, którego nikt nie potrafił obsługiwać od czasu, gdy ekspert przestał u nich pracować. Harry oczywiście przesłał ten raport dalej. Drugi dotyczył niemieckiego biznesmena przebywającego w Bergen, którego przestano uznawać za podejrzanego, gdyż rzeczywiście dostarczył partię karniszy do zasłon, a taki właśnie powód swego pobytu podawał. Harry przesłał raport dalej. Trzeci był z rejonu Østlandet, z komendy policji w Skien. Wpłynęły skargi od właścicieli domków letniskowych w Siljan, którzy w ubiegły weekend słyszeli strzały. Ponieważ nie był to okres polowań, jeden z funkcjonariuszy wybrał się na miejsce, by zbadać sprawę, i znalazł w lesie łuski nieznanej marki. Przesłano je na badanie techniczne do Kripos, Centrali Policji Kryminalnej, która poinformowała, że łuski najprawdopodobniej pochodzą z amunicji do karabinu Märklin, bardzo rzadkiej broni.

Harry przekazał raport dalej, ale najpierw zrobił kopię dla siebie.

– Chciałem z tobą porozmawiać o ulotce, która nam wpadła w ręce. Na siedemnastego maja* neonaziści planują rozróbę przy meczetach w Oslo. W tym roku tego dnia przypada też jakieś ruchome muzułmańskie święto i część imigrantów zabrania dzieciom marszu w pochodzie dziecięcym, ponieważ muszą iść do meczetu.

– *Eid*.

– Słucham?

– *Eid*. To święto. Taka muzułmańska Wigilia.

– Znasz się na tym?

– Nie, ale w ubiegłym roku sąsiedzi zaprosili mnie z tej okazji na obiad. To Pakistańczycy. Uznali, że smutno mi będzie samemu w *eid*.

– Ach tak? Hm... – Meirik wsunął na nos okulary Horsta Tapperta. – Mam tutaj tę ulotkę. Piszą, że to drwina z kraju gospodarza czcić inne święto siedemnastego niż święto narodowe. I że czarne łby biorą zasiłek, a wymigują się od wszystkich norweskich obowiązków obywatelskich.

– Do których należy wołanie „hura" w pochodzie – dodał Harry i wyciągnął paczkę papierosów. Już wcześniej zauważył popielniczkę na półce z książkami. Meirik kiwnął głową w odpowiedzi na jego pytające spojrzenie. Harry zapalił, wciągnął dym i spróbował sobie wyobrazić, jak żarłoczne kapilary w płucach chłoną nikotynę. Wiedział, że skraca sobie życie, ale myśl o tym, że nigdy nie rzuci palenia, budziła w nim dziwne zadowolenie. Ignorowanie ostrzeżenia na paczce papierosów nie było być może najbardziej ekstrawaganckim wyrazem buntu, na jaki mógł się zdobyć człowiek, ale przynajmniej na to Harry'ego było stać.

– Zobacz, czy zdołasz się czegoś dowiedzieć – powiedział Meirik.

– Dobrze, ale ostrzegam, że marnie nad sobą panuję, gdy widzę łyse pały.

– Cha, cha – Meirik znów obnażył duże żółte zęby, a Harry uświadomił sobie, kogo szef mu przypomina: dobrze wytresowanego konia. – Cha, Cha.

– Jeszcze jedno – powiedział Harry. – Chodzi o raport w sprawie amunicji znalezionej w Siljan. O ten karabin Märklin.

– Wydaje mi się, że coś o tym słyszałem, rzeczywiście.

---

* 17 maja – święto narodowe Norwegii (przyp. tłum.).

– Spróbowałem sam czegoś poszukać na ten temat.
– Tak?
Harry wychwycił chłód w jego głosie.
– Sprawdziłem rejestr broni za ostatni rok. W Norwegii nie ma żadnego zarejestrowanego märklina.
– Wcale mnie to nie dziwi. Tę listę na pewno sprawdził już ktoś inny z POT, kiedy przesłałeś raport dalej, Hole. Wiesz, że to nie należy do ciebie.
– Może i nie, ale chciałem się tylko upewnić, czy ta osoba zajrzała do raportów Interpolu dotyczących przemytu broni.
– Do Interpolu? A dlaczego mielibyśmy to robić?
– Tych karabinów nikt do Norwegii nie importuje. To znaczy, że został przemycony. – Z kieszonki na piersiach Harry wyciągnął wydruk z komputera. – To spis przesyłek znaleziony w listopadzie przez Interpol podczas nalotu u nielegalnego handlarza bronią w Johannesburgu. Zobacz. Karabin Märklin. A miejsce dostawy – Oslo.
– Hm. Skąd to wziąłeś?
– Ze strony Interpolu w Internecie. Dostępnej dla każdego w POT. Dla każdego, komu chce się na nią zajrzeć.
– Ach tak? – Meirik przez moment zerkał na Harry'ego, a potem wrócił do studiowania wydruku.
– No dobrze. Ale przemyt broni to nie nasza działka, Hole. Gdybyś wiedział, ile sztuk nielegalnej broni Wydział do spraw Broni zatrzymuje co roku...
– Sześćset jedenaście – powiedział Harry.
– Sześćset jedenaście?
– Na razie. I dotyczy to tylko rejonu Oslo. Dwie na trzy sztuki pochodzą od przestępców. To głównie lekka broń, śrutówki i obrzyny. Przeciętnie jedna konfiskata dziennie. W latach dziewięćdziesiątych liczba prawie się podwoiła.
– Świetnie, wobec tego chyba rozumiesz, że POT nie może uznać za najważniejszą sprawy niezarejestrowanej strzelby gdzieś w okręgu Buskerud.
Meirik z trudem nad sobą panował. Harry wypuścił dym przez usta i przyglądał się, jak chmura wznosi się pod sufit.
– Siljan leży w okręgu Telemark.

Szczęki Meirika mocno pracowały.
– Dzwoniłeś do Służb Celnych, Hole?
– Nie.

Meirik zerknął na zegarek, niezgrabną, mało elegancką bułę ze stali, którą, jak Harry się domyślał, dostał kiedyś za długą i wierną służbę.
– Proponuję więc, żebyś to zrobił. To sprawa dla nich. Akurat w tej chwili mam naglące...
– Wiesz, czym jest karabin Märklin, Meirik?

Harry widział, jak brwi szefa POT podskakują w górę i w dół i zadał sobie w duchu pytanie, czy już nie jest za późno. Poczuł powiew wiatraków.
– To zresztą również nie moja działka, Hole. Porozmawiaj o tym z...

Kurt Meirik najwyraźniej dopiero w tej chwili uświadomił sobie, iż jest jedynym przełożonym Harry'ego.

– Karabin Märklin – powiedział Harry – to półautomatyczny karabin myśliwski produkcji niemieckiej, z nabojami o średnicy szesnastu milimetrów, większymi niż do jakiejkolwiek innej strzelby. Jest przeznaczony do polowań na grubą zwierzynę, na bawoły afrykańskie i słonie. Prototyp wykonano w 1970, ale wyprodukowano jedynie trzysta egzemplarzy, zanim władze niemieckie w roku 1973 zakazały sprzedaży tej broni. Powodem tej decyzji było to, że po wprowadzeniu paru ulepszeń i dodaniu celownika optycznego märklin zmienia się we w pełni profesjonalne narzędzie zabójcy. I już w tym samym roku stał się najbardziej poszukiwaną na świecie bronią zamachowców. Z trzystu karabinów przynajmniej sto trafiło w ręce płatnych morderców i ugrupowań terrorystycznych, takich jak Baader Meinhof i Czerwone Brygady.
– Hm... Mówisz sto? – Meirik oddał wydruk Harry'emu. – To znaczy, że dwa na trzy te karabiny wykorzystywane są do celów, do jakich zostały przeznaczone. Do polowań.
– To nie jest broń do polowania na łosie czy inną zwierzynę w Norwegii, Meirik.
– Tak? A dlaczego?

Harry zastanawiał się, co wstrzymuje Meirika przed utratą cierpliwości, przed wyrzuceniem nadgorliwca za drzwi. I dlaczego on sam tak bardzo chciał sprowokować szefa? Może to nic takiego, może po prostu zaczyna się starzeć i robi się marudny? Tak czy owak, Meirik zachowywał się jak dobrze opłacana opiekunka do dzieci, która nie chce skarcić niegrzecznego bachora. Harry zapatrzył się w długi słupek popiołu z papierosa, niebezpiecznie nachylającego się nad dywanem.

– Po pierwsze, w Norwegii polowania nie są sportem dla milionerów. A karabin Märklin z celownikiem optycznym kosztuje około stu pięćdziesięciu tysięcy marek niemieckich, to znaczy tyle, ile nowy mercedes. A za każdy nabój trzeba zapłacić dziewięćdziesiąt marek. Po drugie, łoś trafiony szesnastomilimetrową kulą wygląda, jakby wpadł pod pociąg. Straszny brud.

– Cha, cha – Meirik najwyraźniej postanowił zmienić taktykę. Odchylił się teraz do tyłu i założył ręce za łysą głowę, jak gdyby chciał pokazać, że nie ma nic przeciwko temu, by podwładny zabawiał go jeszcze przez chwilę.

Harry wstał, zdjął popielniczkę z półki i z powrotem usiadł.

– Oczywiście, może się zdarzyć, że te naboje to własność jakiegoś fanatycznego kolekcjonera broni, który po prostu testował nową zdobycz, a teraz karabin wisi w szklanej gablocie w jakiejś willi gdzieś w Norwegii i nigdy więcej nie zostanie użyty. Ale czy możemy tak założyć?

Meirik kiwał głową z boku na bok.

– Proponujesz więc, żebyśmy założyli, że w Norwegii przebywa w tej chwili zawodowy morderca?

Harry pokręcił głową.

– Proponuję jedynie przejażdżkę do Skien i obejrzenie tego miejsca. Poza tym wątpię, abyśmy mieli do czynienia z profesjonalistą.

– Ach, tak?

– Profesjonaliści po sobie sprzątają. Pozostawienie łusek to jak pokazanie karty wizytowej. Ale nawet jeśli märklin trafił w ręce amatora, wcale nie robię się od tego spokojniejszy.

Meirik przestał chrząkać. W końcu kiwnął głową.

– No dobrze, jedź. I informuj mnie, jeśli dowiesz się czegoś o planach naszych neonazistów.

Harry zgasił papierosa. Na boku popielniczki w kształcie gondoli widniał napis: „Venice, Italy".

27 LINZ, 9 CZERWCA 1944

Pięcioosobowa rodzina wysiadła z pociągu i nagle mieli przedział tylko dla siebie. Gdy pociąg z wolna znów ruszył, Helena zajęła miejsce przy oknie, lecz po ciemku widziała jedynie kontury budynków przy linii kolejowej. On siedział naprzeciw i przyglądał jej się z lekkim uśmiechem.

– Ludzie w Austrii znają się na zaciemnieniu – stwierdził. – Nigdzie nie widzę żadnego światła.

– Umiemy robić to, co nam każą. – Zerknęła na zegarek. Była już prawie druga. – Następna stacja to Salzburg – powiedziała. – Leży tuż przy granicy niemieckiej, a potem...

– Monachium, Zurych, Bazylea, Francja i Paryż. Powtarzałaś to już trzy razy. – Nachylił się do niej i mocno uścisnął jej rękę. – Wszystko będzie dobrze, zobaczysz. Przesiądź się tutaj.

Helena przesunęła się, nie puszczając jego dłoni, i lekko oparła mu głowę na ramieniu. W mundurze wyglądał zupełnie inaczej.

– A więc ten Brockhard wystawił mi kolejne zwolnienie, tym razem na tydzień?

– Tak. Zamierzał wysłać je wczoraj popołudniową pocztą.

– Dlaczego przedłużył je na tak krótko?

– Bo dzięki temu zyskiwał lepszą kontrolę nad sytuacją. I nade mną. Co tydzień musiałabym dawać mu odpowiedni powód do przedłużenia twojego zwolnienia, rozumiesz?

– Tak, rozumiem – odparł.

Helena poczuła, jak napinają mu się mięśnie szczęki.

– Nie mówmy więcej o Brockhardzie – poprosiła. – Raczej mi coś opowiedz.

Pogłaskała go po policzku, a on ciężko westchnął.

– A jaką historię chcesz usłyszeć?

– Wszystko jedno.

Opowieści. Właśnie dzięki nim wzbudził jej zainteresowanie w Szpitalu Rudolfa II. Całkowicie się różniły od opowieści pozostałych żołnierzy. Historie Uriasza mówiły o odwadze, przyjaźni i nadziei. Na przykład o tym, jak wróciwszy z warty, zobaczył kunę stojącą na piersiach jego najlepszego przyjaciela, gotową już przegryźć mu gardło. Uriasza dzieliła od zwierzęcia odległość blisko dziesięciu metrów, a w bunkrze z czarnymi ścianami z ziemi było niemal zupełnie ciemno. On jednak nie miał wyboru. Przyłożył karabin do policzka i zaczął strzelać, aż opróżnił cały magazynek. Kunę zjedli następnego dnia na obiad.

Podobnych historii było więcej. Helena nie pamiętała ich wszystkich, ale pamiętała, że zaczęła się im przysłuchiwać. Były barwne i zabawne. W niektóre nie bardzo wierzyła. Ale chciała w nie wierzyć, ponieważ stanowiły coś w rodzaju odtrutki na wszystkie inne opowieści o złym losie i bezsensownej śmierci.

Zaciemniony pociąg, trzęsąc się i podskakując, sunął przez noc po świeżo zreperowanych szynach, a Uriasz opowiadał, jak zastrzelił rosyjskiego snajpera na ziemi niczyjej. Potem zbliżył się do niego i bolszewikowi-ateiście wyprawił chrześcijański pogrzeb, nie zapominając o psalmie.

– Słyszałem oklaski z rosyjskiej strony – opowiadał – bo tak pięknie tego wieczoru śpiewałem.

– Naprawdę? – roześmiała się Helena.

– Piękniejszego śpiewu nie słyszałaś nawet w Staatsoper.

– Ty oszuście!

Uriasz przyciągnął ją do siebie i zaczął jej śpiewać do ucha:

Usiądź w kręgu ogniska w obozie,
spójrz, jak płomień odpędza w dal cień.
Ku zwycięstwu on drogę nam wskaże,
tym co wierni na życie i śmierć.

Kraj nasz wolny ma być, więc nie zwlekaj,
za Norwegię ofiarę swą złóż.
Ziemi ojców trza bronić, nie czekaj,
jeśli zginiesz, to zginiesz, i już.

Wspominamy przy ogniu walecznych,
serce w piersi zaczyna się tłuc,
bo do boju o naszą Norwegię
poprowadzi nas Quisling, nasz wódz.

Uriasz umilkł i pustym wzrokiem patrzył w okno. Helena zrozumiała, że powędrował myślami gdzieś daleko, i zostawiła go tam. Przełożyła mu rękę przez pierś.

Stuk-stuk-stuk.

Brzmiało to tak, jakby coś biegło pod nimi po torach. Coś, co próbowało ich złapać.

Bała się. Nie tyle niewiadomej przyszłości, ku której jechali, co tego nieznajomego tulącego ją mężczyzny. Teraz, gdy znalazł się tak blisko, miała wrażenie, że wszystko, co widziała z daleka i do czego przywykła, gdzieś zniknęło.

Nasłuchiwała uderzeń jego serca, ale stukot dobiegający z torów kolejowych był zbyt głośny, musiała więc po prostu przyjąć, że Uriasz ma w środku serce. Uśmiechnęła się do siebie i poczuła przenikającą ją radość. Cóż za cudowne, cudowne szaleństwo! Przecież absolutnie nic o nim nie wiedziała, tak mało o sobie mówił, tylko opowiadał te historie.

Jego mundur czuć było ziemią. Na moment przyszło jej do głowy, że tak właśnie musi pachnieć mundur żołnierza, który przez pewien czas leżał martwy na polu walki. Lub który został pogrzebany. Skąd jej się wzięły takie myśli? Od tak dawna żyła w napięciu i dopiero teraz poczuła, jak bardzo jest zmęczona.

– Śpij – powiedział Uriasz, jakby odpowiadając na jej myśli.

– Dobrze – odparła. Gdy świat dookoła niej znikał, wydawało jej się, że gdzieś z daleka dobiega dźwięk syreny alarmowej.

– Co, co?

Usłyszała własny głos, poczuła, że Uriasz nią potrząsa, i poderwała się przestraszona. Na widok umundurowanego mężczyzny w drzwiach przedziału pomyślała, że są zgubieni, że pościg ich dogonił.

– Bilety do kontroli.

– Ach! – wyrwało jej się. Spróbowała wziąć się w garść, lecz czuła na sobie badawczy wzrok konduktora, gdy gorączkowo przeszukiwała torebkę. Wreszcie znalazła żółte kartoniki kupione na dworcu w Wiedniu. Konduktor obejrzał bilety dokładnie, kołysząc się w przód i w tył do taktu ruchów pociągu. Kontrola, zdaniem Heleny, trwała trochę za długo.

– Jedziecie do Paryża? Razem?

– Owszem – odparł Uriasz.
Konduktor był starszym człowiekiem. Popatrzył na nich.
– Słyszę, że pan nie jest Austriakiem.
– Nie, Norwegiem.
– Ach, Norwegia. Podobno bardzo tam pięknie.
– Owszem, to prawda.
– Więc zgłosił się pan na ochotnika, żeby walczyć za Hitlera?
– Tak, byłem na froncie wschodnim. Na północy.
– Ach, tak? A gdzie?
– Niedaleko Leningradu.
– Hm... a teraz jedzie pan do Paryża. Razem z pańską...
– Przyjaciółką.
– Przyjaciółką, no właśnie. Na przepustce?
– Tak.
Konduktor skasował bilety.
– Z Wiednia? – spytał Helenę, oddając jej bilety.
Kiwnęła głową.
– Widzę, że jest pani katoliczką. – Wskazał na łańcuszek z krzyżykiem, widoczny na bluzce. – Tak jak moja żona.
Odchylił się w tył i wyjrzał na korytarz. A potem zwrócił się do Norwega:
– Czy pańska przyjaciółka pokazała panu katedrę Świętego Stefana w Wiedniu?
– Nie, leżałem w szpitalu i niestety nie miałem okazji oglądać miasta.
– Aha. W katolickim szpitalu?
– Tak, Rudo...
– Tak – przerwała mu Helena. – W katolickim.
– Hm.
Dlaczego on nie odchodzi, zastanawiała się Helena.
Konduktor znowu chrząknął.
– Jeszcze coś? – spytał w końcu Uriasz.
– To nie moja sprawa, ale mam nadzieję, że nie zapomnieliście zabrać ze sobą dokumentów zaświadczających, że pan jedzie na przepustkę.
– Dokumentów? – powtórzyła Helena. Już dwa razy była we Francji razem z ojcem i nie przyszło jej do głowy, że mogliby potrzebować czegoś więcej niż paszport.

– Tak. Dla pani to żaden problem, *Fräulein*, ale dla pani przyjaciela w mundurze ogromnie ważne jest, aby miał zaświadczenie o tym, gdzie stacjonuje i dokąd jedzie.
– Ależ my oczywiście mamy te dokumenty! – zawołała Helena. – Nie sądzi pan chyba, że podróżujemy bez nich?
– Ależ skąd! – pospiesznie zapewnił konduktor. – Chciałem państwu jedynie o tym przypomnieć. Kilka dni temu... – Przeniósł spojrzenie na Norwega. – ...złapali młodego mężczyznę, który najwyraźniej nie miał żadnego rozkazu udania się tam, dokąd zmierzał, i w związku z tym został uznany za dezertera. Wyciągnęli go na peron i zastrzelili.
– Pan żartuje?
– Niestety nie. Nie chciałem państwa wystraszyć, ale wojna to wojna. Ale pan przecież ma wszystkie papiery w porządku, więc nie musi się pan niczym denerwować na granicy niemieckiej zaraz za Salzburgiem.

Wagonem lekko zarzuciło, konduktor musiał się uchwycić futryny w drzwiach. Wszyscy troje obserwowali się w milczeniu.
– A więc tam będzie pierwsza kontrola? – spytał w końcu Uriasz. – Za Salzburgiem?

Konduktor kiwnął głową.
– Dziękuję – powiedział Uriasz.
– Miałem syna w pańskim wieku. Zginął na froncie wschodnim, nad Dnieprem.
– Bardzo mi przykro.
– Cóż, przepraszam, że panią obudziłem, *Fräulein*. Do widzenia państwu. – Zasalutował i wyszedł.

Helena sprawdziła, czy drzwi są dobrze zamknięte, a potem ukryła twarz w dłoniach.
– Jak mogłam być tak naiwna? – zaszlochała.
– Już dobrze, dobrze – powiedział Uriasz, obejmując ją. – To ja powinienem był pomyśleć o rozkazie. Przecież wiedziałem, że nie mogę ot, tak sobie swobodnie się przemieszczać.
– A gdybyś powiedział im o zwolnieniu i wytłumaczył, że miałeś taką ochotę pojechać do Paryża? To przecież teren Trzeciej Rzeszy, przecież...
– Zadzwonią do szpitala i Brockhard powie im, że uciekłem.

Wtuliła się w niego, szlochała w jego pierś. Głaskał ją po gładkich brązowych włosach.

– Poza tym powinienem był wiedzieć, że to zbyt cudowne, by mogło być prawdziwe. Ja i siostra Helena w Paryżu?

Usłyszała uśmiech w jego głosie.

– Pewnie już niedługo obudzę się w szpitalnym łóżku i pomyślę, że miałem cudowny sen. I będę się cieszył na tę chwilę, kiedy przyniesiesz śniadanie. Poza tym jutro masz nocny dyżur, chyba o tym nie zapomniałaś? Opowiem ci wtedy, jak Daniel ukradł dwadzieścia racji żywnościowych oddziałowi Szwedów.

Podniosła do niego mokrą od łez twarz.

– Pocałuj mnie, Uriaszu.

28 SILJAN, TELEMARK, 22 LUTEGO 2000

Harry znów zerknął na zegarek i delikatnie dodał gazu. Umówił się na czwartą, czyli pół godziny temu. Jeśli przyjedzie po zmierzchu, cała wyprawa pójdzie na marne. Resztki kolców w oponach z chrzęstem tarły o lód. Chociaż krętą oblodzoną leśną drogą przejechał zaledwie czterdzieści kilometrów, miał wrażenie, że upłynęło wiele godzin, odkąd skręcił z głównej szosy. Tanie okulary przeciwsłoneczne, które kupił na stacji Shell, niewiele mu pomogły. Oczy bolały od ostrego światła, odbijającego się od śniegu.

Wreszcie dostrzegł przy drodze samochód policyjny z tablicami z Skien. Zahamował delikatnie, zaparkował tuż za nim i ściągnął narty z bagażnika na dachu. Zrobił je norweski producent z Trøndelag, który piętnaście lat temu zbankrutował. Mniej więcej w tym samym czasie Harry musiał je ostatnio smarować, bo teraz pod spodem widniała szara lepka masa. Odnalazł ślady prowadzące od drogi do domku letniskowego, tak jak mu to opisano. Narty przyklejały się do śniegu, ledwie mógł się na nich poruszać. Gdy w końcu znalazł domek, słońce stało już nisko nad czubkami świerków. Na schodach drewnianego, bejcowanego na czarno domku siedziało dwóch mężczyzn w anorakach i chłopiec, którego wiek Harry, nieznający żadnego nastolatka, ocenił na od dwunastu do szesnastu lat.

– Ove Bertelsen? – spytał, ciężko opierając się na kijkach. Nie mógł złapać tchu.

– To ja – odezwał się jeden z mężczyzn, wstał i na powitanie wyciągnął rękę. – A to sierżant Folldal.

Drugi bez słowa skinął głową.

Harry zrozumiał, że chłopiec jest najprawdopodobniej osobą, która znalazła łuski.

– Przypuszczam, że przyjemnie wyrwać się z Oslo na świeże powietrze – powiedział Bertelsen.

Harry wyłowił z kieszeni paczkę papierosów.

– Przypuszczam, że jeszcze przyjemniej wyrwać się z Skien.

Folldal zdjął czapkę policyjną i wyprostował się. Bertelsen się uśmiechnął.

– Wbrew temu, co sądzi większość ludzi, powietrze w Skien jest czyściejsze niż w jakimkolwiek innym norweskim mieście.

Harry zapalił papierosa, osłaniając zapałkę dłonią.

– Tak? Zapamiętam to na przyszły raz. Znaleźliście coś?

– To niedaleko stąd.

Wszyscy trzej przypięli narty i ruszyli za Folldalem trasą, która doprowadziła ich do polany w lesie. Folldal wskazał kijkiem czarny kamień, wystający dwadzieścia centymetrów ponad cienką pokrywę śniegu.

– Chłopiec znalazł łuski przy kamieniu. Przypuszczamy, że jakiś myśliwy trenował tu na sucho. Obok widać ślady nart. Nie padało od tygodnia, mogą więc należeć do strzelca. Wygląda na to, że miał szerokie narty zjazdowe.

Harry przykucnął. Przeciągnął palcem po kamieniu, o który szeroki ślad nart jakby zawadzał.

– Hm... albo stare, drewniane.

– Tak?

Harry podniósł do góry maleńką jasną drzazgę.

– Niech to diabli – westchnął Folldal, zerkając na Bertelsena.

Harry obrócił się do chłopca, ubranego w workowate wełniane spodnie z mnóstwem kieszeni i trykotową czapkę, którą mocno naciągnął na uszy.

– Po której stronie kamienia znalazłeś łuski?

Chłopak pokazał. Harry zdjął narty, obszedł kamień i położył się na śniegu na plecach. Niebo było jasnoniebieskie, jak bywa tuż przed zachodem słońca w pogodne zimowe dni. Potem obrócił się na bok i mrużąc oczy, spojrzał ponad kamieniem. Patrzył z polany w głąb lasu, z którego przyszli. W prześwicie zobaczył cztery drewniane pieńki.
— Znaleźliście kulę? Albo ślady po strzałach?

Folldal podrapał się w kark.
— Pytasz, czy obeszliśmy teren, sprawdzając każdy pień w promieniu pół kilometra?

Bertelsen dyskretnie zasłonił usta rękawiczką. Harry strząsnął popiół z papierosa i wpatrywał się w żar.
— Nie, chodzi mi o to, czy sprawdziliście tamte pniaki?
— Dlaczego mielibyśmy sprawdzać właśnie je? — zdziwił się Folldal.
— Ponieważ märklin to najcięższy karabin myśliwski na świecie. Broń, która waży piętnaście kilo, nie nadaje się do strzelania w pozycji stojącej. Można więc przypuszczać, że wykorzystał ten kamień, żeby oprzeć o niego karabin. Märklin wyrzuca łuski na prawo, a ponieważ znaleziono je po tej stronie kamienia, to by oznaczało, że strzelał w kierunku, z którego przyszliśmy. Dość naturalne byłoby chyba umieszczenie jakiegoś celu na którymś z tych pniaków, prawda?

Bertelsen i Folldal popatrzyli na siebie.
— No, możemy przynajmniej sprawdzić — przyznał Bertelsen.
— Jeśli to nie dzieło cholernie dużego kornika — stwierdził Bertelsen trzy minuty później — to mamy cholernie dużą dziurę po kuli.

Klęcząc na śniegu, wsuwał palec do środka pniaka.
— Cholera, kula wbiła się głęboko, nie mogę jej wyczuć.
— Zajrzyj do dziury — poradził Harry.
— A po co?
— Sprawdź, czy nie przeszła na wylot.
— Przebiłaby ten gruby pień?
— Po prostu zajrzyj i sprawdź, czy nie zobaczysz światła.

Harry usłyszał za plecami prychnięcie Folldala. Bertelsen przyłożył oko do pniaka.
— Na miłość boską...
— Widzisz coś? — zawołał Folldal.
— Niech mnie piorun, widzę połowę dorzecza Siljan.

Harry obejrzał się na Folldala, ale ten odwrócił się i splunął.
Bertelsen stanął na nogi.

– Na co nam kamizelki kuloodporne, gdy ktoś strzela takim diabelstwem? – jęknął.

– Na nic. Pomóc może jedynie pancerz. – Harry zgasił papierosa na suchym pniu i poprawił się: – Gruby pancerz.

Zaszurał nartami po śniegu.

– Pogadamy z ludźmi z sąsiednich domków – oświadczył Bertelsen. – Może ktoś coś widział. Albo nabrał ochoty do przyznania się, że posiada tę strzelbę z piekła rodem.

– Po ubiegłorocznej amnestii w związku z nielegalnym posiadaniem broni... – zaczął Folldal, ale zmienił zdanie i nie dokończył, kiedy Bertelsen na niego spojrzał.

– Możemy jeszcze jakoś pomóc? – spytał Bertelsen Harry'ego.

– No cóż – Harry z ponurą miną popatrzył na drogę. – Nie mielibyście nic przeciwko temu, żeby popchać samochód?

29 SZPITAL RUDOLFA II, WIEDEŃ, 23 CZERWCA 1944

Helena przeżywała *déjà-vu*. Okna były otwarte, a ciepły letni poranek wypełniał korytarz aromatem świeżo skoszonej trawy. W ciągu ostatnich dwóch tygodni bombardowania powtarzały się co noc, ale nie czuła zapachu dymu. W dłoni trzymała list. Cudowny list! Nawet skwaszona oddziałowa musiała się uśmiechnąć, gdy Helena prawie zaśpiewała *Guten Morgen*.

Zaskoczony doktor Brockhard oderwał wzrok od papierów, gdy Helena wpadła do jego gabinetu bez pukania.

– I co? – spytał. Zdjął okulary i wbił w nią sztywne spojrzenie. Helena przez moment zobaczyła czubek języka, który dotykał zausznika okularów. Usiadła.

– Christopher – zaczęła. Nie zwracała się do niego po imieniu, odkąd byli dziećmi. – Mam ci coś do powiedzenia.

– To świetnie. Właśnie na to czekałem.

Wiedziała, na co czekał: na wyjaśnienie, dlaczego wciąż jeszcze nie spełniła jego życzenia i nie przyszła do jego mieszkania, mieszczącego się w głównym budynku szpitala, pomimo że już dwukrotnie przedłużał zwolnienie Uriasza. Helena tłumaczyła się bombardowaniami, twierdziła, że boi się wychodzić. Zaproponował więc, że to on ją odwiedzi w letnim domku matki, lecz zdecydowanie odmówiła.

– Opowiem ci wszystko – powiedziała.
– Wszystko? – spytał z uśmiechem.
Nie, pomyślała, prawie wszystko.
– Tamtego ranka, gdy Uriasz...
– On się nie nazywa Uriasz, Heleno.
– Tamtego ranka, kiedy zniknął i wszczęliście alarm, pamiętasz?
– Oczywiście.

Brockhard położył okulary przy kartce, którą miał przed sobą, starając się, aby zauszniki leżały równolegle do brzegu kartki.

– Zastanawiałem się, czy nie zgłosić tego zaginięcia policji wojskowej, a tymczasem on się pojawił z powrotem, z tą niestworzoną historią, że przez pół nocy chodził po lesie.
– Wcale tak nie było. Pojechał nocnym pociągiem do Salzburga.
– Doprawdy? – Brockhard odchylił się na krześle z miną wskazującą na to, że był człowiekiem, który nie lubi pokazywać po sobie zaskoczenia.
– Wyjechał z Wiednia nocnym pociągiem przed północą. Wysiadł w Salzburgu i półtorej godziny czekał na pociąg powrotny. O dziewiątej był na Dworcu Głównym.
– Hm... – Brockhard skoncentrował się na piórze, które trzymał w koniuszkach palców. – A jaki podał powód takiej idiotycznej wyprawy?
– Och... – Helena nie zdawała sobie sprawy z tego, że się uśmiecha. – Może pamiętasz, że tamtego ranka też się spóźniłam do pracy?
– Pamiętam.
– Ja też przyjechałam z Salzburga.
– Naprawdę?
– Owszem.
– Musisz to chyba wyjaśnić, Heleno.

Tłumaczyła, wpatrzona w koniuszek palca Brockharda. Na pęknięciu stalówki zebrała się kropla krwi.

– Rozumiem – powiedział Brockhard, kiedy skończyła mówić. – Myśleliście, że wyjedziecie do Paryża. I jak długo mieliście zamiar się tam ukrywać?
– Nie wybiegaliśmy myślą aż tak daleko w przyszłość. Ale Uriasz uważał, że powinniśmy przedostać się do Ameryki. Do Nowego Jorku.
Brockhard zaśmiał się cierpko.
– Wiem, że jesteś bardzo rozsądną dziewczyną, Heleno. Rozumiem, że ten zdrajca ojczyzny oślepił cię swoimi słodkimi kłamstwami o Ameryce. Ale...
– Co?
– Ja ci wybaczam. – A widząc jej zdumiony wyraz twarzy, ciągnął: – Tak, wybaczam ci. Być może powinnaś zostać ukarana, lecz wiem, jak niespokojne potrafią być dziewczęce serca.
– Nie po wybaczenie...
– Jak się miewa twoja matka? Musi jej być ciężko teraz, gdy zostałyście same. Jaki wyrok dostał twój ojciec? Trzy lata?
– Cztery. Bardzo cię proszę, wysłuchaj mnie, Christopherze.
– A ja proszę, żebyś nie zrobiła ani nie powiedziała nic, czego później będziesz żałować, Heleno. Historia, którą mi opowiedziałaś, niczego nie zmienia, nasza umowa nadal obowiązuje.
– Nie.
Helena wstała z krzesła tak prędko, że wywróciło się za nią. Uderzyła o stół listem, który trzymała w zaciśniętej dłoni.
– Sam zobacz. Nie masz już żadnej władzy nade mną. Ani nad Uriaszem.
Brockhard popatrzył na list. Brązowa otwarta koperta nic mu nie powiedziała. Wyjął z niej kartkę, włożył okulary i zaczął czytać.

Waffen SS
Berlin, 21 czerwca

Szef norweskiego Ministerstwa ds. Policji, Jonas Lie, zwrócił się do nas z prośbą o natychmiastowe przeniesienie Pana do Oslo celem podjęcia dalszej służby w szeregach tamtejszej policji. Ponieważ jest Pan obywatelem norweskim, nie widzimy powodu, by prośby tej nie spełnić. Niniejszy rozkaz anuluje wcześniejsze polecenie przeniesienia Pana do sił

Wehrmachtu. Bliższe szczegóły dotyczące miejsca i terminu stawiennictwa otrzyma Pan z norweskiego Ministerstwa ds. Policji.

Heinrich Himmler
głównodowodzący Schutzstaffel (SS)

Brockhard musiał dwukrotnie przeczytać podpis. Heinrich Himmler osobiście! Potem podniósł kartkę pod światło.
– Możesz zadzwonić i sprawdzić, jeśli chcesz – oświadczyła Helena.
– Ale uwierz mi, jest prawdziwy.
Przez otwarte okno dochodził śpiew ptaków z ogrodu. Brockhard chrząknął dwa razy, nim się odezwał.
– To znaczy, że napisaliście list do szefa policji w Norwegii?
– Nie ja, Uriasz. Ja tylko znalazłam właściwy adres i wysłałam list.
– Wysłałaś list?
– Tak, a właściwie, prawdę powiedziawszy, przesłałam go telegraficznie.
– Całe podanie?
– Tak.
– Ach tak? To musiało kosztować... bardzo dużo.
– Owszem, kosztowało, ale trzeba było się spieszyć.
– Heinrich Himmler – powtórzył bardziej do siebie niż do niej.
– Przykro mi, Christopherze.
– Doprawdy? – znów ten cierpki śmiech – Czy nie osiągnęłaś właśnie tego, co chciałaś, Heleno?
Udała, że nie słyszy tego pytania, i zmusiła się do przyjaznego uśmiechu.
– Muszę cię jeszcze prosić o przysługę, Christopherze.
– Tak?
– Uriasz pragnie, bym wyjechała razem z nim do Norwegii. Potrzebne mi referencje ze szpitala, żebym mogła dostać zezwolenie na wyjazd.
– A teraz obawiasz się, że będę ci rzucał kłody pod nogi przy załatwianiu referencji?
– Twój ojciec zasiada w zarządzie szpitala.
– Rzeczywiście mógłbym wpędzić cię w tarapaty. – Potarł brodę. Sztywny wzrok utkwił gdzieś w jej czole.

– I tak nas nie powstrzymasz, Christopherze. Uriasz i ja się kochamy, rozumiesz?
– Dlaczego miałbym wyświadczać przysługę żołnierskiej dziwce?
Helena nie zdołała zamknąć ust. Nawet ze strony osoby, którą pogardzała, w dodatku wyraźnie w afekcie, te słowa trafiły ją jak policzek. Zanim jednak zdążyła odpowiedzieć, twarz Brockharda ściągnęła się, jakby to on został uderzony.
– Wybacz mi, Heleno, ja, do diabła...
Gwałtownie obrócił się do niej tyłem.
Helena miała ochotę wstać i wyjść, nie znalazła jednak słów, które pozwoliłyby jej się uwolnić. Brockhard podjął z wysiłkiem:
– Nie chciałem cię skrzywdzić, Heleno.
– Christopher...
– Ty nic nie rozumiesz. To nie pycha przeze mnie przemawia. Mam cechy, które z czasem nauczysz się cenić. Jestem o tym przekonany. Może posunąłem się nieco zbyt daleko, lecz pamiętaj, że przez cały czas miałem na myśli twoje dobro.
Wpatrywała się w jego plecy. Fartuch lekarski był o numer za duży dla wąskich opadających barków. Pomyślała o Christopherze, którego znała jako dziecko. Miał delikatne czarne kędziory i nosił prawdziwy garnitur, chociaż był zaledwie dwunastolatkiem. Przez jedno lato nawet się w nim podkochiwała.
Wypuścił powietrze z płuc przeciągle i drżąco. Helena zrobiła krok w jego stronę, lecz zmieniła zamiar. Dlaczego miałaby współczuć temu człowiekowi? Właściwie wiedziała dlaczego. Ponieważ jej serce niemal pękało ze szczęścia, choć przecież wcale o to nie zabiegała. Natomiast Christopher Brockhard, który codziennie o szczęście walczył, miał na zawsze pozostać samotny.
– Christopherze, muszę już iść.
– Tak, oczywiście. Rób to, co musisz, Heleno.
Wstała i ruszyła do drzwi.
– A ja będę robił to, co ja muszę – dodał.

30 BUDYNEK POLICJI, 24 LUTEGO 2000

Wright zaklął. Wypróbował już wszystkie guziki rzutnika, żeby wyostrzyć zdjęcie, ale na próżno.
— Myślę, że to raczej zdjęcie jest nieostre, Wright. To nie wina projektora.
— No dobrze. W każdym razie to jest Andreas Hochner — powiedział Wright, osłaniając oczy przed lampą rzutnika, by móc spojrzeć na zebranych. W pokoju nie było okien, więc kiedy zgaszono światło, zapadła grobowa ciemność. Z tego, co Wright słyszał, nie było tu także podsłuchu, bez względu na to, jakie to miało znaczenie.
Oprócz niego, Andreasa Wrighta, porucznika Wojskowych Służb Wywiadowczych, obecne były jeszcze trzy osoby: major Bård Ovesen z tej samej instytucji, Harry Hole, nowy facet z POT, i sam szef POT, Kurt Meirik. To ten Hole przefaksował mu nazwisko handlarza bronią z Johannesburga i codziennie dopominał się o informacje. Wprawdzie część osób z POT zdawała się uważać Wojskowe Służby Wywiadowcze za jednostkę podrzędną POT, lecz one najwyraźniej nie dość uważnie prześledziły instrukcję, w której czarno na białym napisano, że są to dwie równorzędne, współpracujące ze sobą instytucje. Wright natomiast to czytał. W końcu wyjaśnił więc temu nowemu facetowi, że sprawy, które nie mają priorytetu, muszą czekać. Pół godziny później zadzwonił sam Meirik i oświadczył, że to sprawa priorytetowa. Dlaczego nie mogli tego powiedzieć od razu?
Na nieostrym czarno-białym zdjęciu na ekranie, prawdopodobnie zrobionym przez szybę samochodu, widać było mężczyznę wychodzącego z restauracji. Miał szeroką, dość toporną twarz, ciemne oczy i duży rozpływający się nos. A pod nim gęste czarne długie wąsy.
— Andreas Hochner, urodzony w 1954 w Zimbabwe, z rodziców Niemców — odczytał Wright z przyniesionego ze sobą wydruku. — Były najemny żołnierz w Kongo i Afryce Południowej, przemytem broni zajmuje się prawdopodobnie od połowy lat osiemdziesiątych. Kiedy miał dziewiętnaście lat, znalazł się wśród siedmiu oskarżonych o morderstwo czarnego chłopca w Kinszasie, lecz został uniewinniony z braku dowodów. Dwukrotnie żonaty i rozwiedziony. Jego pracodawca w Jo-

hannesburgu podejrzewany jest o kierowanie przemytem broni antyrakietowej do Syrii i zakupem broni chemicznej z Iraku. Podobno podczas wojny w Bośni sprzedawał specjalną broń Karadziciowi i trenował snajperów podczas oblężenia Sarajewa. Te ostatnie informacje nie są potwierdzone.

– Pomiń szczegóły, proszę. – Meirik zerknął na zegarek. Trochę się późnił, ale miał miły napis na spodzie: „Od Głównego Dowództwa Armii".

– No dobrze – Wright przerzucił papiery. – Tak. Andreas Hochner jest jedną z czterech osób, które aresztowano w grudniu podczas nalotu na mieszkanie pewnego handlarza bronią w Johannesburgu. Przy tej okazji znaleziono zakodowaną listę zamówień. Jedna pozycja, karabin marki Märklin, przeznaczona była do Oslo. Obok data: 21 grudnia. To wszystko.

Zapadła cisza, słychać było tylko szum projektora. W ciemności ktoś chrząknął, chyba Bård Ovesen. Wright znów przesłonił oczy.

– Skąd wiemy, że właśnie Hochner jest kluczową postacią w tej sprawie? – spytał Ovesen.

W mroku rozległ się głos Harry'ego Hole.

– Rozmawiałem z inspektorem policji Esaiasem Burne z Hillbrow w Johannesburgu. Powiedział mi, że po aresztowaniach przeszukano mieszkania osób zamieszanych w sprawę i u Hochnera znaleziono interesujący paszport. Z jego własnym zdjęciem, lecz zupełnie innym nazwiskiem.

– Przemytnik broni posługujący się fałszywym paszportem to raczej nie jest szczególna sensacja – stwierdził Ovesen.

– Bardziej chodzi mi o stemple, które w nim znaleźli. Oslo, Norwegia, 10 grudnia.

– A więc był w Oslo – powiedział Meirik. – Na liście klientów firmy jest Norweg, znaleźliśmy też łuski od tego superkarabinu. Możemy chyba przyjąć, że Andreas Hochner był w Norwegii i dobił targu. Ale kim jest ten Norweg na liście?

– Nie jest to niestety lista klientów domu wysyłkowego, zawierająca pełne nazwiska i adresy – odparł Harry. – Klient z Oslo został wpisany jako Uriasz, z pewnością jakiś pseudonim. A według Burne'a z Johannesburga Hochner nie jest zainteresowany powiedzeniem czegokolwiek.

– Sądziłem, że policja w Johannesburgu stosuje skuteczne metody przesłuchań – odezwał się Ovesen.
– Możliwe, ale Hochner prawdopodobnie więcej ryzykuje mówiąc, niż trzymając gębę na kłódkę. Ta lista klientów jest długa...
– Słyszałem, że w Afryce Południowej używają prądu – powiedział Wright. – Podeszwy stóp, sutki i... no wiecie. Cholerny ból. À propos, czy ktoś mógłby zapalić światło?

Harry ciągnął:
– W sprawie dotyczącej zakupu broni chemicznej od Saddama krótki wypad ze strzelbą do Oslo ma raczej niewielkie znaczenie. Podejrzewam niestety, że Południowoafrykańczycy oszczędzają prąd na ważniejsze pytania, jeśli wolno mi tak powiedzieć. W dodatku nie ma żadnej pewności, czy Hochner wie, kim jest Uriasz. A dopóki nie wiemy, kim on jest, musimy zadać sobie kolejne pytanie: co on planuje? Zamach? Atak terrorystyczny?
– Albo rabunek – podsunął Meirik.
– Używając märklina? – skrzywił się Ovesen. – To jak strzelanie z armat do wróbli.
– Może chodzi o przejęcie partii narkotyków? – wysilił się Wright.
– No cóż. Aby zabić najlepiej w Szwecji chronioną osobę, wystarczył jeden pistolet. Mordercy Palmego nigdy nie złapano, więc po co komuś karabin za ponad pół miliona koron, żeby zastrzelić kogoś u nas?
– Co o tym myślisz, Harry?
– Może to wcale nie Norweg jest celem, tylko ktoś z zewnątrz? Ktoś, kto bezustannie jest celem zamachów, lecz w ojczyźnie jest zbyt mocno chroniony, aby zamach mógł dojść do skutku? Może to ktoś, kogo, jak sądzą, łatwiej zamordować w niedużym spokojnym kraju, którego służby bezpieczeństwa oceniają podobnie?
– Ale o kogo może chodzić? – spytał Ovesen. – Akurat teraz w Norwegii nie przebywa żadna osoba tak narażona na ewentualną próbę zamachu.
– I nikt taki na razie się tu nie wybiera – dodał Meirik.
– Może to plan na dalszą przyszłość – stwierdził Harry.
– Ale broń pojawiła się przecież przeszło miesiąc temu – przypomniał Ovesen. – To niedorzeczne, by cudzoziemscy terroryści przyjeżdżali do Norwegii ponad miesiąc przed realizacją operacji.

– Może to nie cudzoziemiec, tylko Norweg.

– W Norwegii nie ma nikogo, kto mógłby wykonać zlecenie, o jakim mówisz – oświadczył Wright, po omacku szukając wyłącznika światła na ścianie.

– No właśnie – powiedział Harry. – W tym cała rzecz.

– Rzecz?

– Wyobraźcie sobie znanego terrorystę, obcokrajowca, który chce pozbawić życia swojego rodaka. Służby bezpieczeństwa w kraju, w którym mieszka, kontrolują każdy jego najdrobniejszy krok, więc on, zamiast ryzykować przekraczanie granicy, nawiązuje kontakt z odpowiednim środowiskiem w Norwegii, którym mogą powodować te same motywy. Fakt, że zwraca się do amatorów, stanowi w zasadzie zaletę, ponieważ terrorysta wie, że służby bezpieczeństwa nie będą się nimi interesować.

– Te łuski mogą wskazywać, że rzeczywiście chodzi o amatorów – przyznał Meirik.

– Terrorysta i amator uzgadniają, że terrorysta sfinansuje zakup drogiej broni, i w tym momencie ucina się wszelki związek, nie ma żadnej nici, która by do niego prowadziła. Tym samym uruchomił proces, ze swojej strony nie podejmując żadnego ryzyka oprócz finansowego.

– A jeśli ten amator nie będzie w stanie wykonać zadania? – spytał Ovesen. – Albo sprzeda broń i ucieknie z pieniędzmi? Co wtedy?

– Oczywiście takie niebezpieczeństwo do pewnego stopnia istnieje, ale musimy przyjąć, że zleceniodawca ocenia amatora jako człowieka o bardzo silnej motywacji. Być może działającego również z pobudek osobistych, przez co gotów będzie zaryzykować własne życie, byle tylko wykonać zadanie.

– Zabawna hipoteza – stwierdził Ovesen. – Jak zamierzasz ją przetestować?

– To niemożliwe. Mówię o człowieku, o którym kompletnie nic nie wiemy, nie mamy pojęcia, co myśli, i nie wiadomo, czy będzie działał racjonalnie.

– Przyjemna sprawa – mruknął Meirik. – Czy są jakieś inne teorie dotyczące sposobu, w jaki ta broń mogła znaleźć się w Norwegii?

– Całe mnóstwo – odparł Harry. – Ale ta jest najgorsza.

– Tak, tak – westchnął Meirik. – Nasza praca polega na ściganiu duchów, więc trzeba spróbować, czy nie uda nam się pogadać z tym Hochnerem. Zadzwonię w parę miejsc. Do... Oj!

To Wright znalazł wreszcie wyłącznik i pomieszczenie zalało ostre białe światło.

31 LETNIA REZYDENCJA RODZINY LANG, WIEDEŃ, 25 CZERWCA 1944

Helena stała w sypialni i przeglądała się w lustrze. Najchętniej otworzyłaby okno, żeby usłyszeć na żwirze odgłos kroków zbliżających się do domu, ale matka bardzo dbała o zaciemnienie. Popatrzyła na zdjęcie ojca na toaletce przed lustrem. Zawsze ją dziwiło, że na tym zdjęciu wygląda tak młodo i niewinnie.

Spięła włosy prostą spinką, jak zawsze. Czy powinna uczesać się inaczej? Beatrice zwęziła czerwoną muślinową sukienkę matki tak, by pasowała na szczupłą wysoką figurę Heleny. W tej sukience matka poznała ojca. Ta myśl była taka dziwna, daleka i w pewnym sensie trochę smutna. Może dlatego, że gdy matka opowiadała jej o tamtych czasach, to jakby mówiła o dwojgu innych ludziach, o pięknych radosnych ludziach, którym wydawało się, że wiedzą, dokąd zmierzają.

Helena zdjęła spinkę i potrząsnęła głową. Brązowe włosy opadły na twarz. Zadzwonił dzwonek do drzwi. Usłyszała w holu kroki Beatrice. Położyła się na łóżku i poczuła łaskotanie w brzuchu. Nic nie mogła na to poradzić. Czuła się, jakby miała czternaście lat i znów przeżywała wakacyjną miłość. Z dołu dobiegały stłumione odgłosy rozmowy. Ostry nosowy głos matki, pobrzękiwanie wieszaków, gdy Beatrice odwieszała jego płaszcz do szafy. Płaszcz! – pomyślała Helena. Włożył płaszcz, chociaż był to jeden z tych upalnych letnich wieczorów, które zwykle przychodziły dopiero w sierpniu.

Długo czekała, nim wreszcie usłyszała wołanie matki:
– Heleno!

Podniosła się z łóżka, spięła włosy spinką, popatrzyła na swoje dłonie i powtórzyła w myślach: Nie mam dużych dłoni, nie mam dużych

143

dłoni. Potem po raz ostatni przejrzała się w lustrze – wyglądała ślicznie. Odetchnęła głęboko i wyszła.

– Hele...

Wołanie matki gwałtownie się urwało, gdy Helena stanęła na górze schodów. Ostrożnie postawiła stopę na pierwszym stopniu, wysokie obcasy, w których zwykle biegała po schodach, wydały jej się nagle niestabilne i chwiejne.

– Twój gość przyszedł – oznajmiła matka.

T w ó j gość. W innych okolicznościach Helenę być może zirytowałby sposób, w jaki matka podkreśliła, że nie uważa tego cudzoziemskiego szeregowego żołnierza za gościa domu. Ale to był stan wyjątkowy i Helena miała ochotę wręcz ucałować matkę za to, że nie utrudnia jej wszystkiego jeszcze bardziej i przynajmniej przywitała go, zanim Helena zrobiła swoje *entrée*.

Popatrzyła na Beatrice. Stara gospodyni uśmiechała się, ale w oczach miała ten sam wyraz melancholii co matka. Helena przeniosła wzrok na niego. Oczy mu błyszczały, miała wrażenie, że bijące z nich ciepło pali ją w policzki. Musiała przesunąć spojrzenie na opaloną, świeżo ogoloną szyję, na kołnierzyk z dwiema literkami S na zielonym mundurze, który tak wygniótł się w pociągu, a teraz był świeżo wyprasowany. W ręku trzymał bukiet róż, które Beatrice już zaofiarowała się wstawić do wody, lecz on podziękował i poprosił, by z tym zaczekała, dopóki nie zobaczy ich Helena.

Zeszła niżej o jeszcze jeden stopień. Dłonią lekko opierała się o poręcz. Teraz było już łatwiej. Podniosła głowę i obrzuciła spojrzeniem całą trójkę. I nagle zrozumiała, że to w jakiś dziwny sposób jest najpiękniejszy moment jej życia. Zrozumiała bowiem, co widzą, i sama przejrzała się w ich spojrzeniach.

Matka widziała siebie, swoje własne stracone złudzenia i młodość, schodzące po schodach. Beatrice widziała dziewczynkę, którą wychowała jak własną córkę, a on widział kobietę, którą kochał tak mocno, że uczucia nie dało się ukryć skandynawską nieśmiałością i dobrymi manierami.

– Ślicznie wyglądasz – Beatrice wymówiła to samymi wargami, Helena odmrugnęła.

W końcu była na dole.

– A więc trafiłeś nawet po ciemku – uśmiechnęła się do Uriasza.
– Tak – odparł głośno i wyraźnie. W wykładanym kamiennymi płytami wysokim holu odpowiedź zabrzmiała jak w kościele.

Matka mówiła ostrym, nieco przenikliwym głosem, a Beatrice krążyła między jadalnią a kuchnią niczym życzliwy duch. Helena nie mogła oderwać oczu od naszyjnika z diamentami na szyi matki, jej najdroższego klejnotu, wyjmowanego tylko na szczególne okazje.

Matka zrobiła też wyjątek i uchyliła lekko drzwi do ogrodu. Pokrywa chmur zawisła tak nisko, że być może ta noc minie bez bombardowań. Przeciąg z uchylonych drzwi sprawiał, że płomienie świec migotały, a po portretach poważnych mężczyzn i kobiet noszących nazwisko Lang tańczyły cienie. Matka dokładnie wyjaśniała Uriaszowi, kto jest kim, co zdołał osiągnąć i w jakich rodzinach szukał małżonka. Uriasz przysłuchiwał się temu z uśmieszkiem, który Helena uznała za nieco sarkastyczny, lecz w półmroku trudno było coś stwierdzić z całą pewnością. Matka tłumaczyła, że uważa za swą powinność oszczędzanie elektryczności teraz, gdy trwa wojna. Oczywiście ani słowem nie wspomniała o nowej sytuacji finansowej, w jakiej znalazła się rodzina, i o tym, że z czteroosobowej służby została jedynie Beatrice.

Uriasz odłożył widelec i chrząknął. Matka uplasowała ich na południowym krańcu długiego stołu w jadalni. Młodzi siedzieli naprzeciwko siebie, a ona królowała przy krótszym boku.

– Naprawdę pyszne, pani Lang.

To była prosta kolacja. Nie na tyle prosta, by mogła zostać uznana za obraźliwą, lecz pod żadnym względem na tyle wystawna, by Uriasz poczuł się jak gość honorowy.

– Dzieło Beatrice – podchwyciła z zapałem Helena. – Przyrządza najlepsze w Austrii sznycle wiedeńskie. Jadłeś to już wcześniej?

– Chyba tylko raz. W ogóle nie można tego porównywać.

– *Schwein* – powiedziała matka. – To, co pan jadł, było na pewno przyrządzone z wieprzowiny, a pod tym dachem używa się wyłącznie cielęciny. No, od biedy indyka.

– Nie przypominam sobie w ogóle żadnego mięsa – uśmiechnął się Uriasz. – Zdaje się, że głównie było to jajko i tarta bułka.

Helena zaśmiała się cicho, ale matka skarciła ją wzrokiem.

Podczas kolacji rozmowa kilkakrotnie zamierała, ale po długich przerwach Uriasz odzywał się równie często jak matka czy Helena. Helena, jeszcze zanim go zaprosiła, postanowiła, że nie będzie się przejmować opinią matki. Uriasz był uprzejmy, ale pochodził z prostych chłopów, brakowało mu wyrafinowania i manier wynikających z wychowania w pańskich domach. Ale nie musiała się martwić. Wprost zdumiało ją, jak bez wysiłku i światowo potrafi się zachować.

– Po zakończeniu wojny planuje pan pewnie podjęcie jakiejś pracy? – spytała matka, podnosząc do ust ostatni kawałek ziemniaka.

Uriasz kiwnął głową, cierpliwie czekając, aż pani Lang przeżuje i przełknie wszystko, co ma w ustach, by móc zadać nieuniknione pytanie.

– A o jakiej pracy pan myślał, jeśli wolno zapytać?

– Listonosza. W każdym razie przed wybuchem wojny obiecano mi taką posadę.

– Roznoszenie listów? Ale czy w pańskim kraju ludzie nie mieszkają bardzo daleko od siebie?

– Aż tak źle nie jest. Osiedlamy się tam, gdzie to możliwe. Nad fiordami, w dolinach i w innych miejscach osłoniętych od wiatru i niepogody. Mamy też kilka miast i większych miejscowości.

– Doprawdy? To interesujące. Wolno mi spytać, czy ma pan jakiś majątek?

– Mamo! – Helena z niedowierzaniem patrzyła na matkę.

– Słucham, moja droga? – matka wytarła usta serwetką i dała znak Beatrice, że może zabrać talerze.

– Mówisz tak, jakbyś prowadziła przesłuchanie. – Ciemne brwi Heleny ułożyły się na białym czole w dwie literki V.

– Owszem – powiedziała matka, uśmiechając się promiennie do Uriasza i podnosząc w górę kieliszek. – Bo to jest przesłuchanie.

Uriasz też podniósł kieliszek i odwzajemnił uśmiech.

– Rozumiem, pani Lang. Helena jest pani jedyną córką. Ma pani pełne prawo, a nawet powiedziałbym, obowiązek ustalić, kim jest mężczyzna, którego wybrała.

Wąskie wargi pani Lang już układały się na kieliszku, lecz zamarły w pół ruchu.

– Nie mam majątku – powiedział Uriasz. – Ale mam chęć do pracy i sprawną głowę. Z całą pewnością zdołam utrzymać siebie, Helenę i jeszcze parę innych osób. Przyrzekam, że zaopiekuję się nią najlepiej, jak potrafię, pani Lang.

Helena poczuła, że zaraz wybuchnie śmiechem, a jednocześnie ogarnęło ją dziwne podniecenie.

– Wielki Boże! – wykrzyknęła matka, odstawiając kieliszek. – Czy nie posuwa się pan naprzód zbyt szybko, młody człowieku?

– Owszem. – Uriasz wypił spory łyk i długo patrzył na kieliszek. – Muszę powtórzyć, że to naprawdę wyśmienite wino.

Helena próbowała kopnąć go w kostkę, dębowy stół okazał się jednak zbyt szeroki.

– Ale nastał dziwny czas i tak go mało. – Uriasz odstawił kieliszek, lecz nie spuszczał z niego wzroku. Lekki cień uśmiechu, który wcześniej wydawała się dostrzegać Helena, zniknął. – W wieczory podobne do tego rozmawiałem z moimi kolegami żołnierzami, pani Lang, o wszystkim tym, co będziemy robić w przyszłości, o tym, jaka będzie nowa Norwegia, o wszystkich marzeniach, które urzeczywistnimy. O dużych i małych marzeniach. A kilka godzin później oni leżeli już martwi na polu bitwy i nie mieli przed sobą żadnej przyszłości. – Podniósł wzrok i popatrzył prosto na matkę Heleny. – Posuwam się szybko, ponieważ znalazłem kobietę, której pragnę i która pragnie mnie. Wokół nas szaleje wojna i wszystko, co pani opowiadam o moich planach na przyszłość, to mydlenie oczu. Być może została mi tylko godzina na przeżycie całego życia, pani Lang. I w pani wypadku również może być podobnie.

Helena posłała matce prędkie spojrzenie. Pani Lang siedziała jak skamieniała.

– Dostałem dzisiaj list z norweskiego Ministerstwa do spraw Policji. Mam się zameldować w szpitalu polowym w Szkole Sinsen w Oslo na badania. Wyjeżdżam za trzy dni. I zamierzam zabrać ze sobą pani córkę.

Helena wstrzymała oddech. W ciszy tykanie zegara wydawało się hukiem. Diamenty matki błyszczały, a pod cienką pomarszczoną skórą szyi widać było, jak mięśnie napinają się i rozluźniają. Nagły powiew z uchylonych drzwi do ogrodu przechylił płomienie świec, pomiędzy meblami na srebrnej tapecie przemknęły cienie. Jedynie cień Beatrice w drzwiach do kuchni znieruchomiał.

– *Strudel* – matka skinieniem dłoni dała znak Beatrice. – Wiedeńska specjalność.

– Chcę, aby pani wiedziała, że ogromnie się na to cieszę – powiedział Uriasz.

– Rzeczywiście ma pan ku temu powody. – Na ustach pani Lang pojawił się sardoniczny uśmiech. – Z jabłkami z naszego ogrodu.

32 JOHANNESBURG, 28 LUTEGO 2000

Posterunek policji Hillbrow położony był w centrum Johannesburga i z drutem kolczastym wieńczącym otaczający go mur i stalowymi kratami w okienkach tak małych, że przypominały raczej otwory strzelnicze, wyglądał jak twierdza.

– Dwóch mężczyzn, czarnych, zabitych dzisiejszej nocy tylko w tym okręgu policyjnym – powiedział sierżant Esaias Burne, prowadząc Harry'ego labiryntem korytarzy wśród pomalowanych na biało, łuszczących się murowanych ścian i zniszczonego linoleum. – Widziałeś ten wielki hotel, Carlton? Zamknięty. Biali już dawno ewakuowali się na przedmieścia, więc teraz możemy strzelać tylko do siebie.

Esaias podciągnął spodnie. Był czarny, wysoki, miał krzywe nogi i nadwagę nieco zbyt dużą, by można ją określić jako lekką. Na białej nylonowej koszuli pod pachami widać było ciemne plamy potu.

– Andreas Hochner na co dzień siedzi w więzieniu za miastem. Nazywamy je Sin City. Sprowadziliśmy go tu dzisiaj specjalnie na te przesłuchania.

– Będzie go przesłuchiwał ktoś jeszcze oprócz mnie? – spytał Harry.

– No, jesteśmy. – Esaias otworzył jedne z drzwi. Znaleźli się w pomieszczeniu, w którym dwaj mężczyźni stali ze skrzyżowanymi rękami i wpatrywali się w brązową szybę w ścianie.

– Lustro weneckie – szepnął Esaias. – On nas nie widzi. – Mężczyźni skinęli im głowami i ustąpili miejsca.

Za szybą widać było nieduże mroczne pomieszczenie, w którym na środku ustawiono stół i krzesło. Na stole stała popielniczka pełna niedopałków i mikrofon na statywie. Siedzący na krześle mężczyzna miał ciemne oczy i gęste czarne wąsy, zwisające poniżej kącików ust. Harry natychmiast rozpoznał w nim człowieka, którego widział na nieostrym zdjęciu Wrighta.

– Norweg? – mruknął jeden z tych dwóch, pokazując na Harry'ego. Esaias Burne kiwnął głową.

– Okej. – Mężczyzna zwracał się do Harry'ego, ale nawet na moment nie spuszczał oczu z więźnia. – Jest twój, Norwegu. Masz dwadzieścia minut.

– W telefaksie było...

– Pieprzyć ten telefaks, Norwegu. Wiesz, ile państw chce przesłuchać tego faceta, a najchętniej uzyskać zgodę na jego ekstradycję?

– Rzeczywiście nie wiem.

– Ciesz się, że w ogóle możesz z nim porozmawiać – powiedział mężczyzna.

– Dlaczego zgodził się na tę rozmowę?

– Skąd mamy to wiedzieć? Jego zapytaj.

Harry wchodząc do ciasnego, dusznego pokoju przesłuchań, usiłował oddychać przeponą. Na murowanej ścianie, na której pasma rudej płynnej rdzy malowały coś w rodzaju kraty, wisiał zegar. Wskazywał pół do dwunastej. Harry pomyślał o policjantach, śledzących go argusowymi oczami, może przez to tak strasznie pociły mu się ręce. Mężczyzna siedział skulony na krześle, oczy miał półprzymknięte.

– Andreas Hochner?

– Andreas Hochner? – powtórzył szeptem mężczyzna na krześle i podniósł wzrok z miną, jakby dostrzegł coś, co miałby ochotę rozdeptać. – Nie, on jest w domu i pieprzy twoją matkę.

Harry usiadł ostrożnie, wydawało mu się, że słyszy ryk śmiechu zza czarnego lustra.

– Jestem Harry Hole z policji norweskiej – powiedział cicho. – Zgodziłeś się z nami rozmawiać.

– Norwegia? – spytał Hochner z niedowierzaniem. Wychylił się i bacznie przyjrzał identyfikatorowi, który pokazał mu Harry. Potem uśmiechnął się trochę głupio.

– Przepraszam, Hole. Nie powiedzieli mi, że dzisiaj Norwegia, rozumiesz. Czekałem na was.

– Gdzie twój adwokat? – Harry położył na stole teczkę, otworzył ją, wyjął kartkę z pytaniami i notes.

– Zapomnij o tym facecie. Nie ufam mu. Czy ten mikrofon jest włączony?
– Nie wiem. Czy to ma jakieś znaczenie?
– Nie chcę, żeby czarnuchy słuchały. Interesuje mnie pewna transakcja. Z tobą. Z Norwegią.
Harry zerknął na kartkę. Zegar na ścianie nad głową Hochnera tykał. Upłynęły już trzy minuty. Coś mu podpowiadało, że nie jest wcale pewne, że będzie mógł wykorzystać do końca wyznaczony czas.
– Jaka transakcja?
– Ten mikrofon jest włączony? – syknął Hochner przez zęby.
– Jaka transakcja?
Hochner przewrócił oczami. Potem pochylił się nad stołem i szepnął szybko:
– W Afryce Południowej za to, co zrobiłem, grozi kara śmierci. Rozumiesz, do czego zmierzam?
– Być może. Mów dalej.
– Mógłbym opowiedzieć ci różne rzeczy o tym mężczyźnie z Oslo, jeśli zagwarantujesz mi, że twój rząd zwróci się do czarnuchów z prośbą o ułaskawienie. Za to, że wam pomogłem, prawda? Ta wasza pani premier była tutaj, obściskiwała się z Mandelą. A grube ryby z Afrykańskiego Kongresu Narodowego, które o wszystkim decydują, lubią Norwegię. Popieraliście ich. Bojkotowaliście nas, kiedy ci czarni komuniści chcieli, żeby nas bojkotowano. Oni was wysłuchają, pojmujesz?
– Dlaczego nie możesz ubić tego interesu, pomagając tutejszej policji?
– Cholera! – Pięć Hochnera uderzyła w stół z taką siłą, że popielniczka podskoczyła i posypał się grad niedopałków. – Czy ty nic nie rozumiesz, glino? Oni myślą, że zabijałem dzieci czarnuchów!
Uchwycił dłońmi krawędź stołu i patrzył na Harry'ego szeroko otwartymi oczyma. Potem nagle twarz jakby mu pękła, sklęsła jak przebita piłka. Schował ją w dłoniach.
– Oni chcą, żebym zawisł, no nie?
Z ust wyrwał mu się szloch. Harry bacznie go obserwował. Ciekawe, przez ile godzin przesłuchiwali go tamci dwaj, nie pozwalając na sen, zanim przyszedł. Oddychał głęboko. Potem pochylił się nad stołem, chwycił za mikrofon jedną ręką, drugą wyrwał przewód.
– *Deal*, Hochner. Mamy dziesięć sekund. Kim jest Uriasz?

Hochner spojrzał na niego między palcami.
— Co?
— Prędko, Hochner, zaraz tu będą!
— To stary facet, na pewno ma ponad siedemdziesiąt lat. Spotkałem się z nim tylko raz podczas dostawy.
— Jak wyglądał?
— Mówiłem już, stary.
— Rysopis!
— W płaszczu i w kapeluszu. Był środek nocy, w marnie oświetlonym porcie kontenerowym. Chyba miał niebieskie oczy, średniego wzrostu...
— O czym rozmawialiście, prędko!
— O niczym. Najpierw mówiliśmy po angielsku, ale potem przeszliśmy na niemiecki, kiedy zrozumiał, że znam niemiecki. Mówiłem, że moi rodzice pochodzą z Alzacji, powiedział, że tam był, w jakimś miejscu, które nazywa się Sennheim.
— Jakie było jego zadanie?
— Nie wiem. Ale to amator. Dużo gadał, a kiedy dostał karabin, powiedział, że trzyma broń w rękach po raz pierwszy od pięćdziesięciu lat. Mówił, że nienawidzi...

Drzwi do pokoju otwarto gwałtownym szarpnięciem.
— Czego nienawidzi? — zawołał Harry.

W tej samej chwili poczuł wielką dłoń zaciskającą się na obojczyku. Czyjś głos szepnął mu prosto do ucha:
— Co ty, u diabła, wyczyniasz?

Harry nie spuszczał wzroku z Hochnera, gdy ciągnęli go tyłem do drzwi. Oczy Hochnera zrobiły się szklane, jabłko Adama podskakiwało mu w górę i w dół. Harry widział, że porusza ustami, ale nie słyszał, co mówi. Drzwi zatrzasnęły mu się przed nosem.

Harry wciąż rozcierał kark, gdy Esaias wiózł go na lotnisko. Minęło dwadzieścia minut, nim Esaias w końcu się odezwał:
— Pracujemy nad tą sprawą od sześciu lat. Ta lista dostaw broni obejmuje ponad dwadzieścia krajów. Baliśmy się właśnie tego, co się zdarzyło dzisiaj. Że ktoś zaproponuje pomoc dyplomatyczną w zamian za informacje.

Harry wzruszył ramionami.
— I co z tego? Złapaliście go, zrobiliście swoją robotę, Esaias. Teraz już możecie odebrać medal. Umowy zawarte między Hochnerem a którymś z rządów to już nie wasza działka.
— Jesteś policjantem, Harry. I wiesz, jak to jest, kiedy przestępcy wychodzą wolni. Tacy, którzy zabijają bez mrugnięcia okiem. I wiesz, że znów do tego wrócą, gdy tylko wyjdą na ulicę.
Harry nie odpowiedział.
— Rozumiesz to, prawda? Świetnie, wobec tego ja mam propozycję. Wygląda na to, że ugrałeś z Hochnerem to, co chciałeś. To oznacza, że tylko od ciebie zależy, czy dotrzymasz swojej części obietnicy. Albo jej nie dotrzymasz. *Understand, izzit?*
— Ja tylko wykonuję swoją pracę, Esaias. I Hochner może mi się przydać później jako świadek. Przykro mi.
Esaias uderzył w kierownicę tak mocno, że Harry aż drgnął przestraszony.
— Coś ci opowiem, Harry. Przed wyborami w 1994, kiedy jeszcze mieliśmy rząd mniejszościowy, Hochner zastrzelił dwie dziewczynki, jedenastolatki, z wieży ciśnień przy boisku szkolnym w czarnym *township*, które nazywa się Alexandra. Przypuszczamy, że krył się za tym ktoś z partii apartheidowskiej, Afrikaner Volkswag. Szkoła budziła kontrowersje, bo chodziło do niej trzech białych uczniów. Użył kul Singapore, tego samego typu, jakiego używali w Bośni. Otwiera się po stu metrach i jak świder wwierca się we wszystko, co napotka. Obie zostały trafione w szyję i wyjątkowo nie miało znaczenia, że jak zwykle w czarnych *townships* karetka zjawiła się dopiero po godzinie.
Harry nic nie powiedział.
— Ale mylisz się, jeśli sądzisz, że szukamy zemsty. Zrozumieliśmy, że na zemście nie da się zbudować nowego społeczeństwa. To dlatego pierwszy czarny rząd większościowy powołał komisję, której celem jest ujawnienie aktów przemocy w czasach apartheidu. Nie chodziło o odwet, tylko o ujawnienie prawdy i wybaczenie. Dzięki temu zagoiło się wiele ran i wyszło na dobre całemu społeczeństwu. Ale jednocześnie przegrywamy walkę z przestępczością. Zwłaszcza tutaj, w Joeburgu, gdzie wszystko wymyka się spod kontroli. Jesteśmy młodym, bardzo wrażliwym narodem, Harry. I jeśli mamy zajść gdzieś dalej, musimy po-

kazać, że prawo i porządek coś znaczą, że chaos nie może stanowić wytłumaczenia dla przestępstw. Wszyscy pamiętają zabójstwa z dziewięćdziesiątego czwartego. Wszyscy teraz śledzą tę sprawę w gazetach. Dlatego to jest ważniejsze niż mój i twój osobisty terminarz.

Znów uderzył w kierownicę zaciśniętą pięścią.

– Nie chodzi o to, że robimy z siebie sędziów, decydujących o życiu i śmierci, lecz o przywracanie ludziom wiary w istnienie sprawiedliwości. A czasami po to, by im tę wiarę przywrócić, potrzebna jest kara śmierci.

Harry wystukał papierosa z paczki, uchylił okno i wyjrzał na żółte kopalniane hałdy, przerywające monotonny suchy krajobraz.

– Co ty na to, Harry?

– Musisz dodać gazu, żebym zdążył na samolot.

Tym razem Esaias uderzył tak mocno, że Harry zdziwił się, że trzon kierownicy to wytrzymał.

33 LAINZER TIERGARTEN, WIEDEŃ, 27 CZERWCA 1944

Helena siedziała sama na tylnym siedzeniu czarnego mercedesa, należącego do André Brockharda. Samochód sunął wolno między kasztanowcami strzegącymi alei po obu stronach. Zmierzali do stajni w Lainzer Tiergarten.

Patrzyła na zielone polany. Na suchej żwirowej drodze ciągnęła się za nimi smuga kurzu, a w samochodzie nawet przy otwartych oknach było nieznośnie gorąco.

Stado koni pasących się w cieniu pod bukowym lasem uniosło łby, gdy mijał je samochód.

Helena uwielbiała Lainzer Tiergarten. Przed wojną często spędzała niedziele na tym dużym leśnym obszarze, położonym w południowej części Lasu Wiedeńskiego na pikniku z rodzicami, wujami i ciotkami, albo na przejażdżce konnej z przyjaciółmi.

Była przygotowana na różne sytuacje, gdy rano w szpitalu przełożona poinformowała ją, że André Brockhard pragnie z nią rozmawiać i przed południem przyśle po nią samochód. Odkąd dostała referencje zarządu szpitala wraz z zezwoleniem na wyjazd, chodziła z głową w chmurach, dlatego przede wszystkim pomyślała, że skorzysta z okazji i podziękuje ojcu Christophera za pomoc, jakiej udzielił jej zarząd. Dopiero po chwili uświadomiła sobie, że André Brockhard raczej nie wzywa jej po to, by wysłuchać słów podziękowań.

Spokojnie, Heleno, myślała. Oni nie mogą nas teraz zatrzymać. Jutro rano już nas tu nie będzie.

Już wczoraj spakowała dwie walizki z ubraniami i swoimi ulubionymi drobiazgami. Na sam wierzch włożyła krucyfiks, który wisiał nad łóżkiem. Pozytywka, prezent od ojca, wciąż stała na toaletce. Wcześniej sądziła, że z pewnymi rzeczami nigdy się dobrowolnie nie rozstanie, tymczasem teraz w dziwny sposób straciły znaczenie. Beatrice pomagała jej, rozmawiały o dawnych czasach, nasłuchując kroków matki, nerwowo przemierzającej pokoje na dole. To będzie ciężkie, trudne pożegnanie. Teraz jednak Helena z radością myślała wyłącznie o nadchodzącym wieczorze. Uriasz oświadczył bowiem, że to wstyd, by przed wyjazdem nie zobaczył Wiednia, i zaprosił ją na kolację. Dokąd, nie wiedziała. Mrugnął tylko tajemniczo i spytał, czy jej zdaniem będą mogli pożyczyć samochód od leśniczego.

– Jesteśmy na miejscu, *Fräulein* Lang – powiedział szofer, wskazując na fontannę, przy której kończyła się aleja. Ponad wodą na szczycie kuli ze steatytu balansował na jednej nodze złocony amorek, za nim widać było dwór z szarego kamienia. Po obu jego stronach stały dwa długie niskie, pomalowane na czerwono drewniane budynki, które wraz z prostym kamiennym domkiem tworzyły wewnętrzny dziedziniec na tyłach dworu.

Szofer zatrzymał samochód, wysiadł i otworzył Helenie drzwi.

André Brockhard stał w drzwiach dworu. Teraz ruszył w ich stronę. Błyszczące buty do konnej jazdy aż lśniły w słońcu. Miał około pięćdziesięciu pięciu lat, ale kroczył raźno jak młody człowiek. W upale rozpiął czerwony wełniany kubrak ze świadomością, że jego atletyczne ciało lepiej się będzie prezentować w taki sposób. Spodnie do konnej jazdy opinały umięśnione uda. Brockhard senior w niczym nie przypominał syna, doprawdy trudno o mniejsze podobieństwo.

– Helena! – W jego głosie zabrzmiała serdeczność i ciepło, charakterystyczne dla mężczyzn, których pozycja pozwala na decydowanie o tym, w którym momencie dana sytuacja ma być serdeczna i ciepła. Helena nie widziała go od dawna, ale wydawało jej się, że wcale się nie zmienił. Siwowłosy, wysoki, z niebieskimi oczyma, które spoglądały na nią znad dużego arystokratycznego nosa. Usta w kształcie serca wskazywały co prawda, że ten człowiek być może posiada również bardziej miękką stronę, lecz większość ludzi, którzy go znali, nie miała jeszcze okazji jej doświadczyć.

– Jak się miewa twoja matka? Mam nadzieję, że nie było z mojej strony zbytnią bezczelnością odrywać cię od pracy w taki sposób? – powiedział, witając ją krótkim suchym uściskiem dłoni. Ciągnął, nie czekając na odpowiedź: – Muszę z tobą porozmawiać i doszedłem do wniosku, że to nie może czekać. – Wskazał ręką na zabudowania. – Byłaś tu już wcześniej?

– Nie – odparła Helena, mrużąc oczy w uśmiechu.

– Naprawdę? Sądziłem, że Christopher przyprowadzał cię tutaj, przecież kiedyś byliście nierozłączni.

– Chyba trochę źle pan pamięta, panie Brockhard. Rzeczywiście znaliśmy się, ale...

– Naprawdę? W takim razie muszę cię oprowadzić. Chodźmy do stajni.

Położył jej rękę na krzyżu i lekko skierował w stronę drewnianych budynków.

Żwir zachrzęścił pod stopami.

– Przykre jest to, co spotkało twego ojca, Heleno. Naprawdę przykre. Żałuję, że nie mogę zrobić nic dla ciebie i dla twojej matki.

Mógł pan zaprosić nas na przyjęcie świąteczne zimą, jak miał pan kiedyś w zwyczaju, pomyślała Helena, ale nic nie powiedziała. Poza tym tylko się z tego cieszyła, bo nie musiała wysłuchiwać marudzenia matki, nakłaniającej ją do pójścia do Brockhardów.

– Janjic! – Brockhard zawołał do czarnowłosego chłopaka, który pod ścianą na słońcu czyścił siodło. – Przyprowadź Wenecję.

Chłopiec wszedł do stajni, a Brockhard, czekając, lekko uderzał się szpicrutą w kolano, kołysząc się jednocześnie na piętach. Helena zerknęła na zegarek.

– Obawiam się, że nie mogę zostać tak długo, panie Brockhard. Mój dyżur...

– Oczywiście, rozumiem. Przejdźmy wobec tego do rzeczy.
Ze stajni dobiegło gniewne parskanie i odgłos kopyt uderzających o deski.
– Otóż sprawa wygląda następująco: ja i twój ojciec prowadziliśmy razem pewne interesy. Oczywiście przed tym smutnym bankructwem.
– Wiem o tym.
– Wiesz również, że twój ojciec miał wielkie długi. Pośrednio doprowadziły do tego, co się stało. Mam na myśli to nieszczęsne... – szukał właściwego słowa i w końcu je znalazł – „sympatyzowanie" z żydowskimi krwiopijcami, które dla niego okazało się tak niekorzystne.
– Ma pan na myśli Josepha Bernsteina?
– Nie pamiętam nazwisk tych ludzi.
– A powinien pan, bywali przecież na pańskich przyjęciach świątecznych.
– Joseph Bernstein? – André Brockhard roześmiał się, ale oczy patrzyły twardo. – To musiało być wiele lat temu.
– W Boże Narodzenie 1938, przed wojną.
Brockhard pokiwał głową i ze zniecierpliwieniem popatrzył na drzwi do stajni.
– Masz doskonałą pamięć, Heleno. Świetnie się składa. Christopher będzie potrzebował mądrej głowy, ponieważ sam od czasu do czasu ją traci. Poza tym to dobry chłopak, przekonasz się o tym.
Helena poczuła, że serce zaczyna jej mocniej bić. Czyżby mimo wszystko coś było nie tak? Brockhard senior rozmawiał z nią jak z przyszłą synową. Czuła jednak, że zamiast strachu zaczyna ogarniać ją gniew. Zamierzała mówić przyjaznym tonem, lecz gdy się odezwała, gniew ścisnął jej gardło, sprawiając, że głos zabrzmiał twardo, metalicznie.
– Mam nadzieję, że nie zaszło żadne nieporozumienie, panie Brockhard?
Brockhard zauważył zmianę tonu, a w każdym razie i w jego głosie pozostało niewiele tego ciepła, którym ją powitał.
– Wobec tego musimy to nieporozumienie wyjaśnić. Chciałbym, abyś na to spojrzała. – Z wewnętrznej kieszonki czerwonego kubraka wyciągnął jakiś papier, rozłożył go i podał Helenie.
Bürgschaft, głosił napis na samej górze dokumentu, przypominającego kontrakt. Gwarancja. Helena przebiegła spojrzeniem gęste pismo.

Niewiele zrozumiała, oprócz tego, że wymieniono w nim dom w Lesie Wiedeńskim oraz że pod dokumentem widniały podpisy ojca i André Brockharda. Popatrzyła na niego pytająco.
– To wygląda na zastaw – stwierdziła.
– Bo to jest zastaw – pokiwał głową. – Gdy twój ojciec zrozumiał, że kredyty zaciągnięte przez Żydów, a tym samym również jego własne, zostaną cofnięte, zwrócił się do mnie z prośbą o poręczenie większej pożyczki refinansującej, którą zamierzał zaciągnąć w Niemczech. Wykazałem się, niestety, na tyle miękkim sercem, że się na to zgodziłem. Twój ojciec był dumnym człowiekiem i aby poręczenie nie wyglądało na czystą jałmużnę, uparł się, by letni dom, w którym ty i twoja matka teraz mieszkacie, stanowił dla mnie zabezpieczenie.
– Dlaczego zabezpieczenie poręczenia, a nie samej pożyczki?
Brockhard spojrzał na nią zaskoczony.
– Dobre pytanie. No cóż, dom nie wystarczał na zabezpieczenie pożyczki, jakiej potrzebował twój ojciec.
– Ale podpis André Brockharda wystarczył?
Uśmiechnął się i przetarł ręką byczy kark, który w upale pokrył się potem.
– Posiadam to i owo w Wiedniu.
Wielkie niedomówienie. Powszechnie wiedziano, że André Brockhard jest właścicielem dużych pakietów akcji w dwóch największych austriackich spółkach przemysłowych. Po anszlusie Austrii – „okupacji" Hitlera w roku 1938 – spółki przestawiły się z produkcji narzędzi i maszyn na produkcję broni dla państw Osi i Brockhard stał się multimilionerem. Teraz Helena dowiedziała się, że jest również właścicielem domu, w którym mieszkały. Poczuła, jak w brzuchu rośnie jej twardy kamień.
– Ależ nie rób takiej zmartwionej miny, Heleno! – wykrzyknął Brockhard i w jego głosie na powrót zadźwięczała życzliwość. – Rozumiesz chyba, że nie zamierzam odebrać domu twojej matce.
Ale ściskanie w żołądku stawało się coraz dotkliwsze. Również dobrze mógł dodać: ani mojej przyszłej synowej.
– Wenecja! – wykrzyknął nagle.
Helena odwróciła się do drzwi stajni i zobaczyła, że chłopak stajenny wyprowadza z cienia lśniącego białego konia. Chociaż przez głowę przebiegało jej jednocześnie tysiąc myśli, widok ten na moment kazał jej

o wszystkim zapomnieć. To był najpiękniejszy koń, jakiego kiedykolwiek widziała. Niesamowite stworzenie.

– Lipicaner – oznajmił Brockhard. – Najlepsza do tresury rasa koni na świecie, sprowadzona z Hiszpanii w 1562 przez Maksymiliana Drugiego. Oczywiście oglądałaś z matką pokaz tresury przygotowany przez Die Spanische Reitschule, prawda?

– Tak, oczywiście.

– Jakby się oglądało balet, czyż nie?

Helena kiwnęła głową. Nie mogła oderwać oczu od wierzchowca.

– Do końca sierpnia mają przerwę wakacyjną, tu w Lainzer Tiergarten. Niestety, nikomu oprócz jeźdźców z Hiszpańskiej Szkoły Jeździeckiej nie wolno ich dosiadać. Niedoświadczeni jeźdźcy mogliby wpoić im brzydkie zwyczaje. Całe lata starannej tresury poszłyby na marne.

Koń był osiodłany. Brockhard ujął za uzdę, stajenny się odsunął. Zwierzę stało nieruchomo.

– Niektórzy twierdzą, że uczenie konia kroków tanecznych to okrucieństwo, że dręczy się zwierzę, zmuszając je do zachowania wbrew jego naturze. Ci, którzy tak mówią, nie widzieli zwierząt podczas treningu. A ja widziałem. I uwierz mi, konie to kochają. A wiesz, dlaczego? – Pogłaskał konia po pysku. – Bo taki jest porządek natury. Bóg w swej mądrości urządził wszystko tak, że poddańcze istoty są najszczęśliwsze wtedy, gdy mogą słuchać i służyć swojemu panu. Wystarczy przyjrzeć się dzieciom i dorosłym, mężczyznom i kobietom. Nawet w tak zwanych krajach demokratycznych słabi dobrowolnie oddają władzę elicie, silniejszej i mądrzejszej od nich. Tak po prostu jest. A ponieważ wszystkich nas stworzył Bóg, obowiązkiem wszystkich istot stojących wyżej jest zapanowanie nad wszystkimi istotami niższymi.

– Aby je uszczęśliwić?

– Właśnie, Heleno. Wiele rozumiesz, jak na tak... młodą kobietę.

Helena nie potrafiła stwierdzić, na które słowo położył większy nacisk.

– I wielcy, i mali powinni zrozumieć, gdzie jest ich miejsce. Ktoś, kto się przeciwko temu burzy, zazna najwyżej chwilowego szczęścia. – Pogłaskał konia po szyi, popatrzył w duże brązowe oczy Wenecji. – Ty chyba się przeciwko temu nie burzysz?

Helena zrozumiała, że zwracał się teraz do niej, i zamknęła oczy, próbując oddychać głęboko i spokojnie. Zdawała sobie sprawę, że to, co teraz powie, lub czego nie powie, może się okazać decydujące dla jej życia. Nie może pozwolić, by decydował o tym chwilowy gniew.

– Prawda, Heleno?

Nagle Wenecja parsknęła, szarpnęła łbem w bok, a Brockhard poślizgnął się na żwirze, stracił równowagę i zawisł uczepiony na uździe pod łbem zwierzęcia. Stajenny poderwał się natychmiast, lecz nim zdążył do nich dobiec, Brockhard, czerwony i spocony, stanął na nogi i ruchem dłoni odprawił go ze złością. Helena nie zdołała powstrzymać uśmiechu i być może Brockhard to zauważył. W każdym razie zamierzył się na konia szpicrutą, zdołał się jednak opanować i opuścił rękę. Ustami w kształcie serca rzucił parę brzydkich słów, co jeszcze bardziej rozbawiło Helenę. Potem podszedł do niej i znów lekkim, lecz władczym ruchem położył jej dłoń na krzyżu.

– Dość już widzieliśmy. Czeka na ciebie ważna praca, Heleno. Pozwól, że odprowadzę cię do auta.

Stanęli przy schodach. Szofer już podjeżdżał samochodem.

– Mam nadzieję i liczę na to, że wkrótce znów cię zobaczymy – powiedział Brockhard, ujmując ją za rękę. – Żona prosiła też o przekazanie najserdeczniejszych pozdrowień dla twojej matki. Przypuszczam, że pragnie zaprosić was na obiad w którąś z najbliższych niedziel. Nie pamiętam kiedy, ale z pewnością się do was odezwie.

Helena zaczekała, aż szofer wysiądzie z samochodu i otworzy przed nią drzwiczki. Dopiero wtedy spytała:

– Wie pan, dlaczego tresowany koń o mało pana nie przewrócił, panie Brockhard?

Popatrzyła na niego. Widziała, jak jego spojrzenie dosłownie lodowacieje.

– Ponieważ spoglądał mu pan prosto w oczy, panie Brockhard. Dla koni kontakt wzrokowy jest wyzwaniem. Odczytują to jako brak szacunku dla nich i ich pozycji w stadzie. Koń, który nie może odwrócić wzroku, musi zareagować inaczej, na przykład się zbuntować. Bez należytego szacunku nic pan nie osiągnie w tresurze, a pańska pozycja nie będzie miała tu znaczenia. Powie to panu każdy treser. Dla kilku gatunków brak szacunku jest nie do zniesienia. W wysokich górach w Argen-

159

tynie żyją dzikie konie, które rzucają się w przepaść, gdy człowiek próbuje je ujeździć. Do widzenia, panie Brockhard.

Zajęła miejsce na tylnym siedzeniu mercedesa i odetchnęła drżąco, gdy drzwiczki miękko się za nią zatrzasnęły. Gdy wjechali w kasztanową aleję Lainzer Tiergarten, zamknęła oczy. Wciąż miała w nich obraz skamieniałej postaci André Brockharda, znikającej w chmurze kurzu.

34 WIEDEŃ, 27 CZERWCA 1944

– Dobry wieczór, *meine Herrschaften*.

Nieduży chudy *maître d'hôtel* ukłonił się nisko, a Helena uszczypnęła Uriasza w ramię, bo nie mogła powstrzymać się od śmiechu. Przez całą drogę ze szpitala śmiali się z wywołanego przez nich zamieszania. Gdy okazało się, jak marnym kierowcą jest Uriasz, Helena żądała, by zatrzymywał samochód za każdym razem, kiedy na wąskiej drodze prowadzącej do Hauptstrasse napotykali auta jadące z przeciwnej strony. Zamiast tego jednak Uriasz z całej siły naciskał na klakson, a w rezultacie nadjeżdżające z przeciwka samochody zjeżdżały na bok lub całkiem stawały. Na szczęście po Wiedniu jeździło teraz niewiele aut, udało im się więc cało i zdrowo dotrzeć do Weihburggasse w centrum przed pół do ósmej.

Maître d'hôtel przyjrzał się mundurowi Uriasza, nim z głęboką zmarszczką na czole zajrzał do księgi rezerwacji. Helena zerkała mu przez ramię. Przez gwar rozmów i śmiechów pod kryształowymi żyrandolami zwisającymi z łukowatych złoconych sufitów podtrzymywanych przez białe korynckie kolumny ledwie się przedzierały dźwięki orkiestry.

A więc tak wygląda w Drei Husaren, pomyślała z radością. Miała wrażenie, że trzy stopnie schodów w magiczny sposób przeniosły ich z naznaczonego wojną miasta do świata, w którym bomby i podobne głupstwa mają podrzędne znaczenie. Podobno stałymi bywalcami tej restauracji byli Richard Strauss i Arnold Schünberg. Tu bowiem spotykali się bogaci, kulturalni i nowocześni wiedeńczycy. Tak nowocześni, że jej ojcu nigdy nie przyszło do głowy zabranie do niej rodziny.

Maître d'hôtel chrząknął. Helena zrozumiała, że dystynkcje kaprala na mundurze Uriasza niezbyt mu zaimponowały. Zdziwiło go też być może dziwne cudzoziemskie nazwisko.

– Stolik dla państwa już czeka. Proszę za mną – powiedział, po drodze schwycił dwie karty dań, posłał im płaski uśmiech i ruszył przodem. W restauracji było pełno.

– Proszę.

Uriasz popatrzył na Helenę z nieco zrezygnowanym uśmiechem. Wskazano im nienakryty stolik przy drzwiach do kuchni.

– Państwa kelner zjawi się za chwilę – oświadczył *maître d'hôtel* i zniknął.

Helena rozejrzała się i wybuchnęła śmiechem.

– Spójrz! To tamten stolik pierwotnie przeznaczono dla nas.

Uriasz odwrócił się. I rzeczywiście, przy podium dla orkiestry kelner właśnie zbierał nakrycia z wolnego stolika dla dwojga.

– Przepraszam – powiedział Uriasz. – Gdy tu telefonowałem, chyba wyrwało mi się „major" przed nazwiskiem. Byłem pewien, że twoja uroda zrekompensuje brak oficerskiego stopnia.

Helena ujęła go za rękę, a orkiestra w tej samej chwili zagrała żywego czardasza.

– Chyba grają dla nas – stwierdził Uriasz.

– Może i tak. – Helena spuściła wzrok. – A nawet jeśli nie, to i tak nic nie szkodzi. To cygańska muzyka. Ładnie brzmi, kiedy grają ją Cyganie. Widzisz tu gdzieś jakichś Cyganów?

Uriasz pokręcił głową, nie odrywając wzroku od jej twarzy, jak gdyby za wszelką cenę pragnął zapamiętać każdy jej rys, każdą fałdkę skóry, każdy kosmyk włosów.

– Wszyscy zniknęli – ciągnęła Helena. – Żydzi także. Myślisz, że te plotki są prawdziwe?

– Jakie plotki?

– O obozach koncentracyjnych.

Wzruszył ramionami.

– Podczas wojny krążą różne plotki. Jeśli o mnie chodzi, to w niewoli u Hitlera czułbym się dość bezpiecznie.

Orkiestra zaczęła śpiewać na trzy głosy jakąś piosenkę w obcym języku. Zawtórowało jej kilku gości.

– Co to jest? – zainteresował się Uriasz.
– *Verbunkos* – odparła Helena. – Taka żołnierska piosenka, coś w rodzaju tej, którą śpiewałeś w pociągu. Zachęcała młodych Węgrów do udziału w powstaniu Rakoczego. Z czego się śmiejesz?
– Ze wszystkich tych dziwnych rzeczy, które wiesz. Rozumiesz też, o czym śpiewają?
– Trochę. Już się nie śmiej. – Sama zachichotała. – Beatrice jest Węgierką, dawniej mi śpiewała i nauczyłam się paru słów. To piosenka o zapomnianych bohaterach, o dawnych ideałach.
– O zapomnianych bohaterach – uścisnął jej rękę. – Ta wojna też kiedyś odejdzie w zapomnienie.
Kelner niepostrzeżenie zjawił się przy stoliku i dyskretnie chrząknął, sygnalizując swoją obecność.
– Czy *meine Herrschaften* są gotowi złożyć zamówienie?
– Chyba tak – powiedział Uriasz. – Co pan dziś poleca?
– *Hähnchen*.
– Kogutki? Przyjemnie brzmi. Czy pomoże pan nam wybrać dobre wino? Co o tym sądzisz, Heleno?
Helena przebiegała wzrokiem menu.
– Dlaczego tu nie ma żadnych cen?
– Wojna, *Fräulein*. Ceny zmieniają się z dnia na dzień.
– A ile kosztują te kogutki?
– Pięćdziesiąt szylingów.
Helena kątem oka zauważyła, że Uriasz blednie.
– Poprosimy o zupę gulaszową – oświadczyła. – Właściwie jesteśmy po obiedzie, a słyszałam, że doskonale przyrządzacie dania kuchni węgierskiej. Nie miałbyś ochoty jej spróbować, Uriaszu? Dwa obiady jednego dnia to niezdrowo.
– Ja... – zaczął Uriasz.
– I jakieś lekkie wino – dodała Helena.
– Dwa razy zupa gulaszowa i lekkie wino? – spytał kelner, unosząc brew.
– Na pewno pan rozumie, o co mi chodzi, panie kelnerze. – Helena wręczyła mu karty z promiennym uśmiechem.
Patrzyli sobie w oczy, dopóki kelner nie zniknął za drzwiami do kuchni, a potem wybuchnęli śmiechem.

– Jesteś szalona!
– Ja? To nie ja zapraszam na kolację do Drei Husaren, mając w kieszeni mniej niż pięćdziesiąt szylingów.
Uriasz wyjął z kieszeni chusteczkę i pochylił się nad stolikiem.
– Wie pani co, *Fräulein* Lang? – spytał, delikatnie ocierając łzy śmiechu z jej policzków. – Kocham panią. Naprawdę.
W tym momencie zawyła syrena alarmu bombowego.

Helena, wracając później myślą do tego wieczoru, zawsze musiała zadawać sobie pytanie, czy dobrze go zapamiętała. Czy bomby naprawdę spadały tak gęsto? Czy wszyscy naprawdę się odwrócili, gdy oni szli środkiem katedry Świętego Stefana? Lecz chociaż ich ostatnia wspólna noc w Wiedniu pozostała spowita welonem nierzeczywistości, nie przeszkadzało jej to, by w zimne dni ogrzewać serce wspomnieniami. Nie potrafiła powiedzieć, dlaczego wspomnienia tej krótkiej letniej nocy raz wywoływały u niej śmiech, a raz łzy.

Gdy rozległ się alarm, wszystkie inne dźwięki ucichły. Na sekundę cała restauracja zamarła, zastygła w nieruchomym obrazie. Potem pod złoconymi kopułami rozległy się pierwsze przekleństwa.
– *Hunde!*
– *Scheisse!* Dopiero ósma godzina!
Uriasz pokręcił głową.
– Anglicy najwyraźniej zwariowali – stwierdził. – Przecież jeszcze nie jest ciemno.
Nagle wszyscy kelnerzy zaczęli dwoić się i troić, a *maître d'hôtel* spieszył od stolika do stolika, wydając krótkie komendy.
– Spójrz – powiedziała Helena. – Niedługo z tej restauracji mogą zostać same ruiny, a oni myślą jedynie o tym, żeby goście zapłacili rachunki, zanim uciekną.
Na podium, gdzie orkiestra już pakowała swoje instrumenty, wskoczył mężczyzna w ciemnym garniturze.
– Proszę posłuchać! – zawołał. – Wszystkich, którzy już zapłacili, prosimy o natychmiastowe przejście do najbliższego schronu, na stację metra przy Weihburggasse 20. Proszę zachować ciszę i słuchać mnie. Po wyjściu z restauracji trzeba iść w prawo, dwieście metrów ulicą. Proszę wypatrywać ludzi z czerwonymi opaskami, oni wskażą

163

drogę. I proszę zachować spokój. Minie jakiś czas, zanim dotrą tu samoloty.

W tej samej chwili rozległ się huk pierwszych bomb. Mężczyzna na podium usiłował powiedzieć coś jeszcze, ale głosy i krzyki w restauracji zagłuszyły go, zrezygnował więc, przeżegnał się, zeskoczył z podium i zniknął.

Ludzie rzucili się do wyjścia, gdzie już było tłoczno. W szatni jakaś kobieta krzyczała: „*Mein Regenschirm*, mój parasol", lecz obsługi szatni nigdzie nie było widać. Kolejny huk, tym razem bliżej. Helena popatrzyła na opuszczony sąsiedni stolik, na którym podzwaniały o siebie dwa do połowy opróżnione kieliszki z winem. Wydawały wysoki ton na dwa głosy. Dwie młode kobiety usiłowały utorować sobie drogę do wyjścia i odepchnąć grubego jak mors, mocno pijanego mężczyznę. Koszula wysunęła mu się ze spodni, na ustach miał uśmiech szczęścia.

W ciągu dwóch minut restauracja całkiem opustoszała i zapadła w niej dziwna cisza. Tylko z szatni dobiegał cichy szloch, kobieta przestała domagać się zwrotu parasola i płakała z głową na ladzie. Na białych obrusach zostały rozpoczęte dania i pootwierane butelki. Uriasz wciąż trzymał Helenę za rękę. Od kolejnego huku zatrzęsły się kryształowe żyrandole, kobieta w szatni oprzytomniała i z krzykiem wybiegła na zewnątrz.

– Nareszcie sami – stwierdził Uriasz.

Ziemia pod nimi zadrżała, w powietrzu zaśnił delikatny kurz osypującego się złotego tynku. Uriasz wstał i wyciągnął rękę.

– Nasz najlepszy stolik właśnie się zwolnił, *Fräulein*. Pozwoli pani...

Helena ujęła go pod rękę, wstała i razem ruszyli w stronę podium. Prawie nie zwróciła uwagi na przenikliwy świst, huk następującej po nim eksplozji ogłuszył. Tynk ze ścian posypał się jak burza piaskowa, powypadały szyby w wielkich oknach wychodzących na Weihburggasse. Zgasło światło.

Uriasz zapalił świecę w kandelabrze na stole, przysunął Helenie krzesło. Ujął w dwa palce złożoną serwetkę, rozłożył ją w powietrzu i pozwolił, by miękko opadła jej na kolana.

– *Hähnchen und Prädikatswein*? – spytał, dyskretnie strzepując odłamki szkła ze stolika, z nakryć i z włosów Heleny.

Być może sprawiły to świece i złocisty pył unoszący się w powietrzu wśród otaczającej ich ciemności, może chłodny powiew z wybitych okien, dzięki któremu dało się oddychać w ten gorący panoński letni wieczór, a może tylko jej własne serce, krew szalejąca w żyłach z pragnieniem, by przeżyć tę godzinę jeszcze mocniej. Helena zapamiętała bowiem muzykę, a to przecież niemożliwe. Orkiestra spakowała się i uciekła. Czy ta muzyka to tylko sen?

Dopiero wiele lat później, gdy miała urodzić córkę, przypadkiem uświadomiła sobie, skąd się wzięło to wspomnienie muzyki. Nad świeżo kupioną kołyską ojciec jej dziecka zawiesił zabawkę z kolorowych szklanych kulek. Pewnego wieczoru Helena trąciła ją ręką i od razu rozpoznała tę muzykę. I zrozumiała, co to było. To kryształki żyrandoli w Drei Husaren dla nich grały, delikatnie podzwaniały w rytm skurczów ziemi.

Uriasz wymaszerował z kuchni, niosąc *Salzburger Nockerl* i trzy butelki wina Heuriger z piwniczki. Zastał tam też kucharza siedzącego w kącie z butelką, który nawet nie próbował go powstrzymywać. Przeciwnie, z uznaniem pokiwał głową, gdy Uriasz pokazał mu wybrane przez siebie wino.

Potem Uriasz wsunął pod kandelabr swoich czterdzieści szylingów i wyszli na ciepły czerwcowy wieczór. Na Weihburggasse było całkiem cicho, tylko powietrze zgęstniało od zapachu dymu, kurzu i ziemi.

– Przejdźmy się – zaproponował Uriasz.

Żadne z nich nie powiedziało ani słowa o tym, dokąd mają iść, lecz oboje skręcili w prawo, w Kärntner Strasse i nagle znaleźli się na ciemnym wyludnionym Stephansplatz.

– Dobry Boże – westchnął Uriasz. Olbrzymia katedra wypełniała całe nocne niebo. – To Katedra Świętego Stefana? – spytał.

– Tak. – Helena odchyliła głowę i powiodła wzrokiem wzdłuż Wieży Południowej, po zielonoczarnej iglicy ku niebu, na którym ukazały się pierwsze gwiazdy.

Zapamiętała, że potem stali we wnętrzu katedry wśród białych twarzy ludzi, którzy się tu schronili, słyszeli płacz dziecka i muzykę organów. Przeszli w stronę ołtarza, trzymając się za ręce. A może tylko im się to przyśniło? Czy on naprawdę nagle przytulił ją do siebie i szepnął, że musi należeć do niego, a ona odszepnęła mu: tak, tak, tak? Wnętrze kościoła porwało te słowa i wyrzuciło je w górę pod sklepienie, ku gołębiom i ukrzyżowanemu, tam pochwyciło je echo i powtarzało tak długo, aż stały się prawdą. Ale bez względu na to, czy dobrze zapamiętała, czy źle, słowa te i tak były bardziej prawdziwe aniżeli te, które nosiła w sobie od czasu rozmowy z André Brockhardem.

– Nie mogę jechać z tobą.

One też padły, ale kiedy?

Tego samego dnia po południu powiedziała matce, że nie wyjeżdża, lecz nie podała powodu. Matka próbowała ją pocieszać, lecz Helena nie mogła znieść dźwięku jej ostrego triumfalnego głosu i zamknęła się w swojej sypialni. Potem przyszedł Uriasz, zastukał do drzwi i Helena postanowiła o niczym więcej nie myśleć, nie wyobrażać sobie przyszłości, która jawiła się jako czarna otchłań. Może spostrzegł to w chwili, gdy otworzyła drzwi. Może już wtedy na progu zawarli milczącą umowę o tym, że w ciągu tych kilku godzin, pozostałych do odjazdu pociągu, przeżyją całe życie.

– Nie mogę jechać z tobą.

Nazwisko André Brockharda miało smak żółci na języku. Wypluła je wraz z całą resztą, z dokumentem gwarancyjnym, matką, której groziło wyrzucenie na bruk, ojcem, który nie miałby powrotu do przyzwoitego życia, Beatrice, która nie miała innej rodziny. Tak, wszystko to zostało powiedziane, ale kiedy? Czy oznajmiła mu o tym w katedrze? Czy później, gdy pobiegli ulicami do Filharmonikerstrasse, gdzie chodnik pokrywały cegły i odłamki szkła, a z okien starej cukierni buchały żółte płomienie, oświetlając drogę do urządzonej z przepychem, lecz pustej teraz i wyludnionej recepcji hotelu. Zapalili zapałkę, chwycili przypadkowy klucz z tablicy na ścianie i wbiegli po schodach, pokrytych dywanami tak grubymi, że całkowicie tłumiły ich kroki. Jak upiory snuli się korytarzami, szukając pokoju numer 342. A potem byli już w swoich ramionach, zrywali z siebie ubranie, jakby ich również dosięgły płomienie. Gdy jego oddech palił jej skórę, podrapała go do krwi, a potem do ran przyłożyła wargi. Powtarzała te słowa, dopóki nie nabrały mocy zaklęcia: nie mogę jechać z tobą.

Gdy znów rozległa się syrena, tym razem sygnalizująca, że nalot minął, leżeli w zakrwawionych prześcieradłach, a Helena nie przestawała płakać.

Później wszystko zlało się w jeden wir ciał, snu i marzeń. Nie wiedziała, kiedy się kochali naprawdę, a kiedy tylko jej się to śniło. W środ-

ku nocy obudził ją deszcz. Instynkt podpowiedział jej, że jest sama. Podeszła do okna i wpatrywała się w ulice, z których deszczowa woda spłukiwała popiół i ziemię. W dole płynął strumień, rozłożony bezpański parasol żeglował w stronę Dunaju. Wróciła do łóżka. A kiedy znów się zbudziła, na zewnątrz było jasno, ulice wyschły, a on leżał obok niej i wstrzymywał oddech. Popatrzyła na zegar na nocnym stoliku. Do odjazdu pociągu zostały dwie godziny. Pogłaskała go po czole.
– Dlaczego nie oddychasz? – spytała szeptem.
– Właśnie się obudziłem. Ty też nie oddychasz.
Przytuliła się do niego. Był nagi, ale ciepły i spocony.
– Pewnie umarliśmy.
– Pewnie tak – powiedział tylko.
– Nie było cię.
– Nie.
Poczuła, że zadrżał.
– Ale teraz już wróciłeś.

Część czwarta

CZYŚCIEC

35 BJØRVIKA, PORT KONTENEROWY, 29 LUTEGO 2000

Harry zaparkował obok baraku Moelven, na jedynej górce, jaką znalazł na płaściuteńkim terenie nabrzeża Bjørvika. Nagła odwilż roztopiła śnieg, świeciło słońce, krótko mówiąc, był cudowny dzień. Ruszył między kontenerami poustawianymi jeden na drugim jak gigantyczne klocki lego, w słońcu rzucającymi ostre cienie na asfalt. Litery i znaki informowały o podróżach z dalekich stron, z Tajwanu, Buenos Aires czy Kapsztadu. Stanął na skraju nabrzeża, zamknął oczy i wdychając mieszaninę zapachu słonej wody, rozgrzanej w słońcu smoły i ropy, próbował wyobrazić sobie te miejsca. Gdy uniósł powieki, prom z Danii akurat wpływał w pole jego widzenia. Przypominał lodówkę, wielką lodówkę ruchem wahadłowym przewożącą stale tych samych ludzi, którzy nie wiedzą, co zrobić z czasem.

Harry miał świadomość, że jest już za późno na odnalezienie śladów spotkania Hochnera z Uriaszem. W ogóle nie było pewne, czy właśnie tu się spotkali. Równie dobrze mogło to być na nabrzeżu Filipstad. Mimo wszystko nie tracił nadziei, że to miejsce coś mu podpowie, da wyobraźni niezbędnego kuksańca.

Kopnął w oponę wystającą nad krawędzią nabrzeża. Może powinien kupić sobie łódź, żeby latem zabierać ojca i Sio na morze? Ojcu przydałoby się wyjście z domu, po śmierci matki przed ośmioma laty ten kiedyś bardzo towarzyski człowiek zmienił się w samotnika. A Sio samodzielnie nie bardzo mogła podróżować, chociaż często udawało się zapomnieć, że cierpi na zespół Downa.

Między kontenery radośnie zanurkował ptak. Podobno sikorki modre latają z prędkością dwudziestu ośmiu kilometrów na godzinę, tak mówiła Ellen, a kaczki krzyżówki sześćdziesięciu dwóch. Jedne i drugie nieźle sobie radzą. Nie, o siostrę nie trzeba się martwić, gorzej z ojcem. Harry usiłował się skupić. Wszystko, co powiedział Hochner, zapisał w raporcie, słowo w słowo, ale teraz starał się przywołać ponownie w pamięci jego twarz, by uświadomić sobie, czego tamten nie powiedział. Jak wyglądał Uriasz? Hochner zdążył mu podać niewiele szczegółów, lecz gdy ktoś próbuje opisać jakąś osobę, z reguły zaczyna od tego, co najbardziej przyciąga uwagę, co jest inne. A pierwszą cechą Uriasza, jaką wymienił, były niebieskie oczy. Jeżeli Hochner nie uważał niebieskich oczu za bardzo niezwykłe, oznaczałoby to, że Uriasz nie miał żadnego widocznego kalectwa, nie mówił ani nie poruszał się w sposób szczególny. Znał zarówno niemiecki, jak i angielski i był kiedyś w Niemczech w miejscowości, która nazywa się Sennheim. Harry zapatrzył się w duński prom, kierujący się w stronę Drøbak. Uriasz podróżował. Ciekawe, czy był marynarzem? Harry sprawdzał w atlasie, nawet w atlasie Niemiec, ale nie znalazł żadnego Sennheim. Może Hochner tylko to sobie wymyślił? Prawdopodobnie mało istotny detal.

Hochner powiedział, że Uriasz nienawidzi. Może więc Harry słusznie odgadł, że osoba, której szukają, kieruje się motywami osobistymi, ale czego nienawidził?

Słońce schowało się za wyspę Hovedøya i bryza znad Oslofjorden natychmiast pokazała zęby. Harry mocniej owinął się płaszczem i ruszył z powrotem do samochodu. A te pół miliona? Czy Uriasz dostał je od zleceniodawcy? Czy to raczej solowy występ za własne pieniądze?

Wyjął telefon komórkowy, malusieńką Nokię, liczącą zaledwie dwa tygodnie. Długo się przed nią wzbraniał, ale Ellen w końcu zdołała go nakłonić, żeby sobie załatwił komórkę. Wystukał jej numer.

– Cześć Ellen, mówi Harry. Jesteś sama? To dobrze. Chciałbym, żebyś się skoncentrowała. Tak, tak, trochę się pobawimy. Gotowa jesteś?

Ćwiczyli to już wiele razy wcześniej. Zabawa polegała na rzucaniu jej haseł. Żadnych dodatkowych informacji, żadnych wskazówek związanych z momentem, w którym utknął, a jedynie urywki informacji, nie dłuższe niż pięć słów, podawane w przypadkowej kolejności. Z czasem dopracowali tę metodę. Najważniejsza zasada mówiła, że urywków musi być co najmniej pięć, lecz nie więcej niż dziesięć. To Harry'emu wpadł do głowy ten pomysł po tym, jak założyli się o jeden nocny dyżur, bo Ellen twierdziła, że jest w stanie zapamiętać kolejność kart w talii, przyglądając się jej przez dwie minuty, czyli poświęcając po dwie sekundy na każdą kartę. Harry przegrał trzy razy, zanim ustąpił. Zdradziła mu później swoją metodę zapamiętywania. Każdej karcie uprzednio przypisała osobę lub wydarzenie, a potem układała z tego historie. Harry postanowił wykorzystać jej zdolność kombinacji w pracy. Czasami wyniki okazywały się zdumiewające.

– Mężczyzna siedemdziesięcioletni – mówił Harry powoli. – Norweg. Pół miliona koron. Rozgoryczony. Niebieskie oczy. Karabin Märklin. Mówi po niemiecku. Żadnych kalectw. Przemyt broni w porcie kontenerowym. Ćwiczy strzelanie w okolicy Skien. To tyle.

Wsiadł do samochodu.

– Nic? Tak sądziłem. Okej. Ale pomyślałem, że warto spróbować. I tak ci dziękuję. Na razie.

Wpadł w korek przed Pocztą Główną, ale przypomniało mu się coś jeszcze i ponownie zadzwonił.

– Ellen? To jeszcze raz ja. Zapomniałem o jednej rzeczy. Słyszysz mnie? Nie miał broni w rękach od ponad pięćdziesięciu lat. Powtarzam. Nie miał broni w rękach... Tak, wiem, że to więcej niż pięć słów. Dalej nic? Cholera, przeoczyłem zjazd! Na razie, Ellen!

Położył komórkę na siedzeniu pasażera i skupił się na prowadzeniu. Akurat wydostał się z ronda, kiedy telefon pisnął.

– Halo? Co? Jak, na miłość boską, na to wpadłaś? Dobrze, dobrze, nie złość się, Ellen. Po prostu czasami zapominam, że nie wiesz, co się dzieje w twoim własnym łebku. W mózgu. W twoim wielkim, wspaniałym, cudownym mózgu. Teraz, kiedy to powiedziałaś, to oczywiste. Bardzo ci dziękuję.

Rozłączył się i w tym samym momencie przypomniał sobie, że wciąż jest jej winien te trzy dyżury nocne. Teraz, kiedy już nie pracował w Wydziale Zabójstw, będzie musiał wymyślić coś innego. Główkował nad tym przez mniej więcej trzy sekundy.

36 IRISVEIEN, 1 MARCA 2000

Drzwi się otworzyły i Harry spojrzał wprost w bystre niebieskie oczy w pomarszczonej twarzy.
– Harry Hole z policji – przedstawił się. – To ja dzwoniłem dziś rano.
– Aha.

Stary człowiek miał siwe włosy, sczesane z wysokiego czoła gładko do tyłu, pod robioną na drutach bonżurką nosił krawat. Na skrzynce pocztowej, zawieszonej na furtce niedużego czerwonego domku w spokojnej dzielnicy willowej na północ od centrum, widniał napis: Signe i Even Juul.

– Bardzo proszę, proszę wejść, panie Hole.

Głos miał spokojny i mocny, a poza tym coś w postawie profesora Evena Juula sprawiało, że wyglądał znacznie młodziej, niż mógł na to wskazywać jego wiek. Harry trochę pogrzebał i dowiedział się między innymi, że profesor czynnie działał w ruchu oporu i chociaż przeszedł już na emeryturę, nadal uważano go za najlepszego eksperta z dziedziny historii lat okupacji i Nasjonal Samling.

Harry nachylił się, żeby zdjąć buty. Na wprost niego na ścianie wisiały stare, lekko spłowiałe czarno-białe zdjęcia w wąskich ramkach. Jedno z nich przedstawiało młodą kobietę w mundurze sanitariuszki, drugie młodego mężczyznę w białym fartuchu.

Przeszli do salonu, w którym siwiejący airedale terier przestał szczekać i teraz obowiązkowo obwąchał Harry'ego w kroku, nim wreszcie odszedł i ułożył się przy fotelu Juula.

– Czytałem w „Dagsavisen" kilka pana artykułów na temat faszyzmu i narodowego socjalizmu – zaczął Harry, gdy już usiedli.

– Mój Boże, a więc ktoś to czyta?

– Odniosłem wrażenie, że próbuje pan ostrzegać przed współczesnym neonazizmem.

– Nie ostrzegam, po prostu chciałem wykazać kilka historycznych paraleli. Zadaniem historyka jest ujawnianie, nie osądzanie. – Juul zapalił fajkę. – Wiele osób uważa, że dobro i zło to wartości stałe i niezmienne. To nieprawda. One się zmieniają wraz z upływającym czasem. Moim zadaniem jest przede wszystkim poszukiwanie historycznej prawdy, źródeł oraz przedstawianie ich, obiektywnie i bez namiętności. Gdyby historycy oceniali ludzką głupotę, całą ich pracę potomni uznaliby za martwe skamieliny, odciski pozostawione przez ówcześnie słusznie myślących. – Chmura niebieskiego dymu uniosła się w górę. – Ale przyszedł pan chyba nie po to, by o tym rozmawiać?

– Zastanawiamy się, czy nie mógłby pan nam pomóc w odnalezieniu pewnego człowieka.

– Wspominał pan o tym przez telefon. Co to za człowiek?

– Tego nie wiemy. Przypuszczamy jednak, że ma niebieskie oczy, jest Norwegiem i ma ponad siedemdziesiąt lat. I mówi po niemiecku.

– I?

– To tyle.

Juul roześmiał się.

– Wobec tego rzeczywiście macie spośród kogo wybierać.

– No cóż. W Norwegii jest sto pięćdziesiąt osiem tysięcy mężczyzn liczących ponad siedemdziesiąt lat i przypuszczam, że około stu tysięcy z nich ma niebieskie oczy i mówi po niemiecku.

Juul uniósł brew. Harry uśmiechnął się głupio.

– Rocznik statystyczny. Sprawdziłem to dla zabawy.

– Dlaczego uważacie, że to właśnie ja mogę wam pomóc?

– Dojdę do tego. Ten człowiek powiedział komuś, że nie trzymał broni w ręku od pięćdziesięciu lat. Pomyślałem, to znaczy pomyślała tak moja koleżanka, że ponad pięćdziesiąt, oznacza więcej niż pięćdziesiąt, ale mniej niż sześćdziesiąt.

– To dość logiczne.

– Rzeczywiście, ona jest hm... dość logiczna. Załóżmy więc, że chodzi o pięćdziesiąt pięć lat. Trafiamy wtedy na drugą wojnę światową. Ten człowiek ma dwadzieścia lat i trzyma w rękach broń. Wszyscy Norwegowie posiadający broń musieli chyba oddać ją Niemcom, prawda? Kim on więc jest? – Harry podniósł do góry trzy palce. – Albo jest członkiem ruchu oporu, albo uciekł do Anglii, albo jest na froncie w wojsku niemieckim. Po niemiecku mówi lepiej niż po angielsku, czyli...

– Ta pańska koleżanka doszła więc do wniosku, że walczył na froncie? – spytał Juul.

– Owszem, tak właśnie było.

Juul possał fajkę.

173

– Wielu członków ruchu oporu również musiało nauczyć się niemieckiego – odrzekł. – To było niezbędne do infiltracji czy prowadzenia podsłuchu. Zapomina pan też o Norwegach w szwedzkich siłach policyjnych.

– Mój wniosek jest więc błędny?

– Proszę pozwolić, że się zastanowię – powiedział Juul. – Około pięćdziesięciu tysięcy Norwegów zgłosiło się dobrowolnie na front. Siedem tysięcy z nich przyjęto i dano im broń do ręki. To znacznie większa liczba niż tych, którzy przedostali się do Anglii i tam zgłosili się do wojska. Wprawdzie pod koniec wojny członków ruchu oporu było znacznie więcej, to jednak mało który z nich trzymał w rękach broń. – Juul uśmiechnął się. – Załóżmy wstępnie, że macie rację. Walczący na froncie nie są oczywiście wpisani do książki telefonicznej pod hasłem „byli żołnierze Waffen SS", ale zakładam, że już wiecie, gdzie ich szukać.

Harry kiwnął głową.

– W Archiwum Zdrajców Ojczyzny. Pełna lista z nazwiskami i wszystkimi danymi z procesów sądowych. Przeglądałem ją przez ostatnią dobę, licząc, że wielu z nich zdążyło umrzeć, dzięki czemu mielibyśmy bardziej możliwą do ogarnięcia liczbę. Ale się pomyliłem.

– Owszem. To żywotne łotry – roześmiał się Juul.

– Teraz dochodzę do wyjaśnienia, dlaczego zadzwoniłem właśnie do pana. O żołnierzach walczących na froncie wie pan znacznie więcej niż ja. Chciałbym, aby pomógł mi pan zrozumieć, jak ktoś taki myśli. Co go napędza?

– Dziękuję za zaufanie, Hole, ale jestem historykiem i o motywach kierujących ludźmi nie wiem więcej niż inni. Byłem, jak może pan słyszał, członkiem działającej w ramach ruchu oporu organizacji wojskowej Milorg, a to akurat nie kwalifikuje mnie jako osoby najlepiej umiejącej się wczuć w sposób myślenia tych, którzy zgłosili się na front.

– Sądzę, że i tak sporo pan wie, panie Juul.

– Doprawdy?

– Przypuszczam, że rozumie pan, o co mi chodzi. Przeprowadziłem dość gruntowne badania archeologiczne.

Juul przyglądał się Harry'emu, ssąc fajkę. W ciszy, która zapadła, Harry zorientował się, że ktoś stoi w drzwiach do salonu. Odwrócił się i dostrzegł starszą kobietę. Patrzyła na niego spokojnymi, łagodnymi oczami.

– Rozmawiamy, Signe – powiedział Even Juul.

Starsza pani wesoło skinęła Harry'emu głową, otworzyła usta, jak gdyby chciała coś powiedzieć, ale urwała, gdy jej spojrzenie napotkało wzrok Evena Juula. Jeszcze raz kiwnęła głową i cicho zamknęła za sobą drzwi.

– A więc pan o tym wie? – spytał Juul.
– Owszem. Była sanitariuszką na froncie wschodnim, prawda?
– Niedaleko Leningradu. Od 1942 do odwrotu w marcu 1943. – Odłożył fajkę. – Dlaczego szukacie tego człowieka?
– Szczerze mówiąc, sami tego dokładnie nie wiemy, ale może chodzić o zamach.
– Hm...
– Kogo mamy szukać? Dziwaka? Człowieka, który nie wyzbył się dawnych przekonań i pozostał nazistą? Kryminalisty?

Juul pokręcił głową.

– Większość z tych, którzy walczyli na froncie, odsiedziała swoje wyroki i później znaleźli sobie miejsce w społeczeństwie. Wielu z nich życie ułożyło się zaskakująco dobrze, pomimo że nosili piętno zdrajców ojczyzny. Może i nic w tym dziwnego. Często się okazuje, że właśnie najsilniejsi potrafią zająć stanowisko w sytuacjach krytycznych, na przykład podczas wojny.
– A więc człowiek, którego szukamy, mógł sobie dobrze dawać radę w życiu?
– Oczywiście.
– Dotrzeć na szczyty społeczne?
– Drzwi do ważnych stanowisk w życiu gospodarczym i politycznym były raczej przed tymi ludźmi zamknięte.
– Ale mógł prowadzić samodzielną działalność. W każdym razie to ktoś, kto zarobił dość pieniędzy, żeby sobie kupić broń za pół miliona koron. Kogo ma zamiar zabić?
– Czy to musi mieć związek z jego przeszłością frontową?
– Coś mi mówi, że tak właśnie jest.
– A więc motyw zemsty?
– Czy to aż tak nierozsądne?

175

– Ależ skąd. Wielu z tych, którzy walczyli na froncie, uważa się za prawdziwych patriotów z okresu wojny. Są przekonani, że w okolicznościach panujących w 1940 to właśnie oni działali w najlepszym interesie narodu. Sądzenie ich za zdradę stanu to w ich opinii prawdziwy mord sądowy.

– Tak?

Juul podrapał się za uchem.

– Hm... większość sędziów sądzących w procesach zdrajców wojennych na ogół już nie żyje, podobnie jak politycy z tego okresu, dlatego teoria zemsty wydaje się dość krucha.

Harry westchnął.

– Ma pan rację. Próbuję po prostu ułożyć obrazek z tych kilku puzzli, które mam.

Juul zerknął na zegarek.

– Obiecuję, że się nad tym zastanowię, lecz doprawdy nie wiem, czy będę w stanie wam pomóc.

– I tak panu dziękuję. – Harry wstał. Nagle coś mu się przypomniało i wyciągnął z kieszeni kurtki plik złożonych kartek. – Zrobiłem kopię raportu z przesłuchania świadka, które przeprowadziłem w Johannesburgu. Może zechce pan na to spojrzeć i zobaczyć, czy nie ma tu czegoś ważnego?

Juul powiedział „tak", lecz jednocześnie pokręcił głową, jak gdyby miało to oznaczać „nie".

Kiedy Harry wkładał buty w korytarzu, wskazał na zdjęcie młodego człowieka w białym fartuchu.

– To pan?

– W połowie ubiegłego stulecia – roześmiał się Juul. – Zdjęcie zrobiono w Niemczech, przed wojną. Miałem iść w ślady ojca i dziadka, studiowałem tam medycynę. Gdy wybuchła wojna, wróciłem do kraju i, prawdę powiedziawszy, dopiero w lesie wpadły mi w ręce pierwsze książki historyczne. Potem było już za późno. Uzależniłem się od nich.

– A więc rzucił pan medycynę?

– Pytanie, jak się na to spojrzy. Zamierzałem wyjaśnić, w jaki sposób jeden człowiek i jedna ideologia może zwieść tylu ludzi. I być może również znaleźć na to lekarstwo. – Roześmiał się. – Byłem wtedy bardzo, bardzo młody.

37 DRUGIE PIĘTRO HOTELU CONTINENTAL, 1 MARCA 2000

– Miło, że mogliśmy się tak spotkać – powiedział Bernt Brandhaug, unosząc do góry kieliszek z winem.

Wypili i Aud Hilde uśmiechnęła się do ministra spraw zagranicznych.

– Nie tylko w pracy. – Przytrzymał ją spojrzeniem, dopóki nie spuściła oczu. Przyglądał się jej uważnie. Nie była dosłownie ładna, miała odrobinę zbyt grube rysy i trochę za pulchne ciało. Ale wyrównywało to jej czarujące, skłonne do flirtu usposobienie, a puszystość dodawała młodzieńczości.

Zadzwoniła dziś do niego przed południem z pewną sprawą z działu personalnego. Jak stwierdziła, nie bardzo wiedzą, jak sobie z nią poradzić, lecz zanim zdążyła wyjaśnić coś więcej, poprosił ją o przyjście do gabinetu. A gdy się tam pojawiła, natychmiast oświadczył, że nie ma teraz czasu i mogą porozmawiać o tym przy kolacji po pracy.

– Nam, zatrudnionym na etatach państwowych, też od czasu do czasu należy się jakiś bonus – stwierdził. Ona zapewne doszła do wniosku, że miał na myśli obiad.

Na razie wszystko szło po jego myśli. *Maître d'hôtel* zaprowadził ich do jego stałego stolika, a poza tym, o ile Brandhaug mógł się zorientować, w lokalu nie było żadnych znajomych.

– Chodzi mi o tę dziwną sprawę, która wpłynęła wczoraj – zaczęła Aud Hilde, pozwalając, by kelner rozłożył jej serwetkę na kolanach. – Odwiedził nas pewien starszy mężczyzna, który twierdzi, że winni mu jesteśmy pieniądze. My, to znaczy Ministerstwo Spraw Zagranicznych. To blisko dwa miliony koron. Odwołał się do pisma, które do nas wysłał w 1970.

Przewróciła oczami.

Powinna zdecydowanie lżej się malować, pomyślał Brandhaug.

– Czy wyjaśnił, skąd taki dług?

– Powiedział, że podczas wojny służył w marynarce. To jakaś sprawa związana z Nortraship. Podobno nie wypłacili mu wynagrodzenia.

– Ach tak? Chyba już wiem, o co chodzi. Mówił coś więcej?

– Że nie może już dłużej czekać. Że oszukaliśmy zarówno jego, jak i innych służących w marynarce podczas wojny. I że Bóg osądzi nas za nasze grzechy. Nie wiem, czy był pijany, czy chory, w każdym razie wyglądał dość nędznie. Miał przy sobie list, podpisany przez norweskiego konsula w Bombaju w roku 1944, który w imieniu państwa norweskiego gwarantował mu spóźnioną wypłatę dodatku za ryzyko wojenne, za cztery lata służby jako sternik w norweskiej flocie handlowej. Gdyby nie ten list, po prostu wyrzucilibyśmy go za drzwi i nie zawracali panu głowy takimi bagatelkami.

– Pani, droga Aud Hilde, może się do mnie zwracać zawsze z każdą sprawą – oświadczył Brandhaug, jednocześnie czując ukłucie paniki. Czy ona aby na pewno ma na imię Aud Hilde?

– Biedaczysko – podjął, sygnalizując kelnerowi, by przyniósł więcej wina. – Smutne w tej sprawie jest to, że on oczywiście ma rację. Nortraship została powołana do zarządzania tą częścią norweskiej floty handlowej, której nie zdążyli zarekwirować Niemcy. Była to organizacja łącząca interesy polityczne z komercyjnymi. Brytyjczycy na przykład za korzystanie z norweskich statków przekazywali Nortraship duże kwoty jako wynagrodzenie za ryzyko. A te pieniądze, które powinny zostać wypłacone załogom, szły wprost do kasy państwowej i do armatorów. Mówimy o kilkuset milionach koron. Marynarze pragnący odzyskać te pieniądze występowali do sądu, ale w 1954 przegrali przed Sądem Najwyższym. Dopiero w 1972 Storting uchwalił, że marynarzom służącym w okresie wojny pieniądze jednak się należą.

– Ten człowiek najwyraźniej nic nie dostał, ponieważ pływał po Morzu Chińskim i został storpedowany przez Japończyków, a nie przez Niemców. Tak mówił.

– Powiedział, jak się nazywa?

– Konrad Åsnes. Proszę poczekać. Zaraz pokażę panu ten list. Zrobił dokładne obliczenia. Wyliczył odsetki od sumy i odsetki od odsetek.

Nachyliła się nad torebką. Ramiona lekko jej się trzęsły. Powinna trochę więcej trenować, pomyślał Brandhaug. Cztery kilo mniej i Aud Hilde byłaby po prostu bujna, a nie... gruba.

– W porządku – powiedział. – Nie muszę tego oglądać. Nortraship podlega Ministerstwu Handlu.

Podniosła na niego spojrzenie.

– On twierdzi, że to my jesteśmy mu winni pieniądze. Wyznaczył nam termin zapłaty w ciągu dwóch tygodni.

Brandhaug wybuchnął śmiechem.

– Naprawdę? A dlaczego tak nagle zaczęło mu się spieszyć po sześćdziesięciu latach?

– Tego nie powiedział. Mówił tylko, że sami poniesiemy konsekwencje, jeśli nie zapłacimy.

– Mój ty świecie. – Brandhaug zaczekał, aż kelner naleje im obojgu i dopiero wtedy się nad nią nachylił. – Nienawidzę konsekwencji, a pani?

Roześmiała się niepewnie. Brandhaug uniósł do góry kieliszek.

– Zastanawiam się, co zrobić z tą sprawą – powiedziała.

– Proszę o niej zapomnieć – odparł. – Ja też zastanawiam się nad jedną rzeczą.

– Tak?

– Czy widziała już pani pokój, którym dysponujemy w tutejszym hotelu?

Aud Hilde znów się roześmiała i odpowiedziała, że nie.

38 CENTRUM TRENINGOWE SATS, ILA, 2 MARCA 2000

Harry pedałował i pocił się. Centrum treningowe dysponowało osiemnastoma hipernowoczesnymi rowerami ergonomicznymi. Wszystkie były zajęte przez wyglądających bardzo po miejsku, na ogół atrakcyjnych fizycznie ludzi, zapatrzonych w nieme aparaty telewizyjne wiszące u sufitu. Harry zerkał na Elise z *Wyprawy Robinson*, która bezgłośnie wyznawała, że nie znosi Poppego. Harry o tym wiedział. To była powtórka programu.

– *That don't impress me much* – ryknęło z głośników.

No i dobrze, pomyślał Harry, któremu nie podobała się ani hałaśliwa muzyka, ani chrapliwy odgłos, dochodzący gdzieś z jego płuc. Mógłby trenować bezpłatnie na siłowni w budynku policji, lecz Ellen namówiła go, żeby zaczął ćwiczyć w SATS. Zgodził się, ale kategorycznie odmówił zapisania się na aerobik. Poruszanie się w rytm idiotycznej muzyki wraz ze stadem jej entuzjastów, podczas gdy nabłyszczony do obrzydliwości instruktor zachęcał do dawania z siebie wszystkiego, wykrzykując fanatyczne hasła w rodzaju „*no pain, no gain*"... Nigdy, to stanowiło dla Harry'ego niepojętą formę dobrowolnego upokorzenia. Największą, według niego, zaletą SATS była możliwość trenowania i jednoczesnego oglądania *Wyprawy Robinson*, bez konieczności przebywania w tym samym pomieszczeniu co Tom Waaler, który większość swego wolnego czasu zdawał się spędzać na siłowni policyjnej. Harry rozejrzał się dookoła i stwierdził, że również tego wieczoru jest tu najstarszy. Większość obecnych stanowiły dziewczyny ze słuchawkami walkmanów w uszach, które w regularnych odstępach zerkały w jego stronę. Nie, nie na niego, tylko na rower tuż obok, na którym siedział bardzo popularny komik w szarej bluzie z kapturem, bez jednej kropli potu na czole pod chłopięco zawadiacką grzywką. Na konsolce prędkościomierza Harry'ego błysnęła informacja: *You're training well*.

But dressing badly, pomyślał Harry, patrząc na rozciągnięte, sprane spodnie dresowe, które musiał przez cały czas podciągać, ponieważ do paska zaczepił telefon komórkowy. A znoszone adidasy nie były ani dostatecznie nowoczesne, ani dość stare, żeby znów wrócić do mody. Koszula z Joy Division, dająca mu kiedyś pewną wiarygodność, teraz wysyłała jedynie sygnały, że od ładnych paru lat nie interesował się tym, co się dzieje na froncie muzyki. Ale tak zupełnie, ale to zupełnie źle Harry poczuł się dopiero wtedy, gdy rozległy się piski i skupił na sobie siedemnaście oskarżycielskich spojrzeń, w tym również wzrok uwielbianego komika. Odpiął od paska czarną diabelską maszynkę.

– Słucham, Hole.

Okay, so you're a rocket scientist, that don't impress...

– Mówi Juul. Przeszkadzam?

– Nie, to tylko muzyka.

– Dyszy pan jak słoń morski. Proszę do mnie oddzwonić w bardziej odpowiednim momencie.

– W niczym pan mi nie przeszkadza, jestem po prostu na siłowni.

– Ach tak. Mam dobre wiadomości. Przeczytałem pański raport z Johannesburga. Dlaczego nie powiedział mi pan, że on był w Sennheim?

– Uriasz? A czy to jest istotne? Nie miałem nawet pewności, czy właściwie zrozumiałem tę nazwę. Sprawdzałem nawet w niemieckim atlasie, ale nie znalazłem żadnego Sennheim.
– Odpowiedź na pańskie pytanie brzmi: owszem, to istotne. Jeśli wcześniej miał pan wątpliwości, czy człowiek, którego pan szuka, walczył na froncie, może pan już o nich zapomnieć. To pewne w stu procentach. Sennheim to maleńka miejscowość. A jedynymi odwiedzającymi to miejsce Norwegami, o jakich słyszałem, byli właśnie ci, którzy przebywali tam podczas wojny. Na obozie szkoleniowym przed wyjazdem na front wschodni. A w atlasie Niemiec nie znalazł pan Sennheim, ponieważ nie jest położone w Niemczech, tylko we francuskiej Alzacji.
– Ale...
– Alzacja na przestrzeni dziejów należała na zmianę do Francji i do Niemiec, dlatego mówią tam po niemiecku. Fakt, że nasz człowiek przebywał w Sennheim, znacznie redukuje liczbę potencjalnych osób, którymi może się pan interesować. Szkolili się tam jedynie Norwegowie z Regimentów Nordland i Norge. Co więcej, mogę panu podać nazwisko człowieka, który był w Sennheim, i z całą pewnością zgodzi się z panem współpracować.
– Naprawdę?
– Walczył na froncie w Regimencie Nordland. Zgłosił się na ochotnika do nas, do Frontu Krajowego w 1944.
– O rany!
– Dorastał w położonej na odludziu zagrodzie, a jego rodzice i starsze rodzeństwo byli fanatycznymi zwolennikami Nasjonal Samling. Został więc zmuszony do zgłoszenia się na front. Z przekonania nigdy nie był nazistą i w 1943 zdezerterował pod Leningradem. Przez krótki czas przebywał w niewoli u Rosjan, dość krótko walczył też wśród nich, nim wreszcie zdołał przedostać się przez Szwecję z powrotem do Norwegii.
– Mieliście zaufanie do kogoś, kto walczył na froncie?
Juul roześmiał się.
– Ależ oczywiście.
– Dlaczego pan się śmieje?
– To długa historia.
– Mam dużo czasu.
– Rozkazaliśmy mu zlikwidować członka jego rodziny.

Harry przestał pedałować. Juul chrząknął.

– Kiedy znaleźliśmy go w lasach Nordmarka, kawałek na północ od Ullevålseter, w pierwszej chwili nie uwierzyliśmy w jego historię. Wzięliśmy go za szpiega i byliśmy zdecydowani go rozstrzelać. Mieliśmy jednak dojścia do archiwum policyjnego w Oslo, dzięki czemu mogliśmy sprawdzić jego historię i okazało się, że naprawdę zaginął na froncie i był podejrzewany o dezercję. Informacje na temat pochodzenia jego rodziny się zgadzały, miał dokumenty na to, że jest tym, za kogo się podawał. Ale wszystko to oczywiście mogło zostać sfabrykowane przez Niemców, dlatego postanowiliśmy go sprawdzić.

Pauza.

– I co? – spytał Harry.

– Ukryliśmy go w chacie, gdzie pozostawał odizolowany zarówno od nas, jak i od Niemców. Ktoś zaproponował, żeby wydać mu rozkaz zlikwidowania jednego z jego braci, członka NS. Głównie chodziło nam o poznanie jego reakcji. Nie odezwał się ani słowem, gdy przekazaliśmy mu rozkaz, ale następnego dnia, kiedy przyszliśmy do chaty, okazało się, że go nie ma. Byliśmy pewni, że się wycofał, ale dwa dni później wrócił. Powiedział, że wybrał się w odwiedziny do rodzinnej zagrody w Gudbrandsdalen. Kilka dni później nasi ludzie przysłali nam stamtąd meldunek. Jednego z braci znaleziono w oborze, drugiego w stodole. Rodzice leżeli w chacie.

– O Boże! – jęknął Harry. – Ten człowiek musiał oszaleć.

– Prawdopodobnie tak. Wszyscy byliśmy bliscy obłędu, trwała wojna. Zresztą nigdy więcej o tym nie rozmawialiśmy, ani wtedy, ani później. Pan również nie powinien...

– Oczywiście. Gdzie on mieszka?

– Tu, w Oslo. Chyba gdzieś w okolicach Holmenkollen.

– A nazywa się?

– Fauke. Sindre Fauke.

– Świetnie. Skontaktuję się z nim. Bardzo panu dziękuję, panie Juul.

Na ekranie telewizyjnym Poppe w ekstremalnym zbliżeniu wysyłał mokre od łez pozdrowienia do domu. Harry znów umocował telefon do gumki spodni, podciągnął je i raźnym krokiem pomaszerował do pomieszczenia z przyrządami do ćwiczeń siłowych.

...*whatever that don't impress me much*...

39 HOUSE OF SINGLES, HEGDEHAUGSVEIEN, 2 MARCA 2000

– Doskonała wełna, super 110 – powiedziała ekspedientka, pokazując staremu człowiekowi marynarkę. – Najlepsza. Lekka i trwała.
– Będzie użyta tylko jeden raz – odparł stary i uśmiechnął się.
– Ach tak? – zmieszała się lekko sprzedawczyni. – Wobec tego mamy coś tańszego...
– Ta będzie dobra – stwierdził, przeglądając się w lustrze.
– Klasyczny krój – zapewniła. – Najbardziej klasyczny, jaki mamy.
Nagle przerażona spojrzała na starego człowieka, który zgiął się wpół.
– Źle się pan czuje? Czy mam...
– Nic, nic, to tylko lekka kolka. Zaraz przejdzie. – Stary już się wyprostował. – Jak prędko może pani skrócić spodnie?
– Na przyszłą środę, jeśli się panu nie spieszy. Garnitur potrzebny na szczególną okazję?
– Owszem. Ale środa mi odpowiada.
Zapłacił setkami. Ekspedientka, przeliczając pieniądze, dodała jeszcze:
– Zaręczam, że ma pan garnitur do końca życia.
Śmiech starego dzwonił jej w uszach jeszcze długo po jego wyjściu.

40 HOLMENKOLLÅSEN, 3 MARCA 2000

Harry odnalazł poszukiwany numer na Holmenkollveien koło Besserud, na dużym bejcowanym na brązowo domu, ukrytym wśród olbrzymich świerków. Prowadziła do niego żwirowana ścieżka. Harry podjechał pod samo podwórze, a potem zawrócił. Zamierzał zaparkować na wznoszącym się podjeździe, ale kiedy zredukował bieg do jedynki, samochód nagle się rozkaszlał i zdechł. Harry zaklął i przekręcił kluczyk w stacyjce. Rozrusznik tylko przeciągle jęknął.

Harry wysiadł z samochodu i ruszył w stronę domu. W tej samej chwili w drzwiach stanęła kobieta. Najwyraźniej nie usłyszała, jak podjeżdżał, i przystanęła na schodach z pytającym uśmiechem.

– Dzień dobry – powiedział Harry, skinieniem głowy wskazując na samochód. – Nie jest całkiem zdrowy. Potrzebuje... lekarstwa.

– Lekarstwa? – głos miała głęboki, ciepły.

– Tak, chyba zaraził się tą grypą, która teraz krąży. – Kobieta uśmiechnęła się trochę szerzej. Wyglądała na około trzydzieści lat i ubrana była w czarny płaszcz z rodzaju tych prostych, niewymyślnych, które, jak Harry instynktownie wyczuwał, potrafią być potwornie drogie.

– Właśnie wychodziłam – powiedziała. – Pan przyszedł tutaj?

– Chyba tak. Czy tu mieszka Sindre Fauke?

– Już nie – odparła. – Spóźnił się pan kilka miesięcy. Ojciec przeprowadził się do miasta.

Harry podszedł bliżej i odkrył, że jest ładna. A coś w swobodnym sposobie mówienia i patrzenia prosto w oczy wskazywało również na to, że nie brak jej pewności siebie. Kobieta czynna zawodowo, domyślał się. Zajmuje się czymś, co wymaga racjonalnego, chłonnego umysłu. Agentka nieruchomości, wiceszef banku, polityk lub ktoś w tym rodzaju. W każdym razie osoba zamożna, tego przynajmniej był pewien. Nie tylko ze względu na płaszcz i ogromny dom za jej plecami, lecz również postawę i mocno zarysowane, arystokratyczne kości policzkowe. Zeszła na dół po schodach, stawiając stopy jedną przed drugą w równej linii, jakby szła po linie. A przychodziło jej to z łatwością. Lekcje baletu, pomyślał Harry.

– Czy ja mogę w czymś panu pomóc?

Spółgłoski wymawiała wyraźnie, akcent z naciskiem na „ja" zabrzmiał wręcz teatralnie.

– Jestem z policji. – Zaczął grzebać w kieszeniach kurtki w poszukiwaniu identyfikatora, ale z uśmiechem machnęła ręką.

– No cóż, chciałbym porozmawiać z pani ojcem. – Harry z rosnącą irytacją zauważył, że sam przybrał nienaturalnie uroczysty ton.

– Dlaczego?

– Szukamy pewnego człowieka i sądzimy, że pański ojciec może nam pomóc.

– Kogo szukacie?

– Tego, niestety, nie mogę zdradzić.
– W porządku. – Kiwnęła głową, jakby Harry przechodził test i właśnie go zdał.
– Lecz jeśli mam rozumieć, że on tu nie mieszka... – Harry przysłonił ręką oczy. Miała szczupłe dłonie. Lekcje pianina, pomyślał. I wokół oczu zmarszczki od uśmiechu. Może jednak przekroczyła już trzydziestkę.
– Nie mieszka – odparła. – Przeprowadził się na Majorstuen, Vibes gate 18. Znajdzie go pan tam albo w Bibliotece Uniwersyteckiej, jak sądzę.
„W Bibliotece Uniwersyteckiej". Wymówiła to tak wyraźnie, że nie przepadła ani jedna sylaba.
– Vibes gate 18. Rozumiem.
– Świetnie.
– Tak.
Harry kiwnął głową. I dalej nią kiwał. Jak jeden z tych psów, umieszczanych przez niektórych właścicieli samochodów na tylnej półce. Kobieta uśmiechnęła się z zaciśniętymi ustami i uniosła brwi, jak gdyby chciała powiedzieć, że to chyba wszystko, a jeśli nie ma więcej pytań, spotkanie można uznać za skończone.
– Rozumiem – powtórzył Harry. Brwi miała czarne i całkiem równe. Z pewnością lekko wyregulowane, ale niezauważalnie.
– Muszę już iść, tramwaj mi...
– Rozumiem – powiedział Harry po raz trzeci, nawet gestem nie wskazując, że zamierza odejść.
– Mam nadzieję, że go znajdziecie. Mojego ojca.
– Na pewno.
– To do widzenia.
Żwir zazgrzytał pod jej obcasami, gdy zrobiła parę kroków.
– Mam pewien mały problem... – rzucił szybko Harry.

– Dziękuję za pomoc.
– Nie ma za co. Jest pan pewien, że to niezbyt wielkie nadłożenie drogi?
– Ależ skąd. Mówiłem już, że jadę w tamtą stronę. – Zmartwiony Harry popatrzył na jej cienkie, bez wątpienia okropnie drogie skórzane

rękawiczki, szare od błota pokrywającego tył escorta. – Pytanie tylko, czy ten samochód tyle wytrzyma.

– Rzeczywiście, widać, że jest po przejściach. – Wskazała na dziurę w konsolce, z której wystawała plątanina czerwonych i żółtych przewodów w miejscu, gdzie powinno być radio.

– Włamali się – powiedział Harry. – Dlatego drzwi się nie zamykają, bo zamek też zniszczyli.

– To znaczy, że teraz jest dostępny dla każdego?

– Tak już jest, gdy się osiągnie odpowiedni wiek.

Roześmiała się.

– Naprawdę?

Znów na nią zerknął. Być może zaliczała się do tych kobiet, których wygląd nie zmienia się wraz z wiekiem i wyglądają na trzydzieści lat, odkąd skończą dwadzieścia aż do pięćdziesiątki. Podobał mu się jej profil i delikatne rysy. Skóra miała ciepły, naturalny odcień, nie tę suchą, matową opaleniznę, którą kobiety w jej wieku chętnie kupują już w lutym. Z rozpięcia płaszcza wyłaniała się długa, smukła szyja. Spojrzał na dłonie, spokojnie leżące na kolanach.

– Czerwone – powiedziała spokojnie.

Harry gwałtownie nacisnął hamulec.

– Przepraszam. – Co on wyprawia? Przygląda się jej dłoniom, żeby sprawdzić, czy nie nosi obrączki? Boże!

Rozejrzał się i gwałtownie uświadomił sobie, gdzie się znajdują.

– Coś nie tak? – spytała.

– Nie, nie. – Światło zmieniło się na zielone i dodał gazu. – Mam po prostu złe wspomnienia z tego miejsca.

– Ja także – odparła. – Przejeżdżałam tędy pociągiem parę lat temu, tuż po tym, jak wóz policyjny przeleciał przez tory i wbił się w tamten mur. – Pokazała palcem. – To było straszne. Jeden policjant ciągle wisiał na słupie przy płocie jak ukrzyżowany. Przez kilka dni nie mogłam spać. Niektórzy twierdzili, że policjant, który prowadził, był pijany.

– Kto tak twierdził?

– Część kolegów, z którymi studiowałam. Ze szkoły policyjnej.

Minęli Frøen. Vindern leżało za nimi. Przejechali jeszcze kawałek dalej i dopiero wtedy się zdecydował.

– A więc chodziła pani do szkoły policyjnej? – spytał.

– Ależ skąd! – znów się roześmiała.
Harry'emu spodobał się ten dźwięk.
– Studiowałam prawo na uniwersytecie.
– Ja też – powiedział. – Kiedy?
Sprytnie, sprytnie, Hole.
– Skończyłam w dziewięćdziesiątym drugim.
Harry przez chwilę dodawał i odejmował. A więc co najmniej trzydzieści lat.
– A pan?
– W dziewięćdziesiątym – odparł Harry.
– To być może pamięta pan koncert Raga Rockers podczas Festiwalu Prawników w osiemdziesiątym ósmym?
– Oczywiście, byłem na nim. W ogrodzie.
– Ja też. Czy to nie fantastyczne? – popatrzyła na niego. Oczy jej błyszczały.
Gdzie, pomyślał. Gdzie wtedy byłaś?
– Rzeczywiście, świetne. – Harry niewiele pamiętał z tego koncertu, ale nagle przypomniał sobie wszystkie te sztywne dziewczyny z zachodnich dzielnic, które zwykle się pojawiały na koncertach Raga.
– Ale skoro studiowaliśmy razem, to z całą pewnością mamy wielu wspólnych znajomych.
– W to akurat wątpię. Byłem już wtedy policjantem i nie zżywałem się ze środowiskiem studenckim.
W milczeniu przecięli Industrigata.
– Może mnie pan wypuścić tutaj – powiedziała.
– A tu zamierzała pani przyjechać?
– Tak, właśnie tutaj.
Podjechał bliżej chodnika, odwróciła się do niego. Na twarz zabłąkał jej się kosmyk włosów. Wzrok miała łagodny, a zarazem odważny. Piwne oczy. Nieoczekiwanie przyszła mu do głowy szalona myśl. Miał ochotę ją pocałować.
– Dziękuję – powiedziała z uśmiechem.
Pociągnęła za klamkę. Nic się nie stało.
– Przepraszam. – Harry pochylił się nad nią i wciągnął jej zapach. – Zamek... – Mocno pchnął drzwiczki, dopiero teraz się otworzyły. Poczuł się tak, jakby wypił.

– Może się jeszcze zobaczymy? – powiedziała.
– Może.

Miał ochotę zapytać, dokąd idzie, gdzie pracuje, czy lubi swoją pracę, co w ogóle lubi, czy ma narzeczonego, czy poszłaby z nim na koncert, nawet gdyby to nie Raga grali, ale na szczęście było już za późno. Krokiem baletnicy ruszyła chodnikiem po Sporveisgata.

Harry westchnął. Poznał ją zaledwie przed trzydziestoma minutami i nie wiedział nawet, jak się nazywa. Może to po prostu oznaka wchodzenia we wczesny okres przekwitania?

Zerknął w lusterko i wykonał bardzo nieprzepisową nawrotkę. Vibes gate była tuż obok.

41 VIBES GATE, MAJORSTUA, 3 MARCA 2000

Gdy zasapany Harry dotarł na czwarty podest schodów, mężczyzna czekał już w drzwiach i uśmiechał się szeroko.

– Przykro mi z powodu wszystkich tych schodów – powiedział, wyciągając rękę. – Sindre Fauke.

Oczy wciąż miał młode, lecz poza tym twarz wyglądała tak, jakby przeżyła co najmniej dwie wojny światowe. Resztki siwych włosów zaczesał gładko do tyłu, spod rozpinanego swetra w norweski ludowy wzór wystawała czerwona koszula. Uścisk dłoni miał mocny i ciepły.

– Właśnie ugotowałem kawę – powiedział uprzejmym tonem.
– Wiem też, po co pan przyszedł.

Przeszli do salonu, urządzonego jak gabinet, z sekretarzykiem, na którym stał komputer. Wszędzie dookoła leżały papiery, a stoły i podłogę pod ścianami pokrywały stosy książek i czasopism.

– Jeszcze nie całkiem się tu urządziłem – wyjaśnił Fauke i przygotował gościowi miejsce na kanapie.

Harry rozejrzał się dokoła. Na ścianach nie było żadnych obrazów, a jedynie kupiony w sklepie Rimi kalendarz ze zdjęciami z okolic Nordmarka.

– Pracuję nad większym projektem, z którego, mam nadzieję, powstanie książka. Historia wojny.
– Czy takiej książki już nie napisano?
Fauke roześmiał się głośno.
– Rzeczywiście, można i tak powiedzieć. Tyle że nie całkiem się udała. To będzie książka o mojej wojnie.
– Aha. A dlaczego pan to robi?
Fauke wzruszył ramionami.
– Jestem świadom, że może to zabrzmieć pretensjonalnie, ale obowiązkiem jej uczestników jest przekazanie własnych doświadczeń następnym pokoleniom, nim odejdziemy na tamten świat. Przynajmniej ja tak to widzę.
Przeszedł do kuchni i stamtąd zawołał do pokoju:
– To Even Juul zadzwonił do mnie i zapowiedział, że mogę spodziewać się gościa. Policyjne Służby Bezpieczeństwa, o ile dobrze zrozumiałem?
– Owszem. Ale Juul mówił mi, że pan mieszka w Holmenkollen.
– Even i ja nie utrzymujemy bliskich kontaktów. A zachowałem tamten numer telefonu, skoro przeprowadzka ma jedynie charakter tymczasowy, dopóki nie uporam się z tą książką.
– Aha. W każdym razie pojechałem tam i spotkałem pańską córkę. To ona podała mi ten adres.
– Była więc w domu? No tak, pewnie odbiera sobie nadgodziny.
A gdzie pracuje, o mało nie spytał Harry, lecz uznał, że może to się wydać dziwne.
Fauke przyniósł duży parujący dzbanek kawy i dwa kubki.
– Czarna? – spytał, stawiając kubek przed Harrym.
– Tak, tak.
– To świetnie, bo tak naprawdę nie ma pan wyboru. – Śmiał się tak, że o mało nie rozlał.
Harry'ego zdziwiło, jak mało Fauke przypomina własną córkę. Nie wyrażał się w sposób równie dystyngowany, poruszał się inaczej, nie miał też jej rysów. Tylko ich czoła były identyczne, wysokie, proste, z prześwitującą pod skórą niebieską żyłką.
– Duży ma pan dom – zauważył.
– Ciągle wymaga konserwacji i odśnieżania – odparł Fauke, spróbował kawy i cmoknął z zadowoleniem. – Ciemny, smutny i z dala od

wszystkiego. Nie znoszę Holmenkollen. Mieszkają tam same snoby. Nie ma żadnego przybysza z Gudbrandsdalen, jak ja.
– Dlaczego więc go pan nie sprzeda?
– Moja córka najwyraźniej go lubi. Dorastała tam. O ile dobrze zrozumiałem, chciał pan rozmawiać o Sennheim.
– Córka mieszka tam sama?
Harry gotów był odgryźć sobie język. Fauke upił łyk ze swojego kubka, długo obracał kawę w ustach.
– Mieszka razem z chłopcem, z Olegiem.
Wzrok mu się oddalił i już się nie uśmiechał.
Harry natychmiast wysunął kilka pospiesznych wniosków. Może zbyt pospiesznych, lecz jeśli miał rację, to Oleg był jednym z powodów, dla których Sindre Fauke przeniósł się teraz na Majorstua. Tak czy owak, ona z kimś mieszkała, nie ma co dłużej na ten temat rozmyślać. Właściwie może i lepiej.
– Niewiele mogę panu powiedzieć, panie Fauke. Jak pan z całą pewnością rozumie, pracujemy...
– Rozumiem.
– To dobrze. Chciałbym usłyszeć, co pan wie o Norwegach w Sennheim.
– O, było nas wielu.
– O tych z nich, którzy jeszcze żyją.
Fauke uśmiechnął się.
– Nie chcę się silić na czarny humor, ale to znacznie wszystko ułatwia. Na froncie wschodnim marliśmy jak muchy. Przeciętnie każdego roku ginęło sześćdziesiąt procent członków mojego oddziału.
– O rany, taka sama śmiertelność jak u rudzika...
– Słucham?
– Nic, nic, przepraszam, proszę mówić dalej.
Harry, zawstydzony, ukrył wzrok w kubku z kawą.
– Widzi pan, podczas wojny krzywa konieczności przyswajania sobie nowych rzeczy gwałtownie się wznosi – powiedział Fauke. – Jeśli zdołasz przeżyć przez sześć pierwszych miesięcy, twoje dalsze szanse na przeżycie nagle się zwielokrotniają. Nie wpadasz na miny, w okopie chodzisz z pochyloną głową, budzisz się na dźwięk odbezpieczania mosina i wiesz, że to nie miejsce dla bohaterów, a twoim najlepszym przy-

jacielem jest strach. Dlatego po sześciu miesiącach staliśmy się niewielką grupką Norwegów, którzy zrozumieli, że być może uda im się przetrwać tę wojnę. Większość z nas była wcześniej w Sennheim. Potem obozy szkoleniowe przenosili dalej, w głąb Niemiec. Albo też ochotnicy przybywali bezpośrednio z Norwegii. Ci, którzy przyjeżdżali bez żadnej wstępnej nauki... – Fauke pokręcił głową.

– Ginęli? – spytał Harry.

– Nie chciało nam się nawet zapamiętywać ich imion. No bo po co? To trudno pojąć, ale ochotnicy na front wschodni napływali jeszcze w czterdziestym czwartym, na długo po tym, jak już zrozumieliśmy, ku czemu to wszystko zmierza. A tym nieszczęśnikom wydawało się, że zdołają ocalić Norwegię.

– Zrozumiałem, że w czterdziestym czwartym już pana tam nie było.

– To prawda. Zdezerterowałem. W sylwestra 1943. Dopuściłem się zdrady dwukrotnie – uśmiechnął się Fauke. – I za każdym razem trafiałem do niewłaściwego obozu.

– Walczył pan za Rosjan?

– O tyle, o ile. Byłem jeńcem. Umieraliśmy z głodu. Pewnego ranka spytali nas po niemiecku, czy któryś z nas zna się trochę na łączności. Miałem o tym pewne pojęcie, podniosłem więc rękę. Okazało się, że wszyscy łącznościowcy z regimentu zginęli, kompletnie wszyscy, co do jednego! Następnego dnia obsługiwałem telefon polowy w czasie, gdy przeganialiśmy moich byłych towarzyszy broni do Estonii. To było pod Narwą... – Fauke podniósł kubek z kawą, trzymał go w obu dłoniach. – Leżałem na wzgórzu i patrzyłem, jak Rosjanie szturmują niemieckie stanowisko karabinów maszynowych. Niemcy ich dosłownie kosili. Trupy leżały w stosach. Wytłukli stu dwudziestu rosyjskich żołnierzy i cztery konie, aż w końcu karabin się przegrzał. Rosjanie zabili ich bagnetami, żeby oszczędzić amunicję. Od rozpoczęcia ataku do jego końca upłynęło nie więcej niż pół godziny. Stu dwudziestu zabitych. Potem przesuwaliśmy się do kolejnego stanowiska i powtarzała się ta sama historia.

Harry zauważył, że kubek leciutko drży.

– Zrozumiałem, że umrę. W dodatku za sprawę, w którą nie wierzyłem. Nie wierzyłem ani w Stalina, ani w Hitlera.

– Dlaczego pojechał pan na front wschodni, skoro pan nie wierzył w sprawę?

– Miałem osiemnaście lat. Dorastałem w zagrodzie w głębi Gudbrandsdalen, gdzie w zasadzie nie widywaliśmy innych ludzi oprócz najbliższych sąsiadów. Nie czytaliśmy gazet, nie mieliśmy książek, niczego nie byłem świadomy. O polityce wiedziałem tylko tyle, ile powiedział mi ojciec. Jedyni z całej rodziny pozostaliśmy w Norwegii, wszyscy inni wyemigrowali do Ameryki w latach dwudziestych. Moi rodzice, tak samo jak wieśniacy z sąsiednich gospodarstw po obu stronach, byli gorącymi zwolennikami Quislinga i członkami Nasjonal Samling. Miałem dwóch starszych braci, których podziwiałem i ślepo słuchałem. Obaj byli w Hird, bojówce NS, i otrzymali zadanie rekrutowania młodzieży do partii w rodzinnych stronach, a poza tym również zgłosili się na front. Tak przynajmniej mi powiedzieli. Dopiero później dowiedziałem się, że rekrutowali sprzedawczyków, ale wtedy było już za późno. Jechałem na front.

– Więc tam się pan nawrócił?

– Nie nazwałbym tego nawróceniem. Większość z nas, ochotników, z pewnością więcej myślała o Norwegii, mniej o polityce. Punkt zwrotny nastąpił w chwili, gdy zrozumiałem, że biorę udział w cudzej wojnie. Dosłownie. I pod tym względem wcale nie lepsza była walka w szeregach Rosjan. W czerwcu 1944 pełniłem wartę przy rozładunku statku na nabrzeżu w Tallinie. Tam udało mi się przekraść na pokład statku Szwedzkiego Czerwonego Krzyża. Zakopałem się w ładowni z koksem i spędziłem w niej trzy doby. Zatrułem się czadem, ale zdołałem dotrzeć do Sztokholmu. Stamtąd przedostałem się do granicy norweskiej i przeszedłem przez nią bez niczyjej pomocy. Był już wtedy sierpień.

– Dlaczego bez pomocy?

– Ci nieliczni, z którymi miałem kontakt w Szwecji, nie ufali mi. Moja historia była zbyt niesamowita, ale ja także nie ufałem nikomu.

Znów roześmiał się głośno.

– Schowałem się więc i sam sobie dawałem radę. Samo przekraczanie granicy to pestka. Proszę mi uwierzyć, bardziej niebezpieczne było odbieranie racji żywnościowych pod Leningradem niż przejście ze Szwecji do Norwegii podczas wojny. Jeszcze kawy?

– Dziękuję. Dlaczego po prostu nie został pan w Szwecji?

– Dobre pytanie, które sam sobie wielokrotnie zadawałem. – Przeciągnął dłonią po cienkich białych włosach. – Widzi pan, opętała mnie myśl o zemście. Byłem młody, a w młodości człowiekowi często roi się o sprawiedliwości. Uważa się ją za coś, do czego my, ludzie, jesteśmy powołani. Przeżywałem wtedy, podczas pobytu na froncie wschodnim, poważny konflikt wewnętrzny, dlatego zachowywałem się jak świnia wobec wielu moich towarzyszy. Mimo to, a może raczej właśnie z tego powodu, poprzysiągłem zemstę za wszystkich, którzy oddali życie w imię kłamstw, jakimi nas karmiono w domu. Zemstę za moje zniszczone życie, które, jak sądziłem, nigdy się nie wyprostuje. Pragnąłem jedynie rozliczyć się z rzeczywistymi zdrajcami naszego narodu. Dzisiaj psychologowie nazwaliby to pewnie psychozą wojenną i natychmiast zamknęliby mnie w szpitalu. Wyprawiłem się do Oslo, nie mając gdzie mieszkać, ani nikogo, kto by mnie przyjął. Jedyne dokumenty, jakie posiadałem, doprowadziłyby do zastrzelenia mnie na miejscu jako dezertera. Jeszcze tego samego dnia, w którym przyjechałem ciężarówką do Oslo, wyruszyłem do lasów Nordmarka. Spałem pod świerkami i przez trzy dni żywiłem się wyłącznie jagodami, dopóki mnie nie znaleźli.

– Ci z Frontu Krajowego?

– Rozumiem, że Even Juul już panu opowiedział resztę.

– Owszem. – Harry obracał kubek w palcach. Likwidacja. To była rzecz niepojęta, której wcale nie dawało się łatwiej zrozumieć po osobistym poznaniu tego człowieka. Już od momentu, gdy ujrzał uśmiechniętego Faukego w drzwiach i uścisnął mu rękę, gdzieś w mózgu przez cały czas tkwiła mu myśl: ten człowiek zabił swoich dwóch braci i rodziców.

– Wiem, o czym pan myśli – powiedział Fauke. – Byłem żołnierzem, któremu wydano rozkaz wykonania likwidacji. Gdybym go nie dostał, nie zrobiłbym tego. Ale wiem jedno, oni byli wśród tych, którzy nas zdradzili.

Spoglądał wprost na Harry'ego. Kubek już nie drżał mu w palcach.

– Pewnie się pan zastanawia, dlaczego zabiłem wszystkich, skoro rozkaz mówił tylko o jednej osobie. Problem polegał na tym, że nie powiedziano, kogo dotyczy. Mnie pozostawili rolę sędziego, decydującego o życiu i śmierci. I z tym sobie nie poradziłem. Był na froncie gość, którego nazywaliśmy Czerwone Gardło. Tak, tak, jak ten ptaszek, rudzik, pliszka czerwonogardła. Nauczył mnie zabijać bagnetem w najbardziej humanitarny sposób. Tętnica szyjna prowadzi od serca prosto do mózgu, w momencie przecięcia połączenia mózg ofiary nie otrzymuje tlenu i natychmiast umiera. Serce uderza jeszcze trzy, może cztery razy i się zatrzymuje. Problem polega na tym, że to jest trudne. Gudbrand, bo tak miał na imię Czerwone Gardło, był w tym mistrzem. Ale z matką musiałem walczyć przez dwadzieścia minut i zdołałem jej zadać zaledwie kilka pchnięć. W końcu musiałem ją zastrzelić.

Harry'emu zaschło w ustach.

– Rozumiem – powiedział.

Bezsensowne słowa zawisły w powietrzu. Harry odsunął kubek, z kieszeni skórzanej kurtki wyjął notatnik.

– Może moglibyśmy porozmawiać o tych, z którymi był pan razem w Sennheim.

Sindre Fauke otrząsnął się gwałtownie.

– Przepraszam, panie Hole, nie chciałem, żeby zabrzmiało to tak zimno i okrutnie. Proszę mi pozwolić wyjaśnić jeszcze jedno, nim przejdziemy dalej. Nie jestem okrutnym człowiekiem. To tylko taki mój sposób radzenia sobie z tą sprawą. Nie musiałem panu o tym opowiadać, a jednak to zrobiłem. Nie potrafię tego pominąć. Również dlatego piszę tę książkę. Muszę przechodzić przez to za każdym razem, gdy ten temat jawnie albo po cichu zostaje poruszony. Żeby mieć całkowitą pewność, że nie uciekam. W dniu, w którym ucieknę, lęk wygra pierwszą bitwę. Nie wiem, dlaczego tak jest. Psycholog z całą pewnością zdołałby to panu wytłumaczyć. – Westchnął. – Ale powiedziałem już wszystko, co mam do powiedzenia na temat tej sprawy. Ma pan jeszcze ochotę na kawę?

– Nie, dziękuję – odparł Harry.

Fauke usiadł. Oparł brodę na zaciśniętych pięściach.

– A więc Sennheim. Twarde norweskie jądro. Wraz ze mną dotyczy to zaledwie pięciu ludzi. Jeden z nich, Daniel Gudeson, zginął tej samej nocy, gdy uciekłem. Tak więc chodzi o czterech. Edvard Mosken, Hallgrim Dale, Gudbrand Johansen i ja. Po wojnie widziałem jedynie Edvarda Moskena, dowódcę naszego oddziału. Było to latem 1945 roku. Dostał trzy lata za zdradę ojczyzny. Jeśli chodzi o pozostałych, nie mam pewności, czy przeżyli. Ale opowiem panu wszystko, co o nich wiem.

Harry otworzył notatnik na czystej stronie.

42 POT, 3 MARCA 2000

G-u-d-b-r-a-n-d J-o-h-a-n-s-e-n. Harry wystukał palcami wskazującymi litery na klawiaturze. Wiejski chłopak. Według Faukego nieco słaby typ, dla którego Daniel Gudeson, ten zastrzelony na warcie, był wzorem i namiastką starszego brata. Harry wcisnął Enter i program zaczął działać.

Zapatrzył się w ścianę. W malutką fotografię Sio. Krzywiła się, jak zawsze, gdy robiono jej zdjęcie. Letnie wakacje przed wieloma laty. Na jej białą koszulkę padał cień fotografującego. Mamy.

Ciche piśnięcie komputera zasygnalizowało, że poszukiwanie zostało zakończone, i Harry znów skierował wzrok na ekran.

W Biurze Ewidencji Ludności zarejestrowano dwóch Gudbrandów Johansenów, ale daty urodzenia świadczyły o tym, że obaj mieli mniej niż sześćdziesiąt lat. Sindre Fauke przeliterował mu nazwiska, nie mogło więc być mowy o jakimkolwiek błędzie w pisowni. Ewentualnie oznaczało to jedynie, że zmienił nazwisko. Albo mieszkał za granicą. Albo umarł.

Harry spróbował następnego. Dowódca, pochodzący z Mjøndalen. Ojciec małego dziecka. E-d-v-a-r-d M-o-s-k-e-n. Odrzucony przez rodzinę, ponieważ zgłosił się na front. Dwukrotnie kliknął „Szukaj".

Nagle zapaliła się lampa na suficie. Harry gwałtownie się odwrócił.

– Musisz zapalać światło, kiedy pracujesz tak późno. – W drzwiach stał Kurt Meirik, palec wciąż trzymał na wyłączniku. Wszedł do środka i przysiadł na brzegu biurka.

– Co masz?

– Wiem już, że szukamy mężczyzny, który ma dobrze ponad siedemdziesiąt lat i prawdopodobnie walczył na froncie.

– Miałem na myśli tych neonazistów szykujących się na siedemnastego maja.

– Aha.

Komputer znów pisnął.

– Nie miałem czasu, żeby bliżej się temu przyjrzeć.

Na ekranie wyskoczyło dwóch Edvardów Moskenów, jeden urodzony w 1942, drugi w 1921.

– W sobotę jest impreza organizowana przez nasz wydział – powiedział Meirik.

– Dostałem zaproszenie, w przegródce na pocztę. – Harry dwukrotnie kliknął na rok 1921, wyskoczył adres starszego z Moskenów. Mieszkał w Drammen.

– Szef personelu wspomniał, że jeszcze nie potwierdziłeś obecności. Chciałem się tylko upewnić, że przyjdziesz.

– Dlaczego?

Harry wstukał numer osobisty Edvarda Moskena w bazę Rejestru Skazanych.

– Ważne, żeby ludzie z różnych wydziałów poznawali się ze sobą. Do tej pory ani razu nie widziałem cię w kantynie.

– Dobrze mi tu, u siebie.

Zero trafień. Przełączył się na Rejestr Spraw Karnych, gdzie odnotowywano wszystkich, którzy w taki czy inny sposób mieli styczność z policją. Nie musieli wcale być oskarżeni, lecz na przykład zatrzymani lub sami padli ofiarą jakiegoś przestępczego czynu.

– Dobrze, że się angażujesz, ale nie możesz się tutaj zamurowywać. Zobaczę cię w sobotę?

Enter.

– Jeszcze nie wiem. Mam inne spotkanie, na które umówiłem się już dawno – skłamał Harry.

Znów zero trafień. Skoro jednak już był w tym rejestrze, wpisał nazwisko trzeciego z żołnierzy walczących na froncie, które podał mu Fauke. H-a-l-l-g-r-i-m D-a-l-e. Według Faukego oportunista. Wierzył, że Hitler wygra wojnę i nagrodzi tych, którzy wybrali właściwą stronę. Żałował, już kiedy przyjechał do Sennheim, ale było za późno, żeby zawrócić. Gdy Fauke wypowiedział to nazwisko, Harry'emu wydawało się, że zabrzmiało znajomo. Teraz to uczucie powróciło.

– Pozwól, że powiem to trochę mocniej – oświadczył Meirik. – Musisz przyjść, to polecenie służbowe.

Harry podniósł głowę, szef się uśmiechnął.

– Żartowałem – zapewnił. – Ale miło by było cię zobaczyć. Życzę przyjemnego wieczoru.

– Nawzajem – mruknął Harry i wrócił do ekranu. Tylko jeden Hallgrim Dale. Urodzony w 1922. Enter.

Na ekranie wyskoczył tekst. Jeszcze jedna strona. I jeszcze jedna.
A więc nie wszystkim powiodło się później równie dobrze, pomyślał Harry. Hallgrim Dale, miejsce zamieszkania Schweigaards gate, Oslo, zaliczał się do tych, których gazety lubiły określać jako dobrych znajomych policji. Harry przebiegł listę wzrokiem. Włóczęgostwo. Pijaństwo. Awantury w sąsiedztwie. Drobne kradzieże. Bójki. Sporo tego, ale w zasadzie nic poważnego. Najbardziej imponujące jest to, że on wciąż żyje, pomyślał Harry, widząc, że Dale był na odwyku jeszcze w sierpniu. Wziął książkę telefoniczną Oslo, odszukał właściwy numer i wykręcił. Czekając, aż ktoś odbierze, ponownie wszedł do bazy Biura Ewidencji Ludności i odszukał drugiego Edvarda Moskena, tego urodzonego w 1942. Również ten mieszkał w Drammen. Zanotował numer ewidencyjny i przełączył się ponownie do Rejestru Skazanych.

– Połączyłeś się z nieużywanym numerem telefonu. Informacja z Telenor. Połączyłeś się z...

Harry nie był zaskoczony. Odłożył słuchawkę.

Edvard Mosken junior miał wyrok. Długi. Ciągle jeszcze siedział. Za co? Pewnie za narkotyki, próbował zgadnąć Harry i nacisnął Enter. Jedna trzecia wszystkich, którzy siedzą o każdym czasie, ma wyrok za narkotyki. Jest. Rzeczywiście, przemyt haszyszu. Cztery kilo. Cztery lata bez zawieszenia.

Harry ziewnął i przeciągnął się. Czy on do czegoś dojdzie, czy też siedzi tu tylko i bawi się, ponieważ jedyne miejsce, gdzie naprawdę miałby ochotę się znaleźć, to knajpa U Schrødera? Z pewnością nie skończyłoby się na kawie. Przesrany dzień. Podsumował: Gudbrand Johansen nie istnieje, przynajmniej w Norwegii. Edvard Mosken mieszka w Drammen i ma syna skazanego za narkotyki. A Hallgrim Dale to pijaczyna, którego z całą pewnością nie stać na wyrzucenie pół miliona koron.

Przetarł oczy.

Może sprawdzić w książce telefonicznej pod „Fauke", czy nie ma w niej numeru na Holmenkollveien? Westchnął.

Ona kogoś ma. I ma pieniądze. I klasę. Krótko mówiąc, wszystko to, czego ty nie masz.

Wstukał w Rejestrze Spraw Karnych numer ewidencyjny Hallgrima Dale. Enter. Komputer zaburczał głośniej.

Długa lista. Biedny pijaczyna.
Oboje studiowali prawo. Ona też lubi Raga Rockers.
Chwileczkę, w ostatniej sprawie Dale był oznaczony jako pokrzywdzony. Czyżby ktoś go stłukł? Enter.
Zapomnij o niej. O tak, już. Może zadzwonić do Ellen, spytać, czy by nie poszła do kina? Niechby wybrała film. Nie, lepiej iść do SATS, wypocić się.
Na ekranie wyskoczył napis:
HALLGRIM DALE. 151199. MORDERSTWO.
Harry odetchnął głęboko. Był zaskoczony, lecz nie aż tak bardzo. Dlaczego? Dwukrotnie kliknął „Szczegóły". Komputer znów zaszumiał. Ale tym razem zwoje jego własnego mózgu zdążyły zadziałać szybciej niż mózg elektroniczny i gdy na ekranie ukazał się nowy obraz, on już zdążył umiejscowić to nazwisko.

43 SATS, 3 MARCA 2000

– Słucham, Ellen.
– Cześć, to ja.
– Kto?
– Harry. Nie udawaj, że jacyś inni faceci dzwonią do ciebie i mówią „to ja".
– Idź do diabła. Gdzie jesteś? Co to za cholerna muzyka?
– Jestem w SATS.
– Co?
– Jadę na rowerze. Mam już prawie osiem kilometrów.
– Nie wiem, czy dobrze usłyszałam, Harry. Siedzisz na rowerze w SATS i jednocześnie rozmawiasz przez telefon komórkowy – z naciskiem wymówiła słowa SATS i telefon komórkowy.
– Coś w tym złego?
– O Boże, Harry!
– Próbowałem cię złapać przez cały wieczór. Pamiętasz to morderstwo, którym ty i Tom Waaler zajmowaliście się w listopadzie? Faceta o nazwisku Hallgrim Dale?

– Oczywiście. Prawie natychmiast przejęła je Kripos. A w czym rzecz?
– Jeszcze nie bardzo wiem. To może mieć związek z tym żołnierzem, którego szukam. Co mi możesz powiedzieć?
– To ma związek z pracą, Harry. Zadzwoń jutro do biura.
– Tylko parę słów, Ellen. Proszę.
– Jeden z kucharzy z pizzerii U Herberta znalazł Dalego w bramie. Leżał między pojemnikami na śmieci z poderżniętym gardłem. Technicy nie znaleźli kompletnie nic. Lekarz wykonujący sekcję stwierdził tylko, że to bardzo eleganckie cięcie. Wręcz chirurgiczne, tak powiedział.
– Jak myślisz, kto to zrobił?
– Nie mam pojęcia. Oczywiście mógł to zrobić któryś z neonazistów, ale trudno mi w to uwierzyć.
– Dlaczego?
– Jeśli zabijasz faceta tuż przy miejscu, w którym stale bywasz, to znaczy, że albo jesteś zuchwały, albo zwyczajnie głupi. A wszystko w tym morderstwie wydawało się takie uporządkowane, takie przemyślane. Nie było żadnych oznak walki, żadnych śladów, żadnych świadków. Wszystko wskazuje na to, że morderca wiedział, co robi.
– A motyw?
– Trudno powiedzieć. Dale z całą pewnością miał długi, lecz raczej nie chodziło o pieniądze, o które warto by go było przyciskać. O ile wiem, zero związku z narkotykami. Przeszukaliśmy jego mieszkanie, nic tam nie znaleźliśmy. Jedynie puste butelki. Przesłuchaliśmy jego kompanów od kieliszka. Z jakiegoś niewyjaśnionego powodu przyciągał do siebie damy.
– Damy?
– Tak, te kobiety, które włóczą się z pijakami. Widziałeś je, wiesz, o kim mówię.
– No owszem, ale tak je nazywać?
– Zawsze czepiasz się tego, czego nie trzeba, Harry. To potrafi być irytujące, wiesz? Może powinieneś...
– Sorry, Ellen. Jak zawsze, masz rację, a ja postaram się poprawić. O czym mówiłaś?
– W środowisku alkoholików zmiany partnerów są bardzo częste. Nie możemy więc wykluczyć zabójstwa z zazdrości. A wiesz, kogo przy tej okazji przesłuchiwaliśmy? Twojego starego znajomka, Sverrego Ol-

sena. Kucharz widział go w pizzerii mniej więcej w czasie, gdy dokonano zabójstwa.
— No i?
— Ma alibi. Siedział w środku przez cały dzień. Wyszedł jedynie na dziesięć minut, żeby coś kupić. Ekspedient w sklepie, do którego poszedł, to potwierdził.
— Mógł zdążyć...
— Tak, tak. Na pewno spodobałoby ci się, gdyby to był on. Ale wiesz, Harry...
— Może Dale posiadał coś innego niż pieniądze.
— Harry...
— Może miał informacje. Na czyjś temat.
— Lubicie się bawić w konspirację, wy na szóstym piętrze, prawda? Ale czy nie moglibyśmy porozmawiać o tym jutro?
— Odkąd to tak pilnujesz godzin pracy?
— Już się położyłam.
— O wpół do jedenastej?
— Nie sama.
Harry przestał pedałować. Wcześniej nie przyszło mu do głowy, że ludzie znajdujący się wokół niego mogli słuchać tej rozmowy. Rozejrzał się. Na szczęście o tej porze trenowała jedynie garstka.
— To ten artysta z Tørst? — spytał szeptem.
— Mhm.
— Od jak dawna razem śpicie?
— Od jakiegoś czasu.
— Dlaczego nic nie powiedziałaś?
— Bo nie pytałeś.
— On jest teraz obok ciebie?
— Mhm.
— Dobry jest?
— Mhm.
— Powiedział ci już, że cię kocha?
— Mhm.
Pauza.
— Myślisz o Freddym Mercurym, kiedy...
— Dobranoc, Harry.

44 POKÓJ HARRY'EGO, 6 MARCA 2000

Gdy Harry przyszedł do pracy, zegar w recepcji wskazywał 8.30. Nie była to właściwie recepcja, lecz raczej obszar pełniący funkcję śluzy. A szefem tej śluzy była Linda, która podniosła głowę znad komputera i pozdrowiła go wesołym „dzień dobry". Linda pracowała w POT o wiele dłużej niż wszyscy inni i była w zasadzie jedyną osobą, z którą Harry musiał się kontaktować, żeby wykonywać swoją codzienną pracę. Oprócz tego, że odgrywała rolę „szefowej śluzy", ta wygadana drobniutka pięćdziesięcioletnia kobietka funkcjonowała jako ktoś w rodzaju wspólnej sekretarki, recepcjonistki i człowieka do wszystkiego. Harry zastanawiał się nad tym parokrotnie, że gdyby był szpiegiem jakiejś wrogiej potęgi i miał wycisnąć informacje od kogoś z POT, z całą pewnością wybrałby Lindę. Poza tym, oprócz Meirika, Linda była jedyną osobą, która wiedziała, nad czym Harry pracuje. Nie miał pojęcia, co myślą na ten temat inni. Podczas nielicznych wypadów do kantyny po jogurt i papierosy, których, jak się okazało, nie sprzedają, wyczuwał spojrzenia rzucane zza stolików. Nie próbował ich jednak odczytywać, po prostu czym prędzej wracał do siebie.

– Ktoś do ciebie dzwonił – powiedziała Linda. – Mówił po angielsku. Zaraz zobaczę... – Odkleiła z ekranu komputera żółtą karteczkę. – Hochner.

– Hochner? – wykrzyknął zdumiony Harry.

Linda dość niepewnie popatrzyła na karteczkę.

– Tak, tak powiedziała.

– Ona? Chyba on.

– Nie, nie, to była kobieta. Powiedziała, że zadzwoni jeszcze raz o... – Linda obróciła się i spojrzała na zegar. – Właśnie teraz. Mówiła tak, jakby bardzo jej zależało na złapaniu cię. A skoro już jesteś, Harry, to czy udało ci się poznać wszystkich pracowników?

– Nie miałem czasu, Lindo. W przyszłym tygodniu.

– Pracujesz tu od miesiąca. Wczoraj Steffensen mnie spytał, kim jest ten wysoki blondyn, którego spotkał w toalecie.

– Tak? I co mu powiedziałaś?

– Że to ściśle tajne – roześmiała się. – Musisz przyjść na imprezę wydziału w sobotę.

– Tyle już zrozumiałem – mruknął Harry, wyjmując dwie kartki ze swojej przegródki na pocztę. Jedna z nich przypominała o sobotniej imprezie, druga zawierała wewnętrzną notatkę o nowych zasadach dotyczących wyboru męża zaufania. Obie trafiły do kosza na śmieci, gdy tylko zamknął za sobą drzwi pokoju.

Potem usiadł, wcisnął klawisze Rec i Pause w automatycznej sekretarce i czekał. Mniej więcej za trzydzieści sekund zadzwonił telefon.

– *Harry Hole speaking.*
– *Harri? Spiking?* – przedrzeźniała go Ellen.
– Przepraszam, myślałem, że to ktoś inny.
– Co za potwór – powiedziała, nim zdążył dodać coś więcej. – *Faking anbyliwabyl.*
– Jeśli mówisz o tym, czego się domyślam, to wolałbym, żebyś na tym poprzestała.
– Dureń! Czyjego telefonu się spodziewałeś?
– Kobiety.
– Nareszcie!
– Przestań! To prawdopodobnie krewna albo żona faceta, którego przesłuchiwałem.

Westchnęła.
– Kiedy wreszcie kogoś poznasz, Harry?
– Zakochałaś się, co?
– Owszem, a ty nie?
– Ja?

Radosny śmiech Ellen aż zakłuł go w ucho.
– Nie odpowiadasz! Przyłapałam cię, Harry Hole! Kto to jest?
– Przestań, Ellen!
– Przyznaj, że mam rację!
– Nikogo nie poznałem, Ellen.
– Mnie nie oszukasz!

Roześmiał się.
– Opowiedz mi raczej o Hallgrimie Dale. Jak posuwa się śledztwo?
– Nie wiem. Pogadaj z tymi z Kripos.
– Owszem, pogadam, ale co mówi o mordercy twoja intuicja?

– Że to profesjonalista, nie zboczeniec. I chociaż zaznaczyłam, że morderstwo wyglądało na przemyślane, to sądzę, że nie zostało zaplanowane wcześniej.

– Tak?

– Zrealizowane sprawnie, bez pozostawiania śladów, ale miejsce zbrodni zostało wybrane źle. Morderca mógł zostać zauważony z ulicy albo z tylnego podwórza.

– Mam kogoś na drugiej linii, zadzwonię później.

Wcisnął klawisz Rec i sprawdził, czy taśma się przewija, nim się przełączył.

– Tu Harry, słucham?

– *Hello, my name is Constance Hochner.*

– *How do you do, Ms. Hochner.*

– Jestem siostrą Andreasa Hochnera.

– Rozumiem.

Chociaż połączenie było marne, i tak zdołał wychwycić nerwowość w jej głosie. Mimo to od razu przystąpiła do rzeczy.

– Zawarł pan umowę z moim bratem, panie Hole. I nie dotrzymał słowa.

Mówiła z dziwnym akcentem, takim samym jak Andreas Hochner. Harry odruchowo próbował ją sobie wyobrazić, zwyczaj ten wypracował już w początkowym okresie pracy w policji.

– No cóż, pani Hochner. Nie mogę nic zrobić dla pani brata, dopóki nie zweryfikuję informacji, które nam podał. Na razie nie znaleźliśmy nic, co by je potwierdzało.

– Ale dlaczego on miałby kłamać, panie Hole? Człowiek w jego sytuacji?

– Właśnie dlatego, pani Hochner. Jeśli nic nie wie, może być dostatecznie zrozpaczony, aby udawać, że tak nie jest.

Zapadła cisza na trzeszczącej linii z... Skąd? Z Johannesburga?

Constance Hochner spróbowała ponownie:

– Andreas ostrzegał mnie, że pan może coś takiego powiedzieć. Dzwonię, żeby przekazać, że mam od brata dalsze informacje, które mogą pana zainteresować.

– Ach, tak?

– Ale nie dostanie pan ich, jeśli pański rząd nie podejmie najpierw kroków w sprawie mojego brata.
– Postaramy się zrobić, co możemy.
– Skontaktuję się z panem znów, gdy zauważymy, że podjęliście odpowiednie działania.
– Jak pani się zapewne orientuje, to się nie odbywa w taki sposób, pani Hochner. Najpierw musimy uzyskać obiecujące wyniki na podstawie otrzymanych informacji. Dopiero wtedy możemy próbować mu pomóc.
– Mój brat musi mieć jakąś gwarancję. Proces przeciwko niemu zaczyna się za dwa tygodnie. – Głos załamał się w pół zdania. Harry zrozumiał, że kobieta jest bliska płaczu.
– Mogę pani jedynie obiecać, że zrobię, co tylko w mojej mocy, pani Hochner.
– Pan nie rozumie. Oni chcą skazać Andreasa na śmierć. Oni...
– Mimo wszystko nic więcej nie mogę pani zaproponować.
Zaczęła płakać. Harry czekał. Po chwili się uspokoiła.
– Ma pani dzieci, pani Hochner?
– Tak – zaszlochała.
– Czy pani wie, o co jest oskarżony brat?
– Oczywiście.
– Wobec tego rozumie pani również, że powinien wykorzystać każdą możliwość zadośćuczynienia za grzechy, jaka tylko mu się nadarzy. Jeżeli za pani pośrednictwem pomoże nam powstrzymać zamachowca, to będzie miał na swoim koncie dobry uczynek. I pani również, pani Hochner.
Ciężko oddychała w słuchawkę. Przez chwilę Harry sądził, że znów wybuchnie płaczem.
– Czy pan naprawdę obiecuje, że zrobi wszystko, co w pańskiej mocy, panie Hole? Mój brat nie popełnił wszystkich tych czynów, o które go oskarżają.
– Obiecuję.
Harry słyszał własny głos, spokojny i bez drżenia, ale jednocześnie z całej siły ściskał słuchawkę.
– No dobrze – powiedziała cicho Constance Hochner. – Andreas twierdzi, że ten człowiek, który odebrał broń i zapłacił mu w porcie tamtej nocy, nie był tym samym, który broń zamówił. Zamawiający to

właściwie stały klient, młodszy mężczyzna. Mówi dobrze po angielsku, ze skandynawskim akcentem, upierał się, żeby zwracając się do niego, używać pseudonimu „Książę". Andreas przekazał także, że powinniście szukać w środowiskach zafascynowanych bronią.

– To wszystko?

– Andreas nigdy go nie widział, ale utrzymuje, że natychmiast rozpoznałby go po głosie, gdybyście przysłali mu taśmę.

– Dobrze – powiedział Harry z nadzieją, że nie słychać, jak bardzo jest rozczarowany. Wyprostował się, jak gdyby chciał się dodatkowo uzbroić, nim zaserwuje jej kłamstwo.

– Jeśli coś znajdę, zaraz zacznę pociągać za odpowiednie sznurki.

Słowa zapiekły w ustach jak soda kaustyczna.

– Bardzo panu dziękuję, panie Hole.

– Proszę nie dziękować, pani Hochner.

To ostatnie zdanie powtórzył w duchu jeszcze dwa razy po tym, jak odłożyła słuchawkę.

– Co za potworność – wzdrygnęła się Ellen, usłyszawszy opowieść o rodzeństwie Hochnerów.

– Przekonajmy się, czy ten twój móżdżek potrafi na chwilę zapomnieć o tym, że się zakochał, i czy nie wykona którejś ze swoich dawnych sztuczek – odparł Harry. – Dostałaś już swoje hasła.

– Nielegalny import broni. Stały klient. Książę. Środowisko zafascynowane bronią. To dopiero cztery elementy.

– Więcej nie mam.

– Dlaczego ja się na to godzę?

– Bo mnie kochasz. Muszę już lecieć.

– Zaczekaj. Opowiedz mi jeszcze o tej kobiecie...

– Mam nadzieję, że twoja intuicja sprawdzi się lepiej w wypadku przestępstwa, Ellen. Cześć.

Harry wystukał numer do Drammen, podany przez informację telefoniczną.

– Słucham, Mosken.

– Edvard Mosken?

– Tak. Z kim rozmawiam?

– Komisarz Hole. POT. Mam do pana kilka pytań.

Harry zdał sobie sprawę, że po raz pierwszy przedstawił się jako komisarz. Z jakiegoś powodu miał uczucie, że skłamał.

– Czy coś się stało mojemu synowi?

– Nie. Chętnie odwiedziłbym pana jutro o dwunastej, panie Mosken. Czy to panu odpowiada?

– Jestem na emeryturze. Mieszkam sam. Właściwie nie ma takiej chwili, która by mi nie odpowiadała.

Po tej rozmowie Harry zadzwonił jeszcze do Evena Juula, informując go, czego się dowiedział.

Idąc do kantyny po jogurt, myślał o tym, co mówiła Ellen o morderstwie Hallgrima Dale. Chciał zadzwonić do Kripos i uzyskać od nich informacje na temat tej sprawy, ale miał przeczucie, że Ellen opowiedziała mu już wszystko, co warto wiedzieć. Coś w tym jednak musiało być. W Norwegii statystyczne prawdopodobieństwo, że ktoś padnie ofiarą morderstwa, wynosi około jedną dziesiątą promila. Gdy osoba, której szukasz, pojawia się w charakterze zwłok w toczącym się od czterech miesięcy śledztwie, trudno uwierzyć w przypadek. Czy to morderstwo należy wiązać ze sprawą zakupu märklina? Była zaledwie dziewiąta, a Harry'ego już bolała głowa. Miał nadzieję, że Ellen wpadnie na coś w związku z tym Księciem. Na cokolwiek. Byłby to przynajmniej jakiś punkt zaczepienia.

45 SOGN, 6 MARCA 2000

Po pracy Harry pojechał do dzielnicy Sogn. Siostra czekała na niego w drzwiach swojego mieszkania socjalnego. W ostatnim roku trochę przytyła, ale twierdziła, że jej chłopakowi, Henrikowi, który mieszkał kawałek dalej w tym samym korytarzu, taka się podoba.

– Przecież Henrik to mongoł.

Zwykła to powtarzać, gdy wyjaśniała ludziom drobne dziwaczności Henrika. Ona sama nie była mongołem. Najwyraźniej istniała jakaś cieniusieńka, niewidoczna, lecz bardzo ostra granica. Sio chętnie też wyjaśniała Harry'emu, kto z mieszkających w budynku jest mongołem, a kto nim jest tylko odrobinę.

Opowiadała o zwykłych sprawach, o tym, co Henrik powiedział w zeszłym tygodniu (co niekiedy bywało naprawdę dziwaczne), co oglądali w telewizji, co jedli, i dokąd planują wyjazd na wakacje. Tym razem były to Hawaje i Harry nie potrafił powstrzymać się od uśmiechu na myśl o Sio i Henriku w hawajskich koszulach w Honolulu.

Spytał, czy rozmawiała z ojcem. Tak, odwiedził ją dwa dni temu.
– Świetnie.
– Myślę, że zapomniał o mamie – oświadczyła Sio. – To dobrze.

Harry przez chwilę zastanawiał się nad jej słowami. Za chwilę jednak zastukał Henrik z wiadomością, że za trzy minuty na TV2 zaczyna się *Hotel Cezar*, Harry włożył więc płaszcz i obiecał, że niedługo zadzwoni.

Jak zwykle na światłach przy stadionie Ullevål był korek i Harry za późno się zorientował, że powinien skręcić w prawo przy Ringveien z powodu robót drogowych. Rozmyślał o tym, co przekazała mu Constance Hochner. O tym, że Uriasz korzystał z usług pośrednika, prawdopodobnie Norwega. Oznaczało to, że ktoś wiedział, kim jest Uriasz. Już wcześniej prosił Lindę, by przejrzała tajne archiwa i poszukała kogoś o przezwisku „Książę", był jednak pewien, że niczego nie znajdzie. Miał nieprzeparte uczucie, że ten człowiek jest o wiele bystrzejszy niż zwyczajni kryminaliści. Jeśli Andreas Hochner powiedział prawdę, że Książę to stały klient, oznaczałoby to, że zdołał on zbudować własną grupę odbiorców i to w taki sposób, że nikt w POT czy gdzie indziej się nie zorientował. Takie posunięcia wymagają czasu, ostrożności, przebiegłości i zdyscyplinowania. A bandyci, których znał Harry, nie posiadali żadnej z tych cech. Oczywiście ten człowiek mógł mieć coś więcej niż tylko swoją porcję szczęścia, skoro nie został dotąd złapany. Albo zajmować bezpieczną pozycję. Może ktoś go chronił. Constance Hochner twierdziła, że mówił dobrze po angielsku. Mógł być choćby dyplomatą, osobą, która może wyjeżdżać i wjeżdżać do kraju niezatrzymywana przez celników.

Skręcił przy Slemdalsveien i pojechał dalej w stronę Holmenkollen.

Czy powinien poprosić Meirika o przeniesienie Ellen do POT? Na czas tego śledztwa? Od razu jednak odrzucił tę myśl. Meirik sprawiał wrażenie, że bardziej zależy mu na tym, żeby Harry liczył neonazistów i uczestniczył w wydarzeniach towarzyskich, aniżeli ścigał upiory z czasów wojny.

Dotarł aż pod jej dom, nim zrozumiał, dokąd zmierza. Zatrzymał samochód i zapatrzył się między drzewa. Z głównej drogi do samego domu było jakieś pięćdziesiąt-sześćdziesiąt metrów. W oknach na dole się świeciło.

– Idiota – powiedział głośno do siebie i przestraszony drgnął na dźwięk własnego głosu. Już miał odjeżdżać, gdy nagle zobaczył, że drzwi się otwierają i na schody padło światło. Na myśl o tym, że miałaby go zobaczyć i rozpoznać samochód, w jednej chwili wpadł w panikę. Wrzucił wsteczny bieg, żeby cicho i dyskretnie wycofać się pod górkę i zniknąć jej z oczu, zbyt delikatnie nacisnął jednak pedał gazu i silnik zgasł. Usłyszał głosy. Na schody wyszedł wysoki mężczyzna w długim ciemnym płaszczu. Mówił coś, lecz osobę, do której się zwracał, zasłaniały drzwi. Potem nachylił się do szczeliny w drzwiach i Harry stracił z oczu jego twarz.

Całują się, pomyślał. Przyjechałem aż do Holmenkollen, żeby szpiegować kobietę, z którą rozmawiałem przez piętnaście minut, i wytropiłem, że całuje się ze swoim partnerem.

Potem drzwi się zamknęły, mężczyzna wsiadł do audi, zjechał na główną drogę i wyminął Harry'ego.

W drodze do domu Harry szukał odpowiedzi na pytanie, jaką karę powinien sobie zadać. Musiała to być bardzo surowa kara. Coś, co by go odstraszyło od podobnych działań w przyszłości. Aerobik w SATS.

46 DRAMMEN, 7 MARCA 2000

Harry nigdy nie potrafił zrozumieć, dlaczego właśnie Drammen dostało aż tyle złych ocen. Miasto rzeczywiście nie było malownicze, lecz cóż w nim brzydszego niż w większości innych nadmiernie rozrośniętych norweskich wiosek? Rozważył w myślach, czy nie wpaść na kawę do Børsen, ale zerknąwszy na zegarek, stwierdził, że nie zdąży.

Edvard Mosken mieszkał w czerwonym drewnianym domu z widokiem na tor wyścigów konnych. Dość stary mercedes combi stał zaparkowany przed garażem. Sam Mosken czekał w drzwiach. Długo i uważnie oglądał identyfikator Harry'ego, nim wreszcie się odezwał:

– Urodzony w 1965? Wygląda pan na starszego, Hole.
– Mam kiepskie geny.
– To przykre.
– No cóż. Kiedy miałem czternaście lat, wpuszczali mnie na filmy od osiemnastu.

Po Edvardzie Moskenie trudno było poznać, czy docenił żart. Gestem zaprosił Harry'ego do środka.

– Mieszka pan sam? – spytał Harry, gdy gospodarz prowadził go do salonu.

W czystym i zadbanym mieszkaniu niewiele było ozdób, panował tu też przesadny porządek, jaki lubią utrzymywać niektórzy mężczyźni, gdy sami mogą o tym decydować. Przypomniało Harry'emu jego własne mieszkanie.

– Tak, żona opuściła mnie po wojnie.
– Opuściła?
– Odeszła. Uciekła. Rzuciła mnie.
– Rozumiem. A dzieci?
– Miałem syna.
– Miał pan?

Edvard Mosken przystanął i odwrócił się.

– Czyżbym wyrażał się nie dość jasno, Hole? – Uniósł siwą brew, aż utworzyła kąt ostry na wysokim prostym czole.

– Nie, to moja wina. Wszystkie informacje trzeba mi podawać łyżeczką.

– A więc dobrze. Mam syna.
– Dziękuję. Czym pan się zajmował, zanim pan przeszedł na emeryturę?
– Byłem właścicielem kilku ciężarówek. Mosken Transport. Siedem lat temu sprzedałem firmę.
– Dobrze szło?
– Dość dobrze. Nabywca zachował nazwę.

Usiedli naprzeciwko siebie przy stole w salonie. Harry zrozumiał, że kawa nie wchodzi w grę. Mosken siedział na kanapie, wychylony w przód, z rękami założonymi na piersiach, jakby chciał powiedzieć: „miejmy to już za sobą".

– Gdzie pan był w nocy 22 grudnia?

Harry w drodze do Drammen postanowił otworzyć rozmowę tym pytaniem. Dzięki rozegraniu swojej jedynej karty, zanim tamten zdąży wysondować teren i zrozumieć, że nie ma nic więcej, Harry mógł wywołać przynajmniej jakąś reakcję, która coś mu powie. Jeśli oczywiście Mosken miał cokolwiek do ukrycia.

– Czy jestem o coś podejrzany? – spytał. Jego twarz wyrażała jedynie łagodne zdziwienie.

– Dobrze by było, gdyby pan odpowiedział na to pytanie, panie Mosken.

– Jak pan sobie życzy. Byłem tutaj.

– Prędko pan odpowiedział.

– O co panu chodzi?

– Nie musiał się pan wcale zastanawiać.

Mosken skrzywił się. Był to grymas z rodzaju tych, gdy usta silą się na uśmiech, ale oczy wyrażają coś innego.

– W moim wieku pamięta się wieczory, których nie spędziło się samotnie.

– Sindre Fauke dał mi listę Norwegów, którzy przebywali razem w obozie szkoleniowym w Sennheim. Byli tam Gudbrand Johansen, Hallgrim Dale, pan, no i sam Fauke.

– Zapomniał pan o Danielu Gudesonie.

– Zapomniałem? A czy on nie zginął przed końcem wojny?

– Owszem.

– Dlaczego więc pan go wspomina?

– Ponieważ był razem z nami w Sennheim.

– Z tego, co mówił Fauke, zrozumiałem, że w Sennheim było więcej Norwegów, lecz że wy czterej jako jedyni przeżyliście wojnę.

– Zgadza się.

– Dlaczego więc wymienił pan szczególnie Gudesona?

Edvard Mosken popatrzył na Harry'ego. Potem przesunął wzrok gdzieś przed siebie.

– Ponieważ był z nami tak długo. Sądziliśmy, że przeżyje. Wydawało nam się wręcz, że Daniel Gudeson jest nieśmiertelny. On nie był zwyczajnym człowiekiem.

– Czy wiedział pan o śmierci Hallgrima Dale?

Mosken pokręcił głową.

– Nie wydaje się pan szczególnie zaskoczony.
– A czym tu się dziwić? Ostatnio bardziej zdumiewa mnie, gdy się dowiem, że któryś z nich wciąż żyje.
– A jeśli powiem panu, że został zamordowany?
– O, to co innego. Dlaczego pan mi o tym mówi?
– A co pan wie o Hallgrimie Dale?
– Nic. Ostatnio widziałem go pod Leningradem. Był w stanie szoku po wybuchu granatu.
– Nie wróciliście razem do kraju?
– Nie wiem, w jaki sposób Dale i inni dostali się do Norwegii. Mnie zimą w czterdziestym czwartym ranił ręczny granat wrzucony do okopu z rosyjskiego myśliwca.
– Z myśliwca? Z samolotu?
Mosken uśmiechnął się lekko i kiwnął głową.
– Kiedy ocknąłem się w lazarecie, odwrót trwał już na dobre. Późnym latem w czterdziestym czwartym trafiłem do szpitala wojskowego w Szkole Sinsen w Oslo. Potem nadeszła kapitulacja.
– Czyli że po tym, jak pan został ranny, nie widział pan już żadnego z kolegów?
– Tylko Sindrego. Trzy lata po wojnie.
– Po wyjściu z więzienia?
– Tak. Spotkaliśmy się przypadkiem w restauracji.
– Co pan myśli o jego dezercji?
Mosken wzruszył ramionami.
– Pewnie miał swoje powody. W każdym razie wybrał stronę w momencie, kiedy jeszcze nie było wiadomo, jaki będzie wynik tej wojny. O większości Norwegów nawet tego nie da się powiedzieć.
– Co pan przez to rozumie?
– Podczas wojny popularne było przysłowie: Ten, kto się wstrzymuje z wyborem, zawsze wybierze właściwie. W Boże Narodzenie 1943 wiedzieliśmy, że nasze pozycje się chwieją, ale nie mieliśmy pojęcia, jak fatalnie jest naprawdę. Nikt więc nie mógł oskarżyć Sindrego o to, że jest jak kurek na kościele. Tak jak ci, którzy przez całą wojnę siedzieli na tyłku i nagle zaczęło im się spieszyć ze wstąpieniem do Frontu Krajowego w ostatnich miesiącach. Nazywaliśmy ich „świętymi ostatnich dni". Niektórzy z nich do dzisiaj publicznie wy-

powiadają się o bohaterstwie Norwegów walczących po właściwej stronie.
– Ma pan na myśli kogoś szczególnego?
– Zawsze myśli się o kimś, kto sobie później załatwił świecącą glorię bohatera. Ale nazwiska nie są takie istotne.
– A co z Gudbrandem Johansenem? Pamięta go pan?
– Oczywiście. Pod koniec ocalił mi życie. On... – Mosken przygryzł dolną wargę. Jak gdyby już powiedział za dużo, pomyślał Harry.
– Co się z nim stało?
– Z Gudbrandem? Doprawdy nie wiem. Ten granat... W okopie byliśmy we trzech, Gudbrand, Hallgrim Dale i ja, kiedy ten granat przeleciał, podskakując po lodzie, i uderzył w hełm Dalego. Pamiętam jedynie, że Gudbrand w momencie wybuchu znajdował się najbliżej. Gdy ocknąłem się ze śpiączki, nikt nie potrafił mi powiedzieć, co się stało z Gudbrandem czy z Dalem.
– O czym pan mówi? Czy oni zniknęli?
Spojrzenie Moskena powędrowało za okno.
– To się wydarzyło tego samego dnia, w którym rosyjska ofensywa ruszyła na dobre. Zapanował, łagodnie mówiąc, chaos. Kiedy się ocknąłem, okop dawno już był w rękach Rosjan, a nasz regiment przeniesiono. Gdyby Gudbrand przeżył, prawdopodobnie trafiłby do lazaretu Regimentu Nordland na odcinku Północ. Podobnie byłoby z Dalem, gdyby został ranny. Przypuszczam, że i ja musiałem tam być, lecz kiedy się ocknąłem, znajdowałem się gdzie indziej.
– Gudbranda Johansena nie ma w archiwach ewidencji ludności.
Mosken wzruszył ramionami.
– Pewnie więc zabił go ten granat. Tak też przypuszczałem.
– Nigdy nie próbował go pan odnaleźć?
Mosken pokręcił głową.
Harry rozejrzał się w poszukiwaniu czegoś, świadczącego o tym, że Mosken ma w domu kawę. Dzbanek? Filiżanka? Na kominku spostrzegł fotografię kobiety w złotej ramce.
– Ma pan żal o to, co po wojnie spotkało pana i innych, którzy walczyli na froncie?
– Jeśli chodzi o karę, to nie. Jestem realistą. Rozliczenie z przeszłością przyjęło taką formę, gdyż była to polityczna konieczność. Przegrałem wojnę. Nie skarżę się.

Edvard Mosken nagle się roześmiał, zabrzmiało to jak skrzeczenie sroki, ale Harry nie zrozumiał powodów. Zaraz potem znów spoważniał.

– Najbardziej bolało piętno zdrajcy narodu. Ale pocieszam się, że my, którzy tam byliśmy, wiemy, że walczyliśmy w obronie ojczyzny, ryzykując życie.

– Pańskie poglądy polityczne w owych czasach...

– A jeśli dzisiaj są takie same?

Harry pokiwał głową, a Mosken uśmiechnął się cierpko.

– To proste pytanie, komisarzu. Nie. Pomyliłem się. Właściwie to jest aż tak proste.

– Nie utrzymywał pan później kontaktów ze środowiskami neonazistów?

– Boże broń, nie. W Hokksund kilka lat temu odbywały się jakieś spotkania i pewien idiota zadzwonił do mnie z pytaniem, czy nie przyszedłbym opowiedzieć o wojnie. Nazywali się chyba Blood and Honour albo podobnie.

Mosken pochylił się nad niskim stolikiem. W jednym rogu leżał plik pedantycznie ułożonych czasopism.

– Czego właściwie szuka POT tym razem? Zamierzacie rozpoznać środowisko neonazistów? Jeśli tak, to źle trafiliście.

– Nie bardzo wiem, czego szukamy.

– To mi wygląda na POT, który znam.

Znów zaśmiał się tym swoim skrzekliwym śmiechem. Dźwięk był przenikliwy, bardzo nieprzyjemny.

Harry doszedł później do wniosku, że właśnie połączenie tego drwiącego śmiechu z faktem, że nie zaproponowano mu kawy, zdecydowało o sposobie zadania następnego pytania.

– Jak, pana zdaniem, czuły się pańskie dzieci, dorastając przy ojcu, który w przeszłości był nazistą? Czy to mogło mieć decydujący wpływ na to, że Edvard Mosken junior odsiaduje teraz w więzieniu wyrok za narkotyki?

Widząc gniew i ból w oczach starego człowieka, Harry natychmiast poczuł spóźniony żal. Wiedział, że mógł się tego dowiedzieć bez zadawania ciosu poniżej pasa.

– Ten proces to była farsa – syknął Mosken. – Obrońca przydzielony mojemu synowi był wnukiem sędziego, który sądził mnie po wojnie.

Próbują karać cudze dzieci, żeby ukryć własny wstyd za to, co robili podczas wojny. Ja...

Gwałtownie urwał. Harry czekał na ciąg dalszy, lecz ten nie nastąpił. Nagle całkiem niespodziewanie poczuł w dole brzucha starego znajomego, psa szarpiącego za łańcuch. Nie odzywał się od jakiegoś czasu. Harry wiedział, że teraz będzie musiał się napić.

– To jeden z tych „świętych ostatnich dni"? – spytał.

Mosken wzruszył ramionami. Harry zrozumiał, że temat przynajmniej na ten raz został zamknięty. Gospodarz zerknął na zegarek.

– Ma pan jednak jakieś plany? – spytał Harry.

– Wybieram się do domku letniskowego.

– Tak? Daleko?

– W Grenland. Muszę zdążyć, zanim zrobi się ciemno.

Harry się podniósł. Przystanęli w korytarzu, szukając odpowiednich słów pożegnania, gdy nagle coś sobie przypomniał.

– Powiedział pan, że raniono pana w Leningradzie zimą 1944. Natomiast do Szkoły Sinsen trafił pan późnym latem. A co się działo pomiędzy tymi wydarzeniami?

– O co panu chodzi?

– Właśnie przeczytałem jedną z książek Evena Juula. Zajmuje się historią wojny.

– Dobrze wiem, kim jest Even Juul – powiedział Mosken z niezgłębionym uśmiechem.

– Otóż pisze, że Regiment Norge rozwiązano w okolicach Krasnego Sieła w marcu 1944. Gdzie pan przebywał od marca do momentu, gdy pan trafił do Szkoły Sinsen?

Mosken długo wpatrywał się w Harry'ego. Potem otworzył drzwi wejściowe i wyjrzał.

– Łapie mróz – stwierdził. – Niech pan jedzie ostrożnie.

Harry kiwnął głową. Mosken wyprostował się, przesłonił oczy dłonią i zmrużonymi oczami popatrzył na wysypany żwirem pusty tor wyścigów, odcinający się szarym owalem od brudnego śniegu.

– Przebywałem w miejscach, które kiedyś miały nazwy – powiedział Mosken – lecz które tak się odmieniły, że nikt już nie potrafi ich rozpoznać. Na naszych mapach zaznaczono jedynie drogi, wody i pola minowe. Nie było żadnych nazw. Jeśli powiem panu, że byłem w Pärnu w Estonii, to może jest to prawda, nie wiem tego, podobnie jak nie wie nikt inny. Wiosną i latem 1944 leżałem na noszach, słuchałem salw karabinów maszynowych i myślałem o śmierci, nie o tym, gdzie jestem.

Harry jechał wolno wzdłuż rzeki. Zatrzymał się na czerwonym świetle przed mostem. Drugi most, na trasie E18, przecinał okolicę jak aparat do korekty zgryzu i zamykał widok na Drammensfjorden. Okej, niech będzie. Rzeczywiście nie wszystko w Drammen się udało. Harry w zasadzie podjął już decyzję, że w powrotnej drodze wstąpi do Børsen na kawę, lecz zmienił zdanie. Przypomniał sobie, że podają tam również piwo.

Światło zmieniło się na zielone. Dodał gazu.

Edvard Mosken gwałtownie zareagował na pytanie o syna. Harry postanowił sprawdzić, kto był sędzią w jego sprawie. Potem po raz ostatni zerknął na Drammen w lusterku.

Naprawdę istnieją brzydsze miasta.

47 POKÓJ ELLEN, 7 MARCA 2000

Ellen nie zdołała niczego wymyślić. Harry zszedł do jej pokoju i usiadł na swoim dawnym skrzypiącym krześle. Zatrudniono nowego pracownika, młodego chłopaka z urzędu lensmana w Steinkjer. Miał przyjechać już za miesiąc.

– Nie jestem jasnowidzem – oświadczyła, widząc rozczarowaną minę Harry'ego. – Rozmawiałam też z innymi na porannej odprawie, ale nikt nigdy nie słyszał o Księciu.

– A co z Wydziałem do spraw Broni? Powinni mieć jakieś pojęcie o przemytnikach.

– Harry!
– Słucham?
– Ja już dla ciebie nic pracuję.
– Dla mnie?
– No dobrze, z tobą. Choć czułam się tak, jakbym pracowała dla ciebie. Jesteś łajdak.

Harry odbił się od podłogi i zakręcił na krześle. Cztery razy. Więcej nigdy mu się nie udawało. Ellen przewróciła oczami.

– Okej. Dzwoniłam też do Wydziału do spraw Broni – dodała zrezygnowana. – Oni też nie słyszeli o Księciu. Dlaczego w POT nie przydzielą ci asystenta?

– Sprawa nie ma odpowiedniego priorytetu. Meirik pozwala mi się nią zajmować, ale właściwie chce, żebym się dowiedział, co neonaziści wymyślają na *eid*.

– Jedno z haseł to „środowisko zafascynowane bronią". Nie wyobrażam sobie nikogo bardziej sfiksowanego na punkcie broni niż neonaziści. Dlaczego nie zaczniesz od tego? Zabijesz dwie muchy jednym uderzeniem.

– Też o tym myślałem.

48 PLOTKA, GRENSEN, 7 MARCA 2000

Even Juul stał na schodach, gdy Harry podjechał pod jego dom. Burre stał obok i szarpał za smycz.

– Szybko pan przyjechał – zauważył Juul.

– Wsiadłem do samochodu zaraz po odłożeniu słuchawki – odparł Harry. – Burre jedzie z nami?

– Czekając na pana, wyprowadziłem go, żeby się trochę przewietrzył. Wracaj do domu, Burre.

Pies popatrzył na Juula błagalnie.

– Już!

Burre cofnął się i pobiegł do środka. Nawet Harry'ego przestraszył ostry ton.

– No to jedziemy – oznajmił Juul.

Kiedy ruszali, Harry dostrzegł jeszcze przebłysk twarzy za kuchenną zasłoną.

– Zrobiło się jaśniej – rzucił od niechcenia.

– Naprawdę?

– Mam na myśli to, że dni są wyraźnie dłuższe.

Juul pokiwał głową.

– Nad jedną rzeczą się zastanawiałem – powiedział Harry. – Chodzi mi o rodzinę Sindrego Fauke. Jak oni zginęli?
– Chyba już panu opowiadałem. On ich zabił.
– Owszem, ale w jaki sposób?
Even Juul długo patrzył na Harry'ego, nim odpowiedział:
– Dostali strzał w głowę.
– Wszyscy czworo?
– Tak.
Znaleźli wreszcie miejsce na parkingu na Grensen. Stamtąd piechotą przeszli do miejsca, które Juul koniecznie chciał pokazać Harry'emu. Nalegał na to podczas rozmowy telefonicznej.
– A więc to jest Plotka – powiedział Harry, gdy weszli do mrocznej, niemal pustej kawiarni. Przy zniszczonych stolikach ze sztucznego tworzywa siedziało zaledwie kilka osób. Harry i Juul kupili kawę i usiedli pod oknem. Dwaj starsi mężczyźni zajmujący miejsca nieco dalej, w głębi lokalu, przerwali rozmowę i przyglądali się im spod oka.
– Przypomina mi kawiarnię, do której czasami zaglądam – Harry skinieniem głowy wskazał na dwóch staruszków.
– To ci, którzy wciąż jeszcze nie stracili wiary – oświadczył Juul. – Dawni naziści, żołnierze z frontu, niezmiennie przekonani, że mieli rację. Siedzą tu i wykrzykują swoje rozgoryczenie wielką zdradą, rządem Nygaardsvolda i ogólnym stanem rzeczy. Przynajmniej ci, którzy jeszcze oddychają. Widzę, że ich szeregi zaczynają się przerzedzać.
– Nadal są politycznie zaangażowani?
– O tak, wciąż noszą w sobie gniew. Z najrozmaitszych powodów: pomocy dla krajów rozwijających się, okrojenia budżetu na zbrojenia, kobiet w roli pastorów, związków partnerskich, homoseksualistów czy naszych nowych rodaków. Wszystkie te zjawiska budzą wzburzenie tych chłopaków, co łatwo przewidzieć. W głębi serc pozostali bowiem faszystami.
– Uważa pan, że Uriasz może się tu kręcić?
– Jeżeli Uriasz wyruszył na wyprawę wojenną, której celem jest zemsta na społeczeństwie, to w każdym razie może tutaj znaleźć sobie podobnych. Oczywiście jest wiele innych miejsc, w których spotykają się byli żołnierze z frontu, na przykład podczas dorocznych zjazdów tu, w Oslo. Zjeżdżają się wtedy z całego kraju ci, którzy byli na froncie

wschodnim. Ale zjazdy towarzyszy broni mają zupełnie inny charakter niż spotkania w tej spelunie. Są to zgromadzenia czysto towarzyskie, wspomina się poległych i panuje zakaz rozprawiania o polityce. Gdybym więc szukał byłego żołnierza, któremu chodzi o zemstę, zacząłbym od tego miejsca.

– Czy pana żona uczestniczyła w takich, jak pan to nazwał, zjazdach?

Juul popatrzył zdziwionym wzrokiem. Potem wolno pokręcił głową.

– Tak mi tylko przyszło do głowy – rzekł spokojnie Harry. – Pomyślałem, że może miałaby mi coś do powiedzenia.

– Ale nie ma – oświadczył Juul ostro.

– W porządku. Czy istnieje jakieś powiązanie pomiędzy tymi, którzy, jak pan to ujął, nie stracili wiary, i neonazistami?

– Dlaczego pan o to pyta?

– Ktoś mi powiedział, że Uriasz, chcąc zdobyć märklina, korzystał z usług pośrednika. Człowieka, który obraca się w środowisku zafascynowanym bronią.

– Większość byłych żołnierzy obraziłaby się, słysząc pańskie porównanie do neonazistów, pomimo że młodzi faszyści darzą tych, którzy walczyli na froncie, ogromnym szacunkiem. Są dla nich ucieleśnieniem największego marzenia: walczyć za kraj i za rasę z bronią w ręku.

– Gdyby więc któryś z byłych żołnierzy pragnął zdobyć broń, mógłby liczyć na pomoc neonazistów?

– Owszem, prawdopodobnie spotkałby się z dobrą wolą, ale musiałby wiedzieć, do kogo się zwrócić. Nie każdy z nich przecież byłby w stanie załatwić nowoczesny snajperski karabin, jak ten, którego pan szuka. Dość charakterystyczny jest przypadek z Hønefoss, kiedy to policja zrobiła nalot u paru neonazistów i znalazła starego zardzewiałego datsuna, pełnego domowej roboty pałek, drewnianych włóczni i parę tępych siekier. Większość tego środowiska znajduje się, można rzec, na poziomie epoki kamiennej.

– Gdzie więc szukać w tym środowisku osoby mającej kontakty z międzynarodowymi handlarzami bronią?

– Problem nie tkwi w rozmiarach tego środowiska. Wprawdzie „Fritt ord", „Wolne Słowo", nacjonalistyczna gazeta, twierdzi, że w Norwegii jest około tysiąca pięciuset narodowych socjalistów i narodowych demokratów. Jednak gdyby zadzwonił pan do Monitora, organizacji pozarządowej starającej się obserwować środowiska faszyzujące, powiedzą panu, że czynnych członków jest zaledwie pięćdziesięciu. Problem raczej w tym, że osoby posiadające środki, a więc te, które naprawdę pociągają za sznurki, pozostają niewidoczne. Nie chodzą w kowbojkach, nie mają wytatuowanych swastyk na przedramionach. Mogą natomiast zajmować w społeczeństwie pozycję, którą wykorzystują potajemnie, by służyć sprawie.

Za ich plecami rozległ się nagle ponury głos:
– Even Juul! Jak śmiesz tu przychodzić!

49 KINO GIMLE, BYGDØY ALLÉ, 7 MARCA 2000

– I co ja robię? – spytał Harry, popychając Ellen lekko w przód w kolejce. – Właśnie zastanawiałem się, czy podejść do któregoś z tych naburmuszonych chłopaków i spytać, czy nie znają kogoś, kto ostatnio planuje jakiś zamach i z tego powodu kupił sobie wyjątkowo drogą strzelbę. A w tej samej chwili jeden z nich staje przy naszym stoliku i grobowym głosem woła: „Even Juul, jak śmiesz tu przychodzić!".

– I co zrobiłeś? – spytała Ellen.

– Nic. Siedzę i patrzę, jak twarz Juula niemal rozpada się na kawałki. Wyglądał tak, jakby zobaczył ducha. Wyraźnie było widać, że ci dwaj się znają. Zresztą widziałem się dzisiaj jeszcze z kimś, kto zna Juula, z Edvardem Moskenem.

– Co w tym dziwnego? Przecież Juul pisuje do gazet, występuje w telewizji, jest osobą publiczną o bardzo wyraźnych poglądach.

– Pewnie masz rację. W każdym razie on wstaje i bez słowa wychodzi. Lecę za nim. Kiedy go doganiam na ulicy, widzę, że ma upiornie bladą twarz. Ale gdy pytam, twierdzi, że nie wie, kim był ten człowiek w Plotce. Odwożę go więc do domu, nie odzywa się i ledwie rzuca mi „do widzenia". Sprawia wrażenie kompletnie wytrąconego z równowagi. Dziesiąty rząd będzie dobry?

Harry pochylił się nad okienkiem z biletami, poprosił o dwa.

— Jestem sceptyczny — powiedział.
— Dlaczego? — spytała Ellen. — Ponieważ to ja wybrałam film?
— Słyszałem w autobusie, jak dziewczyna żująca gumę mówi do swojej koleżanki, że *Wszystko o mojej matce* jest fajne.
— I co to ma znaczyć?
— Kiedy dziewczyna mówi, że jakiś film jest fajny, to od razu ogarnia mnie takie uczucie, jak przy *Smażonych zielonych pomidorach*. Wy, dziewczyny, kiedy zaserwuje wam się słodką zupę, odrobinę mądrzejszą niż talk-show Opry Winfrey, to od razu uważacie, że pokazano wam „ciepły inteligentny film". Chcesz popcorn?

Teraz popchnął ją w kolejce do kiosku.
— Jesteś zepsutym człowiekiem, Harry. Bardzo zepsutym. Ale wiesz? Kim był zazdrosny, kiedy powiedziałam, że idę do kina z kolegą z pracy.
— Gratuluję.
— Jeszcze coś, zanim zapomnę — powiedziała Ellen. — Znalazłam nazwisko adwokata, który bronił Edvarda Moskena juniora, jak prosiłeś. I jego dziadka, który sądził w procesie zdrajców ojczyzny.
— No i?
Ellen uśmiechnęła się.
— Johan Krohn i Christian Krohn.
— Ojojoj!
— Rozmawiałam z prokuratorem, który oskarżał w sprawie juniora. Mosken senior wpadł w szał, gdy sąd uznał jego syna za winnego, i dopuścił się wobec Krohna rękoczynów. Oświadczył, że Krohn i jego dziadek konspirują przeciwko rodzinie Moskenów.
— Interesujące.
— Zasłużyłam na duży popcorn, nie uważasz?

Film okazał się znacznie lepszy, niż Harry przypuszczał, ale w połowie sceny pogrzebu Rosy musiał jednak przeszkodzić zapłakanej Ellen i spytać, gdzie leży Grenland.

Odparła, że to okolice Porsgrunn i Skien. Resztę filmu mogła obejrzeć w spokoju.

50 OSLO, 8 MARCA 2000

Harry musiał przyznać, że garnitur jest za mały, choć nie potrafił tego zrozumieć. Od osiemnastego roku życia ani trochę nie utył, a spodnie i marynarka leżały idealnie, gdy kupował je w sklepie Dressmann na bal absolwentów w 1990. Tymczasem teraz, gdy stał w windzie i obserwował się w lustrze, wyraźnie widział skarpetki między krawędzią nogawki a czarnymi martensami. Kolejna z nierozwiązywalnych zagadek.

Drzwi windy rozsunęły się i Harry od razu usłyszał muzykę, głośne męskie rozmowy oraz jazgot kobiet, buchające z otwartych drzwi kantyny. Zerknął na zegarek. Był kwadrans po ósmej. Do jedenastej wytrzyma, potem idzie do domu.

Nabrał powietrza, wszedł do kantyny i rozejrzał się dokoła. Miejsce to nie różniło się niczym od innych tego rodzaju przybytków w Norwegii, prostokątna sala, pod jedną ze ścian szklana lada, przy której zamawiało się dania, jasne meble znad jakiegoś fiordu w Sunnmøre i tabliczka „Palenie wzbronione". Komitet imprezowy postarał się, najlepiej jak umiał, zakamuflować codzienność balonami i czerwonymi obrusami. Chociaż wśród obecnych przeważali mężczyźni, to i tak podział na płcie był tu równiejszy niż na imprezach Wydziału Zabójstw. Większość przybyłych najwyraźniej zdążyła już sporo wypić. Linda wspominała coś o rozmaitych przygrywkach i Harry nawet się ucieszył, że nikt go nie zaprosił.

– Świetnie wyglądasz w garniturze, Harry!

To była Linda. Prawie jej nie poznał w obcisłej sukience, podkreślającej zbędne kilogramy, lecz również kobiecość. Niosła tacę z pomarańczowymi drinkami, którą podsunęła mu pod nos.

– Nie, nie, dziękuję, Lindo.
– Nie wygłupiaj się, Harry. Jest impreza.

– *Tonight we're gonna party like it's nineteen-ninety-nine* – wył Prince.

Ellen wychyliła się z siedzenia kierowcy i ściszyła radio.

Tom Waaler zerknął na nią z ukosa.

– Trochę za głośno – powiedziała i pomyślała, że jeszcze trzy tygodnie, a zjawi się asystent lensmana ze Steinkjer i nie będzie już musiała pracować z Waalerem.

Nie chodziło o muzykę. Nie dokuczał jej. I zdecydowanie nie był złym policjantem.

To jego rozmowy telefoniczne. Ellen Gjelten miała wprawdzie zrozumienie dla pewnej dbałości o życie seksualne, lecz znakomita większość rozmów telefonicznych Toma dotyczyła kobiet, które, jak mogła się zorientować, już porzucił albo miał zamiar to zrobić wkrótce. Te ostatnie rozmowy były najokropniejsze. Dzwoniły również kobiety, których jeszcze nie zdobył, i wtedy rozmawiał z nimi bardzo szczególnym tonem. Słysząc go, Ellen miała niemal ochotę je ostrzec: Nie rób tego, on ma cię gdzieś, uciekaj!

Była wielkoduszna i łatwo wybaczała bliźnim ich słabości. U Toma Waalera słabości odkryła niewiele, lecz równie niewiele człowieczeństwa. Po prostu go nie lubiła.

Przejeżdżali obok Tøyenparken. Waaler dostał cynk, że w Aladdinie, perskiej restauracji na Hausmanns gate, ktoś widział Ayuba, przywódcę gangu pakistańskiego, poszukiwanego od napadu w Parku Zamkowym jeszcze w grudniu. Ellen wiedziała, że się spóźnili, warto jednak spytać, czy ktoś przypadkiem nie wie, gdzie on jest. Była pewna, że nie otrzymają żadnej odpowiedzi, ale przynajmniej dowiodą, że są czujni i nie zamierzają zostawić go w spokoju.

– Zaczekaj w samochodzie, pójdę sprawdzić – powiedział Waaler.

– Okej.

Rozpiął suwak skórzanej kurtki.

Chce pokazać mięśnie napompowane na policyjnej siłowni, pomyślała Ellen. Albo fragment kabury pod pachą, żeby zrozumieli, że jest uzbrojony. Policjanci z Wydziału Zabójstw mieli otwarte zezwolenie na noszeni broni, lecz Ellen domyślała się, że to, co Waaler ma przy sobie, nie jest służbowym rewolwerem, lecz czymś większego kalibru, ale nigdy nie miała ochoty się dopytywać. Zaraz po samochodach ulubionym tematem rozmów Waalera była broń, a w takiej sytuacji Ellen wolała już gadki o samochodach. Ona zwykle nie nosiła broni, chyba że otrzymała wyraźny rozkaz – jak wtedy jesienią, podczas wizyty prezydenta.

Gdzieś w głębi mózgu buzowały niespokojne myśli. Przeszkodziła im jednak elektroniczna piskliwa wersja pijackiej piosenki *Napoleon z armią swą*. Komórka Waalera. Ellen otworzyła drzwi, żeby za nim krzyknąć, ale wchodził już do Aladdina.

To był nudny tydzień. Równie nudnego nie potrafiła sobie przypomnieć, odkąd zaczęła pracować w policji. Obawiała się, że może to mieć jakiś związek z tym, że nareszcie miała jakieś życie prywatne. Wcześniejsze powroty do domu stały się nagle ważne, a sobotnie służby, takie jak dzisiejsza, poświęceniem. Komórka natarczywie zagrała *Napoleona* po raz czwarty.

Któraś z odrzuconych? Czy też z tych, które jeszcze miał w odwodzie? Gdyby Kim ją teraz rzucił... Ale on tego nie zrobi. Była tego pewna.

Napoleon z armią swą po raz piąty.

Za dwie godziny służba się skończy, wróci do domu, weźmie prysznic i pójdzie do Kima, na Helgesens gate, tylko pięć minut raźnym marszem. Zachichotała.

Szósty raz! Sięgnęła po telefon leżący pod ręcznym hamulcem.

– Tu poczta głosowa Toma Waalera. Pan Waaler niestety nie może odebrać telefonu. Proszę zostawić wiadomość po sygnale.

To miał być żart. Właściwie zaraz potem chciała się przedstawić, ale z jakiegoś powodu, może z nudów, może z ciekawości, zasłuchała się w ciężkie dyszenie dobiegające z komórki. W pewnym momencie uświadomiła sobie, że rozmówca czeka na sygnał! Wcisnęła któryś z klawiszy numerycznych.

Pip!

– Cześć, mówi Sverre Olsen...

– Cześć, Harry, to jest...

Obrócił się, lecz dalsze słowa Kurta Meirika przepadły w huku basów, gdy samozwańczy didżej rozkręcił maksymalnie głośność i z kolumny umieszczonej tuż za plecami Harry'ego rozległ się ryk: *That don't impress me much...*

Harry był na imprezie zaledwie od dwudziestu minut, a już dwukrotnie patrzył na zegarek i czterokrotnie zdążył zadać sobie pytanie: czy zabójstwo starego pijaczyny, byłego żołnierza, ma związek z karabinem Märklin? Kto potrafi zabijać tak szybko i skutecznie za pomocą noża, że mógł to zrobić w biały dzień w bramie w centrum Oslo? Kim jest Książę? Czy wyrok, jaki dostał syn Moskena, ma związek ze sprawą? Co się stało z piątym Norwegiem, który walczył na froncie, Gudbrandem Johansenem? I dlaczego Mosken nie zawracał sobie głowy szukaniem go po wojnie, jeżeli Gudbrand Johansen naprawdę uratował mu życie?

Stał teraz w rogu przy jednej z kolumn, w ręku trzymał szklankę z przelanym z butelki piwem Munkholm, aby uniknąć pytań, dlaczego pije bezalkoholowe. Znudzony obserwował tańczącą parę najmłodszych pracowników POT.

– Przepraszam, nie dosłyszałem – zawołał, usiłując przekrzyczeć hałas.

Kurt Meirik obracał w rękach pomarańczowego drinka. W świetnie dopasowanym, prążkowanym niebieskim garniturze wyglądał na jeszcze sztywniejszego niż zwykle. Harry ukradkiem obciągnął rękaw marynarki, świadom, że koszula wystaje z niej znacznie dalej niż do guzików przy mankietach.

– Próbowałem ci powiedzieć, że to szefowa naszego działu zagranicznego, inspektor policji...

Harry dopiero teraz zauważył stojącą obok kobietę. Szczupła sylwetka, prosta czerwona sukienka. Już wiedział.

So you got the look, but have you got the touch...

Piwne oczy, mocno zarysowane kości policzkowe, ciemna cera. Krótkie ciemne włosy dodające uroku delikatnej twarzy. W jej wzroku czaił się uśmiech. Pamiętał, że była ładna, lecz teraz nazwałby ją... urzekającą. Jedynie to określenie uznał za odpowiednie. Urzekająca. Wiedział, że powinien osłupieć z zaskoczenia, lecz w pewnym sensie kierował się własną wewnętrzną logiką. Uśmiechnął się do siebie porozumiewaczo.

– Rakel Fauke – przedstawił ją Meirik.

– My się już znamy – oświadczył lekkim tonem Harry.

– Tak? – teraz to Kurt Meirik był zaskoczony. Obaj mężczyźni popatrzyli na nią wyczekująco.

– Owszem – odparła. – Lecz chyba nie zaszliśmy aż tak daleko, żeby się sobie przedstawić.

Podała mu rękę, lekko zgiętą w nadgarstku, ruchem, który znów przywiódł na myśl lekcje baletu i pianina.

– Harry Hole.
– Aha. Oczywiście, że to ty. Z Wydziału Zabójstw, prawda?
– Zgadza się.
– Kiedy się spotkaliśmy, nie wiedziałam, że jesteś tym nowym komisarzem w POT. Gdybyś wtedy powiedział, to...
– To co? – spytał Harry.
Przekrzywiła głowę.
– No właśnie, co? – roześmiała się.
Na dźwięk jej śmiechu w mózgu Harry'ego znów odezwało się to idiotyczne słowo. Urzekająca.
– Przynajmniej powiedziałabym ci, że pracujemy w tej samej firmie. Na ogół nie zarzucam ludzi informacjami o mojej pracy. Zwykle wywołuje to dziwne pytania. Ty masz pewnie to samo.
– Jasne, że tak – odparł Harry.
Znów się roześmiała. Harry ciekaw był, co ją tak śmieszy.
– Dlaczego wcześniej nigdy cię nie widziałam w POT? – spytała.
– Harry ma pokój na samym końcu korytarza – wtrącił się Meirik.
– Aha. – Kiwnęła głową, niby ze zrozumieniem, lecz wciąż ze śmiechem błyszczącym w oczach. – Pokój na końcu korytarza, rozumiem.
Harry z ponurą miną pokiwał głową.
– No świetnie – powiedział lekko zniecierpliwiony Meirik. – To już się poznaliście. Szliśmy do baru, Harry. – Harry czekał na zaproszenie, które jednak nie nastąpiło. – Jeszcze pogadamy – rzucił na koniec.
To zrozumiałe, pomyślał Harry. Dziś wieczorem nie tylko jemu należało się koleżeńskie poklepanie po plecach przez szefa POT i panią inspektor. Stanął tyłem do kolumny, ale ukradkiem patrzył za nimi. Poznała go. Pamiętała, że się sobie nie przedstawili. Opróżnił szklankę do dna. Piwo było bez smaku.

– *There's something else: the afterworld...*
Waaler trzasnął drzwiczkami samochodu.
– Nikt z nim nie rozmawiał. Nikt go nie widział. I nikt w ogóle nie słyszał o Ayubie – oznajmił. – Jedź.
– Jasne. – Ellen popatrzyła w lusterko i zjechała z chodnika.
– Słyszę, że i ty polubiłaś Prince'a.
– Tak?

– W każdym razie nastawiłaś głośniej, kiedy mnie nie było.
– Mhm.
Musi zadzwonić do Harry'ego.
– Coś się stało?
Ellen patrzyła sztywno przed siebie, na mokry czarny asfalt, błyszczący w świetle ulicznych latarni.
– Stało? Co by się miało stać?
– Nie wiem. Ale wyglądasz tak, jakby coś się stało.
– Nic się nie stało, Tom.
– Ktoś dzwonił? Hej! – Waaler poderwał się na siedzeniu, obiema rękami opierając się o deskę rozdzielczą. – Nie zauważyłaś tego samochodu?
– *Sorry*.
– Przesiąść się?
– Chcesz prowadzić? Dlaczego?
– Bo jedziesz jak...
– Jak co?
– Przestań! Pytałem, czy ktoś nie dzwonił?
– Nie. Gdyby dzwonił, przecież bym powiedziała, prawda?
Musi zadzwonić do Harry'ego. Prędko.
– To dlaczego wyłączyłaś moją komórkę?
– Co? – Ellen patrzyła na niego przerażona.
– Patrz na drogę, Gjelten. Pytałem, dlaczego...
– Mówiłam ci przecież, że nikt nie dzwonił. A komórkę pewnie wyłączyłeś sam!

Chociaż bardzo tego nie chciała, jej głos przybrał taki ton, że nawet w jej własnych uszach brzmiał przenikliwie.

– W porządku – powiedział. – Uspokój się. Tak się tylko zastanawiałem.

Ellen próbowała go posłuchać, oddychać równo i skupić się wyłącznie na ruchu ulicznym. Na rondzie skręciła w lewo w Vahls gate. Sobota wieczór, lecz ulice w tej części miasta były niemal bezludne. Zielone światło. W prawo wzdłuż Jens Bjelkes gate. W lewo w dół Tøyengata. Do garażu w Budynku Policji. Przez całą drogę czuła na sobie baczne spojrzenie Toma.

Harry od spotkania Rakel Fauke ani razu nie spojrzał na zegarek. Zgodził się nawet obejść wraz z Lindą salę i poznać kilka osób. Rozmowy toczyły się opornie. Pytali go o stanowisko, a kiedy już na to odpowiedział, urywały się. Najprawdopodobniej niepisana reguła obowiązująca w POT mówiła, że nie należy pytać zbyt wiele. Albo też zwyczajnie nic ich to nie obchodziło. No i dobrze. On też nie był szczególnie nimi zainteresowany. Wrócił na swoje miejsce przy kolumnie. Parę razy mignęła mu przed oczami czerwona sukienka. Jeśli nie mylił go wzrok, krążyła po sali i z nikim nie rozmawiała dłużej. Nie tańczyła, tego był najzupełniej pewien.

Boże, zachowuję się jak nastolatek, pomyślał.

A jednak zerknął na zegarek. Pół do dziesiątej. Mógł do niej podejść, powiedzieć kilka słów, zobaczyć, co z tego wyniknie. A gdyby nic się nie stało, załatwić ten taniec, który obiecał Lindzie, i wrócić do domu. Gdyby nic się nie stało? Cóż on sobie wyobraża na temat zamężnej przecież pani inspektor? Potrzebował drinka. Nie. Znów spojrzał na zegarek. Zadrżał na myśl, że będzie musiał tańczyć. Może już wracać do domu, do siebie? Większość obecnych była już w tej chwili pijana, ale i trzeźwi raczej nie zwróciliby uwagi na to, że świeżo upieczony komisarz z pokoju w głębi korytarza już sobie poszedł. Mógł podejść do drzwi, zjechać windą, wsiąść do wiernie czekającego escorta. A Linda najwyraźniej doskonale się bawiła na parkiecie, zarzuciwszy ręce na szyję młodemu funkcjonariuszowi, który obracał nią z lekko spoconym uśmiechem.

– Na koncercie Raga na Festiwalu Prawników było znacznie weselej, nie sądzisz?

Gdy jej głęboki głos zabrzmiał tuż obok, poczuł, że serce mu przyspiesza.

Tom stanął przy krześle Ellen w jej pokoju.

– Przepraszam, jeśli w samochodzie byłem trochę nieprzyjemny – powiedział.

Nie usłyszała, jak wchodził, drgnęła wystraszona. Wciąż trzymała w ręku słuchawkę, ale nie zdążyła jeszcze wykręcić numeru.

– Nic się nie stało – odparła szybko. – To ja jestem trochę... no wiesz.

– Przed okresem?

Podniosła na niego wzrok i zrozumiała, że to wcale nie był żart. On naprawdę próbował okazać zrozumienie.

– Może – powiedziała.

Dlaczego przyszedł do jej pokoju? Nigdy tu nie zaglądał.

– Koniec służby, Gjelten. – Kiwnął głową w stronę zegara na ścianie, wskazującego dziesiątą. – Mam samochód, podrzucę cię do domu.

– Dziękuję, ale muszę najpierw zadzwonić. Ty już idź.

– To prywatna rozmowa?

– Nie, chciałam tylko...

– No to zaczekam tutaj.

Waaler rozsiadł się na dawnym krześle Harry'ego, które aż jęknęło w proteście. Ich spojrzenia się spotkały. Cholera, dlaczego nie powiedziała, że to prywatny telefon? Teraz było za późno. Czy zorientował się, że coś odkryła? Próbowała wyczytać cokolwiek z jego spojrzenia, lecz czuła tylko ogarniającą ją panikę. Panika? Teraz już wiedziała, dlaczego nigdy nie czuła się dobrze w towarzystwie Toma. To nie jego chłód uczuciowy, poglądy dotyczące kobiet, ciemnoskórych, anarchistów i homoseksualistów, i nie skłonność do wykorzystywania każdej – dozwolonej prawnie – sytuacji do użycia przemocy. Mogła w jednej chwili wymienić co najmniej dziesięciu funkcjonariuszy, którzy pod tym względem bili Waalera na głowę. Mimo to zawsze potrafiła znaleźć w nich coś pozytywnego. Czuła, że to było coś innego. Teraz wiedziała już, w czym rzecz: ona się go bała.

– To zresztą może zaczekać do poniedziałku – oznajmiła.

– Świetnie. – Tom wstał. – Wobec tego jedziemy.

Waaler miał jeden z tych japońskich sportowych samochodów, które zdaniem Ellen wyglądały jak marne naśladownictwo ferrari. Z siedzeniami jak wiadra ściskającymi ramiona i kolumnami, które wypełniały niemal pół wnętrza. Silnik zamruczał przenikliwie i światło ulicznych latarni omiotło wnętrze, kiedy ruszyli w górę Trondheimsveien. Z radia dobiegł falset, z którym zdążyła się już oswoić.

...I only wanted to be some kind of a friend, I only wanted to see you bathing...

Prince. Książę.

– Mogę wysiąść już tutaj – powiedziała Ellen, starając się nadać swemu głosowi naturalne brzmienie.

– Nie ma mowy. – Waaler popatrzył w lusterko. – Usługa *door to door*. Dokąd jedziemy?

Oparła się impulsowi pchnięcia drzwiczek i wyskoczenia.

– Tutaj w lewo – Ellen pokazała palcem.

Bądź w domu, Harry.

– Jens Bjelkes gate – odczytał Waaler z tabliczki z nazwą ulicy, umieszczonej na ścianie domu, i skręcił.

Latarni było tu mniej, a chodniki puste. Ellen kątem oka widziała, jak po jego twarzy przesuwają się czworokąty światła. Czy wiedział, że ona wie? Czy zauważył, że cały czas trzyma rękę w torebce, i czy domyślił się, że zaciska ją na czarnej puszce z gazem? Kupiła ją w Niemczech i pokazała mu jesienią, gdy twierdził, że naraża na niebezpieczeństwo siebie i kolegów, odmawiając noszenia broni. I czy nie wspomniał dyskretnie, że mógłby jej załatwić poręczną broń, którą dałoby się ukryć w każdym miejscu na ciele, niezarejestrowaną, nic więc by nie wskazywało na nią, gdyby zdarzył się „wypadek"? Nie przyjęła wówczas tych słów zbyt dosłownie, sądziła, że to jeden z jego kiepskich dowcipów w stylu „ja, macho" i zbyła go śmiechem.

– Zatrzymaj się tam, przy tym czerwonym samochodzie.

– Ale przecież numer cztery to następny kwartał – powiedział.

Czy ona mu mówiła, że mieszka pod czwórką? Być może. Może po prostu tego nie pamiętała. Czuła się przezroczysta jak meduza. Miała wrażenie, że Tom widzi jej serce, które bije jak oszalałe.

Silnik zaszumiał na jałowym biegu, samochód stanął. Ellen gorączkowo obmacała drzwi w poszukiwaniu uchwytu. Przeklęci wyrafinowani japońscy inżynierowie, dlaczego nie mogli umieścić w drzwiczkach zwyczajnej prostej klamki?

– Widzimy się w poniedziałek – usłyszała za plecami głos Waalera, kiedy wreszcie znalazła to, czego szukała. Wytoczyła się z samochodu i głęboko odetchnęła trującym lutowym powietrzem Oslo, jak gdyby wydobyła się na powierzchnię po zbyt długim przebywaniu pod powierzchnią lodowatej wody.

Ostatnim dźwiękiem, który do niej dobiegł, nim zatrzasnęła za sobą ciężkie drzwi bramy, był znów gładki naoliwiony dźwięk samochodu Waalera, którego silnik dalej pracował na jałowym biegu.

Wbiegła na górę po schodach, ciężko tupiąc na każdym stopniu. Klucze trzymała przed sobą jak różdżkę. Wreszcie znalazła się w swoim mieszkaniu. Wystukując domowy numer Harry'ego, powtarzała w myślach informację, słowo po słowie:

„Mówi Sverre Olsen. Ciągle czekam na tych dziesięć kół prowizji za giwerę dla starego. Zadzwoń do mnie do domu".

Potem odłożył słuchawkę.

Wystarczyła nanosekunda, by Ellen zrozumiała wszystko. Piąty element zagadki dotyczącej pośrednika w sprzedaży märklina. Policjant. Tom Waaler. Oczywiście. Dziesięć tysięcy koron prowizji dla płotki takiej jak Olsen oznacza, że chodzi o wielką rzecz. Staruszek. Środowisko sfiksowane na punkcie broni. Sympatie ekstremalnie prawicowe. Książę, który wkrótce miał zostać komisarzem. To było jasne jak słońce. Tak oczywiste, że przez moment czuła się wstrząśnięta. Jak to możliwe, że ona, tak wyczulona na niuanse niedostrzegalne dla innych, nie pojęła tego wcześniej?

Zdawała sobie sprawę, że popada w paranoję, lecz i tak nie była w stanie odepchnąć od siebie pewnych myśli już wtedy, gdy czekała, aż on wyjdzie z restauracji. Tom Waaler miał wszelkie możliwości, by piąć się wyżej, pociągać za sznurki z coraz lepszych pozycji, osłaniany skrzydłami władzy. A Bóg raczy wiedzieć, z kim się zbratał, pracując w policji. Po dłuższym zastanowieniu przyszło jej do głowy jeszcze kilku innych, którzy mogli być w to zamieszani. Jedyny, którego w stu, naprawdę stu procentach była pewna, to Harry.

Nareszcie się dodzwoniła. Nie jest zajęte. Tam zresztą nigdy nie jest zajęte. Odbierz, Harry!

Zdawała sobie sprawę, że Waaler wcześniej czy później będzie rozmawiał z Olsenem. To tylko kwestia czasu. I dowie się, co się stało. Nawet przez sekundę nie miała wątpliwości, że od tego momentu jej życie będzie w niebezpieczeństwie. Musi działać szybko, ale nie wolno jej popełnić żadnego błędu.

W myśli wdarł się głos:

– Tu automatyczna sekretarka Holego. Proszę mówić.

Pip.

– Niech cię cholera, Harry. Mówi Ellen. Już go mamy. Dzwonię do ciebie na komórkę.

Przytrzymała słuchawkę między ramieniem a brodą, sprawdzając pod H w notesie z telefonami. Upadł z hukiem na podłogę. Zaklęła, ale w końcu znalazła numer komórki Harry'ego. On na szczęście nigdy jej nie odkłada, pomyślała wystukując numer.

Ellen mieszkała na drugim piętrze niedawno odnowionej kamienicy, razem z oswojoną sikorką bogatką o imieniu Helge. Mieszkanie miało półmetrowe mury i podwójne zbrojone szyby, a mimo to gotowa była przysiąc, że słyszy jednostajny szum silnika, pracującego na jałowym biegu.

Rakel Fauke się śmiała.
– Jeśli obiecałeś Lindzie taniec, to nie wykręcisz się nieudolnym szuraniem po podłodze.
– No cóż, alternatywą jest ucieczka.
Nie odpowiedziała. Harry zdał sobie sprawę, że jego słowa mogły zostać źle zrozumiane.
Czym prędzej spytał:
– W jaki sposób trafiłaś do POT?
– Przez rosyjski – odparła. – Poszłam na kurs organizowany przez wojsko. Przez dwa lata pracowałam jako tłumaczka w Moskwie. Kurt Meirik ściągnął mnie już wtedy. Po skończeniu prawa wmaszerowałam prosto w trzydziesty piąty stopień zaszeregowania w POT. Wydawało mi się, że zniosłam złote jajo.
– A tak nie było?
– Oszalałeś? Dzisiaj ci, z którymi studiowałam, zarabiają trzy razy więcej, niż ja kiedykolwiek dostanę.
– Mogłaś rzucić tę pracę i zacząć robić to, co oni.
Wzruszyła ramionami.
– Lubię to, co robię. A nie każdy z nich może to powiedzieć.
– Coś w tym jest.
Pauza.
„Coś w tym jest". Doprawdy, nie stać go na nic więcej?
– A jak jest z tobą, Harry? Lubisz to, co robisz?
Wciąż stali odwróceni przodem do parkietu, ale Harry wyczuwał jej spojrzenie, mierzenie go wzrokiem. Przez głowę przelatywały mu różne myśli. I to, że ma zmarszczki od uśmiechu koło oczu i w kącikach ust, że domek letniskowy Moskena leży niedaleko miejsca, w którym znaleziono łuski z märklina, że według „Dagbladet" czterdzieści procent ko-

biet w Norwegii mieszkających w miastach nie dochowuje wierności, że powinien spytać żonę Evena Juula, czy pamięta trzech norweskich żołnierzy z Regimentu Norge, którzy zostali ranni lub zabici ręcznym granatem zrzuconym z samolotu, że powinien skorzystać z noworocznej wyprzedaży garniturów w Dressmannie, reklamowanej w TV3. Ale czy lubi to, co robi?

– Czasami – powiedział.
– A co w tym lubisz?
– Nie wiem. To głupie?
– Nie wiem.
– Mówię tak nie dlatego, że się nie zastanawiałem, dlaczego jestem policjantem. Zastanawiałem się i nie wiem. Może po prostu lubię łapać niegrzecznych chłopców i niegrzeczne dziewczynki.
– A co robisz, kiedy ich nie łapiesz?
– Oglądam *Wyprawę Robinson*.

Znów się roześmiała. Harry wiedział, że jest gotów wygadywać najbardziej idiotyczne rzeczy, byle tylko skłonić ją do tego śmiechu. Wziął się w końcu w garść i rzucił kilka zdań o swojej obecnej sytuacji życiowej, lecz ponieważ starał się omijać wszystko, co nieprzyjemne, nie miał zbyt wiele do powiedzenia. Później, ponieważ wciąż wyglądała na zainteresowaną, dodał parę słów o ojcu i siostrze. Dlaczego zawsze, gdy ktoś prosił go, żeby opowiedział o sobie, kończył na opowiadaniu o Sio?

– Wydaje się wspaniałą dziewczyną – powiedziała.
– Cudowną – zapewnił Harry. – I bardzo odważną. Nie boi się żadnej nowej rzeczy. Jest jak pilot testujący nowe samoloty.

Opowiedział, jak kiedyś Sio postanowiła kupić mieszkanie na Jacob Aals gate, które zobaczyła w „Aftenposten" na stronach z nieruchomościami, tylko dlatego, że tapeta na zdjęciu przypomniała jej pokój dziecinny w Oppsal. Zgodziła się na dwa miliony koron, co było rekordową ceną za metr kwadratowy w Oslo tego lata.

Rakel Fauke śmiała się tak, że wylała tequilę na marynarkę Harry'ego.

– Najwspanialsze w niej jest to, że kiedy się rozbija, otrzepuje tylko kurz i jest natychmiast gotowa na kolejne samobójcze przedsięwzięcie.

Rakel wytarła mu połę marynarki chusteczką.

– A ty, Harry? Co ty robisz, kiedy się rozbijasz?
– Ja? Hm. Chyba przez pewien czas leżę nieruchomo. A potem wstaję. Nie ma innej alternatywy.
– Coś w tym jest – powiedziała.
Harry prędko podniósł wzrok, żeby się przekonać, czy Rakel z niego nie kpi. Oczy błyszczały jej z rozbawienia. Biła od niej siła, ale raczej wątpił, by miała wiele doświadczeń z rozbijaniem się.
– Teraz twoja kolej na to, żeby coś opowiedzieć.
Rakel nie miała siostry, którą mogłaby się ratować, była jedynaczką. Opowiedziała więc o pracy.
– Ale rzadko kogoś łapiemy – podsumowała. – Większość spraw rozwiązywana jest za porozumieniem stron, podczas rozmowy telefonicznej albo na koktajlu w którejś z ambasad.
Harry uśmiechnął się krzywo.
– A jak została rozwiązana sprawa tego agenta Secret Service, do którego strzeliłem? Przez telefon czy na koktajlu?
Popatrzyła na niego zamyślona, wsuwając jednocześnie palec do kieliszka i wyławiając kostkę lodu. Podniosła ją do góry w dwóch palcach. Kropla roztopionej wody wolno spływała po jej nadgarstku, pod cienkim złotym łańcuszkiem do łokcia.
– Tańczysz, Harry?
– O ile dobrze sobie przypominam, to właśnie poświęciłem dziesięć minut na wyjaśnianie ci, jak bardzo tego nienawidzę.
Znów przekrzywiła głowę.
– Chciałam zapytać, czy zatańczysz ze mną.
– Do tej muzyki.
Z potężnych kolumn właśnie wylewała się jak gęsty syrop wręcz nieruchoma wersja *Let It Be* na fletnię Pana.
– Jakoś przeżyjesz. Potraktuj to jako rozgrzewkę do wielkiej próby z Lindą. – Lekko położyła mu rękę na ramieniu.
– Czy my teraz flirtujemy? – spytał Harry.
– Co pan powiedział, panie komisarzu?
– Przepraszam, ale jestem niewrażliwy na rozmaite ukryte sygnały. Dlatego spytałem, czy to flirt.
– Absolutnie nie biorę tego pod uwagę.
Objął ją ręką w pasie i wykonał na próbę jeden taneczny krok.

– To takie uczucie, jakbym tracił dziewictwo – stwierdził. – Ale to chyba nieuniknione. Jedna z tych rzeczy, przez jakie każdy Norweg wcześniej czy później musi przejść.
– O czym ty mówisz? – roześmiała się.
– O tańczeniu z koleżanką na zabawie w firmie.
– Wcale cię nie zmuszam.
Uśmiechnął się. To się mogło dziać wszędzie, mogli grać *Ptasie pląsy* od tyłu na ukulele, a i tak gotów byłby zabić, byle tylko móc z nią zatańczyć.
– Chwileczkę. Co tam masz? – spytała.
– No cóż, to nie pistolet. Naprawdę cieszę się, że cię widzę.
Harry odpiął komórkę od paska i odszedł na moment, aby odłożyć ją na kolumnę. Kiedy wrócił, Rakel wyciągnęła do niego ręce.
– Mam nadzieję, że nikt tu nie kradnie – zdobył się na dowcip z długą brodą, od dawna krążący po Budynku Policji. Musiała go słyszeć setki razy, ale i tak roześmiała mu się miękko do ucha.

Ellen czekała tak długo, aż komórka Harry'ego automatycznie się rozłączyła. Potem spróbowała jeszcze raz. Stała przy oknie i patrzyła na ulicę. Nie było żadnego samochodu. Oczywiście, że nie było żadnego samochodu. To przewrażliwienie. Tom pewnie już jechał do domu, do łóżka. Własnego albo cudzego. Po trzech próbach zrezygnowała i zadzwoniła do Kima. Wyczuła w jego głosie zmęczenie.
– Odstawiłem taksówkę dopiero o siódmej – powiedział. – Jeździłem dwadzieścia godzin.
– Wezmę tylko prysznic – oświadczyła. – Chciałam się jedynie upewnić, że tam jesteś.
– Mówisz, jakbyś była zdenerwowana.
– Nic takiego. Przyjdę za trzy kwadranse. Będę zresztą musiała skorzystać z twojego telefonu. I zostać do jutra.
– Dobrze. A nie chciałoby ci się zajrzeć do 7-Eleven na Markveien, kupić papierosy?
– Dobrze. Wezmę taksówkę.
– Dlaczego?
– Później ci to wytłumaczę.
– Wiesz, że jest sobota wieczór? Możesz zapomnieć o dodzwonieniu się do centrali, a droga tutaj nie zabierze ci więcej niż cztery minuty.

Wahała się.
— Posłuchaj — powiedziała w końcu.
— Tak?
— Kochasz mnie?
Usłyszała jego cichy śmiech i wyobraziła sobie półprzymknięte senne oczy i chude, wręcz wyniszczone ciało pod kołdrą w nędznym mieszkaniu na Helgesens gate. Miał widok na rzekę Aker. Miał wszystko. Na moment zapomniała o Tomie Waalerze. Prawie.

— Sverre!
Matka Sverrego Olsena stała na dole schodów i wołała, z całej siły natężając płuca, jak zawsze, odkąd sięgała pamięcią.
— Sverre, telefon! — wrzeszczała tak, jakby wzywała pomocy, jakby się topiła i krzyczała ratunku.
— Odbiorę na górze, mamo!
Spuścił nogi z łóżka, podniósł słuchawkę telefonu stojącego na biurku i zaczekał, aż usłyszy kliknięcie, świadczące o tym, że matka na dole odłożyła.
— To ja. — W tle śpiewał Prince. Zawsze Prince.
— Tak myślałem — powiedział Sverre.
— Dlaczego?
Pytanie padło szybko, tak szybko, że Sverre natychmiast poczuł się zmuszony do defensywy, jakby to on był winien te pieniądze, a nie odwrotnie.
— Chyba oddzwaniasz dlatego, że odsłuchałeś moją wiadomość? — spytał Sverre.
— Dzwonię, bo sprawdziłem listę odebranych połączeń w komórce. Widzę, że rozmawiałeś z kimś o dwudziestej trzydzieści dwie dziś wieczorem. O jakiej wiadomości gadasz?
— O kasie. Zaczyna mi się robić cienko. A ty obiecałeś...
— Z kim rozmawiałeś?
— Co? Z twoją automatyczną sekretarką. Niezły głosik, masz kogoś nowego?
Brak odpowiedzi. Tylko ściszony Prince, *You sexy motherfucker*. Nagle muzyka ucichła.
— Powtórz, co powiedziałeś.
— Powiedziałem tylko, że...

– Słowo w słowo.
Sverre przekazał najdokładniej, jak potrafił.
– Domyślałem się – rzucił krótko Książę. – Właśnie ujawniłeś całą operację przed osobą postronną, Olsen. Jeśli natychmiast nie zatkamy tego przecieku, jesteśmy skończeni. Rozumiesz?
Sverre jeszcze niczego nie rozumiał. Głos Księcia z niezmiennym spokojem tłumaczył, jak komórka trafiła w niepowołane ręce.
– To nie była automatyczna sekretarka, Olsen.
– A kto?
– Powiedzmy, że wróg.
– Monitor? Ktoś nas śledził, czy co?
– Ta osoba właśnie idzie na policję. Twoim zadaniem będzie ją zatrzymać.
– Moim? Ja tylko chciałem swoje pieniądze i...
– Zamknij się.
Olsen zamilkł.
– Chodzi o Sprawę. Jesteś dobrym żołnierzem, prawda?
– Tak, ale...
– A dobry żołnierz sprząta po sobie, tak czy nie?
– Ja tylko pośredniczyłem w przekazywaniu informacji między tobą a starym. To ty...
– Zwłaszcza wtedy, gdy nad żołnierzem wisi wyrok trzech lat, który z powodu uchybień formalnych wymierzono w zawieszeniu.
Sverre usłyszał własne przełykanie śliny.
– Skąd o tym wiesz? – zaczął.
– Nie twoja sprawa. Chciałbym tylko, żebyś zrozumiał, że masz co najmniej tyle samo do stracenia, co ja i reszta bractwa.
Nie musiał odpowiadać.
– Spróbuj to zobaczyć w jasnych barwach, Olsen. To jest właśnie wojna. Nie ma na niej miejsca dla tchórzy i zdrajców. Poza tym bractwo nagradza swoich żołnierzy. Oprócz tych dziesięciu tysięcy po wykonaniu roboty dostaniesz jeszcze czterdzieści.
Sverre myślał. O tym, w co powinien się ubrać.
– Gdzie? – spytał.
– Schous plass za dwadzieścia minut. Weź ze sobą, co potrzebne.

*

– Nie pijesz? – spytała Rakel.
Harry rozejrzał się. Ostatnią melodię przetańczyli na tyle blisko siebie, że mogło to wywołać uniesienie niektórych brwi. Teraz wycofali się do stolika w głębi kantyny.
– Przestałem – powiedział Harry.
Pokiwała głową.
– To długa historia – dodał.
– Mnie się nie spieszy.
– Dziś wieczorem mam ochotę słuchać jedynie wesołych opowieści – uśmiechnął się. – Porozmawiajmy raczej o tobie. Jakie miałaś dzieciństwo? Masz siłę, żeby o nim opowiedzieć?
Harry właściwie spodziewał się, że Rakel się roześmieje, lecz ona tylko nieznacznie się uśmiechnęła.
– Moja matka umarła, kiedy miałam piętnaście lat. O wszystkim innym mogę mówić.
– Przepraszam.
– Nie ma za co przepraszać. Była niezwykłą kobietą. Ale mieliśmy dzisiaj opowiadać sobie tylko wesołe historie...
– Masz rodzeństwo?
– Nie. Po śmierci mamy zostałam tylko z ojcem.
– Musiałaś więc zajmować się nim sama?
Popatrzyła na niego zdziwiona.
– Wiem, jak to jest. Ja też straciłem matkę. Ojciec całymi latami siedział w fotelu i gapił się w ścianę. Musiałem go nawet karmić.
– Mój ojciec prowadził dużą sieć sklepów z materiałami budowlanymi, którą stworzył od zera i która, jak sądziłam, była dla niego całym życiem. Ale tej nocy, kiedy umarła matka, całkowicie przestał się tym interesować. Zdążył sprzedać firmę, zanim było naprawdę źle. I odsunął się od wszystkich znajomych. Łącznie ze mną. Stał się rozgoryczonym, samotnym człowiekiem. – Rozłożyła ręce. – Ja miałam własne życie. Poznałam w Moskwie mężczyznę. Ojciec poczuł się zdradzony, ponieważ chciałam wyjść za mąż za Rosjanina. Kiedy zabrałam Olega do Norwegii, moje stosunki z ojcem zaczęły się układać bardzo źle.
Harry poszedł po margaritę dla niej i colę dla siebie.
– Szkoda, że się nie poznaliśmy na studiach – powiedziała Rakel, kiedy wrócił.

– Byłem w tym czasie idiotą – odparł. – Zachowywałem się agresywnie wobec wszystkich, którym nie podobały się te same płyty i filmy, co mnie. Nikt mnie nie lubił. I ja nikogo nie lubiłem.
– W to akurat nie wierzę.
– Wziąłem to z filmu. Facet, który to mówił, podrywał Mię Farrow. To znaczy na filmie. Nigdy nie sprawdzałem, jak to działa w rzeczywistości.
– No cóż – zamyślona spróbowała margarity. – Myślę, że to dobry początek. Ale jesteś pewien, że nie wziąłeś z filmu również tego, że wziąłeś to z filmu?

Roześmiali się, a potem ciągnęli rozmowę o dobrych i złych filmach, dobrych i złych koncertach. Po pewnym czasie Harry zrozumiał, że musi skorygować pierwsze wrażenie, jakie zrobiła na nim Rakel. Okazało się choćby, że w wieku dwudziestu lat objechała sama cały świat. Tymczasem jedynym dorosłym doświadczeniem, do jakiego Harry mógł się w tym wieku odwołać, była nieudana wyprawa pociągiem po Europie i narastający problem alkoholowy.

Popatrzyła na zegarek.
– Jedenasta. Ktoś na mnie czeka.
Harry poczuł, że serce opada mu w piersi.
– Na mnie też – powiedział, wstając.
– Tak?
– Tylko potwór, którego trzymam pod łóżkiem. Odwiozę cię do domu.
Uśmiechnęła się.
– Nie musisz.
– To niemal po drodze.
– Ty też mieszkasz w Holmenkollen?
– Tuż obok. No, prawie. Na Bislett.
Roześmiała się.
– Czyli po drugiej stronie miasta? Teraz już rozumiem, o co ci chodzi.
Harry uśmiechnął się głupio.
Położyła mu rękę na ramieniu.
– Chcesz, żebym ci pomogła popchać samochód, prawda?

*

– Wygląda na to, że go nie ma, Helge – powiedziała El*len. Stała przy oknie w płaszczu i wyglądała zza zasłony. Ulica w dole był pusta. Taksówka, która wcześniej na niej stała, odjechała, zabierając trzy przyjaciółki w imprezowych humorach. Helge nie odpowiedział. Mrugnął tylko dwa razy i podrapał się po brzuchu łapką.

Ellen spróbowała zadzwonić na komórkę Harry'ego jeszcze raz, ale ten sam damski głos powtórzył irytująco znajomą formułkę.

Nakryła więc klatkę kocem, życzyła ptaszkowi dobrej nocy, zgasiła światło i wyszła. Na Jens Bjelkes gate wciąż nie było nikogo. Przeszła prędko w stronę Thorvald Meyers gate, gdzie, jak wiedziała, w sobotni wieczór o tej porze robi się wręcz tłoczno. Przy knajpie Pani Hagen kiwnęła głową kilku osobom, z którymi najwidoczniej zamieniła parę słów podczas któregoś z zakrapianych wieczorów na tej oświetlonej trasie dzielnicy Grünerløkka. Przypomniała sobie, że obiecała Kimowi kupić papierosy, i zawróciła w stronę długo otwartego sklepu sieci 7-Eleven na Markveien. Ujrzała kolejną twarz, która wydała jej się jakby znajoma, i uśmiechnęła się odruchowo, spostrzegłszy, że ten człowiek jej się przygląda.

W 7-Eleven usiłowała sobie przypomnieć, czy Kim pali zwykłe camele czy light, i wtedy sobie uświadomiła, jak krótko są razem i ile jeszcze muszą się o sobie nawzajem dowiedzieć. I że po raz pierwszy w życiu wcale jej to nie przeraża, tylko cieszy. Czuła się zwyczajnie szczęśliwa. Myśl o tym, że on leży nagi w łóżku, zaledwie trzy kwartały od miejsca, w którym teraz stała, sprawiła, że poczuła narastające podniecenie. Zdecydowała się na zwykłe camele, niecierpliwie czekając, aż zostanie obsłużona. Na ulicy postanowiła iść na skróty wzdłuż rzeki Aker.

Zdumiało ją, jak krótka jest droga od miejsca, gdzie roi się od ludzi, do całkowitej pustki, nawet w wielkim mieście. Nagle plusk wody i skrzypienie śniegu pod butami stały się jedynymi dźwiękami, jakie do niej docierały. Gdy uświadomiła sobie, że słyszy nie tylko własne kroki, było już za późno, żeby się wycofać. Teraz wyczuła także czyjś oddech. Ciężki i nierówny. Ten ktoś się boi i jest wściekły, pomyślała Ellen, i już w tym momencie wiedziała, że grozi jej niebezpieczeństwo. Nie odwróciła się, tylko ruszyła ostrym biegiem. Kroki za jej plecami prędko przybrały ten sam rytm. Starała się biec skutecznie i spokojnie, nie wpadać w panikę, nie tracić niebezpiecznie sił. Nie biegnij jak baba, upomniała się w duchu, ściskając w kieszeni płaszcza pojemnik z gazem. Ale kroki nieubłaganie się zbliżały. Pomyślała, że jeśli dotrze do samotnego kręgu światła na ścieżce, będzie ocalona. Wiedziała, że to nieprawda. Właśnie pod latarnią dosięgnął ją pierwszy cios, w ramię, i przewrócił w zaspę. Drugi sparaliżował jej rękę. Wypuściła z dłoni pojemnik z gazem. Trzeci zmiażdżył jej kolano. Ale ból zablokował krzyk, tkwiący głęboko w gardle. Tylko tętnice wystąpiły wyraźnie na białej skórze szyi. W żółtym świetle latarni widziała, jak napastnik unosi do góry kij. Teraz go poznała. To był ten sam człowiek, którego zobaczyła, kiedy odwróciła się przy Pani Hagen. Nawyk policjantki sprawił, że odruchowo zanotowała w myślach: ubrany w krótką zieloną kurtkę, czarne wysokie buty i czarną wojskową czapkę, dokerkę. Pierwsze uderzenie w głowę zniszczyło nerw wzrokowy, potem ogarnął ją zupełny mrok.

Czterdzieści procent pokrzywnic przeżywa, pomyślała. Przetrwam tę zimę.

Palcami obmacywała śnieg w poszukiwaniu czegoś, czego mogłaby się przytrzymać. Drugi cios trafił w tył głowy.

Już niedużo jej zostało, myślała dalej. Przetrwam tę zimę.

Harry zatrzymał się przy podjeździe do willi na Holmenkollveien. W białym świetle księżyca skóra Rakel przybrała nierzeczywisty upiornie blady odcień i nawet w pogrążonym w półmroku wnętrzu samochodu poznawał po jej oczach, że jest bardzo zmęczona.

– To tu – powiedziała Rakel.
– Tak, tu – westchnął Harry.
– Chętnie bym cię zaprosiła, ale…
Harry roześmiał się.
– Przypuszczam, że Olegowi nie bardzo by się to podobało.
– Oleg słodko śpi, myślę raczej o jego niani.
– Niani?
– To córka jednego z pracowników POT. Nie zrozum mnie źle, ale nie znoszę takich plotek w pracy.

Harry zapatrzył się w instrumenty na desce rozdzielczej. Szkiełko prędkościomierza pękło. Podejrzewał też, że przepalił się bezpiecznik lampki olejowej.

– Oleg to twój syn?
– Tak. A co myślałeś?
– Hm. Sądziłem, że mówisz o swoim przyjacielu.
– Jakim przyjacielu?
Zapalniczka albo została wyrzucona przez okno, albo skradziona razem z radiem.
– Urodziłam Olega, kiedy byłam w Moskwie – wyjaśniła Rakel. – Mieszkałam z jego ojcem przez dwa lata.
– I co się stało?
Wzruszyła ramionami.
– Nic. Po prostu przestaliśmy się kochać i wróciłam do Oslo.
– To znaczy, że jesteś...
– Matką samotnie wychowującą dziecko. A ty?
– Ja jestem samotny. Po prostu samotny.
– Zanim zacząłeś pracować u nas, ktoś wspominał coś o tobie i dziewczynie, z którą dzieliłeś pokój w Wydziale Zabójstw.
– O Ellen? Nie. Po prostu dobrze nam się razem pracowało. To znaczy dobrze nam się pracuje. Ona wciąż mi od czasu do czasu pomaga.
– W czym?
– W sprawie, którą się zajmuję.
Popatrzyła na zegarek.
– Pomóc ci otworzyć te drzwiczki? – spytał Harry.
Uśmiechnęła się, pokręciła głową i mocno pchnęła je barkiem. Zaskrzypiały zawiasy.
Wzgórze Holmenkollen było ciche, tylko w koronach świerków niósł się miękki szum. Rakel postawiła stopę na śniegu.
– Dobranoc, Harry.
– Jeszcze tylko jedno.
– Tak?
– Kiedy tu przyjechałem poprzednim razem, dlaczego nie spytałaś, czego chcę od twojego ojca? Spytałaś jedynie, czy możesz mi w czymś pomóc.
– Przyzwyczajenie zawodowe. Nie pytam o sprawy, do których nie powinnam się wtrącać.
– Wciąż nie jesteś ciekawa?
– Zawsze jestem ciekawa, po prostu nie pytam. A co?

– Szukam byłego żołnierza, który walczył na froncie i z którym twój ojciec mógł się zetknąć w czasie wojny. Ten żołnierz kupił karabin Märklin. Twój ojciec zresztą nie sprawiał wcale wrażenia rozgoryczonego, kiedy z nim rozmawiałem.
– Wygląda na to, że projekt tej jego książki trochę go rozbudził. Sama jestem tym zaskoczona.
– Może któregoś dnia w końcu się dogadacie?
– Może.
Ich spojrzenia się zetknęły, jakby sczepiły ze sobą i nie mogły od siebie oderwać.
– Czy my teraz flirtujemy?
– Absolutnie nie biorę tego pod uwagę.
Widział jej roześmiane oczy jeszcze długo po tym, jak źle zaparkował na Bislett. Zagnał swojego potwora pod łóżko i zasnął, nie zwróciwszy uwagi na mrugające czerwone światełko w salonie, informujące, że na automatycznej sekretarce ma nieodsłuchaną wiadomość.

Sverre Olsen po cichu zamknął drzwi, zdjął buty i zaczął się skradać po schodach. Ominął trzeszczący stopień, ale wiedział, że na nic te starania.
– Sverre?
Wołanie dobiegło z otwartych drzwi sypialni.
– Tak, mamo?
– Gdzie byłeś?
– Wyszedłem się przejść. Idę już spać.
Zamknął uszy na jej słowa. Wiedział mniej więcej, jakie będą. Padały jak marznąca mżawka i topiły się w zetknięciu z ziemią. Zamknął drzwi do swojego pokoju i został sam. Położył się na łóżku, pogapił w sufit i przejrzał w myślach to, co się wydarzyło. To było jak film. Zamknął oczy, próbował się od tego odciąć, ale film trwał.
Nie miał pojęcia, kim była. Książę zgodnie z umową spotkał się z nim na Schous plass i podjechali pod jej dom. Tam zaparkowali w taki sposób, aby widzieć, jak wychodzi. Sami pozostawali dla niej niewidoczni. Książę mówił, że to może potrwać całą noc, kazał mu się rozluźnić, nastawił tę przeklętą murzyńską muzykę i rozłożył siedzenie samochodu. Ale już po pół godzinie otworzyła się brama i Książę powiedział: „To ona".

Sverre pobiegł za nią, ale dogonił ją dopiero wtedy, gdy wyszli z ciemnej ulicy i otoczyło ich zbyt wielu ludzi. W pewnym momencie dziewczyna gwałtownie się odwróciła i popatrzyła prosto na niego. Przez moment był pewien, że został odkryty, że zauważyła kij bejsbolowy w rękawie, wystający nad kołnierzykiem. Tak się wystraszył, że nie był w stanie zapanować nad drżeniem mięśni twarzy. Ale później, kiedy wybiegła z 7-Eleven, lęk przeszedł w gniew. Nie był pewien, czy pamięta szczegóły z tej chwili, gdy znaleźli się pod latarnią na ścieżce. Wiedział, co się wydarzyło, ale całe zdarzenie jawiło mu się w nieostrych barwach. Trochę tak jak w tym teleturnieju Roalda Øyena, w którym widzi się tylko fragment obrazka i trzeba zgadnąć, co przedstawia.

Znów otworzył oczy. Zapatrzył się w wybrzuszone gipsowe płyty nad drzwiami. Jak dostanie pieniądze, poszuka blacharza, żeby naprawił ten cieknący dach, o którym mama już tak dawno marudzi. Starał się myśleć o łataniu dachu, ale wiedział, że robi to tylko dlatego, żeby odgonić od siebie tamtą drugą myśl. Że coś było nie tak. Że tym razem było inaczej. Zupełnie inaczej niż z tym żółtkiem w Kebabie u Dennisa. To była zwyczajna norweska dziewczyna. Miała krótkie brązowe włosy, niebieskie oczy. Mogła być jego siostrą. Próbował powtarzać sobie to, co wbijał mu do głowy Książę: że jest żołnierzem, że walczy dla Sprawy.

Popatrzył na zdjęcie, które przybił do ściany pod flagą ze swastyką. Był na nim *SS-Reichsführer und Chef der Deutschen Polizei* Heinrich Himmler na mównicy podczas pobytu w Oslo w 1941. Przemawiał do norweskich ochotników przyjętych do Waffen SS. Zielony mundur. Litery SS na kołnierzyku. W tle Vidkun Quisling. Himmler. Honorowa śmierć 23 maja 1945. Samobójstwo.

– Cholera!

Sverre spuścił nogi na podłogę, wstał i zaczął niespokojnie krążyć po pokoju. Zatrzymał się przy lustrze koło drzwi. Dotknął głowy. Potem przeszukał kieszenie kurtki. Do diabła, gdzie jest dokerka? Na moment ogarnęła go panika na myśl, że mogła zostać na śniegu koło niej, ale potem przypomniał sobie, że miał czapkę, gdy wrócił do samochodu. Do Księcia. Odetchnął z ulgą.

Kija bejsbolowego pozbył się tak, jak powiedział mu Książę. Starł z niego odciski palców i wrzucił do rzeki. Teraz trzeba siedzieć cicho, czekać i zobaczyć, co się stanie. Książę powiedział, że zajmie się tym,

tak jak zajmował się wcześniej. Gdzie pracował, tego Sverre nie wiedział, ale pewne było przynajmniej, że ma mocne powiązania z policją. Rozebrał się przed lustrem. W bladym świetle księżyca, wpadającym przez zasłony, tatuaże wydawały się szare. Pogładził palcami Żelazny Krzyż, który nosił na szyi.
– Ty dziwko – mruknął. – Cholerna komunistyczna dziwko!
Zasnął, gdy niebo na wschodzie zaczęło szarzeć.

51 HAMBURG, 30 CZERWCA 1944

Droga ukochana Heleno!
Kocham Cię bardziej niż siebie samego, teraz już o tym wiesz. Chociaż dana nam była zaledwie krótka chwila, a przed Tobą długie szczęśliwe życie (jestem o tym przekonany), mam nadzieję, że nigdy o mnie całkiem nie zapomnisz. Jest wieczór. Siedzę w sypialni koło portu w Hamburgu, dookoła lecą bomby. Jestem sam. Wszyscy inni pochowali się w bunkrach i w piwnicach. Nie ma prądu, ale pożary szalejące w mieście dają dość światła do pisania.

Musieliśmy wysiąść z pociągu tuż przed Hamburgiem, bo poprzedniej nocy zbombardowano tory. Do miasta przewieziono nas ciężarówkami. Spotkał nas tam straszny widok. Co drugi dom wydawał się zniszczony. Psy wałęsały się wśród dymiących ruin. Wszędzie widać było chude obdarte dzieci, wpatrujące się w ciężarówki wielkimi pustymi oczami. Jechałem przez Hamburg w drodze do Sennheim zaledwie dwa lata wcześniej, ale teraz miasto jest nie do rozpoznania. Wtedy Łaba wydała mi się najpiękniejszą rzeką, jaką widziałem. Teraz w brudnej błotnistej wodzie unoszą się kawałki desek i inne śmieci. Słyszałem też, że jest zatruta od trupów, które w niej pływają. Mówi się o kolejnych nocnych bombardowaniach, o tym, że trzeba uciekać na wieś. Według planu miałem dziś wieczorem jechać do Kopenhagi, ale linia kolejowa na północ także jest zbombardowana.

Przepraszam za mój słaby niemiecki. Jak widzisz, ręką też mi drży. Ale to przez te bomby, od których trzęsie się cały dom, nie ze strachu. Czego miałbym się teraz bać? Siedząc tutaj, jestem świadkiem zjawiska, o którym słyszałem, lecz którego nigdy nie widziałem. Tornado ognia. Płomienie po drugiej stronie portu zdają się chłonąć wszystko. Widzę luźne kawałki desek i całe płaty blaszanych dachów, unoszące się w powietrzu i lecące wprost w ogień. A morze dosłownie się gotuje. Spod nabrzeża unosi się para. Gdyby jakiś nieszczęśnik próbował się ratować skokiem do wody, ugotowałby się żywcem. Otworzyłem okna i miałem wrażenie, że w powietrzu w ogóle nie ma tlenu. Usłyszałem też wtedy ryk. Wydaje się, że ktoś stoi pośród płomieni i krzykiem domaga się jeszcze, jeszcze. To straszne i przerażające, lecz również dziwnie ekscytujące.

Moje serce przepełnia miłość, czuję się niezwyciężony – dzięki Tobie, Heleno. Jeśli pewnego dnia urodzisz dzieci (wiem i chcę, by tak się stało), chciałbym, abyś przekazała im moje historie. Możesz je opowiedzieć jako bajki, bo tym właśnie są – prawdziwymi bajkami! Postanowiłem wyjść dzisiejszej nocy, żeby się przekonać, kogo spotkam, co znajdę. Ten list włożę do metalowej manierki i zostawię ją na stole. Bagnetem wydrapałem na niej Twoje nazwisko i adres, żeby ci, którzy ją znajdą, zrozumieli.

Twój kochający
Uriasz

Część piąta

SIEDEM DNI

52 JENS BJELKES GATE, 9 MARCA 2000

Cześć, dodzwoniłeś się do Ellen i Helgego. Prosimy o pozostawienie wiadomości.
– Cześć, Ellen. Mówi Harry. Jak słyszysz, piłem, i bardzo mi z tego powodu przykro. Naprawdę. Ale gdybym był trzeźwy, prawdopodobnie teraz bym do ciebie nie dzwonił. Na pewno to rozumiesz. Byłem dzisiaj na miejscu zbrodni, leżałaś na plecach, w śniegu, przy ścieżce wzdłuż rzeki Aker. Znalazła cię para młodych ludzi idących do knajpy. Było tuż po północy. Przyczyna zgonu: rozległe uszkodzenia przedniej części mózgu w wyniku ciosów w głowę, zadanych tępym narzędziem. Zostałaś również uderzona w tył głowy i miałaś czaszkę pękniętą w trzech miejscach, a oprócz tego zmiażdżoną rzepkę w lewym kolanie. I ślady po uderzeniach w prawy bark. Przypuszczamy, że wszystkie te obrażenia zadano tym samym narzędziem. Doktor Blix ocenia, że zgon nastąpił między dwudziestą trzecią a dwudziestą czwartą. Wyglądałaś jakbyś... ja... Zaczekaj chwilę.

– Przepraszam. Czyli tak. Technicy znaleźli ze dwadzieścia różnych śladów butów na ścieżce i parę w śniegu obok ciebie. Ale te ostatnie były zatarte, być może celowo. Na razie nie zgłosił się żaden świadek, ale jak zwykle przepytujemy w sąsiedztwie. Sporo okien wychodzi na ścieżkę, zdaniem Kripos są więc szanse, że ktoś coś widział. Osobiście uważam, że te szanse są minimalne. Bo widzisz, w szwedzkiej telewizji od za piętnaście jedenasta do za piętnaście dwunasta puszczali powtórkę szwedzkiej *Wyprawy Robinson*. Żartowałem. Próbuję być dowcipny, słyszysz? Aha, znaleźliśmy granatową czapkę w odległości kilku metrów od miejsca, w którym leżałaś. Były na niej ślady krwi i chociaż ty krwawiłaś dość mocno, to jednak doktor Blix był zdania, że krew nie mogła trysnąć aż tak daleko. Jeśli to twoja krew, to znaczy, że czapka należy do mordercy. Przesłaliśmy krew do analizy, a czapkę do laboratorium w Wydziale Technicznym. Szukają włosów i fragmentów naskórka. Jeśli facet nie łysieje, to może przynajmniej ma łupież. Cha, cha. Nie zapomniałaś chyba Ekmana i Friesena, prawda? Na razie nie mam dla ciebie więcej informacji, ale daj mi znać, jeśli na coś wpadniesz. Coś jeszcze? Aha, Helge znalazł nowy dom u mnie. Wiem, że to zmiana na gorsze, ale to dotyczy nas wszystkich, Ellen. Może z wyjątkiem ciebie. Wypiję teraz kolejnego drinka i zastanowię się właśnie nad tym.

53 JENS BJELKES GATE, 10 MARCA 2000

Cześć, dodzwoniłeś się do Ellen i Helgego. Prosimy o pozostawienie wiadomości.

– Cześć, to znowu ja, Harry. Nie poszedłem dzisiaj do pracy, ale przynajmniej udało mi się zadzwonić do doktora Blixa. Cieszę się, że mogę ci powiedzieć, że nie zostałaś zgwałcona i, o ile udało nam się ustalić, żadna z twoich ziemskich rzeczy nie została naruszona. To oznacza, że nie mamy motywu. Chociaż oczywiście sprawca mógł z jakiegoś powodu nie zdążyć zrobić tego, co zaplanował. Albo nie zdołał tego zrobić. Dziś zgłosiło się dwóch świadków, którzy widzieli cię koło Pani Hagen. Zarejestrowano płatność twoją kartą w 7-Eleven na Markveien o 22.55. Twój chłopak, Kim, był przesłuchiwany przez cały dzień. Powiedział, że szłaś do niego i że prosił cię, żebyś kupiła mu papierosy. Jeden z chłopaków z Kripos przyczepił się do tego, że kupiłaś inny gatunek niż te, które on pali. W dodatku Kim nie ma alibi. Przykro mi, Ellen, ale w tej chwili właśnie on jest głównym podejrzanym.

Akurat miałem gościa. Ona ma na imię Rakel i pracuje w POT. Powiedziała, że wpadła zobaczyć, jak się czuję. Siedziała przez chwilę, ale prawie nie rozmawialiśmy. Wkrótce poszła. Chyba nie wypadło to najlepiej.

Helge cię pozdrawia.

54 JENS BJELKES GATE, 13 MARCA 2000

Cześć, dodzwoniłeś się do Ellen i Helgego. Prosimy o pozostawienie wiadomości.
– To najzimniejszy marzec, jaki w ogóle pamiętają ludzie. Jest minus osiemnaście, a okna w tej kamienicy są z przełomu wieków. Powszechne przekonanie o tym, że pijany nie zamarznie, jest całkowicie błędne. Ali, mój sąsiad, zastukał do mnie rano. Okazało się, że wczoraj, kiedy wracałem do domu, paskudnie się wywróciłem na schodach. Ali musiał mi pomóc położyć się do łóżka.

Do pracy najwyraźniej dotarłem w porze lunchu, bo kiedy poszedłem do kantyny po poranną kawę, w środku był tłum ludzi. Wydawało mi się, że wszyscy się na mnie gapią, ale może to tylko przywidzenia. Strasznie za tobą tęsknię, Ellen.

Sprawdziłem kartotekę twojego chłopaka, Kima. Widziałem, że dostał krótki wyrok za posiadanie haszyszu. Ci z Kripos ciągle uważają, że to on. Nigdy go nie poznałem i wiadomo przecież, że nie znam się na ludziach, ale sądząc z tego, co o nim opowiadałaś, raczej nie wydaje mi się w tym typie. Zgadzasz się? Dzwoniłem do Technicznego. Powiedzieli, że na czapce nie znaleźli ani jednego włosa, a jedynie coś, co prawdopodobnie jest fragmentami naskórka. Wysyłają to do analizy DNA. Przypuszczają, że wyniki będą w ciągu czterech tygodni. Wiesz, ile włosów traci codziennie dorosły człowiek? Sprawdziłem. Około stu pięćdziesięciu. A na czapce nie było ani jednego. Poszedłem potem do Møllera i poprosiłem, żeby kazał przygotować listę wszystkich skazanych za ciężkie uszkodzenie ciała w ostatnich czterech latach, którzy ostatnio golą się na łyso.

Rakel przyszła do mojego pokoju i przyniosła mi książkę. *Nasze małe ptaszki*. Dziwna książka. Myślisz, że Helge lubi proso? Trzymaj się!

55 JENS BJELKES GATE, 14 MARCA 2000

Cześć, dodzwoniłeś się do Ellen i Helgego. Prosimy o pozostawienie wiadomości.
– Dzisiaj cię pochowali. Nie było mnie tam. Twoi bliscy zasłużyli na godną ceremonię, a ja dzisiaj nie prezentowałem się najlepiej. Uczciłem cię więc myślą U Schrødera. O ósmej wieczorem wsiadłem do samochodu i pojechałem na Holmenkollveien. To był zły pomysł. Rakel miała gościa, tego samego faceta, którego widziałem tam już wcześniej. Przedstawił się jako ktoś tam z Ministerstwa Spraw Zagranicznych i sprawiał wrażenie, że przyjechał w sprawie służbowej. Chyba nazywa się Brandhaug. Rakel nie wyglądała na szczególnie ucieszoną tą wizytą, ale może tylko tak mi się wydawało. Prędko się wycofałem, zanim sytuacja zrobiła się nieprzyjemna. Rakel nalegała, żebym wziął taksówkę. Ale kiedy teraz wyglądam przez okno, widzę zaparkowanego escorta, więc nie posłuchałem jej rady.
Jak chyba rozumiesz, zapanował pewien chaos. W każdym razie byłem w sklepie dla zwierząt po ziarenka dla ptaków. Pani za ladą zaproponowała „Trill". Kupiłem.

56 JENS BJELKES GATE, 15 MARCA 2000

Cześć, dodzwoniłeś się do Ellen i Helgego. Prosimy o pozostawienie wiadomości.
– Wybrałem się dzisiaj do Plotki. Przypomina trochę Schrødera. W każdym razie nikt tam nie patrzy podejrzliwie, kiedy ktoś z samego rana zamawia piwo. Przysiadłem się do jakiegoś staruszka i z pewnym wysiłkiem udało mi się nawiązać coś w rodzaju rozmowy. Spytałem go, co ma przeciwko Evenowi Juulowi. Długo mi się przyglądał, najwyraźniej nie zapamiętał mnie z mojej ostatniej wizyty. Ale postawiłem mu piwo i usłyszałem całą historię. Facet walczył na froncie, tyle zrozumiałem już wcześniej, i znał żonę Juula, Signe, z czasów, gdy służyła jako sanitariuszka na froncie wschodnim. Zgłosiła się na ochotnika, bo była

zaręczona z jednym z norweskich żołnierzy z Regimentu Norge. Juul zainteresował się nią, kiedy została oskarżona o zdradę ojczyzny w czterdziestym piątym. Dostała dwa lata, ale ojciec Juula zajmował wysoką pozycję w Partii Pracy, interweniował i wypuścili ją już po kilku miesiącach. Gdy spytałem starego, dlaczego tak się oburzył na Juula, mruknął, że Juul nie jest wcale taki święty, za jakiego stara się uchodzić. Właśnie tego słowa użył, święty. Powiedział, że Juul jest dokładnie tak samo zakłamany jak inni historycy. Tworzy mity o Norwegii w okresie wojny, jakich żądali zwycięzcy. Facet nie pamiętał nazwiska pierwszego narzeczonego Signe Juul, wiedział tylko, że uchodził on za bohatera wśród pozostałych w regimencie.

Potem poszedłem do pracy. Zajrzał do mnie Kurt Meirik i długo mi się przyglądał. Nic nie mówił. Zadzwoniłem do Bjarnego Møllera, powiedział, że na liście, o którą prosiłem, są trzydzieści cztery nazwiska. Ciekawe, czy mężczyźni bez włosów są bardziej skłonni do przemocy? Møller w każdym razie kazał jednemu z funkcjonariuszy obdzwonić wszystkich i sprawdzić alibi, żeby tę liczbę jakoś ograniczyć. Ze wstępnego raportu widzę, że Tom Waaler odwiózł cię do domu i kiedy wysiadałaś z samochodu o 22.15, byłaś spokojna. Zeznał też, że rozmawialiście o zwykłych, codziennych sprawach. A mimo to, kiedy według Telenoru dzwoniłaś na moją sekretarkę o 22.16, czyli natychmiast, ledwie zdążyłaś wejść do domu, byłaś bardzo podniecona tym, że wpadłaś na ślad czegoś. To wydaje mi się dziwne. Bjarne Møller powiedział, że jego to wcale nie dziwi. Może znów to tylko mnie się coś przywiduje.

Odezwij się niedługo, Ellen.

57 JENS BJELKES GATE, 16 MARCA 2000

Cześć, dodzwoniłeś się do Ellen i Helgego. Prosimy o pozostawienie wiadomości.

– Nie dotarłem dzisiaj do pracy. Na dworze jest minus dwanaście, w mieszkaniu niewiele więcej. Telefon dzwonił przez cały dzień, a gdy w końcu zdecydowałem się odebrać, okazało się, że to doktor Aune. Miły facet, jak na psychologa. W każdym razie nie udaje, że jest mniej zaskoczony tym, co dzieje się w naszych głowach, niż inni. Dawne twierdzenie Aunego, że każdy alkoholik pęka w tym miejscu, gdzie skończył się ostatni ciąg, to dobre ostrzeżenie. Ale niekoniecznie prawdziwe. Pamiętając to, co się wydarzyło w Bangkoku, był zaskoczony moją względną przytomnością. Wszystko jest względne. Aune opowiadał też o jakimś amerykańskim psychologu, który stwierdził, że koleje losu człowieka są w pewnym sensie dziedziczne. Gdy przejmujemy rolę rodziców, nasze życie zaczyna przypominać ich życie.

Mój ojciec zdziwaczał po śmierci matki. Aune boi się, że ze mną stanie się to samo po tych kilku strasznych przeżyciach. Wiesz, po tym, co się stało w Vindern. I w Sydney. A teraz tutaj. Opowiedziałem mu, co robię, ale wybuchnąłem śmiechem, kiedy oświadczył, że to Helge nie pozwala mi wrócić do normalnego życia. Sikorka! Jak mówiłem, Aune to miły facet, ale powinien skończyć z tym psychologizowaniem.

Zadzwoniłem do Rakel i zapytałem, czy nie wybralibyśmy się gdzieś razem. Powiedziała, że pomyśli i oddzwoni. Nie rozumiem, dlaczego to sobie robię.

58 JENS BJELKES GATE, 17 MARCA 2000

...cja Telenor. Połączyłeś się z nieużywanym numerem telefonu. Informacja Telenor. Połączyłeś się z...

Część szósta

BATSZEBA

59 POKÓJ HARRY'EGO, 24 KWIETNIA 2000

Pierwsza ofensywa wiosny nadeszła późno. Dopiero pod koniec marca zaczęło kapać i płynąć w rynsztokach. W kwietniu zniknął cały śnieg aż po jezioro Sognsvann. Ale potem znów wiosna została zmuszona do odwrotu. Sypnęło śniegiem, nawet w środku miasta utworzyły się wielkie zaspy. Minęło kilka tygodni, zanim słońce zdołało go roztopić. Na ulicach leżały psie kupy i ubiegłoroczne śmieci. Wiatr nabierał rozpędu na otwartych przestrzeniach przy Grønlandsleiret i koło Galleri Oslo, podrywał piasek, którym wcześniej posypywano ulice. Ludzie przecierali oczy i pluli. Zaczęto mówić o matce samotnie wychowującej dziecko, która być może pewnego dnia zostanie królową, o Mistrzostwach Europy w piłce nożnej i o niezwykłej pogodzie. W Budynku Policji rozmawiano o tym, co kto robił w czasie ferii wielkanocnych i o marnych dodatkach do pensji. Wszystko wydawało się takie jak dawniej.

Ale nie wszystko było takie jak dawniej.

Harry siedział w swoim pokoju z nogami na biurku i spoglądał na bezchmurny dzień. Patrzył na emerytki w paskudnych kapeluszach, które przed południem zapełniały chodniki, na samochody kurierskie przejeżdżające na żółtym świetle, na wszystkie te drobiazgi przydające miastu fałszywego werniksu normalności. Długo się zastanawiał, czy nie jest przypadkiem jedynym człowiekiem, który nie daje się oszukać. Od pogrzebu Ellen minęło sześć tygodni, ale kiedy wyglądał przez okno, nie dostrzegał żadnej zmiany.

Ktoś zastukał do drzwi. Harry nie odpowiedział, ale i tak się otworzyły. To był naczelnik wydziału, Bjarne Møller.

— Słyszałem, że wróciłeś.

Harry obserwował czerwony autobus dojeżdżający do przystanku. Z boku miał reklamę Towarzystwa Ubezpieczeń na Życie Storebrand.

— Możesz mi powiedzieć, szefie, dlaczego nazywają to ubezpieczeniem na życie, skoro tak naprawdę to ubezpieczenie na śmierć?

Møller westchnął i przysiadł na brzegu biurka.

— Dlaczego nie masz tu dodatkowego krzesła, Harry?

— Bo ludzie na stojąco szybciej mówią, z czym przyszli.

Harry dalej wyglądał przez okno.

— Brakowało cię na pogrzebie, Harry.

— Wybierałem się. — Harry powiedział to bardziej do siebie niż do Møllera. — Jestem pewien, że się tam wybierałem. Kiedy podniosłem głowę i zobaczyłem żałobne miny ludzi dookoła, pomyślałem nawet przez chwilę, że dotarłem na miejsce. Dopóki nie zobaczyłem, że obok mnie stoi Maja w fartuszku i czeka na zamówienie.

— Czegoś takiego się spodziewałem.

Przez brudny trawnik przebiegł pies z nosem przy ziemi i zadartym ogonem. Ktoś przynajmniej doceniał pogodę w Oslo.

— I co się stało potem? — spytał Møller. — Przez jakiś czas cię nie widzieliśmy.

Harry wzruszył ramionami.

— Byłem zajęty. Mam nowego współlokatora. Sikorkę z jednym skrzydłem. Siedziałem i słuchałem starych wiadomości, nagranych na sekretarkę w telefonie. Okazało się, że wszystkie, które zostawiono mi w ciągu ostatniego półrocza, mieściły się na półgodzinnej taśmie. I wszystkie były od Ellen. Smutne, prawda? No cóż, może nie tak bardzo. Naprawdę smutne jest to, że nie było mnie w domu, kiedy zadzwoniła po raz ostatni. Wiesz, że Ellen go odkryła?

Po raz pierwszy, odkąd Møller wszedł, Harry odwrócił się i popatrzył na niego.

— Bo chyba pamiętasz Ellen, prawda?

Møller westchnął.

— Wszyscy pamiętamy Ellen, Harry. Pamiętam też wiadomość, którą zostawiła na twojej sekretarce. Powiedziałeś Kripos, że twoim zdaniem dotyczy pośrednika w handlu bronią. To, że nie zdołaliśmy znaleźć sprawcy, nie oznacza wcale, że o nim zapomnieliśmy, Harry. Ludzie z Kripos i Wydziału Zabójstw od tygodni się uwijają. Prawie nie śpimy. Gdybyś przychodził do roboty, może zobaczyłbyś, jak ciężko pracujemy.

Møller już w tej chwili pożałował swoich słów.

– Nie chciałem...

– Owszem, chciałeś. I oczywiście masz rację.

Harry potarł twarz dłonią.

– Wczoraj wieczorem odsłuchałem jedną z wiadomości, którą mi zostawiła. Nie mam pojęcia, dlaczego wtedy dzwoniła. Przekazała mi same rady o tym, co powinienem jeść, a na koniec powiedziała, że powinienem pamiętać o dokarmianiu ptaszków, o rozciąganiu się po treningu i o Ekmanie i Friesenie. Wiesz, kim oni są?

Møller pokręcił głową.

– Dwaj psycholodzy, którzy odkryli, że kiedy się uśmiechasz, ruch mięśni twarzy wywołuje jakąś chemiczną reakcję w mózgu, dzięki której zyskujesz pozytywne nastawienie do świata i jesteś bardziej zadowolony z życia. Po prostu znaleźli dowód na starą hipotezę, że jeśli uśmiechniesz się do świata, świat uśmiechnie się do ciebie. Przez pewien czas jej wierzyłem.

Podniósł wzrok na Møllera.

– Smutne, prawda?

– Okropne.

Obaj się uśmiechnęli i przez chwilę siedzieli w milczeniu.

– Widzę po tobie, że przyszedłeś mi coś powiedzieć, szefie. O co chodzi?

Møller zeskoczył z biurka i zaczął krążyć po pokoju.

– Lista trzydziestu czterech podejrzanych łysych pał po sprawdzeniu ich alibi zmniejszyła się do dwunastu. Okej?

– Okej.

– Możemy określić grupę krwi właściciela czapki, na podstawie badania DNA znalezionych fragmentów naskórka. Czterech z nich ma tę samą grupę. Pobraliśmy próbki od wszystkich czterech i przesłaliśmy je do analizy DNA. Dzisiaj przyszły wyniki.

– I?

– Nic.

W pokoju zapadła cisza. Słychać było jedynie gumowe podeszwy butów Møllera, które przy każdym obrocie o sto osiemdziesiąt stopni wydawały z siebie cichy jęk.

– A Kripos zarzuciła teorię o tym, że zrobił to chłopak Ellen?
– Jego DNA też sprawdziliśmy.
– Wracamy więc do punktu wyjścia?
– Mniej więcej tak.

Harry znów obrócił się do okna. Stadko drozdów uniosło się z wielkiego wiązu i odleciało na zachód w stronę Plaza.

– Może czapka to błędny trop – powiedział Harry. – Nie bardzo mogłem pojąć, jak to możliwe, że sprawca, który nie pozostawia żadnych innych śladów, jest nawet na tyle uważny, żeby zniszczyć odciski swoich butów na śniegu, okazuje się tak nieudolny, że gubi czapkę w odległości zaledwie kilku metrów od ofiary.

– Może i tak. Ale krew na czapce należy do Ellen. To ustaliliśmy.

Harry spostrzegł psa wracającego tą samą drogą i obwąchującego ten sam ślad. Mniej więcej pośrodku trawnika zatrzymał się, przez moment intensywnie szukał zapachu z nosem przy ziemi, aż w końcu zdecydował się i pobiegł w lewo, znikając mu z oczu.

– Musimy iść tropem czapki – oświadczył Harry. – Oprócz wszystkich skazanych, trzeba sprawdzić wszystkich zatrzymanych albo oskarżonych o uszkodzenie ciała z ostatnich dziesięciu lat. I rozszerzyć poszukiwania na rejon Akershus. Dopilnować, żeby...

– Harry...
– O co chodzi?
– Ty już nie pracujesz w Wydziale Zabójstw. Śledztwo prowadzi Kripos. Każesz mi się wtrącać w cudze sprawy.

Harry nic nie powiedział, tylko wolno pokiwał głową. Jego wzrok zawisł gdzieś na Ekeberg.

– Harry?
– Czy kiedykolwiek miałeś ochotę znaleźć się zupełnie gdzie indziej, szefie? Spójrz na tę zasraną wiosnę.

Møller zatrzymał się i uśmiechnął.

– Skoro już pytasz, to Bergen zawsze wydawało mi się przyjemnym miastem. Dla dzieciaków i w ogóle, no wiesz.
– Ale wciąż chciałbyś być policjantem, prawda?

– Oczywiście.
– Bo tacy jak my nie nadają się do niczego innego.
Møller wzruszył ramionami.
– Może i tak.
– Ale Ellen nadawała się do innych rzeczy. Często myślałem o tym, że marnuje się w policji, łapiąc niegrzecznych chłopców i dziewczynki. To robota dla takich jak my, Møller. Nie dla niej. Rozumiesz, o co mi chodzi?
Møller podszedł do okna i stanął obok Harry'ego.
– Jak przyjdzie maj, będzie lepiej – powiedział.
– Tak – odparł Harry.
Zegar na kościele Grønland uderzył dwa razy.
– Zobaczę, czy da się w tę sprawę włączyć Halvorsena – powiedział Møller.

60 MINISTERSTWO SPRAW ZAGRANICZNYCH, 27 KWIETNIA 2000

Długie i rozległe doświadczenia Bernta Brandhauga z kobietami nauczyły go, że gdy z rzadka czuł, że nie tylko pragnie jakiejś kobiety, lecz że wręcz musi ją mieć, wynikało to z jednej z czterech następujących przyczyn: albo była ładniejsza od innych, albo zaspokajała go erotycznie lepiej niż inne, albo mocniej niż przy innych czuł, że jest mężczyzną, albo – to było najważniejsze – zależało jej na kimś innym.

Brandhaug uświadomił sobie, że taką właśnie kobietą jest Rakel Fauke.

Zadzwonił do niej któregoś dnia w styczniu pod pozorem oceny nowego attaché wojskowego przy ambasadzie rosyjskiej w Oslo. Powiedziała, że może wysłać mu notatkę, nalegał jednak, by przedyskutowali to osobiście. Ponieważ był piątek po południu, Brandhaug zaproponował spotkanie przy piwie w Continentalu. Odmówiła, tłumacząc, że musi odebrać synka z przedszkola. Właśnie wtedy dowiedział się, że jest matką samotnie wychowującą dziecko. Spytał wesoło:

– Zakładam, że kobieta z pani pokolenia ma mężczyznę, który się zajmuje takimi rzeczami.

Chociaż nie odpowiedziała wprost, to jednak zrozumiał, że ktoś taki nie istnieje.

Kiedy odłożył słuchawkę, był mimo wszystko zadowolony z siebie, choć trochę zirytowało go użycie określenia „pani pokolenie", gdyż podkreślił w ten sposób dzielącą ich różnicę wieku.

Następnie zatelefonował do Kurta Meirika i w najdyskretniejszy z możliwych sposobów wyciągnął z niego informacje na temat panny bądź pani Fauke. Tym, że z pewnością nie zachował się aż tak dyskretnie, by Meirik czegoś nie zwietrzył, na razie się nie przejął.

Meirik był jak zwykle dobrze poinformowany. Rakel pracowała w ministerstwie Brandhauga przez dwa lata, w Ambasadzie Norweskiej w Moskwie pełniła funkcję tłumaczki. Poślubiła Rosjanina, młodego profesora inżynierii genetycznej, który podbił ją szturmem i natychmiast wprowadził swoje teorie w praktykę, bo Rakel bardzo prędko zaszła w ciążę. Fakt, iż profesor urodził się z genem predysponującym go do alkoholizmu, w połączeniu ze skłonnością do stosowania argumentów fizycznych, sprawił jednak, że szczęście trwało krótko. Rakel Fauke nie powtórzyła błędu wielu innych kobiet. Nie czekała, nie wybaczała ani nie starała się zrozumieć. Wymaszerowała z domu z Olegiem na ręku od razu, gdy spadł pierwszy cios. Mąż i jego dość wpływowa rodzina domagali się praw rodzicielskich do chłopca. Gdyby nie chroniący ją immunitet dyplomatyczny, najprawdopodobniej nie zdołałaby zabrać syna z Rosji.

Gdy Meirik wspomniał, że mąż Rakel wniósł sprawę, Brandhaugowi zamajaczyło w głowie jakieś wezwanie rosyjskiego sądu, które pewien czas temu przeszło przez jego biurko. Ale wówczas ona była jedynie tłumaczką, przekazał więc komuś cały ten kłopot, nie zwracając nawet uwagi na jej nazwisko. Gdy Meirik wspomniał, że sprawa o przyznanie władzy rodzicielskiej nadal krąży między rosyjskimi i norweskimi władzami, Brandhaug natychmiast zakończył rozmowę i wystukał numer do Wydziału Prawnego.

Następny telefon do Rakel łączył się z zaproszeniem na kolację, tym razem bez żadnego pretekstu, lecz kiedy i ono zostało uprzejmie, lecz zdecydowanie odrzucone, podyktował adresowany do niej list, który podpisał naczelnik Wydziału Prawnego. W piśmie w krótkich słowach informowano, że ponieważ sprawa tak bardzo się przeciąga, Ministerstwo Spraw Zagranicznych postanowiło wspólnie z władzami rosyjskimi znaleźć rozwiązanie w kwestii władzy rodzicielskiej, z „ludzkich względów w stosunku do rosyjskiej rodziny Olega". Oznaczało to, że Rakel Fauke i Oleg będą musieli stawić się przed rosyjskim sądem zgodnie z treścią postanowienia.

Cztery dni później Rakel zadzwoniła do Brandhauga i poprosiła go o spotkanie w związku ze sprawą prywatną. Odpowiedział, zresztą zgodnie z prawdą, że jest bardzo zajęty, i spytał, czy sprawa nie może poczekać ze dwa tygodnie. Gdy jednak Rakel uprzejmie, ale z cieniem histerii w głosie błagała go o jak najszybszą rozmowę, po chwili zastanowienia znalazł wolną chwilę: w piątek o osiemnastej w barze Continentalu. To była jedyna możliwość. Tam zamówił gin z tonikiem i popijał go, podczas gdy zrozpaczona przedstawiała mu swój problem. Z powagą kiwał głową, starał się jak najlepiej wyrażać swoje współczucie spojrzeniem, a w końcu zaryzykował i ojcowskim gestem nakrył jej rękę swoją. Zesztywniała, ale on udawał, że niczego nie zauważył. Stwierdził jedynie, że nie jest w stanie wpływać na decyzje naczelników, lecz oczywiście zrobi, co w jego mocy, by nie dopuścić do tego, by musiała stanąć przed rosyjskim sądem. Podkreślił również, że z uwagi na polityczne wpływy rodziny jej byłego męża w pełni podziela troskę o niekorzystny wyrok. Wpatrywał się przy tym natrętnie w jej piwne, mokre od łez oczy i wydało mu się, że nigdy nie widział piękniejszej kobiety. Odmówiła mu jednak, gdy zaproponował przedłużenie tego spotkania kolacją w restauracji. Reszta wieczoru przy szklaneczce whisky i płatnej telewizji w pokoju hotelowym bardzo go rozczarowała.

Następnego dnia rano Brandhaug zatelefonował do rosyjskiego ambasadora i powiedział, mu że w MSZ odbyła się wewnętrzna narada dotycząca kwestii władzy rodzicielskiej nad Olegiem Fauke-Gosiewem, i poprosił o przesłanie pisma z aktualną informacją na temat żądań władz rosyjskich. Ambasador nigdy wcześniej o sprawie nie słyszał, lecz oczywiście obiecał spełnić prośbę szefa norweskiego MSZ, również w kwestii przesłania pisma w formie wniosku. Pismo, z którego wynikało, że Rosjanie życzą sobie, aby Rakel i Oleg stawili się przed sądem w Rosji, przyszło tydzień później. Brandhaug natychmiast przesłał jedną kopię naczelnikowi Wydziału Prawnego, a drugą Rakel Fauke. Tym razem zatelefonowała już następnego dnia. Wysłuchawszy jej, Brandhaug odpowiedział, że próba wywierania wpływu w tej sprawie byłaby sprzeczna z jego misją dyplomatyczną, niemniej jednak niedobrze jest rozmawiać o tym przez telefon.

– Jak pani wie, ja nie mam dzieci – powiedział. – Ale ze sposobu, w jaki opisuje pani Olega, wynika, że to cudowny chłopiec.

– Gdyby pan go poznał... – zaczęła.

– To chyba nie jest niemożliwe? Przypadkiem, z korespondencji zorientowałem się, że mieszka pani na Holmenkollveien, a to przecież zaledwie rzut kamieniem z Nordberg.

Wyczuł wahanie po drugiej stronie linii, ale wiedział, że ma przewagę.

– Powiedzmy o dziewiątej, jutro wieczorem?

Zapadła długa cisza, nim odpowiedziała:

– Wszystkie sześciolatki o dziewiątej już śpią.

Umówili się więc na szóstą. Oleg miał piwne oczy jak matka i był dobrze wychowanym chłopcem. Brandhauga denerwowało natomiast, że Rakel nie chce oderwać się od tematu wezwania do sądu, a zwłaszcza że nie posyła dziecka do łóżka. Można było wręcz podejrzewać, że przetrzymuje chłopczyka na kanapie w roli zakładnika. Brandhaugowi nie podobało się też to, że chłopiec mu się przygląda. Zrozumiał w końcu, że nie od razu Rzym zbudowano, ale i tak podjął pewną próbę, gdy stał już na schodach, szykując się do odejścia. Popatrzył jej głęboko w oczy i powiedział:

– Jest pani nie tylko piękną kobietą, Rakel, lecz również bardzo dzielnym człowiekiem. Chcę, aby pani wiedziała, że bardzo wysoko panią cenię.

Nie był całkiem pewien, jak ma odczytać jej spojrzenie, lecz mimo wszystko zaryzykował, pochylił się i pocałował ją lekko w policzek. Jej reakcja była dwuznaczna. Uśmiechnęła się, dziękując za komplement, lecz z oczu bił chłód, gdy dodawała:

– Przepraszam, że tak długo pana zatrzymałam, panie Brandhaug. Żona na pewno na pana czeka.

Jego propozycja była na tyle jednoznaczna, że postanowił dać jej kilka dni do namysłu. Ale Rakel Fauke nie zadzwoniła. Dość nieoczekiwanie natomiast nadeszło kolejne pismo z ambasady rosyjskiej, ponaglające do odpowiedzi, i Brandhaug pojął, że oto tchnął nowe życie w starą sprawę Olega Fauke-Gosiewa. Przykre, lecz skoro już się stało, nie widział powodów, by z tego nie skorzystać. Natychmiast zadzwonił do Rakel do POT i przekazał jej najświeższe wiadomości.

Kilka tygodni później znów znalazł się na Holmenkollveien w drewnianej willi, większej i ciemniejszej niż jego własna. Niż i c h własna. Tym razem Oleg poszedł już spać. Rakel sprawiała wrażenie o wiele bardziej rozluźnionej w jego towarzystwie niż poprzednio. Udało mu się nawet nakierować rozmowę na bardziej osobisty tor, tak, by nie rzucała się w oczy uwaga o tym, jak platoniczny stał się jego związek z żoną. Przekonywał delikatnie, jak istotne jest zapomnienie o rozsądku, słuchanie głosu serca i własnego ciała, gdy nagle w nieprzyjemny sposób przerwał im dzwonek do drzwi. Rakel poszła otworzyć i wróciła z wysokim mężczyzną, ostrzyżonym prawie na łyso, z przekrwionymi oczami. Przedstawiła go jako kolegę z POT. Brandhaug zdecydowanie słyszał to nazwisko już wcześniej, tylko nie mógł sobie przypomnieć, gdzie i kiedy. Natychmiast poczuł głęboką antypatię do tego faceta. Rozzłościło go, że im przerwał, że był pijany, że siedział na kanapie i, tak jak wcześniej Oleg, wpatrywał się w niego bez słowa. Najbardziej jednak nie spodobała mu się zmiana, jak zaszła w samej Rakel. Teraz cała pojaśniała, pobiegła po kawę i śmiała się radośnie z tajemniczych, jednosylabowych słów gościa, jak gdyby zawierały genialne puenty. W jej głosie brzmiało szczere zaniepokojenie, gdy nie pozwalała mu wracać do domu własnym samochodem. Jedyną okolicznością łagodzącą, przemawiającą na korzyść tego faceta, było jego nagłe wyjście. Chwilę później usłyszeli odgłos zapalanego silnika samochodu, co oczywiście oznaczało, iż miał w sobie najwidoczniej dość przyzwoitości, by zabić się po pijaku. Doszczętnie popsuł jednak nastrój i wkrótce potem Brandhaug również siedział w samochodzie w drodze do domu. Właśnie wtedy przypomniał sobie swoje dawne odkrycie, cztery możliwe przyczyny, dla których mężczyźni czasami postanawiają zdobyć kobietę. Najważniejszą spośród nich jest ta, że zależy jej na kimś innym.

Gdy następnego dnia zadzwonił do Kurta Meirika z pytaniem, kim jest ten wysoki jasnowłosy facet, najpierw bardzo się zdziwił, a potem mało nie wybuchnął śmiechem. Doprawdy, to ten sam człowiek, o którego awans i przeniesienie do POT sam się starał. Ironia losu, oczywiście, lecz również los czasami musiał się podporządkować ministrowi Królewskiego Norweskiego Ministerstwa Spraw Zagranicznych. Odkładając słuchawkę, Brandhaug był już w znacznie lepszym humorze. Pogwizdując, ruszył korytarzami na kolejne spotkanie i dotarł do sali konferencyjnej w czasie krótszym niż siedemdziesiąt sekund.

61 BUDYNEK POLICJI, 27 KWIETNIA 2000

Harry stał w drzwiach swojego dawnego pokoju i patrzył na jasnowłosego młodego człowieka, który siedział na krześle Ellen. Był tak skoncentrowany na ekranie komputera, że nie zauważył pojawienia się Harry'ego, dopóki ten nie chrząknął.

– A więc to ty jesteś Halvorsen? – spytał Harry.

– Tak – odparł młody człowiek, spoglądając na niego pytająco.

– Z urzędu lensmana w Steinkjer?

– Zgadza się.

– Jestem Harry Hole. Kiedyś ja siedziałem na tym miejscu. Tylko na tym drugim krześle.

– Popsute.

Harry uśmiechnął się.

– Zawsze było popsute. Bjarne Møller prosił cię o sprawdzenie paru drobiazgów w związku ze sprawą Ellen Gjelten?

– Drobiazgów? – wykrzyknął Halvorsen z niedowierzaniem. – Pracuję na okrągło już trzy doby!

Harry usiadł na swoim starym krześle, które przesunięto do biurka Ellen. Po raz pierwszy zobaczył, jak wygląda pokój z jej miejsca.

– Co znalazłeś, Halvorsen?

Młody człowiek zmarszczył czoło.

– Wszystko w porządku – powiedział Harry. – To ja prosiłem o te informacje. Możesz sprawdzić u Møllera, jeśli chcesz.

Halvorsenowi rozjaśniło się w głowie.

– Oczywiście, ty jesteś Hole z POT. Przepraszam, że tak wolno myślę. – Na chłopięcej twarzy pojawił się szeroki uśmiech. – Pamiętam tę sprawę z Australii. Kiedy to było?

– Jakiś czas temu. Jak już mówiłem...
– Aha, ta lista – stuknął palcami w plik wydruków z komputera. – Tu są wszyscy zatrzymani, oskarżeni lub skazani za ciężkie uszkodzenie ciała na przestrzeni ostatnich dziesięciu lat. Ponad tysiąc nazwisk. Ale to akurat szybko poszło. Problemem jest stwierdzenie, który z nich jest ogolony na łyso. O tym bazy danych milczą. To może potrwać tygodnie...

Harry odchylił się na krześle.
– Pojmuję. Ale Rejestr Spraw Karnych ma kody na wszystkie rodzaje broni, jakiej użyto. Sprawdź różne narzędzia zbrodni i zobacz, co ci z tego przyjdzie. Ilu zostanie.
– Prawdę mówiąc, sam chciałem to zaproponować Møllerowi, kiedy zobaczyłem, ile tu nazwisk. Większość tych z listy użyła noża, broni palnej albo gołych pięści. Za parę godzin powinienem się z tym uporać.

Harry wstał.
– Świetnie. Nie pamiętam mojego numeru wewnętrznego, ale znajdziesz go w książce. A kiedy następnym razem będziesz miał jakąś dobrą propozycję, nie wahaj się, tylko mów od razu. My w stolicy nie jesteśmy wcale tacy bystrzy.

Halvorsen roześmiał się niepewnie.

62 POT, 2 MAJA 2000

Deszcz siekł ulice przez całe przedpołudnie, nim słońce wreszcie gwałtownie przebiło się przez pokrywę chmur i w mgnieniu oka oczyściło niebo. Harry siedział z nogami na biurku i rękami założonymi za głowę i wmawiał sobie, że myśli o karabinie Märklin. Jego myśli jednak wyrywały się za okno na świeżo zmyte ulice, pachnące ciepłym mokrym asfaltem. Powędrowały wzdłuż torów kolejowych na sam szczyt Holmenkollen, gdzie w cieniu pod świerkami wciąż jeszcze leżały plamy zszarzałego śniegu i gdzie razem z Rakel i Olegiem skakali po pełnych wiosennego błota ścieżkach, omijając największe kałuże. Miał niejasne wspomnienia, że dawno temu, będąc w wieku Olega, też chodził na takie niedzielne wycieczki. Kiedy się przeciągały, a on i Sio zostawali w tyle, ojciec kładł kawałeczki czekolady na najniższych gałęziach. Sio wciąż żyła w przekonaniu, że batoniki Kvikklunsj rosną na drzewach.

Podczas dwóch pierwszych wizyt Harry'ego Oleg mało się odzywał. Harry'emu to nie przeszkadzało. Tak naprawdę nie wiedział, o czym rozmawiać z chłopcem. Zawstydzenie obu ustąpiło, gdy odkrył, że Oleg ma w gameboyu „Tetris". Harry bezlitośnie wykorzystał własną przewagę i pokonał sześciolatka o ponad czterdzieści tysięcy punktów. Od tej pory Oleg zaczął go wypytywać o różne rzeczy, na przykład o to, dlaczego śnieg jest biały, i temu podobne sprawy, od których mężczyznom robią się na czole głębokie zmarszczki. Zapominają jednak wówczas o wstydzie.

Ostatniej niedzieli Oleg zauważył zająca w zimowym futrze i pobiegł za nim, a wtedy Harry ujął Rakel za rękę. Chłodna na wierzchu, w środku była ciepła i miękka. Rakel przekrzywiła głowę, uśmiechnęła się lekko, a potem zaczęła wymachiwać ich złączonymi dłońmi, jak gdyby chciała powiedzieć „tylko się bawimy, to nic poważnego". Zauważył, że trochę się spięła, gdy ktoś się do nich zbliżył, więc ją puścił. Potem pili kakao w kawiarni we Frognerseter, a Oleg spytał, dlaczego przychodzi wiosna.

Zaprosił Rakel na kolację na mieście. Próbował już po raz drugi. Za pierwszym razem odparła, że się nad tym zastanowi, a potem zadzwoniła i odmówiła. Tym razem też powiedziała, że się zastanowi, ale przynajmniej nie odmówiła. Na razie.

Zadzwonił telefon. To Halvorsen. Głos miał zaspany, właśnie się obudził.

– Sprawdziłem siedemdziesięciu ze stu dziesięciu na liście ludzi podejrzanych o użycie takich narzędzi do ciężkiego uszkodzenia ciała – powiedział. – Na razie znalazłem ośmiu ogolonych na łyso.

– W jaki sposób do tego doszedłeś?

– Zadzwoniłem do nich. Wprost niewiarygodne, ile osób można zastać w domu o czwartej nad ranem.

Halvorsen zaśmiał się dość niepewnie, gdy z drugiego końca dobiegła wyłącznie cisza.

– Dzwoniłeś do domu do każdego z nich? – spytał Harry.

– Oczywiście – odparł Halvorsen. – Albo na komórkę. Niewiarygodne, ile osób...

Harry przerwał mu.

– I prosiłeś tych przestępców, żeby podali policji swój dokładny aktualny rysopis?
– No, niezupełnie. Mówiłem, że szukamy podejrzanego, który ma długie rude włosy, i pytałem, czy ostatnio się nie przefarbowali – odparł Halvorsen.
– Nie rozumiem cię.
– Gdybyś był łysy, to co byś odpowiedział?
– Hm – chrząknął Harry. – Niezłe bystrzachy mają tam w tym Steinkjer.
Znów ten sam niepewny śmiech.
– Przefaksuj mi tę listę – poprosił Harry.
– Prześlę ci ją, gdy tylko dostanę ją z powrotem.
– Z powrotem?
– Tak, od jednego z chłopaków z wydziału. Już na nią czekał, kiedy przyszedłem. Zdaje się, że mu się spieszyło.
– Myślałem, że nad sprawą Gjelten pracują teraz głównie ludzie z Kripos – zauważył Harry.
– Najwyraźniej nie.
– Co to był za jeden?
– Nazywa się Vågen czy jakoś tak – odparł Halvorsen.
– W Wydziale Zabójstw nie ma żadnego Vågena. Może masz na myśli Waalera?
– Tak, to był on – potwierdził Halvorsen i dodał lekko zawstydzony: – Tyle tych nowych nazwisk...
Harry miał nieprzepartą ochotę nawrzeszczeć na młodego funkcjonariusza za to, że przekazuje ważne materiały ze śledztwa człowiekowi, którego nazwiska nawet nie zna, ale to nie był dobry moment. Chłopak nie spał przez trzy noce z rzędu i prawdopodobnie ledwie trzymał się na nogach.
– Dobra robota – pochwalił go krótko Harry i już chciał odłożyć słuchawkę.
– Poczekaj. Podaj mi numer faksu.
Harry wyjrzał przez okno. Nad wzgórzem Ekeberg znów zaczęły gromadzić się chmury.
– Znajdziesz w książce telefonicznej.

Telefon zadzwonił, ledwie Harry położył słuchawkę. To Meirik prosił, żeby natychmiast przyszedł do jego gabinetu.

– I co z tym raportem w sprawie neonazistów? – spytał, gdy tylko podwładny stanął w drzwiach.

– Marnie – westchnął Harry i opadł na krzesło. Ze zdjęcia nad głową Meirika patrzyła na niego norweska para królewska. – „E" zacięło się w klawiaturze – dodał.

Meirik uśmiechnął się z takim samym wysiłkiem jak mężczyzna na zdjęciu i kazał Harry'emu chwilowo zapomnieć o tym raporcie.

– Potrzebny mi jesteś do czegoś innego. Właśnie dzwonił do mnie rzecznik prasowy Krajowego Zrzeszenia Pracobiorców. Połowie kierownictwa grożono dzisiaj śmiercią, dostali faksy podpisane „88". Skrót od „Heil Hitler". To nie pierwszy raz, ale tym razem przedostało się to do prasy. Już zaczynają tu wydzwaniać. Zdołaliśmy namierzyć nadawcę. Korzystał ze służbowego faksu w Klippan. Musimy wziąć te pogróżki poważnie.

– Klippan?

– To nieduża miejscowość trzydzieści kilometrów na wschód od Helsingborga. Szesnaście tysięcy mieszkańców, największe gniazdo neonazistów w Szwecji. Znajdziesz tam rodziny przychylne nazizmowi nieprzerwanie od lat trzydziestych. Część norweskich neonazistów jeździ do Klippan jak na pielgrzymkę, żeby patrzeć i się uczyć. Chcę, żebyś zapakował wielką torbę, Harry.

Harry'ego ogarnęło nieprzyjemne uczucie.

– Wysyłamy cię jako agenta. Wejdziesz w środowisko. Pracę, tożsamość i inne szczegóły załatwimy z czasem. Przygotuj się na to, że zostaniesz tam przez jakiś czas. Szwedzcy koledzy już znaleźli ci mieszkanie.

– Jako agenta – powtórzył Harry. Nie mógł uwierzyć w to, co usłyszał. – Ja się kompletnie na tym nie znam, Meirik. Jestem dochodzeniowcem, zapomniałeś o tym?

Uśmiech Meirika niebezpiecznie pobladł.

– Szybko się nauczysz, Harry, to nic trudnego. Potraktuj to jako interesujące nowe doświadczenie.

– Hm... na jak długo?

– Na kilka miesięcy. Maksimum sześć.

– Sześć! – wykrzyknął Harry.
– Staraj się myśleć pozytywnie. Nie masz przecież rodziny, którą musisz się zajmować, nie masz...
– Kto będzie drugą osobą w zespole?
Meirik pokręcił głową.
– Nie będzie zespołu. Pracujesz na własną rękę. Dzięki temu staniesz się bardziej wiarygodny. A raporty będziesz składał bezpośrednio mnie.
Harry potarł brodę.
– Dlaczego ja, Meirik? Masz cały wydział ekspertów od inwigilacji i od środowisk ekstremalnej prawicy.
– Kiedyś musi być ten pierwszy raz.
– Co z tym märklinem? Doszliśmy do starego nazisty, a teraz pojawiły się te groźby podpisane „Heil Hitler". Nie powinienem raczej dalej pracować nad...
– Będzie tak, jak mówię, Harry.
Meirikowi nie chciało się nawet uśmiechać.
Coś tu się nie zgadzało. Harry czuł swąd już z daleka, ale nie bardzo wiedział, z której strony płynie. Wstał. Meirik też się podniósł.
– Wyjeżdżasz zaraz po weekendzie – wyciągnął rękę.
Harry'emu wydało się to dziwne i Meirik też chyba to sobie uświadomił, bo na twarzy pojawił mu się wyraz zakłopotania, ale było już za późno. Ręka zawisła w powietrzu, bezradna, z rozpostartymi palcami. Harry pospiesznie ją uścisnął, by nieprzyjemna chwila jak najszybciej minęła.

Kiedy mijał Lindę w recepcji, zawołała, że w jego przegródce na korespondencję leży faks. Harry sięgnął po niego w przelocie. To była lista Halvorsena. Idąc w głąb korytarza, przebiegł wzrokiem nazwiska. Jednocześnie zastanawiał się, której części jego osoby przyda się sześciomiesięczny kontakt z neonazistami w jakieś zapadłej dziurze w południowej Szwecji. Na pewno nie tej, która starała się zachować trzeźwość, nie tej, która czekała na odpowiedź Rakel na zaproszenie na kolację. A już z całą pewnością nie tej, która pragnęła znaleźć mordercę Ellen. Gwałtownie zahamował.
To ostatnie nazwisko...

Nie było żadnego powodu do zdziwienia, że na liście pojawili się starzy znajomi, ale tu chodziło o coś innego. Przypominało odgłos, kiedy czyścił swojego smith&wessona 38 i składał części. To było jak przyjemne kliknięcie, świadczące o tym, że wszystko się zgadza.

W ciągu sekundy znalazł się w swoim pokoju i rozmawiał przez telefon z Halvorsenem. Zanotował pytania i obiecał oddzwonić, gdy tylko się czegoś dowie.

Harry rozsiadł się na krześle. Czuł, jak szybko bije mu serce. Zwykle łączenie w całość drobnych kawałeczków informacji, pozornie niemających ze sobą nic wspólnego, nie było jego mocną stroną. Tym razem doznał gwałtownego olśnienia. Gdy Halvorsen zadzwonił po kwadransie, Harry miał wrażenie, że czekał godzinami.

– Zgadza się – powiedział Halvorsen. – Jeden ze śladów, które technicy znaleźli na ścieżce, to ślad Combat Boots, amerykańskiego obuwia wojskowego, rozmiar 45. Mogli określić markę, bo odcisk pozostawił but całkiem nowy.

– Wiesz, kto nosi Combat Boots?

– Jasne. Są uznane przez NATO. Sporo sierżantów w Steinkjer specjalnie je sobie zamawiało. Często je widuję u angielskich chuliganów, oni też je noszą.

– No właśnie. Skinheadzi, Bootboys i inni neonaziści. Znalazłeś jakieś zdjęcia?

– Cztery. Dwa z Aker Kulturverksted, tej siedziby neonazistów, i dwa z demonstracji pod budynkiem anarchistów z Blitz w dziewięćdziesiątym drugim.

– Czy na którymś z tych zdjęć on jest w czapce?

– Tak, na tych z Aker Kulturverksted.

– W dokerce?

– Zaraz sprawdzę.

Harry słyszał oddech Halvorsena, wywołujący trzaski w membranie mikrofonu. Odmówił w duchu cichą modlitwę.

– Raczej wygląda na beret – ocenił Halvorsen.

– Jesteś pewien?

– Tak.

Harry nawet nie próbował ukryć rozczarowania. Głośno zaklął.

– Ale może te buty mogą pomóc? – spytał ostrożnie Halvorsen.

– Morderca dawno je wyrzucił, chyba że jest idiotą. A ponieważ zatarł ślady w głębokim śniegu, to oznacza, że raczej nim nie jest.

Harry nie wiedział, co robić. Znów ogarnęło go to uczucie, nagła pewność, że już wie, kim jest sprawca. I zdawał sobie sprawę, że to niebezpieczne, ponieważ nie słucha tych ściszonych głosików w głębi mózgu, wskazujących na sprzeczności, zniekształcenia w pozornie idealnym obrazie. Wątpliwości są jak kubeł lodowatej wody, a człowiek nie ma ochoty na zimny prysznic, kiedy czuje, że zaraz złapie mordercę. Tak, Harry nieraz miał już tę pewność. I nieraz się pomylił.

Halvorsen ciągnął:

– Kadra oficerska w Steinkjer sprowadzała Combat Boots bezpośrednio z USA, a to znaczy, że sprzedają je raczej w niewielu sklepach. Skoro te były prawie nowe...

Harry natychmiast podchwycił jego tok myślenia.

– Świetnie, Halvorsen. Dowiedz się, kto nimi handluje. Zacznij od sklepów z militariami. Potem zrobisz rundę ze zdjęciem i spytasz, czy ktoś pamięta, że ten facet kupował buty w ostatnich miesiącach.

– Harry... e....

– Tak, tak, wiem, najpierw uzgodnię to z Møllerem.

Zdawał sobie sprawę, że szanse na znalezienie sprzedawcy, który zapamiętałby wszystkich klientów kupujących buty, są minimalne. Oczywiście nieco się zwiększały, gdy klienci mieli wytatuowane na karku „Sieg Heil", lecz tak czy owak, Halvorsen mógł równie dobrze już teraz nauczyć się, że dziewięćdziesiąt dziewięć procent każdego śledztwa w sprawie morderstwa polega na szukaniu w niewłaściwych miejscach. Harry odłożył słuchawkę i zadzwonił do Møllera. Szef policji wysłuchał jego argumentów, gdy Harry skończył, chrząknął i powiedział:

– Miło słyszeć, że ty i Tom Waaler nareszcie w czymś się zgadzacie.

– Słucham?

– Zadzwonił do mnie pół godziny temu i przedstawił mniej więcej to samo, co ty teraz. Dałem mu zezwolenie, żeby sprowadził Sverrego Olsena na przesłuchanie.

– Jasny gwint!

– Prawda?

Harry nie bardzo wiedział, co odpowiedzieć, kiedy więc Møller spytał go, czy ma jeszcze coś do dodania, mruknął „cześć" i odłożył słuchawkę. Wyjrzał przez okno. Na Schweigaards gate powoli zaczynała się godzina szczytu. Wybrał sobie mężczyznę w szarym płaszczu i staroświeckim kapeluszu, śledził jego powolny krok, dopóki ten nie zniknął mu z pola widzenia. W końcu Harry poczuł, że puls znów ma prawie normalny. Klippan. Prawie już o tym zapomniał, ale teraz powróciło, jak paraliżujący kac. Zastanawiał się, czy nie wystukać wewnętrznego numeru Rakel, ale prędko z tego zrezygnował.

Wtedy stało się coś dziwnego.

Kątem oka dostrzegł jakiś ruch i jego spojrzenie automatycznie powędrowało ku czemuś za oknem. W pierwszej chwili nie mógł się zorientować, co to mogło być. Zbliżało się z ogromną prędkością. Otworzył usta, lecz żadne słowo nie zdążyło przejść mu przez gardło. Rozległ się miękki stuk, szyba lekko zadrżała, a on wpatrywał się w mokrą plamę, do której przylgnęło szare piórko, drżące na wiosennym wietrze. Jeszcze chwilę posiedział, potem złapał kurtkę i pobiegł do windy.

63 KROKLIVEIEN, BJERKE, 2 MAJA 2000

Sverre Olsen nastawił radio głośniej. Wolno przeglądał ostatni numer pisma „Kobiety i stroje", wziętego od matki. Słuchał, jak spiker opowiada o listach z pogróżkami, wysłanych do szefów związków zawodowych. Z dziury w rynnie tuż nad oknem dużego pokoju nie przestawało kapać. Roześmiał się. To wygląda na akcję Roya Kvinseta. Można tylko mieć nadzieję, że tym razem zrobił mniej błędów ortograficznych.

Spojrzał na zegarek. Po południu U Herberta rozmowa toczyła się żywo. Był kompletnie spłukany, ale zreperował w tym tygodniu stary odkurzacz, może więc matka zgodzi się pożyczyć mu stówę. Do cholery z tym Księciem! Minęły już dwa tygodnie, odkąd kolejny raz obiecał, że Sverre dostanie pieniądze „za parę dni". W tym czasie kilku ludzi, u których miał długi, zaczęło się coraz głośniej upominać. A najgorsze, że jego stolik w pizzerii U Herberta zajęli inni. Atak na Kebab u Dennisa odchodził w przeszłość.

Ostatnio, gdy przesiadywał U Herberta, kilka razy ogarniała go wręcz niepohamowana ochota, żeby wstać i krzyknąć, że to on załatwił tę policjantkę na Grünerløkka. Że po ostatnim uderzeniu krew trysnęła jak gejzer, że umarła, krzycząc. Nie musiałby dodawać, że nie wiedział, że była policjantką, ani tego, że na widok krwi o mało się nie porzygał.

Niech cholera weźmie tego Księcia! On przez cały czas wiedział, że to glina!

Sverre zarobił te czterdzieści tysięcy. Nikt temu nie zaprzeczy. Ale po tym, co się stało, Książę zabronił mu dzwonić do siebie. Powiedział, że to środek ostrożności, dopóki największe zamieszanie nie ucichnie.

Zaskrzypiały zawiasy furtki. Sverre poderwał się, wyłączył radio i pospiesznie wypadł na korytarz. Gdy szedł po schodach, słyszał kroki matki na żwirze. Już będąc u siebie w pokoju, usłyszał szczęk jej kluczy w zamku. Krzątała się na dole, a on przeglądał się w lustrze. Pogładził ręką czaszkę i poczuł pod palcami milimetrowej długości włoski, jak szczotka. Podjął decyzję. Nawet jeśli dostanie te czterdzieści tysięcy, i tak poszuka jakiejś roboty. Miał już cholernie dosyć siedzenia w domu, a prawdę mówiąc, dość już miał także „towarzyszy" z Herberta. I włóczenia się za ludźmi, którzy zmierzali donikąd. Nieźle mu przecież szło w zawodówce, w klasie o profilu elektrycznym, potrafił reperować różne urządzenia. Wielu elektryków szuka uczniów i pomocników. Za kilka tygodni włosy urosną mu na tyle, że tatuażu „Sieg Heil" z tyłu głowy nie będzie widać.

Włosy, no właśnie. Nagle przypomniał sobie ten nocny telefon. Policjant mówiący miękkim akcentem z Trøndelag spytał, czy ma rude włosy. Kiedy Sverre obudził się rano, wydawało mu się, że to tylko sen, aż do chwili, gdy matka przy śniadaniu spytała, co to za ludzie wydzwaniają o czwartej nad ranem.

Sverre oderwał spojrzenie od lustra i przesunął nim po ścianach. Zdjęcie Führera, plakaty z koncertów Burzum, flaga ze swastyką, Żelazne Krzyże i plakat Blood&Honour, naśladownictwo dawnych plakatów propagandowych Goebbelsa. Po raz pierwszy przyszło mu do głowy, że to wygląda na pokój chłopca. Gdyby zamienić plakat Białej Siły na Manchester United, a zdjęcie Himmlera na Davida Beckhama, można by pomyśleć, że mieszka tu czternastolatek.

– Sverre! – To matka.

Zamknął oczy.

– Sverre!

Nie ustępowała. Nigdy nie ustępowała.
- Co? – wrzasnął tak głośno, że krzyk wypełnił mu całą głowę.
- Ktoś chce z tobą rozmawiać!
Tutaj? Z nim?
Sverre otworzył oczy i bezradnie przejrzał się w lustrze. Przecież nikt tu nie przychodził. I nikt chyba nie wiedział, że on tu mieszka. Serce lekko przyspieszyło. Czy to znowu mógł być ten policjant z Trøndelag?
Już miał podejść do drzwi, kiedy same się otworzyły.
- Dzień dobry, Olsen.
Ponieważ niskie wiosenne słońce świeciło wprost w okno na schodach, dostrzegł jedynie zarys sylwetki wypełniającej drzwi. Ale po głosie doskonale poznał, kto to jest.
- Nie cieszysz się, że mnie widzisz? – powiedział Książę i zamknął drzwi za sobą. Z zaciekawieniem rozejrzał się po ścianach. – Niezły pokoik.
- Dlaczego matka cię wpuściła...
- Pokazałem jej to. – Książę pomachał mu przed nosem legitymacją ze złoconym herbem na jasnoniebieskim tle. Na drugiej stronie był napis „Policja".
- O, cholera – powiedział Sverre i przełknął ślinę. – Prawdziwa?
- Kto to wie. Uspokój się, Olsen. Siadaj.
Książę wskazał na łóżko, a sam usiadł przodem na krześle stojącym przy biurku.
- Co ty tu robisz?
- A jak myślisz? – uśmiechnął się szeroko do Sverrego, który przysiadł na samej krawędzi łóżka. – Godzina rozliczenia, Olsen.
- Rozliczenia?
Sverre jeszcze się całkiem nie pozbierał. Skąd Książę wiedział, że on tu mieszka? I ta legitymacja policyjna. Gdy teraz na niego patrzył, przyszło mu do głowy, że Książę naprawdę może być policjantem. Dobrze ostrzyżone włosy, zimne oczy, opalona w solarium twarz i wytrenowane ciało. Krótka kurtka z miękkiej czarnej skóry, niebieskie dżinsy. Dziwne, że nie pomyślał o tym wcześniej.
- Tak – powiedział Książę, wciąż się uśmiechając. – Nadeszła godzina rozliczenia.
Wyjął z wewnętrznej kieszonki kopertę i podał ją Sverremu.

– Nareszcie – oświadczył Sverre z przelotnym nerwowym uśmiechem i wsunął palce do koperty. – Co to jest? – spytał, wyciągając złożoną kartkę formatu A4.

– To lista ośmiu osób, którym policjanci z Wydziału Zabójstw wkrótce złożą wizytę. Z całą pewnością pobiorą od nich próbki krwi i prześlą do analizy DNA, żeby sprawdzić, czy zgadza się z fragmentami naskórka na twojej czapce, znalezionej na miejscu zbrodni.

– Na mojej czapce? Mówiłeś przecież, że znalazłeś ją w samochodzie i spaliłeś.

Przerażony patrzył na Księcia, który przepraszająco pokręcił głową.

– Wygląda na to, że wróciłem na miejsce zbrodni. Stała tam jakaś śmiertelnie wystraszona parka i czekała na policję. Musiałem „zgubić" czapkę na śniegu, zaledwie kilka metrów od zwłok.

Sverre kilkakrotnie przeciągnął dłońmi po głowie.

– Wyglądasz na zdziwionego, Olsen.

Sverre kiwnął głową i próbował się uśmiechnąć, ale kąciki ust nie chciały go słuchać.

– Chcesz, żebym ci to wyjaśnił?

Sverre jeszcze raz pokiwał głową.

– Gdy zamordowany zostaje policjant, sprawa uznana zostaje za najważniejszą, aż do chwili znalezienia mordercy. Bez względu na czas, jaki zajmie wykrycie sprawcy. Nie ma tego w żadnych instrukcjach, ale kiedy ofiarą jest ktoś z policji, nikt nigdy nie zadaje żadnych pytań o środki i koszty. Właśnie to jest takie kłopotliwe w razie zabicia policjanta. Śledczy nie ustają, dopóki nie złapią... – wskazał palcem na Sverrego – winnego. To tylko kwestia czasu. Pozwoliłem więc sobie pomóc śledczym, żeby czas oczekiwania nie był aż tak bardzo długi.

– Ale...

– Może zastanawiasz się, dlaczego pomogłem policji w znalezieniu ciebie, skoro bardziej niż prawdopodobne jest, że mnie wydasz, żeby złagodzić własną karę.

Sverre przełknął ślinę. Usiłował myśleć, ale było to ponad jego siły.

– Rozumiem, że to twardy orzech... – Książę pogładził palcem imitację Żelaznego Krzyża, wiszącą na gwoździu w ścianie. – Oczywiście mogłem cię zastrzelić natychmiast po morderstwie. Ale wtedy policja od razu by zrozumiała, że jesteś w zmowie z kimś, kto usiłuje zatrzeć ślady, i pościg trwałby dalej. – Zdjął łańcuch z gwoździa ze ściany i zawiesił go sobie na kurtce. – Innym wyjściem było „rozwiązanie" sprawy prędko na własną rękę, zastrzelenie cię podczas aresztowania i zaaranżowanie wszystkiego tak, by wyglądało, że stawiałeś opór. Problem w tym, że mogłoby się wydać podejrzane, że jedna osoba samodzielnie rozwiązała całą sprawę. Ktoś mógłby zacząć się zastanawiać, zwłaszcza że to ja byłem z Ellen Gjelten tuż przed śmiercią. – Roześmiał się. – Nie rób takiej wystraszonej miny, Olsen. Tłumaczę ci przecież, że to wyjście też zostało odrzucone. Trzymałem się z boku, na bieżąco uzyskiwałem informacje o postępach śledztwa i obserwowałem, jak coraz bardziej cię okrążają. Przez cały czas planowałem wkroczyć w odpowiedniej chwili, gdy dostatecznie się już do ciebie zbliżą, przejąć pałeczkę i ostatni etap wykonać sam. Na twój trop wpadł zresztą pewien pijak, który pracuje teraz w POT.

– Czy... czy ty jesteś policjantem?

– Pasuje mi? – Wskazał na Żelazny Krzyż. – Olej to. Jestem żołnierzem tak jak ty, Olsen. Statek musi mieć szczelne poszycie, inaczej najdrobniejszy przeciek doprowadzi do jego zatonięcia. Wiesz, co by znaczyło, gdybym zdradził ci teraz moją tożsamość?

Sverremu tak zaschło w ustach i w gardle, że nie był w stanie już przełknąć śliny. Bał się. Śmiertelnie się bał.

– To by oznaczało, że nie mógłbym cię wypuścić żywego z tego pokoju. Rozumiesz?

– Tak – wychrypiał Sverre. – Moje pie... pieniądze.

Książę wsunął rękę za pazuchę skórzanej kurtki i wyciągnął pistolet.

– Siedź spokojnie!

Podszedł do łóżka, usiadł obok Sverrego i trzymając pistolet w obu rękach, skierował go w stronę drzwi.

– To gluck. Najpewniejsza ręczna broń na świecie. Dostałem go wczoraj z Niemiec. Numer fabryczny jest zeszlifowany. Wartość na czarnym rynku to około ośmiu tysięcy koron. Potraktuj to jako pierwszą ratę.

Kiedy huknęło, Sverre aż podskoczył. Szeroko otwartymi oczami wpatrywał się w dziurkę wysoko w drzwiach. We wpadającej przez nią smudze słonecznego światła, przecinającej pokój jak promień lasera, tańczyły drobinki kurzu.

– Weź go do ręki – powiedział Książę, rzucając mu pistolet na kolana. – Trzymaj mocno. Doskonale wyważony, prawda?
Sverre bezwolnie ujął rękojeść. Czuł, że jest mokry od potu. Jest dziura w dachu, tylko tyle zdołał pomyśleć. Kula zrobiła nową dziurę w dachu, a oni wciąż nie znaleźli blacharza. Potem nastąpiło to, czego się spodziewał. Zamknął oczy.
– Sverre!
Krzyczała tak, jakby się topiła. Mocniej ścisnął pistolet. *Zawsze krzyczała tak, jakby się topiła.* Kiedy otworzył oczy, zobaczył, że Książę przy drzwiach obraca się jak na zwolnionym filmie, a w unoszących się rękach trzyma błyszczący czarny rewolwer, Smith&Wesson.
– Sverre!
Lufa zionęła żółtym płomieniem. Wyobraził sobie jeszcze, że matka stoi na dole schodów. Potem dosięgła go kula, przebiła kość czołową, przeszła przez tył głowy, niszcząc „Heil" w tatuażu „Sieg Heil", przebiła drewnianą deskę ściany, przedarła się przez izolację i zatrzymała dopiero na panelu zewnętrznej ściany. Ale wtedy Sverre Olsen już nie żył.

64 KROKLIVEIEN, 2 MAJA 2000

Harry wyżebrał dla siebie papierowy kubek kawy z termosu techników. Stał teraz na drodze przed małym brzydkim domkiem na Krokliveien w Bjerke i zerkał na młodego sierżanta, balansującego na drabinie przy ścianie domu, żeby zaznaczyć dziurę w dachu pozostawioną przez kulę. Powoli zaczynali gromadzić się ciekawscy, więc na wszelki wypadek cały dom otoczono żółtymi taśmami zakazującymi wstępu. Funkcjonariusz na drabinie stał w promieniach popołudniowego słońca, ale dom zbudowano w lekkim zagłębieniu terenu i tam, gdzie czekał Harry, już wyczuwało się chłód.
– Przyjechałeś zaraz po tym, jak to się stało? – usłyszał głos za plecami.
Odwrócił się. To był Bjarne Møller. Coraz rzadziej widywało się go na miejscach zbrodni, lecz do Harry'ego nieraz docierały informacje, że

Møller był kiedyś dobrym śledczym. Niektórzy dawali również do zrozumienia, że być może powinien nim pozostać.

Harry pytająco wyciągnął do niego kubek z kawą, ale Møller pokręcił głową.

– Tak, zjawiłem się jakieś cztery, pięć minut później – odparł. – Kto ci o tym powiedział?

– Centrala. Mówili, że zadzwoniłeś i poprosiłeś o posiłki zaraz po zgłoszeniu Waalera o tej strzelaninie.

Harry ruchem głowy wskazał na stojący przy furtce czerwony sportowy samochód.

– Przyjechałem tu i zobaczyłem to wypasione cudo Waalera. Wiedziałem, że się tu wybiera, więc wcale mnie to nie zdziwiło. Ale kiedy wysiadłem z samochodu, usłyszałem okropne wycie. Najpierw pomyślałem, że to pies w sąsiedztwie, ale gdy podszedłem bliżej, zorientowałem się, że dochodzi z wnętrza domu. I że to nie pies, tylko człowiek. Nie ryzykowałem, zadzwoniłem po radiowóz z posterunku policji na Økern.

– To była matka?

Harry kiwnął głową.

– Wpadła w histerię. Prawie pół godziny minęło, nim zdołali ją uspokoić na tyle, żeby powiedziała coś rozsądnego. Weber jest w środku i teraz z nią rozmawia.

– Stary wrażliwy Weber?

– Jest w porządku. W pracy na co dzień zrzędzi, ale w takich sytuacjach naprawdę umie sobie radzić z ludźmi.

– Wiem, wiem, tak tylko żartowałem. A jak Waaler to przyjął?

Harry wzruszył ramionami.

– Rozumiem – powiedział Møller. – To zimna ryba. Może i lepiej. Wejdziemy zobaczyć, co tam się dzieje?

– Ja już byłem.

– Wobec tego poproszę o oprowadzenie z przewodnikiem.

Przeszli na piętro. Møller po drodze mrukliwie witał się z dawno niewidzianymi kolegami.

W sypialni tłoczyli się ubrani na biało specjaliści z Wydziału Technicznego, błyskały flesze. Na łóżku leżał czarny plastik, obwiedziony białym konturem. Møller omiótł wzrokiem ścianę.

– Rany boskie – mruknął.

– Sverre Olsen raczej nie głosował na Partię Pracy – dodał Harry.
– Nie dotykaj niczego, Bjarne! – zawołał komisarz z Wydziału Technicznego. – Pamiętasz, jak poszło ostatnio!
Møller najwyraźniej pamiętał, bo obaj roześmiali się serdecznie.
– Sverre Olsen siedział na łóżku, kiedy Waaler wszedł – mówił Harry. – Według słów Waalera on sam stał przy drzwiach, kiedy zadał Olsenowi pytanie, gdzie był tej nocy, gdy zabito Ellen. Jak stwierdził, Olsen próbował udawać, że nie pamięta daty. Waaler wypytał go więc dokładniej i w końcu jasne się stało, że Olsen nie ma żadnego alibi. Waaler mówił, że chciał zabrać Olsena na posterunek, żeby złożył zeznania. I właśnie wtedy – według słów Waalera – Olsen nagle sięgnął po rewolwer, który podobno leżał pod poduszką. Strzelił. Kula przeszła tuż ponad ramieniem Waalera i przez drzwi – tu jest dziura – i dalej przez dach na korytarzu. Potem – według Waalera – on sam wyciągnął rewolwer służbowy i strzelił, zanim Olsen zdążył oddać kolejne strzały.
– Prędko zadziałał. I słyszałem, że celnie trafił.
– Prosto w czoło – wyjaśnił Harry.
– Może nic dziwnego. Na jesiennym teście strzeleckim Waaler uzyskał najlepszy wynik.
– Zapominasz o moim – zauważył Harry cierpko.
– Jak to wygląda, Ronald? – zawołał Møller, zwracając się do komisarza w białym stroju.
– Raczej bez żadnych problemów. – Komisarz wstał i wyprostował się ze stęknięciem. – Kulę, która zabiła Olsena, znaleźliśmy tu, pod zewnętrznym panelem z tworzywa. Ta, która przeszła drzwi, przeszła dalej przez dach. Zobaczymy, czy ją znajdziemy. Niech chłopcy z balistyki jutro się tym pobawią. W każdym razie kąty strzałów się zgadzają.
– Hm. Dziękuję.
– Nie ma za co, Bjarne. Jak się miewa twoja żona?
Møller odpowiedział kilkoma zdawkowymi słowami. Nie zrewanżował się podobnym pytaniem. Komisarz nie miał żony. W ubiegłym roku czterej chłopcy z Wydziału Technicznego przeprowadzali separację w tym samym miesiącu. W kantynie żartowano, że to przez zapach trupa.
Przed domem zobaczyli Webera. Stał sam, z kubkiem kawy w ręku i obserwował mężczyznę na drabinie.
– Dobrze poszło? – spytał Møller.

Weber popatrzył na nich zmrużonymi oczyma, jakby najpierw musiał ocenić, czy chce mu się odpowiadać.

– Jest w kiepskim stanie, ale to minie – rzucił i znów spojrzał na drabinę.

– Oczywiście mówi, że nic z tego nie rozumie, że jej syn nie znosił widoku krwi i tak dalej. Lecz jeśli chodzi o to, co faktycznie się tu wydarzyło, nie będzie żadnych kłopotów.

– Hm. – Møller ujął Harry'ego za łokieć. – Przejdźmy się trochę.

Poszli w dół drogą. Była to dzielnica małych domków z niewielkimi ogródkami i kilkoma blokami na końcu. Jakieś dzieciaki, czerwone z przejęcia, przepedałowały obok nich na rowerach, kierując się w stronę samochodów policyjnych, błyskających niebieskimi światłami. Møller zaczekał, aż będą zupełnie sami.

– Nie wyglądasz na szczególnie uradowanego tym, że mamy człowieka, który zamordował Ellen.

– No cóż. Po pierwsze jeszcze nie wiem, czy zrobił to na pewno Sverre Olsen. Analiza DNA...

– Analiza DNA pokaże, że to on. O co chodzi, Harry?

– O nic, szefie.

Møller zatrzymał się.

– Naprawdę?

– Naprawdę.

Møller ruchem głowy wskazał na dom.

– To dlatego, że twoim zdaniem Olsen za tanio się wywinął, dostając jedną szybką kulkę?

– O nic mi nie chodzi! – uniósł się nagle Harry.

– Wyplujże to z siebie! – krzyknął Møller.

– Po prostu wydaje mi się to cholernie dziwne.

Møller zmarszczył czoło.

– Co jest dziwne?

– Taki doświadczony policjant jak Waaler – Harry zniżył głos i mówił wolno, akcentując dobitnie każde słowo – nagle wyprawia się sam, żeby porozmawiać, ewentualnie zatrzymać osobę podejrzaną o dokonanie zabójstwa. To wbrew wszelkim pisanym i niepisanym regułom.

– Co próbujesz powiedzieć? Że Tom Waaler sprowokował tę sytuację? Sądzisz, że nakłonił Olsena do wyciągnięcia broni, żeby mógł pomścić śmierć Ellen? To masz na myśli? Dlatego tam, na piętrze, cały czas powtarzałeś: „według słów Waalera, według Waalera", dokładnie tak, jak mówimy w policji, kiedy komuś nie wierzymy? I to w obecności połowy techników?

Popatrzyli na siebie. Møller był niemal tego samego wzrostu co Harry.

– Mówię tylko, że to cholernie dziwne – oświadczył Harry i odwrócił się. – To wszystko.

– Dość tego, Harry. Nie wiem, po co przyjechałeś tu za Waalerem i czy podejrzewałeś, co się może stać. Wiem tylko, że nie chcę więcej o tym słyszeć. W ogóle nie chcę słyszeć od ciebie ani jednego cholernego słowa, które byłoby jakąś insynuacją. Zrozumiano?

Harry patrzył na żółty dom Olsenów. Był mniejszy i nie miał tak wysokiego żywopłotu jak inne domy stojące przy pogrążonej w popołudniowej ciszy ulicy. Brzydki, obłożony plastikowymi panelami domek wyglądał bezbronnie, jakby wszystkie inne domy w sąsiedztwie odgrodziły się od niego. W powietrzu unosił się kwaśny zapach wypalanych traw, a wiatr przyniósł z oddali metaliczny głos spikera z toru wyścigów konnych Bjerke.

Harry wzruszył ramionami.

– *Sorry*. Ja... no wiesz.

Møller położył mu rękę na ramieniu.

– Wiem, Harry. Ona była najlepsza.

65 RESTAURACJA U SCHRØDERA, 2 MAJA 2000

Stary człowiek czytał „Aftenposten". Dobrze się już zagłębił w podpowiedziach dla obstawiających konie, gdy nagle zwrócił uwagę na kelnerkę stojącą przy jego stoliku.

– Witam – postawiła przed nim duże piwo. Jak zwykle nie odpowiedział, przyglądał się jej tylko, gdy przeliczała jego drobne. Jej wiek trudno było określić, przypuszczał, że może mieć od trzydziestu pięciu do czterdziestu lat. Wyglądała tak, jakby miała za sobą równie ciężkie życie, jak klientela, którą obsługiwała. Ale uśmiechała się miło. Pewnie umiała znieść niejeden cios. Kiedy się oddaliła, wypił pierwszy łyk piwa, wodząc wzrokiem po lokalu.

Spojrzał na zegarek. Potem wstał i podszedł do automatu telefonicznego w głębi, włożył do niego trzy korony, wybrał numer i czekał. Po trzech dzwonkach ktoś odebrał. Usłyszał jej głos.

– Słucham, Juul.
– Signe?
– Tak.

Po głosie poznał, że już się bała. Że wie, kto dzwoni. To już szósty raz. Może rozpoznała schemat i spodziewała się dzisiaj telefonu?

– Tu Daniel – powiedział.
– Kto mówi? Czego chcesz? – Oddychała szybko i płytko.
– Przecież mówię, że Daniel. Chciałbym tylko usłyszeć, jak powtarzasz to, co wtedy powiedziałaś. Pamiętasz?
– Bardzo cię proszę, przestań. Daniel nie żyje.
– Wierna nawet w śmierci, Signe. Nie do śmierci, tylko w śmierci.
– Dzwonię na policję.

Rozłączył się. Potem włożył płaszcz i kapelusz, wolnym krokiem wyszedł na słońce. Na Sankthanshaugen strzelały pierwsze pączki. Już niedługo.

66 RESTAURACJA DINNER, 5 MAJA 2000

Śmiech Rakel przedarł się przez monotonny hałas głosów, sztućców i kelnerów biegających po zatłoczonej restauracji.

– Prawie się przestraszyłem, kiedy zobaczyłem, że mam jakąś wiadomość na sekretarce – powiedział Harry. – Wiesz, to małe błyskające oko. A potem twój kategoryczny ton, który wypełnił cały pokój. – Zmienił głos na głębszy: – Mówi Rakel. Dinner o ósmej w piątek. Pamiętaj o eleganckim stroju i portfelu. Helge mało nie oszalał ze strachu. Musiałem mu zafundować dwie porcje prosa.

– Wcale tak nie powiedziałam – zaprotestowała, z trudem dobywając głos wśród śmiechu.

– W każdym razie coś bardzo podobnego.

– Wcale nie. To zresztą twoja wina. Ta informacja, którą masz na sekretarce.

Spróbowała równie głębokim głosem:
– Tu Hole. Proszę mówić. To takie... takie...
– Idiotyczne?
– Właśnie!
To była idealna kolacja, idealny wieczór. Ale teraz nadszedł już czas, żeby wszystko popsuć.
– Meirik oddelegowuje mnie do Szwecji – oznajmił, obracając w palcach szklankę z wodą mineralną. – Na sześć miesięcy. Jadę po niedzieli.
– Ach, tak.
Zdziwił się, nie widząc żadnej reakcji na jej twarzy.
– Dzwoniłem już dzisiaj do Sio i do ojca – ciągnął. – Życzył mi nawet powodzenia.
– To dobrze – uśmiechnęła się na moment i zajęła studiowaniem karty z deserami. – Oleg będzie za tobą tęsknił – dodała cicho.
Harry spojrzał na nią, lecz nie zdołał uchwycić jej spojrzenia.
– A ty? – spytał.
Po twarzy przebiegł jej niewyraźny uśmiech.
– Mają *banana split* po seczuańsku.
– Zamów dwa.
– Ja też będę za tobą tęsknić – powiedziała, przenosząc wzrok na drugą stronę karty.
– Jak bardzo?
Wzruszyła ramionami.
Harry powtórzył pytanie. Widział, jak Rakel nabiera powietrza, bo chce coś powiedzieć, ale tylko je z powrotem wypuściła i zaczęła od początku. W końcu się udało.
– Przepraszam, Harry, lecz akurat w tej chwili w moim życiu jest miejsce tylko dla jednego mężczyzny. Dla malutkiego sześcioletniego mężczyzny.
Harry poczuł się tak, jakby wylano mu na głowę kubeł zimnej wody.
– Przestań – powiedział. – Nie mogę się aż tak mylić.
Oderwała się od menu i popatrzyła na niego zdziwiona.
– Ty i ja. – Harry pochylił się nad stołem. – Ten wieczór. Flirtujemy. Jest nam razem przyjemnie. Ale pragniemy czegoś więcej. Ty też chcesz czegoś więcej.
– Być może.

– Żadne być może. To pewne. Chcesz wszystkiego.
– I co z tego?
– Co z tego? To ty mi powiedz, co z tego, Rakel. Za kilka dni wyjeżdżam do jakiejś dziury w południowej Szwecji. Nie jestem rozpieszczonym facetem, chciałbym tylko wiedzieć, czy będę miał do czego wracać jesienią.

Tym razem ich spojrzenia się spotkały i Harry przytrzymał ją wzrokiem. Długo. Wreszcie odłożyła menu.

– Przepraszam. Nie chciałam tak się zachować. Wiem, że to może zabrzmieć dziwnie, ale... alternatywa jest niemożliwa.
– Jaka alternatywa?
– Zrobienie tego, na co mam ochotę. Zabrać cię do domu, zdjąć z ciebie wszystko i kochać się z tobą przez całą noc.

Te ostatnie słowa wymówiła ściszonym głosem, bardzo szybko, jak gdyby od dawna już wstrzymywała się z nimi, lecz skoro miały zostać powiedziane, to właśnie w ten sposób, bezpośrednio, bez ogródek.

– A co z innymi nocami? Jutrzejszą i następną, i w przyszłym tygodniu, i...
– Przestań! – U nasady nosa pojawiła jej się zmarszczka. – Musisz to zrozumieć, Harry. To niemożliwe.
– Czyżby? – Harry wyjął papierosa i zapalił. Pozwolił, by pogładziła go po policzku i po ustach. To delikatne dotknięcie poraziło go niemal jak prąd, pozostawiając po sobie niemy ból.
– Nie chodzi o ciebie, Harry. Przez pewien czas wydawało mi się, że kiedyś będę mogła to zrobić. Przemyślałam wszystkie argumenty. Dwoje dorosłych ludzi, bez zobowiązań wobec kogokolwiek innego. I mężczyzna, na którego mam większą ochotę niż na jakiegokolwiek innego od... od czasu ojca Olega. Dlatego wiem, że to się nie skończy na tym jednym razie, a potem... To niemożliwe.

Urwała.

– Czy to dlatego, że ojciec Olega jest alkoholikiem? – spytał Harry.
– Dlaczego o to pytasz?
– Nie wiem. To by mogło tłumaczyć, dlaczego nie chcesz się angażować w związek ze mną. Nie chodzi mi o to, że trzeba wcześniej zadawać się z alkoholikiem, żeby zrozumieć, że marna ze mnie partia, ale...

Nakryła dłonią jego rękę.

– Nie jesteś marną partią, Harry. Nie o to chodzi.
– A o co?
– To już ostatni raz. Właśnie tak. Więcej się już nie spotkamy.

Długo na niego patrzyła, a on dopiero teraz się zorientował, że łzy, które błyszczały jej w kącikach oczu, nie były wcale łzami śmiechu.

– A dalszy ciąg tej historii? – spytał, próbując się uśmiechnąć. – Czy tak jak wszystko inne w POT, ściśle tajne?

Kiwnęła głową.

Kelner podszedł do ich stolika, najwyraźniej jednak zrozumiał, że źle wybrał porę, i zniknął.

Rakel otworzyła usta. Chciała coś powiedzieć. Harry widział, że jest bliska płaczu. Przygryzła dolną wargę. Potem położyła serwetkę na obrusie, odsunęła krzesło, wstała bez słowa i wyszła.

Harry siedział wpatrzony w serwetkę. Pomyślał, że musiała bardzo długo ściskać ją w dłoni, bo serwetka była ugnieciona w kulkę. Patrzył, jak powoli rozwija się, jak biały papierowy kwiat.

67 MIESZKANIE HALVORSENA, 6 MAJA 2000

Kiedy sierżanta Halvorsena obudził telefon, cyferki świecące na elektronicznym budziku wskazywały 01.20.

– Mówi Hole, spałeś?
– Nie, nie. – Halvorsen nie miał pojęcia, dlaczego kłamie.
– Zastanawiałem się nad paroma rzeczami w związku ze Sverrem Olsenem.

Po przyspieszonym oddechu i po odgłosach ruchu ulicznego Halvorsen domyślał się, że Harry idzie ulicą.

– Wiem, co chcesz wiedzieć, Hole. Sverre Olsen kupił parę Combat Boots w Top Secret na Henrik Ibsens gate. Rozpoznali go na zdjęciu. Potrafili nawet podać datę. Okazało się bowiem, że chłopcy z Kripos zaglądali do nich już wcześniej, sprawdzając jego alibi w związku ze sprawą Hallgrima Dale jeszcze przed świętami. Ale wszystko to przefaksowałem ci już dzisiaj do biura.

– Właśnie stamtąd wracam.
– Teraz? Przecież miałeś iść na jakąś kolację na mieście?
– Wcześnie skończyliśmy.
– I potem poszedłeś do pracy? – spytał Halvorsen z niedowierzaniem.
– Najwyraźniej tak. Właśnie ten twój faks każe mi się zastanawiać. Mógłbyś jutro sprawdzić dla mnie jeszcze parę rzeczy?

Halvorsen jęknął. Po pierwsze Møller powiedział, i to w sposób niedopuszczający możliwości jakiegokolwiek nieporozumienia, że Harry Hole ma już nie mieć żadnych związków ze sprawą Ellen Gjelten. Po drugie jutro wypadała sobota, wolny dzień.

– Jesteś tam, Halvorsen?
– Tak, tak.
– Wyobrażam sobie, co powiedział Møller. Olej to. Masz szansę nauczyć się czegoś o prowadzeniu śledztwa.
– Problem w tym, Harry...
– Zamknij się i słuchaj.

Halvorsen zaklął w duchu. I słuchał.

68 VIBES GATE, 8 MAJA 2000

Zapach świeżo zmielonej kawy czuć było już w korytarzu, gdy Harry wieszał kurtkę na zawalonym ubraniami wieszaku.

– Dziękuję, że mógł mnie pan przyjąć tak prędko, panie Fauke.
– Ależ to nic takiego – mruknął gospodarz z kuchni. – Stary człowiek tylko się cieszy, gdy może w czymś pomóc. Jeśli oczywiście zdołam.

Nalał kawy do dwóch dużych kubków, usiedli przy kuchennym stole. Harry pogładził palcami szorstką powierzchnię ciemnego i ciężkiego dębowego blatu.

– Z Prowansji – powiedział Fauke niepytany. – Moja żona lubiła francuskie wiejskie meble.
– Piękny stół. Pańska żona miała doskonały gust.

Fauke uśmiechnął się.

– Jest pan żonaty, Hole? Nie? I nie był pan? Nie powinien pan zwlekać z tym zbyt długo. Od samotności można ogłupieć – roześmiał się. – Wiem, o czym mówię. Miałem ponad trzydzieści lat, kiedy się z nią ożeniłem. Wtedy to było późno. W maju pięćdziesiątego piątego roku.

Wskazał na jedno ze zdjęć wiszących na ścianie nad kuchennym stołem.

– To naprawdę pańska żona? – zdziwił się Harry. – Sądziłem, że to Rakel.

Fauke spojrzał na niego zaskoczony.

– Ach tak, oczywiście – powiedział w końcu. – Zapomniałem, że pan i Rakel znacie się z POT.

Przeszli do salonu, gdzie stos papierów od ostatniej wizyty Harry'ego jeszcze urósł i zajmował teraz wszystkie krzesła, niemalże łącznie z tym przy biurku. Fauke przygotował miejsce przy zawalonym książkami niskim stoliku.

– Dowiedział się pan czegoś na temat tych nazwisk, które panu podałem?

Harry streścił mu pokrótce swoje osiągnięcia.

– Pojawiły się jednak nowe elementy w sprawie – oświadczył. – Zamordowano policjantkę.

– Czytałem o tym w gazecie.

– To się prawdopodobnie właśnie wyjaśniło. Czekamy jedynie na wyniki analizy DNA. Pan wierzy w zbieg okoliczności, Fauke?

– Nie bardzo.

– Ja też nie. Dlatego zaczynam zadawać sobie różne pytania, kiedy te same osoby pojawiają się w sprawach pozornie ze sobą niepowiązanych. Tego samego wieczoru, kiedy ta policjantka, Ellen Gjelten, została zabita, zostawiła mi na sekretarce wiadomość: Już go mamy.

– Tytuł książki Johana Borgena?

– Co? Aha, o to chodzi. Raczej nie. Pomagała mi szukać osoby, która kontaktowała się ze sprzedawcą märklina w Johannesburgu. Oczywiście między tą osobą a zabójcą nie musi być żadnego związku, ale taką myśl trudno odrzucić. Zwłaszcza że Ellen wyraźnie usiłowała się ze mną za wszelką cenę skontaktować. Zajmowałem się tą sprawą od kilku tygodni, a mimo to wielokrotnie próbowała się do mnie dodzwonić właśnie tamtego wieczoru. Sprawiała wrażenie bardzo wzburzonej. Możliwe też, że czuła się zagrożona.

Harry położył palec wskazujący na blacie stołu.

– Jeden z ludzi na pańskiej liście, Hallgrim Dale, został zamordowany jesienią. W bramie, w której go znaleziono, odkryto między innymi pozostałości wymiocin. Nie powiązano tego faktu bezpośrednio z morderstwem. Wzięto pod uwagę to, że grupa krwi w wymiocinach nie zgadzała się z krwią ofiary, a obraz mordercy profesjonalisty, który zabija z zimną krwią, nie pasował do obrazu osoby, która wymiotuje na miejscu zbrodni. Ale w Kripos oczywiście nie odrzucili możliwości, że to wymiociny ofiary, i wysłali próbki śliny do analizy DNA. Dziś rano kolega porównał wynik tych próbek z materiałem DNA pobranym z czapki, którą znaleźliśmy niedaleko zabitej policjantki. Są identyczne.

Harry urwał i popatrzył na starego.

– Rozumiem – powiedział Fauke. – Pan sądzi, że sprawcą jest jedna i ta sama osoba.

– Nie, wcale tak nie uważam. Myślę jedynie, że jest jakiś związek między tymi morderstwami, i że Sverre Olsen nie przypadkiem za każdym razem znajdował się gdzieś w pobliżu.

– Dlaczego nie mógł zabić obojga?

– Mógł, oczywiście. Lecz jest istotna różnica między aktami przemocy, jakich Sverre Olsen dopuszczał się wcześniej, a morderstwem Hallgrima Dale. Czy widział pan kiedykolwiek obrażenia, jakie można zadać człowiekowi za pomocą kija bejsbolowego? Miękkie drewno miażdży kości, a organy wewnętrzne, takie jak wątroba i nerki, pękają. Ale skóra na ogół pozostaje cała, ofiara zaś umiera w wyniku krwotoku wewnętrznego. Hallgrimowi Dale przecięto tętnicę szyjną. Przy takiej metodzie zabijania krew tryska. Rozumie pan?

– Owszem, ale nie wiem, do czego pan zmierza.

– Matka Sverrego Olsena powiedziała jednemu z naszych funkcjonariuszy, że Sverre nie znosił widoku krwi.

Filiżanka Faukego zatrzymała się w połowie drogi do ust, zaraz też odstawił ją na stolik.

– No dobrze, ale...

– Wiem, o czym pan myśli. Że mimo wszystko mógł to zrobić. I właśnie to, że nie znosił widoku krwi, tłumaczy, że zwymiotował. Ale chodzi o to, że mordercą nie był człowiek, który po raz pierwszy posłużył się nożem. Z raportu patologa wynika, że to było idealne, wprost chirurgiczne cięcie, które mógł wykonać jedynie ktoś, kto wie, jak się to robi.

Fauke wolno pokiwał głową.

– Teraz już wiem, o co panu chodzi.

– Dziwną ma pan minę – stwierdził Harry.

– Domyślam się, po co pan tu przyszedł. Zastanawia się pan, czy któryś z żołnierzy z Sennheim byłby w stanie dopuścić się takiego morderstwa.

– No cóż, tak.

– Owszem. – Fauke obiema rękami objął kubek z kawą, a jego wzrok powędrował gdzieś daleko. – Ten, którego pan nie znalazł. Gudbrand Johansen. Już przecież panu mówiłem, dlaczego nazywaliśmy go Czerwone Gardło.

– Czy może mi pan opowiedzieć o nim coś więcej?

– Tak. Ale najpierw musimy zrobić więcej kawy.

69 IRISVEIEN, 8 MAJA 2000

– Kto tam? – rozległ się głos zza drzwi. Brzmiał cienko, przesycony strachem. Za mleczną szybą Harry dostrzegał zarys postaci.

– Hole. Telefonowałem.

Drzwi uchyliły się odrobinę.

– Przepraszam, ale...

– Nic się nie stało, rozumiem.

Signe Juul otworzyła drzwi na oścież i Harry wszedł do przedpokoju.

– Evena nie ma – powiedziała z przepraszającym uśmiechem.

– Tak, mówiła to pani już przez telefon. Ale ja chciałbym porozmawiać z panią.

– Ze mną?

– Jeśli się pani zgadza, pani Juul.

Starsza pani poszła przodem. Grube stalowosiwe włosy miała splecione w warkocz i upięte w kok, przytrzymywany staroświecką spinką, a jej okrągłe kołyszące się ciało, kojarzyło się z babcinymi objęciami i domowym jedzeniem.

Gdy weszli do salonu, Burre uniósł łeb.

– A więc mąż sam wybrał się na spacer? – spytał Harry.

– Tak, Burrego nie wpuszczają do kawiarni. Proszę siadać.

– Do kawiarni?

– Tak. Ostatnio zaczął je odwiedzać – uśmiechnęła się. – Żeby czytać gazety. Lepiej mu się myśli, kiedy nie przesiaduje całymi dniami w domu.

– Coś w tym pewnie jest.

– Z całą pewnością. Przypuszczam też, że można się trochę rozmarzyć.

– Rozmarzyć? Jak to?

– Sama nie wiem. Może wyobrażać sobie, że znów jest się młodym i siedzi się przy kawie w kawiarnianym ogródku gdzieś w Paryżu czy Wiedniu. – I znów ten szybki, przelotny przepraszający uśmiech. – Ale dość już o tym. À propos kawy...

– Owszem, chętnie, dziękuję.

Gdy Signe Juul wyszła do kuchni, Harry przyglądał się ścianom. Nad kominkiem wisiał portret mężczyzny w czarnym płaszczu. Gdy był tu ostatnio, nie zwrócił uwagi na ten obraz. Mężczyzna w płaszczu stał w nieco dramatycznej pozie, pozornie wpatrzony w dalekie horyzonty, poza zasięgiem wzroku malarza. Harry podszedł bliżej. Na niewielkiej miedzianej plakietce umieszczonej na ramie widniał napis: „Ordynator Kornelius Juul, 1885–1959".

– To dziadek Evena – powiedziała Signe Juul, która właśnie przyniosła tacę z kawą.

– Aha. Wiele macie państwo portretów.

– To prawda – odstawiła tacę. – Na obrazie obok jest dziadek Evena ze strony matki, doktor Werner Schumann. Był jednym z inicjatorów budowy szpitala Ullevål w 1885 roku.

– A to?

– To Jonas Schumann. Ordynator w Szpitalu Centralnym.

– A pani krewni?

Popatrzyła na niego zdezorientowana.

– Nie rozumiem?

– Na którym z tych portretów są pani krewni?

– Oni... wiszą gdzie indziej. Śmietanki?
– Nie, dziękuję.
Harry usiadł.
– Chciałbym porozmawiać z panią o wojnie.
– Ach, nie! – wyrwało jej się.
– Rozumiem, ale to ważne. Zgadza się pani?
– Zobaczymy. – Nalała teraz kawy sobie.
– Była pani podczas wojny pielęgniarką...
– Tak, sanitariuszką. Zdrajczynią ojczyzny.
Harry podniósł wzrok. Starsza pani patrzyła na niego ze spokojem.
– Było nas w sumie około czterystu. Po wojnie wszystkie dostałyśmy wyroki. Pomimo że Międzynarodowy Czerwony Krzyż skierował prośbę do władz norweskich o zaprzestanie postępowania karnego przeciwko nam. Norweski Czerwony Krzyż przeprosił nas za to dopiero w 1990. Ojciec Evena, ten na tamtym obrazie, miał odpowiednie powiązania i udało mu się zmniejszyć moją karę. Między innymi dlatego, że pomogłam dwóm rannym z Frontu Krajowego wiosną w czterdziestym piątym. I nigdy nie byłam członkiem Nasjonal Samling. Chce pan wiedzieć coś więcej?

Harry zapatrzył się w filiżankę z kawą. Dziwiło go, że w niektórych willowych dzielnicach Oslo może panować aż taka cisza.

– Nie chodzi mi o pani historię, pani Juul. Czy pamięta pani norweskiego żołnierza o nazwisku Gudbrand Johansen?

Signe Juul drgnęła. Harry zrozumiał, że w coś trafił.
– Czego pan właściwie szuka? – spytała ze ściągniętą twarzą.
– Czy mąż nic pani nie powiedział?
– Even mi nigdy nic nie mówi.
– No cóż, próbuję prześledzić losy norweskich żołnierzy, którzy przebywali w Sennheim, zanim zostali wysłani na front.
– Sennheim – powtórzyła cicho do siebie. – Daniel tam był.
– Tak, wiem, że była pani zaręczona z Danielem Gudesonem. Sindre Fauke mi o tym opowiedział.
– A kto to taki?
– Jeden z byłych żołnierzy walczących na froncie, później członek ruchu oporu, którego zna pani mąż. To Fauke zasugerował, żebym właśnie z panią porozmawiał o Gudbrandzie Johansenie. Sam Fauke

zdezerterował, nie wie więc, co się później stało z Gudbrandem. Ale inny z żołnierzy norweskich, Edvard Mosken, opowiedział mi o granacie ręcznym, który eksplodował w okopie. Mosken nie umiał wyjaśnić, co się stało później, lecz jeśli Johansen przeżył, to chyba dość naturalne, że trafił do szpitala polowego?

Signe Juul cmoknęła cicho. Burre od razu podszedł, zanurzyła palce w jego gęstą sztywną sierść.

– Owszem, pamiętam Gudbranda Johansena. Daniel od czasu do czasu o nim pisywał, i w listach z Sennheim, i w kartkach, które dostawałam od niego w szpitalu polowym. Bardzo się od siebie różnili. Wydaje mi się, że z czasem Gudbrand Johansen stał się dla niego kimś w rodzaju młodszego brata. – Uśmiechnęła się. – Większość osób wokół Daniela stawała się jego młodszymi braćmi.

– Wie pani, co się stało z Gudbrandem?

– Trafił do naszego lazaretu, tak jak pan się domyślił. Akurat wtedy ten odcinek frontu przechodził w ręce Rosjan. Zarządzono odwrót. Na front nie docierały lekarstwa, ponieważ wszystkie drogi były zablokowane ruchem w przeciwnym kierunku. Johansen miał rozległe obrażenia. Między innymi odłamek w udzie tuż nad kolanem. W ranę wdała się gangrena. Istniało zagrożenie, że będziemy musieli ją amputować. Zamiast więc czekać na leki, które nie nadchodziły, został wysłany razem z frontem na zachód. Ostatni raz widziałam jego zarośniętą twarz wystającą spod koca na platformie ciężarówki. Wiosenne błoto sięgało do połowy koła i minęła ponad godzina, nim zdołali dotrzeć do pierwszego zakrętu i zniknąć nam z oczu.

Pies położył łeb na kolanach swojej pani i wpatrywał się w nią smutnymi oczami.

– I więcej już go pani nie widziała ani o nim nie słyszała?

Wolnym ruchem podniosła do ust cienką porcelanową filiżankę. Wypiła maleńki łyk i odstawiła naczynie. Dłoń jej drżała. Nieznacznie, ale drżała.

– Kilka miesięcy później dostałam od niego kartkę. Napisał, że ma kilka rzeczy, które należały do Daniela, między innymi rosyjską czapkę od munduru, będącą, jak zrozumiałam, czymś w rodzaju trofeum wojennego. Ta kartka była dość chaotyczna, lecz to nic dziwnego w wypadku rannych w pierwszym okresie.

– Czy ma pani tę kartkę?
Pokręciła głową.
– A pamięta pani, skąd przyszła?
– Nie. Tylko tyle, że nazwa przywiodła mi na myśl jakiejś wiejskie zielone okolice, i to, że Gudbrand dobrze się miewa.
Harry wstał.
– Skąd ten Fauke wiedział o mnie? – spytała.
– No cóż. – Harry nie bardzo umiał na to odpowiedzieć, ale na szczęście Signe Juul go uprzedziła.
– Wszyscy żołnierze walczący na froncie o mnie słyszeli. – Uśmiechnęła się samymi ustami. – O kobiecie, która sprzedała duszę diabłu w zamian za krótszą karę. Tak myślą?
– Nie wiem – odparł Harry. Czuł, że musi stąd wyjść. Od trasy szybkiego ruchu dzieliły ich zaledwie dwa kwartały, lecz równie dobrze mogli siedzieć nad górskim jeziorkiem, tak tu było cicho.
– Wie pan, ja go już nigdy więcej nie widziałam – powiedziała zamyślona. – Nie widziałam Daniela po tym, jak donieśli mi o jego śmierci. – Utkwiła wzrok w jakimś wyimaginowanym punkcie przed sobą. – Dostałam od niego pozdrowienia noworoczne za pośrednictwem oficera pułku sanitarnego, a trzy dni później zobaczyłam jego nazwisko na liście poległych. Nie wierzyłam, że to prawda. Zabrali mnie więc do masowego grobu na odcinku Północ, gdzie palono trupy. Zeszłam do grobu. Chodziłam po ciałach zmarłych, szukając go, od jednych spalonych zwłok do drugich. Patrzyłam w wypalone oczodoły. Ale tam nie było Daniela. Mówili mi, że niemożliwe, bym go poznała, ale upierałam się, że się mylą. Potem powiedzieli, że być może pochowali go w grobie, który został zasypany. Nie wiem. W każdym razie nigdy go nie zobaczyłam.
Drgnęła, kiedy Harry chrząknął.
– Dziękuję za kawę, pani Juul.
Odprowadziła go do wyjścia. Gdy stał przy szafie i zapinał płaszcz, nie mógł się powstrzymać od szukania jej rysów w twarzach na portretach wiszących na ścianie. Na próżno.
– Czy musimy mówić o tym Evenowi? – spytała, otwierając drzwi.
Harry spojrzał na nią zdziwiony.
– Chodzi mi o to, czy on musi się dowiedzieć, że właśnie o tym rozmawialiśmy – dodała pospiesznie. – O wojnie i... o Danielu.

– Nie, jeśli pani sobie tego nie życzy. Oczywiście.
– On i tak pozna, że pan tu był. Ale czy nie możemy powiedzieć, że pan po prostu na niego czekał, ale nie mógł zostać dłużej, bo gdzieś się pan spieszył?

Wzrok miała błagalny, lecz było w nim coś jeszcze.

Harry nie mógł sobie uświadomić, co to takiego. Dopiero gdy wyjechał na trasę, na Ringveien, i otworzył okno, by wpuścić ogłuszający ryk samochodów, przynoszący ulgę po tej strasznej ciszy, uświadomił sobie, że to był strach. Signe Juul czegoś się bała.

70 DOM BRANDHAUGA, NORDBERG, 9 MAJA 2000

Bernt Brandhaug leciutko uderzył nożem o brzeg kryształowego kieliszka. Odsunął krzesło i, przyłożywszy serwetkę do ust, cicho chrząknął.

Delikatny uśmiech lekko wygiął mu wargi. Jak gdyby już bawiła go puenta w przemowie, którą zamierzał wygłosić dla swoich gości: pani komendant policji Størksen z mężem i Kurta Meirika z żoną.

– Drodzy przyjaciele i koledzy.

Kątem oka widział, że żona uśmiecha się sztywno, jak gdyby chciała powiedzieć: „Przepraszam, że musimy przez to przejść, lecz to pozostaje poza moją kontrolą".

Tego wieczoru Brandhaug mówił o przyjaźni i koleżeństwie. O wadze lojalności i o gromadzeniu dobrych sił dla obrony przeciwko tej przestrzeni, jaką demokracja zawsze pozostawia dla mierności, rozmycia odpowiedzialności i braku kompetencji na szczeblu kierowniczym. Oczywiście nie można się spodziewać, że wybrane zgodnie z zasadami poprawności politycznej gospodynie domowe i wieśniacy zrozumieją złożoność dziedzin, z którymi przychodzi im się zmagać.

– Demokracja jest nagrodą sama dla siebie – stwierdził Brandhaug. Sformułowanie to od kogoś sobie pożyczył i przyswoił. – Nie oznacza to jednak, że nic nie kosztuje. Kiedy na ministrów finansów powołujemy spawaczy...

Uważnie kontrolował, czy komendantka policji słucha, wplatał anegdotki o procesie demokratyzacji w poszczególnych byłych koloniach w Afryce, gdzie był kiedyś ambasadorem. Ale mowa, którą wygłaszał już wiele razy wcześniej na innych forach, tego wieczoru go nie wciągnęła. Myślami był zupełnie gdzie indziej, podobnie jak przez ostatnich kilka tygodni: przy Rakel Fauke.

Stała się jego obsesją tak dalece, że w końcu chciał nawet o niej zapomnieć. Czuł, że posuwa się za daleko.

Pomyślał o manewrach ostatnich dni. Gdyby szefem POT był ktoś inny niż Kurt Meirik, nigdy by się to nie udało. Przede wszystkim postanowił zacząć od usunięcia tego Harry'ego Hole gdzieś daleko z oczu. Z miasta. W miejsce, gdzie nie mogłaby dotrzeć ani Rakel, ani nikt inny.

Brandhaug zadzwonił więc do Kurta i „doniósł" mu o plotkach krążących w środowisku prasowym, dotyczących tego, co się wydarzyło jesienią, podczas wizyty prezydenckiej. Trzeba działać, nim zrobi się za późno. Ukryć Holego gdzieś, gdzie nie dopadnie go prasa. Czy Kurt też tak uważa?

A Kurt pochrząkiwał, mówił „tak" i „owszem". Przynajmniej, dopóki burza nie ucichnie, judził Brandhaug. Prawdę mówiąc, minister wątpił, by Meirik uwierzył w bodaj jedno jego słowo, tym jednak w ogóle się nie przejął. Kilka dni później zadzwonił do niego Kurt i oznajmił, że Harry Hole zostaje wysłany na front, do jakiejś zapadłej dziury gdzieś w Szwecji. Brandhaug dosłownie zacierał ręce. Nic teraz nie mogło mu pokrzyżować planów związanych z Rakel.

– Nasza demokracja to piękna i uśmiechnięta, lecz nieco naiwna córa. To, że dobre siły w społeczeństwie trzymają się razem, nie świadczy o elitaryzmie ani też o grze o władzę. To po prostu nasza jedyna gwarancja, że nasza córka, demokracja, nie zostanie zgwałcona, a rządów nie przejmą niechciane siły. Dlatego też lojalność, ta niemal zapomniana cnota, jest między ludźmi, takimi jak my, nie tylko pożądana, lecz wręcz konieczna. Ba. To obowiązek, który...

Usiedli w głębokich fotelach w salonie i Brandhaug posłał w koło etui z kubańskimi cygarami, prezent od norweskiego konsula generalnego w Hawanie.

– Zwijane przez Kubanki po wewnętrznej stronie uda – szepnął mężowi Anne Størksen, puszczając do niego oko, lecz on chyba nie zrozumiał dowcipu. Sprawiał wrażenie dość sztywnego i suchego. Jak mu na imię? Jakieś dwa imiona. O Boże, czyżby już zapomniał? Tor Erik? Tak, właśnie tak.
– Jeszcze koniaku, Tor Erik?

Gość uśmiechnął się wąskimi zaciśniętymi wargami i pokręcił głową. Z pewnością typ ascety, który w tygodniu przebiega pięćdziesiąt kilometrów, pomyślał Brandhaug. Wszystko w tym człowieku było cienkie. Ciało, twarz, włosy. Widział spojrzenia, jakie Tor Erik wymienił z żoną w czasie, gdy on przemawiał, jak gdyby przypominał jej jakiś prywatny żart. Ale to wcale nie musiało mieć jakiegokolwiek związku z przemową.

– Rozsądnie – pochwalił kwaśno Brandhaug. – Jutro też jest dzień, prawda?

W drzwiach salonu stanęła nagle Elsa.
– Telefon do ciebie, Bernt.
– Mamy gości, Elso.
– Dzwonią z „Dagbladet"
– Odbiorę w gabinecie.

Dzwonili z działu wiadomości, jakaś kobieta, której nazwiska nie znał. Jej głos brzmiał młodo, próbował ją sobie wyobrazić. Chodziło o odbywającą się tego wieczoru demonstrację przed ambasadą austriacką na Thomas Heftyes gate, przeciwko Jörgowi Heiderowi i ekstremalnie prawicowej Partii Wolności, która weszła do rządu. Dziennikarka chciała jedynie zebrać kilka krótkich komentarzy do jutrzejszego wydania.

– Sądzi pan, że aktualna będzie kwestia zrewidowania stosunków dyplomatycznych z Austrią, panie Brandhaug?

Przymknął oczy. Zarzucali haczyk, czasami tak się zdarzało, lecz zarówno oni, jak i on, wiedzieli, że niczego nie złowią. Że ma zbyt duże doświadczenie. Poczuł teraz, że pił, głowę miał lekką, a ciemność pod zamkniętymi powiekami zdawała się tańczyć, lecz to nie stanowiło problemu.

– To decyzja polityczna, niezależna od urzędników Ministerstwa Spraw Zagranicznych – odparł.

Zapadła cisza. Podobał mu się głos tej kobiety. Na pewno jest blondynką. Czuł to po sobie.

– Ma pan rozległe doświadczenie w dyplomacji. Jakie posunięcia rządu norweskiego pan przewiduje?

Wiedział, co powinien odpowiedzieć, to było proste: „W takich sprawach nie ma przewidywań". Nic dodać, nic ująć. Właściwie to dziwne, nie powinno się tkwić na stanowisku tak długo, by w końcu mieć uczucie, że na wszystkie pytania już się kiedyś odpowiadało. Młodzi dziennikarze z reguły uważali, że jako pierwsi zadają dane pytanie, skoro pół nocy poświęcili na jego wymyślenie. I wszystkim imponowało, gdy po chwili zastanowienia odpowiadał zdaniem, którego używał co najmniej tuzin razy wcześniej: „W takich sprawach nie ma przewidywań".

Zaskoczyło go, że jeszcze jej tak nie odpowiedział. Ale coś w jej głosie zachęciło go do okazania choć odrobiny przychylności. Powiedziała „ma pan rozległe doświadczenie". Miał ochotę spytać, czy sama wpadła na pomysł zatelefonowania właśnie do niego, Bernta Brandhauga.

– Jako najwyższy urzędnik Ministerstwa Spraw Zagranicznych przychylam się do utrzymania normalnych stosunków dyplomatycznych z Austrią – powiedział. – Oczywiście widzimy, jak inne kraje świata reagują na to, co dzieje się w Austrii. Ale to, że utrzymujemy z jakimś krajem stosunki dyplomatyczne, nie oznacza, że podoba nam się wszystko, co się tam dzieje.

– To prawda, utrzymujemy stosunki dyplomatyczne z wieloma reżimami wojskowymi – odparł głos na drugim końcu. – Dlaczego więc reagujemy tak mocno właśnie na Austrię? Jak pan sądzi?

– Ma to zapewne związek z niedawną historią Austrii.

W tym miejscu powinien się zatrzymać. Tu powinien urwać.

– Mam na myśli związki z nazizmem. Większość historyków zgadza się co do tego, że Austria podczas drugiej wojny światowej była w rzeczywistości sojusznikiem hitlerowskich Niemiec.

– Czy Austria nie była krajem okupowanym, tak jak Norwegia?

Uświadomił sobie, że nie ma pojęcia, czego teraz uczą w szkole o drugiej wojnie. Najwyraźniej bardzo mało.

– Mogę jeszcze raz spytać, jak się pani nazywa? – zdecydował się. Może jednak wypił o kieliszek za dużo.

Kobieta przedstawiła mu się ponownie.

– A więc dobrze, pani Natasjo. Pomogę pani trochę przed dalszymi etapami tej rundy. Słyszała pani o Anszlusie? To oznacza, że Austria nie była okupowana w zwykłym rozumieniu. Niemcy wkroczyli tam w marcu 1938 roku, nie napotykając w zasadzie żadnego oporu i tak było przez całą wojnę.

– Czyli mniej więcej tak jak z Norwegią?

Brandhaug był wstrząśnięty. Powiedziała to w sposób tak obojętny, bez najmniejszej oznaki zażenowania brakiem wiedzy.

– Nie – odparł wolno, jakby przemawiał do dziecka opóźnionego w rozwoju. – Nie tak jak w Norwegii. W Norwegii broniliśmy się, w Londynie przebywał rząd norweski i król. Przez całą wojnę nie przerwali pracy, przygotowywali programy radiowe i... dodawali otuchy tym, którzy pozostali w kraju. – Zorientował się, że zabrzmiało to dość nieszczęśliwie i dodał: – W Norwegii cały naród zjednoczył się przeciwko okupantowi. Nieliczni zdrajcy, którzy przywdziali niemieckie mundury i walczyli po stronie Niemców, byli takimi wrzodami, z jakich obecnością należy liczyć się we wszystkich nacjach. Ale dobre siły trzymały się razem. Posiadający odpowiednie możliwości ludzie, kierujący ruchem oporu, stanowili jądro wytyczające drogę demokracji. Ci ludzie byli wobec siebie lojalni i właśnie to ocaliło kraj. Demokracja jest nagrodą sama dla siebie. Proszę skreślić to, co powiedziałem o królu, pani Natasjo.

– Pan więc uważa, że wszyscy, którzy walczyli po stronie niemieckiej, byli wrzodami?

O co jej właściwie chodzi? Brandhaug postanowił zakończyć tę rozmowę.

– Chciałem tylko powiedzieć, że ci, którzy podczas wojny zdradzili ojczyznę, powinni się cieszyć, że zostali skazani jedynie na karę więzienia. Byłem ambasadorem w krajach, w których ludzi takich jak oni wystrzelano by co do jednego. I doprawdy, wcale nie jestem taki pewien, czy i w Norwegii nie byłoby to słuszne. Ale wróćmy do tego komentarza, o który pani chodziło. Ministerstwo Spraw Zagranicznych nie będzie komentować demonstracji ani też nowych członków rządu austriackiego. Mam gości, proszę mi wybaczyć, pani Natasjo...

Odłożył słuchawkę.

Gdy wrócił do salonu, zbierali się już do wyjścia.

– Tak wcześnie? – uśmiechnął się szeroko. Ale na tym zakończył protesty. Czuł się zmęczony.

Odprowadził gości do drzwi. Szczególnie długo ściskał rękę pani komendant policji, zachęcając ją, żeby nigdy się nie wahała, jeśli tylko będzie mógł jej w czymś pomóc. Owszem, droga służbowa jest dobra, ale...

Tuż przed zaśnięciem myślał o Rakel Fauke. I o jej policjancie, który został usunięty z drogi. Zasnął z uśmiechem na ustach, lecz obudził się z pulsującym bólem głowy.

71 FREDRIKSTAD-HALDEN, 10 MAJA 2000

W pociągu jechało niewiele osób i Harry znalazł miejsce przy oknie. Dziewczyna za jego plecami wyjęła z uszu słuchawki walkmana i do Harry'ego docierał tylko głos wokalisty, bez dźwięku instrumentów. Ekspert od podsłuchu, z którego pomocy korzystali w Sydney, wyjaśnił mu, że przy niskim poziomie dźwięków ludzkie ucho wychwytuje te rejony częstotliwości, w których plasuje się ludzki głos.

Była w tym, zdaniem Harry'ego, pewna pociecha, że ostatnią rzeczą, jaką przestaje się słyszeć, są głosy ludzi.

Smugi deszczu biegły po szybie. Harry wyjrzał na płaskie mokre pola, na kable, które wznosiły się i opadały między słupami ustawionymi wzdłuż torów.

Na peronie we Fredrikstad grała orkiestra dęta. Konduktor wyjaśniał, że zwykle przychodzą tu ćwiczyć przed siedemnastym maja. Co roku w każdy wtorek o tej porze, uzupełnił. Dyrygent uważa, że próby są bardziej realistyczne, gdy otaczają ich ludzie.

Harry zabrał ze sobą tylko torbę, do której włożył trochę ubrań. Mieszkanie w Klippan miało być proste, lecz przyzwoicie urządzone. Telewizor, wieża stereo, nawet jakieś książki.

– *Mein Kampf* i podobne – powiedział Meirik z uśmiechem.

Nie zadzwonił do Rakel. Chociaż przydałoby mu się posłuchać jej głosu, ostatniego ludzkiego głosu.

– Następna stacja: Halden – zaskrzypiało nosowo w głośniku. Informację przerwał przenikliwy fałszywy ton, gdy pociąg rozpoczął hamowanie.

Harry przeciągnął palcem przez szybę, obracając w głowie ostatnie zdanie. Przenikliwy fałszywy ton. Fałszywy przenikliwy ton. Ton przenikliwy i...

Ton nie może być fałszywy, pomyślał. Może stać się fałszywy dopiero w zestawieniu z innymi tonami. Nawet Ellen, najbardziej muzykalna osoba, jaką znał, potrzebowała kilku elementów, kilku tonów, by usłyszeć muzykę. Nawet ona nie była w stanie wskazać na jakiś pojedynczy element i ze stuprocentową pewnością stwierdzić, że jest nieprawdziwy lub błędny.

A jednak w uszach dźwięczał mu ten ton, głośny, przenikliwy i fałszywy. Tym tonem był jego wyjazd do Klippan w celu wytropienia ewentualnego nadawcy faksu, którego efektem, przynajmniej na razie, było jedynie kilka nagłówków w gazetach. Harry przejrzał dziś gazety uważnie i widać było wyraźnie, że listy z pogróżkami, które zaledwie cztery dni temu budziły taką sensację, poszły w zapomnienie. Dzisiaj „Dagbladet" pisała o Lassem Kjusie, który nienawidził Norwegii, i o ministrze Berncie Brandhaugu, który, jeśli cytowano go właściwie, powiedział, że zdrajcy ojczyzny powinni byli dostać wyrok śmierci.

Fałszywie brzmiał też jeszcze inny ton. Ale może to tylko on go tak odbierał. Pożegnanie z Rakel w Dinnerze. Wyraz jej oczu, zawoalowane wyznanie miłości, a potem to nagłe odejście i pozostawienie go w poczuciu spadania w otchłań z rachunkiem na osiemset koron, który wcześniej obiecała zapłacić. Coś tu się nie zgadzało. A może jednak tak? Rakel była w mieszkaniu Harry'ego. Widziała, jak pije, słyszała, jak zduszonym od płaczu głosem opowiada o zmarłej koleżance z pracy, którą znał zaledwie dwa lata, jak gdyby była jedynym człowiekiem, z którym kiedykolwiek łączyły go bliskie więzi. To żałosne. Ludziom powinno się oszczędzać widoku drugiego człowieka tak obnażonego. Dlaczego więc nie zerwała z nim już wtedy? Dlaczego nie powiedziała sobie, że ten człowiek to więcej kłopotów, niż jej potrzeba?

Jak zwykle, gdy życie osobiste stawało się zbyt trudne, uciekł w pracę. Czytał, że to charakterystyczne dla pewnego rodzaju mężczyzn. Pewnie dlatego poświęcił cały weekend na snucie konspiracyjnych teorii i tworzenie skomplikowanych konstrukcji myślowych, w których do jednego kotła wrzucał wszystkie sprawy – karabin Märklin, morderstwo Ellen, zabójstwo Hallgrima Dale, żeby móc uwarzyć z tego cuchnącą zupę. To też żałosne.

Spojrzał na rozłożoną gazetę, leżącą przed nim na składanym stoliku. Na zdjęcie szefa MSZ. Było coś znajomego w tej twarzy.

Potarł dłonią policzki. Z doświadczenia wiedział, że mózg często zaczyna tworzyć własne związki, gdy nie może znaleźć nowej drogi w śledztwie. A śledztwo dotyczące märklina stanowiło zamknięty rozdział. Meirik wyraził się jasno. Nazwał to nieistniejącą sprawą. Wolał, by Harry pisał raporty o neonazistach i śledził zbuntowaną młodzież w Szwecji. Niech to cholera!

– ...wyjście na peron z prawej strony.

A gdyby wysiadł? Co mogłoby się stać w najgorszej sytuacji? Dopóki w MSZ i w POT bali się, że ten strzelecki epizod w punkcie pobierania opłat za przejazd w ubiegłym roku przedostanie się do wiadomości publicznej, Meirik nie mógł go wyrzucić. A jeśli chodzi o Rakel... Jeśli chodzi o Rakel, nie wiedział.

Pociąg zatrzymał się z ostatnim jękiem i w wagonie zapadła grobowa cisza. Na korytarzu trzasnęły jakieś drzwi. Harry dalej siedział. Wyraźniej teraz słyszał piosenkę dobiegającą z walkmana. Słyszał ją już wiele razy, tylko nie potrafił sobie uprzytomnić, gdzie.

72 NORDBERG I HOTEL CONTINENTAL, 10 MAJA 2000

Stary człowiek był kompletnie nieprzygotowany i dech mu zaparło, gdy bóle nagle zaatakowały. Skulił się na ziemi, a żeby nie krzyczeć, zatkał usta zaciśniętą pięścią. Leżał tak, starając się zachować świadomość, czuł, jak przelewają się przez niego fale światła i ciemności. Otwierał i zamykał oczy. Niebo przetaczało się nad nim, jak gdyby czas przyspieszył, chmury gnały po niebie, gwiazdy przeświecały przez błękit. Nadeszła noc, potem dzień, noc, dzień, i znowu noc. Wreszcie minęło. I znów poczuł zapach mokrej ziemi, wiedział, że jeszcze żyje.

Przez jakiś czas leżał nieruchomo, żeby wyrównać oddech. Koszula lepiła się do spoconego ciała. Potem przetoczył się na brzuch i znów spojrzał w dół, na dom.

To był duży czarny dom z drewnianych bali. Stary człowiek tkwił tu już od przedpołudnia i wiedział, że w środku jest tylko kobieta. Mimo to świeciło się we wszystkich oknach, na parterze i na piętrze. Widział, jak obchodziła wszystkie pomieszczenia i zapalała światła, gdy tylko zaczęło się zmierzchać. Podejrzewał, że boi się ciemności.

On też się bał. Ale nie ciemności. Jej nie bał się nigdy. Bał się za to przyspieszającego czasu. I bólu. To była nowa znajomość, nie nauczył się jeszcze jej kontrolować. I nie wiedział, czy w ogóle zdoła. A czas? Starał się nie myśleć o komórkach, które bezustannie się dzieliły, dzieliły i dzieliły.

Na niebie ukazał się blady księżyc. Stary człowiek popatrzył na zegarek. Pół do ósmej. Wkrótce zrobi się za ciemno i będzie musiał czekać do rana. To by oznaczało, że musiałby spędzić w szałasie całą noc. Popatrzył na przygotowaną konstrukcję. Składała się z dwóch rozdwojonych gałęzi, które wbił w ziemię, tak by rozwidlenia unosiły się nad nią około pół metra. Na nich oparł obciętą grubą gałąź sosny. Uciął jeszcze trzy długie gałęzie, które oparł o tę sosnową. Na tym ułożył grubą warstwę gałęzi świerkowych. Tym samym miał coś w rodzaju daszku, chroniącego go przed deszczem, pozwalającego zatrzymać nieco ciepła i stanowiącego kamuflaż przed wycieczkowiczami, gdyby jednak zaplątali się tutaj z dala od ścieżki. Przygotowanie tego szałasu zajęło mu pół godziny.

Ryzyko, że zostanie odkryty, zauważony z drogi lub z któregoś z sąsiednich domów, uznał za minimalne. Trzeba mieć naprawdę sokoli wzrok, żeby dostrzec szałas wśród pni w gęstym świerkowym lesie z odległości blisko trzystu metrów. Na wszelki wypadek zasłonił cały otwór jedliną, a lufę owinął szmatami, żeby niskie popołudniowe słońce nie odbiło się w stali. Znów spojrzał na zegarek. Gdzie on się, u diabła, podział?

Bernt Brandhaug obrócił szklankę w dłoni i znów popatrzył na zegarek. Gdzie ona się, u diabła, podziała?

Umówili się na pół do ósmej, a było już prawie za piętnaście. Skończył drinka i nalał sobie następnego z butelki whisky, którą recepcja przysłała mu na górę. Jameson. Jedyna dobra rzecz, jaka kiedykolwiek przyszła z Irlandii. Nalał następnego. Miał za sobą piekielny dzień. Nagłówek w „Dagbladet" sprawił, że telefon nie milkł nawet na chwilę.

Wprawdzie wiele osób go wspierało, w końcu jednak zadzwonił do szefa działu wiadomości w „Dagbladet", dawnego kolegi ze studiów, i oświadczył wprost, że jego słowa przekręcono. Wystarczyło, że obiecał im niedostępne informacje o wpadce jednego z ministrów na ostatnim szczycie EOG. Redaktor poprosił o czas do namysłu. Po godzinie oddzwonił. Okazało się, że ta Natasja jest całkiem świeża w pracy i przyznała, że mogła źle zrozumieć Brandhauga. Gazeta nie chciała niczego dementować, lecz redaktor stwierdził, że nie będzie również drążyć tej sprawy. Nie przepadł więc z kretesem.

Brandhaug upił duży łyk, obrócił whisky w ustach, poczuł ostry, choć zarazem łagodny aromat w przewodzie nosowym. Rozejrzał się dokoła. Ile nocy tutaj spędził? Ileż razy budził się w tym nieco zbyt miękkim łóżku w rozmiarze *king size* z lekkim bólem głowy lub po zbyt wielu drinkach. Ileż razy prosił leżącą przy nim kobietę, jeżeli wciąż tam była, żeby zjechała windą do restauracji na piętrze, a stamtąd zeszła do recepcji schodami, pozorując, że wychodzi z porannego spotkania, nie zaś z któregoś z pokoi gościnnych. Tak na wszelki wypadek. Nalał sobie kolejnego drinka.

Z Rakel będzie inaczej. Nie pośle jej na dół do restauracji.

Rozległo się delikatne pukanie do drzwi. Brandhaug wstał, po raz ostatni zerknął na ekskluzywną biało-złotą narzutę, poczuł lekki napływ lęku, który odepchnął w tej samej chwili, i pokonał cztery kroki dzielące go od drzwi. Przejrzał się w lustrze w korytarzu, przeciągnął językiem po przednich zębach, zwilżonym palcem ułożył brwi i dopiero wtedy otworzył.

Stała oparta o ścianę, w rozpiętym płaszczu. Pod spodem miała czerwoną wełnianą sukienkę. Prosił, żeby włożyła coś czerwonego. Powieki miała ciężkie i uśmiechała się ironicznie. Brandhaug był zdumiony. Nigdy wcześniej nie widział jej w takim stanie. Chyba piła lub zażyła jakieś pigułki. Oczy miała zamglone i prawie nie poznał jej głosu, gdy niewyraźnie mruknęła, że ledwie trafiła. Ujął ją pod rękę, ale się uwolniła. Pokierował więc nią tak, by weszła do środka, kładąc jej dłoń na krzyżu. Osunęła się na kanapę.

– Drinka?

– Oczywiście – wymamrotała niewyraźnie. – A może chce pan, żebym się rozebrała od razu?

Brandhaug nalał jej, nie odpowiedziawszy. Pojął, czego próbowała. Lecz jeśli sądziła, że zdoła popsuć mu radość podkreślając elementy kupna i sprzedaży, to się myliła. Owszem, pewnie wolałby, aby zdecydowała się na rolę, jaką wybierały zdobywane przez niego pracownice MSZ, rolę niewinnej dziewczyny, która nie może się oprzeć nieodpartemu czarowi, męskości i pewności siebie swego szefa. Najważniejsze jednak, że uległa jego życzeniu. Był już za stary, by sądzić, że ludzie kierują się romantyzmem. Te kobiety różniły się jedynie pragnieniami. Jedne chciały władzy, inne kariery, jeszcze inne walczyły o własne dziecko...

Nigdy nie przeszkadzało mu, że one ślepną, ponieważ jest ich szefem. Przecież rzeczywiście był szefem, ministrem spraw zagranicznych Berntem Brandhaugiem. Do diabła, poświęcił całe życie, by nim zostać, i nie zmieniał tego fakt, że Rakel znieczuliła się i postanowiła odgrywać rolę dziwki.

– Przepraszam, ale muszę cię mieć – powiedział, wrzucając do jej szklanki dwie kostki lodu. – Kiedy mnie poznasz, lepiej wszystko zrozumiesz. Pozwól mi jednak udzielić sobie pierwszej lekcji. – Podał jej szklankę. – Niektórzy mężczyźni czołgają się przez życie z nosem przy ziemi i zadowalają się okruchami. My, inni, stajemy na dwóch nogach, podchodzimy do stołu i odnajdujemy przynależne nam miejsce. Jesteśmy w mniejszości, ponieważ dokonany przez nas wybór sprawił, że czasami musimy być brutalni, a ta brutalność wymaga siły, pozwalającej na oderwanie się od naszego socjaldemokratycznego egalitarnego wychowania. Lecz mając wybór pomiędzy tym a czołganiem się, wolę zerwać z ograniczonym moralizmem, który nie jest w stanie spojrzeć na pojedyncze działania z odpowiedniej perspektywy. I sądzę, że w głębi ducha będziesz mnie za to szanować.

Nie odpowiedziała na ten wyszukany wywód. Wychyliła drinka.

– Hole nigdy nie stanowił dla pana konkurencji. Jesteśmy po prostu dobrymi przyjaciółmi.

– Wydaje mi się, że kłamiesz – odparł i z pewnym wahaniem napełnił jej podsuniętą szklankę. – A ja muszę mieć cię sam. Nie zrozum mnie źle. Gdy postawiłem warunek, że masz natychmiast zerwać wszelki kontakt z Holem, miało to przede wszystkim związek z zasadą zachowania czystości, zazdrość była mniej istotna. Tak czy owak, krótki pobyt w Szwecji, czy gdzie tam Meirik go wysłał, na pewno dobrze mu zrobi. – Roześmiał się. – Dlaczego tak na mnie patrzysz, Rakel? Ja nie jestem królem Dawidem, a Hole... Jak mówiłaś, jak nazywał się ten, którego król Dawid kazał swoim generałom wysłać na pierwszą linię?

– Uriasz – mruknęła Rakel.
– Ano właśnie. Zginął na froncie, prawda?
– Inaczej nie byłaby to dobra historia. – Patrzyła w szklankę.
– W porządku. Ale tutaj nikt nie umrze. I o ile dobrze pamiętam, to król Dawid i Batszeba żyli potem długo i szczęśliwie.

Usiadł koło niej na kanapie i palcem ujął ją pod brodę.
– Powiedz mi, Rakel, z czego wynika twoja świetna znajomość opowieści biblijnych?
– Z dobrego wychowania.

Przełknął ślinę i popatrzył na nią. Była śliczna. Włożyła białą bieliznę. Prosił ją o to. Podkreślała złocisty odcień jej skóry. Nikt by nie pomyślał, że już rodziła. Ale fakt, że miała syna, że była płodna, że wykarmiła dziecko piersią, czynił ją w oczach Bernta Brandhauga jeszcze bardziej atrakcyjną. Była idealna.

– Nie spieszy nam się – powiedział, kładąc jej rękę na kolanie. Jej twarz niczego nie zdradziła, ale poczuł, że zesztywniała.
– Zrobi pan, co pan zechce – powiedziała, wzruszając ramionami.
– Nie chcesz najpierw zobaczyć listu?

Ruchem głowy wskazał na brązową kopertę z pieczęcią ambasady rosyjskiej leżącą na stole. W krótkim liście ambasador Władimir Aleksandrow oznajmiał Rakel Fauke, że władze rosyjskie proszą, by nie brała pod uwagę wcześniejszego wezwania na rozprawę w sprawie ustanowienia władzy rodzicielskiej nad Olegiem Fauke-Gosiewem. Cała sprawa została odroczona na czas nieokreślony ze względu na długi okres oczekiwania w sądach.

Nie przyszło to łatwo. Musiał przypomnieć Aleksandrowowi o paru przysługach, jakie ambasada rosyjska była mu winna, a poza tym obiecać parę nowych. W wypadku jednej z nich będzie musiał działać na ostatecznej granicy kompetencji szefa norweskiej dyplomacji.

– Wierzę panu – powiedziała. – Czy możemy mieć to już za sobą?
Nawet nie mrugnęła, gdy dłonią trafił prosto w jej policzek, ale głowa zatańczyła jej na szyi jak szmacianej lalce.

Brandhaug rozcierał rękę, przypatrując jej się w zamyśleniu.

– Nie jesteś głupia, Rakel – stwierdził. – Zakładam więc, że rozumiesz, że jest to rozwiązanie tymczasowe. Musi minąć jeszcze pół roku, nim sprawa się przedawni. Kolejne wezwanie może wpłynąć w każdej chwili. Wystarczy jeden mój telefon.

Popatrzyła na niego i dopiero teraz dostrzegł pewne oznaki życia w jej oczach, które do tej pory wydawały się martwe.

– Wydaje mi się, że na miejscu byłyby teraz przeprosiny – powiedział.

Jej pierś poruszała się w górę i w dół, nozdrza drgały. Oczy powoli wypełniały się wodą.

– I jak będzie? – spytał.
– Przepraszam – jej głos ledwie było słychać.
– Musisz mówić głośniej.
– Przepraszam.

Brandhaug się uśmiechnął.

– Już dobrze, dobrze, Rakel. – Otarł łzę z jej policzka. – Wszystko będzie dobrze, gdy tylko lepiej mnie poznasz. Chcę, żebyśmy się zaprzyjaźnili. Rozumiesz, Rakel?

Kiwnęła głową.

– Na pewno?

Pociągnęła nosem i jeszcze raz potaknęła.

– To dobrze.

Wstał i zaczął rozpinać pasek spodni.

Noc była niezwykle zimna, więc stary wsunął się do śpiwora. Chociaż leżał na grubej warstwie świerkowych gałęzi, chłód z ziemi przenikał w ciało. Nogi mu zdrętwiały, musiał regularnie obracać się z boku na bok, żeby nie stracić czucia również w górnej połowie ciała.

Wciąż świeciło się we wszystkich oknach domu, ale na dworze zrobiło się już tak ciemno, że niewiele widział przez celownik optyczny. Ale nie tracił nadziei. Jeśli mężczyzna zamierza wrócić do domu dziś wieczorem, z pewnością przyjedzie samochodem. A nad bramą do garażu wychodzącą na las paliła się lampa. Stary popatrzył w celownik. Wprawdzie lampa nie dawała zbyt wiele światła, to jednak drzwi do garażu były na tyle jasne, że jego sylwetka będzie na nich dostatecznie widoczna.

Obrócił się na plecy. Panowała cisza. Usłyszy nadjeżdżający samochód. Byle tylko nie zasnąć. Atak bólu odebrał mu siły, ale wiedział, że nie zaśnie. Nigdy dotychczas nie zdarzyło mu się zasnąć na warcie. Nigdy.

Wczuł się w swoją nienawiść, próbował się nią ogrzać. Ta była inna, nie taka jak ta druga nienawiść, która tliła się niskim stałym płomieniem, palącym się od lat. Jej płomień pochłaniał i karczował podszycie z drobnych, nieważnych myśli, umożliwiał mu lepsze widzenie rzeczy. Ta nowa nienawiść płonęła tak gwałtownie, że nie był pewien, czy to on ją kontroluje, czy ona jego. Wiedział, że nie może ulec jej do końca. Musi zachować zimną krew.

Popatrzył na rozgwieżdżone niebo widoczne między świerkami nad głową. Cicho. Tak cicho, tak zimno. Umierał. Wszyscy umrą. To była dobra myśl. Próbował się jej uchwycić. Zamknął oczy.

Brandhaug wpatrywał się w kryształowy żyrandol na suficie. W kryształkach odbijało się niebieskie światło reklamy Blaupunkta. Tak cicho, tak zimno.

– Możesz już iść – oświadczył.

Nie patrzył na nią, usłyszał jedynie odgłos odsuwanej na bok kołdry i poczuł, że ugięty materac się prostuje. Potem doszedł go odgłos ubierania się. Nie odezwała się ani słowem. Ani wtedy gdy jej dotykał, ani wtedy gdy nakazał, by dotykała jego. Tylko te wielkie, otwarte, czarne oczy. Czarne ze strachu. Albo z nienawiści. To przez nie poczuł się tak źle, że nie...

Początkowo udawał, że nic się nie stało. Czekał na to uczucie. Myślał o innych kobietach, które posiadł, o niezliczonych sytuacjach, w których wszystko działało. Ale tym razem ono nie nadeszło i po pewnym czasie kazał jej przestać. Nie było powodu, by dłużej go upokarzała.

Wypełniała jego polecenia jak robot. Pilnowała, by wywiązać się ze swojej części umowy, ale nie dać z siebie ani odrobiny mniej czy więcej. Zostało jeszcze pół roku do przedawnienia się sprawy Olega. Miał dużo czasu. Nie ma sensu się stresować. To przyjdzie w inne noce, w inne dni.

Spróbował jeszcze raz, ale najwyraźniej powinien był zrezygnować ze wszystkich tych drinków. Oszołomiły go i odebrały mu wrażliwość na pieszczoty, zarówno jej, jak i własne.

Kazał jej wejść do wanny, przygotował po drinku dla obojga. Gorąca woda, mydło. Wygłaszał długie monologi o jej urodzie. Ona nie odezwała się ani słowem. Tak cicho. Tak zimno. W końcu woda też wystygła. Wytarł ją i znów zabrał do łóżka. Jej sucha skóra, skurczona z zimna. Zaczęła się trząść, a on poczuł, że w końcu zaczyna reagować. Nareszcie. Przesuwał dłońmi w dół, coraz niżej. A potem znów zobaczył jej oczy. Wielkie, czarne, martwe. Wzrok utkwiony w jakimś miejscu sufitu. I magia znów przepadła. Miał ochotę uderzyć ponownie, przywrócić życie tym martwym oczom, uderzać płaską dłonią, patrzeć, jak skóra gwałtownie czerwienieje, rozpala się.

Usłyszał, że Rakel bierze list ze stołu, a potem trzask otwieranej torebki.

– Następnym razem nie będziemy tyle pić – oznajmił. – To dotyczy również ciebie.

Nie odpowiedziała.

– W przyszłym tygodniu, Rakel. W tym samym miejscu, o tej samej porze. Nie zapomnisz?

– Jak mogłabym zapomnieć? – spytała.

Otworzyły się drzwi, wyszła.

Wstał, zmieszał sobie drinka. Woda i jameson, jedyna dobra rzecz, która... Wypił powoli. Potem znów się położył.

Była już prawie północ. Zamknął oczy, ale sen nie chciał przyjść. Z sąsiedniego pokoju dochodziły odgłosy świadczące o tym, że ktoś włączył płatną telewizję. A może to nie była telewizja? Postękiwania wydawały się bardzo naturalne.

Nocną ciszę rozdarła syrena policyjna. Do diabła! Rzucał się w pościeli, miękkie łóżko sprawiło, że plecy całkiem mu już zesztywniały. Zawsze miał problemy ze spaniem tutaj. Nie tylko z powodu łóżka. Żółty pokój był i pozostał pokojem hotelowym. Obcym miejscem.

Spotkanie w Larvik, tak powiedział żonie. I jak zwykle, gdy pytała, nie pamiętał, w jakim hotelu będą nocować. Chyba w Rica. Postara się do niej zadzwonić, jeśli nie będzie za późno. Ale wiesz, jak to bywa z tymi późnymi kolacjami, moja droga.

No cóż, nie miała na co narzekać. Dał jej życie znacznie lepsze niż to, na które mogła liczyć przy swoim pochodzeniu. Pozwolił jej zobaczyć świat, mieszkać w luksusowych apartamentach przy ambasadach, z całym sztabem służby, w najpiękniejszych miastach świata, uczyć się języków, poznawać ciekawych ludzi. Nigdy w życiu nie musiała się męczyć. Co by zrobiła, gdyby została sama? Przecież nigdy nie pracowała. To on zapewniał utrzymanie, tworzył rodzinę. Krótko mówiąc, dawał jej wszystko, co miała. Nie, nie martwił się tym, co sobie pomyśli Elsa. A jednak. Właśnie o niej akurat teraz myślał. O tym, że chętnie byłby teraz przy niej, razem z nią. Miał ochotę poczuć przyjazne, znajome ciało przytulone do pleców, miękkie ramię. Pragnął odrobiny ciepła po całym tym zimnie.

Znów spojrzał na zegarek. Mógł powiedzieć, że kolacja skończyła się wcześniej i postanowił wrócić do domu. Nawet by się ucieszyła. Nie cierpiała zostawać sama na noc w tym wielkim domu.

Jeszcze chwilę poleżał, wsłuchując się w dźwięki dochodzące z sąsiedniego pokoju.

Potem szybko wstał i zaczął się ubierać.

Stary człowiek nie jest już stary. Tańczy. To powolny walc, a ona wtula się policzkiem w jego szyję. Tańczą już długo, są spoceni, a jej skóra jest tak rozgrzana, że zdaje się płonąć. On wyczuwa jej uśmiech, ma ochotę tańczyć dalej, trzymać ją blisko siebie, aż cały dom spłonie, aż minie dzień, aż do chwili, gdy będą mogli otworzyć oczy i zobaczyć, że są zupełnie gdzie indziej.

Ona coś szepcze, ale muzyka jest za głośna.

– Co? – pyta on, pochylając głowę. Ona przysuwa mu wargi do ucha.

– Musisz się obudzić – mówi.

Otworzył oczy, mruknął w ciemności, nim zobaczył swój własny oddech, biały, tężejący w powietrzu. Nie usłyszał podjeżdżającego samochodu. Obrócił się, jęknął cicho, próbując wyciągnąć ramię spod siebie. Dopiero lekki trzask zamykanych drzwi do garażu go obudził. Teraz usłyszał silnik pracujący na wyższych obrotach i zdążył zobaczyć, jak niebieskie volvo znika w ciemności garażu. Prawa ręka mu zdrętwiała. Za kilka sekund mężczyzna stamtąd wyjdzie, stanie w świetle, zamknie drzwi do garażu i... Potem już będzie za późno.

Stary rozpaczliwie mocował się z suwakiem śpiwora. Wysunął z niego lewą rękę. Adrenalina popłynęła do krwi, lecz sen mimo wszystko nie chciał odejść, niczym warstwa waty tłumił wszystkie dźwięki i zniekształcał obrazy. Trzasnęły drzwiczki samochodu.

Teraz uwolnił już ze śpiwora obie ręce, a niebo rozjaśnione gwiazdami na szczęście dawało dostateczną ilość światła, by prędko odnalazł karabin i odpowiednio go ustawił. Szybko, szybko! Przyłożył policzek do zimnej kolby. Spojrzał w celownik. Mrugnął, nic nie widział. Drżącymi palcami zdjął szmatkę, którą wcześniej obwiązał celownik, żeby nie pokrył się szronem. Już dobrze. Znów przyłożył policzek do kolby, co teraz? Garaż zniknął mu z oczu. Musiał przypadkiem zawadzić o bębenek odległości. Usłyszał trzask zamykanych drzwi garażu. Przestawił bębenek i znajdujący się w dole mężczyzna ukazał się wyraźnie w celowniku. Był wysoki, barczysty, ubrany w czarny wełniany płaszcz. Stał obrócony tyłem. Stary człowiek dwa razy mrugnął. Sen wciąż tkwił mu przed oczami jak delikatna mgła.

Chciał zaczekać, aż mężczyzna się odwróci, by z całą pewnością móc stwierdzić, że to ten właściwy. Palce zgięły się na spuście, lekko go wcisnęły. Łatwiej by mu było z bronią, z którą ćwiczył latami. Moment nacisku miałby we krwi, a wszystkie ruchy byłyby automatyczne. Skoncentrował się na oddychaniu. Zabicie człowieka nie jest trudne, zwłaszcza gdy się to ćwiczyło. Podczas wstępu do bitwy pod Gettysburgiem w roku 1863 dwie kompanie nowicjuszy stały w odległości pięćdziesięciu metrów od siebie i oddawały kolejne rundy strzałów, a nikt nie został trafiony. Nie wszyscy byli marnymi strzelcami, oni po prostu strzelali ponad głowami przeciwników. Nie potrafili przekroczyć progu niezbędnego do zabicia człowieka. Lecz gdy już raz się to zrobiło...

Mężczyzna koło garażu odwrócił się. W celowniku wyglądało to tak, jakby patrzył wprost na starego. To on. Bez najmniejszych wątpliwości. Górna połowa ciała wypełniała niemal w całości krzyżyk celownika.

Mgła w głowie starego powoli zaczynała się podnosić. Wstrzymał oddech i wolno, spokojnie nacisnął spust. Musi trafić pierwszym strzałem, bo poza kręgiem światła przy garażu dookoła było ciemno jak w grobie. Czas zamarł. Bernt Brandhaug już był martwy. Wata z mózgu starego zniknęła.

To dlatego uczucie, że zrobił coś nie tak, nadeszło o tysięczną część sekundy wcześniej, niż zrozumiał, o co chodzi. Spust się zatrzymał. Stary nacisnął mocniej, ale się nie dało. Zabezpieczenie. Wiedział, że jest już za późno. Odnalazł rygiel, przesunął go w górę kciukiem. Potem spojrzał przez celownik na pusty oświetlony placyk. Brandhaug zniknął, już szedł w stronę drzwi wejściowych znajdujących się po drugiej stronie domu, od strony drogi.

Stary mrugnął. Serce tłukło się o żebra jak młotek. Wypuścił powietrze z obolałych płuc. Jednak zasnął. Znów zamrugał. Otoczenie zdawało się rozpływać we mgle. Zawiódł. Gołą pięścią uderzył w ziemię. Dopiero gdy pierwsza gorąca łza spłynęła mu na rękę, zorientował się, że płacze.

73 KLIPPAN, SZWECJA, 11 MAJA 2000

Harry obudził się.

Minęła sekunda, nim zrozumiał, gdzie jest. Gdy po południu otworzył kluczem mieszkanie, przede wszystkim uznał, że nie da się tu zasnąć. Od ruchliwej ulicy sypialnię dzieliła jedynie cienka ściana i cienka szyba. Lecz gdy tylko zamknięto sklep ICA po przeciwnej stronie, okolica wymarła. Od tamtej pory nie przejechał prawie żaden samochód, a ludzi jakby wywiało.

Kupił w ICA pizzę, którą podgrzał w piekarniku. Dziwna rzecz, siedzieć w Szwecji i jeść włoskie danie wyprodukowane w Norwegii. Później włączył zakurzony telewizor ustawiony w kącie na skrzynce po piwie. Z odbiornikiem musiało być coś nie tak, bo wszyscy ludzie mieli zielonkawe twarze. Obejrzał film dokumentalny, jakaś dziewczyna nakręciła osobistą opowieść o bracie, który przez cały okres jej dorastania w latach siedemdziesiątych jeździł po świecie i przysyłał listy. Ze środowiska paryskich kloszardów, z kibucu w Izraelu, z podróży pociągiem po Indiach, ze skraju rozpaczy w Kopenhadze. Film był zrobiony prostymi środkami. Kilka migawek, lecz przede wszystkim nieruchome zdjęcia. Głos z offu, dziwnie melancholijna, smutna narracja. Ten film musiał mu się później przyśnić, bo po przebudzeniu obrazy ludzi i miejsc wciąż tkwiły na siatkówce.

Dźwięk, który go obudził, dochodził z płaszcza przewieszonego przez kuchenne krzesło. Wysokie piski odbijały się od ścian w nagim pokoju. Wcześniej włączył nieduży panelowy grzejnik na całą moc, ale i tak zmarzł pod cienką kołdrą. Spuścił stopy na zimne linoleum i z wewnętrznej kieszonki wyjął telefon komórkowy.

– Halo?

Nikt nie odpowiedział.

– Halo?

Na drugim końcu słyszał jedynie oddech.

– To ty, Sio? – Naprędce przyszła mu do głowy tylko ona, miała jego numer i mogła zadzwonić w środku nocy.

– Coś się stało? Coś z Helgem?

Miał wątpliwości, kiedy oddawał ptaszka Sio, ale ona tak strasznie się ucieszyła i obiecała, że będzie się nim zajmować. Ale to nie była Sio. Ona tak nie oddychała. Zresztą Sio by się odezwała.

– Kto tam?

Wciąż bez odpowiedzi.

Już miał odłożyć, gdy usłyszał cichy jęk. Oddech stał się drżący, jak gdyby osoba na drugim końcu linii zaraz miała się rozpłakać. Harry usiadł na sofie, funkcjonującej również jako łóżko. W szparze między cienkimi niebieskimi zasłonkami widział neon z literami ICA.

Wyciągnął papierosa z paczki leżącej na stole przy sofie, zapalił go i się położył. Zaciągnął się mocno, słuchając, jak drżący oddech zmienia się w ciche łkanie.

– Już dobrze, dobrze – powiedział kojąco.

Na zewnątrz przejechał samochód. Na pewno volvo, pomyślał Harry. Naciągnął kołdrę na nogi. A potem opowiedział historię o dziewczynie i jej starszym bracie, mniej więcej tak, jak ją zapamiętał. Kiedy skończył, już nie płakała. Rozłączyła się, gdy powiedział „dobranoc".

Gdy telefon zadzwonił ponownie, była ósma, jasno na dworze. Harry znalazł go w łóżku, między nogami. Dzwonił Meirik. W głosie słychać było zdenerwowanie.

– Natychmiast wracaj do Oslo – oznajmił. – Wygląda na to, że użyto tego twojego märklina.

Część siódma

CZARNA PELERYNA

74 SZPITAL CENTRALNY, 11 MAJA 2000

Harry od razu rozpoznał Bernta Brandhauga. Uśmiechał się szeroko i patrzył na Harry'ego otwartymi oczami.
– Dlaczego on się uśmiecha? – spytał Harry.
– Mnie o to nie pytaj – odparł Klemetsen. – Mięśnie twarzy sztywnieją i ludzie przybierają rozmaite dziwaczne miny. Czasami zdarza się, że rodzice nie poznają własnych dzieci, bo tak się zmieniają.
Stół operacyjny ze zwłokami stał pośrodku białej sali prosektorium. Klemetsen odsunął prześcieradło, tak aby mogli zobaczyć całe ciało. Halvorsen gwałtownie się odwrócił. Zanim tu weszli, podziękował za „perfumy", które zaproponował mu Harry. Ale ponieważ temperatura w sali numer 4 w prosektorium Instytutu Medycyny Sądowej w Szpitalu Centralnym wynosiła dwanaście stopni, zapach wcale nie był najgorszą rzeczą. Halvorsen nie przestawał kaszleć.
– Zgadzam się – powiedział Knut Klemetsen. – To nie jest piękny widok.
Harry kiwnął głową. Klemetsen był dobrym patologiem i wrażliwym człowiekiem. Na pewno zrozumiał, że Halvorsen jest jeszcze zielony, i nie chciał go zawstydzać, Brandhaug bowiem nie wyglądał gorzej niż większość trupów. To znaczy nie gorzej niż bliźnięta, które przez tydzień przeleżały pod wodą, ani osiemnastolatek, który rozbił się, uciekając przed policją z prędkością dwustu kilometrów na godzinę, czy ćpunka, która siedziała naga w samej puchówce i potem ją podpaliła. Harry wiele już widział. Bernt Brandhaug nie miał szans na znalezienie się na jego prywatnej liście dziesięciu najgorszych trupów. Ale jedno by-

ło jasne. Jak na człowieka, który dostał strzał w plecy, Bernt Brandhaug wyglądał katastrofalnie. Otwarta rana po wyjściu od kuli na klatce piersiowej była na tyle wielka, że Harry mógłby wsunąć tam całą pięść.
— To znaczy, że kula trafiła go w plecy? — spytał Harry.
— Pośrodku, między łopatkami. Weszła lekko pod kątem od góry, przerwała kręgosłup wchodząc, i mostek — wychodząc. Jak widzisz, brakuje fragmentów mostka. Odłamki kości tkwią w siedzeniu samochodowym.
— W siedzeniu samochodowym?
— Tak. Właśnie otworzył drzwi do garażu, pewnie miał jechać do pracy. Kula przeszyła go na wylot, przebiła przednią i tylną szybę samochodu i utkwiła w murze na tyłach garażu. Tyle na razie wiemy.
— Co to mogła być za kula? — Halvorsen powoli dochodził do siebie.
— Eksperci od balistyki powiedzą ci dokładnie, co to było — powiedział Klemetsen. — Ale zachowała się jak skrzyżowanie kuli dum-dum ze świdrem do drążenia tuneli. Coś podobnego widziałem jedynie wtedy, gdy pracowałem dla ONZ w Chorwacji w dziewięćdziesiątym pierwszym.
— Singapurska — wyjaśnił Harry. — Szczątki tkwiły pół centymetra w głębi muru. Łuski w lesie to ten sam typ co te znalezione w Siljan zimą. Dlatego od razu po mnie zadzwonili. Co jeszcze możesz nam powiedzieć, Klemetsen?
Niewiele miał informacji. Sekcję już przeprowadzono, zgodnie z przepisami w obecności Kripos. Przyczyna śmierci nie budziła wątpliwości, a poza tym znaleźli jeszcze tylko dwa punkty warte wspomnienia. We krwi były ślady alkoholu, a pod paznokciem prawego środkowego palca wydzielina płciowa.
— Żony? — spytał Halvorsen.
— To już sprawdzą technicy — odparł Klemetsen i popatrzył na młodego policjanta znad okularów. — Jeśli im się zechce. Jeżeli uznacie, że to nieistotne dla śledztwa, może nie należy jej teraz o to pytać.
Harry pokiwał głową.

Do domu Brandhauga dotarli, jadąc w górę Sognsveien i dalej Peder Ankers vei.
— Brzydki dom — stwierdził Halvorsen.

Zadzwonili. Upłynęła dobra chwila, nim otworzyła im mocno umalowana kobieta około pięćdziesiątki.
— Elsa Brandhaug?
— Jestem jej siostrą. O co chodzi?
Harry pokazał identyfikator.
— Znów jakieś pytania? — spytała z tłumionym gniewem w głosie.
Harry kiwnął głową. Wiedział już, co ich mniej więcej czeka.
— Och, doprawdy, ona jest wycieńczona. Jej mężowi nie przywróci życia to, że wy...
— Przepraszam, ale my nie myślimy o jej mężu — przerwał Harry uprzejmie. — On już nie żyje. Myślimy o kolejnej ofierze. Nie chcielibyśmy, aby ktoś inny przeżywał to, co przechodzi teraz pani Brandhaug.
Siostra stanęła z otwartymi ustami, nie bardzo wiedziała, jak dokończyć zdanie. Harry pomógł jej wybrnąć z sytuacji, pytając, czy mają zdjąć buty, zanim wejdą.
Pani Brandhaug nie wyglądała wcale na tak wycieńczoną, jak twierdziła jej siostra. Siedziała na kanapie i patrzyła gdzieś przed siebie, ale Harry zwrócił uwagę na druty z robótką, wystające spod poduszki. Nie uważał wprawdzie, by było coś złego w robieniu na drutach, nawet jeśli mąż dopiero co został zabity. Kiedy się zastanowił, wydało mu się to nawet naturalne. Coś stałego, czego można się przytrzymać, gdy cały otaczający świat runął.
— Wyjeżdżam dziś wieczorem — oświadczyła. — Do siostry.
— Rozumiem, że do tego czasu załatwiono ochronę policyjną — powiedział spokojnie Harry. — Na wypadek...
— Na wypadek, gdyby i mnie chcieli dopaść — dokończyła i pokiwała głową.
— Sądzi pani, że tak może być? — spytał Halvorsen. — A jeśli tak, to kim są ci oni?
Wzruszyła ramionami. Wyjrzała przez okno na blade światło wpadające do salonu.
— Wiem, że z Kripos już tu byli i wypytywali o to — powiedział Harry. — Ale muszę spytać, czy pani nie wie o jakichś pogróżkach, które mąż mógł otrzymać po tym artykule we wczorajszej „Dagbladet"?

– Tutaj nikt nie dzwonił – odparła. – Ale w książce telefonicznej jest tylko moje nazwisko. Bernt chciał, żeby tak było. Spytajcie raczej w ministerstwie, może tam ktoś telefonował.
– Już pytaliśmy. – Halvorsen rzucił Harry'emu pospieszne spojrzenie. – Sprawdzamy wszystkie przychodzące rozmowy do jego gabinetu. Z całego wczorajszego dnia.

Halvorsen zapytał jeszcze o możliwych wrogów męża, lecz Elsa Brandhaug niewiele mogła im o tym powiedzieć.

Harry przez chwilę się temu przysłuchiwał i nagle coś mu wpadło do głowy.

– Czy wczoraj w ogóle nie było żadnych telefonów?
– Owszem, były, co najmniej ze dwa.
– A kto dzwonił?
– Moja siostra. Bernt. Badanie opinii publicznej, jeśli dobrze pamiętam.
– O co pytali?
– Nie wiem. Pytali o Bernta. Albo chcieli z nim rozmawiać. Oni mają takie listy nazwisk układane według wieku i płci.
– Pytali o Bernta Brandhauga?
– Tak.
– Ci, którzy badają opinię publiczną, nie operują nazwiskami. Słyszała pani jakiś hałas w tle?
– Co pan ma na myśli?
– Ankieterzy zwykle siedzą w takich otwartych przestrzeniach biurowych i dookoła jest wiele osób.
– Był hałas – powiedziała – ale...
– Ale?
– Nie taki jak pan ma na myśli. Był... inny.
– O której telefonowano?
– Około dwunastej, tak mi się wydaje. Powiedziałam, że Bernt wróci do domu po południu. Zapomniałam, że jedzie do Larvik na tę kolację z Radą Eksportu.
– Ponieważ imienia pani męża nie ma w książce telefonicznej, nie przyszło pani do głowy, że mógł to być ktoś, kto obdzwaniał wszystkich Brandhaugów, aby dowiedzieć się, gdzie mieszka Bernt? I kiedy wróci do domu?

– Nie rozumiem.
– Firmy zajmujące się badaniem opinii nie dzwonią w godzinach pracy, jeśli chcą rozmawiać z mężczyzną w wieku pozwalającym na pracę zawodową.

Harry obrócił się do Halvorsena.

– Sprawdź w Telenorze, czy mogą odnaleźć numer, z którego telefonowano.

– Przepraszam – Halvorsen zwrócił się do pani Brandhaug. – Zauważyłem, że w korytarzu stoi nowy telefon Ascom ISDN. Sam mam taki aparat. Zapamiętuje numer i godzinę ostatnich dziesięciu rozmów przychodzących. Czy mogę?

Harry posłał Halvorsenowi spojrzenie pełne uznania.

Siostra pani Brandhaug zaprowadziła go na korytarz.

– Bernt był w pewnym sensie staroświecki – powiedziała pani Brandhaug, uśmiechając się krzywo do Harry'ego. – Ale lubił kupować nowoczesne urządzenia, na przykład telefony.

– Na ile staroświecki był w kwestii wierności?

Gwałtownie podniosła głowę.

– Uznałem, że powinniśmy porozmawiać o tym w cztery oczy. Ludzie z Kripos sprawdzili to, co mówiła im pani wcześniej. Pani mąż nie spędził wczoraj wieczoru z nikim z Rady Eksportu w Larvik. Wiedziała pani, że MSZ ma do dyspozycji pokój w Continentalu?

– Nie.

– Mój szef w POT zdradził mi to dzisiaj. Okazuje się, że pani mąż zameldował się tam wczoraj po południu. Nie wiemy, czy był sam, czy z kimś, ale nasuwają się różne myśli, gdy mężczyzna oszukuje żonę i zatrzymuje się w hotelu.

Harry patrzył, jak jej twarz powoli przechodzi metamorfozę, od wściekłości do rozpaczy, przez rezygnację, aż po... śmiech. Zabrzmiał raczej jak cichy szloch.

– Właściwie nie powinnam być zaskoczona – powiedziała. – Skoro już absolutnie musi pan to wiedzieć, to był... bardzo nowoczesny również w tej dziedzinie. Ale nie rozumiem, jaki związek mogłoby to mieć ze sprawą?

– Na przykład motyw dokonania zabójstwa przez jakiegoś zazdrosnego męża – odparł Harry.

– To również daje motyw mnie, panie Hole. Zastanawiał się pan nad tym? Kiedy mieszkaliśmy w Nigerii, wynajęcie płatnego mordercy kosztowało dwieście koron. – Znów zaśmiała się tym samym smutnym śmiechem. – Sądziłam, że waszym zdaniem motywem jest jego wczorajsza wypowiedź dla „Dagbladet".

– Sprawdzamy wszystkie możliwości.

– To były na ogół kobiety, które spotykał w pracy – powiedziała rzeczowym tonem. – Oczywiście nie wiem wszystkiego, ale raz przyłapałam go na gorącym uczynku. Dostrzegłam wtedy pewien wzór. Zrozumiałam, jak to się układało wcześniej. Ale morderstwo? – pokręciła głową. – Przecież dzisiaj nikt z takiego powodu do nikogo nie strzela, prawda?

Popatrzyła pytająco na Harry'ego, który nie wiedział, co odpowiedzieć. Zza szklanych drzwi dobiegał cichy głos Halvorsena. Harry chrząknął.

– Czy ostatnio łączyły go bliskie stosunki z jakąś kobietą?

Pokręciła głową.

– Proszę spytać w ministerstwie. Wie pan, to dziwne środowisko. Z całą pewnością znajdzie się ktoś, kto bardziej niż chętnie podsunie wam jakąś podpowiedź – powiedziała to bez goryczy, po prostu stwierdzała fakt.

Oboje podnieśli głowy, gdy do salonu wszedł Halvorsen.

– Dziwne – oświadczył. – Rzeczywiście był telefon o dwunastej dwadzieścia cztery, ale nie wczoraj, tylko dzień wcześniej.

– Ach, tak? Widocznie źle zapamiętałam. Wobec tego to nie ma żadnego związku ze sprawą.

– Może nie ma – powiedział Halvorsen. – Niemniej jednak sprawdziłem ten numer w informacji. Telefonowano z automatu na monety. Z restauracji U Schrødera.

– Z restauracji? – powtórzyła. – Tak, to może tłumaczyć te odgłosy w tle. Sądzi pan...

– To nie musi mieć żadnego związku z zabójstwem pani męża – powiedział Harry, wstając. – U Schrødera przesiaduje wielu dziwnych ludzi.

Odprowadziła ich na schody. Na dworze było szare popołudnie z niskimi chmurami, sunącymi nad pasem wzgórz.

Pani Brandhaug stała, obejmując się ramionami, jak gdyby było jej zimno.
— Tak tu ciemno — powiedziała. — Zwróciliście na to uwagę?

Technicy wciąż przeczesywali teren wokół szałasu, przy którym znaleziono łuskę, gdy Harry i Halvorsen podeszli do nich przez wrzosowisko.
— Hej! — usłyszeli czyjeś wołanie, gdy zanurkowali pod żółtymi taśmami.
— Policja! — wyjaśnił Harry.
— Nie szkodzi! — odkrzyknął ten sam człowiek. — Musicie zaczekać, dopóki nie skończymy.
To był Weber, ubrany w wysokie kalosze i komiczny żółty płaszcz przeciwdeszczowy. Harry i Halvorsen wyszli poza teren odgrodzony taśmami.
— Cześć, Weber! — zawołał Harry.
— Nie mam czasu! — odkrzyknął technik i machnął ręką, żeby dać mu spokój.
— To potrwa minutę.
Weber zbliżył się długimi krokami z wyraźnie poirytowaną miną.
— Czego chcesz? — zawołał już z odległości dwudziestu metrów.
— Jak długo on czekał?
— Ten facet? Nie mam pojęcia.
— Przestań, Weber, powiedz coś!
— Kto pracuje nad tą sprawą, Kripos czy wy?
— Jedni i drudzy. Koordynacja jeszcze nie do końca działa.
— Chcesz mi wmówić, że kiedykolwiek zadziała?
Harry uśmiechnął się i wyjął papierosa.
— Już nieraz dobrze zgadywałeś, Weber.
— Przestań mi się podlizywać, Hole. Co to za chłopiec?
— Halvorsen — powiedział Harry, zanim Halvorsen zdążył się przedstawić.
— Posłuchaj, Halvorsen. — Weber przyglądał się Harry'emu, nawet nie próbując ukryć obrzydzenia. — Palenie to świństwo. I ostateczny dowód na to, że ludzie w życiu szukają tylko jednej rzeczy: przyjemności. Po facecie, który tu był, zostało osiem petów i do połowy opróżniona

butelka oranżady Solo. Teddy bez filtra. Ci faceci od teddych nie palą dwóch papierosów dziennie, więc o ile rzecz jasna, mu ich nie zabrakło, to przypuszczam, że był tu maksymalnie dobę. Obciął najniższe gałęzie świerków, do których deszcz nie dociera, a mimo to na tych gałęziach na dachu szałasu były krople deszczu. Ostatnio padało o trzeciej wczoraj po południu.

– To znaczy, że on tu tkwił wczoraj między ósmą a trzecią w ciągu dnia? – spytał Halvorsen.

– Widzę, że Halvorsen daleko zajdzie – stwierdził Weber, wciąż patrząc na Harry'ego. – Zwłaszcza gdy się pomyśli o tym, jaką ma konkurencję. Cholera, robi się coraz gorzej. Widziałeś, jakich ludzi przyjmują teraz do szkoły policyjnej? Nawet na studiach nauczycielskich pojawiają się geniusze w stosunku do tych śmieci, które przychodzą do nas.

Weberowi nagle przestało się tak spieszyć i rozpoczął dłuższe wystąpienie na temat mrocznych widoków firmy na przyszłość.

– Czy ktoś w sąsiedztwie coś widział? – czym prędzej zapytał Harry, gdy Weber w końcu musiał nabrać tchu.

– Czterej chłopcy chodzą po domach, ale większość mieszkańców wróci z pracy dopiero później. Nic nie znajdą.

– Dlaczego?

– Nie sądzę, żeby pokazywał się w sąsiedztwie. Mieliśmy tu wcześniej psa. Poszedł jego śladem ponad kilometr w głąb lasu do jednej ze ścieżek. Dalej go zgubił. Przypuszczam, że przyszedł i wrócił tą samą drogą, korzystając z siatki ścieżek pomiędzy jeziorami Sognsvann i Maridalsvannet. Mógł zostawić samochód na jednym z co najmniej tuzina parkingów dla turystów, które są tu w okolicy. Tymi ścieżkami codziennie chodzą tysiące ludzi. Co najmniej połowa z nich idzie z plecakiem. Rozumiesz?

– Rozumiem.

– A teraz pewnie mnie spytasz, czy znajdziemy jakieś odciski palców?

– No...

– Dalej?

– A co z tą butelką po solo?

Weber pokręcił głową.

– Żadnych odcisków. Nic. Na tak długi czas spędzony tutaj, pozostawił zdumiewająco mało śladów. Jeszcze szukamy, ale jestem przeko-

nany, że nie znajdziemy nic oprócz śladów butów i jakichś włókien z ubrania.
– I łuski.
– Łuskę zostawił celowo. Wszystko inne zostało starannie usunięte.
– Hm. Może to ostrzeżenie? Jak myślisz?
– Jak myślę? Sądziłem, że tylko wam, młodym, przydzielono mózg. Właśnie takie wrażenie próbują roznosić po firmie.
– Dzięki za pomoc, Weber.
– Rzuć to palenie, Hole.
– Ostry facet – stwierdził Halvorsen w samochodzie, gdy już jechali do centrum.
– Weber potrafi być ciężkostrawny – przyznał Harry. – Ale zna się na swojej robocie.
Halvorsen na desce rozdzielczej wystukiwał palcami rytm jakiejś piosenki, którą tylko on słyszał.
– Co teraz? – spytał.
– Continental.

Z Kripos zatelefonowali do hotelu Continental kwadrans po tym, jak w pokoju Brandhauga sprzątnięto i zmieniono pościel. Nikt nie zauważył, żeby minister miał gościa. Wiadomo było tylko tyle, że wymeldował się około północy.

Harry stał w recepcji i ssał ostatniego papierosa. Natomiast dyżurujący poprzedniego wieczoru kierownik recepcji załamywał ręce z nieszczęśliwą miną.

– Dopiero późnym przedpołudniem dowiedzieliśmy się, że to pan Brandhaug został zastrzelony – powiedział. – Inaczej mielibyśmy dość rozumu, żeby nie ruszać niczego w tym pokoju.

Harry kiwnął głową i po raz ostatni pociągnął papierosa. Pokój w hotelu i tak nie był miejscem zbrodni, ale interesujące byłoby wiedzieć, czy na poduszce nie zostały długie jasne włosy, i skontaktować się z osobą, która być może jako ostatnia rozmawiała z Brandhaugiem.

– No cóż, chyba nic więcej nie możemy zrobić – powiedział szef recepcji z takim uśmiechem, jakby był bliski płaczu. Harry nie odpowiedział. Zauważył, że pracownik hotelu staje się bardziej nerwowy, gdy on

i Halvorsen nic nie mówili. Nie odzywał się więc, tylko czekał, wpatrzony w żar papierosa.
— Hm... — szef recepcji przeciągnął dłonią po klapie marynarki.
Harry czekał. Halvorsen patrzył w podłogę. Recepcjonista wytrzymał jeszcze piętnaście sekund, zanim pękł.
— Ale oczywiście zdarzało się, że ktoś go tu odwiedzał — powiedział.
— Kto? — Harry nie odrywał wzroku od żaru.
— Kobiety i mężczyźni...
— Kto?
— Tego naprawdę nie wiem. To nie nasza sprawa, z kim minister spraw zagranicznych chce spędzać czas.
— Naprawdę?
Pauza.
— Oczywiście zdarza się, że gdy przychodzi tu kobieta, ewidentnie niebędąca gościem, notujemy, na które piętro jedzie windą.
— Poznałby ją pan?
— Tak — odpowiedź padła szybko, bez namysłu. — Była bardzo piękna. I bardzo pijana.
— Prostytutka?
— Jeśli tak, to luksusowa. A one na ogół bywają trzeźwe. Nie żebym wiele o tym wiedział, ten hotel nie jest przecież...
— Dziękuję — zakończył rozmowę Harry.

Tego dnia pod wieczór nadciągnął południowy wiatr, który przyniósł nieoczekiwane ciepło, i gdy Harry wyszedł z Budynku Policji po spotkaniu z Meirikiem i panią komendant policji, instynktownie wyczuł, że coś minęło, że zaczął się nowy sezon.
Anne Størksen i Meirik znali Brandhauga, ale wyłącznie na gruncie zawodowym. Oboje znaleźli powód, by to podkreślić. Wyraźnie było widać, że mają za sobą jakąś dyskusję, i Meirik rozpoczął spotkanie od definitywnego zakończenia jego pobytu w Klippan. Zdaniem Harry'ego mówił o tym wręcz z ulgą. Pani komendant przedstawiła swoją propozycję, a z jej słów Harry zrozumiał, że jego wyczyny w Sydney i Bangkoku mimo wszystko zrobiły jednak wrażenie również na wierchuszce.
— Typowy zawodnik libero — tak nazwała szefowa Harry'ego. I dodała, że właśnie jako takiego chcą go wykorzystać również teraz.

Nowy sezon. Ciepły wiatr lekko zawrócił Harry'emu w głowie. Postanowił zafundować sobie taksówkę, ponieważ ciągle miał ze sobą ciężką torbę. Pierwszą rzeczą, jaką zrobił po wejściu do mieszkania na Sofies gate, było spojrzenie na automatyczną sekretarkę. Czerwone oczko błyszczało. Nie mrugało. Nie ma wiadomości.

Wcześniej poprosił Lindę o skopiowanie kompletnych akt sprawy i resztę wieczoru spędził na przeglądaniu wszystkiego, co udało się zgromadzić w związku z morderstwami Hallgrima Dale i Ellen Gjelten. Nie liczył, że znajdzie coś nowego, ale analizowanie dokumentów dawało pożywkę dla wyobraźni. Od czasu do czasu zerkał na telefon i zadawał sobie pytanie, jak długo zdoła się powstrzymać od zatelefonowania do niej. Sprawa Brandhauga była głównym newsem również w wiadomościach wieczornych. Około północy się położył. O pierwszej wstał, wyciągnął wtyczkę telefonu i schował aparat do lodówki. O trzeciej zasnął.

75 GABINET MØLLERA, 12 MAJA 2000

– I co? – spytał Møller, kiedy Harry i Halvorsen wypili pierwszy łyk kawy i Harry, krzywiąc się, wyraził swoje zdanie na jej temat.

– Wydaje mi się, że łączenie tego zamachu z artykułem w gazecie to błędny trop – stwierdził Harry.

– Dlaczego? – Møller odchylił się na krześle.

– Zdaniem Webera zabójca tkwił w lesie od wczesnego rana, a więc najwyżej kilka godzin po ukazaniu się „Dagbladet". A to nie było działanie impulsywne, tylko starannie zaplanowany zamach. Ten człowiek już od wielu dni wiedział, że zabije Brandhauga. Przeprowadził wywiad, dowiedział się, kiedy Brandhaug wychodzi i wraca, jakie jest najlepsze miejsce, z którego można strzelić przy najmniejszym ryzyku odkrycia. Jak tam dotrzeć i jak stamtąd odejść. Setki drobnych detali.

– Uważasz więc, że to właśnie dla dokonania tego zamachu morderca zdobył märklina?

– Może tak, może nie.

– Dziękuję. Dzięki temu posunęliśmy się o duży krok naprzód – powiedział Møller kwaśno.

– Sądzę jedynie, że to się wszystko ze sobą wiąże. Ale z drugiej strony proporcje nie całkiem do siebie pasują. Wydaje mi się pewną przesadą przemycanie najdroższego na świecie karabinu snajperskiego, by zabić wysoko postawioną osobę, lecz mimo wszystko względnie zwyczajnego urzędnika, który nie ma osobistej ochrony ani też żadnej straży w miejscu zamieszkania. Zabójca mógł właściwie zadzwonić do drzwi i zastrzelić go z bliska pistoletem. To trochę takie... takie... – Harry zaczął kreślić ręką kręgi w powietrzu.

– Jak strzelanie z armaty do wróbli – podpowiedział Halvorsen.

– No właśnie – poparł go Harry.

– Hm... – Møller zamknął oczy. – A jak sobie wyobrażasz swoją rolę w dalszym śledztwie, Harry?

– Jako ktoś w rodzaju libero – uśmiechnął się Harry. – Jestem tym facetem z POT, który pracuje solo, ale może domagać się pomocy od wszystkich wydziałów, jeśli to konieczne. Jestem tym, który podlega bezpośrednio Meirikowi, ale ma dostęp do wszystkich dokumentów w sprawie. Tym, który zadaje pytania, lecz od którego nie można żądać odpowiedzi. I tak dalej.

– A co z licencją na zabijanie przy okazji? – spytał Møller. – I jakimś szybkim samochodem?

– Tak naprawdę to nie mój wymysł – powiedział Harry. – Meirik właśnie rozmawiał z panią komendant.

– Z panią komendant?

– Owszem. Pewnie dziś dostaniesz informację w tej sprawie. Sprawa Brandhauga ma od tej chwili najwyższy priorytet i komendantka nie chce, by cokolwiek pominięto. To coś w rodzaju działań FBI, kilka mniejszych nakładających się na siebie grup śledczych, aby uniknąć jednokierunkowego myślenia, z jakim często mamy do czynienia przy tak dużych sprawach. Na pewno o tym czytałeś.

– Nie.

– Chodzi o to, że wprawdzie trzeba zduplikować część funkcji i wykonywać być może kilka razy tę samą pracę w grupach, ale nagrodą jest różnorodność kątów widzenia i wybór różnych dróg.

– Dziękuję – powiedział Møller. – Ale jaki to ma związek ze mną? Dlaczego teraz tu siedzisz?
– Ponieważ, jak już mówiłem, mogę domagać się pomocy od innych...
– ... wydziałów w razie konieczności. To już słyszałem. Wyrzuć to z siebie!

Harry skinieniem głowy wskazał na Halvorsena, który zaprezentował Møllerowi trochę głupi uśmiech.

Møller jęknął.

– Proszę cię, Harry. Przecież dobrze wiesz, że w Wydziale Zabójstw strasznie brakuje ludzi.

– Obiecuję, że go oddam w dobrym stanie.

– Powiedziałem: nie.

Harry nie odezwał się. Czekał tylko, splótłszy palce, i wpatrywał się w marną reprodukcję *Zamku Soria Moria* wiszącą na ścianie nad półką z książkami.

– Kiedy dostanę go z powrotem? – spytał z rezygnacją w głosie Møller.

– Gdy tylko sprawa zostanie wyjaśniona.

– Gdy tylko... Tak odpowiada szef wydziału swoim podwładnym, Harry. Nie odwrotnie.

Harry wzruszył ramionami.

– Przykro mi, szefie.

76 IRISVEIEN, 12 MAJA 2000

Gdy podnosiła słuchawkę, serce stukało jej jak oszalała maszyna do szycia.

– Witaj, Signe – powiedział głos. – To ja.

Od razu poczuła łzy napływające do oczu.

– Przestań – szepnęła. – Tak cię proszę.

– Wierna w śmierci. To twoje słowa, Signe.

– Idę po męża.

Głos roześmiał się cicho.

– Ale jego nie ma, prawda?

Ściskała słuchawkę tak mocno, aż zabolała ją ręka. Skąd on mógł wiedzieć, że Evena nie ma? Jak to możliwe, że dzwonił zawsze wtedy, kiedy mąż był nieobecny?

Od następnej myśli gardło jej się zasznurowało, dech zaparło w piersiach, a w oczach pociemniało. Czyżby dzwonił z jakiegoś miejsca, z którego widział ich dom, skąd mógł zobaczyć, kiedy Even wychodzi? Nie, to niemożliwe. Z ogromnym wysiłkiem zdołała wziąć się w garść i skoncentrować na oddychaniu. Nie za szybko, głęboko i spokojnie, powtarzała sobie w duchu. Tak jak mówiła rannym żołnierzom, gdy przywozili ich z okopów, płaczących, spanikowanych, duszących się ze strachu.

Zyskała kontrolę nad lękiem, a po dźwiękach w tle zorientowała się, że dzwoni z miejsca, gdzie jest dużo ludzi. Tu w sąsiedztwie były jedynie budynki mieszkalne.

– Byłaś taka piękna w mundurze sanitariuszki, Signe – mówił głos. – Taka lśniąco czysta i biała. Biała jak Olaf Lindvig w swojej pelerynie. Nie wierzyłem, że mogłabyś nas zdradzić, że nie miałaś czystości w sercu. Pamiętasz Olafa Lindviga? Widziałem, jak go dotykałaś. Jak dotykałaś jego włosów, Signe. Pewnej nocy w blasku księżyca... Ty i on. Wyglądaliście jak anioły, jakbyście zostali zesłani z niebios. Ale się pomyliłem. Istnieją zresztą anioły, które nie zostały zesłane z nieba. Wiedziałaś o tym, Signe?

Nie odpowiedziała. Myśli kłębiły się jej w głowie. Ten wir poruszyło coś, co on powiedział. Ten głos. Teraz to słyszała. Zniekształcał go.

– Nie – zmusiła się do odpowiedzi.

– Nie? A powinnaś. Ja jestem takim aniołem.

– Daniel nie żyje – powiedziała trwożliwie.

Na drugim końcu linii zapadła cisza. Tylko oddech uderzał o membranę. Potem głos znów podjął:

– Przyszedłem po to, by sądzić. Żywych i umarłych.

Odłożył słuchawkę.

Signe zamknęła oczy. Potem wstała i przeszła do sypialni. Za zasuniętymi zasłonami przyglądała się sobie w lustrze. Trzęsła się tak, jakby miała wysoką gorączkę.

77 DAWNE BIURO, 12 MAJA 2000

Przeniesienie się z powrotem do dawnego pokoju zajęło Harry'emu dwadzieścia minut. Rzeczy, których potrzebował, zmieściły się w plastikowej torbie z 7-Eleven. Zaczął od wycięcia z „Dagbladet" zdjęcia Bernta Brandhauga. Przypiął je na tablicy obok przyniesionych z archiwum zdjęć Ellen, Sverrego Olsena i Hallgrima Dale. Cztery elementy. Wysłał Halvorsena do Ministerstwa Spraw Zagranicznych, żeby tam popytał i spróbował się dowiedzieć, kim mogła być kobieta w Continentalu. Cztery osoby. Cztery istnienia. Cztery historie. Usiadł na popsutym krześle i bacznie się im przyglądał, lecz one jedynie patrzyły pusto przed siebie.

Zadzwonił do Sio. Miała wielką ochotę zatrzymać Helgego, przynajmniej przez jakiś czas. Twierdziła, że bardzo się ze sobą zaprzyjaźnili. Harry zgodził się pod warunkiem, że będzie pamiętała o karmieniu go.

– To samiczka – stwierdziła Sio.
– Skąd wiesz?
– Sprawdziliśmy z Henrikiem.

Już miał spytać, w jaki sposób, ale doszedł do wniosku, że woli tego nie wiedzieć.

– Rozmawiałaś z ojcem?

Rozmawiała. I spytała, czy Harry spotka się jeszcze z tą dziewczyną.

– Z jaką dziewczyną?
– Z tą, z którą chodziłeś na spacery. Opowiadałeś mi. Z tą, która ma synka.
– A, z tą? Nie, raczej nie.
– To głupio.
– Głupio? Przecież jej nigdy nie poznałaś, Sio.
– Głupio, bo jesteś w niej zakochany.

Czasami Sio potrafiła powiedzieć coś, na co Harry nie umiał znaleźć odpowiedzi.

Umówili się jeszcze, że któregoś dnia pójdą razem do kina. Harry spytał, czy Henrik koniecznie musi im towarzyszyć, na co Sio odparła, że tak, bo od tego ma się chłopaka.

Rozłączyli się. Harry siedział dalej i myślał. Jeszcze nie spotkał Rakel na korytarzu, ale wiedział, gdzie jest jej pokój. W końcu podjął decyzję i wstał. Musi z nią wreszcie porozmawiać, nie ma siły czekać dłużej.

Linda uśmiechnęła się do niego, gdy stanął w drzwiach.

– Już wróciłeś, przystojniaczku?

– Przyszedłem tylko na chwilę do Rakel.

– Aha, tylko, Harry. Obserwowałam was na imprezie wydziałowej.

Harry ku swej irytacji poczuł, że na widok jej uśmieszku zaczęły go palić koniuszki uszu. I sam słyszał, że cierpki śmiech, na który się pokusił, zabrzmiał raczej fałszywie.

– Ale możesz sobie oszczędzić chodzenia. Rakel została dziś w domu. Chora. Momencik, Harry. – Podniosła słuchawkę.

– POT, w czym mogę pomóc?

Harry był już prawie za drzwiami, gdy zawróciło go wołanie Lindy.

– Do ciebie. Odbierzesz tutaj? – Podała mu słuchawkę.

– Czy to Harry Hole? – usłyszał kobiecy głos. Rozmówczyni była zdyszana albo bardzo wystraszona.

– Tak, to ja.

– Mówi Signe Juul. Musi mi pan pomóc, panie Hole. On mnie zabije.

Harry usłyszał szczekanie w tle.

– Kto panią zabije, pani Juul?

– On tu idzie. Wiem, że to on. On... on...

– Proszę się uspokoić. O kim pani mówi?

– Zniekształcił głos, ale tym razem go poznałam. Wiedział, że głaskałam Olafa Lindviga po włosach w lazarecie. Właśnie wtedy to zrozumiałam. Boże, co ja mam robić?

– Jest pani sama?

– Tak. Jestem sama. Jestem całkiem zupełnie sama. Rozumie pan?

Szczekanie w tle stało się teraz histeryczne.

– Nie może pani pobiec do sąsiadki i tam na nas zaczekać, pani Juul? Kto to jest...

– On mnie znajdzie! On mnie znajdzie wszędzie!

Wpadła w histerię. Harry nakrył słuchawkę ręką, poprosił Lindę o załatwienie z centralą interwencyjną wysłania najbliższego samochodu patrolowego do Juulów na Irisveien w Berg. Potem wrócił do rozmowy z Signe Juul, z nadzieją, że kobieta nie wyczuje jego podniecenia.

– Jeśli pani nie chce wyjść, to proszę przynajmniej pozamykać wszystkie drzwi na klucz. Kim...
– Pan nie rozumie – powiedziała. – On... on... – rozległo się piśnięcie. Połączenie przerwano.
– Jasna cholera! Przepraszam, Lindo. Powiedz, żeby się pospieszyli z tym samochodem i że muszą uważać. Ten człowiek może być uzbrojony.
Harry wykręcił numer państwa Juul. Na próżno, ciągle zajęte. Harry rzucił słuchawkę Lindzie.
– Jeśli Meirik będzie o mnie pytał, powiedz, że jestem w drodze do Juulów.

78 IRISVEIEN, 12 MAJA 2000

Gdy Harry skręcił na Irisveien, od razu zobaczył samochód policyjny, stojący przed domem Juulów. Cicha uliczka wśród drewnianych domów, kałuże wody z topniejącego śniegu, niebieski kogut wolno obracający się na dachu radiowozu, dwójka ciekawskich dzieci na rowerach. Była to jakby powtórka sceny sprzed domu Sverrego Olsena. Harry modlił się w duchu, by podobieństwo na tym się kończyło.
Zaparkował, wysiadł z escorta i wolnym krokiem ruszył w stronę furtki. Gdy ją za sobą zamykał, usłyszał, że ktoś wychodzi na schody.
– Weber? – zdziwił się Harry. – Nasze drogi znów się krzyżują.
– Najwyraźniej.
– Nie wiedziałem, że jeździsz też w patrolach.
– Dobrze wiesz, do diabła, że nie jeżdżę. Ale Brandhaug mieszka przecież w pobliżu, tu, na wzgórzu. Akurat wsiedliśmy do samochodu, kiedy nadeszło zgłoszenie. Przez radio.
– Co się dzieje?
– O to mogę zapytać ciebie. Nikogo nie ma w domu. Ale drzwi były otwarte.
– Rozejrzeliście się?
– Od piwnicy po strych.
– Dziwne. Psa też nie ma, o ile rozumiem.

– Nie ma żywej duszy, ani człowieka, ani psa. Ale wygląda na to, że ktoś był w piwnicy, bo okienko w drzwiach jest zbite.
– Aha. – Harry spojrzał w głąb ulicy. Między domami dostrzegł boisko do tenisa.
– Mogła pójść do któregoś z sąsiadów – powiedział Harry. – Prosiłem ją o to.

Weber towarzyszył Harry'emu do korytarza, gdzie młody funkcjonariusz przeglądał się w lustrze, wiszącym nad stolikiem z telefonem.
– I jak, Moen? Widzisz jakieś oznaki inteligentnego życia? – spytał Weber kwaśno.

Moen odwrócił się i lekko skinął głową Harry'emu.
– No cóż – odparł. – Nie wiem, czy to inteligentne, czy po prostu dziwne.

Wskazał na lustro. Pozostali dwaj podeszli bliżej.
– Ho, ho – powiedział Weber.

Na lustrze widać było duże czerwone litery, wypisane chyba szminką:
BÓG JEST MOIM SĘDZIĄ.
Harry'emu zaschło w ustach, jakby od tygodnia nic nie pił.
Zabrzęczało szkło, gdy ktoś gwałtownym szarpnięciem otworzył drzwi wejściowe.
– Co wy tu robicie? – krzyknęła postać, którą trudno było rozpoznać na tle mocnego światła. – I gdzie jest Burre?
To był Even Juul.

Harry siedział przy kuchennym stole z mocno zaniepokojonym Juulem. Moen obchodził sąsiadów, szukając Signe Juul i wypytując, czy nikt niczego nie widział. Weber miał pilne zadania w związku ze sprawą Brandhauga i musiał odjechać samochodem policyjnym, ale Harry obiecał, że podrzuci Moena.
– Zawsze mówiła, gdy się gdzieś wybierała – powiedział Juul wolno, wyraźnie usiłując opanować rosnący lęk. – To znaczy mówi.
– Czy to jej charakter pisma na lustrze?
– Nie – odparł. – W każdym razie nie sądzę.
– A jej szminka?
Juul popatrzył na Harry'ego, nie odpowiadając.

– Gdy rozmawiałem z nią przez telefon, wyraźnie się bała – powiedział Harry. – Twierdziła, że ktoś chce ją zabić. Ma pan jakiś pomysł na to, kto to mógł być?
– Zabić?
– Tak powiedziała.
– Przecież nikt nie chce zabić Signe.
– Nie?
– Oszalał pan, człowieku?
– No cóż. W takim razie rozumie pan z pewnością, że muszę zapytać, czy pana żona była niezrównoważona. Histeryczna.

Harry nie był pewien, czy Juul w ogóle usłyszał pytanie, dopóki ten nie pokręcił w końcu głową.

– W porządku – zakończył Harry i wstał. – Proszę się zastanowić, może wpadnie pan na coś, co mogłoby nam pomóc. Powinien pan też zadzwonić do wszystkich przyjaciół i krewnych, u których ewentualnie żona mogłaby się schronić. Zgłosiłem już, że jest poszukiwana. Sprawdzimy także w sąsiedztwie. Na razie nic więcej nie możemy zrobić.

Kiedy Harry zamknął furtkę za sobą, podszedł do niego Moen. Kręcił głową.

– Ludzie nie widzieli nawet samochodu? – spytał Harry.
– O tej porze dnia w domu są tylko emeryci i matki małych dzieci.
– Emeryci bywają spostrzegawczy.
– Najwyraźniej nie ci. Jeśli oczywiście w ogóle zdarzyło się coś, na co warto zwrócić uwagę.

Na co warto zwrócić uwagę… Harry nie wiedział dlaczego, ale te słowa odbiły się echem gdzieś w głębi jego mózgu. Dzieci na rowerach odjechały. Westchnął.

– Jedziemy.

79 BUDYNEK POLICJI, 12 MAJA 2000

Kiedy Harry wszedł do pokoju, Halvorsen rozmawiał przez telefon. Bezgłośnym ruchem warg przekazał, że ma na linii informatora. Harry sądził, że Halvorsen wciąż stara się wytropić kobietę z Continentalu,

a to mogło oznaczać jedynie, że w MSZ mu się nie powiodło. Na biurku Halvorsena leżała góra dokumentów związanych ze sprawą märklina. Wszystkie inne papiery usunięto z pokoju.
— No dobrze — skwitował Halvorsen. — Zadzwoń, jak się czegoś dowiesz, okej?
Odłożył słuchawkę.
— Złapałeś Aunego? — spytał Harry, osuwając się na swoje krzesło.
Halvorsen kiwnął głową i pokazał dwa palce. O drugiej. Harry spojrzał na zegarek. Aune będzie tu za dwadzieścia minut.
— Załatw mi zdjęcie Edvarda Moskena — poprosił Harry, podnosząc słuchawkę telefonu. Wystukał numer Sindrego Fauke, który zgodził się spotkać z nim o trzeciej. Potem poinformował Halvorsena o zniknięciu Signe Juul.
— Sądzisz, że ma to jakiś związek ze sprawą Brandhauga? — spytał Halvorsen.
— Nie wiem. Ale tym ważniejsza jest dla mnie rozmowa z Aunem.
— Dlaczego?
— Ponieważ to zaczyna coraz bardziej przypominać działania szaleńca. Potrzebny nam jakiś przewodnik.

Aune był pod wieloma względami wielkim człowiekiem. Nadmiernej tuszy, mierzył niemal dwa metry wzrostu, a poza tym uważany za jednego z najlepszych psychologów w kraju w swojej dziedzinie. Nie była nią wprawdzie psychopatologia, lecz Aune, bystry i inteligentny, nieraz pomógł Harry'emu również w tego rodzaju sprawach.

Miał życzliwą otwartą twarz i Harry często myślał, że Aune właściwie wydawał się zbyt ludzki, zbyt wrażliwy, za bardzo w porządku, by móc operować na bitewnych polach ludzkiej duszy, nie odnosząc przy tym obrażeń. Gdy go o to spytał, doktor odparł, że oczywiście, odnosi obrażenia, ale kto nie odnosi ran?

W skupieniu wysłuchał opowieści Harry'ego o poderżniętym gardle Hallgrima Dale, morderstwie Ellen Gjelten i zamachu na Bernta Brandhauga. I o Evenie Juulu, którego zdaniem powinni szukać byłego żołnierza walczącego na froncie. Tę hipotezę w pewnym stopniu potwierdzało zabójstwo Brandhauga, dokonane dzień po ukazaniu się w „Dagbladet" jego wypowiedzi. Na koniec Harry zachował informację o zniknięciu Signe Juul.

Aune długo siedział i myślał. Mruczał coś pod nosem, na przemian kiwając i kręcąc głową.

– Niestety nie wiem, czy będę mógł wam znacząco pomóc. Jedyna rzecz, która pozwala mi na snucie dalszych przypuszczeń, to wiadomość na lustrze przypominająca wizytówkę. Dość typowe zachowanie w wypadku seryjnych morderców, zwłaszcza po dokonaniu kilku zbrodni, gdy nabierają pewności siebie i pragną zwiększyć napięcie, rzucając policji dodatkowe wyzwanie.

– Czy mamy do czynienia z chorym człowiekiem, doktorze Aune?

– Choroba jest pojęciem względnym. Wszyscy jesteśmy chorzy. Istotny jest tylko stopień zdolności do funkcjonowania zgodnie z zasadami właściwego zachowania wyznaczonymi przez społeczeństwo. Żadne działanie samo w sobie nie jest symptomem choroby. Trzeba poznać kontekst, w jakim jest wykonywane. Przeważająca większość ludzi jest na przykład wyposażona w umieszczony w śródmózgowiu ośrodek kontroli, powstrzymujący nas od zabijania bliźnich. To tylko jedna z tych ewolucyjnie uwarunkowanych cech, w które zostaliśmy zaopatrzeni, aby chronić własny gatunek. Ale po dostatecznie długim treningu nad przezwyciężeniem tego zahamowania zaczyna ono słabnąć. Dzieje się tak na przykład u żołnierzy. Gdybyśmy ty czy ja nagle zaczęli zabijać, bardzo prawdopodobne byłoby, że zachorowaliśmy. Ale to wcale nie musi dotyczyć płatnego mordercy albo dajmy na to... policjanta.

– Skoro więc mówimy o żołnierzu, na przykład takim, który walczył na froncie po którejś ze stron, to oznacza, że próg, jaki musiałby przekroczyć, by móc kogoś zabić, jest niższy niż u innej osoby? Zakładamy oczywiście, że obie są zdrowe.

– I tak, i nie. Żołnierz jest wyćwiczony w zabijaniu w sytuacji wojny. I po to, by hamulec nie działał, musi czuć, że sam akt zabijania odbywa się w takim samym kontekście.

– Musi być przekonany, że wciąż prowadzi wojnę?

– Krótko mówiąc, tak. I zakładając, że tak jest, może nadal zabijać, wcale nie będąc chorym – w rozumieniu medycyny. W każdym razie nie bardziej chorym niż zwykły żołnierz. Można wtedy jedynie mówić o rozbieżnym pojmowaniu rzeczywistości. Ale w tej kwestii wszyscy poruszamy się po cienkim lodzie.

– Jak to? – spytał Halvorsen.

– A kto ma decydować, co jest prawdziwe i rzeczywiste, moralne czy niemoralne? Psychologowie? Sądy? Politycy?

– No cóż – wzruszył ramionami Harry. – Oni w każdym razie to robią.

– Właśnie – powiedział Aune. – Lecz jeśli czujesz, że ci, którzy posiadają władzę, osądzają cię arbitralnie lub niesprawiedliwie, to w twoich oczach tracą swój moralny autorytet. Jeśli na przykład ktoś pójdzie do więzienia za to, że był członkiem najzupełniej legalnie działającej partii, szuka wtedy innego sędziego. Można powiedzieć, że odwołuje się do wyższej instancji.

– Bóg jest moim sędzią – rzucił zamyślony Harry.

Aune kiwnął głową.

– Jak pan sądzi, co to oznacza?

– Być może on chce wytłumaczyć swoje działania, mimo wszystko szuka zrozumienia. Większość ludzi odczuwa taką potrzebę.

Harry w drodze do Faukego zajrzał do restauracji U Schrødera. Panował tu przedpołudniowy spokój. Maja siedziała przy stoliku pod telewizorem z papierosem i gazetą. Harry pokazał jej zdjęcie Edvarda Moskena, które Halvorsenowi udało się zdobyć w imponująco krótkim czasie. Pomocny okazał się Wydział Komunikacji, który dwa lata wcześniej wydał Moskenowi międzynarodowe prawo jazdy.

– Wydaje mi się, że tę pomarszczoną gębę już kiedyś widziałam – powiedziała Maja. – Ale żeby wiedzieć gdzie i kiedy? Musiał tu być kilka razy, skoro go zapamiętałam, ale częstym gościem na pewno nie jest.

– Czy ktoś inny mógł z nim rozmawiać?

– Zadajesz bardzo trudne pytania, Harry.

– Ktoś dzwonił z tego automatu o wpół do pierwszej w środę. Nie przypuszczam, żebyś to pamiętała, ale czy to mógł być ten człowiek?

– Oczywiście, ale równie dobrze mógł to też być Święty Mikołaj. Wiesz, jak tutaj jest, Harry.

Jadąc na Vibes gate, zadzwonił do Halvorsena. Poprosił go o odnalezienie Edvarda Moskena.

– Mam go zatrzymać?

– Nie, nie. Sprawdź tylko jego alibi na czas zabójstwa Brandhauga i dzisiejszego zniknięcia Signe Juul.

Sindre Fauke już czekał na Harry'ego. Miał poszarzałą twarz.

– Wczoraj wieczorem pojawił się przyjaciel z butelką whisky – wyjaśnił, krzywiąc się. – Nie mam już zdrowia do takich rzeczy. Ach, gdyby tak znów mieć sześćdziesiąt lat!

Roześmiał się i poszedł zdjąć z kuchenki gwiżdżący dzbanek z kawą.

– Czytałem o morderstwie tego szefa MSZ – zawołał z kuchni. – Podobno policja nie wyklucza, że mogło to mieć związek z jego wypowiedzią na temat byłych żołnierzy walczących na froncie. „VG" pisze, że mogą się za tym kryć neonaziści. Naprawdę tak myślicie?

– Może „VG" tak myśli. My nic nie myślimy, a w związku z tym niczego też nie wykluczamy. Jak idzie książka?

– W tej chwili trochę się wlecze. Ale kiedy ją skończę, otworzę oczy niejednemu. W każdym razie powtarzam to, kiedy brak mi energii w takie dni jak dzisiejszy.

Fauke postawił dzbanek z kawą na stoliku między nimi i usiadł w fotelu. Owinął dzbanek zimną ściereczką.

– Stara sztuczka z frontu – wyjaśnił z uśmiechem. Najwyraźniej miał nadzieję, że Harry spyta, na czym polega ta sztuczka, ale Harry'emu się spieszyło.

– Żona Evena Juula zniknęła.

– Ojej, uciekła?

– Raczej nie. Zna ją pan?

– Prawdę mówiąc, nigdy jej nie spotkałem, ale pamiętam doskonale zamieszanie, które powstało, kiedy Juul miał się z nią żenić. Wiem, że była sanitariuszką i tak dalej. A co się stało?

Harry opowiedział o jej telefonie i późniejszym zniknięciu.

– Więcej nie wiemy. Miałem nadzieję, że może pan ją znał i podsunie mi pan jakiś pomysł.

– Przykro mi, ale...

Fauke urwał, żeby napić się kawy. Wyglądał, jakby się nad czymś zastanawiał.

– Jak pan mówił, co było napisane na tym lustrze?

– Bóg jest moim sędzią – odparł Harry.

– Hm.
– O czym pan myśli?
– Sam nie jestem pewien – Fauke wahał się, pocierając nieogoloną brodę.
– Proszę mówić.
– Powiedział pan, że on być może chce się wytłumaczyć, zyskać zrozumienie.
– No tak.

Fauke podszedł do półki, wyciągnął z niej grubą książkę i zaczął przeglądać.

– No właśnie – mruknął. – Tak mi się wydawało. – Podał książkę Harry'emu. Był to słownik biblijny. – Niech pan spojrzy pod „Daniel".

Harry przebiegł wzrokiem stronę, aż znalazł hasło. „Daniel (hebr.) – Bóg (El) jest moim sędzią".

Harry popatrzył na Faukego, który podniósł dzbanek, by dolać kawy.
– Szuka pan ducha, Hole.

80 PARKVEIEN, URANIENBORG, 12 MAJA 2000

Johan Krohn przyjął Harry'ego w swojej kancelarii. Półki za jego plecami wypełniały roczniki dzienników sądowych oprawionych w brunatną skórę. Dziwnie kontrastowały z chłopięcą twarzą adwokata.

– Dziękuję za ostatnie spotkanie – powiedział Krohn, gestem dając Harry'emu znak, by usiadł.

– Dobrą pan ma pamięć – stwierdził Harry.

– Rzeczywiście, nie narzekam. Sverre Olsen. Mieliście mocne dowody. Szkoda, że sąd nie zastosował się do przepisów.

– Nie po to przyszedłem – powiedział Harry. – Chciałem prosić o przysługę.

– Proszenie nic nie kosztuje – odparł Krohn i złożył dłonie czubkami palców do siebie. Przypominał Harry'emu dziecko udające dorosłego.

– Szukam broni, która została nielegalnie ściągnięta do kraju. I mam powody, by przypuszczać, że Sverre Olsen był w jakiś sposób w to zamieszany. A ponieważ pański klient nie żyje, nie obowiązuje już pana dochowanie tajemnicy i może pan nam udzielić informacji. Może pan pomóc w rozwiązaniu sprawy zabójstwa Bernta Brandhauga, co do którego mamy pewność, że został zastrzelony z tej właśnie broni.

Krohn uśmiechnął się cierpko.

– Wolałbym, aby ocenę tego, jak daleko sięga mój obowiązek dochowania tajemnicy, pozostawił pan mnie, sierżancie. On wcale nie ustaje automatycznie w chwili śmierci podejrzanego. Najwyraźniej nie pomyślał pan, że uznam za dość bezczelny fakt, iż ośmielacie się tu przychodzić i prosić o informacje po tym, jak sami zastrzeliliście mojego klienta.

– Staram się zapomnieć o uczuciach i działać profesjonalnie – odparł Harry.

– Niech pan się postara trochę mocniej, sierżancie. – Głos Krohna stał się jeszcze bardziej piskliwy, gdy go podniósł. – Trudno to nazwać profesjonalizmem. Podobnie jak zabicie człowieka w jego własnym domu.

– Działanie w samoobronie – odparł szorstko Harry.

– Kwestie formalne – stwierdził Krohn. – To doświadczony policjant. Powinien wiedzieć, że Olsen był niezrównoważony, i nie nachodzić go w taki sposób. Oczywiste jest, że ten policjant powinien zostać oskarżony.

Harry nie mógł się powstrzymać.

– Zgadzam się z panem, że zawsze przykre jest, gdy przestępcy udaje się ujść wolno z powodu uchybień formalnych.

Krohn mrugnął dwa razy, nim zrozumiał, do czego Harry pije.

– Formalne kwestie prawne to coś zupełnie innego, sierżancie – powiedział. – Składanie przyrzeczenia na sali sądowej to być może szczegół, lecz bez niepodważalnych zasad...

– Jestem komisarzem, nie sierżantem. – Harry skupił się na tym, żeby mówić wolno i cicho. – A te niepodważalne zasady, o których pan wspomniał, pozbawiły życia moją koleżankę, Ellen Gjelten. Proszę o tym poinformować swoją pamięć, z której jest pan tak cholernie dumny. Ellen Gjelten, dwadzieścia osiem lat. Największy talent śledczy w policji Oslo. Zgruchotana czaszka. Straszna śmierć.

Harry wstał i pochylił swoje metr dziewięćdziesiąt nad biurkiem Krohna. Widział, jak jabłko Adama w sępiej szyi Krohna podskakuje w górę i w dół. Przez dwie długie sekundy napawał się luksusem widoku strachu w oczach młodego adwokata. Potem rzucił na biurko wizytówkę.

– Proszę do mnie zadzwonić, gdy pan zdecyduje, jak daleko sięga pański obowiązek dochowania tajemnicy.

Był już w drzwiach, gdy zatrzymał go głos Krohna.

– Dzwonił do mnie tuż przed śmiercią.

Harry odwrócił się.

Krohn westchnął.

– Kogoś się bał. Sverre Olsen zawsze się bał. Był samotny i śmiertelnie wystraszony.

– Kto z nas nie jest – mruknął Harry. – Mówił, kogo się boi?

– Księcia. Nazwał go tylko tak. Książę.

– A mówił, dlaczego się boi?

– Nie. Wspomniał jedynie, że ten Książę to jakby jego przełożony i wydał mu rozkaz popełnienia przestępstwa. Olsen chciał wiedzieć, czy wypełnienie rozkazu jest karalne. Nieszczęsny idiota.

– Jakiego rozkazu?

– O tym nie mówił.

– Dodał coś jeszcze?

Krohn pokręcił głową.

– Jeśli coś jeszcze się panu przypomni, proszę dzwonić o każdej porze – powiedział Harry.

– Jeszcze jedno, komisarzu. Jeśli wydaje się panu, że nie będę mógł zasnąć w nocy, dlatego że wybroniłem człowieka, który potem zabił pana koleżankę, to się pan myli.

Ale Harry już wyszedł.

81 PIZZERIA U HERBERTA, 12 MAJA 2000

Harry zadzwonił do Halvorsena i poprosił go o przyjście do Herberta. Mieli lokal niemal tylko dla siebie i wybrali stolik przy oknie. W kącie siedział facet w długim mundurowym płaszczu, ozdobiony wąsami, które wyszły z mody razem z Adolfem Hitlerem. Nogi w ciężkich butach oparł o siedzenie sąsiedniego krzesła. Wyglądał na człowieka, który usiłuje pobić rekord świata w nudzeniu się.

Halvorsen odnalazł Edvarda Moskena, lecz nie w Drammen.

– Dzwoniłem do domu, nie odbierał, więc odszukałem w informacji numer jego komórki. Okazało się, że jest w Oslo. Ma mieszkanie na Tromsøgata na Rodeløkka, w którym nocuje, kiedy bywa na Bjerke.

– Na Bjerke?

– Na wyścigach. Chodzi tam co piątek i sobotę. Trochę gra i miło spędza czas, jak mówi. No i jest właścicielem ćwiartki konia. Znalazłem go w stajni za torem.

– Co jeszcze powiedział?

– Że czasami, kiedy bywa w Oslo, przed południem zagląda do Schrødera. Nie ma pojęcia, kim jest Bernt Brandhaug, i z całą pewnością nigdy nie dzwonił do niego do domu. Wiedział natomiast, kto to jest Signe Juul. Pamiętał ją z frontu.

– A co z jego alibi?

Halvorsen zamówił pizzę hawajską z pepperoni i ananasem.

– Oprócz wypadów na Bjerke Mosken cały tydzień spędził sam w mieszkaniu na Tromsøgata – odparł. – Był tam również tego ranka, gdy zabito Brandhauga. I dziś przed południem.

– Mhm. A jak twoim zdaniem odpowiadał?

– O co ci chodzi?

– Wierzyłeś mu, gdy go słuchałeś?

– No, czy mu wierzyłem...

– Zastanów się. I nie bój się mówić szczerze. Powiedz, co czujesz. Nie wykorzystam tego przeciwko tobie.

Halvorsen wbił wzrok w stół, a w palcach obracał menu pizzerii.

– Jeżeli Mosken kłamie, to znaczy, że jest bardzo zimną rybą. Tyle mogę powiedzieć.

Harry westchnął.

– Zajmiesz się tym, żeby wzięto Moskena pod obserwację? Chcę, żeby jego mieszkania w dzień i w nocy pilnowało dwóch ludzi.

Halvorsen kiwnął głową i wystukał numer w komórce. Harry usłyszał dźwięk głosu Møllera. Spojrzał na siedzącego w kącie neonazistę, czy jak tam się oni nazywali. Narodowi socjaliści? Narodowi demokraci? Akurat otrzymał z Uniwersytetu kopię pracy magisterskiej z socjologii, według której w Norwegii jest pięćdziesięciu siedmiu neonazistów.

Na stół wjechała pizza i Halvorsen pytająco popatrzył na Harry'ego.

– Jedz, jedz. Pizza to nie mój przysmak.

Płaszcz w kącie miał teraz towarzystwo krótkiej zielonej wojskowej kurtki. Przysunęli głowy do siebie, zerkając na dwóch policjantów.

– Jeszcze jedno – powiedział Harry. – Linda z POT mówiła mi, że w Kolonii jest archiwum SS, które wprawdzie częściowo spłonęło w latach siedemdziesiątych, ale czasami udawało im się tam odnaleźć informacje o Norwegach, którzy walczyli po stronie Niemców. Rozkazy, odznaczenia, status, tego rodzaju rzeczy. Chciałbym, żebyś tam zadzwonił i zobaczył, czy znajdziesz coś na temat Daniela Gudesona. I Gudbranda Johansena.

– *Yes*, szefie – odparł Halvorsen z pełnymi ustami. – Jak tylko skończę.

– Ja sobie w tym czasie utnę pogawędkę z młodzieżą – oświadczył Harry, wstając.

Podczas służby bez skrupułów wykorzystywał swój słuszny wzrost w celu zdobycia przewagi psychicznej, i to z dużym powodzeniem. Również teraz, chociaż hitlerowski wąsik podniósł na niego wzrok tak, jakby było to dla niego wielkim wysiłkiem, Harry wiedział, że za zimnym spojrzeniem kryje się ten sam lęk, co u Krohna. Ten facet jedynie ukrywał go z większą wprawą. Harry przyciągnął do siebie krzesło, wygodnie ułożone nogi opadły na podłogę, nim ich właściciel zdążył zareagować.

– Przepraszam – powiedział Harry. – Wydawało mi się, że to krzesło jest wolne.

– Przeklęty glina – mruknął wąsik. Łysa czaszka nad wojskową kurtką też się obróciła.

– Zgadza się – powiedział Harry. – Glina. Albo pies. Pan władza. Nie, to chyba zbyt miłe. Może *the man*, to odpowiednio międzynarodowe.

– W czymś ci zawadzamy czy jak? – spytał płaszcz.

– Owszem, i to bardzo – odparł beztrosko Harry. – Przeszkadzacie mi od dawna. Pozdrówcie Księcia i powiedzcie mu, że Hole przyszedł, żeby teraz wam trochę poprzeszkadzać. Pozdrowienia od Holego dla Księcia, pojęliście?

Wojskowa kurtka zamrugała zdziwiona. Potem płaszcz odsłonił krzywe zęby i zaczął się śmiać tak, że aż pryskała ślina.
– Masz na myśli następcę tronu, Haakona Magnusa? – spytał.
Kurtka wreszcie zrozumiała dowcip i zaśmiała się także.
– No cóż, skoro jesteście tylko szeregowymi żołnierzami, to oczywiście nie wiecie, kim jest Książę. Po prostu przekażcie wiadomość bezpośredniemu zwierzchnikowi. Mam nadzieję, że pizza wam smakuje, chłopcy.
Wrócił do swego stolika, czując ich spojrzenia na plecach.
– Kończ to – powiedział do Halvorsena, któremu ser z olbrzymiego kawału pizzy owijał prawie pół głowy. – Musimy stąd wyjść, zanim jeszcze bardziej zapaskudzę sobie kartotekę.

82 HOLMENKOLLÅSEN, 12 MAJA 2000

Był bardzo ciepły, wiosenny wieczór. Harry jechał z otwartym oknem, a łagodny wiatr owiewał mu twarz i włosy. Ze wzgórza Holmenkollåsen widział Oslofjorden; wyspy przypominały rozsypane zielonobrunatne muszle. Pierwsze w tym roku białe żagle zmierzały już w stronę lądu. Para czerwono ubranych maturzystów oddawała mocz na skraju drogi przy pomalowanym na czerwono autobusie, z głośników na dachu ryczała muzyka, *Won't – you – be my lover...* Starsza pani w spodniach do kolan z anorakiem przewiązanym w pasie szła drogą w dół ze szczęśliwym zmęczonym uśmiechem na ustach.

Harry zaparkował poniżej domu Rakel. Nie chciał podjeżdżać na podwórze, sam nie wiedząc dlaczego. Może uznał, że parkując nieco dalej, będzie w mniejszym stopniu intruzem. Oczywiście to śmieszne, przecież i tak przyjechał niezapowiedziany i nieproszony.

Był już w połowie podjazdu, kiedy pisnęła komórka. Dzwonił Halvorsen z Archiwum Zdrajców Narodu.

– Nic – zrelacjonował. – Jeśli Daniel Gudeson naprawdę żyje, to w każdym razie nigdy nie został skazany za zdradę ojczyzny.

– A Signe Juul?
– Dostała jeden rok.
– Ale uniknęła więzienia. Jeszcze coś ciekawego?

– Nic. Poza tym, że zamierzają mnie wyrzucić, bo już zamykają.
– Wracaj do domu i idź spać. Może jutro na coś wpadniemy.

Harry dotarł do schodów i już zamierzał pokonać je jednym skokiem, kiedy drzwi się otworzyły. Znieruchomiał. Rakel ubrana była w wełniany sweter i niebieskie dżinsy. Włosy miała rozczochrane, a twarz bledszą niż zwykle. Próbował znaleźć w jej oczach radość z powtórnego spotkania, ale na próżno. Nie było też jednak śladu obojętnej uprzejmości, której najbardziej się obawiał. Jej oczy właściwie nic nie wyrażały, bez względu na to, co to mogło oznaczać.

– Usłyszałam, że ktoś rozmawia przed domem – powiedziała, zapraszając gestem. – Wejdź.

W salonie Oleg w piżamie oglądał telewizję.

– Cześć, przegrany – powiedział Harry. – Nie powinieneś raczej trenować „Tetris"?

Oleg prychnął, nie podnosząc wzroku.

– Zapominam, że dzieci nie wyczuwają ironii – Harry zwrócił się do Rakel.

– Gdzie byłeś? – spytał Oleg.

– Gdzie byłem? – Harry poczuł się odrobinę zdezorientowany, zwłaszcza gdy zobaczył na jego buzi oskarżycielską minę. – Co masz na myśli?

Chłopiec wzruszył ramionami.

– Kawy? – spytała Rakel.

Harry kiwnął głową. Dołączył do malca i w milczeniu razem obserwowali niezwykłą wędrówkę gnu przez pustynię Kalahari. Rakel krzątała się w kuchni. Przeciągało się i parzenie kawy, i wędrówka gnu.

– Pięćdziesiąt sześć tysięcy – oświadczył w końcu Oleg.

– Oszukujesz – odparł Harry.

– Wpisałem się na listę najlepszych.

– Biegnij i przynieś.

Zanim Rakel podała mu kawę, Oleg już się zerwał i wypadł z salonu. Harry sięgnął po pilota i przyciszył dudnienie kopyt. W końcu Rakel przerwała ciszę.

– Co będziesz robił siedemnastego maja?

– Mam służbę. Lecz jeśli to ma być zaproszenie, to poruszę niebo i ziemię...

Roześmiała się, pomachała dłońmi.
– Przepraszam, to tylko taki element konwersacji. Pomówmy o czymś innym.
– Jesteś chora? – spytał ostrożnie Harry.
– To długa historia.
– Sporo ich masz.
– Dlaczego wróciłeś? – zmieniła temat.
– Z powodu Brandhauga, z którym, o dziwo, rozmawiałem właśnie w tym miejscu.
– Rzeczywiście, życie jest pełne absurdalnych zbiegów okoliczności – powiedziała cicho Rakel.
– W każdym razie na tyle absurdalnych, że gdyby ktoś coś takiego wymyślił, nikt by tego nie kupił.
– Nie wiesz nawet połowy, Harry.
– O czym ty mówisz?
Westchnęła i zamieszała herbatę.
– Co się dzieje? Czy oboje postanowiliście dzisiaj przekazywać wyłącznie zakodowane informacje?
Próbowała się roześmiać, ale skończyło się na pociąganiu nosem. Wiosenne przeziębienie, pomyślał Harry.
– Ja... to... – parę razy próbowała zacząć, ale nie mogła sobie z tym poradzić. Łyżeczka uparcie obracała się w kubku. Nad jej ramieniem Harry dojrzał antylopę gnu bezlitośnie wciąganą do rzeki przez krokodyla.
– Było mi strasznie – wyszeptała niemal bezgłośnie. – I tęskniłam za tobą. – Odwróciła się do Harry'ego. Dopiero teraz zauważył, że Rakel płacze. Łzy spływały jej po policzkach i zbierały się pod brodą. Nawet nie próbowała ich ocierać.
– No cóż... – zaczął niezręcznie, ale nic więcej nie zdążył dodać. Przylgnęli do siebie kurczowo, jak rozbitkowie do koła ratunkowego, mocno objęci. Harry drżał. Już samo to, pomyślał, już samo to wystarczy. Móc ją tak obejmować.
– Mamo! – dobiegło z piętra wołanie. – Gdzie jest mój gameboy?
– W którejś szufladzie w komodzie! – zawołała Rakel drżącym głosem. – Zacznij od górnej! – A do Harry'ego szepnęła: – Pocałuj mnie.
– Ale Oleg może...

– W komodzie go nie ma.

Gdy chłopiec zbiegł ze schodów z gameboyem znalezionym w końcu w pudle z zabawkami, najpierw nie zwrócił uwagi na szczególny nastrój panujący w salonie. Śmiał się z niemądrej miny Harry'ego, który chrząkał zdziwiony na widok nowego rekordu małego spryciarza. Dopiero po chwili Oleg spytał:

– Dlaczego macie takie dziwne miny?

Harry popatrzył na Rakel, ostatkiem sił zachowywała powagę.

– Ponieważ tak bardzo się lubimy – odparł Harry i szybko pozbył się trzech poziomów, spuszczając długi klocek z prawego brzegu. – Twój nowy rekord długo się nie utrzyma, przegrasz.

Oleg roześmiał się i poklepał Harry'ego po ramieniu.

– Nigdy. To ty przegrasz.

83 MIESZKANIE HARRY'EGO, 12 MAJA 2000

Harry wcale nie czuł się przegrany, gdy tuż przed północą otworzył drzwi do swojego mieszkania i zobaczył, że czerwone oczko w telefonie mruga.

Na Holmenkollveien zaniósł Olega do łóżka, potem pił herbatę z Rakel. Obiecała, że pewnego dnia opowie mu długą historię, kiedyś, kiedy nie będzie taka zmęczona. Harry stwierdził, że przydałby jej się długi urlop. Zgodziła się.

– Kiedy rozwiąże się ta sprawa z märklinem, możemy wyjechać we troje – zaproponował.

Pogładziła go po głowie.

– Nie wolno ci żartować z takich rzeczy, Hole.

– A kto mówi o żartach?

– Na dziś dosyć o tym. Wracaj do domu.

W korytarzu znów się całowali. Harry wciąż czuł smak tych pocałunków na ustach.

Teraz wszedł do pokoju w samych skarpetach, nie włączając światła, i przycisnął guzik Play w sekretarce. Ciemność wypełnił głos Sindrego Fauke.

– Mówi Fauke. Myślałem o tym. Jeżeli Daniel Gudeson nie jest duchem, to wyłącznie jedna osoba na świecie potrafi rozwiązać tę zagadkę: ten, który był razem z nim na warcie w tamten wieczór sylwestrowy, kiedy Daniel podobno zginął. Gudbrand Johansen. Musi pan znaleźć Gudbranda Johansena, panie Hole.

Potem rozległ się dźwięk odkładanej słuchawki, pisk, a kiedy Harry czekał na kliknięcie oznajmiające koniec nagrania, zamiast niego pojawiła się kolejna wiadomość.

– Mówi Halvorsen. Jest wpół do dwunastej. Właśnie dzwonił do mnie ktoś z obstawy. Czekali pod mieszkaniem Moskena, ale nie wrócił do domu. Spróbowali więc zadzwonić pod ten numer w Drammen, żeby zobaczyć, czy odbierze, ale się nie zgłosił. Jeden z chłopaków pojechał także na Bjerke, tam już jednak wszystko pozamykali i pogasili światła. Powiedziałem, żeby byli cierpliwi, i kazałem szukać Moskena przez nasze radio. Mówię ci o tym, żebyś wiedział. Do zobaczenia jutro.

Kolejny pisk. Kolejna wiadomość. Kolejny rekord sekretarki Harry'ego.

– Jeszcze raz Halvorsen. Zaczynam mieć sklerozę. Całkiem zapomniałem o drugiej sprawie. Wygląda na to, że nareszcie mamy trochę szczęścia. W archiwum SS w Kolonii nie mieli nic pod personaliami Gudesona i Johansena. Podpowiedzieli mi, żebym zadzwonił do archiwum Wehrmachtu w Berlinie. Tam trafiłem na prawdziwego zrzędę, który powiedział, że w regularnej armii niemieckiej było bardzo niewielu Norwegów. Ale kiedy wyjaśniłem mu sprawę, obiecał, że to sprawdzi. Po jakimś czasie oddzwonił jednak z wiadomością, że, jak się spodziewał, nie znalazł nic na temat Daniela Gudesona. Udało mu się natomiast odszukać kopie dokumentów na nazwisko Gudbranda Johansena, narodowości norweskiej. Wynikało z nich, że Johansen w czterdziestym czwartym został przeniesiony z Waffen SS do Wehrmachtu. Na kopiach była adnotacja, że oryginały zostały przesłane do Oslo latem czterdziestego czwartego. Według naszego człowieka w Berlinie może to oznaczać tylko to, że Johansen został odkomenderowany właśnie do Oslo. Odnalazła się też korespondencja z lekarzem, który podpisywał zwolnienia Johansena. W Wiedniu.

Harry usiadł na jedynym krześle w pokoju.

— Ten doktor nazywał się Christopher Brockhard, pracował w Szpitalu Rudolfa II. Rozmawiałem z policją wiedeńską. Okazało się, że ten szpital ciągle działa. Załatwili mi nawet nazwiska i numery telefonów ze dwudziestu żyjących jeszcze osób, które pracowały tam podczas wojny.
Teutoni znają się na archiwistyce, pomyślał Harry.
— Zacząłem więc je po kolei obdzwaniać. Do diabła, mój niemiecki jest okropnie słaby!
Śmiech Halvorsena wywołał trzaski w aparacie.
— Zadzwoniłem do ośmiu, nim znalazłem pielęgniarkę, która znała Gudbranda Johansena. Ma siedemdziesiąt pięć lat. Powiedziała, że świetnie go pamięta. Jej numer telefonu i adres dostaniesz jutro. Nazywa się Mayer. Helena Mayer.

Harry'emu śniła się Rakel. Jej twarz wtulona w jego szyję, mocne, lecz delikatne dłonie, i nieustannie spadające figury „Tetris". Ale w środku nocy obudził go głos Sindrego Fauke, który kazał mu wypatrywać w nocnym mroku zarysu ludzkiej sylwetki:
— Musi pan znaleźć Gudbranda Johansena, panie Hole.

84 TWIERDZA AKERSHUS, 13 MAJA 2000

Było wpół do trzeciej w nocy. Stary człowiek zaparkował samochód obok niskiego magazynu na ulicy noszącej nazwę Akershusstranda. Dawniej ulica stanowiła arterię komunikacyjną Oslo, ale po otwarciu tunelu Fjellinjen zamknięto ją z jednego końca i używana była niemal wyłącznie w dzień przez osoby pracujące na nabrzeżu. Korzystali z niej także klienci dziwek, szukający dyskretnego miejsca do „zabawy". Między ulicą a fiordem wznosiły się bowiem budynki magazynowe, a z drugiej strony znajdowała się zachodnia fasada twierdzy Akershus. Gdyby ktoś teraz jednak stanął na nabrzeżu Aker z mocną lornetką noktowizyjną, z pewnością zobaczyłby to samo, co stary: plecy szarego prochowca, drgającego za każdym razem, gdy kryjący się w nim mężczyzna wysuwał biodra w przód, oraz twarz mocno uszminkowanej i co najmniej równie mocno odurzonej kobiety, która pozwalała obijać się o zachodni mur twierdzy tuż pod armatami. Po obu stronach spółkującej pary stały reflektory oświetlające skalną ścianę i mur nad ich głowami.

Kriegswehrmachtgefängnis Akershus. Wewnętrzny rejon twierdzy zamykano wieczorem i chociaż on zdołał się tu przedostać, ryzyko, że zostanie odkryty w miejscu dawnych egzekucji, było zbyt duże. Nikt dokładnie nie wiedział, ile osób rozstrzelano tu podczas wojny, jedynie pamiątkowa tablica przypominała o poległych członkach norweskiego ruchu oporu. Stary wiedział, że przynajmniej jeden z nich był zwyczajnym przestępcą zasługującym na karę, bez względu na to, po której stronie się opowiedział. To właśnie tu rozstrzelano Vidkuna Quislinga wraz z innymi skazanymi na śmierć w procesach kolaborantów. Quisling siedział w Wieży Prochowej. Stary często się zastanawiał, czy właśnie od niej pochodzi tytuł książki, której autor szczegółowo opisywał rozmaite metody uśmiercania na przestrzeni stuleci. Czy opis śmierci przez rozstrzelanie, którego dokonał pluton egzekucyjny, był tak naprawdę opisem egzekucji Vidkuna Quislinga w ten październikowy dzień 1945 roku? Zdrajcę wyprowadzono na plac, by przeszyć jego ciało kulami karabinowymi... Czy tak, jak opisywał autor, naciągnięto mu kaptur na głowę, a na sercu przypięto białą kartkę jako cel? Czy zanim padły strzały, wykrzyknięto cztery słowa rozkazu? I czy doświadczeni strzelcy trafiali tak marnie, że lekarz ze stetoskopem musiał stwierdzić, iż do skazanego trzeba strzelać kolejny raz? Czy oddali jeszcze po cztery lub pięć strzałów, nim wreszcie nastąpiła śmierć przez wykrwawienie z powodu licznych ran powierzchownych?

Stary wyciął ten opis z książki.

Prochowiec już skończył i ruszył w dół zbocza w stronę swojego samochodu. Kobieta wciąż stała pod murem. Obciągnęła spódnicę i zapaliła papierosa. Rozżarzył się w ciemności, gdy zaciągnęła się mocniej. Stary czekał. Wreszcie prostytutka zdeptała niedopałek obcasem i powędrowała błotnistą ścieżką otaczającą twierdzę z powrotem do „biura", mieszczącego się w uliczkach wokół budynku Norges Bank.

Stary obrócił się w stronę tylnego siedzenia, z którego zakneblowana kobieta obserwowała go tym samym przerażonym wzrokiem, który widział u niej za każdym razem, gdy budziła się z odurzenia eterem. Zauważył, że porusza ustami pod kneblem.

– Nie bój się, Signe – pochylił się nad nią i przypiął jej coś z przodu do płaszcza. Próbowała spuścić głowę, żeby zobaczyć, co to jest, ale zmusił ją, by patrzyła prosto. – Przejdźmy się – powiedział. – Tak jak kiedyś.

Wysiadł z samochodu, otworzył tylne drzwiczki, wyciągnął ją ze środka i popchnął przed sobą. Potknęła się i upadła na kolana na trawę przy drodze, ale on chwycił za sznur, którym związał jej ręce z tyłu, i postawił na nogi. Ustawił ją tuż przed jednym z reflektorów w taki sposób, by światło świeciło jej prosto w oczy.

– Stój tutaj, nie ruszaj się! Zapomniałem o winie – powiedział spokojnie. – Czerwone *ribeiros*. Pamiętasz je chyba, prawda? Nie ruszaj się, bo inaczej...

Blask ją oślepiał, musiał podsunąć jej nóż do samej twarzy, by go zobaczyła. A pomimo ostrego światła źrenice miała tak rozszerzone, że jej oczy wydawały się niemal całkiem czarne. Wrócił do samochodu, rozejrzał się. Nie było nikogo. Przez chwilę nasłuchiwał, ale dobiegł go tylko monotonny szum miasta. Otworzył bagażnik. Odsunął na bok czarny worek na śmieci, czuł, że zwłoki psa już zaczęły sztywnieć. Stal märklina lekko błysnęła. Wyciągnął go i zajął miejsce na siedzeniu kierowcy. Otworzył okno do połowy i wysunął lufę, opierając ją na szybie. Kiedy podniósł wzrok, na żółtobrunatnym murze wzniesionym w szesnastym wieku zobaczył jej gigantyczny tańczący cień. Musiał być widoczny aż z Nesodden. Piękne.

Prawą ręką uruchomił samochód i dodał gazu. Po raz ostatni rozejrzał się dookoła, zanim popatrzył w celownik. Dzieliła go odległość zaledwie pięćdziesięciu metrów. Jej płaszcz wypełniał całe kółko celownika. Przesunął go odrobinę w prawo i czarny krzyżyk odnalazł to, czego szukał. Białą kartkę. Stary wypuścił powietrze z płuc i zagiął palec na spuście.

– Witamy wśród nas – szepnął.

Część ósma

APOKALIPSA

85 WIEDEŃ, 14 MAJA 2000

Harry pozwolił sobie na trzy sekundy rozkosznego napawania się chłodem skóry siedzeń Tyrolean Air na karku i przedramionach. Potem znów zaczął myśleć.

Pod nim rozciągał się krajobraz przypominający patchwork z zielonych i żółtych kawałków, z Dunajem błyszczącym w słońcu jak brunatny gładki ścieg. Stewardesa właśnie poinformowała, że podchodzą do lądowania na Schwechat i Harry musiał się do tego przygotować.

Nigdy nie zachwycało go latanie samolotami, ale w ostatnich latach zaczął się najzwyczajniej bać. Kiedyś Ellen spytała go, czego się boi.

– Że spadnę i umrę, do cholery! Czego innego?

Wyjaśniła mu, że prawdopodobieństwo śmierci w wypadku samolotowym podczas jednego przelotu wynosi jeden do trzydziestu milionów. Podziękował jej wtedy za tę informację i zgryźliwie dodał, że już przestał się bać.

Starał się oddychać głęboko i nie słuchać zmiennych odgłosów silnika. Dlaczego lęk przed śmiercią wzmaga się wraz z wiekiem? Czy nie powinno być odwrotnie? Signe Juul przeżyła siedemdziesiąt dziewięć lat. Prawdopodobnie bała się do szaleństwa. Znalazł ją strażnik z Akershus.

Zatelefonował jeden z tych cierpiących na bezsenność słynnych milionerów z Aker Brygge z informacją, że reflektor na południowej ścianie się zepsuł, i dyżurny posłał młodego wartownika, żeby to sprawdził. Harry przesłuchiwał go dwie godziny później.

Zeznał, że gdy się zbliżał, dostrzegł na reflektorze leżącą kobietę, która ciałem zasłaniała światło. W pierwszej chwili wziął ją za narkomankę, ale potem zauważył siwe włosy i staromodne ubranie. Zrozumiał, że ma do czynienia ze starszą osobą. W następnej chwili pomyślał, że zasłabła, ale wtedy odkrył, że ma ręce związane z tyłu. Dopiero gdy podszedł całkiem blisko, zobaczył olbrzymią dziurę w płaszczu.

– Miała przerwany kręgosłup – opowiadał roztrzęsiony. – Cholera, nawet to widziałem!

Potem dodał, że jedną ręką oparł się o skalną ścianę i zwymiotował. I że dopiero później, gdy przyjechała policja i przesunęła ciało tak, że reflektor znów rzucał światło na mur, zrozumiał, od czego ta ręka tak mu się lepiła. Pokazywał ją Harry'emu, jakby to miało jakieś znaczenie.

Przyjechali technicy. Weber podszedł do Harry'ego, przyglądając się zwłokom Signe Juul zaspanymi oczami. Oświadczył, że to nie Bóg był tutaj sędzią, tylko ten gość, co mieszka piętro niżej.

Jedynym świadkiem okazał się strażnik pilnujący magazynów. Za piętnaście trzecia widział samochód jadący wzdłuż Akershusstranda na wschód, ale ponieważ oślepiły go światła drogowe, nie zauważył ani marki, ani koloru.

Harry miał uczucie, że samolot przyspiesza. Wyobraził sobie, że starają się błyskawicznie nabrać wysokości, ponieważ kapitan właśnie zauważył Alpy wznoszące się przed szybą kokpitu. Potem nagle odniósł wrażenie, że maszyna straciła całe powietrze pod skrzydłami, i poczuł, że żołądek podnosi mu się do gardła. Jęknął mimowolnie, gdy w następnej chwili wnętrzności podskoczyły mu w górę jak gumowa piłka. Z głośników popłynął spokojny głos kapitana mówiącego po niemiecku i angielsku coś o turbulencjach.

Doktor Aune podkreślał, że gdyby człowiek nie posiadał zdolności odczuwania strachu, prawdopodobnie nie przeżyłby ani jednego dnia. Harry mocno ścisnął podłokietniki i próbował znaleźć pociechę w tej myśli.

Chyba zresztą dzięki pośredniemu wsparciu Aunego Harry wsiadł do pierwszego samolotu odlatującego do Wiednia. Kiedy przedstawił fakty, Aune natychmiast stwierdził, że czynnik czasu jest tu decydujący.

– Jeżeli to rzeczywiście seryjny mordercy, to zaczyna tracić kontrolę – oświadczył doktor. – W przeciwieństwie do klasycznego seryjnego mordercy, kierującego się motywami seksualnymi, który szuka zaspokojenia, lecz za każdym razem jest tak samo rozczarowany i zwiększa częstotliwość zbrodni z czystej frustracji. Tym mordercą najwyraźniej nie kierują motywy seksualne. On ma jakiś chory plan, który pragnie zrealizować. Na razie był ostrożny i działał racjonalnie. Fakt, że zabójstwa następują tak szybko po sobie i że sprawca podejmuje wielkie ryzyko, by podkreślić symboliczny aspekt tych działań – choćby to przypominające egzekucję morderstwo przy twierdzy Akershus – wskazuje, że albo czuje się niezwyciężony, albo też traci kontrolę. Może popada w psychozę.

– Albo wciąż ma pełną kontrolę – powiedział ponuro Halvorsen. – Nie popełnił żadnego głupiego błędu, nadal nie mamy najmniejszego śladu.

I rzeczywiście Halvorsen miał cholerną rację. Żadnych śladów.

Mosken potrafił się wytłumaczyć. Odebrał telefon w Drammen, gdy Halvorsen zadzwonił tam jeszcze raz rano, ponieważ w Oslo się nie pokazał. Oczywiście nie mogli wiedzieć, czy prawdą jest, że pojechał do Drammen po zamknięciu Bjerke o wpół do jedenastej, a do domu dotarł o wpół do dwunastej, czy też raczej wrócił tam o wpół do czwartej, zdążywszy wcześniej zastrzelić Signe Juul.

Harry poprosił wprawdzie Halvorsena o obdzwonienie sąsiadów z pytaniem, czy nie widzieli albo nie słyszeli powrotu Moskena, ale bez większych nadziei. Zwrócił się także do Møllera, by ten zdobył od prokuratora nakaz przeszukania obu mieszkań podejrzanego. Harry wiedział, że ich argumenty są słabe, i prokurator rzeczywiście odparł, że zanim da odpowiedni sygnał, musi najpierw zobaczyć coś, co będzie chociaż przypominało poszlaki.

Żadnych śladów. Najwyższa pora, żeby wpaść w panikę.

Harry zamknął oczy. Twarz Evena Juula wciąż tkwiła na siatkówce. Poszarzała, zamknięta. Siedział skulony w fotelu na Irisveien, trzymając w ręku smycz.

W końcu koła dotknęły asfaltu i Harry stwierdził, że po raz kolejny udało mu się znaleźć w gronie trzydziestu milionów szczęśliwców.

Funkcjonariusz, którego szef policji wiedeńskiej chętnie oddał do dyspozycji Harry'ego w roli kierowcy, przewodnika i tłumacza, stał w sali przylotów, ubrany w dobrze skrojony garnitur. Miał ciemne okulary, byczy kark, a w ręku kartkę formatu A4 z napisem „Mister Hole" wykaligrafowanym grubym flamastrem.

Byczy kark przedstawił się jako Fritz (ktoś musi się tak nazywać, pomyślał Harry) i zaprowadził gościa do granatowego bmw, które już w następnej chwili mknęło autostradą na północny zachód w stronę centrum. Mijało wypluwające biały dym fabryczne kominy i dobrze wychowanych kierowców, którzy zjeżdżali na prawy pas, kiedy Fritz dodawał gazu.

– Będziesz mieszkał w hotelu szpiegów – zapowiedział Fritz.
– W hotelu szpiegów?
– W starym zacnym Imperialu. To tutaj rosyjscy i zachodni agenci pojawiali się i znikali w czasach zimnej wojny. Twój szef musi mieć wypchaną kasę.

Dotarli do Kärntner Ring.

– Tam, ponad dachami domów, z prawej strony widać wieżę katedry Świętego Stefana. – Fritz pokazał palcem. – Piękna, prawda? A tu jest hotel. Zaczekam, aż załatwisz formalności.

Recepcjonista Imperialu uśmiechał się wyrozumiale, gdy Harry z podziwem w oczach rozglądał się wkoło.

– Włożyliśmy w odrestaurowanie hotelu czterdzieści milionów szylingów, żeby wyglądał dokładnie tak jak przed wojną. Bombardowania w czterdziestym czwartym dały mu się we znaki i jeszcze kilka lat temu był bardzo zniszczony.

Kiedy Harry wysiadł z windy na trzecim piętrze, miał wrażenie, że porusza się po uginającym się mchu, tak grube i miękkie były tu dywany. W niezbyt dużym pokoju stało szerokie łóżko z baldachimem, wyglądające na co najmniej sto lat. Kiedy otworzył okno, do środka wpadł zapach ciastek z cukierni po drugiej stronie ulicy.

– Helena Mayer mieszka na Lazarettegasse – poinformował Fritz, gdy Harry wrócił do samochodu. Zatrąbił na auto, które zmieniło pas bez włączania migacza. – Jest wdową i ma dwoje dorosłych dzieci. Po zakończeniu wojny pracowała jako nauczycielka, aż do przejścia na emeryturę.

– Rozmawiałeś z nią?
– Nie, ale czytałem jej teczkę.

Na Lazarettegasse stała kamienica, która prawdopodobnie kiedyś była elegancka. Teraz na szerokiej klatce schodowej farba łuszczyła się ze ścian, a echo ich szurających kroków mieszało się z odgłosem kapiącej wody.

W drzwiach wejściowych na trzecim piętrze czekała uśmiechnięta Helena Mayer. Miała żywo patrzące piwne oczy. Przeprosiła, że musieli wspinać się tak wysoko.

W mieszkaniu było nieco za dużo mebli i pełno drobiazgów, jakie ludzie gromadzą przez długie życie.

– Proszę siadać. Mówię tylko po niemiecku, ale pan może mówić do mnie po angielsku, na tyle rozumiem – powiedziała, zwracając się do Harry'ego.

Przyniosła tacę z zastawą do kawy.

– *Strudel* – wyjaśniła, pokazując na talerz z ciastem.

– Pycha – Fritz od razu się poczęstował.

– A więc pani znała Gudbranda Johansena? – zaczął Harry.

– Tak. Nazywaliśmy go Uriaszem, upierał się przy tym. Z początku wydał nam się dziwny, sądziliśmy, że to z powodu odniesionych ran.

– Jakie to były rany?

– Głowy. No i był też ranny w nogę. Mało brakowało, a doktor Brockhard musiałby ją amputować.

– Ale w czterdziestym czwartym wyzdrowiał i został odkomenderowany do Oslo, prawda?

– Tak, tak miało być.

– Co pani ma na myśli, mówiąc „miało"?

– On przecież zniknął. W każdym razie nie pojawił się w Oslo, prawda?

– Rzeczywiście nic na to nie wskazuje. Proszę mi opowiedzieć, jak dobrze pani znała Gudbranda Johansena?

– Dobrze. Był otwartym człowiekiem, pięknie opowiadał. Myślę, że wszystkie pielęgniarki po kolei się w nim kochały.

– Pani też?

Roześmiała się dźwięcznie jasnym śmiechem.

– Ja też. Ale on mnie nie chciał.

– Nie chciał?

– O, byłam ładna, niech mi pan wierzy, nie o to chodziło. Ale Uriasz pragnął innej kobiety.

– Ach, tak?

– Tak. Ona też miała na imię Helena.

– A na nazwisko?

Starsza pani zmarszczyła czoło.

– Lang, Helena Lang. No przecież właśnie ta ich miłość stała się przyczyną tragedii.

– Jakiej tragedii?

Zdziwiona popatrzyła na Harry'ego i na Fritza, a potem znów na Harry'ego.

– To nie dlatego tu jesteście? – spytała. – Nie z powodu tego morderstwa?

86 PARK ZAMKOWY, 14 MAJA 2000

Była niedziela. Ludzie chodzili wolniej niż zwykle i stary człowiek, idąc przez Park Zamkowy, dotrzymywał im kroku. Przy budce straży zatrzymał się. Na drzewach pojawiła się już jasna zieleń, którą lubił najbardziej. Na wszystkich z wyjątkiem jednego. Wysoki dąb na środku parku nigdy nie będzie zieleńszy niż teraz. Różnica już była widoczna. W miarę jak drzewo budziło się z zimowego uśpienia, zaczęły w nim krążyć życiodajne soki i roznosić truciznę w siateczce żyłek. Dotarła już teraz do każdego najmniejszego listka i spowodowała nadmierny wzrost, który w ciągu tygodnia lub dwóch sprawi, że liście zwiędną, zbrązowieją i opadną, a na koniec drzewo umrze.

Na razie jednak tego nie zrozumieli. Nie rozumieli najwyraźniej niczego. Bernt Brandhaug początkowo nie stanowił części pierwotnego planu i stary rozumiał, że ten zamach mógł zdezorientować policję. Wypowiedź Brandhauga dla „Dagbladet" była tylko jednym z tych dziwnych zbiegów okoliczności. Śmiał się głośno, gdy ją czytał. Mój Boże, przecież on nawet zgadzał się z Brandhaugiem, przegrani powinni zawisnąć, takie jest prawo wojny.

Ale co ze wszystkimi pozostałymi śladami, które im podsunął? Nawet egzekucja przy twierdzy Akershus nie zdołała ich naprowadzić na związek z wielką zdradą. Może wreszcie rozjaśni im się w głowach, gdy w twierdzy hukną armaty.

Rozejrzał się w poszukiwaniu ławki. Bóle pojawiały się ostatnio coraz częściej, nie musiał pytać Buera, by wiedzieć, że choroba rozniosła się już po całym ciele. Sam to czuł. Niewiele już mu zostało.

Oparł się o drzewo. Królewska brzoza. Rząd i król uciekają do Anglii. *Niemieckie bombowce nad nami.* Ten wiersz Nordahla Griega wywoływał w nim mdłości. Zdradę króla opisywał jako honorowy odwrót. Porzucenie narodu w nieszczęściu miało być wysoce moralnym postępkiem. A przecież bezpieczny w Londynie król był tylko jeszcze jedną z tych majestatycznych figur na wygnaniu, które wygłaszały wzruszające mowy dla sympatyzujących z nim dam z wyższych sfer podczas reprezentacyjnych obiadów. Figur uczepionych nadziei, że ich maleńkie królestwo pewnego dnia zapragnie ich powrotu. A kiedy już było po wszystkim, statek z następcą tronu na pokładzie przybił do brzegu, a wszyscy zgromadzeni ludzie witali go, krzycząc aż do ochrypnięcia, by zagłuszyć wstyd, zarówno swój własny, jak i króla. Stary zamknął oczy przed słońcem.

Głośne komendy, tupot butów i uderzenia karabinów AG3 o żwir. Odmeldowanie. Zmiana warty.

87 WIEDEŃ, 14 MAJA 2000

– Więc wy o tym nie wiedzieliście? – zdziwiła się Helena Mayer.

Kręciła głową, a Fritz już był przy telefonie i nakazywał komuś szukać w archiwum akt przedawnionych morderstw.

– Z całą pewnością to znajdziemy – szepnął. Harry nie miał wątpliwości.

– Policja była więc pewna, że Gudbrand Johansen zabił własnego lekarza? – spytał Harry, zwracając się do starszej pani.

– Owszem. Christopher Brockhard mieszkał sam w jednym z mieszkań przyszpitalnych. Policja mówiła, że Johansen wybił szybę w drzwiach wejściowych i zabił go śpiącego we własnym łóżku.

– W jaki sposób...

Pani Mayer dramatycznie przeciągnęła palcem przez gardło.

– Widziałam to potem na własne oczy – powiedziała. – Można by wręcz przypuszczać, że doktor sam to zrobił, tak staranne było to cięcie.

– Hm. A skąd policja miała pewność, że to Johansen?

Roześmiała się.

– Zaraz to panu wytłumaczę. Ponieważ Johansen pytał na dyżurce, w którym mieszkaniu mieszka Brockhard, strażnik widział też, jak parkował i wchodził przez główną bramę. Potem Johansen wybiegł stamtąd, zapalił samochód i na pełnym gazie pojechał w kierunku Wiednia. A następnego dnia zniknął. Nikt nie wiedział, gdzie. Wiadomo było jedynie, że zgodnie z rozkazem trzy dni później powinien znaleźć się w Oslo. Policja norweska już na niego czekała, lecz on tam nie dotarł.

– Pamięta pani, czy policja znalazła jakieś inne dowody oprócz zeznań tego strażnika?

– Czy pamiętam? Rozmawialiśmy o tym morderstwie całymi latami. Grupa krwi znalezionej na odłamkach szkła z drzwi zewnętrznych odpowiadała jego grupie krwi. Policja znalazła też w sypialni Brockharda te same odciski palców co na stoliku przy łóżku Uriasza w szpitalu. Poza tym istniał motyw...

– Tak?

– Owszem. Gudbrand i Helena byli w sobie zakochani, ale to Christopher miał ją dostać.

– Byli zaręczeni?

– Nie, nie. Ale Christopher szalał za Heleną, wszyscy o tym wiedzieli. Pochodziła z bogatej rodziny, która z dnia na dzień straciła majątek, gdy ojciec trafił do więzienia. Małżeństwo z Brockhardem było dla niej i dla jej matki jedyną możliwością powrotu do dawnego życia. Wie pan, jak to jest, młoda kobieta ma zobowiązania wobec rodziny. W każdym razie w tamtych czasach tak było.

– Czy pani wie, gdzie jest dzisiaj Helena Lang?

– Ach, ależ przecież nie tknął pan strudla, mój drogi! – wykrzyknęła wdowa.

Harry wziął duży kawałek, ugryzł i z uznaniem pokiwał głową.

– Nie – kontynuowała. – Nie wiem. Kiedy się okazało, że noc, w którą popełniono morderstwo, Helena spędziła z Johansenem, wszczęto śledztwo również przeciwko niej. Ale nic nie znaleziono. Przestała pracować w Szpitalu Rudolfa II i przeniosła się do Wiednia. Otworzyła własny zakład krawiecki. Była silną, odważną kobietą. Czasami zdarzało mi się widywać ją spieszącą gdzieś ulicami. W połowie lat pięćdziesiątych sprzedała zakład i później już więcej o niej nie słyszałam. Ktoś wspominał, że wyjechała za granicę. Ale wiem, kogo możecie spytać. Jeśli oczywiście jeszcze żyje. Beatrice Hoffmann. Pomagała w domu u rodziny Langów. Po tym morderstwie nie było już ich stać na służącą i Beatrice przez pewien czas pracowała w Szpitalu Rudolfa II.

Fritz znów złapał za telefon.

Na parapecie rozpaczliwie brzęczała mucha. Słuchała wyłącznie swego mikroskopijnego rozumu, raz po raz uderzała w szybę, niewiele z tego rozumiejąc. Harry wstał.

– A strudel...
– Następnym razem, pani Mayer. Akurat w tej chwili bardzo nam się spieszy.
– Dlaczego? Przecież to się wydarzyło ponad pół wieku temu. Sprawa wam nie ucieknie.
– No cóż... – bąknął Harry, nie odrywając wzroku od muchy walczącej w słońcu za firankami.

Jechali już w stronę posterunku, gdy zadzwonił telefon Fritza. Austriacki policjant wykonał bardzo nieprzepisową nawrotkę, aż jadący za nimi kierowcy rzucili się do klaksonów.

– Beatrice Hoffmann żyje – oświadczył, przyspieszając na skrzyżowaniu. – Jest w domu opieki na Mauerbachstrasse. To w Lesie Wiedeńskim.

Bmw turbo zawyło radośnie. Kamienice ustąpiły miejsca domom szachulcowym, winnicom, a wreszcie zielonemu liściastemu lasowi, w którym popołudniowe światło igrało wśród liści, tworząc czarodziejski nastrój wokół samochodu mknącego bukowo-kasztanowymi alejami.

W wielkim ogrodzie czekała na nich pielęgniarka. Beatrice Hoffmann odpoczywała na ławce w cieniu, pod wielkim sękatym dębem. Nad drobną pomarszczoną twarzą królował słomkowy kapelusz. Fritz porozmawiał z nią chwilę po niemiecku, wyjaśnił, po co przyjechali. Staruszka z uśmiechem pokiwała głową.

– Mam dziewięćdziesiąt lat – powiedziała drżącym głosem – ale gdy pomyślę o *Fräulein* Helenie, w oczach wciąż kręcą mi się łzy.
– Czy ona żyje? – spytał Harry szkolnym niemieckim. – Czy pani wie, gdzie ona jest?

– Co on mówi? – spytała staruszka, przykładając dłoń do ucha. Fritz musiał tłumaczyć.
– Tak. Wiem – odparła. – Wiem, gdzie jest Helena. Siedzi tam, na górze. – Wskazała na koronę drzewa.

No i tyle z tego przyszło, pomyślał Harry. Skleroza. Ale starsza pani dokończyła:

– U świętego Piotra. Langowie byli dobrymi katolikami, ale Helena to prawdziwy anioł. Mówiłam już, że gdy o niej pomyślę, od razu chce mi się płakać.

– Pamięta pani Gudbranda Johansena? – spytał Harry.

– Uriasza – poprawiła go Beatrice. – Spotkałam go tylko raz. Przystojny i czarujący młody człowiek, lecz niestety chory. Kto by przypuścił, że taki uprzejmy, miły chłopiec potrafi zabić? To uczucie było dla nich zbyt silne. Dla Heleny również. Nie zdołała o nim zapomnieć. Policja go nie odnalazła, a chociaż Heleny nigdy o nic nie oskarżono, André Brockhard nakłonił zarząd szpitala, by ją wyrzucono. Przeniosła się do miasta i pracowała jako ochotniczka w kancelarii arcybiskupa, dopóki bieda nie zmusiła jej do podjęcia płatnej pracy. Założyła więc zakład krawiecki. W ciągu dwóch lat zatrudniła czternaście kobiet, które szyły dla niej na pełnym etacie. Jej ojca zwolniono z więzienia, lecz po tym skandalu z żydowskimi bankierami nie mógł znaleźć żadnej pracy. Upadek rodziny najgorzej zniosła pani Lang. Zmarła po dłuższej chorobie w pięćdziesiątym trzecim, a pan Lang tego samego roku jesienią zginął w wypadku samochodowym. W pięćdziesiątym piątym Helena sprzedała zakład i bez żadnego wyjaśnienia wyjechała z kraju. Pamiętam ten dzień. To było piętnastego maja. Dzień wyzwolenia Austrii.

Fritz dostrzegł zdziwioną minę Harry'ego i wyjaśnił:

– My, Austriacy, jesteśmy dość szczególni. Nie czcimy dnia, w którym Hitler skapitulował, lecz ten, kiedy alianci wycofali się z kraju.

Beatrice opowiedziała, w jaki sposób dowiedziała się o śmierci Heleny.

– Nie utrzymywaliśmy z nią kontaktu od ponad dwudziestu lat, gdy pewnego dnia dostałam list ze stemplem z Paryża. Pisała, że jest tam na wakacjach razem z mężem i córką. Zrozumiałam, że to coś w rodzaju ostatniej podróży. Nie napisała, gdzie zamieszkała, za kogo wyszła, ani na co choruje. Pisała jedynie, że niewiele czasu już jej zostało i że pragnie, bym zapaliła dla niej świecę w katedrze Świętego Stefana. Helena była niezwykłą osobą. Miała siedem lat, kiedy przyszła do mnie do kuchni, popatrzyła z powagą i powiedziała, że Bóg stworzył ludzi po to, by kochali. – Po pomarszczonym policzku staruszki spłynęła łza. – Nigdy tego nie zapomnę. Miała tylko siedem lat. Myślę, że wtedy zdecydowała, w jaki sposób przeżyje życie. I chociaż z całą pewnością nie było dokładnie takie, jak sobie to wyobrażała, przeszła wiele ciężkich prób, to jednak jestem przekonana, że w pełni w to wierzyła, aż do końca. W to, że Bóg stworzył ludzi po to, by kochali. Po prostu taka była.

– Czy pani wciąż ma ten list? – spytał Harry.

Otarła łzy i pokiwała głową.

– Jest w moim pokoju. Proszę pozwolić mi jeszcze przez chwilę powspominać, zaraz tam pójdziemy. Zapowiada się zresztą pierwsza gorąca noc w tym roku.

Siedzieli w milczeniu, słuchając szumu w gałęziach i ptaków śpiewających słońcu zachodzącemu za Sophienalpe, a każdy z nich pomyślał o swoich bliskich zmarłych. W kolumnach światła pod drzewami wirowały owady. Ellen. Harry zauważył szarego ptaszka i gotów był przysiąc, że to muchołówka, którą oglądał na obrazku w książce od Rakel.

– Chodźmy – powiedziała wreszcie Beatrice.

Jej pokój był nieduży i prosty, ale jasny i przytulny. Pod dłuższą ze ścian stało łóżko, nad nim wisiały różnego formatu zdjęcia. Beatrice przerzucała jakieś papiery w szufladzie komody.

– Mam swój system, na pewno znajdę – oświadczyła.

Oczywiście, pomyślał Harry.

W tej samej chwili jego spojrzenie padło na zdjęcie w srebrnej ramce.

– Oto i list – oznajmiła po chwili Beatrice.

Harry nie odpowiedział. Wpatrywał się w zdjęcie i zareagował dopiero, gdy usłyszał jej głos tuż za plecami.

– Tę fotografię zrobiono w czasie, gdy Helena pracowała w szpitalu. Była piękna, prawda?

– Owszem – odparł Harry. – Ma w sobie coś dziwnie znajomego.

– Nic w tym dziwnego – odparła Beatrice. – Malują ją na ikonach już blisko dwa tysiące lat.

Rzeczywiście noc była gorąca. Gorąca i parna. Harry kręcił się na łóżku z baldachimem, zrzucił koc na podłogę i wyciągnął prześcieradło spod materaca. Na próżno starał się odepchnąć myśli i zasnąć. Przez moment zastanawiał się nad skorzystaniem z minibaru, ale potem przypomniał sobie, że odczepił od niego kluczyk i przezornie zostawił w recepcji. Słyszał głosy na korytarzu. Miał wrażenie, że ktoś szarpie za klamkę, zerwał się z łóżka, ale nikogo nie było. Potem głosy odezwały się bliżej, w pokoju, poczuł czyjś gorący oddech na skórze, usłyszał trzask pękającego materiału. Ale kiedy otworzył oczy, dostrzegł jedynie błysk i zrozumiał, że to błyskawica.

Kolejne dalekie grzmoty zdawały się dochodzić to z jednego krańca miasta, to z innego. Harry znów zasnął. Całował ją, zdjął z niej białą nocną koszulę, skórą miała bladą i chłodną, od potu i strachu. Obejmował ją długo, aż się rozgrzała w jego ramionach i powoli wróciła do życia, jak kwiat, o którym kręci się film przez całą wiosnę, a potem puszcza w szalonym tempie.

Nie przestawał jej całować, w kark, wewnętrzną stronę ramion, brzuch, niczego nie żądając, nawet nie żartując, trochę na pociechę, a trochę sennie. A gdy z wahaniem poszła za nim, sądząc, że w miejscu, do którego się wybierają, będzie bezpiecznie, dalej szedł przodem, aż dotarli w okolicę, której również on nie znał. Kiedy się odwrócił, było już za późno. Rzuciła mu się w ramiona, zaklinając go, błagając i mocno drapiąc do krwi.

Obudził się zdyszany. Musiał się obrócić w łóżku, by upewnić się, że jest sam. Później wszystko zlało się w wir marzeń, snu i błyskawic. W środku nocy ponownie obudził go deszcz bębniący o parapet. Podszedł do okna i patrzył na ulice spływające deszczem i bezpański kapelusz niesiony prądem.

Gdy zadzwonił budzik w telefonie, na dworze było jasno, a ulice wyschły.

Spojrzał na zegarek leżący na nocnym stoliku. Do odlotu samolotu do Oslo pozostały jeszcze dwie godziny.

88 THERESES GATE, 15 MAJA 2000

Ściany pomalowanego na żółto gabinetu Stałego Aune pokrywały półki uginające się od fachowej literatury i rysunki Aukrusta.
– Bardzo proszę, Harry – powiedział doktor. – Krzesło czy kozetka? Każde spotkanie u siebie w gabinecie otwierał tym zdaniem. Harry odpowiedział lekkim uniesieniem lewego kącika ust w zdawkowym uśmiechu mówiącym: „zabawne, ale już to słyszeliśmy". Kiedy zadzwonił z lotniska Gardermoen, Aune odpowiedział, że chętnie go przyjmie, ale ma mało czasu. Wyjeżdża służbowo na seminarium do Hamar, gdzie zamierza wygłosić wstępny wykład.
– Nosi tytuł: „Problemy związane z diagnozowaniem alkoholizmu". Nie zostaniesz wymieniony z nazwiska.
– To dlatego pan się tak wystroił? – spytał Harry.
– Ubranie to jeden z najmocniejszych wysyłanych przez nas sygnałów – odparł Aune, gładząc dłonią klapę marynarki. – Tweed sygnalizuje męskość i pewność siebie.
– A muszka? – Harry wyciągnął notatnik i długopis.
– Intelektualne rozbawienie i arogancję. Powagę ze szczyptą autoironii, jeśli wolisz. Jak się okazuje, więcej niż dość, by zaimponować kolegom niższym rangą.
Zadowolony odchylił się do tyłu i złożył dłonie na wydatnym brzuchu.
– Proszę mi raczej opowiedzieć o rozszczepieniu osobowości – przerwał mu Harry. – Czyli o schizofrenii.
Aune jęknął.
– W ciągu pięciu minut?
– No, to poproszę o streszczenie.
– Po pierwsze, wymieniasz schizofrenię i rozszczepienie osobowości jednym tchem. A to jedno z tych nieporozumień, które z jakiegoś powodu wbiło się ludziom w głowy. Schizofrenia to określenie całej grupy bardzo różnych schorzeń psychicznych i nie ma nic wspólnego z tym rodzajem rozszczepienia osobowości. Co prawda greckie słowo „schizo" oznacza „rozszczepiam", ale doktor Eugen Bleuler rozumiał przez to dezintegrację wszystkich funkcji psychicznych. A jeśli...
Harry wskazał na zegarek.

– No właśnie – westchnął Aune. – Rozszczepienie osobowości, o którym mówisz, w Ameryce nazwano MPD, *Multiple Personality Disorder*. U jednego osobnika można znaleźć dwie lub więcej osobowości, które dominują na przemian. Tak jak w przypadku doktora Jekylla i mister Hyde'a.

– Więc to naprawdę istnieje?

– Oczywiście. Ale występuje rzadko, o wiele rzadziej, niż przedstawiają to niektóre hollywoodzkie filmy. W ciągu dwudziestu pięciu lat pracy jako psycholog nigdy nie miałem szczęścia, by móc obserwować bodaj jeden przypadek MPD. Ale i tak trochę na ten temat wiem.

– Na przykład co?

– Na przykład to, że niemal zawsze wiąże się z utratą pamięci. U pacjenta cierpiącego na MPD jedna z osobowości może się obudzić na kacu, nie wiedząc, że istnieje jakaś inna osobowość, która jest pijakiem. Może się nawet zdarzyć tak, że jedna z osobowości jest alkoholikiem, a druga abstynentem.

– Zakładam, że nie mówi pan tego dosłownie.

– Ależ tak.

– Przecież alkoholizm to choroba również fizyczna.

– Owszem, ale właśnie przez to MPD jest tak fascynujące. Mam pewien raport na temat pacjenta, u którego jedna z osobowości była nałogowym palaczem, a druga nie tykała papierosów. Ciśnienie krwi, mierzone w chwili, gdy przeważała osobowość paląca, było o dwadzieścia procent wyższe. U kobiet cierpiących na MPD odnotowywano menstruację kilka razy w miesiącu, ponieważ każda z osobowości miała swój własny cykl.

– A więc ci ludzie mogą zmienić swoją fizyczność?

– Owszem, do pewnego stopnia. Historia doktora Jekylla i mister Hyde'a nie jest wcale tak daleka od prawdy, jak mogłoby się wydawać. W pewnym znanym przypadku, opisanym przez doktora Oshersona, jedna z osobowości była heteroseksualna, a druga homoseksualna.

– Czy te osobowości mogą mieć różne głosy?

– Tak, zmiana głosu to faktycznie najłatwiejszy sposób, w jaki można zaobserwować zmiany osobowości.

– A mogą być tak różne, że nawet ktoś, kto zna tę osobę bardzo dobrze, nie rozpozna jej innego głosu? Na przykład przez telefon?

– Jeśli ta osoba nie wie o istnieniu tej drugiej osobowości, to tak. Zmiana mimiki i gestów może wystarczyć, by osoby znające pacjenta z MPD jedynie przelotnie nie rozpoznały go, przebywając w tym samym pokoju.

– Czy to możliwe, by pacjent z MPD zdołał to ukryć przed najbliższymi?

– Owszem, tego się nie da wykluczyć. Częstotliwość pojawiania się tej drugiej osobowości jest sprawą bardzo indywidualną. A niektórzy do pewnego stopnia są w stanie sami kontrolować te zmiany.

– Ale to oznacza, że te osobowości muszą wiedzieć o sobie nawzajem?

– Tak, to się również zdarza. Dokładnie tak jak w powieści o doktorze Jekyllu i mister Hydzie może toczyć się gorzka walka pomiędzy tymi osobowościami, ponieważ mają różne cele, różnie też postrzegają moralność oraz osoby z otoczenia, lubiane i nielubiane.

– A co z pismem? Tu też potrafią oszukać?

– Tu nie ma mowy o oszustwie, Harry. Ty też nie jesteś przez cały czas tą samą osobą. Kiedy wracasz z pracy do domu, w tobie również następuje cały szereg trudno zauważalnych zmian, zmienia ci się głos, gesty. Dobrze, że wspominasz o piśmie, mam gdzieś książkę ze zdjęciem listu napisanego przez cierpiącego na MPD pacjenta, w którym jest aż siedemnaście całkiem różnych, ale stałych charakterów pisma. Poszukam jej dla ciebie, kiedy będę miał więcej czasu.

Harry zapisał kilka haseł w notatniku.

– Różne terminy menstruacji. Różne charaktery pisma. To jakieś szaleństwo – mruknął.

– To twoje słowa, Harry. Mam nadzieję, że trochę ci pomogłem. Ale teraz muszę już naprawdę jechać.

Aune zamówił taksówkę, wyszli razem na ulicę. Gdy czekali na chodniku, spytał Harry'ego o plany na siedemnastego maja.

– Zaprosiliśmy z żoną kilkoro przyjaciół na śniadanie, będziesz bardzo mile widziany.

– To uprzejmie z pana strony, ale neonaziści planują atak na muzułmanów, którzy akurat siedemnastego obchodzą *eid*. Wyznaczono mi koordynację stróżowania przy meczecie na Grønland – odparł Harry, którego to zaskakujące zaproszenie zarazem cieszyło i krępowało.

– Zawsze proszą nas, singli, o wzięcie dyżuru podczas świąt rodzinnych.
– Może zajrzałbyś chociaż na chwilę. Większość z naszych gości też ma inne plany na dalszą część tego dnia.
– Bardzo dziękuję, pomyślę o tym. Jakich pan ma właściwie przyjaciół?
Aune sprawdził, czy muszka dobrze siedzi.
– Tylko takich jak ty – odparł. – Moja żona zna kilkoro porządnych ludzi.
W tej samej chwili podjechała taksówka. Harry przytrzymał drzwiczki, gdy doktor wsiadał, ale kiedy miał je już zamknąć, coś mu się przypomniało.
– A co wywołuje to MPD?
Aune wychylił się i zerknął na Harry'ego.
– O co ci właściwie chodzi, Harry?
– Jeszcze nie wiem. Ale to może okazać się ważne.
– Aha. Bardzo często pacjenci z MPD byli narażeni na jakiś atak w dzieciństwie. Ale to zaburzenie mogą wywołać również silne traumatyczne przejścia w późniejszym okresie życia. Człowiek stwarza drugą osobowość, by uciec od problemów.
– O jakiego rodzaju traumie możemy mówić w przypadku dorosłego mężczyzny?
– Tu trzeba uruchomić wyobraźnię. Mógł przeżyć jakąś katastrofę, stracić kogoś, kogo kochał, doświadczyć przemocy lub żyć przez dłuższy czas w nieustannym lęku.
– Na przykład będąc żołnierzem na wojnie?
– Wojna bez wątpienia może się okazać czynnikiem, który to powoduje.
– Albo partyzantka.
To ostatnie Harry powiedział już do siebie, bo taksówka z Aunem odjechała w dół Thereses gate.

– Scotsman – powiedział Halvorsen.
– Zamierzasz spędzić siedemnasty maja w pubie Scotsman? – skrzywił się Harry, stawiając torbę za wieszakiem.
Halvorsen wzruszył ramionami.

– A masz jakąś lepszą propozycję?
– Skoro to już musi być pub, to znajdź przynajmniej bardziej stylowy. Albo lepiej zastąp któregoś z ojców rodziny i weź dyżur na czas przemarszu pochodu dziecięcego. Niezły dodatek za pracę w święto i zero kaca.
– Jeszcze się zastanowię.
Harry ciężko usiadł na krześle.
– Nie zamierzasz go naprawić? Rzeczywiście potwornie jęczy.
– Ono się nie da naprawić – odparł Harry cierpko.
– *Sorry*. Znalazłeś coś w Wiedniu?
– Zaraz do tego dojdę. Mów pierwszy.
– Próbowałem sprawdzić alibi Evena Juula na czas zniknięcia jego żony. Twierdził, że chodził po centrum, zajrzał do Palarni Kawy na Ullevålsveien, ale nie spotkał tam nikogo znajomego, kto mógłby to poświadczyć. Obsługa też niczego nie potwierdzi, mają zbyt duży ruch.
– Palarnia Kawy znajduje się naprzeciwko Schrødera – zauważył Harry.
– I co z tego?
– Tak tylko gadam. Co mówią technicy?
– Niczego nie znaleźli. Weber powiedział, że jeśli Signe Juul została przewieziona do twierdzy tym samochodem, który widział strażnik, powinni znaleźć na jej ubraniu ślady włókna z tylnego siedzenia, ziemi czy oleju z bagażnika, cokolwiek.
– Wyłożył siedzenia workami na śmieci – stwierdził Harry.
– Weber też tak mówi.
– Sprawdziłeś te suche źdźbła trawy, które znaleźli na płaszczu?
– Jasne. Mogą pochodzić ze stajni Moskena. I z miliona innych miejsc.
– Siano. Nie źdźbła.
– W tych źdźbłach trawy nie ma nic szczególnego, Harry. To po prostu... źdźbła.
– Cholera! – Harry ze złością rozejrzał się dokoła.
– A w Wiedniu?
– Jeszcze więcej trawy. Masz jakieś pojęcie o kawie, Halvorsen?
– Co?

— Ellen parzyła porządną kawę. Kupowała ją w jakimś sklepie tu, na Grønland. Może...
— Nie — oświadczył zdecydowanie Halvorsen. — Nie będę ci parzył kawy.
— Tak tylko próbowałem — Harry już się podnosił. — Wychodzę na jakieś dwie godziny.
— To wszystko, co masz do powiedzenia o Wiedniu? Źdźbło trawy? Może chociaż źdźbło prawdy?
Harry pokręcił głową.
— *Sorry*, to też ślepy tor. Przyzwyczaisz się do takich rzeczy.

Coś się wydarzyło. Harry szedł przez Grønlandsleiret, próbując to ustalić. Ludzie na ulicach byli inni. Podczas jego pobytu w Wiedniu zaszła w nich jakaś zmiana. Dotarł daleko na Karl Johans gate, nim wreszcie zrozumiał, w czym rzecz. Nadeszło lato. Po raz pierwszy w tym roku Harry poczuł mijający go tłum, zapach asfaltu i kwiaciarni na Grensen. A kiedy szedł przez Park Zamkowy, zapach skoszonej trawy był tak intensywnie przyjemny, że musiał się uśmiechnąć. Chłopak i dziewczyna w kombinezonach Zieleni Miejskiej stali z zadartymi głowami i patrzyli w koronę drzewa. Dyskutowali o czymś, kręcąc głowami. Dziewczyna zdjęła górną część kombinezonu i przewiązała go w pasie. Harry zauważył, że gdy rozprawiała, pokazując na gałęzie, kolega ukradkiem patrzył na jej opiętą koszulkę.

Na Hegdehaugsveien mniej i bardziej snobistyczne sklepy szykowały się do ostatniego ataku, by wystroić ludzi na siedemnastego maja. Kioski sprzedawały kokardki w barwach narodowych i flagi, a w oddali słychać było echo orkiestry szlifującej *Stary marsz myśliwski*. Zapowiadano deszcz, ale miało być ciepło.

Harry był spocony, kiedy dzwonił do drzwi Sindrego Fauke.

Gospodarz nie okazywał szczególnej radości w związku ze świętem narodowym.

— Zawracanie głowy. I za dużo flag. Nic dziwnego, że Hitler czuł się spokrewniony z Norwegami. Dusza naszego narodu jest na wskroś nacjonalistyczna. Brak nam jedynie odwagi, by się głośno do tego przyznać.

Nalał kawy.

— Gudbrand Johansen trafił do szpitala w Wiedniu — powiedział od razu Harry. — Nocą tuż przed wyjazdem do Norwegii zabił lekarza. Od tej pory nikt go nie widział.
— No, proszę. — Fauke siorbnął głośno wrzącą kawę. — Wiedziałem, że z tym chłopakiem było coś nie tak.
— Co pan mi może opowiedzieć o Evenie Juulu?
— Dużo. Jeśli muszę.
— No cóż. Musi pan.
Fauke uniósł krzaczastą brew.
— Jest pan pewien, że to nie błędny trop, Hole?
— Nie jestem pewien absolutnie niczego.
Fauke w zamyśleniu dmuchał na kawę.
— No dobrze. Jeśli to rzeczywiście konieczne. Juula i mnie łączył związek pod wieloma względami przypominający to, co łączyło Gudbranda Johansena z Danielem Gudesonem. Byłem dla Evena kimś w rodzaju zastępczego ojca. Pewnie wynika to z faktu, że był sierotą.
Filiżanka Harry'ego znieruchomiała w połowie drogi do ust.
— Niewiele osób o tym wiedziało, bo Even dość swobodnie fantazjował. W jego zmyślonym dzieciństwie było więcej osób, szczegółów, miejsc i dat, niż większość z nas pamięta z prawdziwego dzieciństwa. Oficjalna wersja głosi, że dorastał w rodzinie Juulów w gospodarstwie koło Grini. Ale prawdą jest, że wychowywał się w różnych rodzinach zastępczych i w zakładach rozrzuconych po Norwegii, dopóki wreszcie nie trafił jako dwunastolatek do bezdzietnej rodziny Juulów.
— Skąd pan to wie, skoro o tym kłamał?
— To niezwykła historia. Pewnej nocy pełniliśmy razem z Evenem wartę przed kwaterą dowództwa, która mieściła się w lesie na północ od Harestua. I właśnie wtedy coś w nim pękło. W tym czasie nie byliśmy sobie zbyt bliscy i z wielkim zaskoczeniem przyjąłem jego opowieść o tym, jak źle był traktowany w dzieciństwie. Zdradził mi bardzo osobiste szczegóły ze swego życia. Niektórych naprawdę przykro było słuchać. Pewnych ludzi, z którymi miał kontakt, powinno się...
— Fauke aż zadrżał. — Może się przejdziemy? Podobno ładna dzisiaj pogoda.
Poszli w górę Vibes gate do Stensparken, gdzie pojawiły się już pierwsze kostiumy bikini. Z kryjówki na szczycie wzgórza wypełzł też

jakiś narkoman, wyglądał tak, jakby przed chwilą właśnie odkrył kulistość Ziemi.

– Nie wiem, skąd się to brało, ale odniosłem wrażenie, że tej nocy Even Juul stał się zupełnie inną osobą – podjął Fauke. – To dziwne. Ale najdziwniejsze, że następnego dnia udawał, że nic się nie stało, jak gdyby całkiem zapomniał o naszej rozmowie.

– Mówi pan, że nie byliście sobie bliscy. Ale czy opowiadał mu pan o swoich przeżyciach na froncie wschodnim?

– Tak, oczywiście. W lesie niewiele się działo. Głównie przemieszczaliśmy się i tropiliśmy Niemców. Podczas długich godzin oczekiwania opowiadaliśmy sobie różne historie.

– Dużo pan mówił o Danielu Gudesonie?

– A więc pan odkrył, że Even Juul interesuje się Danielem Gudesonem?

– Na razie tylko zgaduję – odparł Harry.

– Tak, dużo mówiłem o Danielu – powiedział Fauke. – Był jakby legendą. Taką swobodną, mocną i szczęśliwą duszą, jaką naprawdę rzadko się spotyka. Evena zafascynowały te opowieści. Musiałem je kilka razy powtarzać. Zwłaszcza tę o Rosjaninie, którego Daniel poszedł pochować.

– Czy on wiedział, że Daniel w czasie wojny był w Sennheim?

– Ależ oczywiście. Wszystkie szczegóły dotyczące Daniela, które z czasem sam zacząłem zapominać, Even pamiętał i przypominał mi o nich. Z jakiegoś powodu wydawało się, że w pełni się z Danielem identyfikował, chociaż naprawdę trudno mi sobie wyobrazić dwóch ludzi, którzy bardziej by się od siebie różnili. Raz, kiedy Even się upił, zaproponował, żebym zaczął nazywać go Uriaszem, dokładnie tak samo jak Daniel. Jeśli chce pan znać moje zdanie, to nie przypadkiem zainteresował się młodą Signe Alsaker w okresie rozliczenia z kolaborantami.

– Tak?

– Gdy się dowiedział, że odbędzie się rozprawa przeciwko narzeczonej Daniela Gudesona, przyszedł na salę sądową, siedział tam cały dzień i nie odrywał od niej oczu, jak gdyby z góry postanowił, że będzie jego żoną.

– Ponieważ była kobietą Daniela?

— Czy pan jest pewien, że to ważne? — spytał Fauke, idąc tak szybko ścieżką w stronę wzgórza, że Harry musiał wydłużyć krok, by nie zostać w tyle.

— Dość ważne.

— Nie wiem, czy powinienem to powiedzieć, lecz osobiście wydaje mi się, że Even Juul kochał mit Daniela Gudesona o wiele bardziej, niż kiedykolwiek kochał Signe Juul. Jestem pewien, że podziw dla Gudesona był jedną z głównych przyczyn, dla których po wojnie nie zdecydował się na studia medyczne, tylko zaczął studiować historię. Oczywiście specjalizował się w historii okupacji i żołnierzy walczących na froncie.

Dotarli już na szczyt i Harry ocierał pot. Fauke nawet się nie zdyszał.

— Juul tak szybko stał się cenionym historykiem między innymi dlatego, że jako członek ruchu oporu stanowił doskonały instrument dla tworzenia takiej historii, jaka w opinii władz służyła z korzyścią powojennej Norwegii, przemilczającej rozległą kolaborację z Niemcami i skupiającej się na niewielkim ruchu oporu. Na przykład zatopienie krążownika „Blücher" w nocy z ósmego na dziewiąty kwietnia zajmuje w książce Juula pięć stron. Przemilcza on natomiast fakt, że podczas rozliczenia z kolaborantami rozważano wniesienie aktu oskarżenia przeciwko blisko stu tysiącom Norwegów. To podziałało. Mit o narodzie zjednoczonym przeciwko nazizmowi żyje po dziś dzień.

— Czy właśnie o tym opowiada pańska książka, Fauke?

— Próbuję jedynie powiedzieć prawdę. Even zdawał sobie sprawę, że to, co pisze, było, jeśli nie kłamstwem, to przynajmniej zniekształceniem prawdy. Kiedyś próbowałem z nim o tym dyskutować. Bronił się wtedy, że to miało swój cel: utrzymanie jedności narodu. Jedyną rzeczą, której nie zdołał przedstawić w upragnionym bohaterskim świetle, była ucieczka króla. Nie on jeden z członków ruchu oporu poczuł się w czterdziestym roku oszukany, ale nigdy nie spotkałem nikogo, również wśród byłych żołnierzy walczących na froncie, kto by tak jednoznacznie potępiał ten fakt. Proszę pamiętać, że on przez całe życie był porzucany przez ludzi, których kochał i którym ufał. Wydaje mi się, że nienawidził z całego serca każdego z tych, którzy wyjechali do Londynu. Naprawdę.

Przysiedli na ławce i patrzyli w dół na kościół Fagerborg, na dachy przy Pilestredet, biegnące w dół ku miastu, i na Oslofjorden, lśniący daleko w dole.

– Jakież to piękne – powiedział zamyślony Fauke. – Tak piękne, że czasami wydaje się, że warto za to umrzeć.

Harry starał się pozbierać wszystkie elementy, dopasować jeden do drugiego. Wciąż jednak brakowało mu drobnego szczegółu.

– Even zaczął studiować medycynę w Niemczech przed wojną. Wie pan gdzie?

– Nie – odparł krótko Fauke.

– A wie pan, jaką zamierzał wybrać specjalizację?

– Tak. Mówił mi, że marzył wtedy, by iść w ślady swego słynnego przybranego ojca i jego ojca.

– A oni byli...?

– Nie słyszał pan o ordynatorach Juulach? To byli chirurdzy.

89 GRØNLANDSLEIRET, 26 MAJA 2000

Bjarne Møller, Halvorsen i Harry szli obok siebie w dół Motzfeldts gate. Znajdowali się w samym sercu „Małego Karaczi", zapachy, ubrania i ludzie wokół nich równie mało przypominały Norwegię, jak kebaby, które pogryzali, nie przypominały kiełbasek z masarni Gilde. Z naprzeciwka tanecznym krokiem podbiegł w ich stronę wystrojony po pakistańsku mały chłopiec o dziwnie zadartym nosku, z norweską kokardką w złoconej klapie marynarki. Wymachiwał norweską flagą. Harry czytał w gazecie, że muzułmańscy rodzice już dzisiaj organizują swoim dzieciom święto z okazji siedemnastego maja, aby jutro mogli skupić się na *eid*.

– Hura! – mijając ich, chłopczyk błysnął białymi zębami.

– Even Juul nie jest byle kim – stwierdził Møller. – To cieszący się być może największym uznaniem historyk, specjalista od okresu wojny. Jeżeli to prawda, gazety podniosą piekielną wrzawę. Nie mówiąc o tym, co będzie, jeśli się mylimy, Harry. Jeśli ty się mylisz, Harry.

– Proszę jedynie, aby wolno mi go było przesłuchać w obecności psychologa. I o nakaz przeszukania jego domu.

– A ja proszę o przynajmniej jeden dowód lub jednego świadka – oświadczył Møller, gwałtownie gestykulując. – Juul jest znaną osobą i nikt nie widział go w pobliżu żadnego z miejsc zdarzenia. Ani razu. Co na przykład z tym telefonem do żony Brandhauga z tej twojej ulubionej knajpy?

– Pokazywałem zdjęcie Evena Juula kelnerce, która pracuje u Schrødera – powiedział Halvorsen.

– Mai – dodał Harry.

– Nie zapamiętała go – dokończył Halvorsen.

– Właśnie o tym mówię – jęknął Møller, ocierając sos z ust.

– Pokazałem też to samo zdjęcie paru osobom, które tam siedziały. – Halvorsen prędko zerknął na Harry'ego. – Był tam taki stary facet w płaszczu, który kiwnął głową i powiedział, że tak, że musimy go złapać.

– W płaszczu – powtórzył Harry. – To Mohikanin, Konrad Åsnes. Był marynarzem w czasie wojny. Niesamowity facet, ale obawiam się, że nie jest już wiarygodnym świadkiem. Mniejsza o to, Juul sam przecież mówił, że był wtedy w Palarni Kawy po drugiej stronie ulicy. Tam nie ma automatu telefonicznego. Gdybym więc miał gdzieś zadzwonić, naturalną rzeczą byłoby pójść do Schrødera.

Møller skrzywił się i podejrzliwie spojrzał na swój kebab. Z wielkim wahaniem zgodził się na spróbowanie *burek kebab*, który Harry zareklamował jako skrzyżowanie Turcji z Bośnią, Pakistanem i Grønlandsleiret.

– Ty naprawdę wierzysz w tę historię z rozszczepieniem osobowości, Harry?

– Brzmi to dla mnie równie niewiarygodnie jak dla ciebie, szefie. Ale Aune twierdzi, że istnieje taka możliwość. I jest skłonny nam pomóc.

– Myślisz, że jest w stanie zahipnotyzować Juula, wydobyć z niego tego Daniela Gudesona, którego ma w środku, i zmusić go do przyznania się do winy?

– Nie jest wcale pewne, że Even Juul w ogóle wie, co zrobił Daniel Gudeson, więc rozmowa z nim jest absolutnie konieczna – stwierdził Harry. – Według Aunego osoby cierpiące na MPD są na szczęście bardzo podatne na hipnozę, ponieważ właściwie przez cały czas uprawiają autohipnozę.

– Doskonale. – Møller przewrócił oczami. – No to po co ci nakaz przeszukania?

– Sam mówisz, że nie mamy żadnych konkretnych dowodów, żadnych świadków. I nigdy nie możemy mieć pewności, czy sąd kupi takie psychologiczne historie. Ale jeśli znajdziemy märklina, to osiągniemy cel. Niczego więcej nie będziemy już potrzebować.

– Hm. – Møller przystanął. – Jeszcze nie mamy motywu.

Harry popatrzył na niego pytająco.

– Doświadczenie mi mówi, że nawet szaleńcy w swoim obłędzie zwykle kierują się motywem. A u Juula niczego takiego nie widzę.

– Bo to nie jest motyw Juula, szefie – wyjaśnił Harry. – Tylko Daniela Gudesona. Fakt, że Signe Juul w pewnym sensie przeszła na stronę wroga, mógł przynajmniej dać Gudesonowi powód do zemsty. To, co napisał na lustrze – „Bóg jest moim sędzią" – może wskazywać, iż traktuje te morderstwa jako jednoosobową krucjatę. Że walczy w sprawiedliwej sprawie, chociaż inni ludzie go za to przeklną.

– A co z pozostałymi morderstwami? Z Berntem Brandhaugiem i, jeśli masz rację, że to ten sam sprawca, z Hallgrimem Dale?

– Nie mam pojęcia, jakie są motywy, ale wiemy, że Brandhaug został zastrzelony z karabinu Märklin, a Dale znał Daniela Gudesona. Według raportu z sekcji miał gardło podcięte tak, jakby zrobił to chirurg. No cóż, Juul zaczął studiować medycynę i marzył, żeby zostać chirurgiem. Być może Dale musiał umrzeć, ponieważ odkrył, że Juul udawał Daniela Gudesona.

Halvorsen chrząknął.

– O co chodzi? – spytał Harry ze złością. Znał już Halvorsena na tyle dobrze, by wiedzieć, że usłyszy od niego protest. I to najprawdopodobniej uzasadniony.

– Z tego co mówisz o MPD, musiał być Evenem Juulem w momencie, gdy zabijał Hallgrima Dale. Daniel Gudeson nie był chirurgiem.

Harry przełknął ostatni kęs kebabu, wytarł usta serwetką i rozejrzał się za koszem na śmieci.

– No dobrze – westchnął. – Mógłbym powiedzieć, że powinniśmy wstrzymać się z podejmowaniem jakichkolwiek działań, dopóki nie znajdziemy odpowiedzi na wszystkie pytania. I zdaję sobie sprawę, że prokurator uzna poszlaki za bardzo nieprzekonujące. Ale ani my, ani on nie możemy zignorować faktu, że mamy podejrzanego, który znów może zabić. Ty, szefie, boisz się awantury w gazetach, jeśli przedstawimy zarzuty Evenowi Juulowi. Wyobraź sobie jednak, jaka awantura wybuchnie, jeśli on zamorduje kolejny raz i wyjdzie na jaw, że podejrzewaliśmy go, ale go nie zatrzymaliśmy...

– Dobrze, dobrze, wszystko to wiem – burknął Møller. – Uważasz więc, że on znów zabije?

– Wiele rzeczy w tej sprawie pozostaje niepewnych – odparł Harry. – Ale jednego jestem pewien w stu procentach. Tego, że on jeszcze nie ukończył swojego projektu.

– A skąd masz tę pewność?

Harry poklepał się po brzuchu i uśmiechnął półgębkiem.

– Coś tam w środku przekazuje mi morsem sygnały, szefie. Musi być jakiś powód, dla którego zdobył najdroższy na świecie i najlepszy karabin snajperski. Daniel Gudeson stał się legendą między innymi dlatego, że był doskonałym strzelcem. A teraz dostaję morsem sygnał, że on zamierza zakończyć tę swoją krucjatę w sposób bardzo logiczny. To będzie ukoronowanie dzieła. Coś, co sprawi, że legenda o Danielu Gudesonie stanie się nieśmiertelna.

Letnie ciepło zniknęło na moment, gdy ostatni podmuch zimy ruszył wzdłuż Motzfeldts gate, unosząc w powietrzu kurz i śmieci. Møller zamknął oczy, owinął się mocniej płaszczem i zatrząsł się. Bergen, pomyślał, Bergen.

– Zobaczę, co się uda zdziałać – oświadczył. – Czekajcie w gotowości.

90 BUDYNEK POLICJI, 16 MAJA 2000

Harry i Halvorsen czekali w gotowości. W takiej, że gdy zadzwonił telefon, obaj podskoczyli. Harry szarpnął za słuchawkę.

– Słucham, Hole!

– Nie musisz tak krzyczeć – odezwała się Rakel. – Między innymi po to wynaleziono telefon. Co ty mówiłeś o siedemnastym maja?

– Co? – Harry potrzebował kilku sekund, żeby sobie przypomnieć. – Że mam służbę?

– Nie, to drugie. Że poruszysz niebo i ziemię.

– Naprawdę? – Harry poczuł w brzuchu dziwne ciepło. – Chcecie spędzić święto ze mną, jeśli uda mi się namówić kogoś na zastępstwo?

Rakel roześmiała się.

– Słodko to zabrzmiało. Podkreślę tylko, że nie byłeś pierwszą osobą, której to zaproponowałam, lecz ponieważ ojciec postanowił, że w tym roku chce być sam, to moja odpowiedź brzmi: tak. Owszem, chcę ten dzień spędzić razem z tobą.

– A co na to Oleg?

– To była jego propozycja.

– Ach, tak? Bystry chłopak.

Harry się cieszył. Cieszył się tak bardzo, że trudno mu było mówić zwykłym głosem. I nie obchodziło go, że Halvorsen zza biurka szczerzy zęby.

– To znaczy, że jesteśmy umówieni? – Głos Rakel połaskotał go w ucho.

– Jeśli mi się uda, to tak. Zadzwonię później.

– Dobrze. Albo przyjedź wieczorem na kolację. Jeśli będziesz miał czas. I ochotę.

Słowa zostały rzucone z tak przesadną swobodą, że Harry zrozumiał, że Rakel musiała je ćwiczyć, nim zadzwoniła. Czuł, że wzbiera w nim śmiech. Głowę miał lekką, jak gdyby zażył jakiś narkotyk. I już miał powiedzieć „tak", gdy przypomniało mu się, co powiedziała w Dinnerze. „Wiem, że to się nie skończy na tym jednym razie". Nie na kolację go zapraszała.

„Jeśli będziesz miał czas. I ochotę".

Gdyby miał wpaść w panikę, był to odpowiedni moment.

Myśli przerwało mu światełko mrugające w telefonie.

– Mam drugi telefon, który muszę odebrać. Możesz chwilę zaczekać?

– Oczywiście.

Nacisnął guzik z krzyżykiem i usłyszał głos Møllera.

– Nakaz aresztowania jest gotowy. Nakaz przeszukania już się szykuje. Tom Waaler czeka z dwoma samochodami i czterema uzbrojonymi funkcjonariuszami. Na miłość boską, Harry, mam nadzieję, że temu twojemu telegrafiście w brzuchu nie zatrzęsła się ręka.

– Czasami zdarza mu się pomylić litery, ale nigdy nie zepsuł całego meldunku. – Harry dał znak Halvorsenowi, żeby wkładał kurtkę. – Do usłyszenia.

Harry rzucił słuchawkę.

Dopiero w windzie przypomniał sobie, że Rakel przy telefonie wciąż czeka na odpowiedź. Nie miał siły uświadamiać sobie, o czym to świadczy.

91 IRISVEIEN, OSLO, 16 MAJA 2000

Pierwszy w tym roku letni ciepły dzień zaczynał się ochładzać, kiedy samochód policyjny wjechał do pogrążonej w popołudniowej ciszy dzielnicy willowej. Harry nie najlepiej się czuł. Nie dlatego, że się pocił pod kamizelką kuloodporną, lecz ponieważ było jakoś zbyt cicho. Popatrzył na zasłony za ufryzowanymi żywopłotami, miał wrażenie, że znalazł się w westernie i czeka go zasadzka.

Początkowo nie chciał włożyć kamizelki kuloodpornej, lecz Tom Waaler, odpowiedzialny za operację, postawił mu proste ultimatum. Albo włoży kamizelkę, albo zostanie w domu. Argument, że kula z märklina i tak wejdzie w metalowe płytki kamizelki jak słynny nóż w masło, wywołała u Waalera jedynie obojętne wzruszenie ramionami.

Ruszyli dwoma samochodami. Ten drugi, w którym siedział Waaler, pojechał w górę Sognsveien i skręcił przy Ullevål Hageby, aby wjechać w Irisveien od przeciwnej strony, od zachodu. Harry wśród trzasków krótkofalówki słyszał spokojny i pewny siebie głos Toma. Poprosił o podanie pozycji, powtórzył punkty procedury, także awaryjnej i kazał funkcjonariuszom jeszcze raz zrelacjonować zadania.

– Jeśli to profesjonalista, mógł podłączyć alarm do furtki, musimy więc wejść górą, nie przez furtkę.

Waaler był naprawdę dobry, nawet Harry musiał to przyznać. Pozostali policjanci również odnosili się do niego z wyraźnym szacunkiem.

Harry wskazał na czerwony drewniany dom.

– To tam.

– Alfa – rzuciła do krótkofalówki siedząca z przodu policjantka. – Nie widzimy cię.

– Zaraz skręcamy w ulicę – odparł Waaler. – Trzymajcie się z dala od domu, dopóki nas nie zobaczycie. Odbiór.

- Za późno, już jesteśmy na miejscu. Odbiór.
- Okej, ale zostańcie w samochodzie, aż przyjedziemy. Bez odbioru.

W następnej chwili dostrzegli przód drugiego wozu policyjnego wyłaniający się zza zakrętu. Pokonali ostatnie pięćdziesiąt metrów, dzielące ich od domu, i zaparkowali tak, by samochód blokował wyjazd z garażu. Drugi radiowóz zatrzymał się tuż przy furtce.

Gdy wysiedli, Harry usłyszał leniwe głuche uderzenia piłki tenisowej, odbijanej niezbyt mocno naciągniętą rakietą. Słońce zniżało się ku Ullernåsen, a z jakiegoś okna płynął zapach smażonych kotletów.

Potem zaczęło się przedstawienie. Dwóch policjantów przeskoczyło przez płot, trzymając w gotowości pistolety maszynowe MP5. Jeden pobiegł w prawo, drugi w lewo.

Funkcjonariuszka w samochodzie Harry'ego nie ruszała się z miejsca. Jej zadaniem było utrzymywanie kontaktu radiowego z centralą i niedopuszczanie ewentualnych gapiów. Waaler i ostatni policjant zaczekali, aż dwaj pierwsi zajmą swoje miejsca, po czym umocowali krótkofalówki do kieszonki na piersi i przeskoczyli przez furtkę, trzymając służbową broń w pogotowiu. Harry i Halvorsen stali za samochodami policyjnymi i wszystkiemu się przyglądali.

- Papierosa? - spytał Harry policjantkę.
- Nie, dziękuję - uśmiechnęła się.
- Chciałem zapytać, czy ty nie masz?

Przestała się uśmiechać. Typowe zachowanie osoby niepalącej, pomyślał Harry.

Waaler wraz z drugim funkcjonariuszem zajęli pozycje na schodach po obu stronach drzwi. Właśnie w tej chwili zadzwoniła komórka Harry'ego.

Policjantka przewróciła oczami. Pewnie pomyślała, że ma do czynienia z typowym amatorem.

Harry miał zamiar wyłączyć telefon, tylko najpierw sprawdził, czy to nie numer Rakel pojawił się na ekranie. Numer wydawał się znajomy, ale to nie była ona. Waaler już uniósł rękę, by dać sygnał do akcji, gdy Harry uświadomił sobie, kto dzwoni. Wyrwał krótkofalówkę z rąk zdumionej dziewczyny.

- Alfa! Stop! Podejrzany dzwoni w tej chwili na moją komórkę, słyszałeś?

Harry zerknął na schody, Waaler kiwnął głową. Harry przyłożył telefon do ucha.

– Słucham, Hole.

– Witam – ku swemu zdumieniu Harry usłyszał, że to nie jest głos Juula. – Mówi Sindre Fauke. Przepraszam, że panu przeszkadzam, ale jestem w domu Evena Juula i wydaje mi się, że powinniście tu zajrzeć.

– Dlaczego? I co pan tam robi?

– Ponieważ sądzę, że mógł wymyślić coś niemądrego. Zadzwonił do mnie godzinę temu i powiedział, żebym natychmiast przyjeżdżał. Że coś mu grozi. Zastałem drzwi otwarte, ale Evena nie ma. A teraz obawiam się, że zamknął się w sypialni.

– Dlaczego pan tak myśli?

– Drzwi sypialni są zamknięte na klucz. Próbowałem zajrzeć przez dziurkę, ale klucz został w zamku.

– Okej. – Harry obszedł samochód i skierował się do furtki. – Proszę mnie dobrze słuchać. Niech pan zostanie dokładnie w tym miejscu, w którym pan teraz jest. I jeśli ma pan coś w rękach, proszę to odłożyć i trzymać dłonie tak, byśmy je widzieli. Wchodzimy za dwie sekundy.

Harry przeszedł przez furtkę i wspiął się po schodach. Obserwowany przez oniemiałego Waalera i jego towarzysza nacisnął klamkę i wszedł do środka.

Fauke stał w korytarzu ze słuchawką telefoniczną w ręku i patrzył na niego zdumiony.

– Mój ty Boże! – powiedział, spoglądając na Waalera z rewolwerem w ręku. – Ależ jesteście szybcy!

– Gdzie jest sypialnia? – spytał Harry.

Fauke w milczeniu wskazał na schody.

– Proszę nas tam zaprowadzić.

Fauke ruszył przodem, za nim szli trzej policjanci.

– To tutaj.

Harry spróbował otworzyć zamknięte drzwi. W zamku tkwił klucz, który za nic nie chciał się obrócić.

– Nie zdążyłem powiedzieć, ale próbowałem je otworzyć kluczem od drugiej sypialni – powiedział Fauke. – Czasami zdarza się, że pasują.

Harry wyjął klucz i przyłożył oko do dziurki. W środku zobaczył łóżko i nocny stolik. Na łóżku leżał przedmiot przypominający zdemontowany żyrandol. Waaler mówił coś cicho do krótkofalówki. Harry znów czuł, że pod kamizelką spływa potem. Nie podobał mu się ten żyrandol.

– Mówił pan chyba, że klucz tkwił w zamku również od środka?
– Bo tak było – odparł Fauke. – Dopóki go nie wypchnąłem tym drugim kluczem.
– No to w jaki sposób tam wejdziemy? – spytał Harry.
– Nadciąga pomoc – powiedział Waaler i w tej samej chwili na schodach rozległo się dudnienie ciężkich butów. To jeden z policjantów, którzy zajmowali stanowiska na tyłach domu, niósł czerwony łom.
– To te – wskazał Waaler.
Strzeliły drzazgi i drzwi stanęły otworem.
Harry wszedł do środka. Za plecami słyszał, że Waaler każe Faukemu zaczekać na zewnątrz.

Pierwszą rzeczą, na jaką Harry zwrócił uwagę, była psia smycz. Even Juul powiesił się właśnie na niej. Umarł w białej koszuli, rozpiętej pod szyją, w czarnych spodniach i kraciastych skarpetach. Za nim, przewrócone w stronę szafy, leżało krzesło. Pod nim stały porządnie ustawione buty. Harry popatrzył na sufit. Smycz przymocowana była, tak jak przypuszczał, do haka lampy. Harry starał się tego uniknąć, lecz nie zdołał się powstrzymać od spojrzenia na twarz Evena Juula. Jedno oko patrzyło na pokój, drugie prosto na niego. Kompletnie niezależnie od siebie. Jak u dwugłowego trolla, który w każdej głowie ma tylko jedno oko, pomyślał Harry. Podszedł do okna wychodzącego na wschód i zobaczył dzieci jadące na rowerach przez Irisveien, zachęcone wieścią o samochodach policyjnych, która w takich dzielnicach roznosi się zawsze z niewytłumaczalną prędkością.

Harry zamknął oczy i myślał.

Pierwsze wrażenie jest ważne. Twoje pierwsze wrażenie, gdy kogoś spotykasz, bywa najczęściej najsłuszniejsze.

Ellen go tego nauczyła. Jej uczeń nauczył skupiać się na pierwszym odczuciu, jakiego doznawał po przybyciu na miejsce zdarzenia. Dlatego Harry nie musiał się odwracać, by wiedzieć, że klucz rzeczywiście leży na podłodze za jego plecami, że nie znajdą tu żadnych obcych odcisków palców i żadnych śladów włamania. I morderca, i ofiara zwisali z sufitu. Dwugłowy troll pękł.

– Dzwoń do Webera – rzucił Halvorsenowi, który stanął w drzwiach, przyglądając się zmarłemu. – Może wolałby inną przygrywkę do jutrzejszego święta, ale pociesz go, że to prosta robota. Even Juul odkrył mordercę i musiał zapłacić za to życiem.

– Kim jest morderca? – zainteresował się Waaler.

– Kim był. On też nie żyje. Nazywał się Daniel Gudeson i znajdował się w głowie Juula.

W drodze do wyjścia Harry poprosił Halvorsena o przekazanie Weberowi, że ma do niego zadzwonić, kiedy znajdzie märklina.

Potem stanął na schodach i rozejrzał się. Zdumiewające, jak wielu sąsiadów miało nagle coś do zrobienia w ogródkach, stawali na palcach i spoglądali ponad żywopłotami.

Waaler także wyszedł i zatrzymał się obok Harry'ego.

– Nie bardzo zrozumiałem to, co powiedziałeś tam w środku – rzucił. – Uważasz, że facet popełnił samobójstwo z poczucia winy?

Harry pokręcił głową.

– Nie, chodziło mi dokładnie o to, co powiedziałem. Oni się pozabijali nawzajem. Even zabił Daniela, żeby go powstrzymać. A Daniel zabił Evena, żeby go nie ujawnił. Wyjątkowo mieli wspólny interes.

Waaler kiwnął głową, lecz nie wyglądało na to, by zrobił się od tego mądrzejszy.

– Jest coś znajomego w tym staruszku – powiedział. – Mam na myśli tego żywego.

– To ojciec Rakel Fauke, jeśli...

– A, tej laleczki z POT. To o to chodzi.

– Masz papierosa? – przerwał Harry.

– Nie – odparł Waaler. – Dalszy ciąg tego, co tu się będzie działo, to twoja działka, Hole. Jadę. Powiedz, czy czegoś jeszcze potrzebujesz.

Harry pokręcił głową i Waaler ruszył w stronę furtki.

– A właściwie tak! – zawołał za nim Harry. – Jeśli nie masz żadnych szczególnych planów na jutro, to potrzebny mi doświadczony policjant, który wziąłby za mnie dyżur.

Waaler roześmiał się i nawet nie zwolnił.

– Chodzi tylko o koordynację obstawy podczas nabożeństwa w meczecie na Grønland – zawołał Harry. – Widzę, że masz talent do takich rzeczy. Trzeba jedynie przypilnować, żeby łyse pały nie stłukły muzułmanów za to, że obchodzą *eid*.

Waaler dotarł do furtki i gwałtownie się zatrzymał.

– I to ty jesteś za to odpowiedzialny? – rzucił przez ramię.

– To proste zadanie – powiedział Harry. – Dwa samochody, czterech ludzi.

– Jak długo?

– Od ósmej do trzeciej.

Waaler odwrócił się z szerokim uśmiechem.

– Wiesz – powiedział. – Jak się zastanowię, to właściwie jestem ci to winien. W porządku. Biorę twoją służbę. – Zasalutował, wsiadł do samochodu, włączył silnik i odjechał.

On jest mi coś winien? Harry przez chwilę zastanawiał się nad tym, słuchając leniwych uderzeń dobiegających z boiska do tenisa. Ale zaraz zapomniał o Waalerze, bo znów zadzwoniła komórka i tym razem na wyświetlaczu rzeczywiście ukazał się numer Rakel.

92 HOLMENKOLLVEIEN, 16 MAJA 2000

– To dla mnie? – Rakel klasnęła w ręce i przyjęła bukiecik stokrotek.

– Nie zdążyłem do kwiaciarni, więc pochodzą z twojego własnego ogródka – powiedział Harry, wchodząc do środka. – Mmm... Pachnie mleczkiem kokosowym. Tajskie?

– Owszem. A tobie gratuluję nowego garnituru.

– Tak wyraźnie to widać?

Rakel roześmiała się i pogładziła go po klapie marynarki.

– Ładna wełna.

– Super 110.

Harry nie miał pojęcia, co oznacza super 110. W przypływie zuchwałości wmaszerował do jednego ze snobistycznych sklepów na Hegdehaugsveien tuż przed zamknięciem i nakłonił obsługę do znalezienia jedynego garnituru, w jaki mieściło się jego długie ciało. Suma siedmiu tysięcy koron oczywiście daleko przekraczała wcześniejsze wyobrażenia, lecz alternatywą było paradowanie w starym garniturze, w którym wyglądał jak aktor z marnego kabaretu. Zamknął więc oczy, podał kartę i postarał się o wszystkim zapomnieć.

Przeszli do jadalni, gdzie stał już stół nakryty dla dwóch osób.

– Oleg śpi – odpowiedziała Rakel, zanim Harry zdążył zapytać.

Zapadła chwila ciszy.

– Nie chciałam… – zaczęła.

– Nie? – uśmiechnął się Harry. Nie widział wcześniej, żeby się czerwieniła. Przyciągnął ją do siebie, wdychał zapach świeżo umytych włosów i czuł, że odrobinę drży.

– Przypali się – szepnęła.

Puścił ją, wyszła do kuchni. Okno było otwarte na ogród, a białe motyle, których jeszcze wczoraj tam nie było, fruwały w świetle zachodzącego słońca jak konfetti. W środku pachniało sosnowym mydłem i mokrymi deskami podłogi. Harry zamknął oczy. Wiedział, że będzie potrzebował wielu takich dni, zanim widok Evena Juula wiszącego na psiej smyczy całkiem zniknie, ale przynajmniej zaczynał blednąć. Weber i jego chłopcy nie znaleźli märklina, ale znaleźli Burrego, psa. Leżał w worku na śmieci w zamrażarce, miał poderżnięte gardło. A w skrzynce z narzędziami były trzy noże, wszystkie ze śladami krwi. Harry domyślał się, że na jednym z nich będzie krew Hallgrima Dale.

Rakel zawołała z kuchni, żeby jej pomógł. Tak, ten obraz już zaczynał blednąć.

93 HOLMENKOLLVEIEN, 17 MAJA 2000

Muzyka orkiestry dętej przyfruwała i ulatywała z wiatrem. Harry otworzył oczy. Wszystko było białe. Białe światło słońca, mrugające i nadające morsem między powiewającymi białymi zasłonami, białe ściany, sufit i pościel, miękka i tak przyjemnie chłodząca rozpaloną skórę. Obrócił się. Na poduszce wciąż został odcisk jej głowy, ale łóżko było puste. Spojrzał na zegarek. Pięć po ósmej. Rakel z Olegiem szli już na Festningsplassen, skąd miał wyruszyć dziecięcy pochód. Umówili się, że spotkają się przy budce straży koło Zamku o jedenastej.

Zamknął oczy i w myślach odtworzył tę noc jeszcze raz. Potem wstał i poszedł do łazienki. Tam też było biało. Białe kafelki, biała porcelana. Wykąpał się w lodowato zimnej wodzie, i zanim się zorientował, usłyszał własny głos śpiewający starą piosenkę zespołu The The.

– ...*a perfect day!*

Rakel wyłożyła dla niego ręcznik. Biały. Nacierał się grubą bawełną, żeby pobudzić krążenie krwi, obserwując przy tym własne odbicie w lustrze. Był szczęśliwy, prawda? Właśnie w tej chwili. Uśmiechnął się do twarzy, którą miał przed sobą. Odpowiedziała uśmiechem. Ekman i Friesen. Uśmiechnij się do świata...

Roześmiał się głośno, owinął ręcznikiem w pasie i z mokrymi stopami ruszył korytarzem do sypialni. Minęła sekunda, nim zorientował się, że znalazł się w innej sypialni, bo i tutaj wszystko było białe. Ściany, sufit, komoda z rodzinnymi zdjęciami i podwójne łóżko starannie przykryte staroświecką szydełkową narzutą.

Odwrócił się, już miał wyjść, gdy nagle zdrętwiał. Stał tak, jak gdyby część mózgu kazała mu wyjść i o wszystkim zapomnieć, podczas gdy druga polecała zawrócić i sprawdzić, czy to, co zobaczył, jest tym, o czym myślał. A raczej tym, czego się bał. Czego i dlaczego się bał, nie wiedział. Czuł jedynie, że kiedy wszystko jest idealne, nie może być już lepiej. Człowiek niczego nie chce zmieniać. Niczego. Ani jednej rzeczy. Ale było już za późno. Oczywiście, że było za późno.

Odetchnął głęboko i zawrócił.

Czarno-białe zdjęcie oprawione w prostą złotą ramkę. Kobieta na nim miała wąską twarz, mocno zarysowane kości policzkowe i spokojne, śmiejące się oczy, patrzące nieco ponad obiektyw, prawdopodobnie na fotografa. Sprawiała wrażenie silnej, ubrana była w prostą bluzkę, na jej szyi widniał srebrny krzyżyk.

Malują ją na ikonach od prawie dwóch tysięcy lat.

To nie dlatego dostrzegł w jej twarzy coś znajomego, gdy po raz pierwszy ujrzał tę fotografię.

Nie miał wątpliwości. To była ta sama kobieta, którą widział na zdjęciu w pokoju Beatrice Hoffmann.

Część dziewiąta

DZIEŃ SĄDU

94 OSLO, 17 MAJA 2000

Piszę, aby człowiek, który to znajdzie, dowiedział się, dlaczego dokonałem takiego, a nie innego wyboru. W życiu często musiałem dokonywać wyboru pomiędzy większym lub mniejszym złem. I właśnie na tej podstawie należy mnie osądzać. Trzeba przy tym jednak pamiętać, że nigdy od wyboru nie uciekałem, że nie zaniedbywałem moralnych obowiązków. Podejmowałem ryzyko, mimo iż mogłem wybrać źle, zamiast wieść życie tchórza jak milcząca większość, jak ktoś, kto szuka bezpieczeństwa w stadzie i pozwala mu wybierać w swoim imieniu. Ostatniego wyboru dokonałem po to, abym mógł być dobrze przygotowany do spotkania z Bogiem i ponownego połączenia się z Heleną.

Cholera! Harry naparł na hamulec, gdy na przejście dla pieszych na skrzyżowaniu Majorstua runął strumień ludzi w odświętnych garniturach i strojach ludowych. Chyba całe miasto było już na nogach. A światło jakby nie miało zamiaru kiedykolwiek zmienić się na zielone. Wreszcie mógł puścić sprzęgło i dodać gazu. Zaparkował nieprzepisowo na Vibes gate. Odnalazł domofon Faukego i zadzwonił. Minął go jakiś malec, stukając w biegu podeszwami eleganckich bucików, a wysoki beczący głos trąbki-zabawki sprawił, że Harry aż podskoczył.

Fauke nie otwierał. Harry wrócił do samochodu, wyciągnął łom, który zawsze woził na podłodze za siedzeniem kierowcy z powodu zacinającego się zamka bagażnika. Zawrócił i obiema rękami zaczął naciskać całe rzędy guzików w domofonie. Po kilku sekundach rozległa się kakofonia rozzłoszczonych głosów, prawdopodobnie należących do ludzi, którzy okropnie się spieszyli, w rękach trzymali żelazko lub pastę do butów. Krzyknął, że jest z policji, i ktoś musiał mu uwierzyć, nagle bowiem rozległo się złośliwe burczenie i wreszcie mógł otworzyć bramę. Wbiegał na górę po cztery stopnie naraz. W końcu stanął na trzecim piętrze, a serce waliło mu jeszcze mocniej niż wtedy, gdy spojrzał na tamto zdjęcie w sypialni kwadrans wcześniej.

Zadanie, które sobie wyznaczyłem, już kosztowało życie niewinnych ludzi, a istnieje, rzecz jasna, ryzyko, że będzie ich jeszcze więcej. Ale tak zawsze bywa na wojnie. Osądź mnie więc jak żołnierza, który nie miał zbyt wiele możliwości wyboru. Lecz jeśli będziesz mnie sądzić zbyt surowo, wiedz, że i ty również jesteś tylko omylnym człowiekiem, a na końcu i ty, i ja będziemy mieć jednego sędziego: Boga. Oto moje pamiętniki.

Harry dwa razy uderzył zaciśniętą pięścią w drzwi mieszkania Faukego. Nie doczekawszy się odpowiedzi, wsunął łom tuż pod zamkiem i z całej siły na niego naparł. Po trzeciej próbie drzwi ustąpiły z trzaskiem. Wszedł do środka. W mieszkaniu panowała cisza i ciemność. W pewien dziwny sposób przypominało mu sypialnię, którą właśnie opuścił. Była tu jakaś pustka, poczucie opuszczenia. Zrozumiał, dlaczego tak jest, gdy wszedł do salonu. Mieszkanie rzeczywiście zostało opuszczone. Wszystkie papiery, które walały się po podłodze, książki ustawione na krzywych półkach i filiżanki z niedopitą kawą zniknęły. Meble zsunięto w jeden kąt i zasłonięto białymi prześcieradłami. Wpadająca przez okno smuga słońca oświetlała plik papierów obwiązanych gumką, leżących na środku pustej podłogi.

Gdy będziesz to czytać, mam nadzieję, że nie będę już żył. Mam nadzieję, że wszyscy będziemy martwi.

Harry przykucnął przy papierach.
Wielka zdrada – napisano na maszynie na górze kartki. *Pamiętniki żołnierza.*
Harry zdjął gumkę.
Następna strona:

Piszę, aby człowiek, który to znajdzie, dowiedział się, dlaczego dokonałem takiego, a nie innego wyboru.
Harry przerzucił kartki. Musiało być tego kilkaset stron, gęsto zapisanych pismem maszynowym. Spojrzał na zegarek. Pół do dziewiątej. Znalazł w notesie numer telefonu do Fritza w Wiedniu. Zadzwonił z komórki, zastał go akurat w drodze do domu z nocnej służby. Rozmawiał z nim przez minutę. Potem zadzwonił do informacji telefonicznej, gdzie znaleziono żądany numer i od razu go przełączono.
– Słucham, Weber.
– Mówi Hole. Wszystkie najlepszego z okazji święta, czy nie tak się mówi?
– Do diabła z tym, czego chcesz?
– No cóż, zapewne masz jakieś plany na dzisiejszy dzień?
– Owszem, planowałem zamknąć drzwi i okna i poczytać gazety. Powiedz wreszcie!
– Chciałbym, żebyś zdjął kilka odcisków palców.
– W porządku, kiedy?
– Teraz, natychmiast. Weź ze sobą swoją walizeczkę, żebyśmy mogli je od razu stąd wysłać. Potrzebny mi też pistolet służbowy.
Harry podał adres, potem przeniósł papiery na jeden z owiniętych w całun foteli, usiadł i zaczął czytać.

95 LENINGRAD, 12 GRUDNIA 1942

Rakietnice rozświetlają szare nocne niebo, aż zaczyna przypominać brudne płótno namiotu, rozpięte nad ponurym nagim krajobrazem, otaczającym nas ze wszystkich stron. Być może Rosjanie rozpoczęli ofensywę, a może tylko ją pozorują. Jak jest naprawdę, dowiadujemy się zawsze dopiero później. Daniel znów okazał się fantastycznym strzelcem. Jeśli dotychczas nie był legendą, to dziś zapewnił sobie nieśmiertelność. Trafił Rosjanina z odległości blisko pół kilometra. Potem na własną rękę wyruszył na pas ziemi niczyjej i wyprawił zmarłemu chrześcijański pogrzeb. Nigdy wcześniej o czymś podobnym nie słyszałem. Przyniósł stamtąd rosyjską czapkę jako trofeum. Później wpadł w swój zwykły humor, śpiewał i zabawiał nas, ku powszechnemu zadowoleniu (wyjąwszy kilku zazdrosnych malkontentów). Jestem dumny z tego, że mam takiego wspaniałego i dzielnego człowieka za przyjaciela. Chociaż w niektóre dni wydaje się, że ta wojna nigdy się nie skończy, i ofiary ponoszone dla ojczyzny są ogromne, to człowiek taki jak Daniel Gudeson daje nam wszystkim nadzieję, że zdołamy powstrzymać bolszewików i powrócić do bezpiecznej wolnej Norwegii.

Harry zerknął na zegarek i przerzucił kartki.

96 LENINGRAD, NOC NA 1 STYCZNIA 1943

gdy zobaczyłem, że Sindre Fauke ma strach w oczach, musiałem mu powiedzieć kilka słów dla uspokojenia, żeby przestał być taki czujny. Byliśmy tylko we dwóch na stanowisku cekaemu, pozostali poszli spać, a trup Daniela sztywniał na skrzyni z amunicją. Zdrapałem jeszcze trochę krwi Daniela z pasa z nabojami. Świecił księżyc i jednocześnie padał śnieg. Noc była dziwna, a ja pomyślałem, że pozbieram te rozsypane kawałeczki Daniela i złożę go od nowa. Uczynię go całym, tak, by mógł powstać i nas poprowadzić. Sindre Fauke tego nie rozumiał, był chorągiewką na wietrze, oportunistą i zdrajcą, po prostu szedł za tym, kto w jego opinii zwycięży. W dniu, w którym mroczne chmury zawisną nade mną, nad nami, nad Danielem, on zdradzi również nas. Zrobiłem szybki krok, stanąłem za nim, przytrzymałem go lekko za czoło i przeciągnąłem bagnetem. Aby uzyskać głębokie czyste cięcie, trzeba to robić dość szybko. Puściłem go od razu, natychmiast po wykonaniu cięcia, bo wiedziałem, że zrobiłem, co trzeba. Obrócił się powoli, popatrzył na mnie tymi małymi świńskimi oczkami. Wyglądał tak, jakby próbował krzyczeć, ale bagnet przeciął tchawicę i z rany wydobył się jedynie świst. I krew. Złapał się za szyję obiema rękami, by przytrzymać wypływające z niego życie, ale krew trysnęła między jego palcami. Upadłem i musiałem odpełznąć tyłem przez śnieg, żeby nie poplamiła mi munduru. Świeże plamy krwi nie wyglądałyby najlepiej, gdyby komuś przyszło do głowy badać „dezercję" Sindrego Fauke.

Gdy przestał się ruszać, obróciłem go na plecy i zaciągnąłem na skrzynię z amunicją, gdzie leżał Daniel. Na szczęście mieli podobną budowę ciała. Znalazłem papiery Sindrego. Nosimy je stale przy sobie, w dzień i w nocy, bo gdybyśmy zostali zatrzymani bez dokumentów, zaświadczających, kim jesteśmy i w jakiej jednostce służymy (piechota, oddział, odcinek Północ, data, pieczęć i tak dalej), to moglibyśmy zostać rozstrzelani na miejscu jako dezerterzy. Zwinąłem papiery Sindrego i umieściłem je w manierce umocowanej do pasa. Potem zerwałem worek z głowy Daniela i obwiązałem nim głowę Sindrego. Obróciłem Daniela na plecy i zaciągnąłem na ziemię niczyją. Zakopałem go w śniegu, tak jak Daniel pochował Uriasza, Rosjanina. Rosyjską czapkę Daniela zatrzymałem. Zaśpiewałem psalm „Bóg jest naszą mocną twierdzą" i „Usiądź w kręgu ogniska".

97 LENINGRAD, 3 STYCZNIA 1943

Łagodna zima. Wszystko poszło zgodnie z planem. Wcześnie rano w pierwszy dzień nowego roku przyszli ci od zbierania trupów i zabrali zwłoki ze skrzyni z amunicją, tak jak im przekazano. Oczywiście byli przekonani, że na saniach do grobów na odcinku Północ ciągną Daniela Gudesona. Ciągle mam ochotę się śmiać, gdy o tym pomyślę. Nie wiem, czy zdjęli mu worek z głowy, zanim go wrzucili do masowego grobu, ale tym się i tak nie martwiłem, bo przecież oni nie znają ani Daniela, ani Sindrego Fauke.

Martwi mnie tylko jedno. Edvard Mosken powziął podejrzenia, że Fauke wcale nie zdezerterował, tylko że go zabiłem. Niewiele jednak mogę z tym zrobić. Ciało Sindrego Fauke spłonęło (oby jego dusza płonęła na wieki) i leży nierozpoznawalny wraz z setkami innych.

Ale dziś w nocy podczas warty musiałem wykonać najbardziej zuchwałą część operacji. Zrozumiałem, że Daniel nie może leżeć pogrzebany w śniegu. Zima złagodniała, nie mogłem ryzykować, że ciało wyłoni się ze śniegu w każdej chwili i zdradzi zamianę. A gdy w nocy zaczęło mi się śnić, co lisy i kuny zrobią z ciałem Daniela, kiedy śnieg stopnieje na wiosnę, postanowiłem wykopać zwłoki i przenieść je do masowego grobu. Tamtą ziemię poświęcił przynajmniej kapelan wojskowy.

Oczywiście o wiele bardziej bałem się naszych wartowników niż Rosjan, ale na szczęście przy cekaemie siedział Hallgrim Dale, otumaniony kompan Faukego. Poza tym noc była pochmurna i co ważniejsze, czułem, że Daniel jest przy mnie. Że jest we mnie. A kiedy wreszcie udało mi się ułożyć zwłoki na skrzyniach z amunicją, i już miałem zawiązać mu worek na głowie, uśmiechnął się. Wiem, że brak snu i głód potrafią płatać figle świadomości, ale widziałem, jak sztywna maska śmierci na jego twarzy zmienia się na moich oczach. A najdziwniejsze, że zamiast się przestraszyć, poczułem się bezpieczny i radosny. Potem wśliznąłem się do bunkra i zasnąłem jak dziecko.

Kiedy Edvard Mosken zbudził mnie ledwie godzinę później, miałem wrażenie, że wszystko to tylko mi się przyśniło, i chyba udało mi się odegrać szczerze zdumionego nagłym powrotem zwłok Daniela. Ale to nie wystarczyło do przekonania Moskena. Był pewien, że to Fauke tam leży. Uważał, że go zabiłem i ułożyłem tam z nadzieją, że ci, którzy przyjdą po zwłoki, pomyślą, że zapomnieli go zabrać za pierwszym razem i po prostu wezmą bez słowa. Kiedy Dale zdjął mu worek z głowy i Mosken zobaczył, że to jednak Daniel, obaj aż gęby rozdziawili, a ja musiałem się pilnować, by ten nowy śmiech, który we mnie wzbierał, nie wybuchł i nie zdradził nas. Daniela i mnie.

98 LAZARET NA ODCINKU PÓŁNOC, LENINGRAD, 17 STYCZNIA 1944

Granat ręczny zrzucony z rosyjskiego samolotu trafił w hełm Dalego, a potem wirował na lodzie, gdy staraliśmy się odsunąć. Leżałem najbliżej i miałem pewność, że zginiemy wszyscy trzej. Ja, Mosken i Dale. Dziwne, ale przed wybuchem pomyślałem, że to ironia losu, bo właśnie uratowałem Moskena przed zastrzeleniem przez tego nieszczęśnika, Hallgrima Dale, a udało mi się jedynie przedłużyć życie naszemu dowódcy dokładnie o dwie minuty. Na szczęście Rosjanie produkują marne granaty i wszystkim nam trzem udało się ujść z życiem. Zostałem jednak ranny w nogę, a odłamek granatu przebił hełm i wbił mi się w czoło.

Dziwnym zbiegiem okoliczności trafiłem na salę siostry Signe Alsaker, narzeczonej Daniela. Początkowo mnie nie poznała, ale po południu podeszła do mnie i zaczęła do mnie mówić po norwesku. Jest bardzo piękna. Doskonale rozumiem, dlaczego chciałem się z nią zaręczyć.

Olaf Lindvig też leży na tej sali. Jego biała peleryna wisi na haczyku przy łóżku, nie wiem dlaczego. Może po to, żeby prosto stąd mógł wyjść i wrócić do swoich obowiązków, gdy tylko rany mu się zagoją. Ludzie ulepieni z takiej gliny jak on są teraz potrzebni. Słyszę, że rosyjska artyleria się zbliża. Pewnej nocy musiało mu się śnić coś strasznego, bo krzyczał przez sen. Przyszła wtedy siostra Signe, zrobiła mu jakiś zastrzyk, może z morfiny. Kiedy znów zasnął, zobaczyłem, że gładziła go po włosach. Była taka piękna, że miałem ochotę zawołać ją do mojego łóżka i wyznać jej, kim jestem. Ale nie chciałem jej straszyć.

Dzisiaj poinformowali, że muszą mnie wysłać na zachód, bo leki dla mnie nie mogą dotrzeć. Nikt tego nie powiedział, ale noga mi ropieje, Rosjanie się zbliżają i wiem, że to dla mnie jedyny możliwy ratunek.

99 LAS WIEDEŃSKI, 29 MAJA 1944

Spotkałem najpiękniejszą i najmądrzejszą kobietę w życiu. Czy można kochać dwie kobiety jednocześnie? Najwyraźniej tak.

Gudbrand się zmienił. Dlatego przyjąłem przezwisko Daniela, Uriasz. Helenie bardziej się podoba. Uważa, że Gudbrand to dziwne imię.

Kiedy inni zasną, piszę wiersze, ale raczej marny ze mnie poeta. Serce zaczyna mi bić, gdy tylko zobaczę ją w drzwiach. Ale Daniel mówi, że trzeba zachować spokój, niemal chłód, gdy chce się zdobyć serce kobiety, że to trochę tak, jak z łapaniem much. Trzeba siedzieć całkiem nieruchomo, a najlepiej patrzeć w zupełnie inną stronę. A potem, kiedy mucha zaczyna ci ufać, kiedy siada na stole tuż przed tobą, gdy się zbliża, a na koniec dosłownie błaga o to, byś ją złapał, wtedy atakujesz z prędkością błyskawicy. Zdecydowanie, z wiarą. To ostatnie jest naj-

ważniejsze, bo to nie dzięki szybkości łapie się muchy, tylko dzięki wierze. Masz tylko jedną próbę, więc najważniejsze jest przygotowanie gruntu. Tak mówi Daniel.

100 WIEDEŃ, 29 CZERWCA 1944

Moja ukochana Helena spała jak dziecko, gdy oswobadzałem się z jej objęć. Nalot bombowy dawno już się skończył, ale był środek nocy i na ulicach wciąż nie było ludzi. Odnalazłem samochód tam, gdzie go zaparkowaliśmy, niedaleko restauracji Drei Husaren. Tylna szyba była zbita, a jakaś cegła wgniotła dach, ale poza tym na szczęście nadawał się do jazdy. Najszybciej jak umiałem, pojechałem do szpitala. Wiedziałem, że jest już za późno, by uczynić coś dla Heleny i dla mnie, byliśmy jedynie dwojgiem ludzi wciągniętych w wir wydarzeń, nad którymi nie mieliśmy władzy. Jej troska o rodzinę skazywała ją na małżeństwo z tym lekarzem, Christopherem Brockhardem, skorumpowanym człowiekiem, który w swym bezgranicznym egoizmie (nazywanym przez niego miłością) zbezcześcił najgłębszą istotę miłości. Czy on nie widział, że ta miłość, która nim powodowała, była całkowitym przeciwieństwem jej miłości? Teraz to ja musiałem poświęcić moje marzenie o życiu z Heleną, by ofiarować jej życie, jeśli nie szczęśliwe, to przynajmniej przyzwoite, wolne od upokorzeń, do których chciał zmusić ją Brockhard.

Myśli gnały mi przez głowę, tak jak ja gnałem przez noc po drogach równie krętych jak samo życie. Ale Daniel kierował moimi dłońmi i moimi stopami.

odkrył, że siedzę na brzegu jego łóżka i popatrzył na mnie z niedowierzaniem.

– Co ty tu robisz? – spytał.

– Christopherze Brockhard, jesteś zdrajcą – szepnąłem. – Skazuję cię na śmierć. Jesteś gotów?

Nie sądzę, by był gotów. Ludzie nigdy nie są gotowi na śmierć. Wydaje im się, że będą żyć wiecznie. Mam nadzieję, że zdążył zobaczyć fontannę krwi tryskającą pod sufit. Mam nadzieję, że zdążył usłyszeć, jak z plu-

skiem opada na pościel. Ale przede wszystkim mam nadzieję, że zrozumiał, że umiera.
W szafie znalazłem garnitur, parę butów i koszulę, pospiesznie złożyłem to wszystko i wsunąłem pod pachę. Wybiegłem do samochodu. Zapaliłem

dalej spała. Złapał mnie niespodziewany deszcz, przemokłem i zmarzłem. Wsunąłem się do niej pod prześcieradło. Była gorąca jak piec. Jęknęła cicho przez sen, kiedy się do niej przytuliłem. Próbowałem nakryć każdy centymetr jej skóry swoją, usiłowałem sobie wmówić, że to będzie trwało wiecznie. Starałem się nie patrzeć na zegarek. Do odjazdu mojego pociągu zostało zaledwie kilka godzin. I kilka godzin do chwili, gdy stanę się mordercą poszukiwanym w całej Austrii. Nie wiedzieli, kiedy wyjeżdżam, ani którędy. Ale wiedzieli, dokąd jadę. Czekaliby już na mnie w Oslo. Próbowałem obejmować ją tak mocno, by wystarczyło na całe życie.

Harry usłyszał dzwonek. Czyżby dzwonił kilka razy? Odszukał domofon i wpuścił Webera.
– Zaraz po sporcie w telewizji najbardziej nienawidzę tego – oświadczył Weber z ponurą miną, kiedy wszedł do środka ciężkim krokiem i z hukiem postawił na podłodze metalowy futerał wielkości walizki. – Siedemnasty maja. Kraj pijany nacjonalizmem, pozamykane ulice, więc trzeba objeżdżać całe centrum, żeby gdziekolwiek się dostać. O Boże! Od czego mam zacząć?
– Na pewno znajdziesz dobre odciski na dzbanku do kawy w kuchni – powiedział Harry. – Rozmawiałem już ze znajomym w Wiedniu, który właśnie próbuje odszukać zestaw odcisków palców z czterdziestego czwartego. Przyniosłeś skaner i komputer?
Weber poklepał walizkę.
– Świetnie. Jak już zeskanujesz odciski stąd, możesz podłączyć moją komórkę do komputera i wysłać je na adres mailowy wpisany pod „Fritz Wiedeń". On czeka, żeby porównać swoje odciski z tymi i natychmiast nam odpowie. To w zasadzie tyle. Muszę jeszcze przejrzeć jakieś papiery w salonie.
– A o co...

– To sprawa POT – odparł Harry. – Ściśle tajne.
– Ach tak? – Weber przygryzł wargę i popatrzył na niego badawczo. Harry spojrzał mu w oczy i czekał.
– Wiesz co, Hole – powiedział Weber w końcu. – Dobrze, że ktoś w tej firmie potrafi jeszcze zachowywać się jak profesjonalista.

101 HAMBURG, 30 CZERWCA 1944

Po napisaniu listu do Heleny otworzyłem manierkę, wydobyłem z niej zwinięte dokumenty Sindrego Fauke i zamiast nich włożyłem do środka list. Potem wyryłem na manierce bagnetem jej nazwisko i adres i wyszedłem w noc. Gdy tylko stanąłem za drzwiami, poczułem żar. Wiatr szarpał za mundur, niebo nade mną zmieniło się w brudnożółte sklepienie, a słychać było jedynie dobiegający z daleka ryk płomieni, odgłosy pękającego szkła i krzyki ludzi, którzy nie mieli już dokąd uciekać. Poszedłem ulicą, która przestała nią być, zmieniała się w pas asfaltu prowadzącego przez otwarty plac przysypany ruinami. Jedyne, co zostało z „ulicy", to spalone drzewo, które gałęziami, przypominającymi rozczapierzone palce czarownicy, usiłowało dosięgnąć nieba, i jeden płonący dom. Właśnie stamtąd dochodziły krzyki. Kiedy podszedłem już na tyle blisko, że żar parzył w płuca przy oddechu, zawróciłem i ruszyłem w stronę portu. Wtedy właśnie zobaczyłem tę dziewczynkę o czarnych przerażonych oczach. Ciągnęła mnie za kurtkę od munduru, krzycząc do moich pleców:

– Meine mutter, meine mutter!

Szedłem dalej, nic już nie mogłem zrobić. Widziałem wcześniej szkielet człowieka w aureoli ognia na piętrze, z jedną nogą przerzuconą przez parapet, ale dziewczynka dalej szła za mną, dalej wykrzykiwała swoją rozpaczliwą prośbę, bym pomógł jej matce. Próbowałem iść szybciej, lecz złapała mnie wtedy rączkami, nie chciała puścić. Ciągnąłem ją więc za sobą, ku wielkiemu morzu ognia. Tak szliśmy w tym przedziwnym pochodzie. Dwoje ludzi skutych razem i zmierzających ku zagładzie.

Płakałem. Tak, płakałem, ale łzy wyparowywały równie szybko, jak spływały. Nie wiem, które z nas się w końcu zatrzymało, ale wziąłem ją na ręce, zawróciłem, zaniosłem ją do sypialni i nakryłem kocem. Potem ściągnąłem materace z innych łóżek i położyłem się przy niej na podłodze.

Nigdy się nie dowiedziałem, jak się nazywała, ani co się z nią stało, bo w ciągu nocy zniknęła. Wiem jednak, że ocaliła mi życie. Postanowiłem bowiem mieć nadzieję.

Obudziłem się w umierającym mieście. Pożary wciąż nie gasły, port był zrujnowany, a statki, które przypłynęły z zaopatrzeniem lub z zamiarem ewakuowania rannych, stały w Aussenalster, nie mając jak przybić do brzegu.

Dopiero wieczorem załoga portu uprzątnęła miejsce, gdzie mógł się dokonywać załadunek i rozładunek. Czym prędzej tam poszedłem. Chodziłem od statku do statku, aż wreszcie znalazłem to, czego szukałem: statek, który miał płynąć do Norwegii. Nazywał się „Anna" i wiózł cement do Trondheim. Cel podróży mi odpowiadał, nie sądziłem bowiem, aby i tam mnie poszukiwano. Chaos zastąpił zwykły niemiecki porządek i nie wiadomo było, czyich poleceń słuchać. Dwie literki „S" na kołnierzyku mojego munduru wywarły jednak pewne wrażenie. Bez problemu dostałem się na pokład i przekonałem kapitana, że rozkaz, który mu pokazałem, oznacza, że muszę się dostać do Oslo w absolutnie najszybszy sposób. A w zaistniałych okolicznościach oznaczało to podróż „Anną" do Trondheim, stamtąd zaś pociągiem do Oslo.

Podróż trwała trzy doby. Zszedłem ze statku, pokazałem swoje dokumenty i zostałem przepuszczony. Potem wsiadłem do pociągu do Oslo. Cała podróż zajęła cztery doby. Zanim wysiadłem na dworcu w Oslo, w toalecie przebrałem się w cywilne ubranie, zabrane od Christophera Brockharda. Byłem gotów na pierwszy test. Poszedłem wzdłuż Karl Johans gate, lekko kropiło, ale było ciepło. Z naprzeciwka zbliżyły się dwie dziewczyny, szły pod ręce, chichocząc głośno, gdy je mijałem. Piekło w Hamburgu wydawało się odległe o lata świetlne. Serce mi się radowało. Wróciłem do ukochanej ojczyzny i narodziłem się po raz drugi. Recepcjonista w hotelu Continental starannie obejrzał moje dokumenty, a potem spojrzał na mnie znad okularów.

– Serdecznie witamy, panie Sindre Fauke.

Kiedy leżałem na plecach w łóżku w żółtym pokoju hotelowym i wpatrywałem się w sufit, słuchając odgłosów miasta dobiegających z ze-

wnątrz, próbowałem smaku naszego nowego nazwiska. Sindre Fauke. Było to uczucie niezwykłe, ale uświadomiłem sobie, że to naprawdę może się udać.

102 NORDMARKA, 12 LIPCA 1944

człowieka, który nazywa się Even Juul. Wygląda na to, że, tak jak pozostali z Frontu Krajowego, połknął moją historię na surowo. Dlaczego zresztą miałoby być inaczej? Prawda, że jestem byłym żołnierzem, który walczył na froncie, w dodatku poszukiwanym za morderstwo, byłaby zapewne trudniejsza do przełknięcia, aniżeli historia mówiąca o tym, że jestem dezerterem z frontu wschodniego, który przedostał się do Norwegii przez Szwecję. Poza tym sprawdzili przez swoich informatorów dokumentację ochotników i uzyskali potwierdzenie, że zgłoszono zniknięcie człowieka o nazwisku Sindre Fauke, który prawdopodobnie przeszedł na stronę Rosjan. Niemcy naprawdę utrzymują porządek w swoich zabawkach!

Mówię dość neutralnym dialektem, przypuszczam, że to wynik mego dorastania w Ameryce, ale nikt nie zareagował na to, że jako Sindre Fauke tak prędko pozbyłem się dialektu z Gudbrandsdalen. Pochodzę z maleńkiej miejscowości w Norwegii, lecz gdyby nawet pojawił się ktoś, kogo znałem w młodości (w młodości! Boże, to tylko trzy lata temu, a wydaje się, jakby w innym życiu), jestem przekonany, że i tak by mnie nie poznał. Czuję się całkowicie odmieniony.

Bardziej boję się, że nagle zjawi się ktoś, kto zna prawdziwego Sindrego Fauke. Na szczęście on pochodzi z jeszcze większego odludzia niż ja, jeśli to w ogóle możliwe. Może jednak mieć krewnych, którzy potrafiliby go zidentyfikować.

Dręczyłem się tym, gdy nagle ku memu zdumieniu dostałem rozkaz zlikwidowania moich własnych braci (to znaczy braci Faukego), którzy byli członkami NS. To ma być próba, czy naprawdę zmieniłem stronę, czy nie jestem zwykłym szpiegiem. Obaj z Danielem o mało nie wybuchnęliśmy śmiechem. To trochę tak, jakbyśmy sami wpadli na ten pomysł. Przecież oni dosłownie kazali mi sprzątnąć te osoby, które jako jedyne mogłyby ujawnić moją prawdziwą tożsamość.

Rozumiem, że dowódcy tych niby-żołnierzy, nieprzyzwyczajeni do okrucieństwa wojny, tu, w tym bezpiecznym lesie, uważają, że pewnie nikt nie posunie się do bratobójstwa. Ale ja postanowiłem potraktować ich słowa poważnie, zanim zmienią decyzję. Jak tylko zrobi się ciemno, pójdę do miasta po mój pistolet, który zostawiłem razem z mundurem w przechowalni na dworcu. I tym samym nocnym pociągiem, którym tu przyjechałem, pojadę na północ. Znam nazwę najbliższej miejscowości, koło której leży zagroda Fauke. Jakoś się więc rozpytam.

103 OSLO, 13 MAJA 1945

Kolejny dziwny dzień. Kraj wciąż jest upojony wolnością, a dzisiaj do Oslo wrócił następca tronu, Olaf, razem z delegacją rządową. Nie miałem siły, żeby iść do portu i to oglądać, ale słyszałem, że zgromadziło się tam „pół Oslo". Szedłem dziś Karl Johans gate w cywilu, chociaż moi „przyjaciele żołnierze" pytali, dlaczego nie chcę tak jak oni paradować w „mundurze" Frontu Krajowego i być czczonym jako bohater. Podobno taki mundur przyciąga panny jak bibuła. Kobiety szaleją za mundurem. O ile dobrze pamiętam, tak samo szalały za zielonymi mundurami w 1940.

Poszedłem pod Zamek zobaczyć, czy następca tronu pokaże się na balkonie i powie kilka słów. Zebrało się tam już wielu innych. Akurat odbywała się zmiana warty. Żałosny pokaz w porównaniu ze standardami niemieckimi, ale ludzie się radowali.

Mam nadzieję, że następca tronu wyleje kubeł zimnej wody na głowy wszystkich tych tak zwanych porządnych Norwegów, którzy przez pięć lat tkwili jako bierni obserwatorzy, nie kiwnąwszy nawet palcem dla dobra żadnej ze stron, a teraz krzykiem domagają się zemsty na zdrajcach ojczyzny. Uważam, że książę Olaf nas zrozumie. Bo jeśli plotki mówią prawdę, jako jedyny pośród dworu i rządu wykazał, że ma coś w rodzaju kręgosłupa, bo podczas kapitulacji proponował, że zostanie z narodem i będzie dzielił jego los. Rząd jednak mu to odradził, pewnie zrozumieli, że gdyby został tutaj, rzuciłoby to dziwne światło na ucieczkę ich samych i króla.

Tak, mam pewną nadzieję na to, że młody książę (który w przeciwieństwie do „świętych ostatnich dni" wie, jak należy nosić mundur), potrafi wytłumaczyć narodowi, co dla kraju zrobili ci, którzy walczyli na froncie, zwłaszcza że podobno na własne oczy widział, jakie zagrożenie dla naszego narodu stanowili (i wciąż stanowią) bolszewicy ze wschodu. Już na początku roku 1942, w czasie gdy szykowaliśmy się do wyjazdu na front wschodni, książę podobno prowadził rozmowy z prezydentem Rooseveltem i wyraził zatroskanie planami Rosjan wobec Norwegii.

Wymachiwano flagami, ktoś śpiewał, nigdy nie widziałem, by stare drzewa w Parku Zamkowym były bardziej zielone. Ale następca tronu nie wyszedł dziś na balkon. Muszę uzbroić się w cierpliwość.

– Dzwonili z Wiednia. Odciski są identyczne.

Weber stał w drzwiach salonu.

– Świetnie. – Harry w roztargnieniu kiwnął głową, nie przerywając czytania.

– Ktoś narzygał do kosza na śmieci – oznajmił Weber. – Ktoś bardzo chory. Było tam więcej krwi niż wymiocin.

Harry polizał kciuk i przerzucił na następną stronę.

– Aha.

Cisza.

– Jeśli jeszcze w czymś potrzebujesz pomocy...

– Bardzo ci dziękuję, Weber, ale to tyle.

Weber kiwnął głową, ale nie ruszał się z miejsca.

– Nie każesz go szukać? – spytał w końcu.

Harry uniósł głowę i nieobecnym wzrokiem patrzył na Webera.

– A po co?

– Tego, do cholery, nie wiem – odparł Weber. – I nie muszę wiedzieć, skoro to tajne.

Harry uśmiechnął się, być może z powodu tego komentarza.

– No właśnie.

Weber niezrażony czekał na dalszy ciąg, który jednak nie nastąpił.

– Jak sobie chcesz, Hole. Przyniosłem smith&wessona. Jest naładowany, a w środku leży dodatkowy zapas. Łap!

Harry podniósł głowę akurat w odpowiedniej chwili, by złapać czarną kaburę, którą Weber w niego rzucił. Otworzył ją i wyjął rewolwer.

Był naoliwiony, wyczyszczona stal lekko błysnęła. Oczywiście. To przecież broń Webera.

– Dzięki za pomoc, Weber – powiedział Harry.
– Nie wysilaj się.
– Postaram się. Życzę ci... miłego dnia.

Weber prychnął na to przypomnienie. Gdy wychodził z mieszkania, Harry dawno już zdążył się zaczytać.

104 OSLO, 27 SIERPNIA 1945

Zdrada, zdrada, zdrada! Siedziałem jak skamieniały, ukryty w ostatnim rzędzie, gdy wprowadzono moją kobietę. Usiadła na ławie oskarżonych i posłała jemu, Evenowi Juulowi, krótki, lecz jednoznaczny uśmiech. Ten jeden uśmiech powiedział mi wszystko, ale siedziałem jak przykuty, nie będąc w stanie zrobić nic, tylko słuchać i patrzeć. I cierpieć. Ta kłamliwa, fałszywa oszustka. Even Juul dobrze wie, kim jest Signe Alsaker. To ja mu o niej opowiedziałem. Trudno go o coś oskarżać, on przecież myśli, że Daniel Gudeson nie żyje. Ale ona, ona przysięgała wierność nawet w śmierci. Tak, powtórzę to jeszcze raz: zdrada. A następca tronu nie powiedział ani słowa, nikt nie powiedział ani słowa. W twierdzy Akershus rozstrzeliwują ludzi, którzy dla Norwegii ryzykowali własne życie. Echo tych wystrzałów wisi w powietrzu nad miastem przez chwilę, potem znika i zapada jeszcze większa cisza niż przedtem. Jak gdyby nic się nie stało.

W zeszłym tygodniu dostałem wiadomość, że moją sprawę umorzono. Moje bohaterskie czyny wyrównały przestępstwa, które popełniłem. Śmiałem się do łez, czytając to pismo. A więc uważają, że likwidacja czworga bezbronnych chłopów z Gudbrandsdalen to bohaterski czyn, który równoważy przestępczą obronę ojczyzny pod Leningradem! Cisnąłem krzesłem w ścianę. Przyszła gospodyni i musiałem się tłumaczyć. Można od tego oszaleć.

Nocami marzę o Helenie. Tylko o Helenie. Muszę próbować zapomnieć. A książę nie powiedział ani słowa. To nie do wytrzymania. Wydaje mi się

Harry znów spojrzał na zegarek. Przerzucił kilka stron, aż jego wzrok uchwycił znajome nazwisko.

105 RESTAURACJA U SCHRØDERA, 23 WRZEŚNIA 1948

firmę z dobrymi widokami na przyszłość. Ale dziś stało się to, czego od dawna się bałem. Siedziałem i czytałem gazetę, gdy nagle zauważyłem, że ktoś stoi przy moim stoliku i mi się przygląda. Podniosłem głowę i krew zlodowaciała mi w żyłach. Wyglądał dość nieszczęśliwie, miał zniszczone ubranie i gdzieś przepadła jego prosta dumna postawa, jak gdyby zagubił jakąś część siebie. Ale i tak natychmiast rozpoznałem naszego dawnego dowódcę, człowieka z okiem cyklopa.

– Gudbrand Johansen – powitał mnie Edvard Mosken. – Podobno nie żyjesz. Wieść niesie, że zginąłeś w Hamburgu.

Nie wiedziałem, co powiedzieć, czy zrobić. Wiedziałem jedynie, że człowiek, który usiadł przede mną, mógł doprowadzić do skazania mnie za zdradę ojczyzny, a w najgorszym razie za morderstwo!

W ustach całkiem mi zaschło, gdy wreszcie zdołałem coś wykrztusić.

– Owszem, żyję – odparłem, a żeby zyskać na czasie, opowiedziałem mu, jak trafiłem do szpitala w Wiedniu, ranny w głowę i w nogę. A co się działo z nim? Wyjaśnił mi, że został odesłany do kraju i trafił do szpitala wojskowego w Sinsen, dziwnym zbiegiem okoliczności do tego samego, do którego odkomenderowano mnie. Jak większość innych, dostał trzy lata za zdradę ojczyzny. Wypuszczono go, kiedy odsiedział dwa i pół roku.

Rozmawialiśmy o różnych sprawach i po pewnym czasie trochę bardziej się odprężyłem. Zamówiłem dla niego piwo, mówiliśmy o branży artykułów budowlanych, w której się zaczepiłem. Powiedziałem, co myślę. Dla takich jak my najlepiej jest zacząć prowadzić działalność na własną rękę, bo większość zakładów wzbrania się przed zatrudnianiem byłych żołnierzy z frontu (dotyczy to zwłaszcza tych zakładów, które kolaborowały z Niemcami).

– Ty też miałeś kłopoty? – spytał.

Musiałem więc wyjaśniać, że niewiele pomogło mi przejście na „słuszną" stronę. Wcześniej przecież nosiłem niemiecki mundur.

Mosken przez cały czas siedział z tym swoim półuśmiechem na wargach, a w końcu nie zdołał już dłużej wytrzymać. Oznajmił, że już od dłuższego czasu próbował mnie wytropić, ale wszelki ślad urywał się w Hamburgu. Właściwie już zrezygnował, gdy pewnego dnia zobaczył nazwisko Sindre Fauke w artykule na temat ruchu oporu. Zainteresował się tym od nowa. Dowiedział się, gdzie Fauke pracuje, i zadzwonił. Ktoś tam podszepnął mu, że być może znajdzie mnie w restauracji U Schrødera.

Znów zdrętwiałem i pomyślałem, że teraz to się stanie. Ale on powiedział zupełnie coś innego niż to, czego się spodziewałem:

– Nigdy ci porządnie nie podziękowałem za to, że powstrzymałeś wtedy Hallgrima Dale. Uratowałeś mi życie, Johansen.

Otworzyłem usta ze zdziwienia, wzruszyłem ramionami. Na nic więcej nie było mnie stać.

Mosken był przekonany, że ratując go, wykazałem się głęboką moralnością. Mogłem przecież mieć swoje powody, by życzyć mu śmierci. Przecież gdyby zwłoki Sindrego Fauke znaleziono, on mógłby zaświadczyć, że najprawdopodobniej to ja byłem mordercą. Pokiwałem tylko głową. Popatrzył na mnie i spytał, czy się go boję. Doszedłem do wniosku, że nie mam nic do stracenia na opowiedzeniu mu całej historii.

Mosken słuchał. Parę razy bacznie mi się przyglądał swoim cyklopowym okiem, kilkakrotnie kręcił głową. Zrozumiał jednak, że większość z tego, co mówiłem, jest prawdą.

Kiedy skończyłem opowiadać, zamówiłem jeszcze po piwie. A on opowiadał o sobie. O tym, że żona znalazła sobie innego faceta, który utrzymywał ją i ich syna w czasie, gdy Mosken siedział. Rozumiał ją. Może i tak było najlepiej dla Edvarda Juniora, nie musiał dorastać przy ojcu, który dopuścił się zdrady ojczyzny. Mosken sprawiał wrażenie zrezygnowanego. Powiedział, że próbował działać w branży transportowej, ale nikt nie chciał go zatrudnić jako kierowcy.

– Kup własną ciężarówkę – doradziłem mu. – Ty też zacznij działać na własną rękę.

– Nie mam na to pieniędzy – odparł, zerkając na mnie.

Powoli zaczynało mi się rozjaśniać w głowie.

– A banki też nie lubią tych, co walczyli na froncie – ciągnął. – Uważają nas wszystkich za bandytów.
– Uzbierałem trochę grosza – oświadczyłem. – Pożyczę ci.
Odmówił, ale ja powiedziałem, że sprawa już jest przesądzona.
– Oczywiście będę naliczał odsetki – dodałem, a on wtedy się rozjaśnił. Zaraz jednak spoważniał i powiedział, że to może być dla niego za drogo, dopóki firma się nie rozkręci. Wytłumaczyłem, że te odsetki będą nieduże, wręcz symboliczne. Zamówiłem kolejne piwa, a kiedy je wypiliśmy i już mieliśmy iść do domu, podaliśmy sobie ręce na znak, że zawarliśmy umowę.

106 OSLO, 3 SIERPNIA 1950

list ze stemplem z Wiednia w skrzynce. Położyłem go na kuchennym stole i tylko na niego patrzyłem. Na odwrocie było jej nazwisko i adres. W maju wysłałem list do Szpitala Rudolfa II w nadziei, że ktoś tam będzie wiedział, w jakim miejscu na świecie znajduje się Helena, i prześle go dalej. Na wypadek, gdyby wpadł w czyjeś niepowołane ręce, nie napisałem nic, co mogło być dla nas niebezpieczne, i oczywiście nie podpisałem się własnym nazwiskiem. Ale i tak nie śmiałem czekać na żadną odpowiedź. Nie wiem nawet, czy w głębi duszy chciałem ją dostać, bo przecież mogła być zupełnie inna niż pragnąłem. Helena mogła wyjść za mąż i mieć dzieci. Nie, nie chciałem o tym wiedzieć. Chociaż przecież właśnie tego dla niej pragnąłem, to właśnie jej ofiarowałem.

Boże, byliśmy tacy młodzi, ona miała zaledwie dziewiętnaście lat! A teraz, kiedy trzymałem ten list w dłoni, wszystko nagle wydało się tak nierzeczywiste, jak gdyby staranne pismo na kopercie nie mogło mieć nic wspólnego z tą Heleną, o której śniłem przez sześć lat. Drżącymi palcami otworzyłem list, przygotowując się na najgorsze. To był długi list. Po raz pierwszy przeczytałem go zaledwie kilka godzin temu, ale już umiem go na pamięć.

Kochany Uriaszu. Kocham Cię. Że będę Cię kochała do końca życia, nietrudno zgadnąć, ale mam też wrażenie, że kocham Cię od samego początku. Kiedy dostałam Twój list, płakałam ze szczęścia, to...

Harry wyszedł do kuchni z kartkami w ręku. Znalazł kawę w szafce nad zlewem i nastawił wodę, nie przerywając czytania, o szczęśliwym, lecz również smutnym i niemal bolesnym spotkaniu w hotelu w Paryżu. Zaręczyli się następnego dnia.

Od tej pory Gudbrand coraz mniej pisał o Danielu, a w końcu wydawało się, że Daniel całkowicie zniknął.

Teraz pisał o zakochanej młodej parze, która z powodu morderstwa Christophera Brockharda wciąż czuła na karku oddech prześladowców. Spotykali się potajemnie w Kopenhadze, Amsterdamie i Hamburgu. Helena znała nową tożsamość Gudbranda, ale czy znała całą prawdę? Czy wiedziała o morderstwie na froncie? O likwidacji rodziny Faukego? Chyba raczej nie.

Zaręczają się po wycofaniu się aliantów. A w 1955 Helena opuszcza Austrię, która w jej przekonaniu znów zostanie przejęta przez „zbrodniarzy wojennych, antysemitów i fanatyków, którzy niczego się nie nauczyli na własnych błędach". Mieszkają w Oslo, gdzie Gudbrand wciąż pod nazwiskiem Sindrego Fauke prowadzi swoją firmę. W tym samym roku ślubu udziela im katolicki ksiądz podczas prywatnej ceremonii w ogrodzie na Holmenkollveien, gdzie niedawno kupili dużą willę za pieniądze ze sprzedaży zakładu krawieckiego Heleny w Wiedniu. Gudbrand pisze, że są szczęśliwi.

Harry usłyszał syk wrzącej wody i ze zdumieniem stwierdził, że kawa wykipiała.

107 SZPITAL CENTRALNY, 1956

Helena straciła tyle krwi, że przez pewien czas jej życie było zagrożone, ale na szczęście w porę zainterweniowali. Straciliśmy dziecko. Helena była niepocieszona, chociaż stale jej powtarzałem, że jest młoda, że mamy jeszcze wiele szans. Niestety, lekarz nie podzielał mojego optymizmu. Powiedział, że macica...

108 SZPITAL CENTRALNY, 12 MARCA 1967

Córka. Będzie miała na imię Rakel. Nie przestawałem płakać. Helena pogłaskała mnie po policzku i powiedziała, że ścieżki Boga są...

Harry znów siedział w salonie i przecierał ręką oczy. Dlaczego nie skojarzył wszystkiego od razu, gdy zobaczył zdjęcie Heleny w pokoju Beatrice? Matka i córka. Musiał zupełnie zgłupieć. Prawdopodobnie taka właśnie była odpowiedź. Przecież widział Rakel wszędzie, na ulicach, w twarzach mijających go kobiet, na dziesięciu kanałach telewizyjnych, kiedy zmieniał programy, za barem w kawiarni. Dlaczego miałby zwrócić jakąś szczególną uwagę na to, że widzi jej twarz również wtedy, gdy patrzy na zdjęcie pięknej kobiety na ścianie?

Czy powinien zadzwonić do Moskena i potwierdzić to, co napisał Gudbrand Johansen alias Sindre Fauke? Musi to robić? Nie teraz.

Znów spojrzał na zegarek. O co chodzi, skąd taki pośpiech? Przecież z Rakel umówił się dopiero na jedenastą? Ellen na pewno umiałaby mu na to odpowiedzieć, ale jej tu nie było, a on nie miał czasu, żeby się nad tym zastanawiać. No właśnie. Nie miał czasu.

Przerzucał kartki, aż dotarł do roku 1999. Siódmy października. Zostało jeszcze tylko kilka stron maszynopisu. Harry poczuł, że pocą mu się dłonie. Ogarnęło go podobne uczucie do tego opisywanego przez ojca Rakel, kiedy dostał list Heleny. Niechęć przed ostateczną konfrontacją z tym, co nieuniknione.

109 OSLO, 7 PAŹDZIERNIKA 1999

Umieram. Po tym wszystkim, co przeszedłem, zdziwiła mnie wiadomość, że podobnie jak większość ludzi otrzymam coup de grâce zadany przez zwykłą chorobę. Jak mam o tym powiedzieć Rakel i Olegowi? Szedłem w górę Karl Johans gate i czułem, że to życie, które od śmierci Heleny wydawało mi się bezwartościowe, nagle znów nabrało wartości. Nie dlatego, że nie tęsknię za ponownym spotkaniem z Tobą, Heleno, lecz ponieważ tak długo zaniedbywałem swoje zadanie tu, na ziemi. A teraz prawie nie zostało mi już na nie czasu. Wspiąłem się na to samo zbocze, co 13 maja 1945 roku. Następca tronu wciąż jeszcze nie wyszedł na balkon, aby powiedzieć, że rozumie. Sądzę, że już nie wyjdzie. Uważam, że zdradził.

Potem zasnąłem oparty o drzewo. Przyśnił mi się długi dziwny sen, który był objawieniem. A gdy się obudziłem, zbudził się też mój dawny towarzysz. Daniel wrócił. Wiem, czego chce.

Escort jęknął ciężko, gdy Harry brutalnie szarpnął drążkiem skrzyni biegów kolejno na wsteczny, pierwszy i drugi bieg. Zaryczał jak ranne zwierzę, gdy Harry wcisnął gaz do dechy. Jakiś człowiek w odświętnym stroju ludowym z rejonu Østerdalen przestraszony przemknął przez przejście dla pieszych na skrzyżowaniu Vibes gate z Bogstadveien i ledwie uniknął odcisku pozbawionej bieżnika opony na obciągniętej pończochą łydce. Na Hegdehaugsveien w stronę miasta był korek. Harry pojechał środkiem ulicy, nie odrywając ręki od klaksonu, z nadzieją, że samochody najeżdżające z przeciwka będą miały dość rozumu, by zjechać na bok. Akurat przemanewrował na lewą stronę rabaty przed Lorry Kafé, gdy całe pole widzenia zasłoniła mu nagle niebieska ściana. Tramwaj!

Było już za późno na zatrzymywanie się, więc Harry ostro skręcił kierownicą, lekko nacisnął pedał hamulca, żeby zarzucić tyłem i poślizgnął się na bruku, aż uderzył lewym bokiem o lewy bok tramwaju. Boczne lusterko przepadło z krótkim trzaskiem, a zgrzyt klamki przesuwającej się po niebieskiej blasze rozbrzmiewał długo i przenikliwie.

– Jasna cholera!

W końcu się oderwał. Koła uwolniły się z szyn, zaczepiły o asfalt i powiozły go do następnego skrzyżowania.

Zielone, zielone, żółte.

Wcisnął gaz do dechy, z ręką wciąż wbitą w środek kierownicy w próżnej nadziei, że jeden marny klakson zdoła zwrócić na siebie uwagę siedemnastego maja piętnaście po dziesiątej w centrum Oslo. Nagle wrzasnął i nacisnął hamulec, escort rozpaczliwie usiłował przyssać się do nawierzchni, a puste pudełka po kasetach, paczki papierosów i ich właściciel polecieli do przodu. Harry uderzył w przednią szybę, gdy samochód się zatrzymał. Na przejście dla pieszych wlał się strumień dzieci, wymachujących flagami. Harry roztarł czoło. Park Zamkowy miał tuż przed sobą, a na ścieżce prowadzącej do Zamku było czarno od ludzi. Z otwartego kabrioletu stojącego na pasie obok usłyszał dźwięki radia. I znajomą relację na żywo. Identyczną każdego roku:

– Rodzina królewska z balkonu pozdrawia pochód dziecięcy i tłumy ludzi zebrane na Placu Zamkowym. Zgromadzonych szczególnie raduje widok cieszącego się wielką popularnością następcy tronu, który właśnie wrócił z USA, jest przecież...

Harry wcisnął sprzęgło, dodał gazu i zamierzył się na chodnik przy ścieżce.

110 OSLO, 16 PAŹDZIERNIKA 2000

Znów zacząłem się śmiać. To oczywiście Daniel się śmieje. Nie napisałem, że pierwszą rzeczą, jaką zrobił po przebudzeniu, było zatelefonowanie do Signe. Skorzystaliśmy z automatu u Schrødera. To było takie zabawne, że śmialiśmy się aż do łez.

Dziś w nocy trzeba dalej pracować nad planami. Wciąż nie wiem, w jaki sposób zdobędę broń, której potrzebuję.

111 OSLO, 15 LISTOPADA 1999

wreszcie wydawał się rozwiązany, gdy nagle pojawił się nowy problem: Hallgrim Dale. Nie było dla mnie zaskoczeniem, że zszedł na psy. Do końca miałem nadzieję, że mnie nie pozna. Najwyraźniej słyszał plotki o tym, że zginąłem podczas bombardowania Hamburga, wziął mnie bowiem za ducha. Zrozumiał, że kryją się za tym jakieś ciemne sprawki, i chciał pieniędzy za milczenie. Ale ten Dale, którego znałem, nie potrafiłby dochować tajemnicy za żadne pieniądze świata. Zadbałem więc o to, abym był ostatnim człowiekiem, z którym rozmawiał. Nie mia-

łem z tego żadnej radości. Ale muszę przyznać, że odczułem pewne zadowolenie, gdy się przekonałem, że dawne umiejętności nie odeszły całkiem w zapomnienie.

112 OSLO, 6 LUTEGO 2000

Przez ponad pięćdziesiąt lat Edvard i ja spotykaliśmy się w restauracji U Schrødera sześć razy do roku. Przed południem w każdy pierwszy wtorek co drugiego miesiąca. Nazywamy to wciąż posiedzeniami sztabu. Tak jak w czasach, gdy restauracja mieściła się przy Youngstorget. Często zastanawiałem się, co mnie łączy z Edvardem. Jesteśmy przecież tak różni. Może po prostu wspólny los, fakt, że wpływ na nas wywarły te same wydarzenia. Obaj byliśmy na froncie wschodnim, obaj straciliśmy żony, a nasze dzieci dorosły. Nie wiem, ale dlaczego by nie? Najważniejsze dla mnie jest przekonanie o pełnej lojalności Edvarda. On oczywiście nigdy nie zapomni, że pomogłem mu zaraz po wojnie, a i później przychodziłem z pomocą. Na przykład pod koniec lat sześćdziesiątych, kiedy to stracił kontrolę nad piciem i grał na wyścigach, firma by zbankrutowała, gdybym nie spłacił jego długów.

Tak, niewiele zostało z dumnego żołnierza, którego pamiętam spod Leningradu. Ale w ostatnich latach Edvard przynajmniej pogodził się z faktem, że życie nie całkiem ułożyło mu się tak, jak je sobie wymyślił, i stara się wyciągnąć z niego, ile może. Koncentruje się na tym swoim koniu, już nie pije i nie gra. Wystarcza mu podpowiadanie mi, jak mam obstawiać.

A jeśli chodzi o podpowiedzi, to właśnie on dał mi cynk, że Even Juul pytał go, czy to możliwe, by Daniel Gudeson wciąż żył. Tego samego wieczoru zadzwoniłem do Evena i spytałem, czy dopadła go skleroza. Powiedział mi wtedy, że kilka dni temu podniósł słuchawkę drugiego telefonu w sypialni i podsłuchał, jak mężczyzna podający się za Daniela do szaleństwa wystraszył jego żonę. Ten człowiek zapowiedział, że zadzwoni do niej jeszcze kiedyś w jakiś wtorek. Even stwierdził, że w tle słyszał odgłosy przypominające kawiarnię, i postanowił w każdy wtorek odwiedzać kawiarnie w Oslo, by znaleźć terrorystę. Wiedział, że policja nie zaintere-

suje się taką bagatelką i na wszelki wypadek nie mówił o niczym Signe, żeby go nie powstrzymywała. Musiałem się ugryźć w dłoń, żeby się głośno nie roześmiać, i życzyłem temu staremu idiocie powodzenia.

Odkąd przeniosłem się do mieszkania na Majorstuen, nie widziałem Rakel. Ale rozmawialiśmy przez telefon. Wygląda na to, że oboje już jesteśmy zmęczeni prowadzeniem tej wojny. Zrezygnowałem już z tłumaczenia jej, co zrobiła mnie i swojej matce, poślubiając Rosjanina z bolszewickiej rodziny. „Wiem, że odebrałeś to jako zdradę – mówi Rakel – ale to już tak dawno temu, nie rozmawiajmy o tym więcej".

To wcale nie było dawno temu. Nic nie było dawno temu.

Oleg o mnie pytał. Dobry chłopak ten Oleg. Mam tylko nadzieję, że nie będzie równie uparty i samowolny jak jego matka. Odziedziczyła to po Helenie. Są tak do siebie podobne, że do oczu napływają mi łzy, gdy to piszę.

W przyszłym tygodniu Edvard pozwoli mi skorzystać ze swojego domku letniskowego, wypróbuję karabin, Daniel już się cieszy.

Światło zmieniło się na zielone i Harry dodał gazu. Samochodem szarpnęło, gdy krawędź chodnika wbiła się w przednie koła. Escort podskoczył i nagle znalazł się na trawniku. Na ścieżce było zbyt dużo ludzi, Harry pojechał więc dalej po trawie. Manewrował między sadzawką a czwórką młodych ludzi, którzy uznali, że już pora, żeby zjeść śniadanie na kocu w parku. W lusterku widział niebieskie błyski. Już przy budynku straży tłum był gęsty, Harry zatrzymał się więc, wyskoczył z samochodu i pognał w stronę odgrodzonego Placu Zamkowego.

– Policja! – zawołał, przeciskając się przez tłum. Ci, którzy stali z przodu, wstali już o świcie, żeby zapewnić sobie miejsce tuż przy orkiestrze, i rozstępowali się bardzo niechętnie. Kiedy przeskoczył przez barierki, próbował go powstrzymać jeden z gwardzistów, ale Harry odepchnął jego rękę, mignął mu przed oczami identyfikatorem i chwiejnym krokiem przedostał się na otwarty plac. Pod podeszwami zachrzęścił żwir, odwrócił się plecami do pochodu dziecięcego, do uczniów szkoły podstawowej ze Slemdal i do orkiestry młodzieżowej z Vålerenga, defilujących w tej chwili pod balkonem Zamku. Stamtąd rodzina królewska machała w rytm fałszywych tonów *I'm just a Gigolo*.

Wpatrywał się w ścianę czystych uśmiechniętych twarzy i czerwono--biało-niebieskich flag. Przesuwał wzrokiem po szeregach ludzi, emerytach, pstrykających zdjęcia wujkach, ojcach rodzin z najmłodszymi dziećmi na ramionach. Ale nigdzie nie było Sindrego Fauke, Gudbranda Johansena i Daniela Gudesona.
– Jasna cholera!
Zaklął, czując narastającą panikę.
Ale nagle przed barierkami dostrzegł przynajmniej jedną znajomą twarz. Na służbie, w cywilu, z krótkofalówką, w okularach lustrzankach. Widocznie zamiast iść do Scotsmana posłuchał rady Harry'ego i wsparł kolegów mających rodziny.
– Halvorsen!

113 OSLO, 17 MAJA 2000

Signe nie żyje. Trzy dni temu wykonano na niej egzekucję za zdradę. Dostała kulę prosto w fałszywe serce. Tak długo się trzymałem, ale zachwiałem się, gdy Daniel mnie opuścił, kiedy padł strzał. Pozostawił mnie samotnego, zbłąkanego. Dopuściłem do siebie wątpliwości i przeżyłem straszną noc. Choroba mi nie pomogła. Zażyłem trzy tabletki, które przepisał mi doktor Buer, mówiąc, że nie wolno mi łykać więcej niż jedną naraz. A mimo to bóle były nieznośne. Zasnąłem w końcu i dzień później, kiedy się obudziłem, Daniel znów pojawił się przy mnie, pełen nowej nadziei. To był przedostatni etap. Teraz śmiało kroczymy dalej naprzód.

Usiądź w kręgu ogniska w obozie, spójrz jak płomień...

Zbliża się dzień, gdy pomszczona zostanie wielka zdrada. Nie boję się. Najważniejsze jest oczywiście to, by stała się publicznie znana. Jeżeli te pamiętniki odnajdą niewłaściwe osoby, mogą je zniszczyć lub utajnić ze względu na reakcję pospólstwa. Na wszelki wypadek podsunąłem niezbędne ślady pewnemu młodemu policjantowi z POT. Ciekawe, na ile okaże się inteligentny. Ale przeczucie mi mówi, że to człowiek, który się nie podda.

Ostatnie dni były dramatyczne.

Zaczęło się to w dniu, w którym postanowiłem, że skończę z Signe. Właśnie zadzwoniłem do niej, aby jej powiedzieć, że po nią przyjdę. Już wyszedłem ze Schrødera, gdy zobaczyłem twarz Evena Juula za szybą pokrywającą całą ścianę tego barku kawowego po drugiej stronie ulicy. Udałem, że go nie widzę, i poszedłem dalej, ale wiedziałem, że on sporo zrozumie, gdy tylko się przez chwilę zastanowi.

Wczoraj odwiedził mnie ten policjant. Nie sądziłem, że ślady, które mu podsunąłem, były tak wyraźne, że zrozumie pewne powiązania, zanim wypełnię swoje zadanie. Okazało się jednak, że wpadł na trop Gudbranda Johansena w Wiedniu. Zrozumiałem, że muszę zyskać czas, przynajmniej czterdzieści osiem godzin. Opowiedziałem mu więc historię o Evenie Juulu, którą wymyśliłem na wypadek, gdyby zaistniała taka sytuacja. Mówiłem, że Even był ciężko doświadczonym przez los człowiekiem, nieszczęsną duszą i że Daniel w nim zamieszkał. Po pierwsze, według tej historii, to Juul stał za wszystkim, również za zabójstwem Signe. Po drugie, miała uwiarygodnić zaaranżowane samobójstwo Juula, które w tym czasie zaplanowałem.

Po wyjściu policjanta od razu zacząłem działać. Even nie wyglądał na zaskoczonego, gdy otworzył drzwi i zobaczył mnie na schodach. Nie wiem, czy zdążył się zastanowić, czy też raczej przestał się dziwić czemukolwiek. Już wyglądał na martwego. Przyłożyłem mu nóż do szyi i zagroziłem, że jeśli drgnie, podetnę mu gardło równie łatwo jak jego psu. Żeby upewnić się, czy zrozumiał moje słowa, rozchyliłem worek na śmieci, który ze sobą przyniosłem, i pokazałem mu zwierzę. Poszliśmy na górę do sypialni. Pozwolił sobą dyrygować, stanął na krześle i przywiązał smycz do haka od lampy.

– Nie chcę, aby policja zdobyła więcej śladów, dopóki to wszystko się nie skończy. Musimy więc upozorować samobójstwo – powiedziałem. Ale on nie zareagował. Sprawiał wrażenie całkiem obojętnego. Kto wie, może wyświadczyłem mu przysługę.

Potem wytarłem odciski palców, worek z psem wsadziłem do zamrażarki, a noże zaniosłem do piwnicy. Wszystko było już gotowe, po raz ostatni sprawdzałem sypialnię, gdy nagle usłyszałem chrzęst żwiru i zobaczyłem na drodze przed domem samochód policyjny. Przystanął, jakby na coś czekał. Ale zrozumiałem, że jestem w kropce. Gudbrand rzecz jasna spanikował, ale na szczęście Daniel przejął dowodzenie i zadziałał szybko.

Przyniosłem klucze z dwóch innych sypialni. Jeden pasował do pokoju, w którym wisiał Even. Położyłem go na podłodze za drzwiami, oryginalny klucz wyciągnąłem z zamka i użyłem do zamknięcia drzwi od zewnątrz. Potem zastąpiłem go kluczem, który nie pasował, i zostawiłem go w zamku od zewnątrz. Na koniec oryginalny klucz włożyłem w zamek w drzwiach sąsiedniej sypialni. Uporałem się z tym w ciągu kilku sekund, a potem spokojnie zszedłem na dół i wykręciłem numer komórki Harry'ego Hole.

W następnej chwili wszedł do środka.

Chociaż czułem, że wzbiera we mnie śmiech, to chyba udało mi się zrobić zdziwioną minę. Prawdopodobnie dlatego, że mimo wszystko jednak byłem trochę zaskoczony, bo tego drugiego policjanta też już wcześniej widziałem, tamtej nocy w Parku Zamkowym, ale chyba raczej mnie nie poznał. Może dlatego, że dzisiaj widział Daniela. Tak, oczywiście pamiętałem, żeby zetrzeć z kluczy odciski palców.

– Harry, co ty tu robisz? Coś się stało?
– Posłuchaj, przekaż wiadomość przez to swoje walkie-talkie, że...
– Co?

Orkiestra szkolna z Bolteløkka maszerowała obok nich, waląc w bębny tak mocno, jak gdyby chciała dźwiękiem zrobić dziurę w niebie.

– Mówię, że... – krzyknął Harry.
– Co? – krzyknął Halvorsen.

Harry wyrwał mu krótkofalówkę.

– Słuchajcie mnie uważnie, do cholery, wszyscy, co do jednej. Wypatrujcie mężczyzny, siedemdziesiąt dziewięć lat, wzrost metr siedemdziesiąt pięć, niebieskie oczy, siwe włosy. Najprawdopodobniej uzbrojony. Powtarzam, uzbrojony. I bardzo niebezpieczny. Istnieją podejrzenia o planowanym zamachu. Sprawdzajcie wszystkie otwarte okna i dachy w okolicy. Powtarzam...

Harry powtórzył meldunek, podczas gdy Halvorsen przyglądał mu się z półotwartymi ustami. Kiedy Harry skończył, odrzucił mu krótkofalówkę.

– Teraz twoim zadaniem będzie odwołanie siedemnastego maja, Halvorsen.

– Co ty wygadujesz?

— Ty jesteś na służbie, a ja wyglądam, jakbym przyszedł tu prosto ze świątecznej pijatyki. Nie będą mnie słuchać.

Halvorsen przeniósł wzrok z nieogolonej brody Harry'ego na wygniecioną, krzywo zapiętą koszulę i na buty włożone na gołe stopy bez skarpet.

— Jacy oni?

— Tyś naprawdę jeszcze nie zrozumiał, o czym ja mówię? — wrzasnął Harry, wskazując drżącym palcem.

114 OSLO, 17 MAJA 2000

Jutro. Odległość 400 metrów. Udawało mi się to już wcześniej. Park będzie okryty świeżą zielenią, pełen życia, bez śladu śmierci. Ale oczyściłem drogę dla kuli. Jedno martwe drzewo bez liści. Kula spadnie z nieba. Jak palec Boże wskaże potomstwo zdrajcy. Wszyscy zobaczą, co On robi z tymi, którzy nie są czystego serca. Zdrajca powiedział, że kocha swój kraj, lecz go opuścił. Kazał ratować go przed najeźdźcami ze wschodu, a później naznaczył nas piętnem zdrajców.

Halvorsen podbiegł ku wejściu na Zamek, natomiast Harry został na otwartym placu i kręcił się w kółko jak pijany. Kilka minut upłynie, zanim balkon na Zamku opustoszeje. Ważni ludzie muszą najpierw podjąć decyzje, z których będą musieli się wytłumaczyć. Nie można odwoływać święta narodowego ot, tak sobie, tylko dlatego, że jakiś funkcjonariusz rozmawiał z kolegą, który ma wątpliwości. Harry wzrokiem omiatał tłum, przesuwał nim w górę i w dół, nie bardzo wiedząc, czego szuka.

Przyjdzie z nieba.

Podniósł wzrok. Dookoła zielone drzewa. Bez śladu śmierci. Drzewa były tak wysokie, a liście tak gęste, że mając nawet dobry celownik optyczny, nie da się strzelić z żadnego z otaczających domów.

Harry zamknął oczy. Poruszał wargami. Pomóż mi teraz, Ellen.

Oczyściłem drogę.

Dlaczego tamtych dwoje z Zieleni Miejskiej miało takie zdziwione miny, kiedy wczoraj tamtędy przechodził? Drzewo. Nie miało liści.

Znów otworzył oczy, powiódł wzrokiem po koronach drzew i wtedy to zobaczył. Zbrązowiały martwy dąb. Poczuł, że serce zaczyna walić mu jak młotem. Odwrócił się, o mały włos nie rozdeptał kapelmistrza i pobiegł w górę w stronę Zamku. Zatrzymał się, gdy znalazł się na linii pomiędzy drzewem a balkonem. Teraz spojrzał na drzewo. Za nagimi gałęziami wznosił się gigant z niebieskiego zmrożonego szkła. Hotel SAS. Oczywiście. To takie proste. Jedna kula. Nikt nie zareaguje na huk siedemnastego maja. On potem spokojnie zejdzie do recepcji, gdzie będzie się roić od ludzi, i wyjdzie na zatłoczone ulice, zniknie w tłumie. A potem? Co potem?

Nie mógł teraz o tym myśleć, musiał działać. Musiał działać. Ale poczuł się taki zmęczony. Zamiast podniecenia poczuł nagle, że powinien stąd odejść, wrócić do domu, położyć się i spokojnie zasnąć. Obudzi się, gdy wstanie nowy dzień, i wtedy okaże się, że nic się nie zdarzyło, że wszystko tylko mu się przyśniło. Ocknął się, słysząc wycie syreny karetki jadącej Drammensvei, które przedarło się przez dźwięki orkiestry dętej.

– Cholera, cholera!

Puścił się biegiem.

115 RADISSON SAS, 17 MAJA 2000

Stary człowiek wychylił się przez okno, obie nogi miał podciągnięte pod siebie. Trzymał karabin w rękach i słuchał, jak sygnał karetki powoli się oddala. Już i tak za późno, pomyślał. Wszyscy umrą.

Znów wymiotował. Głównie krwią. Ból niemal pozbawił go przytomności. Leżał później skulony na podłodze w łazience, w oczekiwaniu, aż tabletki zaczną działać. Zażył cztery. Ból zelżał. Jeszcze tylko na pożegnanie dźgnął go jak sztyletem, jakby chciał przypomnieć, że wkrótce wróci. Potem łazienka odzyskała dawne kształty, jedna z dwóch łazienek z jacuzzi, czy raczej z hydromasażem. W każdym razie był tu telewizor. Stary włączył go, słuchał pieśni narodowych, o kraju, o królu, i śledził wzrokiem odświętnie ubranych reporterów, którzy na wszystkich kanałach opisywali pochód dziecięcy.

Siedział teraz w salonie, a słońce wisiało na niebie jak olbrzymia rakietnica oświetlająca całą okolicę. Wiedział, że nie powinien patrzeć wprost na rakietnice, bo oślepiają i trudno wtedy zauważyć rosyjskich strzelców wyborowych, czołgających się po śniegu przez pas ziemi niczyjej.

– Widzę go – szepnął Daniel. – Odrobinę w prawo. Na balkonie, zaraz za tym martwym drzewem.

Drzewa? W tej zrytej bombami okolicy nie ma żadnych drzew.

Następca tronu wyszedł na balkon, lecz milczał.

– On się wymyka – zawołał jakiś głos, który zabrzmiał jak głos Sindrego.

– Nie, nie – powiedział Daniel. – Żaden przeklęty bolszewik się nie wymknie.

– On już wie, że go zauważyliśmy. Schowa się w tym zagłębieniu.

– O, nie – oświadczył Daniel.

Stary człowiek przyłożył karabin do krawędzi okna. Musiał użyć śrubokrętu, żeby usunąć śruby, pozwalające ledwie na jego uchylenie. Co mu wtedy powiedziała ta dziewczyna z recepcji? Zrobiono to na wypadek, gdyby goście wymyślili coś niemądrego? Spojrzał w celownik. Ludzie w dole wydawali się tacy maleńcy. Ustawił odległość. Czterysta metrów. Kiedy się strzela z góry w dół, trzeba wziąć poprawkę na siłę ciążenia wywierającą wpływ na kulę, tor lotu jest inny niż wtedy, kiedy się strzela płasko. Ale Daniel wiedział takie rzeczy. Daniel wiedział wszystko.

Stary popatrzył na zegarek. Za piętnaście jedenasta. Najwyższa pora, żeby się to stało. Przyłożył policzek do ciężkiej zimnej kolby karabinu, lewą ręką chwycił za magazynek. Lekko przymknął lewe oko. Celownik wypełniła balustrada balkonu. Widział czarne fraki i cylindry. Znalazł twarz, której szukał. Jest bardzo podobna. Ta sama młoda twarz jak w 1945.

Daniel jeszcze bardziej znieruchomiał, celował i celował. Para z ust przestała już mu się unosić.

Przed balkonem martwy czarny dąb wyciągał ku niebu czarne gałęzie, przypominające rozczapierzone palce czarownicy. Na jednej z gałęzi przysiadł ptaszek. W samym skrzyżowaniu linii celowniczych. Stary człowiek poruszył się niespokojnie. Wcześniej go tam nie było. Pewnie zaraz odleci. Opuścił broń i wciągnął kolejną porcję powietrza w obolałe płuca.

Zzz... zzz...!
Harry walnął w kierownicę, a potem jeszcze raz przekręcił kluczyk.
Zzz... zzz...!
— Ruszaj, gracie! Jak nie, to jutro oddam cię na złom!
Escort zapalił wreszcie z rykiem i wyrzuciwszy spod kół trawę i ziemię, w końcu ruszył. Harry ostro skręcił w prawo przy sadzawce, gdzie młodzi ludzie rozciągnięci na kocu podnieśli w górę butelki z piwem, kibicując mu przyjaźnie. Pędził w stronę hotelu SAS. Rykiem motoru na pierwszym biegu i klaksonem, od którego nie odrywał ręki, skutecznie torował sobie drogę wzdłuż zapełnionej ludźmi ścieżki. Ale przy przedszkolu na dole parku zza drzewa wyłonił się nagle wózek dziecięcy, skierował więc samochód w lewo, kręcąc kierownicą w przeciwną stronę. Zarzuciło go i ledwie zdołał ominąć płot otaczający szklarnie. Wreszcie samochód dotarł na Wergelandsveien tuż przed gwałtownie hamującą taksówką z norweskimi flagami i grillem umajonym brzozowymi gałązkami. Harry dodał gazu i wymanewrował tak, że zdołał ominąć nadjeżdżające z przeciwka samochody i wjechać w Holbergs gate.

Zatrzymał się przed obrotowymi drzwiami hotelu i wyskoczył. Gdy wbiegł do przepełnionej recepcji, na moment zapadła ta charakterystyczna cisza, w której wszyscy zastanawiają się, czy dane im będzie przeżyć coś niezwykłego. Okazało się jednak, że to tylko facet, który upił się w święto narodowe, więc gwar rozmów zaraz powrócił, jakby ktoś ponownie włączył radio. Harry podbiegł do jednej z idiotycznych wysepek.

— Dobre przedpołudnie — rozległ się jakiś głos. Para uniesionych brwi pod jasnymi kręconymi włosami, które wyglądały na perukę, zmierzyła go od stóp do głów. Harry spojrzał na tabliczkę z nazwiskiem.

— Betty Andresen, to, co teraz powiem, nie jest kiepskim żartem, więc proszę mnie słuchać uważnie. Jestem policjantem. Macie w hotelu zamachowca.

Pracownica recepcji popatrzyła na wysokiego, bardzo niechlujnie ubranego mężczyznę z przekrwionymi oczami, którego od razu zaklasyfikowała jako pijanego lub szaleńca, albo jedno i drugie razem. Uważnie obejrzała identyfikator, który jej pokazał. Potem długo się w niego wpatrywała. Bardzo długo.

– Jakie nazwisko? – spytała.

– On się nazywa Sindre Fauke.

Przebiegła palcami po klawiaturze.

– Niestety, nie ma u nas gościa o tym nazwisku.

– Cholera! Proszę spróbować Gudbrand Johansen.

– Gudbranda Johansena też nie ma, panie Hole. Może to nie ten hotel?

– Nie, on tu jest. Na pewno jest teraz w swoim pokoju.

– Pan z nim rozmawiał?

– Nie, nie, ja... za długo by tłumaczyć.

Harry zasłonił twarz dłonią.

– Chwileczkę, muszę się zastanowić. On musi mieszkać gdzieś wysoko. Ile tu jest pięter?

– Dwadzieścia dwa.

– A ile osób z tych, które mieszkają wyżej niż na dziesiątym, nie zostawiło kluczy w recepcji?

– Obawiam się, że sporo.

Harry podniósł obie ręce w powietrze i patrzył na dziewczynę.

– Oczywiście – szepnął. – To przecież robota Daniela.

– Słucham?

– Proszę spróbować Daniel Gudeson.

Co się stanie potem? Stary człowiek nie wiedział. Nie było żadnego potem. Przynajmniej do tej pory nie było. Ustawił na parapecie cztery naboje. Złotobrunatny matowy metal łusek odbijał promienie słońca.

Znów spojrzał przez celownik. Ptaszek wciąż siedział na gałęzi. Rozpoznał go. Nosili to samo imię. Skierował celownik na tłum. Przesuwał wzrokiem wzdłuż pasa ludzi przy barierkach. Zatrzymał się nagle na kimś znajomym. Czy to naprawdę możliwe... Poprawił ostrość. Tak, bez wątpienia to Rakel. Co ona robi na Placu Zamkowym? Jest też Oleg. Chyba wybiegł z pochodu dzieci. Rakel przenosi go ponad barierkami na wyciągniętych rękach. Jest silna. Ma mocne ręce. Jak jej matka. Poszli teraz w stronę budynku strażników. Rakel patrzy na zegarek, jak gdyby na kogoś czekała. Oleg jest w marynarce, którą podarował mu na gwiazdkę. Dziadkowa marynarka. Tak ją nazywali Rakel i Oleg. Wyglądało na to, że już zaczyna się robić za mała.

Stary zaśmiał się pod nosem. Jesienią będzie mu musiał kupić nową. Tym razem bóle nadeszły bez ostrzeżenia. Bezradnie usiłował chwytać powietrze.

Rakietnica spadała, a cienie zgięte wpół czołgały się ku niemu, wzdłuż ścian okopu. Dookoła pociemniało, lecz w chwili, gdy miał się zapaść w tę ciemność, bóle znów odpuściły. Karabin ześlizgnął się na podłogę, a przepocona koszula lepiła się do ciała.

Wyprostował się. Znów położył karabin na krawędzi okna. Ptaszek odleciał. Linia strzału była wolna.

Chłopięca twarz znów wypełniła celownik. Młody człowiek studiował. Oleg też musi studiować. Była to ostatnia rzecz, jaką powiedział Rakel. Ostatnia, jaką powiedział sobie, nim zastrzelił Brandhauga. Rakel nie było w domu tego dnia, kiedy przyjechał na Holmenkollveien zabrać stamtąd kilka książek, otworzył więc sobie drzwi kluczem i zupełnym przypadkiem dostrzegł kopertę leżącą na biurku. Z nagłówkiem ambasady rosyjskiej. Przeczytał list, włożył go z powrotem do koperty. Zapatrzył się przez okno na ogród, na plamy śniegu, pozostałe po ostatnich opadach, po ostatnich konwulsjach zimy. A potem przeszukał szuflady biurka. Znalazł też inne listy, te z nagłówkami ambasady norweskiej i te bez nagłówków, napisane na serwetkach i kartkach wydartych z notatnika. Podpisane przez Bernta Brandhauga. I pomyślał o Christopherze Brockhardzie.

Żaden piekielny Rusek nie strzeli dzisiaj do naszego wartownika.

Stary człowiek odbezpieczył broń. Odczuwał dziwny spokój. Właśnie przypomniało mu się, z jaką łatwością poderżnął gardło Brockhardowi i jak łatwo zastrzelił Bernta Brandhauga. Dziadkowa marynarka. Nowa dziadkowa marynarka. Wypuścił powietrze z płuc i zagiął palec na spuście.

Z uniwersalną kartą otwierającą wszystkie pokoje Harry poślizgiem dopadł windy i wetknął stopę między zasuwające się drzwi. Znów się rozsunęły. Patrzyły na niego zdumione twarze.

– Policja! – zawołał Harry. – Wszyscy wychodzić!

Odbyło się to tak, jakby zadzwonił dzwonek na dużą przerwę. Tylko jeden mężczyzna, około pięćdziesięcioletni, z czarną kozią bródką, w niebieskim prążkowanym garniturze z olbrzymią siedemnastomajową kokardą na piersi i cienką warstewką łupieżu na ramionach nie ruszył się z miejsca.

– Dobry człowieku, jesteśmy obywatelami norweskimi i nie mieszkamy w państwie policyjnym!

Harry obszedł go, wsiadł do winy i nacisnął guzik z numerem 22. Ale kozia bródka jeszcze nie skończyła.

– Proszę mi przedstawić chociaż jeden argument przemawiający za tym, żebym jako podatnik godził się na...

Harry wyciągnął służbowy pistolet Webera z kabury pod pachą.

– Mam tu sześć argumentów, panie płatniku. Wychodzić!

Czas płynie i płynie. Wkrótce rozpocznie się nowy dzień. W świetle poranka zobaczymy go lepiej, wyraźnie będzie widać, czy to przyjaciel, czy wróg.

Wróg, wróg. Wszystko jedno, za wcześnie czy nie, i tak go dopadnę.

Dziadkowa marynarka.

Zamknij się, nie ma żadnego potem!

Twarz w celowniku jest taka poważna. Uśmiechnij się, chłopcze.

Zdrada, zdrada, zdrada!

Spust zagłębił się tak daleko, że nie ma już oporu. To ziemia niczyja, na której gdzieś znajduje się punkt odpalenia. Nie myśleć o huku i odrzucie, tylko naciskać dalej. Niech stanie się to, co ma się stać.

Huk kompletnie go zaskoczył. Na ułamek sekundy zrobiło się cicho, potem przetoczyło się echo i fala dźwięku zalała miasto. A potem nastąpiła cisza, gdy tysiące dźwięków w jednej i tej samej sekundzie umilkły.

Harry pędził korytarzem dwudziestego drugiego piętra, gdy usłyszał huk.

– Cholera! – syknął.

Ściany biegnące ku niemu i mijające go po obu stronach sprawiały, że czuł się, jakby poruszał się w głąb lejka. Drzwi. Obrazy. Niebieskie motywy sześcianów. Niemal bezgłośne kroki na grubym dywanie. Pięknie. W dobrych hotelach myśli się o tłumieniu hałasu. A dobrzy policjanci myślą o tym, co mają robić. Cholera, cholera, kwas mlekowy w mózgu. Maszyna do lodu. Pokój 2254, pokój 2256. Kolejny huk. Apartament „Palace".

Serce wybijało marsz, tłukąc się o żebra. Harry zatrzymał się przy drzwiach, wsunął w zamek uniwersalną kartę. Zaszumiała cicho. Potem dało się słyszeć kliknięcie i zaświeciła się zielona lampka. Delikatnie nacisnął klamkę.

Policja ma stałe procedury w sytuacjach takich jak ta. Harry chodził oczywiście na kursy i wszystkiego się uczył. Nie zamierzał postępować według żadnej z nich.

Szarpnięciem otworzył drzwi i wbiegł, trzymając przed sobą pistolet w obu rękach. W drzwiach do salonu rzucił się na kolana. Pokój zalany był światłem, które zakłuło go w oczy i oślepiło. Otwarte okno. Słońce za szybą wisiało niczym gloria nad siwą głową, która wolno się obracała.

– Policja! Rzuć broń! – wrzasnął Harry.

Źrenice powoli mu się zmniejszały i z powodzi światła wyłonił się karabin wycelowany prosto w niego.

– Rzuć broń! – powtórzył. – Zrobiłeś już to, po co tu przyszedłeś, Fauke. Zadanie wykonane. To już koniec.

Dziwne, ale orkiestry dęte dalej grały swoje melodie, jak gdyby nic się nie stało. Stary człowiek podniósł karabin i przyłożył kolbę do policzka. Wzrok Harry'ego przywykł już do światła. Patrzył teraz prosto w lufę tej broni, którą do tej pory widział tylko na obrazkach.

Fauke mruknął coś, ale jego słowa zagłuszył kolejny huk. Tym razem ostrzejszy i wyraźniejszy.

– Kur... – szepnął Harry.

Za oknem, za plecami Faukego zobaczył kłębek dymu wznoszący się w górę z twierdzy Akershus, jak biały dymek tekstowy w komiksie. Salut armatni. To był świąteczny salut armatni. Harry usłyszał teraz okrzyki: Hurra! Wciągnął powietrze w nozdrza. W pokoju nie wyczuwało się prochu. Uświadomił sobie, że Fauke nie strzelił. Jeszcze nie. Zacisnął dłoń na rękojeści rewolweru i popatrzył na pomarszczoną twarz bez wyrazu, która spoglądała na niego znad muszki. Tu nie chodziło o jego własne życie, ani o życie starego. Instrukcje były wyraźne.

– Przyjechałem prosto z Vibes gate. Czytałem pana dziennik – powiedział Harry. – Gudbrand Johansen. Czy też może rozmawiam teraz z Danielem?

Zacisnął zęby, próbując zgiąć palec spustowy.
Stary człowiek znów coś mruknął.
– Co pan mówi?
– *Passwort* – powiedział stary. Głos miał ochrypły, całkowicie różny od tego, który Harry słyszał wcześniej.
– Niech pan tego nie robi – odparł Harry. – Niech pan mnie nie zmusza.
Kropla potu spłynęła mu po czole i dalej po grzbiecie nosa. Zawisła na czubku, jakby nie mogła się zdecydować. Harry mocniej ścisnął rewolwer.
– *Passwort* – powtórzył stary.
Harry widział, jak jego palec napręża się na spuście. Czuł śmiertelny lęk zaciskający się wokół serca.
– Nie – powiedział. – Nie jest za późno.
Ale wiedział, że to nieprawda. Było za późno. Stary znalazł się poza wszelkim panowaniem rozumu, poza tym światem, poza życiem.
– *Passwort*.
Wkrótce nastąpi koniec dla nich obu. Zostało jeszcze tylko trochę wlokącego się czasu. Takiego jak w Wigilię, zanim...
– Oleg – szepnął Harry.
Lufa karabinu dalej celowała mu prosto w głowę. Z oddali dobiegł dźwięk klaksonu. Przez twarz starego przebiegł skurcz.
– Hasło brzmi: Oleg – powtórzył Harry.
Palec na spuście znieruchomiał.
Stary rozchylił wargi, żeby coś powiedzieć.
Harry wstrzymał oddech.
– Oleg – powtórzył stary. W jego suchych ustach zabrzmiało to jak wiatr.
Później Harry nie umiał tego wytłumaczyć, a przecież widział to na własne oczy. W tej samej sekundzie stary umarł. W następnej spoza zmarszczek na Harry'ego spoglądała twarz dziecka. Karabin już w niego nie mierzył i Harry opuścił rewolwer. Potem ostrożnie wyciągnął rękę i położył ją na ramieniu starego.
– Obiecujesz? – głos starego ledwie było słychać. – Że oni nie...
– Obiecuję – odparł Harry. – Osobiście zadbam o to, żeby do wiadomości publicznej nie podano żadnych nazwisk. Oleg i Rakel nie będą z tego powodu cierpieć.

Stary długo patrzył na Harry'ego. Karabin z łomotem upadł na podłogę, a za nim osunął się stary człowiek.

Harry wyjął magazynek z karabinu i położył go na kanapie, zanim wybrał numer recepcji i poprosił Betty, żeby zadzwoniła po karetkę. Potem zatelefonował na komórkę Halvorsena i powiedział mu, że już po wszystkim. Następnie przeniósł starego na kanapę, a sam usiadł na krześle i czekał.

– Dopadłem go w końcu – szepnął stary. – Wymykał mi się, wiesz. Chował się w zagłębieniu.
– Kogo dopadłeś? – spytał Harry, mocno zaciągając się papierosem.
– Jak to kogo? Daniela. Dopadłem go w końcu. Helena miała rację. Przez cały czas byłem najsilniejszy.

Harry zgasił papierosa i stanął przy oknie.
– Umieram – szepnął stary.
– Wiem – odparł Harry.
– Siedzi mi na piersi, widzisz?
– Co widzę?
– Kunę.

Ale Harry nie widział żadnej kuny. Dostrzegł chmurę mknącą po niebie, widział norweskie flagi, powiewające na wszystkich masztach w mieście w blasku słońca, i szarego ptaszka machającego skrzydłami za oknem. Jednak kuny tam nie było.

Część dziesiąta

ZMARTWYCHWSTANIE

116 SZPITAL ULLEVÅL, 19 MAJA 2000

Bjarne Møller znalazł Harry'ego w poczekalni na oddziale onkologicznym.

Naczelnik usiadł obok niego i mrugnął do małej dziewczynki, która zmarszczyła brwi i odwróciła się nadąsana.

– Słyszałem, że to już koniec – powiedział.

Harry kiwnął głową.

– Dziś w nocy o czwartej. Rakel była przez cały czas. Teraz wszedł tam Oleg. Co tu robisz?

– Chciałem chwilę z tobą pogadać.

– Muszę zapalić – oświadczył Harry. – Wyjdźmy.

Znaleźli ławkę pod drzewem. Lekkie chmury przemykały po niebie nad ich głowami. Zapowiadał się kolejny ciepły dzień.

– A więc Rakel nic nie wie? – spytał Møller.

– Nie.

– Jedynymi osobami, które znają tę sprawę, jestem więc ja, Meirik, komendant okręgowy policji, minister sprawiedliwości i premier. No i ty.

– Z nas dwóch ty, szefie, na pewno jesteś lepiej poinformowany.

– Tak, oczywiście. Po prostu głośno myślę.

– To co mi chciałeś powiedzieć?

– Wiesz, co, Harry, czasami wolałbym pracować w innym mieście. Gdzieś, gdzie jest mniej polityki i mniej pracy policyjnej. Na przykład w Bergen. Ale potem budzisz się w takie dni jak dzisiejszy, stajesz przy oknie sypialni, patrzysz na fiord, na wyspę, Hovedøya, słuchasz śpiewu ptaków i... rozumiesz? I nagle nie chcesz nigdzie jechać.

Møller przyglądał się biedronce wspinającej mu się po udzie.

– Chciałem ci powiedzieć, że życzyłbym sobie utrzymać taki stan rzeczy, Harry.

– O jakich rzeczach mówimy?

– Wiedziałeś, że żaden z amerykańskich prezydentów w ostatnich dwudziestu latach nie przetrwał kadencji bez co najmniej dziesięciu prób wykrytych zamachów? I że wszystkich sprawców bez wyjątku schwytano, a żadna z tych spraw nie przedostała się do mediów? Ujawnienie planowanego zamachu na głowę państwa nikomu nie wychodzi na dobre, Harry. Zwłaszcza takiego, który teoretycznie mógł się powieść.

– Teoretycznie, szefie?

– To nie jest moje sformułowanie. Ale konkluzja brzmi: sprawę trzeba wyciszyć. Żeby nie rozsiewać niepewności. Ani nie ujawniać słabości w systemie bezpieczeństwa. To również nie moje słowa. Zamachy potrafią być zaraźliwe. Tak samo jak...

– Wiem, o co ci chodzi – przerwał Harry, wydmuchując dym przez nos. – Ale przede wszystkim zrobimy to ze względu na tych, na których spoczywa odpowiedzialność. Na tych, którzy powinni wcześniej wszcząć alarm.

– Mówiłem ci już, że w niektóre dni Bergen wydaje mi naprawdę niezłą alternatywą.

Przez dłuższą chwilę milczeli. Mały ptaszek przechadzał się przed nimi, kręcił ogonkiem, dziobał w trawie, czujnie rozglądając się dokoła.

– Pliszka siwa – popisał się Harry. – *Motacilla alba*. Bardzo ostrożna.

– Co?

– To z podręcznika dla przyjaciół ptaków. A co zrobimy z morderstwami popełnionymi przez Gudbranda Johansena?

– Mamy już przecież całkiem przyzwoite wyjaśnienia tych przestępstw, prawda?

– O czym ty mówisz?

Møller nie chciał odpowiedzieć wprost.

– Jeśli teraz zaczniemy w tym grzebać, to jedyną rzeczą, jaką osiągniemy, będzie rozdrapywanie starych ran u najbliższych i ryzyko, że ktoś zacznie rozkopywać całą tę historię. Sprawy są przecież rozwiązane.

– No tak. Even Juul. I Sverre Olsen. A co z morderstwem Hallgrima Dale?

– Nikt nie podniesie hałasu z tego powodu. Dale był mimo wszystko... hm...

– Tylko starym pijakiem, o którego nikt się nie troszczy.

– Proszę, Harry, nie utrudniaj jeszcze bardziej. Dobrze wiesz, że i mnie się to nie podoba.

Harry zgasił papierosa na poręczy ławki, a niedopałek schował do paczki z papierosami.

– Muszę wracać, szefie.

– Liczę na to, że zachowasz tę rozmowę dla siebie.

Harry uśmiechnął się sztucznie.

– Doszły mnie słuchy, kto ma przejąć moją robotę w POT. To prawda?

– Oczywiście – powiedział Møller. – Tom Waaler oświadczył, że będzie się o to ubiegać. Meirik zamierza stworzyć cały wydział do spraw neonazistów. To będzie niezła trampolina na prawdziwe szczyty. Zamierzam dać mu dobre referencje. Ty się chyba z tego tylko cieszysz, teraz, gdy wracasz do Wydziału Zabójstw? No i zwalnia się u nas stanowisko komisarza.

– A więc taka jest nagroda za trzymanie języka za zębami?

– Na miłość boską, co ci przychodzi do głowy, Harry? To dlatego, że jesteś najlepszy. Znów to udowodniłeś. Zastanawiam się tylko, czy możemy ci ufać.

– Wiesz, nad jaką sprawą chcę pracować?

Møller wzruszył ramionami.

– Zabójstwo Ellen jest już wyjaśnione, Harry.

– Nie całkiem – odparł. – Zostało parę rzeczy, których jeszcze nie wiemy. Między innymi, gdzie się podziało dwieście tysięcy koron z handlu bronią. Może pośredników było więcej?

Møller kiwnął głową.

– Okej. Ty i Halvorsen dostajecie na to dwa miesiące. Jeśli w tym czasie niczego nie znajdziecie, zamykamy sprawę.

– Całkiem przyzwoicie.

Møller wstał, żeby odejść.

– Nad jedną rzeczą się zastanawiałem, Harry. W jaki sposób zgadłeś, że hasło brzmi „Oleg"?

– No cóż, Ellen stale mi powtarzała, że prawie zawsze pierwsza rzecz, która wpadła jej do głowy, okazywała się właściwa.
– Imponujące. – Møller zapatrzył się w dal. – I pierwszą rzeczą, jaka wpadła ci do głowy, było imię jego wnuka?
– Nie.
– Nie?
– Ja nie jestem Ellen. Musiałem się zastanawiać.
Møller spojrzał na niego ostro.
– Żartujesz sobie teraz ze mnie, Hole?
Harry uśmiechnął się, a potem skinieniem głowy wskazał pliszkę.
– Czytałem w tej książce o ptakach, że nikt nie wie, dlaczego pliszka kręci ogonkiem, kiedy stoi w miejscu. To wielka tajemnica. Wiadomo jedynie, że nie może się powstrzymać...

117 BUDYNEK POLICJI, 19 MAJA 2000

Harry właśnie zdążył umieścić stopy na biurku i usadowić się wygodnie na krześle, gdy zadzwonił telefon. Nie zamierzał zmieniać idealnego ułożenia, wyciągnął się więc w przód, ostro pracując mięśniami pośladków, żeby utrzymać równowagę na swoim nowym krześle ze zdradliwie dobrze nasmarowanymi kółkami. Ledwie dosięgnął słuchawki czubkami palców.
– Słucham, Hole?
– *Harry? Esaias Burne speaking. How are you?*
– *Esaias? This is a surprise.*
– Naprawdę? Dzwonię, żeby ci podziękować, Harry.
– Podziękować? Za co?
– Za to, że niczego nie ruszyłeś.
– Nie ruszyłem?
– Wiesz, co mam na myśli, Harry. Że nie było żadnej dyplomatycznej gry o ułaskawienie czy czegoś podobnego.
Harry nie odpowiedział. Od pewnego czasu właściwie czekał na ten telefon. Pozycja, w której siedział, nagle przestała być tak wygodna. Pojawiły się błagalnie patrzące oczy Andreasa Hochnera. I proszący głos

Constance Hochner. „Obiecuje pan, że zrobi co w pana mocy, panie Hole?"
– Harry?
– Jestem, jestem.
– Wczoraj ogłoszono wyrok.
Harry popatrzył na zdjęcie Sio na ścianie. Lato tamtego roku było niezwykle upalne, prawda? Kąpali się, nawet kiedy padał deszcz. Poczuł, że ogarnia go niewypowiedziany smutek.
– Kara śmierci? – usłyszał własny głos.
– Bez możliwości apelacji.

118 RESTAURACJA U SCHRØDERA, 1 CZERWCA 2000

– Co będziesz robił latem, Harry?
Maja przeliczała resztę.
– Nie wiem. Rozmawialiśmy o wynajęciu domku gdzieś w Norwegii. O nauczeniu małego pływania i takich rzeczach.
– Nie wiedziałam, że masz dzieci.
– To długa historia.
– Tak? Mam nadzieję, że któregoś dnia ją usłyszę.
– Zobaczymy, Maju. Zatrzymaj resztę.
Maja ukłoniła się nisko i odeszła, uśmiechając się krzywo. Jak na piątkowe przedpołudnie, w lokalu było raczej pusto. Upalne dni wygnały większość klientów do restauracji z ogródkiem na Sankthanshaugen.
– I co tam? – spytał Harry.
Stary człowiek tylko wpatrywał się w szklankę piwa.
– On nie żyje. Nie cieszysz się, Åsnes?
Mohikanin podniósł głowę i popatrzył na Harry'ego.
– Kto nie żyje? – spytał. – Nikt nie umarł. Tylko ja. Jestem ostatnim z martwych.
Harry westchnął, wsunął gazetę pod pachę i wyszedł na drżące od upału popołudnie.

GRUPA WYDAWNICZA
PUBLICAT S.A.

 Papilon – książki dla dzieci: baśnie i bajki, klasyka polskiej poezji, wiersze i opowiadania, powieści, książki edukacyjne, nauka języków obcych

 Publicat – poradniki i książki popularnonaukowe: kulinaria, zdrowie, uroda, dom i ogród, hobby, literatura krajoznawcza, edukacja

 Elipsa – albumy tematyczne: malarstwo, historia, krajobrazy i przyroda, albumy popularnonaukowe

 Wydawnictwo Dolnośląskie – literatura młodzieżowa, kryminał i sensacja, historia, biografie, literatura podróżnicza

 Książnica – literatura kobieca i obyczajowa, beletrystyka historyczna, literatura młodzieżowa, thriller i horror, fantastyka, beletrystyka w wydaniu kieszonkowym

Publicat S.A., 61-003 Poznań, ul. Chlebowa 24, tel. 61 652 92 52, fax 61 652 92 00,
e-mail: office@publicat.pl, www.publicat.pl
Oddział we Wrocławiu: Wydawnictwo Dolnośląskie i Książnica,
50-010 Wrocław, ul. Podwale 62, tel. 71 785 90 40, fax 71 785 90 66
e-mail: wydawnictwodolnoslaskie@publicat.pl